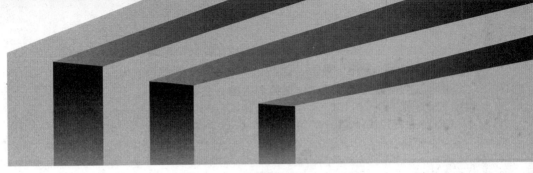

QUANGUO DIANGONG JINENG DASAI

TIJIE HUIBIAN

全国电工技能大赛

题解汇编

▶ 秦钟全 主编

化学工业出版社

·北京·

图书在版编目（CIP）数据

全国电工技能大赛题解汇编/秦钟全主编．北京：
化学工业出版社，2011.6
ISBN 978-7-122-11070-1

Ⅰ．全… Ⅱ．秦… Ⅲ．电工技术-竞赛题-题解
Ⅳ．TM

中国版本图书馆 CIP 数据核字（2011）第 068822 号

责任编辑：卢小林　　　　　　　　　　文字编辑：孙　科
责任校对：徐贞珍　　　　　　　　　　装帧设计：杨　北

出版发行：化学工业出版社（北京市东城区青年湖南街 13 号　邮政编码 100011）
印　　刷：北京市振南印刷有限责任公司
装　　订：三河市宇新装订厂
787mm×1092mm　1/16　印张 26¼　字数 775 千字　　2011 年 10 月北京第 1 版第 1 次印刷

购书咨询：010-64518888（传真：010-64519686）　　售后服务：010-64518899
网　　址：http://www.cip.com.cn
凡购买本书，如有缺损质量问题，本社销售中心负责调换。

定　　价：78.00 元

前　言

　　本书是北京市技术交流中心电工培训教研组与北京工贸技师学院机电自动化专业老师，共同编写的一本为了满足广大维修电工了解掌握当前高级维修电工考核及维修电工竞赛知识范围和题型种类，有针对性地提高自己知识水平和实操技能，而整理编写的一本实用学习参考书。

　　本书汇集整理了近几年来在全国职工技能大赛及各省市地区和大型骨干行业维修电工技能大赛及高级维修电工职业技能鉴定的维修电工试题6000多道，知识覆盖了电工基础、磁电知识、电工仪表、电子电路、交流电动机、直流电动机、特殊电机、拖动与自动控制、先进控制技术、变配电设施、变压器与互感器、电气线路等内容，能为广大电工提高技能及相关培训部门培训竞赛选手提供方便。

　　本书是按国家职业技能鉴定考核试题分类，理论题分成判断题、选择题、填空题、计算题、读绘图题、综合题、简答题、技能题八大部分。

　　技能竞赛试题分成四个部分：

　　第一部分电路装配题，是检验电工识图知识、电器元件的布置安装要求、配线的合理安排布局、导线的正确连接等基本功。

　　第二部分仪器仪表试题是检验电工正确选择、使用、维护仪器仪表，并利用仪器仪表准确选择元件和观察信号波形。

　　第三部分电子电路安装调试题是检验电工对电子电路识图、电子元件选择与布局、元件焊接工艺、电路调整的技能水平。

　　第四部分先进控制技术综合题是整合了电气识图、电气元件安装、调整、电气接线等电工基本技能的检验，同时要求选手要良好掌握PLC编程、变频器调速、人机对话（触摸屏）、新型控制元件（传感器）等现代先进的控制技术，是一项全面考核电工的决赛试题。

　　本书由北京市技术交流中心秦钟全主编，参加编写的人员还有吴晓华、崔胜、李广军、吕凤祥、任永萍、李存国、姚殿平，北京工贸技师学院孙继珍审核了全稿。

　　由于我们的水平有限，编写上难免存在不妥之处，恳请批评指正。

编者

目　录

第一部分 判 断 题

第1章 电工基础

（√）1. 功率因数是负载电路中电压 U 与电流 I 的相位之差，它越大，功率因数越小。

（×）2. 两个不同频率的正弦量在相位上的差叫相位差。

（×）3. 并联电容器可以提高感性负载本身的功率因数。

（√）4. 叠加原理只能用来计算电压电流，不能用来计算电路的功率。

（×）5. 某电气元件两端交流电压的相位超前于流过它上面的电流，则该元件为容性负载。

（√）6. 电感元件在电路中不消耗能量，它是无功负荷。

（√）7. 所谓部分电路欧姆定律，其部分电路是指不含电源的电路。

（√）8. 线圈中磁通产生的感应电势与磁通成正比。

（×）9. 纯电感负载功率因数为零，纯电容负载功率因数为1。

（√）10. 电灯泡的灯丝断裂后，再搭上使用，灯泡反而更亮，其原因是灯丝电阻变小而功率增大。

（×）11. 当电路中的参考点改变时，某两点间的电压也将随之改变。

（√）12. 自感电动势的大小正比于线圈中电流的变化率，与线圈中电流的大小无关。

（×）13. 在 RLC 串联电路中，总电压的有效值总是大于各元件上的电压有效值。

（√）14. 当 RLC 串联电路发生谐振时，电路中的电流将达到其最大值。

（×）15. 当电容器的容量和其两端的电压值一定时，若电源的频率越高，则电路的无功功率就越小。

（√）16. 若对称三相电源的 U 相电压为 $U_u = 100\sin(\omega t + 60)$ V，相序为 U—V—W，则当电源作星形连接时线电压为 $U_{uv} = 173.2\sin(\omega t + 90)$ V。

（√）17. 三相负载作三角形连接时，若测出三个相电流相等，则三个线电流也必然相等。．

（×）18. 所谓缩短"电气距离"就是减少系统各元件的阻抗。

（√）19. 电压偏差是指设备的实际承受电压与额定电压值差。

（√）20. 电路中品质因数 Q 的大小取决于电路的参数与电路所加电压的大小及频率无关。

（×）21. 一根导线中通过直流或交流电时，电流沿导体截面上的分布都是一样的。

（×）22. 无论是测直流电或交流电，验电器的氖灯泡发光情况是一样的。

（×）23. 戴维南定理指出，任何一个线性含源二端口电阻网络，对外电路来说，可以用一条含源支路来等效代替。

（√）24. 节点电压法适用于求解支路较多而节点较少的电路。

（×）25. 用楞次定律不能判断互感电动势的方向。

（√）26. 支路电流法是用基尔霍夫定律求解复杂电路的最基本方法。

（√）27. 在三相电路中，当各相负载的额定电压等于电源线电压时，负载应作星形连接。

（×）28. 无功功率不足是造成用户电压偏低的原因之一。

（√）29. 提高功率因数是节约用电的主要措施之一。

（√）30. 短路电流的阻抗，可用欧姆值计算，也可用标幺值计算。

（×）31. 在 RLC 串联电路中，总电压的有效值总会大于各元件的电压有效值。

（√）32. 对感性电路，若保持电源电压不变而增大电源频率，则此时电路中的总电流减小。

（×）33. 纯电阻电路的功率因数一定等于1，如果某电路的功率因数为1，则该电路一定是只含电阻的电路。

（√）34. 方向大小随时间变化的直流电称为脉动直流电。

（×）35. 欧姆法是用来代替二项式系数法来计算负荷。

（×）36. RLC 串联电路中，总电压的瞬时值时刻都等于各元件上电压瞬时值之和；总电压的有效值总是大于各元件上的电压有效值。

（√）37. 负载伏安特性曲线的形状仅与负载自身特性有关，而与实际加在该负载上电压大小无关。

（×）38. 失去电子的物体带负电。

（√）39. 金属导电是由于自由电子定向流动。

（√）40. 导体电阻一般随温度的升高而增大。

（√）41. 直流电的大小、方向都不随时间变化，而交流电的大小、方向均随时间改变。

（√）42. 电源电动势的实际方向是由低电位指向高电位。

（√）43. 当交流电路中有非线性元件时，就会产生非正弦电流。

（×）44. 通过电感线圈的电压不能突变。

（×）45. 正弦交流电的三要素是振幅、角频率、相序。

（×）46. 电力线是电场中客观存在的。

（×）47. 任何物体在电场中，总会受到电场力的作用。

（√）48. 电压源与电流源的等效变换是对外电路而言的。

（√）49. 电压电流的实际方向是由高电位到低电位。

（√）50. 交流电的有效值是指同一电阻在相同时间内通过直流电和交流电产生相同热量，这时直流电流数值就定为交流电流的有效值。

（×）51. 交直流电流通过导体时都有力求从导体表面流过的现象，叫趋肤效应。

（×）52. 谐波的次数越高，电容器对谐波显示的电抗值就越大。

（√）53. 在复杂的直流电路中，线性电路中任一支路的电流，是由电路中每一个电源单独作用的，在该支路中所产生的电流为代数和。

（√）54. 当交流电路 RLC 中的 $X=0$ 时，则发生了串联谐振。

（×）55. 在任何情况下，多个电阻相串联总阻值增大；多个电容相串联，总容量减小；多个电感相串联，总电感量增加。

（×）56. 有感生电动势就一定有感生电流。

（√）57. RLC 串联电路，当 $\omega C < 1/\omega L$ 时电路成容性。

（×）58. 一定的同一负载按星形连接与按三角形连接所获得的功率是一样的。

（×）59. 串联谐振时的特性阻抗是由电源频率决定的。

（√）60. 串联谐振也叫电压谐振。

（√）61. 周期性非正弦量的有效值等于它的各次谐波的有效值平方和的算术平方根。

（×）62. 阻抗角就是线电压超前线电流的角度。

（√）63. 在非零初始条件下，刚一换路瞬间，电容元件相当于一个恒压源。

（×）64. 在换路瞬间电感两端的电压不能跃变。

（√）65. 电感元件两端电压升高时，电压与电流方向相同。

（×）66. R 和 L 串联的正弦电路，电压的相位总是超前电流的相位。

（×）67. 线性电路中电压、电流、功率都可用叠加法计算。

（√）68. 任意电路中回路数大于网孔数。

（×）69. 恒流源输出电流随它连接的外电路不同而异。

（×）70. 对于电源，电源力总是把正电荷从高电位移向低电位做功。

（×）71. 电场力将正电荷从 a 点推到 b 点做正功，则电压的实际方向是 b→a。

（√）72. 交流电的相位差（相角差），是指两个频率相等的正弦交流电相位之差，相位差实际上说明两交流电之间在时间上超前或滞后的关系。

（√）73. 交流电的初相位是当 $t=0$ 时的相位，用 ψ 表示。

（×）74. 构成正弦交流电的三要素是：最大值、角频率、初相角。

（×）75. 在一段电阻电路中，如果电压不变，当增加电阻时，电流就减少，如果电阻不变，增加电压时，电流就减少。

（√）76. 若两只电容器的电容不等，而它们两端的电压一样，则电容大的电容器带的电荷量多，电容小的电容器带的电荷量少。

（√）77. 电压也称电位差，电压的方向是由高电位指向低电位，外电路中，电流的方向与电压的方向是一致的，总是由高电位流向低电位。

（√）78. 电荷之间存在着作用力，同性电荷互相排斥，异性电荷互相吸引。

（×）79. 绝缘体不容易导电是因为绝缘体中几乎没有电子。

（×）80. 串联谐振电路的阻抗最大，电流最小。

（√）81. 在串联谐振电路中，电感和电容上的电压数值相等，方向相反。

（×）82. 三相对称负载的功率 $P = \sqrt{3}UI\cos\varphi$，其中 φ 角是相电压与相电流之间的相位角。

（×）83. 线圈串联使用时，不需考虑其极性。

（√）84. 电源电动势的实际方向是由低电位指向高电位的。

（√）85. 串联电容器回路，电路两端的电压等于各电容器两端的电压之和。

（√）86. 基尔霍夫电流定律是确定节点上各支路电流间关系的定律。

（×）87. 应用基尔霍夫电流定律列电流定律方程，无须事先标出各支路中电流的参考方向。

（√）88. 列基尔霍夫电压方程时，规定电位升为正，电位降为负。

（×）89. 基尔霍夫电压定律不适用回路部分电路。

（√）90. 叠加原埋只适用于线性电路，而不适用于非线性电路。

（×）91. 叠加原理不仅适于电流和电压的计算，也适用于功率的计算。

（√）92. 戴维南定理是分析复杂电路的基本定理，在分析复杂电路中某个支路的电流或功率时，更为简便。

（×）93. 所谓将有源二端网络中所有电源均除去，以求得内电阻，意指将电压源的电动势除去并开路，将电流源的电流除去并短路。

（√）94. 流过某元件电流的实际方向与元件两端电压的实际方向相同时，元件是吸收功率的，属于负载性质。

（√）95. RL 串联直流电路中，当电路处于稳定状态时，电流不变，电感元件相当于没有电阻的导线。

（×）96. 电容元件储存磁场能，电感元件储存电场能。

（×）97. RLC 串联电路发生谐振时，RLC 相互之间进行能量交换。

（×）98. 在 RLC 并联电路中，总电流的瞬时值时刻都等于各元件中电流瞬时值之和；总电流的有效值总会大于各元件上的电流有效值。

（√）99. 提高功率因数，常用的技术措施是并联电容器。

（√）100. 三相四线制电源，其中线上一般不装保险丝及开关。

（√）101. 不对称三相负载作星形连接时，必须接有中线。

（×）102. 在同一供电系统中，三相负载接成星形和接成三角形所吸收的功率是相等的。

（√）103. 如果三相负载是对称的，则三相电源提供的总有功功率应等于每相负载上消耗的有功功率的 3 倍。

（√）104. 不对称负载作三角形连接时，线电流等于相电流的 $\sqrt{3}$ 倍。

（√）105. 电热设备的节电措施，主要是降低其运行中的电损耗和热损耗。

（√）106. 通电直导体在磁场中的受力方向，可以通过左手定则来判断。

（×）107. 电流流过负载时，负载将电能转换成热能。电能转换成热能的过程，叫做电流做功，简称电功。

（√）108. 电流流过负载时，负载将电能转换成其他形式的能。电能转换成其他形式的能的过程，叫做电流做功，简称电功。

（√）109. 电阻器反映导体对电流起阻碍作用的大小，简称电阻。

（√）110. 电压的方向规定由高电位点指向低电位点。

（×）111. 电路的作用是实现电流的传输和转换、信号的传递和处理。

（×）112. 电容两端的电压超前电流90°。

（×）113. 部分电路欧姆定律反映了在含电源的一段电路中，电流与这段电路两端的电压及电阻的关系。

第2章　磁电知识

（√）1. 磁力线的方向都是从磁体外部的N极指向S极。

（×）2. 载流导体周围存在着磁场，所以磁场是电流产生的。

（√）3. 磁路基尔霍夫第二定律适用于任意闭合磁路的分析与计算。

（√）4. 当线圈中电流增加，自感电动势与电源电势的方向相反。

（×）5. 涡流只会使铁芯发热，不会增加电流损耗。

（×）6. 当线圈中通过1A的电流，能够在每匝线圈中产生1Wb的自感磁通，则该线圈的自感系数就是1H。

（×）7. 自感是线圈中电流变化而产生电动势的一种现象，因此不是电磁感应现象。

（×）8. 磁路欧姆定律适用于只有一种媒介质的磁路。

（×）9. 磁力线是磁场中实际存在着的若干曲线，从磁极N出发而终止于磁极S。

（×）10. 两个固定的互感线圈，若磁路介质改变，其互感电动势不变。

（√）11. 涡流产生在与磁通垂直的铁芯平面内，为了减少涡流，铁芯采用涂有绝缘层的薄硅钢片叠装而成。

（√）12. 通电线圈产生磁场的强弱，只与线圈的电流和匝数有关。

（√）13. 感应加热是电热应用的一种形式，它是利用电磁感应的原理将电能转变为热能的。

（×）14. 感应加热炉的感应电动势和热功率大小不仅与频率和磁场强弱有关，而且与金属的截面大小、形状有关，还与金属本身的导电、导磁性有关。

（×）15. 磁力线的疏密程度可以用来表示磁场的强弱，当磁场足够强，磁力线密度足够大时，磁力线有可能重合或相交。

（×）16. 磁路中的磁阻 R_m 等于磁通 Φ 与磁动势 F 的乘积。

（√）17. 磁路中的安匝数称为磁动势，简称磁势。

（×）18. 感生电动势的方向可以由左手定则来判定。

（√）19. 自感系数的单位是亨利，简称亨，用字母"H"表示。

（√）20. 线圈的自感量越大，电流的变化率越大，则自感电压值越高。

（×）21. 在互感电路两线圈中标有"＊"或"·"的两个端子称为同名端，未做标记的两端称为异名端。

（×）22. 在实际应用中，铁芯材料及厚度与工作频率有关，用于数百到数千赫兹的铁芯，硅钢片的厚度一般为0.15～0.5mm。

（×）23. 在长直线管中，磁感应强度等于磁场强度。

（√）24. 磁极间的相互作用力是通过磁场来传递的。

（×）25. 磁针的S极指向地球的南极，因为南极是N极。

（√）26. 表示磁场作用于磁性物质的作用力用磁感应强度表示。

（√）27. 某一截面积内所通过的磁力线条数为磁通，等于 $\Phi = B \times S$。

（√）28. 互感系数的大小反映了一个线圈在另一个线圈中所产生感应电势的能力。

（×）29. 磁感应强度的单位是安匝/米。

（×）30. 磁阻越大的材料，磁性就越大。

（√）31. 在磁路中，作用于单位长度上的磁势叫做磁化力（磁场强度）。

（√）32. 磁路中磁场强度 H 与励磁电流 I 成正比。

（√）33. 电磁供应就是变化磁场在导体中产生感应电动势的现象。

（√）34. 磁阻的大小与磁路的长度成正比，与磁路截面积和磁导率成反比。

（√）35. 对任意闭合磁路，磁路上磁压降的代数和等于磁通势的代数和。

（√）36. 发电机应用的是电磁感应原理。

（√）37. 变化磁场中的导体两端有感应电势。

（√）38. 自感系数也称为电感。

（√）39. 两个线圈的相互位置直接关系到互感系数的大小。

（√）40. 自感现象是由线路中电流变化所引起的。

（√）41. 一个线圈中电势的变化是由另一个线圈电流变化所引起的，这种现象称作互感。

（√）42. 涡流是磁质材料中的感生电流。

（×）43. 楞次定律可判定磁场方向，不能判定感应电动势方向。

（√）44. 电流周围存在磁场是由电流的磁效应产生的。

（×）45. 磁场中的载流导体均受到磁场的排斥力。

（√）46. 电磁辐射污染的控制主要指场源的控制与电磁传播的控制两个方面。

（×）47. 磁路欧姆定律适用于只有一种媒介质的磁路。

（√）48. 磁力线经过的路径称为磁路。

（√）49. 对无分支磁路，若已知磁通势求磁通大小，一般都是采用"试算法"进行计算。

（√）50. 当线圈中电流减少时，线圈中产生的自感电流方向与原来电流的方向相同。

（×）51. 涡流只会使铁芯发热，不会增加电能损耗。

（√）52. 互感系数的大小反映一个线圈在另一个线圈中产生互感电动势的能力。

（×）53. 一般只用磁路欧姆定律对磁路进行定性分析，是因为磁路的磁阻计算太烦琐。

（√）54. 两根平行通电直导体间的相互作用，实质上是磁场对电流的作用。

（×）55. 在电气设备中增大磁阻就可减小涡流。

（×）56. 磁力线是磁场中实际存在的一种曲线，从 N 极出发到 S 极终止。

（×）57. 磁路和电路一样，也有开路状态。

（×）58. 磁导率一定的介质，其磁阻的大小与磁路的长度成反比，与磁路的截面积成正比。

（√）59. 自感系数的大小是反映一个线圈中每通过单位电流所产生的自感磁链数。

（√）60. 两根平行的直导线同时通入相反方向的电流时，相互排斥。

（√）61. 两根靠近的平行导体通以同向电流时，二者相互吸引，通以反向电流时，二者相互排斥。

（√）62. 磁场中某点的磁场强度与所处磁场中的磁介质无关，而穿过该磁场中某面积的磁通量与磁场中的磁介质有关。

（√）63. 线圈中感生电动势的大小与线圈中磁通的变化率成正比。

（×）64. 两个线圈之间的电磁感应现象称为自感。

（√）65. 同名端指互感线圈上由于绕向一致而使感生电动势的极性始终保持一致的端点。

（√）66. 磁路欧姆定律描述磁通与磁势成正比、与磁阻成反比。

（×）67. 一空心通电线圈套入铁芯后，其磁路中的磁通将不变。

（√）68. 在电磁铁磁路中，当磁路的长度和截面积一定时，要想减小励磁电流，则应选磁导率高的铁磁材料。

（×）69. 一单匝线圈中的磁通，在1s内由2Wb变化到5Wb，由此产生的感应电动势为5V。

（×）70. 磁力线在磁场中都是均匀分布的。

（√）71. 在线性电路中，任一支路的电流或电压，都是电路中各电动势单独作用时在该支路中产生的电流（或电压）的代数和。

（×）72. 硬磁材料的磁滞回线较窄，磁滞损耗大。

（×）73. 作为测量用的永久磁铁，希望它的剩磁 B_r 小一些，矫顽磁力 H_c 大一些。

(√) 74. 磁滞回线所包围的面积越大，磁滞损失越大。这个损失变成热被消耗掉。

(×) 75. 因为感生电流的磁通总是阻碍原磁通的变化，所以感生磁通永远与原磁通方向相反。

(√) 76. 电和磁两者是相互联系不可分割的基本现象。

(×) 77. 当磁路中的长度、横截面和磁压一定时，磁通与构成磁路物质的磁导率成反比。

(√) 78. 导体在磁场中做切割磁力线运动时，导体内会产生感应电动势，这种现象叫做电磁感应，由电磁感应产生的电动势叫做感应电动势。

(√) 79. 判断直导体和线圈中电流产生的磁场方向，可以用右手螺旋定则。

(×) 80. 在电流的周围空间存在一种特殊的物质称为电流磁场。

(√) 81. 趋肤效应对电路的影响，是随着交流电流的频率和导线截面的增加而增大。

(√) 82. 电感线圈可以做高频限流圈用。

(√) 83. 磁路的任一结点，所连各支路磁通的代数和等于零。

(√) 84. 在交变的磁场中由涡流产生的电阻损耗称为涡流损耗。

(×) 85. 由于线圈本身的电流变化而在线圈内部产生的电磁感应现象叫互感。

(√) 86. 磁力线经过的路径称为磁路。

(×) 87. 铁芯线圈的匝数与其通过的电流的乘积称为磁位差。

(√) 88. 安培环路定律反映了磁场强度与产生磁场的电流之间的关系。

(√) 89. 安培环路定律的内容是：磁场强度矢量沿任何闭合路径的线积分，等于穿过此路径所围成面的电流的代数和。

(×) 90. 对无分支磁路，若已知磁通势求磁通大小，一般都是采用"计算法"进行计算。

(×) 91. 磁路欧姆定律适用于只有一种媒介质的磁路。

(√) 92. 对比电路和磁路，可以认为电流对应于磁通，电动势对应于磁通势，而电阻则对应于磁阻。

(√) 93. 电和磁是不可分割的，有电流流动的地方其周围必伴随着磁场的存在。

(×) 94. 因为自感电动势的方向总是试图阻止电流的变化，所以自感电动势的方向总是与原电流的方向相反。

(×) 95. 涡流在铁芯中流动，使得铁芯发热，所以涡流都是有害的。

(√) 96. 自感电动势总是阻碍电流的变化，因此电感线圈在电路中具有稳定电流的作用。

(×) 97. 互感电动势是由与之相交链的磁通所产生的。

(×) 98. 永久磁铁周围的磁场不是由电流所产生的，它是磁场的一种特殊形式。

(×) 99. 变化的磁场会使导体产生感应电流。

(×) 100. 磁场中载流导体不受到力的作用。

(×) 101. 磁感应强度是用来描述磁场中各点磁场强弱的物理量。

(√) 102. 弹簧线圈放在磁场中，它的两端和检流计相连，当线圈拉伸或压缩时，检流计指针都会偏转。

(√) 103. 线圈中磁通的变化速度与线圈感生电动势的大小成正比。

(√) 104. 在大多数电气设备中，由于铁芯的磁导率较周围空气和非铁磁物质的磁导率大许多倍，磁力线几乎全部通过铁芯而形成闭合回路，这种约束在铁芯所限定的范围内的磁通路径称为磁路。

(×) 105. 电气设备中，电路和磁路是互不结合的。

(√) 106. 均匀磁介质中磁场强度与媒质的性质有关。

(×) 107. 某段磁路长度与某磁场强度的乘积称为该段磁路的磁位差。

(×) 108. 磁导率一定的介质，其磁阻的大小与磁路长度成正比，与磁路截面成正比。

(√) 109. 磁场对载流导体的作用力将使导体发生运动，这样电磁力就对导体做了机械功。

(×) 110. 当导体对磁场作相对运动时，导体中便有感应电动势产生。

(√) 111. 在线圈或直导体内部，感生电流的方向与感生电动势相同，即由"－"到"＋"。

(×) 112. 自感电动势总是加强电流的变化，因此电感在电路中不具有稳定电流的作用。

（√）113. 自感电动势的方向总是阻碍通过线圈的电流发生变化。

（√）114. 互感电动势是由与之相交链的磁通的变化所产生的。

（×）115. 磁通变化越多、越快，副线圈的匝数越多，互感电动势就越小。

（×）116. 涡流在铁芯中流动，使得铁芯发热，所以涡流都是有害的。

（×）117. 减小涡流回路电阻可以达到减小涡铁的目的。

（√）118. 楞次定律是用来判定感应电动势方向的。

（×）119. 楞次定律是用来判定感应电动势强弱的。

第3章 仪器仪表

（×）1. 使用 JT-1 型晶体管图示仪，当阶梯选择开关置于"毫安/级"位置时，阶梯信号不会通过串联电阻，因此没有必要选择串联电阻的大小。

（×）2. 使用示波器观测信号之前，宜将"Y轴衰减"置于最小挡。

（√）3. 在一般情况下，SBT-5 型同步示波器的"扫描扩展"应置于校正位置。

（√）4. SB-8 型双踪示波器可以用来测量脉冲周期、宽度等时间量。

（√）5. 双踪示波器就是将两个被测信号用电子开关控制，不断地交替送入普通示波器中进行轮流显示。

（×）6. 使用 JSS-4A 型晶体三极管测试仪时，在电源开关未接通前，应将电压选择开关和电流选择开关放在最大量程。

（√）7. 使用信号发生器时，不要把电源线和输出电缆靠近或绞在一起。

（√）8. 液晶显示器中的液晶本身不发光，只能借助外来光线才能显示数码。

（√）9. 示波器等电子显示设备的基本波形为矩形波和锯齿波。

（√）10. 示波管内电子的聚焦是在灯丝和阴极之间进行的。

（×）11. 利用 JT-1 型晶体管特性图示仪，不但可以测试晶体管，还可以测量电容的电容量、电感的电感量。

（×）12. 图示仪是在示波管屏幕上显示曲线的，所以能够将图示仪当作示波器来使用，让它显示被测电信号的波形。

（×）13. 利用示波器观察低电平信号及包含着较高或较低频率成分的波形时，必须使用双股绞合线。

（√）14. 指示仪表不仅能直接测量电磁量，而且还可以与各种传感器相配合，进行温度、压力、流量等非电量的测量。

（√）15. 电动系仪表除可以做成交直流两用及准确度较高的电流表、电压表外，还可以做成功率表、频率表和相位表。

（×）16. 准确度为 1.5 级的仪表，测量的基本误差为±3%。

（×）17. 要直接测量电路中电流的平均值，可选用电磁系仪表。

（√）18. 电压表的附加电阻除可扩大量程外，还起到温度补偿作用。

（×）19. 电压互感器二次绕组不允许开路，电流互感器二次绕组不允许短路。

（×）20. 直流电流表可以用于交流电路。

（√）21. 钳形电流表可做成既能测交流电流，也能测量直流电流。

（√）22. 使用万用表测量电阻，每换一次欧姆挡都要把指针调零一次。

（×）23. 测量交流电路和有功电能时，因是交流电，故其电压线圈、电流线圈的两个端可任意接在线路上。

（×）24. 用两只单相电能表测量三相三线有功负载电能时，出现有一个表反转，这肯定是接线错误。

（×）25. 电动系功率表的电流线圈接反会造成指针反偏转，但若同时把电压线圈也反接，则可正常运行。

（×）26. 电磁系仪表的抗外磁场干扰能力比磁电系仪表强。

（√）27. 电动系相位表没有产生反作用力矩的游丝，所以仪表在未接入电路前，其指针可以停止在刻度盘的任何位置上。

（√）28. 按仪表对电场或外界磁场的防御能力，分为Ⅰ、Ⅱ、Ⅲ、Ⅳ四级。Ⅱ级仪表在外磁场或外电场的影响下，允许其指示值改变±1%。

（×）29. 测量电流的电流表内阻越大越好。

（√）30. 不可用万用表欧姆挡直接测量微安表、检流计或标准电池的内阻。

（√）31. 直流单电桥的比率的选择原则是，使比较臂级数乘以比率级数大致等于被测电阻的级数。

（√）32. 改变直流单臂电桥的供电电压值，对电阻的测量精度也会产生影响。

（√）33. 用直流双臂电桥测量电阻时，应使电桥电位接头的引出线比电流接头的引出线更靠近被测电阻。

（√）34. 电磁系仪表既可以测量直流电量，也可以测量交流电量，且测交流时的刻度与被测直流时的刻度相同。

（×）35. 用万用表 $R \times 1\Omega$ 挡测试电解电容器，黑表笔接电容器正极，红表笔接负极，表针慢慢增大，若停在 $10 \text{k}\Omega$，说明电容器是好的。

（×）36. 用晶体管图示仪观察显示 NPN 型三极管的输出特性时，基极阶梯信号的极性开关应置于"＋"，集电极扫描电压极性开关应置于"－"。

（√）37. JSS-4A 型晶体三极管 h_{FE} 参数测试仪的电源可输出 18V 电压提供给信号源及参数指示器用。

（×）38. JT-1 型晶体管图示仪只能用于显示晶体管输入特性和输出特性曲线。

（√）39. 使用 JSS-4A 型晶体三极管测试仪时，接通电源预热 5min 后才可以使用。

（×）40. SR-8 型双踪示波器可以用来测量电流、电压和电阻。

（√）41. 交流电流表和电压表所指示的都是有效值。

（×）42. 在测试晶体三极管的输入特性时，随着 U_{ce} 从零到正逐渐增加，正向输入特性曲线在坐标系中将向左移动。

（√）43. 晶体三极管的 I_{CEO} 随温度上升而上升。

（×）44. JT-1 型晶体管特性图示仪的集电极峰值电压范围调钮在 $0 \sim 20$V 挡时，电流容量平均值为 1A。

（×）45. 搬动 JT-1 型晶体管特性图示仪集电极扫描信号极性转换开关，即可分别测试 NPN 和 PNP 型晶体三极管。

（√）46. 应用通用示波器观察波形，被测信号一般从"Y"轴输入端输入。

（×）47. 示波器中水平放大器主要是起提高"Y"轴偏转灵敏度的作用。

（×）48. 在一般情况下，SBT-5 型同步示波器的"扫描扩展"应置于扩展位置。

（√）49. SBT-5 型同步示波器在使用前宜将 Y 轴衰减置于最大，然后视情况再适当调节衰减。

（×）50. 双踪示波器中"电子开关"的作用是实现 X 通道和 Y 通道信号的交替显示。

（×）51. SR-8 型双踪示波器中的标准信号发生器用来产生 1kHz、幅值为 1V 的标准方波电压，因频率较低，所以采用了 RC 振荡器。

（√）52. 数字万用表大多采用的是双积分型 A/D 转换器。

（√）53. 在一般情况下，SBT-5 型同步示波器的"扫描扩展"应置于校正位置。

（√）54. 使用示波器时，不要经常开闭电源，防止损伤示波管的灯丝。

（√）55. 在示波器中，改变第一阳极和第二阳极之间的电压，可以改变聚焦点的位置。

（√）56. 用晶体管图示仪观察共发射极放大电路的输入特性时，X 轴作用开关应置于基极电压，Y 轴作用开关置于基极电流或基极源电压。

（×）57. 示波器中水平扫描信号发生器产生的是方波。

（√）58. 使用晶体管参数测试仪时，必须让仪器处在垂直位置时才能使用。

（√）59. 使用晶体管图示仪时，必须在开启电源预热几分钟后方可投入使用。

（×）60. 通用示波器可在荧光屏上同时显示两个信号波形，很方便地进行比较观察。

（√）61. 改变直流单臂电桥的供电电压值，对电阻的测量精度也会产生影响。

（√）62. 用直流双臂电桥测量电阻时，应使电桥电位接头的引出线比电流接头的引出线更靠近被测电阻。

（√）63. 负载伏安特性曲线的形状仅与负载自身特性有关，而与实际加在该负载上电压有大小无关。

（√）64. 要使显示波形在示波器荧光屏上左右移动，可以调节示波器的"X轴位移"旋钮。

（×）65. 用万用表在线路中测量元件的电阻，可鉴别电路各种元件的好坏。

（×）66. 电子示波器只能显示被测信号的波形，而不能用来测量被测信号的大小。

（√）67. JSS-4A型晶体三极管 h_{FE} 参数测试仪由信号源、电源、校准部分、偏流部分、偏压部分、参数转换、直流放大器及参数指示器等组成。

（×）68. 双踪示波器就是双线示波器。

（×）69. 使用JT-1型晶体管图示仪，当阶梯选择开关置于"毫安/级"位置时，阶梯信号不会通过串联电阻，因此没有必要选择串联电阻的大小。

（×）70. 数字式万用表中使用最多的是半导体数字显示器。

（√）71. 只用七段笔画就可以显示出十进位数中的任何一位数字。

（×）72. 只要示波器或晶体管图示仪正常，电源电压也正常，则通电后可立即投入使用。

（×）73. 晶体管图示仪用完后，只要集电极扫描峰压范围仅于 $0\sim20\mathrm{V}$ 就行了。

（√）74. 操作晶体管图示仪时，应特别注意功耗电阻、阶梯选择及峰值范围选择开关的置位，它们是导致管子损坏的主要原因。

（×）75. 执行改变亮（辉）度操作后，一般不须重调聚焦。

（√）76. 示波器的外壳与被测信号电压应有公共的接地点。同时，尽量使用探头测量的目的是为了防止引入干扰。

（×）77. 通用示波器可在荧光屏上同时显示两个信号波形，很方便地进行比较观察。

（√）78. 用电子管电压表测量不对称电压时，输入端对调后表的读数与对调前表的读数不相同，只有采用峰-峰值检测电路的电压表才与输入端的接法无关。

（√）79. 用直流双臂电桥测量电阻时，应使电桥接头的引出线比电流计接头的引出线更靠近被测电阻。

（√）80. 同步示波器可用来观测持续时间很短的脉冲或非周期性的信号波形。

（×）81. SR-21型双踪示波器可以用来测量电流、电压和电阻。

（√）82. SR-21型双踪示波器可以用来测量脉冲周期、宽度等时间量。

（√）83. 细分电路的主要作用是辨别位移的相对方向和提高测量精度。

（√）84. 测定补偿法直流仪表检定装置的稳定度 A 时，其值应满足在 1min 和 30s 内输出量的相对变化量不大于 0.01%。

（√）85. 对多量程电位差计量限系数的测定时，其误差不应超过装置允许误差的 1/4。

（√）86. 数字兆欧表由于采用了电子升压、稳压技术，产生的直流高压相当稳定，且纹波系数极小。

（√）87. 直流分压箱按线路原理分为定值输入式分压箱和定值输出式分压箱。

（√）88. 交流仪表检定装置的标准偏差估计值 S 表征着测量结果的重复性程度。新生产的装置，其值应不超过装置准确度等级的 1/10；使用中的装置，其值应不超过装置准确度等级的 1/5。

（√）89. 直流电位差计的误差主要由标准电池电动势 E_n 误差和测量盘电阻 R_1、R_2 误差两大部分误差组成。

（√）90. 分压箱的实际电压比等于输入电压和开路输出电压之比。

（×）91. 测定交流仪表检定装置输出电量稳定度时应在装置基本量限的输出端分别接上电流、电压负载。

（√）92. 数字万用表交流测量误差与输入信号频率、波形直接有关。在对其检定中常常增加频率响应特性和波形失真对示值的影响试验。

（×）93. 若 DVM 输入电路中存在干扰电压峰值 U_{cm}（$U_{cm}=10V$），要求在 DVM 中出现的误差电压 ΔU_{cm} 不能超过 $1\mu V$ 时，应选择 CMRR>120dB 的 DVM。

（√）94. 数字表的最大相对误差发生在略大于 U_x（$U_x=0.1U_m$）之处，这是因为数字表的各量程之间有 10 倍的关系。

（√）95. ZX35 型微调电阻箱的起始电阻为 10Ω，起始电阻的允差为 $\pm0.1\%$。

（×）96. 检修中的直流电位差计，拆装时必须遵循就各位的原则，以免搞乱装置的组合性能。

（×）97. 用直接比较法检定 DVM 时，标准 DVM 的显示位数应比被检 DVM 的位数多两位。

（√）98. 电阻箱检定证书中各盘第 2～5 点给出数值与第 1 点末位对齐，第 6 点以上给出数值比第 1 点少一位。

（√）99. 周期检定标准电阻的项目有外观检查、阻值测定。

（×）100. 接地不恰当，就不能正确抑制干扰，但不会引入干扰，更不可能使电路工作不正常。

（√）101. 在采用串联式一点接地中，应尽量缩短电路的接地线，加粗地线直径。

（√）102. 对于电场干扰，屏蔽体的电导率越低，屏蔽效果越好。

（×）103. 干扰的来源只可能来自电路外部。

（√）104. 热电比较型结构的交流仪表检定装置的中心部件是交直流比较仪，大致可分为双热偶转换器和放大检测器两部分。

（×）105. 斜坡式数字电压表的精度取决于斜坡电压的大小、输入放大器的精度和比较放大器的灵敏度。

（×）106. 电子型交流仪表检定装置应有防止电压回路开路、电流回路短路以及两个回路过载的保护能力。

（×）107. 根据国家标准，无功功率的单位符号暂可用 var，视在功率的单位符号可用 V·A。

（√）108. 用电桥测量异步电动机定子绕组断路后的电阻时，若三相电阻值相差大于 5%，则电阻较大的一相即为断路相。

（×）109. 用万用表识别二极管的极性时，若测得的是二极管的正向电阻，那么，标有"+"的一端测试棒相连的是二极管的正极，另一端为负极。

（×）110. 同步示波器一般采用了连续扫描方式。

（√）111. 使用钳形表时，钳口两个面应接触良好，不得有杂质。

（√）112. 使用万用表测回路电阻时，必须将有关回路电源拉开。

（×）113. 用兆欧表测电容器时，应先将摇把停下后再将接线断开。

（√）114. 测量直流电压和电流时，要注意仪表的极性与被测量回路的极性一致。

（√）115. 用电流表、电压表间接可测出电容器的电容。

（√）116. 铁磁电动系仪表的特点是：在较小的功率下可以获得较大的转矩，受外磁场的影响小。

（√）117. 磁电系仪表测量机构内部的磁场很强，动线圈中只需通过很小电流就能产生足够的转动力矩。

（×）118. 测某处 150V 左右的电压，用 1.5 级的电压表分别在 450V、200V 段挡位上各测一次，结果 450V 段位所测数值比较准确。

（×）119. 兆欧表摇动的快慢，对测量绝缘电阻的结果不会有影响。

（×）120. 若要扩大电流表的量程，只要在测量机构上串联一个分流电阻即可。

（√）121. 电磁式仪表与磁电式仪表的区别在于电磁式仪表的磁场是由被测量的电流产生。

（√）122. 用万用表交流电压挡可以判别相线与零线。

（×）123. 电视、示波器等电子显示设备的基本波形为矩形波和锯齿波。

（×）124. 示波器上观察到的波形是由加速极电压完成。

（×）125. 直流电位差计在效果上等于电阻为零的电压表。

（√）126. 用电气仪表测量电压、电流时，指针应尽可能位于刻度的后 1/3 内。

（×）127. 指示仪表的特点是利用指针表现被测电量（或非电量）的大小。

（√）128. 电工测量指示仪表按被测量可分为电流表、电压表、功率表、欧姆表等。

（×）129. 微安表、检流计等灵敏电表的内阻，可用万用表直接测量。

（√）130. 指示仪表阻尼力矩的方向始终与可动部分的运动方向相反。

（×）131. 电工指示仪表是将被测电量大小转换成机械角位移，并用指针偏转位置大小表示被测量的大小。

（√）132. 在实际维修工作中，对于某些不能拆卸、焊脱的设备可使用间接测量法进行电工测量。

（×）133. 常用电桥仪器测量电机绕组的方法是间接测量法。

（√）134. 电压表应并联于被测电路中，且其内阻越大越好。

（√）135. 电磁系仪表既可以测量直流电量，也可以测量交流电量，且测交流时的刻度与测直流时的刻度相同。

（×）136. 数字电压表由于被测电压波形失真度不大于 5％，故引起的测量误差应小于被检表的 1/2 允许误差。

（√）137. 数字兆欧表接入额定负载电阻后，其输出端电压与额定输出电压之差值不应大于 5％。

（√）138. 电流表应串联在被测电路中，且其内阻应越小越好。

（×）139. 磁电系仪表可以测量交、直流两种电量。

（×）140. 用两功率表法测量三相三线制交流电路的有功功率时，若负载功率因数低于 0.5，则可能有一个功率表的读数是负值。

（√）141. 三相交流电有功功率的测量根据线路、负载的不同情况，可采用单相功率表一表法、二表法以及三表法进行测量。

（×）142. 电动系测量机构的特性，决定了电动系电流表、电压表和功率表刻度都是均匀的。

（×）143. 如果功率表的电流、电压端子接错，表的指针将向负方向偏转。

（√）144. 二元件三相电度表适用于三相三线制电能的测量，三元件三相电度表适用于三相四线制电路电能的测量。

（×）145. 感应系仪表精度较高，抗干扰能力强，结构简单，工作可靠。

（√）146. 用直流双臂电桥测量电阻时，应使电桥电位接头的引出线比电流接头的引出线更靠近被测电阻。

（×）147. 用直流单臂电桥测量电阻时，如果按下电源和检流计按钮后，指针向"＋"偏转，这时应减小比较臂的电阻值。

（√）148. 电子示波器既能显示被测信号波形，也能用来测量被测信号的大小。

（×）149. 用示波器测量电信号时，被测信号必须通过专用探头引入示波器，不用探头就不能测量。

（√）150. 示波器在同一时间内既能测量单一信号，也能同时测量两个信号。

（×）151. 要想比较两个电压的频率和相位，只能选用双线示波器，单线示波器较难胜任。

（×）152. 比较型数字电压表抗干扰能力强，但最大的缺点是测量速度慢，只能适用于低速测量的场合。

（√）153. 比较型数字电压表测量精度较高，但其最大的缺点是抗干扰能力较差。

（√）154. 数字式仪表与指示仪表相比，具有测量精度高、输入阻抗大、读数迅速而方便，并便于测量的自动化的特点。

（×）155. 数字电压表使用中应进行零位校正和标准校正，分别校正一次即可。

（√）156. 热电阻是由两种不同成分的金属导体连在一起的感温元件。

（√）157. 非电量测量中使用的传感器衡量的主要品质是：输入-输出特性的线性度、稳定性和可靠性。

（√）158. 所谓非电量的电测量，就是对被测的非电量先转换为与之成线性关系的电量，再通过对电量的测量，间接地反映出非电量值。

（×）159. 热电阻是将两种不同成分的金属导体连在一起的感温元件，当两种导体的两个接点间存在温差，回路中就会产生热电动势，接入仪表，即可测量被测介质的温度变化值。

（√）160. 按仪表产生的误差不同，仪表的误差可分为基本误差和附加误差。

（×）161. 在任何条件下，系统误差和随机误差都不能相互转换。

（√）162. 在工作现场为了减小系统误差，可适当提高仪表精度，以减小仪表本身误差。

（×）163. 更换测量人员和增加测量次数可以判断鉴别偶然误差。

（×）164. 高频信号发生器的频率调整旋钮，主要是用来改变主振荡回路的可变电阻器阻值的。

（√）165. 数字式电压表测量的精确度高，是因为仪表的输入阻抗高。

（×）166. 电子管电压表对直流、交流，正弦和非正弦信号均能进行正确测量。

（√）167. 用万用表 $R \times 1\text{k}\Omega$ 挡，测量单向晶闸管阳极与阴极之间正反向电阻，其值都在几十千欧以下，说明管子完好。

（×）168. 电压表的读数公式为：$U = E + I$。

（√）169. 交流电压的量程有 10V、100V、500V 三挡。用毕后应将万用表的转换开关转到高电压挡，以免下次使用不慎而损坏电表。

（×）170. 测量电压时，电压表应与被测电路串联。电压表的内阻远大于被测负载的电阻。多量程的电压表是在表内备有可供选择的多种阻值倍压器的电压表。

（√）171. 电压表的读数公式为：$U = E - Ir$。

（√）172. 操作晶体图示仪时，特别注意功耗电压、阶梯选择及峰位范围选择开关位置，它们是导致损坏的主要原因。

第4章 交流电机

（√）1. 对于异步电动机，其定子绕组匝数增多会造成嵌线困难，浪费铜线，并会增大电动机漏抗，从而降低最大转矩和启动转矩。

（√）2. 三相异步电动机的定子绕组，无论是单层还是双层，其节距都必须为整数。

（×）3. 有多台电动机的配电线路的尖峰电流，其大小取决于多台电动机的启动电流。

（×）4. 由于电动机的转矩与外加电压的平方成正比，所以采用降压启动时电动机的启动转矩一般都较小。

（×）5. 三相异步电动机的转速取决于电源频率和极对数，而与转差率无关。

（×）6. 交流电机绕组构成的基本原则之一是一定的导体数下，获得较小的基波电势和基波磁势。

（×）7. 交流电动机定子绕组的绝缘电阻值低于 $0.5\text{M}\Omega$，应拆除重绕。

（√）8. 三相交流异步电动机定子绕组局部短路或接地，将引起电动机启动后声音异常。

（√）9. 三相交流异步电动机做空载试验，三相电流平均值的偏差均不得大于三相平均值的 10%。

（×）10. 三相交流笼式异步电动机启动电流很大，所以启动转矩也很大。

（×）11. 电动机能耗制动的原理是将能量消耗在电阻上，达到快速制动的目的。

（√）12. 电动机采用反接制动，当电动机转速接近零时，应立即切断电源，以免电动机反转。

（×）13. 当电机结构参数和电网频率都是常数时，降低启动电压，启动转矩将按指数规律下降。

（√）14. 三相交流绕线式异步电动机串级调速属于恒转矩调速。

（√）15. 三相交流换向器电动机定子绕组中感应电势与控制绕组中引入的电势相叠加，则电势增大，转速上升。

（×）16. 三相交流绕线式异步电动机串级调速适用于要求调速范围宽，启动转矩较小的场合。

（×）17. 三相交流换向器电动机多用于冶金机械行业中的轧钢机、风机、水泵等。

（√）18. 无换向器电动机适用于拖动轧钢机、造纸机等要求高静、动态性能的场合。

（×）19．带有额定负载转矩的三相异步电动机，若使电源电压低于额定电压，则其电流就会低于额定电流。

（√）20．单相异步电动机的体积虽然较同容量的三相异步电动机大，但功率因数、效率和过载能力都比同容量的三相异步电动机低。

（×）21．带有额定负载转矩的三相异步电动机，若使电源电压低于额定电压，则其电流就会低于额定电流。

（×）22．在电网频率 f_1 及电动机参数不变时，启动转矩 M_q 与电压的平方 U_1^2 成反比。

（√）23．对于三相异步电动机绕组短路故障，如能明显看出短路点，可用竹楔插入两个线圈之间，把短路部分分开，垫上绝缘。

（×）24．电动机的额定电压是指输入定子绕组的每相电压而不是线间电压。

（√）25．电动机启动时的动稳定和热稳定条件体现在制造厂规定的电动机允许启动条件（直接或降压）和连续启动次数上。

（×）26．异步电动机采用 Y-△降压启动时，定子绕组先按△连接，后改换成 Y 连接运行。

（×）27．电动机"短时运行"工作制规定的短时持续时间不超过 10min。

（√）28．电动机的绝缘等级，表示电动机绕组的绝缘材料和导线所能耐受温度极限的等级。如 E 级绝缘其允许最高温度为 120℃。

（×）29．绕线转子异步电动机的启动方法，常采用 Y-△减压启动。

（×）30．绕线转子异步电动机在重载启动和低速下运转时宜选用频敏变阻器启动。

（×）31．采用频敏变阻器启动电动机的特点是，频敏变阻器的阻值能随着电动机转速的上升而自行平滑地增加。

（×）32．绕线转子异步电动机采用转子串电阻启动时，所串电阻越大，启动转矩越大。

（√）33．检查低压电动机定子、转子绕组各相之间和绕组对地的绝缘电阻，用 500V 绝缘电阻测量时，其数值不应低于 0.5MΩ，否则应进行干燥处理。

（×）34．线绕式异步电动机串级调速在机车牵引的调速上广泛采用。

（×）35．三相异步电动机的转速取决于电源频率和极对数，而与转差率无关。

（√）36．三相异步电动机转子的转速越低，电动机的转差率越大，转子电动势频率越高。

（√）37．应用短路测试器检查三相异步电动机绕组是否一相短路时，对于多路并绕或并联支路的绕组，必须先将各支路拆开。

（√）38．三相交流换向器电动机的调速很方便，仅需转动手轮即可。

（√）39．三相异步电动机的转子转速越低，电动机的转差率越大，转子电动势的频率越高。

（×）40 三相异步电动机，无论怎样使用，其转差率始终在 0～1 之间。

（×）41．为了提高三相异步电动机启动转矩可使电源电压高于电动机的额定电压，从而获得较好的启动性能。

（√）42．双速三相异步电动机调速时，将定子绕组由原来的△连接改为 YY 连接，可使电动机的极对数减少一半，使转数增加一倍，这种调速方法适合拖动恒功率性质的负载。

（√）43．绕线转子异步电动机，若在转子回路中串入频敏变阻器进行启动，其频敏变阻器的特点是它的电阻值随着转速的上升而自动提高、平滑的减小，使电动机能平稳的启动。

（√）44．三相异步电动机的调速方法有改变定子绕组极对数调速、改变电源频率调速、改变转子转差率调速三种。

（√）45．三相异步电动机的最大转矩与转子回路电阻值无关，但临界转差率与转子回路电阻成正比。

（√）46．单相串励换向器电动机可以交直流两用。

（√）47．三相交流换向器电动机启动转矩大，而启动电流小。

（×）48．带有额定负载转矩的三相异步电动机，若使电源电压低于额定电压，则其电流就会低于额定电流。

（×）49．三相异步电动机的最大转矩与定子电压的平方成正比关系，与转子回路的电阻值无关。

（×）50. 当负载功率较大，供电线路较长且启动转矩和过载能力要求较高的场合，宜选用低压大功率电动机。

（×）51. 对于负载率经常在 40％以下的异步电动机，将其定子绕组原为三角形连接改为星形连接，以降低每相绕组电压，这是一个提高功率因数，降低损耗的有效措施。

（√）52. 三相异步电动机的最大转矩与转子回路电阻值无关，但临界转差率与转子回路电阻成正比。

（×）53. 串级调速适合于所有类型结构的异步电动机调速。

（×）54. 三角形连接的三相异步电动机在满载运行时，若一相电源断路，则首先会烧坏一相绕组。

（×）55. 线绕式异步电动机串级调速电路中，定子绕组与转子绕组要串联在一起使用。

（√）56. 电动机绕组绝缘的可靠性是保证电动机使用寿命的关键。

（√）57. 电动机的各种故障最终大多引起电流增大，温升过高。

（√）58. 电动机"带病"运行是造成电动机损坏的重要原因。

（√）59. 单相串励换向器电动机可以交直流两用。

（×）60. 普通三相异步电动机是无换向器电动机。

（√）61. 绕线转子异步电动机串级调速效率很高。

（×）62. 绕线式异步电动机串级调速具有无级调速、控制性能好的优点。

（×）63. 三相异步电动机测量转子开路电压的目的是为了检查定、转子绕组的匝数及接线等是否正确，因此不论是绕线式还是笼型异步电动机均必须进行本检查。

（×）64. 绕线式异步电动机串级调速电路中，定子绕组与转子绕组要串联在一起使用。

（√）65. 对于三相异步电动机的断路故障，找出后重新焊接包扎即可，如果断路处在槽内，可用穿绕修补法更换个别线圈。

（√）66. 异步电动机最大转矩与转子回路电阻的大小无关。

（×）67. 三相异步电动机进行堵转试验时，当定子绕组上加额定电压，若流过的电流为额定电流，则说明试验合格。

（×）68. 三相交流换向器异步电动机的定子绕组接三相交流电源。

（×）69. 由转矩特性可知，产生最大转矩时的临界转差率 S_m 与外加电压无关，因此当外加电压变化时，电动机的额定转差率 S_n 也保持不变。

（×）70. 当双速电动机由高速切换到低速过程中，电动机的转差率 S 在 $0\sim1$ 范围内变化。

（×）71. △接法的三相异步电动机，若误接成 Y 形，设负载转矩不变，则电动机的转速会稍有增加。

（√）72. 延边三角形降压启动方法具有启动损耗小等优点，但对于一般的三相异步电动机无法采用。

（√）73. 当加在三相异步电动机定子绕组上的电压不变，电动机定子中的主磁通就维持不变，它不受电动机转速的影响。

（×）74. 运行中的绕线式异步电动机，若转子电路中串入一定电阻，则电动机临界转差率减小。

（√）75. 异步电动机的电磁转矩与电源电压的平方成正比。

（√）76. 电动机启动时，负载转矩一定得小于堵转转矩。

（√）77. 三相笼型异步电动机如果需带动重负载启动，则不能采用降压启动。

（×）78. 采用反接制动方法虽然比能耗制动方法消耗电能多，但因其制动平稳，所以得到广泛应用。

（√）79. 能耗制动方法虽然制动线路较复杂，但因其制动平稳仍获得广泛应用。

（×）80. 只要三相定子绕组每相都通入交流电流，便可产生定子旋转磁场。

（√）81. 无论采用哪种降压启动方法，三相异步电动机都不允许带较重负载启动。

（×）82. 三相异步电动机与电路串电阻可提高启动转矩，因此转子电路串接的电阻应尽可能大些。

14

（√）83. 国产 Y 系列三相异步电动机功率在 4kW 以上的均采用三角形接法，主要原因是能采用 Y-△降压启动。

（×）84. 绕线式电动机做超速试验的目的是为检验定子绕组的机械强度和装配质量。

（√）85. 三相交流电动机从工作原理上可分为异步电动机和同步电动机。

（×）86. 三相笼型异步电动机可采用改变转差率的方法进行调速。

（×）87. 转差率 S 是分析异步电动机运行性能的一个重要参数，当电动机转速越快，则对应的转差率的数值就越大。

（√）88. 三相异步电动机的额定电压保持不变，电动机的电磁转矩随负载的大小跟随变化。

（√）89. 三相异步电动机正常运行时，负载的大小与转速的大小成反比关系变化。

（√）90. 三相异步电动机中的绕线式结构与笼式结构相比调速性能要好。

（√）91. 异步电动机采用再生制动，只能限制电动机的转速，而无法使电动机停止。

（√）92. 当加在三相异步电动机的电源电压和频率保持不变时旋转磁场的磁通就会保持不变。

（×）93. 当三相异步电动机的负载发生变化时，电动机的同步转速、转子转速均下降。

（√）94. 从原理上讲，绕线式电动机也可用变极调速，只是因为转子线组的磁极对数改变比较困难，因此绕线式电动机不生产变极调速的。

（×）95. 绕线式异步电动机启动时，任意对调两根转子绕组的接线，就可实现电动机的正反转。

（×）96. 绕线式异步电动机转子回路串频敏变阻器，既可提高启动转矩，又能对电动机进行调速。

（√）97. 绕线式异步电动机转子电路，串频敏变阻器进行启动，启动转矩不如串电阻启动大，启动电流比串电阻启动大。

（×）98. 绕线式异步电动机转子电路串电阻启动，即可降低电流，又能提高转速。

（×）99. 三相异步电动机测量转子开路电压的目的是为了检查定、转子绕组的匝数及接线是否正确，因此绕线式和笼型均应做本试验。

（√）100. 在笼型异步电动机的变频调速装置中，多采用脉冲换流式逆变器。

（×）101. 普通三相异步电动机是无换向器电动机。

（√）102. 单相串励换向器电动机可以交直流两用。

（√）103. 绕线转子异步电动机串级调速效率很高。

（√）104. 三相异步电动机的最大转矩与漏电抗成反比，与转子回路电阻值无关。但临界转差率与转子回路电阻成正比关系。

（×）105. 当电动机损坏的绕组已被拆除，只剩下空壳铁芯，又无铭牌和原始数据可查时，该电动机就已经无法修复了，只能报废。

（×）106. 三相异步电动机的启动转矩与定子电压的平方成正比关系，与转子回路的电阻值无关。

（×）107. 三相异步电动机的电磁转矩 T 与转速的方向是否一致，决定了电动机运行的状态，若 T 与旋转的方向一致时，则该电动机运行于制动状态，反之，则运行于电动状态。

（×）108. 三相异步电动机测量转子开路电压的目的是为了检查定、转子绕组的匝数及接线等是否正确，因此不论是绕线式还是笼型异步电动机均必须进行本试验。

（√）109. 铸铝转子有断条故障时，要将转子槽内铸铝全部取出更换。若改为铜条转子，一般铜条的截面积应适当比槽面积小一些，以免造成启动转矩小而启动电流增大的后果。

（√）110. 对于三相异步电动机的断路故障，找出后重新焊接包扎即可，如果断路处在槽内，可用穿绕修补法更换个别线圈。

（×）111. 堵转转矩倍数越大，说明异步电动机带负载启动的性能越差。

（√）112. 三相异步电动机的电磁转矩与外加电压的平方成正比，与电源频率成反比。

（√）113. 三相异步电动机定子采用半闭口型槽的优点是电动机的效率高和功率因数高。

（√）114. 凡有灭弧罩的接触器，一定要装妥灭弧罩后方能通电启动电动机。为了观察方便，空载、轻载试动时，允许不装灭弧罩启动电动机。

（×）115. 当电动机低于额定转速时，采用恒转速方式调速。

（×）116. 三相异步电动机的额定电流就是在额定运行时通过定子绕组的额定电流。

（√）117. 只要三相异步电动机负载转矩是额定负载转矩，则当电源电压降低后，电动机必将处于过载运行状态。

（√）118. 三相笼型异步电动机降压启动时，要求电动机在空载或轻载时启动，是因为电压下降后，电动机启动力矩大为降低。

（×）119. 三相笼型异步电动机采用定子串电阻降压启动，其目的是为了减小启动力矩。

（×）120. 三相交流换向器异步电动机启动转矩大，启动电流小。

（×）121. 对三相笼型异步电动机采用 Y-△ 启动，启动转矩为直接启动的 1/6。

（√）122. 只有在正常运行时定子绕组为三角形接法的三相交流异步电动机，才能采用 Y-△ 降压启动。

（×）123. 对三相交流异步电动机进行电力制动时，电磁转矩方向与电动机的旋转方向是相同的。

（×）124. 对于容量为 $1 \sim 1000kW$，额定电压 $U_N \geqslant 36V$ 的电动机，其绕组对机壳及绕组间绝缘强度试验电压（有效值）为 $1000V + 2U_N$，最低为 1500V。

（√）125. 目前在电风扇、冰箱、洗衣机等家用电器上，广泛使用单相异步电动机，启动电容不从电路上切除而长期接在启动绕组上，同工作绕组一起工作。

（×）126. 对于运行时间很长、容量不大，绕线绝缘老化比较严重的异步电动机，如果其故障程度不严重，可作应急处理。

（×）127. 三相交流异步电动机采用调压调速，当电源电压变化时，转差率也改变。

（×）128. 双速三相异步电动机调速时，将定子绕组由原来的 △ 接法改接成 YY 接法，可使电动机的极对数减少一半，使转速降低，调速方法适合于拖动恒功率性质的负载。

（×）129. 绕线转子异步电动机，可在转子回路中串入频敏变阻器进行启动，其频敏变阻器的特点是它的电阻值随着转速的上升而自动地、平滑地增大，使电动机能平稳地启动。

（×）130. 深槽式和双笼型三相异步电动机，较之普通的笼型三相异步电动机，其启动转矩较大，启动电流较小，功率因数较高，所以常用于轻载频繁启动的场合。

（√）131. 绕线式三相异步电动机，转子串入电阻启动，虽然启动电流减小了，但是启动转矩不一定减小。

（√）132. 绕线转子异步电动机串级调速效率很高。

（×）133. 三相交流异步换向器电动机，调速方便，但功率因数不高。

（×）134. 单相异步电动机与三相异步电动机的区别是有启动转矩，并且转动方向固定。

（×）135. 三相笼型异步电动机定子绕组串电阻减压启动，其启动转矩按端电压一次方的比例下降。

（√）136. 采用自耦变压器减压启动的电动机，是正常连接方法为 Y 接且容量较大的电动机。

（×）137. 三相笼型异步电动机采用串电阻减压启动，在获得同样启动转矩下，启动电流较 Y-△ 启动和自耦变压器减压启动都小。

（×）138. 绕线转子异步电动机在转子电路中串接电阻或频敏变阻器，用以限制启动电流，同时也限制了启动转矩。

（×）139. 反接制动的制动准确性好。

（×）140. 反接制动时串入的制动电阻值要比能耗制动时串入的电阻值大一倍。

（×）141. 对一台三相异步电动机进行过载保护，其热元件的整定电流应为额定电流的 1.5 倍才行。

（×）142. 三相异步电动机，采用调压调速，当电源电压变化时，转差率也变化。

（√）143. 三相异步电动机有变极调速、变频调速和改变转差率调速三种方法，前两种方法适用于笼型电动机，后一种调速方法适用于绕线式转子电动机。

（√）144. 接触器自锁控制，不仅保证了电动机的连续运转，而且还有零压保护作用。

（×）145. 若电动机的额定电流不超过10A，可用中间继电器代替接触器使用。

（√）146. 正确合理地选择电动机，主要是保证电能转换为机械能的合理化，节约电能，且技术经济指标合理，满足生产机械的需要。

（×）147. 着眼于节能的三相异步电动机的选用原则，主要应从电动机的转速等性能方面来考虑。

（×）148. 三相异步电动机的最大转矩与转子电阻大小有关，而与电源电压及转子漏抗无关。

（√）149. 三相异步电动机的变极调速只能做到一级一级地改变转速，而不是平滑调速。

（×）150. 三相异步交流绕线式电动机串级调速中的逆变属于无源逆变。

（√）151. 异步电动机的启动转矩与电源电压的平方成正比。

（×）152. 在空载情况下，电动机的最高转速与最低转速之比称为调速范围。

（×）153. 电动机在额定负载时的转速与理想空载转速之比，称为转差率。

（×）154. 电动机是使用最普遍的电气设备之一，一般在70%～95%额定负载下运行时，效率最低，功率因数大。

第5章　直流电机

（√）1. 直流电机一般采用碳-石墨电刷，只有在低压电机中，才用黄铜石墨电刷或者青铜石墨电刷。

（√）2. 在换向器表面，通常会产生一层褐色光泽的氧化亚铜薄膜，这层薄膜增大了电刷和换向器之间的接触电阻，它具有良好的润滑作用，并可以改善换向。

（√）3. 一台使用不久且绝缘未老化的直流电机，若一两个线圈有短路故障，则检修时可以切断短路线圈，在与其连接的两个换向片上接以跨接线，使其继续使用。

（√）4. 对于一般中小型电机应选用接触压降较小的含铜石墨电刷。

（√）5. 同步电动机的转速不随负载的变化而变化，是一种恒转速电动机。

（√）6. 串励式直流电动机励磁绕组的匝数少，导线粗。

（×）7. 波绕组基本特点是绕组元件的首端和尾端分别接到相邻的两片换向片上。

（×）8. 直流无换向器电动机是由同步电动机和频率变换器组成的。

（×）9. 直流无换向电动机常采用的调速方法是改变励磁调速。

（×）10. 双闭环调速系统包括电流环和速度环。电流环为外环，速度环为内环，两环是串联的，又称双环串级调速。

（×）11. 直流电动机的定子由机座、主磁极、换向器、电刷装置、端盖等组成。

（√）12. 直流电动机反接制动的原理实际上是与直流电动机的反转原理一样的。

（√）13. 直流电动机电刷研磨要用0号砂布。

（√）14. 在换向器表面，通常会产生一层褐色光泽的氧化亚铜薄膜，这层薄膜增大了电刷和换向器之间的接触电阻，它具有良好的润滑作用，并可以改善换向。

（×）15. 直流电动机回馈制动的原理是指电动机处于发电机状态时运行，将发出的电能消耗到制动电阻上。

（√）16. 直流电动机反接制动，当电动机转速降低至接近零时应立即断开电源。

（√）17. 直流电机的电枢绕组若为单叠绕组，该绕组的并联支路数将等于主磁极数，同一瞬时相邻磁极下电枢绕组导体的感应电动势方向相反。

（×）18. 直流电动机在额定负载下运行时，其火花等级不应该超过2级。

（×）19. 直流电机的电刷对换向器的压力均有一定的要求，各电刷的压力之差不应超过±5%。

（√）20. 无论是直流发电机还是直流电动机，其换向极绕组和补偿绕组都应与电枢绕组串联。

（√）21. 他励直流发电机的外特性，是指发电机接上负载后，在保持励磁电流不变的情况下，负载端电压随负载电流变化的规律。

（×）22. 如果并励直流发电机的负载电阻和励磁电流均保持不变则当转速升高后，其输出电压将保持不变。

（√）23. 在负载转矩逐渐增加而其他条件不变的情况下，积复励直流电动机的转速呈上升状态，但差复励直流电动机的转速呈下降状态。

（√）24. 串励电动机的特点是启动转矩和过载能力都比较大，且转速随负载的变化而显著变化。

（√）25. 对他励直流电动机进行弱磁调速时，通常情况下应保持外加电压为额定电压值，并切除所有附加电阻，以保持在减弱磁通后使电动机电磁转矩增大，达到使电动机升速的目的。

（√）26. 在要求调速范围较大的情况下，调压调速是性能最好、应用最广泛的直流电动机调速方法。

（√）27. 直流电动机改变电枢电压调速，电动机励磁应保持为额定值。当工作电流为额定电流时，则允许的负载转矩不变，所以属于恒转矩调速。

（√）28. 直流电动机电枢串电阻调速是恒转矩调速；改变电压调速是恒转矩调速；弱磁调速是恒功率调速。

（×）29. 为了提高直流电动机换向片间的绝缘强度，片间绝缘应尽可能做厚些。

（√）30. 直流电动机反接制动，当电动机转速降低至接近零时应立即断开电源。

（√）31. 在维修直流电机时，对各绕组之间作耐压试验，其试验电压用交流电。

（√）32. 直流电机最常见的故障是换向火花过大。

（√）33. 无刷电动机是直流电动机。

（√）34. 一般直流电动机的换向极铁芯采用硅钢片叠装而成。

（√）35. 直流电动机换向器的作用是把流过电刷两端的直流电流变换成电枢绕组中的交流电流。

（√）36. 串励直流电动机的电磁转矩与电枢电流的平方成正比。

（√）37. 直流电动机反接制动的原理实际上是与直流电动机反转原理一样的。

（√）38. 直流电动机定子、转子相摩擦时将引起电枢过热，因此要检查定子铁芯是否松动、轴承是否磨损。

（√）39. 直流电动机的电刷一般用石墨粉压制而成。

（√）40. 为获得尽可能大的电势，直流电动机电枢绕组元件的两个边相距应等于或略小于极距。

（×）41. 对于重绕后的电枢绕组，一般都要进行耐压试验，以检查其质量好坏，试验电压选择1.5～2倍电动机额定电压即可。

（√）42. 直流电动机若采用开环控制系统，只调整其给定电压或给定励磁即可。

（×）43. 直流电动机改变运行方向常采用的方法是直接改变电动机电枢的极性。

（√）44. 直流电动机在带负荷后，对于直流发电机来讲，它的磁极物理中心线是顺电枢旋转方向偏转一个角度。对于直流电动机来讲，它的磁极物理中心线是逆转动方向偏转一个角度。

（√）45. 直流电动机的机械特性是指电动机端电压和剩磁电流等于额定值时，电动机转速与转矩的关系。

（×）46. 直流电动机启动时的电流等于其额定电流。

（√）47. 他励直流电动机启动时，必须先给励磁绕组加上电压再加电枢电压。

（×）48. 改变励磁回路的电阻调速，只能使转速低于额定转速。

（×）49. 要使他励直流电动机反转必须改变电枢绕组的电流方向和励磁绕组的电流方向。

（×）50. 在晶闸管-电动机调速系统中，为了补偿电动机端电压降落，应采用电压正反馈。

（√）51. 直流电动机最常见的故障是换向火花过大。

（×）52. 直流电动机的电磁转矩在电动状态时是驱动性质的转矩。因此，当增大电磁转矩时，电动机的转速将会随之上升。

（×）53. 直流电动机的启动转矩的大小取决于启动电流的大小，而启动电流的大小仅取决于启动时电动机的端电压。

（√）54. 直流电动机定子、转子相擦时将引起电枢过热，因此要检查定子铁芯是否松动、轴承是否磨损。

（√）55. 直流电动机反接制动的原理实际上是与直流电动机的反转原理一样的。

（√）56. 串励直流电动机的电磁转矩与电枢电流的平方成正比。

（×）57. 一般直流电动机的换向极铁芯采用硅钢片叠装而成。

（×）58. 因直流电动机的主磁通通入的为直流电，所以对主磁极铁芯不用考虑涡流现象。

（×）59. 直流电动机中的换向磁极绕组与电枢绕组串联，补偿绕组与电枢绕组并联。

（×）60. 直流电动机换向极的极性，沿电枢旋转方向看，应与前方主磁极极性相同。

（√）61. 当直流发电机的负载增大时，电磁转矩随之增大，为了保持平衡，原动机输入的机械转矩也必须增大。

（√）62. 无论是直流电动机还是交流电动机，进行反接制动时出现的电流比启动电流还要大得多。

（×）63. 无论是直流电动机还是交流电动机，进行能耗制动时都应采取防止出现反转现象的控制措施。

（×）64. 单相串励电动机的换向片与绕组线圈的连接应采用焊锡焊接。

（√）65. 对于负载恒定，转向不变的场合，可以采用没有换向磁极的直流电动机，但要将电刷逆电枢旋转方向转过一 β 角。

（√）66. 直流电动机采用电枢回路串电阻进行调速，其机械特性的硬度发生了变化。

（√）67. 直流电动机启动时不但转速发生变化，而且转矩、电流等也发生变化。

（×）68. 在直流电动机中，换向极极性应与顺着电枢转向的下一个主磁极极性相反。当电动机需反转时，则上述条件就不满足，因此当直流电动机需反转时就不能用加换向极的方法来改善换向。

（√）69. 单相串励电动机的机械特性，无论采用直流电源还是交流电源，都与普通串励直流电动机的机械特性相似。

（×）70. 无刷电动机是直流电动机。

（√）71. 直流电动机反接制动，当电动机转速降低至接近零时应立即断开电源。

（√）72. 直流电动机调速范围大，能实现无级调速。

（√）73. 在维修直流电动机时，对各绕组之间作耐压试验，其试验电压采用交流电。

（√）74. 直流电动机启动时，常在电枢电路中串入附加电阻，其目的是为限制启动电流。

（√）75. 直流发电机若改作直流电动机来使用，其换向极绕组不用改接，反之亦然。

（×）76. 当启动电流倍数（启动电流/额定电流）相同时，串励电动机与并励电动机相比可获得更大的启动倍数。

（√）77. 直流电动机换向极接反会引起电枢发热。

（√）78. 在直流电动机中，起减小电刷下面火花作用的是换向磁极绕组。

（×）79. 直流电动机通过电源线，使换向器与外电路相连接。

（√）80. 直流电动机电枢绕组的合成节距和换向器节距总是相等的。

（√）81. 串励电动机不允许空载或轻载启动。

（×）82. 并励电动机有良好的启动性能。

（×）83. 并励电动机不能直接实现回馈制动。

（√）84. 并励电动机基本上是一种恒速电动机，能较方便地进行调速；而串励电动机的特点，则是启动转矩和过载能力较大，且转速随着负载的变化而显著变化。

（×）85. 并励（或他励）直流电动机若采用弱磁调速，其理想空载转速将不变，而其机械特性的硬度将增加。

（×）86. 并励直流电动机若采用降低电枢电压的方式进行调速，其理想空载转速将降低，而机械特性的硬度将增加。

（×）87. 他励直流电动机调磁调速是在电枢回路中进行调节的。

（√）88. 直流电动机换向器进行表面修理，一般应先将电枢升温到 60～70℃，保温 1～2h 后，拧紧换向器端面的压环螺栓，待电动机冷却后，换下换向器片间云母片，而后再车光外圈。

（×）89. 正常工作的直流电动机的电刷火花呈淡蓝色，微弱而细密，一般不超过 2 级。

（√）90. 直流及交流无换向器电动机在结构上都是和同步电动机相同的。

(√) 91. 当负载发生剧烈变化或发生突然短路时，直流电动机会产生环火。

(×) 92. 直流电动机在能耗制动时，必须切除励磁电流。

(×) 93. 直流电动机的电刷对换向器的压力均有一定要求，各电刷压力之差不应超过±5%。

(√) 94. 整流状态时整流器将交流电能变成直流电能供给电动机。

第6章 特殊电机

(√) 1. 并励发电机应用广泛，一般用于负载距电源较近和不需要补偿线路压降的各种负载。

(√) 2. 自整角机是一种感应式机电元件。

(×) 3. 步进电动机其运行特点是每输入两个电脉冲，电动机就转动一个角度或前进一步。

(√) 4. 力矩电动机是一种可长期处于堵转状态下运行的电动机。

(×) 5. 旋转变压器的结构与普通绕线转子异步电动机相似，为了获得良好的电气对称性，以提高其精度，通常设计为两极凸极式结构。

(√) 6. 常用的直流测速发电机分永磁和电磁式两大类。

(√) 7. 交流伺服电动机的工作原理和电容运转单相异步电动机相似。

(×) 8. 异极式中频发电机的结构有 $1P$ 个励磁线圈（P 为定子表面励磁机对数）。

(√) 9. 电磁调速异步电动机转差离合器是由原动机带着而旋转的，其工作气隙沿圆周是不均匀的。

(√) 10. 交磁电机扩大机相当于在其电枢内部实现两级放大的特殊直流发电机，它的功率放大倍数可达 500～1000。

(×) 11. 交流换向器电动机是一台原边绕组中引入附加电势的反装式异步电动机。

(√) 12. 交流无换向器电动机结构中包括变频电路。

(√) 13. 无换向器电动机又称为自控变频同步电动机。

(√) 14. 自整角机按其结构可分为接触式和无接触式两大类。

(√) 15. 步进电动机又称脉冲电动机。

(√) 16. 发电机启动前除应做一些必要的检查外，还必须检查冷却系统各开关是否在开启位置。

(√) 17. 发电机并网条件是发电机和电网相序一致，频率相同，电压大小相等和电压的相位相同。

(√) 18. 发电机的保护回路一般包括：出口短路保护、发电机过载保护。

(×) 19. 电磁式直流测速发电机，为了减小温度引起其输出电压的误差，可以在其励磁绕组中串联一个比励磁绕组电阻大几倍而温度系数大的电阻。

(√) 20. 交流测速发电机，在励磁电压为恒频恒压的交流电、且输出绕组负载阻抗很大时，其输出电压的大小与转速成正比，其频率等于励磁电源的频率而与转速无关。

(√) 21. 若交流测速发电机的转向改变，则其输出电压的相位将发生 180° 的变化。

(√) 22. 若交流电机扩大机的补偿绕组或换相绕组短路，会出现空载电压正常但加负载后电压显著下降的现象。

(×) 23. 力矩式自整角机的精度由角度误差来确定，这种误差取决于比转矩和轴上的阻转矩，比转矩越大，角度误差越大。

(×) 24. 力矩电动机是一种能长期在低速状态下运行，并能输出较大转矩的电动机，为了避免烧毁，不能长期在堵转状态下工作。

(√) 25. 由于交流伺服电动机的转子制作的轻而细长，故其转动惯量较小，控制较灵活；又因转子电阻较大，机械特性很软，所以一旦控制绕组电压为零，电动机处于单相运行时，就能很快的停止转动。

(×) 26. 交流伺服电动机是靠改变控制绕组所施电压的大小、相位或同时改变两者来控制其转速的，在多数情况下，它都是工作在两相不对称状态，因而气隙中的合成磁场不是圆形旋转磁场，而是脉动磁场。

(×) 27. 交流伺服电动机在控制绕组电流作用下转动起来，如果控制绕组突然断路，则控制绕组不会自行停转。

（√）28. 直流伺服电动机一般都采用电枢控制方式，即通过改变电枢电压来对电动机进行控制。

（√）29. 步进电动机是一种把电脉冲控制信号转换成角位移或直线位移的执行元件。

（×）30. 步进电动机每输入一个电脉冲，其转子就转过一个齿。

（√）31. 步进电动机的工作原理是建立在磁力线力求通过最小的途径，而产生与同步电动机一样的磁阻转矩，所以步进电动机从其本质来说，归属于同步电动机。

（√）32. 步进电动机的静态步距误差越小，电动机的精度越高。

（√）33. 步进电动机不失步所能施加的最高控制脉冲的频率，称为步进电动机的启动频率。

（√）34. 步进电动机的连续运行频率应大于启动频率。

（×）35. 步进电动机的输出转矩随其运行频率的上升而增大。

（√）36. 空心杯形转子异步测速发电机输出特性具有较高的精度，其转子转动惯性量较小，可满足快速性要求。

（√）37. 正余弦旋转变压器，为了减少负载时输出特性的畸变，常用的补偿措施有一次侧补偿、二次侧补偿和一、二次侧同时补偿。

（×）38. 直流测速发电机，若其负载阻抗值增大，则其测速误差就增大。

（√）39. 旋转变压器的输出电压是其转子转角的函数。

（√）40. 旋转变压器的结构与普通绕线式转子异步电动机结构相似，也可分为定子和转子两大部分。

（√）41. 旋转变压器有负载时会出现交轴磁动势，破坏了输出电压与转角间已定的函数关系，因此必须补偿，以消除交轴磁动势的效应。

（√）42. 通常情况下，他励直流电动机的额定转速以下的转速调节，靠改变加在电枢两端的电压；而在额定转速以上的转速调节靠减弱磁通。

（√）43. 高压同步电动机安装工作的关键工序之一是保证两联轴器的轴线重合，即两联轴器互相连接的端面要平行而且同心，这项调整工作称为定心。

（√）44. 水内冷汽轮发电机安装前，应对定子、转子水回路分别进行水压试验，现场水压试验标准应按制造厂规定，试验持续时间为8h，应无渗漏。

（√）45. 旋转变压器的输出电压是转子转角的函数。

（√）46. 自整角发送机的转子具有自锁性。

（×）47. 步进电动机每输入一个电脉冲，转子就转过一个齿。

（×）48. 三相力矩异步电动机转子电阻很小。

（×）49. 直流力矩电动机的电枢电流可以很大。

（√）50. 感应子中频发电机的转子没有励磁绕组。

（×）51. 三相交流换向器异步电动机的定子绕组接三相交流电源。

（√）52. 三相交流换向器电动机调速方便，功率因数高。

（√）53. 三相交流换向器电动机启动转矩大，启动电流小。

（√）54. 无换向器电动机的转速可以很高，也可以很低。

（√）55. 旋转变压器的结构与普通绕线转子异步电动机相同。

（×）56. 直流力矩电动机一般做成少极磁场。

（√）57. 直流伺服电动机不论是枢控式，还是磁极控制式均不会有"自转"现象。

（×）58. 发电机-直流电动机（F-D）拖动方式直流电动机比晶闸管整流系统（SCR-C）拖动方式直流电动机启动反应速度快。

（√）59. 三相交流换向器电动机就是三相异步换向器电动机，是一种恒转矩交流调速电动机，相当于一台反装式绕线转子异步电动机和一台换向器变频机的混合体。

（×）60. 交磁电机扩大机有多个控制绕组，其匝数、额定电流各有不同，因此额定安匝数也不相同。

（×）61. 直流力矩电动机一般做成电磁的少极磁场。

（√）62. 电磁调速异步电动机又称滑差电动机。

（√）63. 并励发电机励磁绕组的连接和电枢旋转方向，要使励磁电流产生的磁场与剩磁通同方向。

（×）64. 同步电动机是靠磁极之间排斥力而工作的。

（×）65. 同步电动机的定子绕组与三相异步电动机的定子绕组的排列和接法不一样。

（√）66. 同步电动机的旋转电枢式结构是将三相绕组装在转子上，磁极装在定子上。

（×）67. 转子惯性较大的同步电动机可以自行启动。

（×）68. 交流伺服电动机在控制绕组电流作用下转动起来，如果控制绕组突然断路，则转子不会自行停转。

（√）69. 自整角发送机的转子具有自锁性。

（×）70. 步进电动机每输入一个电脉冲，转子就转过一个齿。

（×）71. 三相力矩异步电动机转子电阻很小。

（×）72. 直流力矩电动机的电枢电流可以很大。

（√）73. 感应子中频发电机的转子没有励磁绕组。

（√）74. 三相交流换向器电动机调速方便，功率因数高。

（√）75. 三相交流换向器电动机启动转矩大，启动电流小。

（√）76. 无换向器电动机的转速可以很高，也可以很低。

（×）77. 在拱形换向器中，V形绝缘环是关键零件，它的主要作用是垫在换向片组与压圈、套筒之间作对地绝缘，是不承受机械载荷的电气绝缘件。

（√）78. 旋转变压器和自整角机都是在控制系统中测位用的微型特种电动机，两者的结构和型式都与小型绕线转子异步电动机相似。

（×）79. 一台自整角发送机可以带一台或多台自整角接收机工作，发送机与接收机之间既有机械连接又有电路连接。

（×）80. 力矩电动机是一种能长期在低转速状态下运行，并能输出较大转矩的电动机，为了避免烧损，不能长期在堵转状态下工作。

（×）81. 交流伺服电动机在控制绕组电流作用下转动起来，如果控制绕组突然断路，则转子不会自行停转。

（×）82. 经济型数控的伺服机构仍采用电液脉冲马达。

（√）83. 直流及交流无换向器电动机在结构上都是和同步电动机相同。

（×）84. 直流力矩电动机一般做成电磁的少极磁场。

（√）85. 电磁调速异步电动机又称滑差电动机。

（×）86. 线绕式异步电动机串级调速电路中，定子绕组与转子绕组要串联在一起使用。

（√）87. 旋转变压器的输出电压是转子转角的函数。

（×）88. 对于同步发电机，电枢反应是指电机在负载运行时励磁绕组所产生的磁场对定子绕组所产生的旋转磁场的影响。

（√）89. 由于交流伺服电动机的转子制作得轻而细长，故其转动惯量较小，控制灵活；又因转子绕组电阻较大，机械特性很软，所以一旦控制绕组电压为零、电动机处于单相运行时，就能很快停止转动。

（√）90. 异步测速发电机的输出绕组与励磁绕组轴线相差90°几何角，输出电动势的大小与转速成正比，而其频率与转速大小无关，因此可以认为负载阻抗与转速无关。

（×）91. 交流伺服电动机是靠改变对控制绕组所施电压的大小、相位或同时改变两者来控制其转速的。在多数情况下，它都是工作在两相不对称运行状态，因而气隙中的合成磁场不是圆形旋转磁场，而是脉动磁场。

（√）92. 旋转变压器有负载时会出现交轴磁动势，破坏了输出电压与转角间已定的函数关系，因此必须补偿，即消除交轴磁动势的效应。

（√）93. 力矩电动机和低惯量电动机是两种满足自动控制系统更高要求的伺服电动机，其工作原理与伺服电动机相同。

（×）94．永磁式和反应式微型同步电动机应有启动转矩，因此需要在转子上装设启动绕组。

（×）95．直流发电机在原动机的拖动下产生交流电动势，再通过电枢产生直流电压输出。

（×）96．永磁式测速发电机的定子用永久磁铁制成，一般为隐极式。

（√）97．三相异步换向器电动机是一种恒转矩交流调速电动机。

（×）98．直流发电机在原动机的拖动下产生交流电动势，再通过电枢产生直流电压输出。

（×）99．直流力矩电动机一般做成电磁的少极磁场。

（√）100．三相交流换向器电动机其输出功率和电动机转速成正比例增减，因为电动机具有恒转矩特性。

（√）101．当串励电动机轻载时，电动机转速很快，当电动机低速运行时，能产生很大的转矩去拖动负载。

（×）102．参照异步电动机的工作原理可知，电磁调速异步电动机转差离合器磁极的转速必须大于其电枢转速，否则转差离合器的电枢和磁极间就没有转差，也就没有电磁转矩产生。

（√）103．采用均压线的目的主要是协助换向磁极减小电枢反应的不利影响。

（√）104．采用补偿绕组会使直流电机构造复杂，成本增加，所以只有在大容量电机和负载变化剧烈的直流电机中采用。

（√）105．励磁绕组消耗的功率仅占直流电动机额定容量的 $1\%\sim3\%$，但它对电动机的性能影响很大。

（×）106．积复励发电机因负载增加时，电压急剧下降，通常用作直流电焊机的电源。

（×）107．积复励发电机中串励绕阻用于空载时产生额定电压，并励绕组用来抵消负载时电枢绕组产生的电枢反应。

（×）108．复励发电机的主磁极铁芯上套有两组绕组，其中匝数较少线较粗的是并励绕组，匝数较多线较细的是串励绕组。

（×）109．直流并励电动机在运行过程中，励磁回路出现断路故障，电动机会立即停转。

（√）110．换向片之间的绝缘层采用云母片是因为云母片不仅具有很高的绝缘强度，而且还具有耐高温性能。

（√）111．当转子电阻的总电阻 $R_2=X_{20}$ 时同步电动机的启动转矩等于电动机的最大转矩。

（×）112．转速较高时，电磁调速异步电动机的传递效率较低。

（√）113．电磁调速异步电动机具有恒转矩特性。

（√）114．电磁调速异步电动机不宜长时间低速运行。

（×）115．滑差电动机只要平滑地调节转差离合器励磁绕组中的直流励磁电流的大小，就能达到平滑地调节电动机转速的目的。

（√）116．交磁电机放大机的控制绕组实质上是实现各种反馈。

（×）117．交磁电机放大机中，直轴电刷用导线短接，交轴电刷与补偿绕组串联。

（√）118．交磁电机放大机电枢的旋转一般常用异步电动机来拖动。

（√）119．交磁电机放大机的补偿绕组产生的磁通用于抵消电枢反应。

（√）120．交磁电机放大机输出功率的增大，其能量全部是由拖动它的原动机供给的。

（×）121．交磁电机放大机绕组产生的磁通方向与控制绕组产生的磁通方向相反，补偿了电枢反应的作用。

（√）122．匝间绝缘耐压试验应在电动机空载试验以后进行，这项试验仅对绕组大修的电动机。

（√）123．绝缘耐压试验是检查电动机绝缘以及嵌线质量的最可靠方法。

（√）124．做耐压试验前要先测定绕组的绝缘电阻，绝缘电阻正常的电动机才可以进行耐压试验。

（×）125．做耐压试验时，试验电压时间不得超过 10min。

（×）126．空心杯形转子的异步测速发电机输出绕组电势的频率与转速有关，转速越高，输出电势的频率就愈高。

（×）127. 交流测速发电机可以测出转速的大小而测不出原动机旋转的方向。直流测速发电机则可通过输出电压极性的改变，测出原动机旋转的方向。

（√）128. 直流测速发电机不会发生相位误差和剩余电压。

（√）129. 交流测速发电机的线性误差和相位误差与负载的大小和性质有关。

（×）130. 交流测速发电机的反电动势要大于直流测速发电机的反电动势。

（√）131. 直流测速发电机的灵敏度比交流测速发电机的灵敏度高很多倍。

（×）132. 交流测速发电机的定子上装有两个互差90°的绕组。

（√）133. 交流空心杯形伺服电动机因气隙稍大，因此空载电流大，功率因数和效率较低。

（×）134. 交流伺服电动机，在没有控制信号时，定子内只有励磁绕组产生的旋转磁场，转子上没有电磁转矩作用而静止不动。

（√）135. 交流伺服电动机，在有控制信号时，控制电压使得控制绕组产生旋转磁场，并产生电磁转矩使转子旋转。

（√）136. 交流伺服电动机实质上就是一种微型交流异步电动机，其定子结构与电容运转单相异步电动机相似。

（×）137. 为使交流异步电动机对输入信号能有较快的反应必须尽量增大转子惯量。

（√）138. 为进一步提高交流伺服电动机的快速反应性，其转子结构应选空心杯形。

（√）139. 直流执行电动机采用电枢控制时，在电枢上加控制电压，在励磁绕组上加额定电压。

（×）140. 直流执行电动机采用磁极控制时，在电枢上加控制电压，在励磁绕组上加额定电压。

（√）141. 交流伺服电动机的缺点是控制特性是非线性的，而直流伺服电动机的控制特性是线性的。

（×）142. 直流伺服电动机一般用在功率较小的控制系统中，交流伺服电动机一般用在功率较大的控制系统中。

（×）143. 三相反应式步进电动机定子磁极上装有控制绕组，转子铁芯上装有励磁绕组。

（√）144. 因反应式步进电动机具有惯性小、反应快和速度高的特点，故使用较多。

（√）145. 步进电动机的相数越多，步距角越小，但脉冲电源复杂，成本也较高。

（×）146. 步进电动机在运行过程中，角位移的误差会产生积累。

（√）147. 微型同步电动机常用在需要恒速运转的自动控制装置中。

（√）148. 微型同步电动机的转速不随负载和电压的变化而变化。

（×）149. 电磁调速异步电动机非常适用于恒功率负载。

（√）150. 直流曳引电动机工作制为短期工作制。

（√）151. 交流曳引电动机工作制为短期工作制。

（√）152. 他励直流电动机启动时，必须先给励磁绕组加上电压再给电枢绕组加上电压。

（×）153. 同步电动机是靠磁极之间的排斥力而工作的。

（×）154. 在电动机转子回路中串入一个感应电动势，调整该电动势的大小就可以改变电动机的转速，这种调速方法叫串级调速。

（√）155. 交磁电机扩大机具有放大倍数高、时间常数小、励磁余量大等优点。

（√）156. 并励发电机的外特性是研究当发电机的转速保持额定值时，电枢端电压与负载电流之间的变化关系。

（×）157. 只要增加同步发电机的极数和提高原动机的转速，便能使同步发电机发出单相或三相频率为 1500～1000Hz 的中频电流。所以说中频发电机是一种特种的同步发电机。

（×）158. 交流伺服电动机虽然是在控制绕组的作用下才转动起来的，但若控制绕组突然断电，转子是不会自行停转的。

（√）159. 步进电动机是一种把电脉冲控制信号转换成角位移或直线位移的执行元件。

（×）160. 同步电动机在欠励磁情况下运行，其功率因数角超前，能改善电网的功率因数。

（√）161. 因在实际工作中，同步发电机要满足并网运行的条件是困难的，故只要求发电机与电网的频率相差不超过 0.2%～0.5%；电压有效值不超过 5%～10%；相序相同且相角差不超过

10°，即可投入电网。

（×）162. 弱磁保护主要用于异步电动机。

（√）163. 电动机调速方法中，变更定子绕组极对数的调速方法属于有级调速。

（×）164. 他励直流电动机的调速方法中，改变磁通法特别适合恒转矩的调速场合。

（√）165. 空心杯形转子异步测速发电机输出特性具有较高的精度，其转子转动惯量较小，可满足快速性要求。

（√）166. 交磁电动机扩大机是一种具有很高放大倍数、较小惯性、高性能、特殊构造的直流发电机。

第7章　电子基础知识

（√）1. 晶闸管斩波器是应用于直流电源方面的调压装置，但输出电压只能下调。

（×）2. 在生产中，若需要低压大电流可控整流装置，一般常采用三相半波可控整流电路。

（×）3. 带有电容滤波的单相桥式整流电路，其输出电压的平均值与所带负载的大小无关。

（×）4. 在硅稳压管的简单并联型稳压电路中，稳压管应工作在反向击穿状态，并且应与负载电阻串联。

（×）5. 当晶体管的发射结正偏的时候，晶体管一定工作在放大区。

（×）6. 画放大电路的交流通道时，电容可看作开路，直流电源可视为短路。

（√）7. 放大器的输入电阻是从放大器输入端看进去的直流等效电阻。

（×）8. 对于 NPN 型晶体管共发射极电路，当增大发射结偏置电压 U_{be} 时，其输入电阻也随之增大。

（√）9. 晶体管是电流控制型半导体器件，而场效应晶体管则是电压型控制半导体器件。

（√）10. 单极型器件是仅依靠单一的多数载流子导电的半导体器件。

（√）11. 场效应管的低频跨导是描述栅极电压对漏极电流控制作用的重要参数，其值愈大，场效应管的控制能力愈强。

（×）12. 对于线性放大电路，当输入信号幅度减小后，其电压放大倍数也随之减小。

（√）13. 放大电路引入负反馈，能够减小非线性失真，但不能消除失真。

（×）14. 放大电路中的负反馈，对于在反馈环中产生的干扰、噪声、失真有抑制作用，但对输入信号中含有的干扰信号没有抑制能力。

（√）15. 差动放大电路在理想对称的情况下，可以完全消除零点漂移现象。

（√）16. 差动放大电路工作在线性区时，只要信号从单端输入，则电压放大倍数一定是从双端输出时放大倍数的一半，与输入端是单端输入还是双端输入无关。

（×）17. 集成运算放大器的输入级一般采用差动放大电路，其目的是要获得更高的电压放大倍数。

（×）18. 集成运算放大器的内部电路一般采用直接耦合方式，因此它只能放大直流信号，不能放大交流信号。

（×）19. 集成运放器工作时，其反相输入端和同相输入端之间的电位差总是为零。

（×）20. 只要是理想运放，不论它是工作在线性状态还是在非线性状态，其反相输入端和同相输入端均不从信号源索取电流。

（×）21. 光栅透射直线式是一种用光电元件把两块光栅移动时产生的明暗变化转变为电压变化进行测量。

（×）22. 集成运放器工作时，其反相输入端和同相输入端之间的电位差总是为零。

（√）23. 计数器能按一定的逻辑关系处理输入信号。

（√）24. 可控硅触发电路能很好地控制可控硅的导通与关断。

（√）25. 阻容移相触发电路可得到更大的控制电角度。

（×）26. 脉冲的产生是因线路突变而产生的一个前沿陡的电压信号。

（√）27. 直流放大器能放大变化非常缓慢的信号。

（×）28．交流放大器为提高放大功率也可采用直接耦合电路。

（√）29．运算放大器在信号运算、处理和波形产生方面都广泛的应用。

（√）30．门电路是一种具有逻辑判断的电路。

（×）31．施密特触发器能产生锯齿波脉冲。

（√）32．计数器是一种时序电路。

（√）33．集成稳压块具有很好的可靠性。

（√）34．可控硅触发电路应与主回路有良好的同步性。

（×）35．阻容移相桥式触发电路适用于大功率可控硅线路。

（√）36．脉冲电路由两部分组成，开关部分用来产生突变，储能元件用于控制波形和变化速度。

（√）37．三极管的 U_{ce} 等于 U_c，表明发射极电阻 R_e 已损坏。

（√）38．电流测量法可以判断部分电路是否处于工作状态。

（√）39．检查脉冲电路应使用示波器查看脉冲波形。

（√）40．电路不加电的情况下，测量元件电阻值，也可以判断电路故障。

（√）41．在电子电路检修时，对软故障可采用替代法处理。

（√）42．根据故障现象对照资料分析查找故障点，为逻辑推理判断法。

（×）43．晶体管特性曲线是管子制造工艺参数表。

（√）44．晶体管的 I_{ceo} 与温度的高低有直接关系。

（√）45．共射极电路具有较高的电压放大倍数和电流放大倍数，可用于中小功率负载电路。

（√）46．直流放大器可以放大音乐信号。

（√）47．射极输出器具有大电流低电压的输出特性。

（√）48．功率放大器易采用乙类推挽放大器。

（×）49．电感耦合振荡电路具有起振容易，振荡波形好的特点。

（√）50．电容耦合振荡电路具有高次谐波小，波形更近似于正谐波。

（√）51．在 RC 振荡器中加入负反馈的目的是提高稳定性，改善输出波形。

（×）52．在七段数码显示器中，应显示数字8，实际显示的是0，则故障段为"a"。

（×）53．三相全控桥式整流电路晶闸管承受的电压为 3 倍的整流变压器二次相电压。

（√）54．双反星形带平衡电抗器可控整流电路，当触发角 $\alpha=90°$ 时，直流输出平均电压 $U_d=0$。

（√）55．晶闸管直流斩波器有定频调宽和定宽调频两种工作方式。

（√）56．在复杂的直流电路中，线性电路中任一支路的电流，是由电路中每一个电源单独作用的，在该支路中所产生的电流为代数和。

（√）57．当交流电路 RLC 中的 $X=0$ 时，则发生了串联谐振。

（×）58．电子电路中的直流通道和交流通道在分析电路时无区别。

（√）59．由于基极电流 I_{bq} 比发射极电流 I_{eq} 要小 $(1+\beta)$ 倍，因此要把发射极电阻 R_e 完全折合到基极回路中去，那么折合过来的电阻应比 R_e 大 $(1+\beta)$ 倍。

（×）60．直流放大器具有良好的直流电压放大作用。

（√）61．交流放大器具有良好的声响放大特性，所以多用于音响电路。

（√）62．运算放大器的应用是为了解决大量数学计算的。

（√）63．为了能决对输入信号有无的判断，应采用门电路。

（√）64．触发电路能使电路工作状态产生翻转。

（×）65．当电路中的参数点改变时，某两点间的电压也将随之改变。

（√）66．自感电动势的大小正比于线圈中电流的变化率，与线圈中电流的大小无关。

（√）67．对感性电路，若保持电源电压不变而增大电源频率，则此时电路中的总电流减小。

（√）68．闭环控制系统采用负反馈控制，是为了提高系统的机械特性硬度，扩大调速范围。

（×）69．开环系统对于负载变化引起的转速变化不能自我调节，但对其外界扰动是能自我调节的。

（√）70．负载伏安特性曲线的形状仅与负载自身特性有关，而与实际加在该负载上电压有大小无关。

（×）71. 在 RLC 串联电路中，总电压的有效值总会大于各元件的电压有效值。

（×）72. 要想比较两个电压的频率和相位，只能选用双线滤波器，单线滤波器绝难胜任。

（×）73. 带有电容滤波的单相桥式整流电路，其输出电压的平均值取决于变压器二次电压有效值，与所带负载的大小无关。

（×）74. 放大器的输出电阻是从放大器输入端进去的等效电阻，它是直流电阻。

（×）75. 单结晶体管的等效电路是由一个二极管和两个电阻组成的，所以选用一个适当的二极管和两个电阻正确连接后，就能用来取代单结晶体管。

（√）76. 放大器的放大作用是针对变化量而言的，其放大倍数是输出信号的变化量之比。

（√）77. 直流放大器可以放大交流信号，但交流放大器却不能放大直流信号。

（×）78. 锗管的基极与发射极之间的正向压降比硅管的正向压降大。

（×）79. 在带平衡电抗器的双反星形可控整流电路中，存在直流磁化问题。

（√）80. 用作传感器、扬声器和微波器件的铝镍钴材料是永磁材料，能在一定的空间内提供恒定的磁场。

（×）81. 射极输出器的输入、输出信号同相位，电压放大倍数为几十到几百倍。

（√）82. 振荡电路的振荡条件有两个，一个是相位条件，一个是幅度条件。

（×）83. 多级直流放大电路的级间耦合方式一般采用阻容耦合。

（√）84. 集成电路按功能及用途可分为模拟集成电路和数字集成电路，集成运算放大器属于模拟集成电路。

（×）85. 晶体管串联型稳压电源比较放大管工作在放大状态，调整管工作在开关状态。

（√）86. 开关三极管的开通时间由延迟时间和上升时间组成。

（×）87. 单相半桥逆变器（电压型）的输出电压为正弦波。

（√）88. 与液晶数码显示器相比，LED 数码显示器具有亮度高且耗电量低的优点。

（×）89. 额定电流为 100A 的双向晶闸管与额定电流为 50A 的两支反并联的普通晶闸管，两者的电流容量是相同的。

（√）90. 对于门极关断晶闸管，当门极上加正触发脉冲时可使晶闸管导通，而当门极加上足够的负触发脉冲可使导通的晶闸管关断。

（×）91. 晶闸管由正向阻断状态变为导通状态所需要的最小门极电流，称为该管的维持电流。

（√）92. 晶闸管的正向阻断峰值电压，即在门极断开和正向阻断条件下，可以重复加于晶闸管的正向峰值电压，其值低于转折电压。

（√）93. 在规定条件下，不论流过晶闸管的电流波形如何，不论晶闸管的导通角有多大，只要通过管子的电流的有效值不超过该管的额定电流的有效值，管子的发热是允许的。

（√）94. 晶闸管并联使用时，必须采取均压措施。

（×）95. 单相半波可控整流电路，无论其所带负载是感性还是纯阻性，晶闸管的导通角与触发延迟角之和一定等于 180°。

（×）96. 三相半波可控整流电路的最大移相范围是 0°～180°。

（×）97. 在三相桥式半控整流电路中，任何时刻都至少有两个二极管是处于导通状态。

（√）98. 三相桥式全控整流大电感负载电路工作于整流状态时，其触发延迟角 α 的最大移相范围为 0°～90°。

（√）99. 带平衡电抗器三相双反星形可控整流电路工作时，除自然换相点外的任一时刻都有两个晶闸管导通。

（×）100. 带平衡电抗器三相双反星形可控整流电路中，每只晶闸管中流过的平均电流是负载电流的 1/3。

（×）101. 如果晶闸管整流电路所带的负载为纯阻性，该电路的功率因数一定为 1。

（×）102. 晶闸管整流电路中的续流二极管只是起到了及时关断晶闸管的作用，而不影响整流输出电压值和电流值。

（√）103. 若加到晶闸管两端电压的上升率过大，就可能造成晶闸管误导通。

（√）104. 直流斩波器可以把直流电源的固定电压变为可调的直流电压输出。

（√）105. 斩波器的定频调宽工作方式，是指保持斩波器通断频率不变，通过改变电压脉冲的宽度来使输出电压平均值改变。

（√）106. 直流电压源通过电阻对原来不带电的电容进行充电时，整个充电过程中电阻上消耗掉的能量与电容所储存的能量各占电源提供能量的一半。

（√）107. 在共射极基本放大电路中，静态工作点选择偏高，则输出信号易产生饱和失真。

（×）108. 当放大器输出接入负载时，其交流输出电阻的大小等于 R_C 与 R_L 的并联值。

（×）109. 由于交流负载的阻值必然小于集电极电阻 R_C，所以交流负载线的斜率也小于直流负载线的斜率。

（√）110. 触发器在某一时刻的输出状态，不仅取决于当时输入信号的状态，还与电路的原始状态有关。

（×）111. 在晶闸管可控硅整流的电路中，导通角越大，则输出电平的平均值就越小。

（√）112. 文氏电桥振荡器的振荡频率为 $f=1/2\pi R_C$。

（√）113. 文氏电桥振荡器必须具有正反馈回路，才能满足起振条件，同时还必须具有负反馈回路，目的是扩展通频带。

（×）114. 低频信号发生器的阻抗匹配器的作用是使仪器的输出阻抗与负载相一致，以达到获得最大功率输出的目的。

（×）115. 脉冲信号发生器的主振级一般多采用文氏电桥振荡器。

（√）116. 脉冲信号发生器输出的脉冲的重复频率是由主频振级决定的，所以调节输出脉冲的频率就是改变主振级的振荡频率。

（×）117. 桥式阻容移相电路的输出电压的相位，可超前输入电压 0°～180°。

（√）118. 单向晶闸管能够触发导通的条件是阳极加"＋"，阴极加"－"，并且给门极加上负电压，即门极为"－"，阴极为"＋"时，晶闸管才能导通。

（×）119. 单向晶闸管在交流电路中，不能触发导通。

（√）120. 一般螺栓式单向晶闸管的螺栓是阴极，粗铜辫子引出的是阳极。

（√）121. 由于硅稳压管的反向电压很低，所以它在稳压电路中不允许反接。

（√）122. 只有当稳压电路两端的电压大于稳压管击穿电压时，才有稳压作用。

（√）123. 带有稳压放大环节的稳压电源，其放大环节的放大倍数越大，输出电压越稳定。

（√）124. 放大电路的静态，是指未加交流信号以前的起始状态。

（√）125. 晶体三极管的输出特性，是指基极与发射极间的电压与集电极电流的关系。

（√）126. 晶体三极管饱和时 $U_{ce}=0$，电阻很小，相当于开关闭合。

（√）127. 直流放大器能够放大直流信号或随时间变化缓慢的信号。

（√）128. 在交流放大器中引入负反馈可以稳定静态工作点、放大倍数、输出电压、输出电流。

（√）129. 功率放大器晶体管的作用，是把电源的能量按输入信号的变化规律转给负载。

（√）130. 阻容振荡器的反馈电路是由 RC 移相电路、RC 选频网络组成的。

（√）131. 单相桥式半控整流电路为感性负载，为防止失控，一般在电路中装续流二极管。

（√）132. 晶体管触发电路是由同步电源、移相控制和脉冲形成三部分组成。

（√）133. 晶闸管阻容触发电路适用于阻容可控硅的触发。

（√）134. 交流无触点开关是利用晶闸管伏安特性制成的。

（√）135. 为保证晶闸管准确无误地工作，对触发电路的要求：应有足够大的触发电压。

（×）136. 阻容移相触发电路是利用电容和电阻的电压在相位上相差 90°的特点实现移相的。

（√）137. 开关元件反映的信息，必须经过模数变换为数字信息后送入微机系统。

（√）138. 运动装置是远距离传送测量和控制信息的装置。

（√）139. 实际的运放在开环时，其输出很难调整到零电位，只有在闭环时才能调至零电位。

（√）140. 电压放大器主要放大的是信号的电压，而功率放大器主要放大的是信号的功率。

(√) 141. 分析功率放大器时通常采用图解法，而不能采用微变等效电路。

(×) 142. 任何一个功率放大电路，当其输出功率最大时，其功放管的损耗最小。

(×) 143. CW78XX 系列三端集成稳压器中的调整管必须工作在开关状态下。

(×) 144. 各种三端集成稳压器的输出电压均是不可以调整的。

(×) 145. 为了获得更大的输出电流容量，可以将多个三端稳压器直接并联使用。

(√) 146. 三端集成稳压器的输出有正、负之分，应根据需要正确使用。

(√) 147. 当三极管的发射结和集电结都处于正偏状态时，三极管一定工作在饱和区。

(×) 148. 晶体三极管放大器，为了消除湿度变化的影响，一般采用固定偏置电路。

(√) 149. 可控硅整流电路中，对触发脉冲有一定的能量要求，如果脉冲电流太小，可控硅也无法导通。

(×) 150. 晶闸管控制角越大电压则越高。

(×) 151. 晶闸管的导通条件是晶闸管加正向电压门极加反向电压。

(√) 152. 晶闸管具有正反向阻断能力。

(×) 153. 射极输出器不仅能作电压放大器，主要是为了增加输入阻抗，减低输出阻抗。

(×) 154. 晶闸管触发电路的脉冲前沿要陡，前沿上升时间不超过 $100\mu s$。

(×) 155. 单结晶体管具有一个发射极、一个基极、一个集电极。

(×) 156. 单结晶体管的发射极电压高于谷点电压时，晶体管就导通。

(×) 157. 可控硅可由两只三极管构成。

(√) 158. 可控硅桥式移相触发电路，触发信号如为正弦波，则导通点不固定。

(√) 159. 单相半桥逆变电路（电压型）使用器件少，但输出交流电压幅值仅为输入电压的二分之一。

(√) 160. 晶体管小信号交流放大器静态工作点的设置，在保证不出现截止失真的条件下，应尽可能的低为好。

(√) 161. 晶体管截止状态时，还有集电极电流。

(√) 162. 晶闸管是一种可控制开关量的晶体管。

(√) 163. 保持晶闸管导通的是阳极最小维持电流。

(√) 164. 改变单结晶触发电路的振荡频率，需改变振荡电容。

(×) 165. 单结晶管触发电路可加其他的控制信号。

(×) 166. 阻容移相触发电路移相是将负半波变为正半波。

(√) 167. 单相半波可控整流电路可获得 $0\sim0.45U_2$ 的输出电压。

(√) 168. 单相桥式可控整流只需两只晶闸管和两只二极管。

(×) 169. 三相半波可控整流的输出电压是单相半波的 3 倍。

(√) 170. 三相桥式半控整流电路使用 3 只晶闸管。

(√) 171. 晶闸管完全导通后阳、阴极的电压越小越好。

(√) 172. 晶闸管的开关电路是靠触发信号的间断和连续来实现的。

(×) 173. 多谐振荡器既可产生正弦波，也能产生矩形波。

(√) 174. 斩波器中的绝缘栅双极晶体管工作在开关状态。

(×) 175. 电流截止负反馈环节参与调节作用。

(×) 176. 共射极输出放大电路就是一个电压串联负反馈放大电路。

(√) 177. 绝缘栅双极晶体管内部为四层结构。

(√) 178. 模拟放大电路设置静态工作点的目的是为了减小其波形失真。

(×) 179. 晶体管放大器的输入电阻即为输出电阻，且等于晶体管的内阻。

(×) 180. 共射极输出放大电路就是一个电压串联负反馈放大电路。

(×) 181. 把直流变交流的电路称为变频电路。

(√) 182. 在三相半控桥式整流电路中，要求共阳极组晶闸管的触发脉冲之间相位差为 $120°$。

(×) 183. 三端集成稳压器的输出电压是不可以调整的。

（√）184. 三端集成稳压器的输出端有正、负之分，使用时不得用错。

（√）185. 三相桥式半控可控整流电路中，一般都用三只二极管和三只晶闸管。

（×）186. 三相桥式半控整流电路中，任何时刻都至少有两只二极管是处于导通状态。

（×）187. 三相桥式可控整流电路中，每只晶闸管承受的最高正反向电压值为变压器二次相电压的最大值。

（√）188. 三相桥式可控整流电路中，每只晶闸管流过的平均电流值是负载电流的 1/3。

（√）189. 平衡电抗器三相双反星形可控整流电路中，每时刻都有两只晶闸管导通。

（×）190. 带平衡电抗器三相双反星形可控整流电路中，每只晶闸管流过的平均电流是负载电流的 1/3。

（×）191. 直流电源可利用斩波器将其电压升高或降低。

（√）192. 直流斩波器的作用就是把直流电源的电压由固定的电压变为可调电压。

（√）193. 把直流电变换为交流电的过程称为逆变。

（×）194. 采用定宽制调制方法的斩波器，是指保持斩波器通断频率不变，通过改变电压脉冲宽度来使输出电压平均值改变。

（×）195. 斩波器又称滤波器。

（×）196. 晶闸管斩波器的作用是把可调的直流电压变为固定的直流电压。

（√）197. 晶闸管逆变器是一种将直流电能转变为交流电能的装置。

（×）198. 串联反馈式稳压电路中，作为调整器件的三极管是工作在开关状态。

（×）199. 串联反馈式稳压电路中，可以不设置基准电压电路。

（×）200. 自放大环节的稳压电源，其放大环节的放大倍数越大，输出电压越稳定。

（√）201. 目前国内生产的晶闸管中频电源中，逆变器多采用谐振式换流电路。

（×）202. 放大器的输出电阻是从放大器输入端看进去的等效电阻，它是直流电阻。

（×）203. 当单相桥式整流电路中任一整流二极管发生短路时，输出电压的数值将下降一半，电路变成半波整流电路。

（×）204. 在使用三极管时，若集电极电流 I_c 超过最大允许电流 I_{cm}，则 β 值要增大。

（×）205. 因为三极管是放大电路中的放大元件，所以它把输入能量放大了。

（√）206. 当三极管电路短路时，不能用万用表的欧姆挡去测量三极管间的电阻。

（√）207. 当温度 T 升高时，三极管的 I_{cbo} 将增大。

（×）208. 半导体二极管的伏安特性曲线是一条直线。

（√）209. 所谓三极管的放大作用是在输入端输入一个能量较小的信号，而在输出端获得一个能量较大的信号。

（×）210. 在整流电路的输出回路中串联一个大电容，就可以进行滤波。

（×）211. 二极管是一个线性元件。

（×）212. 由于二极管具有单向导电性，所以正向电流可以无限制地增大。

（√）213. 本征半导体中的自由电子和空穴总是成对出现的，同时产生的。

（√）214. 半导体的电阻一般随温度的升高而减小。

（×）215. 在整流二极管上所经受的最大反峰电压，或称最大逆电压，它等于整流二极管所经受的最大直流工作电压。

（√）216. 单相半波可控整流器电路若接电动机负载，需在负载侧并接续流二极管才能正常工作。

（×）217. 单相半控桥中晶闸管，整流二极管和续流二极管均承受相同的最大正反向电压。

（×）218. 单相桥式全控整流电路，接电阻性负载或电感性负载，晶闸管均在电源电压过零时关断。

（×）219. 三相半波可控整流电路，若为电阻性负载，当控制角 $\alpha=60°$ 时，输出波形仍能连续。

（√）220. 三相半控整流电路对触发脉冲的要求与三相半波可控整流相同，一个周期需间隔为 120°的三个触发脉冲。

（×）221. 程控单结晶体管和单结晶体管因结构及伏安特性都相似故适应于作大电流晶闸管的

触发器。

（×）222. 三相全控桥和三相半控桥都是由两个三相半波可控整流电路串联组合而成。

（×）223. 在抗干扰措施中采用的同一点接地，就是保护地线、屏蔽地线、电源地线、数字地线与模拟地线在同一点接地。

（√）224. 带有放大环节的稳压电源，其放大环节倍数越大，输出电压越稳定。

（√）225. 单稳态电路输出脉冲宽度取决于充电电容的大小。

（√）226. 要将变化缓慢的电压信号整形成脉冲信号，应采用施密特触发器。

（√）227. 环形计数器实际上是一个自循环的移位寄存器。

（×）228. 选用运放时，希望输入偏置电流和输入电阻越大越好。

（×）229. 石英晶体多谐振荡器的振荡频率与电路中 RC 的数据有关。

（√）230. 晶闸管逆变器是一种将直流电能转变为交流电能的装置。

（√）231. 在基本放大电路中，静态工作点选择偏高，则输出信号易产生饱和失真。

（×）232. 当放大器输出接入负载 R_{fz} 时，其交流输出电阻的大小等于 R_c 与 R_{fz} 的并联。

（√）233. 带有放大环节的稳压电源，其放大环节的放大倍数越大，输出电压越稳定。

（√）234. 在晶闸管可控整流电路中，导通角越大，则输出电压的平均值就越小。

（×）235. 晶闸管整流装置触发系统性能的调整，如定相、调零、调节幅值、开环、闭环、脉冲锁、载流保护等，可根据调试仪器使用情况任意进行。

（√）236. 带放大环节的稳压电源，其放大环节的放大倍数越大，输出电压越稳定。

（√）237. CMRR＝│A_d/A_c│越大，放大器抑制零漂的能力就越强。

（√）238. 晶闸管具有可以控制的单向导电性，而且控制信号很小，阳极回路被控制的电流可以很大。

（×）239. 复合管只能用同一类型的管子构成。

（×）240. 单电源互补对称功放中的自举电容可提高输出信号的正半周和负半周的幅度。

（√）241. 功放中的功率管，其散热条件越好输出功率越大。

（×）242. 变压器耦合推挽功放中的变压器只起耦合信号的作用。

（√）243. 变压器耦合推挽功放大都工作在甲乙类状态以提高输出功率，消除交越失真。

（×）244. 电感三点式 LC 正弦波振荡器中的电感 L_1 和 L_2 只要串联就能满足振荡条件。

（×）245. 在 RC 移相式正弦波振荡器中的放大器一定是单级的。

（√）246. 在 RC 移相式正弦波振荡器中也能用四节 RC 移相电路构成选频网络。

（√）247. RC 串并联网络的选频特性反映在 $\omega＝\omega_o＝1/RC$ 时，│$\dot{F}_u$│＝$\frac{1}{3}$，$\varphi_F＝0$。

（×）248. 因为集成运放的实质是高增益的多级直流放大器，所以它只能放大直流信号。

（×）249. 理想集成运放中的"虚地"表示两输入端对地短路。

（×）250. 在同相比例运算中，若 $R_f＝\infty$，$R_1＝0$，它就成了跟随器。

（×）251. 电感滤波的效果肯定比电容滤波的效果更好些。

（×）252. 整流滤波后的直流电压波动完全是由于电网电压的波动引起的。

（×）253. 稳压系数 S 反映稳压电路对负载变化时所具有的稳压能力。

（√）254. 稳压电路的输出电阻越小，它的稳定性能就越好。

（×）255. 要使 N 沟道结型场效应管正常工作，通常漏极电压须比源极电压高。

（√）256. 要使 P 沟道结型场效应管正常工作，其栅源电压 U_{gs} 必须是正值。

（×）257. P 沟道结型场效应管作放大器时，其漏极电压比源极电压高。

（×）258. 场效应管的伏安特性有输入特性和输出特性两种。

（√）259. 结型场效应管是利用半导体内电场效应的原理进行工作的。

（×）260. 半导体三极管和结型场效应管中都有两个 PN 结，所以它们的工作原理相似。

（√）261. 结型效应管是利用改变栅极电压来控制漏流的半导体器件。

（×）262. 在场效应管中，传导电流的载流子只有电子这一种，电子是负极性的、所以称场效应管是单极型器件。

（×）263. 对于结型场效应管，其栅源电压 U_{gs} 必须是负值，它才能正常工作。

（√）264. 在大中功率整流电路中，用电抗器均流效果最好，损耗小，并起限制电流上升率的作用。

（×）265. 晶体三极管的电流放大系数 β 值越大，说明该管的电流控制能力越强，所以三极管的 β 值越大越好。

（×）266. 在单相半波可控整流电路中，不管所带负载是感性的还是纯阻性的，其导通角与控制角之和一定等于 $180°$。

（√）267. 在规定条件下，不论流过晶闸管的电流波形如何，也不管晶闸管的导通角是多大，只要通过管子的电流有效值不超过该管额定电流的有效值，管心的发热就是允许的。

（√）268. 电路中引入负反馈后，只能减小非线性失真，而不能消除失真。

（×）269. 在功率放大电路中，采用甲乙类推挽电路的目的在于减小饱和失真。

（√）270. 单相全控桥式整流电路中，晶闸管可能承受的最大正向阻断电压是 $\sqrt{2}U_2/2$。

（√）271. 放大电路中的负反馈，对于在反馈环内产生的干扰、噪声和失真有抑制作用，但对输入信号中含有的干扰信号等没有抑制能力。

（√）272. 分析功率放大器时常采用图解法，而不用微变等效电路。这主要是因为电路工作在大信号状态，工作点的变化范围大，非线性失真较严重。

（√）273. 晶闸管的正向阻断峰值电压，即在控制极断开和正向阻断条件下的电压，可以重复加于晶闸管的正向峰值电压，其值低于转折电压。

（√）274. 差动放大器工作在线性区时，只要信号是从单端输出，则电压放大倍数一定是双端输出时放大倍数的一半，与输入端是单端输入还是双端输入无关。

（√）275. 差动放大器存在零点漂移的原因是电路参数不完全对称，在理想对称的情况下是可以完全消除零漂现象的。

（×）276. 续流二极管只是起到了及时关断晶闸管的作用，对输出电压值、电流值没有影响。

（√）277. 造成晶闸管误导通的原因有两个，一是干扰信号加到控制极，二是加到晶闸管上的电压上升率过大。

（×）278. 通过晶闸管的电流平均值，只要不超过晶闸管的额定电流值，就是符合使用要求的。

（×）279. 差动输入级是决定集成运算放大器性能最关键的一级，要求本级零点飘移小，共模抑制比高，输入阻抗尽可能低。

（×）280. 在译码器与荧光数码管之间加入的驱动电路，实际上是一个 RS 触发器。

（×）281. 单相半桥逆变器（电压型）的输出电压为正弦波。

（×）282. 在不需外加输入信号的情况下，放大电路能够输出持续的、有足够幅度的直流信号的现象叫振荡。

（×）283. 串联稳压电路的输出电压可以任意调节。

（√）284. 石英晶体多谐振荡器的频率稳定性比 TTL 与非门 RC 环形多谐振荡器的高。

（×）285. 克服零点飘移最有效的措施是采用交流负反馈电路。

（√）286. 直流源稳压系数 S 的大小，反映了直流源带负载的能力。

（√）287. 电容滤波主要用于负载电流小的场合，电感滤波主要用于负载电流大的场合。

（×）288. 多谐振荡器常用作整形电路和延时电路。

（×）289. 触发器有两个不同的稳定状态 0 和 1，但无记忆能力。

（√）290. 大小随时间变化的直流电称为脉动直流电。

（×）291. 放大电路在有交流信号输入时，电路中只有交流分量，这种状态称为"动态"。

（×）292. 零电流与输入电压大小有关。在输入电压变零时，零电流不存在。

（×）293. 稳压管的稳定电压值等于稳压管反向击穿后管压降 2/3。

（√）294. 串联型集成运放稳压电路主要由取样电路、基准电压、比较放大、调整管和保护电路五部分组成。

（×）295. 由于稳压管稳压电路是一个并联调整型稳压电路，因此稳压管与限流电阻总是并联的。

（√）296. 串联晶体管稳压电路的主要环节有：采样、比较放大、调整、基准电压、保护等环节。

（√）297. 集成运算放大器采用一种具有深度负反馈的直接耦合放大电路。

（×）298. 阻容耦合的交流放大电路中不存在零点漂移问题。

（√）299. 晶体管放大电路的基本类型有共射接法、共集接法、共基极接法。

（×）300. 差动放大器的主要作用在于改善放大器的工作性能。

（√）301. 负反馈愈深，放大器性能改善的程度愈大，引起自激振荡的可能性也愈大。

（×）302. 硅稳压管的主要技术参数有稳定电压、稳定电流、动态电阻、最大耗散功率、电压温度系数。

（×）303. 晶体管一旦导通，I_c 就一定受 I_b 的控制。

（×）304. 变压器耦合的放大电路既可以放大交流信号，又可以放大直流信号。

（√）305. 单相半波可控整流电路，若接电动机负载，需负载侧并接续流二极管才能正常工作。

（√）306. 对电力系统的稳定性干扰最严重的是三相短路事故。

（√）307. 具有两个稳态的部件多可以构成二进制计算器。

（×）308. 选用运放时，希望输入偏置电流和输入失调电流越大越好。

（×）309. 保证稳流源稳流工作环节正常的关键是放大电路。

（√）310. 当通过晶闸管的阳极电流小于其维持电流时，则晶闸管变为阻断状态。

（√）311. 在负载相同时，全波整流负载 R_z 上的输出电压和电流的平均值，与半波整流的结果相同。

（√）312. 在单相整流电路中，输出的直流电压的大小与负载的大小无关。

（√）313. 当二极管加正向电压时，二极管将有很大的正向电流流过，这个正向电流是由 P 型和 N 型半导体中多数载流子的扩散运动产生的。

（√）314. 当二极管加反向电压时，二极管将有很小的反向电流流过，这个反向电流是由 P 型和 N 型半导体中少数载流子的漂移运动产生的。

（√）315. 触发器都具有记忆功能。

（×）316. 在三相半波可控整流电路中，若触发脉冲在自然换相点之前加入，输出电压波形将变为缺相运行。

（√）317. 当通过晶闸管的阳极电流小于其维持电流时，则晶闸管变为关断状态。

（×）318. 在相同的移相控制角 $α$ 和电源电压 U_2 的条件下，三相桥式比三相零式可控整流电流输出电压平均值 U_a 低。

（×）319. 三相全控桥整流电路中，不论负载电流连续与否，$α = 90°$ 时的输出电压平均值都为零。

（√）320. 所谓滤波，就是指将脉动直流电中的脉动成分去掉，使滤波变得平滑的过程。

（√）321. 振荡电路实质上是一个具有足够强度的正反馈的放大器。

（×）322. 图 1-1 的波形为锯齿波。

（×）323. 晶体三极管做开关使用时，应工作在放大状态。

（×）324. 555 精密定时器不能应用于精密定时脉冲宽度调整。

（√）325. 555 精密定时器可以应用于脉冲发生器。

（√）326. 555 精密定时器可以应用于脉冲位置调整。

（×）327. 555 精密定时器不可以应用于定时序列。

图 1-1

（×）328. 晶闸管逆变器是一种将交流电能转变为直流电能的装置。

（√）329. 晶闸管-直流电动机调速系统属于调压调速系统。

（×）330. 晶闸管可以广泛用于整流、调压、交流开关等方面，但不能用于逆变和调整方面。

（√）331. 晶闸管具有可控的单向导电性，能以小功率电信号对大功率电源进行控制。

(√) 332. 晶闸管的断态重复峰值电压 U_{drm}、不重复峰值电压 U_{dsm} 和转折电压 U_{bo} 之间的大小关系是：$U_{drm} < U_{dsm} < U_{bo}$。

(×) 333. 晶闸管的擎住电流是管子保持通态的最小电流。

(×) 334. 晶闸管整流电路中，可以采用大电容滤波。

(√) 335. 三相半波可控整流电路带电阻性负载时，如果触发脉冲出现在自然换相点之前，则输出电压会出现缺相现象。

(√) 336. 三相半波整流电路共阴极接法和共阳极接法 U、V 两相的自然换相点在相位上相差 180°。

(√) 337. 带平衡电抗器三相双反星可控整流电路工作时，除自然换相点外的任意时刻都有两个晶闸管导通。

(×) 338. 三相桥式可控整流电路中，每只晶闸管流过的平均电流值是负载电流的 1/6。

(×) 339. 三相半波可控整流电路中的晶闸管可能承受的最大反向电压是 $2U_2$。

(×) 340. 在单相半波大电感负载可控整流电路中，如控制角很小，则控制角与导通角之和接近于 180°，此时输出电压平均值近似为零。

(√) 341. 带电感性负载的晶闸管整流电路，加装续流二极管的极性不能接错，否则会造成短路事故。

(√) 342. 晶闸管整流电路中过电流的保护装置是快速熔断器，它是专供保护半导体元件用的。

(×) 343. 晶闸管整流电路防止过电压的保护元件，长期放置产生"储存老化"的是压敏电阻。

(×) 344. 触发器没有"记忆功能"。

(×) 345. 单结晶体管触发电路在一个电源周期内可能产生多个触发脉冲，通常每个触发脉冲都使单结晶体管由截止变导通一次。

(√) 346. 在电感三点式正弦波振荡电路中，电路的品质因数 Q 越大，选频特性越好。

(√) 347. 当给定量与反馈量的极性相反，反馈作用的结果是抑制输出量的变化，这种反馈称为负反馈。

(×) 348. 在开环控制系统中，由于对系统的输出量没有任何闭合回路，因此系统的输出量对系统的控制作用有直接影响。

(×) 349. 闭环系统采用负反馈控制，是为了降低系统的机械特性硬度，减小调速范围。

(√) 350. 在有差调速系统中，扰动对输出量的影响只能得到部分补偿。

(√) 351. 晶闸管电路的维修调试，其方法可归纳为四句话：摸清情况，分段划块，弄清用途，逐点分析。

(×) 352. 晶闸管电路中若晶闸管两端没有过压保护，可能发生晶闸管不导通故障。

(√) 353. 在变压器二次电压相同的情况下，二极管单相半波整流输出电压平均值是桥式整流电路输出电压平均值的 1/2，而输出电压的最大值是相同的。

(√) 354. 二极管正向动态电阻的大小，随流过二极管电流的变化而改变，是不固定的。

(×) 355. 三相桥式半控整流电路中，一般都用三只二极管和两只晶闸管。

(×) 356. 稳压二极管的动态电阻是指稳压管的稳定电压与额定工作电流之比。

(√) 357. 硅稳压管必须接反向电压。

(√) 358. 带放大环节的稳压电源，其放大环节的放大倍数越小，输出电压越稳定。

(√) 359. 射极输出器具有输入电阻大、输出电阻小的特点。

(×) 360. 若将射极输出器作为多级放大电路的输出级，可起到阻抗变换作用。

(×) 361. 要想降低放大电路的输入和输出电阻，电路应引入电流并联负反馈。

(√) 362. 基极开路，集电极和发射极之间加有一定电压时的集电极电流，叫三极管的穿透电流。

(×) 363. 施密特触发器能产生频率可调的矩形波。

34

（×）364. 多谐振荡器可将其他形式的波形，如正弦波、三角波，变换成整齐的矩形波，还可以作为鉴幅器使用。

（√）365. 偏置电阻是影响放大器静态工作点的重要因素，但不是唯一因素。

（×）366. 为了获得更大的输出电流容量，可以将多个三端集成稳压器直接并联使用。

（×）367. 额定电流为100A的双向晶闸管与额定电流为50A的两只反并联的普通晶闸管，两者的电流容量是相同的。

（√）368. 由三极管组成的放大电路，主要作用是将微弱的电信号（电压、电流）放大成为所需要的较强的电信号。

（√）369. 分立元件组成的触发电路，线路复杂且使用元件多。

（√）370. 阳极不发射电子只吸收来自阴极的电子，管内抽成真空。

（√）371. 与整流装置并联的其他负载切断时，或整流装置直流侧快速开关跳闸时，电流上升率变化极大，因而整流变压器产生感应电动势造成的过电压。这种过电压是尖峰电压，常用阻容吸收电路加以保护。

（√）372. 晶闸管触发电路的触发信号可以是交流、直流信号，也可以是脉冲信号。

（×）373. 无源逆变器的电源电压是交流。

（√）374. 电压负反馈自动调速系统在一定程度上起到了自动稳速作用。

（×）375. 从某种意义上讲振荡器相当于一个直流放大器。

（√）376. 不需要外加输入信号而能产生交流输出信号，从而将电源的直流电能转换成交流电能输出，这种电路称为自激振荡器。

（√）377. 并联谐振逆变器输入是恒定的电流，输出电压波形接近于正弦波，属于电流型逆变器。

（√）378. 如果在并联谐振电路中，线圈电阻略去不计，当电路发生并联谐振时，电感电流与电容电流的大小相等、方向相反，总电流为零。

（√）379. 放大电路中的负反馈，对于反馈环内产生的干扰、噪声和失真有抑制作用，但对输入信号中含有干扰信号等没有抑制能力。

（×）380. 在分析电路图中所标的电流方向箭头都是参考方向箭头，它就是电流的真实方向。

（×）381. 无交流信号输入时，U_{ce}为规定值，集电极直流电流I_c与基极直流电流I_b的比值，叫做三极管电流放大系数。

（×）382. 晶体三极管的电流放大倍数β值越大，说明该管的电流控制能力越强，所以三极管的β值越大越好。

（×）383. 乙类推挽功率放大器，在无信号输入时，管耗为零；在有信号输入时，管上有功耗，输出功率最大时，管耗也最大。

（×）384. 功率放大器的散热情况好坏与输出功率无关。

（√）385. 两个以上晶闸管串联使用，是为了解决自身额定电压偏低，不能满足电路电压要求，而采取的一种解决方法，但必须采取均压措施。

（√）386. 逆变失败，是因主电路元件出现损坏，触发脉冲丢失，电源缺相，或是逆变角太小造成的。

（√）387. 变流装置其功率因数的高低与电路负载阻抗的性质无直接关系。

（√）388. 并联与串联谐振式逆变器属于负载换流方式，无需专门换流关断电路。

（×）389. 触发普通晶闸管的触发脉冲，也能触发可关断晶闸管。

（√）390. 有源逆变装置是把逆变后的交流能量送回电网。

（×）391. 双向晶闸管额定电流的定义，与普通晶闸管的定义相同。

（√）392. 用稳压管削波的梯形波给单结晶体管自激振荡电路供电，目的是为了使触发脉冲与晶闸管主电路实现同步。

第 8 章　直流电子电路

（×）1. 与门的逻辑功能可概括为"有 0 出 0，有 1 出 1"。

（√）2. TTL 集成电路的全称是晶体管-晶体管逻辑集成电路。

（√）3. 用 8421BCD 码表示的十进制数字，必须经译码后才能用七段数码显示器显示出来。

（×）4. 七段数码显示器只能用来显示十进制数字，而不能用于显示其他信息。

（√）5. 施密特触发器能把缓慢的模拟电压转换成阶段变化的数字信号。

（×）6. 与逐次逼近型 A/D 转换器相比，双积分型 A/D 转换器的转换速度较快，但抗干扰能力较弱。

（√）7. A/D 转换器输出的二进制代码位数越多，其量化误差越小，转换精度越高。

（√）8. 数字控制是使用数字化的信息对被控对象进行控制的一门控制技术。

（√）9. 现代数控系统大多是计算机数控系统。

（√）10. 数控装置是数控机床的控制核心，它根据输入的程序和数据，完成数值计算、逻辑判断、输入输出控制、轨迹插补等功能。

（√）11. 在逻辑运算中，能把所有可能条件组合及其结果一一对应列出的表格称为真值表。

（√）12. "或"门电路的逻辑功能表达式为 Q＝A＋B＋C。

（√）13. 逻辑电路中的"与"门和"或"门是相对的，即正逻辑"与"门就是负逻辑"或"门，正逻辑"或"门就是负逻辑"与"门。

（√）14. 非门电路是一种倒相电路。

（×）15. 与非门电路是在与门电路的输入端加一个倒相器。

（√）16. 或非门电路是在或门电路的输出端加一个倒相器。

（√）17. 多谐振荡器的输出波形是方波。

（×）18. 单稳态电路是因为只有一只晶体管。

（×）19. 双稳态电路采用的是双管放大原理。

（√）20. 数字电路的特点是输入输出信号都是离散的。

（√）21. 或门电路当输入端有一个高电平时，其输出为高电平。

（√）22. 异或门电路当两个输入端一个为 0，另一个为 1 时，输出为 1。

（×）23. 非门电路，当输入端为高电平时，输出端为高电平。

（×）24. 数字电路"1"与"0"电平中的"0"即没有电压。

（×）25. 当积分调节器的输入电压 $\Delta U_i＝0$ 时，其输出电压也为 0。

（×）26. 十进制数 256.125D 转换为二进制数是 100000001.001B。

（×）27. 算数逻辑处理器简称 CPU。

（√）28. 非门的逻辑功能可概括为"有 0 出 1，有 1 出 0"。

（×）29. 与或非门的逻辑关系表达式为 Y＝A·B＋C·D。

（√）30. SIN840C 可以实现 3D 插补。

（√）31. SIN840C 主菜单的 PROGEAMMING 在 MMC 的硬盘上编辑，按 ASCII 码编辑。

（×）32. 算术逻辑运算处理器简称 CPU。

（√）33. 集成运算放大器的输入级采用的是差动放大器。

（×）34. 集成运算放大器的输入失调电压值大，比较好。

（√）35. 集成运算放大器的输入失调电流愈小愈好。

（√）36. 在笼型异步电动机的变频调速装置中，多采用脉冲换流式逆变器。

（×）37. 一个逻辑函数只有一个表达式。

（√）38. TTL 集成逻辑门电路内部，输入端和输出端都采用三极管结构。

（×）39. TTL "与非"门电路参数中的扇出数 N 表示该门电路能输出电压的高低。

（×）40. TTL 集成门电路号 CMOS 集成门电路的静态功耗差不多。

（√）41. CMOS 集成门电路的输入阻抗比 TTL 集成门电路高。

（√）42. CMOS集成门电路的内部电路是由场效应管构成。

（√）43. 组合逻辑电路输入与输出之间的关系具有即时性。

（×）44. 在组合逻辑电路中，数字信号的传递是双向的，即具有可逆性。

（√）45. 触发器具有"记忆功能"。

（×）46. RS触发器两个输出端，当一个输出为0时，另一个也为0。

（×）47. RS触发器是以输入端R的状态为触发器状态的。

（×）48. RS触发器的R端为置1端。

（√）49. D触发器具有锁存数据的功能。

（×）50. T触发器的特点是：每输入一个时钟脉冲，就得到一个输出脉冲。

（√）51. 寄存器的内部电路主要是由触发器构成的。

（√）52. 移位寄存器可以将数码向左移，也可以将数码向右移。

（×）53. 计数器的内部电路主要由单稳态触发器构成。

（√）54. 凡具有两个稳定状态的器件，都可以构成二进制计数器。

（×）55. 利用时钟脉冲去触发计数器中所有触发器，使之发生状态变换的计数器，称为异步计数器。

（√）56. 同步计数器的速度比异步计数器的速度要快得多。

（√）57. 按进位制不同，计数器有二进制计数器和十进制计数器。

（√）58. 根据数控装置的组成，分析数控系统包括数控软件和硬件组成。

（×）59. 555精密定时器不可以应用于精密定时脉冲宽度调整。

（√）60. 基本积分运算放大器由接到反相输入端的电阻和输出端到反相输入端的反馈电容组成。

（√）61. 为简化二进制数才引进十六进制数，其实机器并不能直接识别十六进制数。

（√）62. 将T′触发器一级一级地串联起来，就可以组成一个异步二进制加法计数器。

（√）63. 多谐振荡器又称为无稳态电路。

（×）64. 多谐振荡器可以产生频率可调的正弦波。

（×）65. 自激振荡器就是自激多谐振荡器。

（×）66. 半导体显示器因其亮度高，耗电量小而被广泛应用在各类数码显示器中。

（√）67. 液晶显示器是靠反光来显示数字。

（×）68. 与非门的逻辑表达式为 $F = A \cdot B \cdot C$。

（×）69. 组成二进制计数器的基本单元电路双稳态触发器有1和0两个稳态，每个双稳态触发器可以表示2位二进制数。

（√）70. 采用双端输入的数码寄存器在写入数据前，不需要清零。

（×）71. 由TTL与非门组成的 RC 环形多谐振荡器的振荡频率主要由与非门的个数决定。

（√）72. 基本RS触发器有两个输入端和两个输出端。

（×）73. 集成运算放大器的输入极一般采用差动放大电路，其目的是要获得很高电压放大倍数。

（√）74. 在集成运算放大器中，为减小零点飘移都采用差动式放大电路，并利用非线性元件进行温度补偿。

（×）75. 从运算放大器电路的组成来看，它是一个性能优良的直接耦合直流放大器，所以，被广泛用于直流放大电路和用作直流放大器。

（×）76. RS触发器当 R＝S＝1 时，触发器状态不变。

（√）77. 使用TTL数字集成电路时，电源电压极性不能反接，其额定值为5V。

（×）78. 若一个异或门的两个输入端的电平相同，既同为高电平或同为低电平，则输出为高电平。

（×）79. 用偶数个与非门首末相接可组成环形多谐振荡器。

（√）80. 或非门的逻辑表达式为 $Y = \overline{A+B}$。

（√）81. 在逻辑运算中能把所有可能条件组合及结果一一对应列出的表格称为真值表。

（√）82. 集成运放工作在线性状态下，要实现信号运算时，两个输入端对地的直流电阻必须相等，才能防止偏置电流带来的运算误差。

（√）83. "或"门电路的逻辑功能表达式为 $P=A+B+C$。

（√）84. 逻辑电路中的"与"门和"或"门是相对的，即正"与"门就是负"或"门，正"或"门就是负"与"门。

（√）85. 凡具有两个稳定状态的器件都可构成二进制计数器。

（√）86. 双门限比较器能自动切换的两个门限电压值。

（√）87. 比较器除了能完成两信号的对比外，还能实现波形变换。

（×）88. 反相比例运算器的电压放大倍数带负号表示标出信号总是小于零。

（×）89. 分析同相比例运算电路时用到了"虚地"的概念。

（√）90. 分析反相比例运算电路时用到了"虚地"的概念。

（×）91. 基本 RS 触发器的 R 和 S 同时为零时，输出状态发生改变。

（×）92. 数码寄存器除可以存放数码外，还可以实现数码的左、右移动。

（×）93. 几个开关串联的电路是或门电路。

（√）94. 高电位用"1"表示，低电位用"0"表示，称为正逻辑。

（×）95. 数字信号是指在时间上和数量上都不连续变化且作用时间很短的电信号。

（√）96. 最基本的门电路有与门、或门和非门。

（√）97. 积分运算放大器输出端的电阻应该与电容并联。

（×）98. 集成运算放大器输入级采用的是基本放大电路。

（√）99. 逻辑电路中的"与门"和"或门"是相对的，所谓"正与门"就是"负或门"，"正或门"就是"负与门。"

（√）100. 逻辑表达式 $A+ABC=A$。

（×）101. 由两或非门组成的 RS 触发器的两输入端不可同时为低电平。

（√）102. 集成运算放大器的输入失调电流愈小愈好。

（√）103. 理想化集成运放的开环电压放大倍数（即无反馈电路）$A_u \to \infty$。

（×）104. 理想化集成运放的性能之一是：输入电阻 $r_i \to 0$，即可看做两输入端短路。

（×）105. 集成运算放大器输入级采用的是差动放大器。

（×）106. 集成运算放大器输入失调电流越大越好。

（×）107. 通常在集成运放输入端外接射极输出器，可以提高输入电阻。

（√）108. 任何一个逻辑函数的最小项表达式一定是唯一的。

（×）109. 任一个逻辑函数表达式经简化后，其最简式一定是唯一的。

（×）110. TTL 与非门的输入端可以接任意阻值电阻，而不会影响其输出电平。

（√）111. 普通 TTL 与非门的输出端不能直接并联使用。

（×）112. TTL 与非门电路参数中的扇出电压系数 N_o，是指该门电路能驱动同类门电路的数量。

（√）113. CMOS 集成门电路的输入阻抗比 TTL 集成门电路高。

（√）114. 在任意时刻，组合逻辑电路输出信号的状态，仅仅取决于该时刻的输入信号。

（×）115. 译码器、计数器、全加器和寄存器都是逻辑组合电路。

（√）116. 编码器在某一时刻只能对一种输入信号状态进行编码。

（√）117. 数字触发器在某一时刻的输出状态，不仅取决于当时的输入信号的状态，还与电路的原始状态有关。

（×）118. 数字触发器进行复位后，其两个输出端均为 0。

（√）119. 双相移位器即可以将数码向左移，也可以向右移。

（×）120. 异步计数器的工作速度一般高于同步计数器。

（√）121. N 进制计数器可以实现 N 分频。

（√）122. 单稳态电路输出脉冲宽度取决于充电电容的大小。

（√）123. TTL 门电路的输入端与地之间可以并接电阻，但其数值应小于关门电阻。

（×）124. 集成运放的调零装置是为了进一步减小零漂。

（√）125. 集成运放既能放大直流信号也能放大交流信号。

（√）126. 集成运放的输入失调电压就是输出漂移电压折合到输入端的等效漂移电压。

（√）127. 利用集成运放的差动输入可实现减法运算。分析该电路时用到了"虚地"的概念。

（√）128. 过零比较器属于单门限比较器。

（√）129. 实际的运放在开环时，其输出很难调整到零电位，只有在闭环时才能调至零电位。

（×）130. 译码器、计数器、全加器和寄存器都是组合逻辑电路。

（√）131. 施密特触发器能把缓慢变化的模拟电压转换成阶段变化的数字信号。

（×）132. 来自三块 KC04 触发器 13 号端子的触发脉冲信号，分别送入 KC42 的 2、4、12 端。V1、V2、V3 构成与非门电路。只要任何一个触发器有输出，S 点就是低电平，V4 截止，使 V5、V6、V8 组成的环形振荡器停振。

（×）133. JK 触发电路中，当 J＝1、K＝1、Q_n＝1 时，触发器的状态为置 1。

（×）134. 负载电压 u_a 为矩形波，电流 i_a 为交变的正弦波。

（×）135. CW7805 的 U_0＝5V，它的最大输出电流为 1V、5V。

（√）136. 在 $R'＝R_i$ 的状态下，无论从功率或效率的角度来看，都比较理想，故这种状态称为振荡器的最佳状态。

（×）137. 为防止中频电流在 C_d 产生较高的中频电压，影响逆变器的运行，C_d 的容量要足够大，可认为整流器输出为一恒流源。

（√）138. 脉冲信号的产生通常采用两种方法：一种是利用脉冲振荡器直接产生；另一种是对已有的信号进行整形，使之符合系统的要求。

（×）139. 多谐振荡器可将其他形式的波形，如正弦波、三角波变换成整齐的矩形波，还可以作为鉴幅器使用。

（×）140. 基本运算放大器的代表符号为一个输入端，两个输出端。

（×）141. 集成运算放大器的输入失调电压值大比较好。

（×）142. 晶闸管维持电流的大小与结温有关，结温越高，维持电流越大。

（×）143. 结温为额定值时，在工频正半周内，晶闸管能承受的最大过载电流称为擎住电流。

（×）144. 双向晶闸管在两个方向上均能控制导通，且有两个控制极用以触发导通。

（√）145. 用电阻、电容以及光耦合等组成的简易触发电路，一般可以不用同步变压器。

（√）146. 交流无触点开关是利用晶闸管的伏安特性制成的。

（√）147. 阻容移相电路是利用电容和电阻上的电压在相位上相差 90°的特点来实现移相的。

（√）148. 集成电路中具有记忆功能的是 RS 触发器。

（×）149. 由两个或非门组成的 RS 触发器的两输入端不可同时为低电平。

（×）150. 把两个与非门的输入、输出端并列连接，即构成基本的 RS 触发器。

（×）151. 由于集成电路的信号电平较低，因此在使用中无需防止电路网电压、控制电路的引线以及周围磁场、电场等的干扰。

（√）152. 当理想运算放大器工作在线性区时，同相输入端与反相输入端的电位近似相等，如同将两端短接一样，称之为"虚地"。

（×）153. 非门电路输入为"1"或"0"时，输出为"0"。

（√）154. 由两个或非门组成的 RS 触发器的两端输入不可同时为高电平。

第9章 电力电子器件

（√）1. 电力晶体管 GTR 电压型逆变器电路的基本工作方式是 180°导通方式。

（×）2. 电力晶体管 GTR 电压型逆变器输出的是频率可调的正弦波。

（×）3. 射极输出器的输入电阻小、输出电阻大，主要应用在多级放大电路的输入级和输出级。

（×）4. 逆变器输出频率较高时，电路中的开关元件应采用电力晶体管。

（×）5. 电力晶体管的缺点是必须具备专门的强迫换流电路。

（√）6. 硅稳压管稳压电路只适应于负载较小的场合，且输出电压不能任意调节。

（√）7. 斩波器属于直流/直流变换。

（×）8. 电力场效应管是理想的电流控制器件。

（√）9. 在斩波器中，采用电力场效应管后可降低对滤波元器件的要求，减少了斩波器的体积和重量。

（×）10. 电力场效应管属于双极型器件。

（×）11. 电力场效应管是理想的电流控制器件。

（√）12. 电压型逆变器适宜于不经常启动、制动和反转的拖动装置中。

（×）13. 绝缘栅双极晶体管属于电流控制元件。

（×）14. 以电力晶体管组成的斩波器适于特大容量的场合。

（√）15. 电力晶体管在使用时要防止二次击穿。

（√）16. 电力场效应管 MOSFET 在使用时要防止静电击穿。

（×）17. 各种电力半导体器件的额定电流，都是以平均电流表示的。

（√）18. 电力场效应管 MOSFET 具有热稳定性好、不存在二次击穿问题、工作可靠的特点。

（√）19. 电力场效应管 MOSFET 在源、栅极间跨接一个电阻 R 的作用是为提供适当的工作点。

（×）20. 直流斩波电路采用 SCR、GTR、GTO、MOSFET、IGBT 都必须有专门的换流装置。

（√）21. 电力晶体管 GTR 属于电流控制器件。

（×）22. 采用电力晶体管 GTR 的 PWM 变器器，GTR 采用 RC 吸收保护。

（√）23. 采用 GTR、GTO 电力电子器件组成的斩波器比普通晶闸管组成的斩波器可以使整机体积缩小 40%。

（×）24. 绝缘栅双极型晶体管 IGBT 不适用于工作频率较高的场合。

（√）25. 绝缘栅双极型晶体管 IGBT 集 GTR 和 MOSFET 两种类型的优点于一身。

（×）26. 绝缘栅双极型晶体管 IGBT 在直流斩波器电路中，必须有专门的换流装置。

（√）27. 采用电导率高的材料作为屏蔽体，且屏蔽体接地可以抗电场干扰。

（√）28. 在晶闸管单相交流调压器中，一般采用反并联的两支普通晶闸管或一只双向晶闸管作为功率开关器件。

（√）29. 逆变器是一种将直流电能变换为交流电能的装置。

（√）30. 无源逆变是将直流电变换为某一频率或可变频率的交流电供给负载使用。

（√）31. 电流型逆变器抑制过电流能力比电压型逆变器强，适用于经常要求启动、制动与反转的拖动装置。

（√）32. 在常见的国产晶闸管中频电源中，逆变器晶闸管大多采用负载谐振式换向方式。

（×）33. 各种电力半导体器件的额定电流，都是以平均电流表示的。

（√）34. 斩波器中采用电力场效应管后可以提高斩波频率。

（√）35. 绝缘栅双极晶体管的导通与关断是由栅极电压来控制的。

（×）36. 绝缘栅双极晶体管必须有专门的强迫换流电路。

（√）37. 逆变电路输出频率较高时，电路中的开关元件应采用电力场效应管和绝缘栅双极晶体管。

（×）38. 两电压叠加后产生脉冲前沿幅度很低，陡度很小的触发脉冲，从而大大提高了对晶闸管触发的可靠性。

（×）39. 带有辅助晶闸管换流电路的特点是，主晶闸管的关断是由 LC 串联谐振电路中电流反向来实现。

（√）40. 串联二极管式逆变器，在变频调速系统中应用广泛，VD1～VD6 为隔离二极管，其作用是使换流回路与负载隔离，防止电容器的充电电压经负载放掉。

（√）41. 在中等容量整流装置或不可逆的电力拖动系统中，由于桥式半控整流电路更简单和经济，故在实际中广泛采用。

（√）42. 既可整流又可逆变的晶闸管电路称为变流器或变流装置。

第 10 章　电机拖动与自动化控制

（×）1. 生产机械要求电动机在空载情况下提供的最高转速和最低转速之比叫做调速范围。

（√）2. 若扰动产生在系统内部，则叫内扰。若扰动来自系统外部，则叫外扰动。扰动都对系统的输出量产生影响。

（√）3. 闭环控制系统采用负反馈控制，是为了提高系统的机械特性硬度，扩大调速范围。

（×）4. 开环系统对于负载变化引起的转速变化不能自我调节，但对其外界扰动是能自我调节的。

（√）5. 电压型逆变器适宜于不经常启动、制动和反转的拖动装置中。

（√）6. 电流截止负反馈是一种只在调速系统主电路过电流下起负反馈调节作用的环节，用来限制主回路过电流。

（√）7. 利用一个或 n 个辅助电动机或者电子设备串联在绕线式异步电动机转子回路里，把原来损失在外串电阻的那部分能量加以利用，或者回收到电网里，既能达到调速的目的，又能提高电动机运行效率，这种调速方法叫串级调速。

（√）8. 调速范围满足一定的静差率条件，同理，静差率是在满足一定的调速范围条件下讲的。

（√）9. 轿厢在额定速度下运行时，人为限速器动作，可以进行限速器安全钳联动试验。

（√）10. SCR-D 拖动方式直流电梯比 F-D 拖动方式直流电梯节能。

（√）11. 无静差调速系统，比例调节器的输出电压与输入电压成正比。

（×）12. 斩波器用于直流电动机调速时，可将直流电源断续加到电动机上，通过通、断的时间变化来改变电压的平均值，从而改变直流电动机的转速。

（√）13. 自动控制就是应用控制装置使控制对象（如机器、设备和生产过程等）自动地按照预定的规律运行或变化。

（√）14. 对自动控制系统而言，若扰动产生在系统内部，则称为内扰动。若扰动来自系统外部，则叫外扰动。两种扰动都对系统的输出量产生影响。

（√）15. 在开环系统中，由于对系统的输出量没有任何闭合回路，因此系统的输出量对系统的控制作用没有直接影响。

（√）16. 由于比例调节是依靠输入偏差来进行调节的，因此比例调节系统中必定存在静差。

（√）17. 采用比例调节的自动控制系统，工作时必定存在静差。

（×）18. 积分调节能消除静差，而且调节速度快。

（√）19. 比例积分调节器，其比例调节作用，可以使得系统动态响应速度较快；而其积分调节作用，又使得系统基本上无静差。

（×）20. 当积分调节器的输入电压 $\Delta U_i = 0$ 时，其输出电压也为 0。

（√）21. 调速系统采用比例积分调节器，兼顾了实现无静差和快速性的要求，解决了静态和动态对放大倍数要求的矛盾。

（×）22. 生产机械要求电动机在空载情况下提供的最高转速和最低转速之比叫做调速范围。

（×）23. 自动调速系统的静差率和机械特性两个概念没有区别，都是用系统转速降和理想空载转速的比值来定义的。

（×）24. 调速系统的调速范围和静差率是两个互不相关的调速指标。

（√）25. 在调速范围中规定的最高转速和最低转速，它们都必须满足静差率所允许的范围，若低速时静差率满足允许范围，则其余转速时静差率自然就一定满足。

（√）26. 当负载变化时，直流电动机将力求使其转矩适应负载的变化，以达到新的平衡状态。

（×）27. 开环调速系统对于负载变化时引起的转速变化不能自我调节，但对其他外界扰动时能自我调节。

（√）28. 闭环调速系统采用负反馈控制，是为了提高系统的机械特性硬度，扩大调速范围。

（√）29. 控制系统中采用负反馈，除了降低系统误差、提高系统精度外，还使系统对内部参数的变化不灵敏。

（√）30. 在有静差调速系统中，扰动对输出量的影响只能得到部分补偿。

（√）31. 有静差调速系统是依靠偏差进行调节的，而无静差调速系统则是依靠偏差对作用时间的积累进行调节的。

（×）32. 调速系统的静态转速降是由电枢回路电阻压降引起的，转速负反馈之所以能提高系统硬度特性，是因为它减少了电枢回路电阻引起的转速降。

（√）33. 转速负反馈调速系统能够有效抑制一切被包围在负反馈环内的扰动作用。

（×）34. 调速系统中，电压微分负反馈和电流微分负反馈环节在系统动态及静态中都参与调节。

（√）35. 调速系统中，电流截止负反馈是一种只在调速系统主电路过电流情况下起负反馈调节作用的环节，用来限制主电路过电流，因此它属于保护环节。

（√）36. 调速系统中采用电流正反馈和电压负反馈都是为提高直流电动机硬度特性，扩大调速范围。

（√）37. 调速系统中电流正反馈，实质上是一种负载转矩扰动前馈调速系统。

（×）38. 电压负反馈调速系统静特性优于同等放大倍数的转速负反馈调速系统。

（√）39. 电压负反馈调速系统对直流电动机电枢电阻、励磁电流变化带来的转速变化无法进行调节。

（×）40. 在晶闸管直流调速系统中，直流电动机的转矩与电枢电流成正比，也和主电路的电流有效值成正比。

（×）41. 晶闸管直流调速系统机械特性可分为连续段和断续段，断续段特性的出现，主要是因为晶闸管导通角 θ 太小，使电流断续。

（×）42. 为了限制调速系统启动时的过电流，可以采用过电流继电器或快速熔断器来保护主电路的晶闸管。

（×）43. 双闭环直流自动调速系统包括电流环和转速环。电流环为外环，转速环为内环，两环是串联的，又称双环串级调速。

（√）44. 由于双闭环调速系统的堵转电流与转折电流相差很小，因此系统具有比较理想的"挖土机特型"。

（√）45. 可逆调速系统主电路的电抗器是均衡电抗器，用来限制脉动电流。

（√）46. 在两组晶闸管变流器反并联可逆电路中，必须严格控制正、反组晶闸管变流器的工作状态，否则就可能产生环流。

（×）47. 可逆调速系统绕组整流装置运行时，反组整流待逆变，并且让其输出电压 $U_{dof}=U_{dor}$，于是电路中没有环流了。

（√）48. 对于不可逆的调速系统，可以采用两组反并联晶闸管变流器来实现快速回馈制动。

（√）49. 可逆调整系统反转过程是由正向制动过程和反向启动过程衔接起来的。在正向制动过程中包括本桥逆变和反桥制动两个阶段。

（×）50. 直流斩波器调速不适用于要求启动转矩较大的电力牵引设备。

（×）51. 直流电梯安装完毕交付使用前，必须进行各种试验，并且连续运行 100 次无故障。

（×）52. 在交流电梯进行关门过程中，有人触及安全板时，电梯仍然继续关门。

（×）53. 速度继电器应根据机械设备的安装情况及额定工作电流选择合适的速度继电器型号。

（√）54. 利用稳压管或二极管组成的脉冲干扰隔离门，可阻挡辐射较小的干扰脉冲通过，允许辐值较大的干扰脉冲通过。

（√）55. 电气传动的基本特性和有关电气控制的特性是电气设计的技术条件的主要内容。

（×）56. 双闭环调速系统启动过程中，电流调节器始终处于调节状态，而转速调节器在启动过程的初、后期处于调节状态，中期处于饱和状态。

（×）57. 自动调速系统的主要技术指标有两个，即调速范围和静差度。

（√）58. 晶闸管无静差直流调速系统中速度环采用比例积分调节器可实现系统无静差。

（×）59. 采用电压负反馈的直流调速系统中，电压反馈信号取自电动机励磁绕组两端。

（√）60. 在直流调速系统中，采用电流正反馈环节，容易引起振荡，因此一般电流正反馈不单独使用。

（×）61. 在直流调速系统中引入电流截止负反馈主要是为了消除静差。

（×）62. 若要实现直流调速系统无静差，必须采用双闭环系统。

（√）63. 在双闭环直流调速系统中，电流内环消除某些干扰信号对系统影响的速度比速度外环要快。

（√）64. 在数控设备开环控制系统的基础上，加上测量装置构成的反馈即形成闭环控制系统。

（×）65. 在数控机床中，伺服机构作用是把来自数控装置的电压信号转换为机床部件的运动。

（×）66. 因为自动线的自动化程度很高，所以对联锁、互锁的要求不是很高。

（√）67. 能按照规定程序的节拍进行自动加工的生产作业线称为自动线。

（×）68. 采用交流变极调速的电梯，仅适用于速度为 1.5m/s 以上的电梯。

（×）69. 交流电梯使用光电码盘进行速度检测时，机械原因造成的速度反馈信号的干扰较大。

（×）70. 电梯正常运行时，当电梯制动减速至速度小于 0.8m/s，才有可能开门。

（√）71. 采用 MICONIC-B 控制系统，电梯制动减速命令发出方式有两种，即软件和硬件。

（×）72. 机械制造自动化系统的柔性制造系统指的是没有固定加工顺序和生产节拍，适应多品种、大批量生产的机械制造系统。

（√）73. 三相交流换向器电动机其输出功率和电动机转速成正比例增减，因为电动机具有恒转矩特性。

（√）74. 交流电梯超载时，电梯厅门与轿厢门无法关闭。

（×）75. 电压负反馈调速系统静态特性要比同等放大倍数的转速负反馈调速系统好些。

（√）76. 自动线分为全自动生产线和半自动生产线两大类。

（√）77. 电流正反馈是一种对系统扰动量进行补偿控制的调节方法。

（√）78. 无整流器直流电动机是以电子换向装置代替一般直流电动机的机械换向装置，因此保持了一般直流电动机的优点，而克服了其某些局限性。

（√）79. 电压负反馈调速系统，在低速运行时容易发生停转现象，主要原因是电压负反馈太强。

（×）80. 有静差调速系统是依靠偏差进行调节；无静差调速系统是依靠偏差的积累进行调节的。

（×）81. 数控机床在进行直线加工时，ΔL_i 直线斜率不变，而两个速度分量比 $\Delta V_{Yi}/\Delta V_{Xi}$ 不断变化。

（×）82. 开环系统对于负载变化引起的转速变化不能自我调节，但对其他外界扰动是能自我调节的。

（√）83. 在转速负反馈系统中，若要使开环和闭环系统的理想空载转速相同，则闭环时给定电压要比开环时的给定电压相应地提高（1+K）倍。

（×）84. 交流调压调速电梯，目前普遍采用饱和电抗调压电路进行电梯调速。

（×）85. 在并联谐振式晶闸管逆变器中，负载两端是正弦波电压，负载电流也是正弦波电流。

（√）86. G 代码是使数控机床准备好某种运动方式的指令。

（√）87. 双闭环调速系统在突然增加负载时，主要依靠电流调节器的调节作用清除转速差的偏差。

（×）88. 在带平衡电抗器的双反星形可控整流电路中，存在直流磁化问题。

（×）89. 有静差调速系统是依靠偏差进行调节，无静差调速系统是依靠偏差的积累进行调节的。

（×）90. 双闭环调速系统包括电流环和速度环。电流环为外环，速度环为内环，两环是串联的，又称双环串级调速。

（√）91. 交流电梯超载时，电梯厅门与轿厢门无法关闭。

（√）92. 在数控机床中，通常是以刀具移动时的正方向作为编程的正方向。

（√）93. DIAGNOSIS 诊断区域主要用于机床的调整及维护。

（×）94. A/D 转换器是交直流转换器。

（×）95. 交-交变频调速的调速范围很宽。

（√）96. 斩波器调速属于调压调速。

（×）97. 电流正反馈为反馈环节。

（√）98. 电流正反馈为补偿环节。

（×）99. 电压微分负反馈也是反馈环节。

（√）100. 电流截止负反馈属于保护环节。

（√）101. 闭环系统采用负反馈控制，是为了提高系统的机械特性硬度，扩大调速范围。

（×）102. 开环系统对负载变化引起的转速变化不能自我调节，但对其他外界扰动是能自我调节的。

（√）103. 在有差调速系统中，扰动对输出量的影响只能得到部分补偿。

（√）104. 有差调速系统是依靠偏差进行调节的，无差调速系统是依靠偏差的积累进行调节的。

（×）105. 电压负反馈调速系统静特性要比同等放大倍数的转速负反馈调速系统好些。

（×）106. 双闭环调速系统包括电流环和速度环。电流环为外环，速度环是内环，两环是串联的，又称双环串级调速。

（×）107. 双闭环调速系统的速度调节器在启动过程的初、后期，处于调节状态，中期处于饱和状态。而电流调节器始终处于调节状态。

（×）108. 自动线的控制中，每个运动部件与总线的关系是彼此独立的，互不相干。

（√）109. 分散控制的控制信号传递的方式是直接传递。

（√）110. 自动线的调整是先调每一个运动部件，然后再调节总线的运动情况。

（×）111. 在复杂电气控制电路的设计方法中，经验设计法就是按照经验绘制电气控制线路。

（√）112. 转速负反馈调速系统中，转速反馈电压极性总是与转速给定电压的极性相反。

（√）113. 当双闭环调速系统稳定运行时，转速调节器、电流调节器的输入偏差控制电压均为零。

（×）114. 调速系统的调速范围是指电动机在理想空载条件下，其能达到的最高转速与最低转速之比。

（√）115. 双闭环直流调速系统中，当电流反馈系数确定后，转速调节器的输出限幅饱和值决定了调速系统的最大电流。

（√）116. 在电动机转子回路中串入一个转子感应电动势，调整该电动势的大小就可以改变电动机的转速，这种调速方法叫串级调速。

（√）117. 双闭环调速系统中速度调节器与电流调节器实现串级连接。

（×）118. 由于调速系统采用 PD 调节器才实现了无静差调速。

（√）119. 在脉宽调制逆变器的控制电路频率和幅值可调的正弦波称为调制波，而幅值和频率固定的三角波称为载波。

（√）120. 交直交电压型变频器主电路主要是由整流器、滤波器及逆变器组成。

（√）121. 静差率和调速范围两项技术指标是互相制约的。

（×）122. 硬度相同的机械特性其静差率也一定是相同的。

（√）123. 闭环调速比开环调速抗干扰能力强。

（√）124. 无静差调速系统比有静差调速系统的调速精度高。

（√）125. 静差率是用来表示转速的相对稳定性的。

（√）126. 串级调速的异步电动机必须是绕线型的。

（√）127. 串级调速的方法是属于调转差率方法。

（√）128. M 代码主要是用于数控机床的开关量控制。

（√）129. 无源逆变电路逆变出的交流电频率是由两组晶闸管的触发频率来决定的。

（√）130. 在晶闸管直流调速系统中为补偿电动机的端电压应采取电流正反馈系统。

（×）131. 在晶闸管直流调速系统中为补偿电动机的端电压应采取电压负反馈系统。

（√）132. 星形带中线的三相交流调压电路实际上是三个单相交流调压电路。

（√）133. 在整定转速电流双闭环的调速系统时，如果要改变电动机的最大电流，可以调节速度调节器输出限幅值或电流反馈信号的大小。

（×）134. 交流调压中，晶闸管的相位控制法的特点是通过移相触发来调节输出电压的大小，它输出的是完整的正弦波。

（√）135. 二级调速与在转子回路中串电阻调速相比，其最大的优点是效率高，调速时机械特性的硬度不变。

（×）136. 采用定宽调制方法的斩波器，是指保持斩波器通断频率不变，通过改变电压脉冲宽度来使输出电压平均值改变。

（√）137. 斩波器调速属于调压调速。

（√）138. 有差调速系统是依靠偏差进行调节的，无差调速系统是依靠偏差的积累进行调节的。

（√）139. 直流斩波器可以把固定电压的直流电源变成大小可调的直流电源。

（√）140. 定宽调频斩波器输出电压脉冲的宽度是固定的。欲改变输出电压平均值，只需改变主晶闸管的触发脉冲频率。

（×）141. 定频调宽斩波器向负载输出的电压脉冲频率是可调的。

（×）142. 主振电路的振荡频率决定了斩波器输出电压的频率，而输出电压的宽度却要求按照指令进行调节。

（√）143. 从自动控制的角度来看，截流截压电路是一个有差闭环系统。

（×）144. 在中频电源装置中，脉冲形成电路所产生的信号，无需经过逆变触发电路进行整形放大，就可直接送往晶闸管进行触发。

（×）145. 随着电力电子、计算机以及自动控制技术的飞速发展，直流调速大有取代传统的交流调速的趋势。

（√）146. 变频调速性能优异，调速范围大，平滑性好，低速特性较硬，从根本上解决了定型转子异步电动机的调速问题。

（×）147. 在一些交流供电的场合，为了达到调速的目的，常采用斩波器-直流电动机调速系统。

（√）148. 绕线转子异步电动机采用电气串级调速有许多优点，其缺点是功率因数较差，但如采用电容补偿措施，功率因数可有所提高。

（√）149. 串级调速与在转子回路中串电阻调速相比，其最大的优点是效率高，调速时机械特性硬度不变。

（√）150. 常用的插补方法有逐点比较法、脉冲数字乘法、数字积分法、单步追踪法等。

（×）151. 编制数控程序时，不必考虑数控加工机床的功能。

（×）152. 如果在基本的坐标轴 X、Y、Z 之外，另有轴线平行于它们的坐标轴，则附加的坐标轴指定为 A、B、C。

（×）153. 机床的伺服装置就是以机床移动部件的位置和方向为控制量的控制装置。

（×）154. 在换刀时，尚需用高压水流清洁刀柄和主轴锥孔。

（√）155. 在有换刀指令时，必须保证主轴准停在一个固定位置，保证自动换刀时刀架键槽对准主轴端的定位键。

（√）156. 数控机床所用无触点行程开关（接近开关）有常开、常闭、PNP、NPN 等类型之分，在更换时切勿搞错。

（×）157. B2012A 龙门刨床 G-M 直流调速电路中，电流截止负反馈环节的主要作用是为了加速系统的过渡过程。

（×）158. 为了提高调速系统的机械特性硬度，可以把电流正反馈的强度调节到最大。

（×）159. B2012A 龙门刨床在机组检修后，启动机组时并没有按下工作台工作按钮，工作台就以很高速度冲出，其故障原因可能是 KⅡ绕组极性接反。

（√）160. B2012A 龙门刨床在调节时，若调得 5RT 阻值大于 6RT，则在电路中，时间继电器释放之前会产生：开步进，停车时工作台倒退一下；开步退，停车时工作台向前滑行一下。

（√）161. B2012A龙门刨床主拖动系统中调节电阻1RT、2RT的作用是调节启动和反向过渡过程的强度。

（√）162. B2012A龙门刨床带有电机扩大机调速系统。加入电压负反馈后，使电机扩大机和发电机的非线性特性得到改善，磁滞回线变窄，剩磁降低，加快过渡过程。

（√）163. B2012A龙门刨床主拖动系统中电阻5RT、6RT的作用是调节停车制动强弱。

（×）164. B2012A龙门刨床工作台前进减速运行时，给定电压为201～205之间的电压。201为＋，205为－。

（√）165. B2012A龙门刨床主拖动电路中稳定环节对过渡过程有很大影响。稳定作用过强，虽然抑制振荡效果好，但过渡过程较弱，不仅影响了工作效率，而且对越位有一定限制的系统就会因越位过大而无法工作。

（√）166. 为了使B2012A龙门刨床刨台停车准确，消除高速停车的摇摆，系统中设立了电机扩大机的欠补偿能耗制动环节。

（×）167. B2012A型龙门刨床，当工作台高速运行时突然降低给定电压，变为减速运行，此时在主回路中的电流反向，产生制动转矩使电动机制动，当转速下降后变为减速运行。

（×）168. B2012A型龙门刨床在维修后，电动机扩大机空载发电正常，负载时发电只有空载电压的50%左右，此时在直轴电刷下的火花又比较大，有人判断为补偿绕组短路故障。

（×）169. 在B2012A型龙门刨床调整试车时，发现工作台不能启动，有人判断是误将发电机励磁绕组接头F1-G1和G1-F1互换接反。

（×）170. 若B2012A型龙门刨床执行操作前进或后退时，工作台都是前进运动方向，且运动速度非常高，有人判断认为给定电压极性接反且给定电压太高。

（√）171. 在中频电源装置中，无论什么原因造成整流电压缺相。不平衡时，往往伴有电抗器产生很大振动和噪声。

（×）172. 自控系统的静差率一般是指系统高速运行时的静差率。

（×）173. 在生产过程中，当要求被控制量维持在某一个值时，就采用程序控制系统。

（×）174. 开环系统对于负载变化引起的转速变化不能自我调节，但对其他外界扰动是能自我调节的。

（×）175. 自控系统的静差率和机械特性两个概念没有区别，都是用系统转速降和理想空载转速的比值来定义的。

（√）176. 调速范围满足一定的静差率条件。同理，静差率是在满足一定的调速范围内讲的。

（×）177. 有差调速系统是依靠偏差进行调节的；无差调速系统是依靠偏差的积累进行调节的。

（√）178. 数控机床在进行曲线加工时，上直线斜率不断变化，而且两个速度分量比也不断变化。

（×）179. 一般直流电机的换向极铁芯采用硅钢片叠装而成。

（×）180. 在自动装置和遥控系统中使用的自整角机都是单台电机。

（√）181. 斩波器属于直流/直流变换。

（×）182. 转速负反馈调速系统的动态特点取决于系统的闭环放大倍数。

（√）183. 电流正反馈反映的物理量是电机负载的大小，而不是被调整量电压或速度的大小。

（×）184. 在电压型逆变器中，是用大电感来缓冲无功能量的。

（√）185. 无换向器电动机由转子位置检测器来检测磁极位置以控制变频电路，从而实现自控变频。

（√）186. 闭环数控系统，要求对机床工作台（或刀架）的位移有检测和反馈装置。

（×）187. 开环数控系统的加工精度，主要取决于步进电动机的特性和电液脉冲马达的工作精度。

（×）188. 自动调速系统的调整时间是指从控制作用系统开始到被调量达到其稳定值为止的一段时间。

（√）189. 开环调速系统不存在稳定性问题。

（×）190. 闭环系统由于采用了负反馈，具有抗干扰能力，所以反馈环节元件的精度对控制精度影响不大。

（√）191. 每年应对油压缓冲器进行一次复位试验，且用电梯的检修速度试验。

（√）192. 锁存器接在计数器与译码器之间，仅当控制逻辑发出选通信号时，计数器中的 A/D 转换结果才能送至译码器。

（√）193. CMOS模拟开关具有微功耗、速度快、体积小、无触点、使用寿命长等优点。

（√）194. 脉冲调宽式 A/D 变换器中，积分器、比较器与基准电源构成一个不连续的负反馈系统。当积分器输出大于零时，接入正基准电压；小于零时，则接入负基准电压。

（×）195. 非线性误差是由反馈网络的负载效应引起的分压比的非线性、放大器使用的半导体器件引起的非线性以及量程引起的非线性造成的。

（√）196. 脉冲调宽式 A/D 变换器的节拍方波电压幅值要求正负相等，并大于被测量满度值与参考电压值之和。

（×）197. 脉冲调宽式 A/D 变换器的积分器输入端有两个电压，它们是被测电压和基准电压。

（√）198. 斜坡电压的斜率是否严格线性一致，是保证斜坡式 A/D 变换器计数门开启时间间隔与被测量成正比的关键。

（√）199. 在对具有自动频率跟踪的 DVM 测试串模干扰抑制比时，要使供电电源和干扰源应为同一电源。

（×）200. 数码寄存器除可以存放数码外，还可以实现数码的左、右移动。

（√）201. 对多量程电位差计量限系数的测定时，其误差不应超过装置允许误差的 1/4。

（√）202. 转速负反馈调速系统，转速反馈电压极性总是与转速给定电压的极性相反。

（√）203. 交-直-交电压型变频器主电路主要由整流器、滤波器及逆变器组成。

（√）204. 双闭环直流调速系统中，当电流反馈系数确定后，转速调节器的输出限幅（饱和）值决定了调速系统的最大电流。

（√）205. 双闭环调速系统中速度调节器与电流调节器应实现串级连接。

（×）206. 在抗干扰措施中采用的同一接地，就是保护地线、屏蔽地线、电源地线、数字地线与模拟地线在同一点接地。

（×）207. 双闭环调速系统中，通常把电流环称为外环，而速度环称为内环。

（×）208. 在斩波器中，采用电力场效应管后可降低对滤波元器件的要求，减少了斩波器的体积和重量。

（√）209. 负载倒拉反转运行也是三相异步电动机常用的一种制动方式，但这种制动方式仅适用于转子回路串入电阻的绕线转子异步电动机，对于笼型异步电动机是不适用的。

（×）210. 在能耗制动时，为了能将转子的机械动能转换成电能，并在电阻上再转化为热能消耗掉，因此不论是三相交流异步电动机还是直流电动机都必须在定子回路中通入一定的直流电流，同时在转子回路中串入一定值的电阻。

（√）211. 在一个脉冲作用下，工作台移动的一个基本长度单位，称为脉冲当量。

（√）212. 在数控机床中，机床直线运动的坐标轴 X、Y、Z 规定为右手迪卡尔坐标系。

（√）213. 速度继电器常用于反接制动控制线路。

（×）214. 开环自动控制系统中出现偏差时能自动调节。

（×）215. 有静差调速系统中，扰动对输出量的影响能得到全部补偿。

（×）216. 开环自动控制系统出现偏差时，能自动调节。

（√）217. 数控系统的控制对象是伺服驱动装置。

（×）218. 闭环自控系统能够有效地抑制一切被包围在反馈环内的扰动作用，对于给定电压的波动同样可以抑制。

（√）219. 反馈检测元件的精度，对于自控系统的静态精度有影响。

（×）220. 系统的静态放大倍数越小，则动态放大倍数越小；系统的静态特性越差，则动态性能就越好。

（√）221. 在电气控制系统中，有些电气设备或电气元件不允许同时运行或同时通电流，这种情况下，在电气线路中要采取联锁保护措施。

（√）222. 调速系统中采用比例积分调节器，兼顾了实现无静差和快速性的要求，解决了静态和动态对放大倍数要求的矛盾。

（√）223. 逐点比较法的控制精度和进给速度较低，主要适用于以步进电动机为驱动装置的开环数控装置。

（√）224. 伺服系统包括伺服控制线路、功率放大线路、伺服电动机、机械传动机构和执行机构等，其主要功能是将数控装置产生的插补脉冲信号转换成机床执行机构的运动。

（√）225. 数控加工程序是由若干程序段组成的，程序段由若干个指令代码组成，而指令代码又是由字母和数字组成的。

（√）226. CSB 中央服务板是 CENTER SERVICE BOARD 的缩写。

（√）227. SIN840C 可以实现 3D 插补。

（√）228. 串级调速可以将串入附加电动势而增加的转差功率，回馈到电网或者电动机上，因此它属于转差功率回馈型调速方法。

（√）229. JWK 型经济型数控机床严禁在风机停转时运行。

（√）230. 直线运动各轴的反向误差属于数控机床的定位精度检验。

（×）231. 数控装置是数控系统的执行部分。

（√）232. 根据数控装置的组成，分析数控系统包括数控软件和硬件组成。

第 11 章　先进控制技术知识

（×）1. 目前使用的 CD-ROM 也可代替计算机内存中的 ROM 芯片。

（√）2. 可编程序控制器是一种数字运算操作的电子系统，专为在工业环境下应用而设计，它采用可编程序的存储器。

（×）3. 可编程序控制器的输出端可直接驱动大容量电磁铁、电磁阀、电动机等大负载。

（×）4. 可编程序控制器只具数字量或模拟量输入输出控制的能力。

（√）5. 可编程序控制器的输入端可与机械系统上的触点开关、接近开关、传感器等直接连接。

（√）6. PLC 的 I/O 点数是指某台 PLC 能够输入 PLC 内和从 PLC 内向外输出的开关量、模拟量的总点数。

（×）7. PLC 输出端电流较大时，可在被控元件处串联一个电阻来分流 PLC 输出的漏电流。

（√）8. PLC 采用了典型的计算机结构，主要是由 CPU、RAM、ROM 和专门设计的输入输出接口电路等组成。

（×）9. PLC 机中的用户程序执行的结果能直接驱动输出设备。

（√）10. PLC 的输入输出端口都采用光电隔离。

（√）11. 梯形图是程序的一种表示方法，也是控制电路。

（√）12. PLC 的指令语句表达形式是由操作码、表示符和参数组成。

（√）13. 指令表是指由指令来构成能完成控制任务的指令组合。

（√）14. 可编程序控制器同计算机一样，只要顺序地执行程序就可以达到要求。

（×）15. 可编程序控制器只能通过简易编程器编制控制程序。

（√）16. PLC 机的扫描周期就是 PLC 机完成一个完整工作周期，即从读入输入状态到发出输出信号所用的时间。

（√）17. PLC 机产品技术指标中的存储容量是指其内部用户存储器的存储容量。

（×）18. PLC 机的继电器输出适应于要求高速通断、快速响应的工作场合。

（√）19. FX2N-64MR 型 PLC 的输出形式是继电器触点输出。

（√）20. 能直接编程的梯形图必须符合顺序执行，即从上到下，从左到右地执行。

（√）21. 在 PLC 梯形图中如单个接点与一个串联支路并联，应将串联支路排列在图形的上面，而把单个接点并联在其下面。

（×）22. 在 PLC 梯形图中如单个接点与一个并联支路串联，应将并联支路紧靠右侧母线排列，而把单个接点串联在其左边。

（×）23. PLC梯形图中，串联块的并联连接指的是梯形图中由若干接点并联所构成的电路。

（×）24. 串联一个常开触点时采用AND指令；串联一个常闭触点时采用LD指令。

（×）25. OUT指令是驱动线圈指令，用于驱动各种继电器。

（×）26. 在梯形图中，输入触点和输出线圈为现场的开关状态，可直接驱动现场的执行元件。

（√）27. PLC机内的指令ORB或ANB在编程时，如非连续使用，可以使用无数次。

（√）28. 在一段不太长的用户程序结束后，写与不写END指令，对于PLC机的程序运行来说其效果是不同的。

（√）29. PLC步进指令中的每个状态器需具备三个功能：驱动有关负载、指定转移目标、指定转移条件。

（√）30. 顺序控制系统是指按照生产工艺预先规定的顺序，在各个输入信号的作用下，根据内部状态和时间的顺序，在生产过程中各个执行机构自动有序地进行操作过程。

（√）31. 过程控制系统是将整个控制过程分为几个特定的状态，在一定的条件下可以转移，使得整个控制过程按规律一步一步地进行。

（√）32. PLC步进指令中并行性流程状态转移图的编程原则是指先集中进行分支状态处理，再集中进行汇合状态处理。

（×）33. PLC中的选择性流程指的是多个流程分支可同时执行的分支流程。

（√）34. PLC步进指令编程时，先要分析控制过程，确定步进和转移条件，按规则画出状态转换画，再根据状态转移画出梯形图；最后由梯形图写出程序表。

（√）35. PLC中的功能指令主要是指用于数据的传送、运算、变换及程序控制等功能的指令。

（×）36. 功能指令主要由功能指令助记符和操作元件两大部分组成。

（×）37. 在使用编程器时，必须先将指令转变成梯形图，使之成为PLC能识别的语言。

（×）38. 在PLC中，指令是编程器所能识别的语言。

（√）39. 在编程输入前应将FX2NPLC机RUN端和COM端断开，使PLC处于停止运行。

（×）40. PLC机型的选择主要是指在功能上如何满足自己需要，而不浪费机器容量。

（√）41. PLC模拟调试的方法是在输入端接开关来模拟输入信号，输出端接指示灯来模拟被控对象的动作。

（√）42. 可编程序控制器的开关量输入/输出总点数是计算所需内存储器容量的重要根据。

（√）43. PLC的系统程序永久保存在PLC中，用户不能改变，用户程序是根据生产工艺要求编制的，可通过编程器修改或增删。

（√）44. 对PLC机的表面，应该用干抹布和皮老虎清洁，以保证其工作环境的整洁和卫生。

（×）45. PLC机锂电池电压即使降至最低值，用户程序也不会丢失。

（√）46. 可编程控制器（PLC）是由输入部分、逻辑处理部分和输出部分组成。

（×）47. PC的输入部分的作用是处理所取得的信息，并按照被控对象实际的动作要求作出反应。

（√）48. 微处理器CPU是PC的核心，它指挥和协调PC的整个工作过程。

（√）49. PLC是一种工业专用控制微机。

（×）50. PLC一般常采用梯形图进行编程，梯形图中的接点和线圈均为软触点和软线圈。

（√）51. PC机用于开关量逻辑控制指的是利用PC机取代常规的继电器逻辑控制。

（√）52. 微机主机通过I/O接口与外设连接。

（√）53. PLC可编程序控制器输入部分是收集被控制设备的信息或操作指令。

（×）54. PLC交流电梯自由状态时，按下直达按钮电梯迅速到达所需要层。

（√）55. PLC交流电梯在任何层停梯后，司机可以改变电梯的运行方向。

（×）56. PLC可编程控制器是以"并行"方式进行工作的。

（×）57. S系列PLC中，计数器均有掉电保护功能，且都是加法计数器。

（√）58. S系列小型PLC机有TON、TOF、TONR三种定时器供编程使用。

(×) 59. 当 PLC 的电源掉电时，状态继电器复位。

(√) 60. S7-200 中 PLC 的 ED 指令是输入信号的下降沿产生一个脉冲输出。

(√) 61. PLC 的输入、输出端口都采用光电隔离。

(√) 62. PLC 中辅助继电器的触点可以无限制地供编程使用，但不能直接驱动外部负载。

(×) 63. 梯形图中的输入触点和输出线圈即为现场的开关状态，可直接驱动现场执行元件。

(×) 64. OUT 指令是驱动线圈的指令，用于驱动各种继电器。

(×) 65. 当电源掉电时，计数器复位。

(√) 66. 在 PLC 的梯形图中，线圈必须放在最右边。

(√) 67. 在 PLC 的梯形图中，线圈不能直接与左母线相连。

(√) 68. 在梯形图中串联触点和并联触点使用的次数不受限制。

(×) 69. 交-直-交电压型变频器的负载线电压为 120°正负对称的阶梯波，相电压为 180°的正负对称的矩形波。

(√) 70. 定宽调频式直流斩波器的调压原理是保持脉宽恒定，调节斩波周期来实现的。

(√) 71. 微机的应用使仪表向数字化、智能化的方向发展。

(×) 72. UPS 电源广泛采用交-直-交电流型变频器。

(×) 73. 变频器与电动机之间一般需要接入接触器。

(×) 74. 为了保证 PLC 交流电梯安全运行，安全触点采用常开触点输入到 PLC 的输入接口。

(×) 75. 顺序控制器是根据顺序和条件对各控制阶段逐次进行控制。

(×) 76. 在程序编制过程中，同一编号的线圈在一个程序中可以使用多次。

(√) 77. 微机比大型机的通用性好。

(√) 78. PLC 交流电梯程序控制方式主要采用逻辑运算方式及算术运算方式。

(×) 79. PLC 输入继电器不仅由外部输入信号驱动而且也能被程序指令驱动。

(×) 80. 为了保证 PLC 交流电梯安全运行，安全触点采用常开触点输入到 PLC 的输入接口。

(×) 81. PLC 可编程序控制器是以"并行"方式进行工作的。

(√) 82. 用汇编语言编写的程序，必须汇编成相对应的机器语言，计算机才能直接执行。

(×) 83. 对不同机型的计算机，针对同一问题编写的汇编语言程序，均可相互通用。

(×) 84. 直线感应同步器的定尺和滑尺绕组都是分段绕组。

(×) 85. 莫尔条纹的方向与光栅的刻线方向是相同的。

(×) 86. 自动线的控制中，每个运动部件与总线的关系是彼此独立的，互不相干。

(√) 87. 分散控制的控制信号传递的方式是直接传递。

(√) 88. 自动线的调整是先调每一个运动部件，然后再调节总线的运动情况。

(×) 89. 在复杂电气控制电路的设计方法中，经验设计法就是按照经验绘制电气控制线路。

(√) 90. 微型计算机的核心是微处理器。

(√) 91. OUT 指令可以同时驱动多个继电器线圈。

(√) 92. 变频调速装置属于无源逆变的范畴。

(×) 93. 交-交变频调速的调速范围很宽。

(√) 94. 直流-交流变频器，是指把直流电能（一般可采用整流电源）转变为所需频率的交流电能，所以也叫逆变器。

(×) 95. 逆变器的工作过程与晶闸管整流器的有源逆变一样，是把变换过来的交流电反馈回电网去。

(×) 96. 转子位置检测器实际就是检测转子上磁极位置的传感器，只要把它安装在电动机转轴上便会发出信号控制晶闸管通断。

(×) 97. 两光栅的线纹相交一个微小的夹角，由于挡光效应或光的衍射，在与光栅线纹大致平行的方向上产生明暗相间的条纹，这就是"莫尔条纹"。

(×) 98. 购买光栅尺时，应选用其测量长度略低于工作台最大行程的规格。

(√) 99. 磁栅是以没有导条或绕组的磁波为磁性标度的位置元件，这是磁尺独有的最大特点。

（×）100. 感应同步器中，在定尺（或转子）上是分段绕组，而在滑尺（或定子）上则是连续绕组。

（√）101. 感应同步器通常采用滑尺加励磁信号，而由定尺输出位移信号的工作方法。

（×）102. 标准直线感应同步器定尺安装面的不直度，每250mm不大于0.05mm。

（√）103. 自动控制就是应用控制装置使控制对象（如机器、设备和生产过程等）自动的按照预定的规律运行或变化。

（×）104. 输出量对输入量（控制作用）有着直接影响的系统，就叫开环控制系统（或非反馈系统）。

（√）105. 控制系统中采用负反馈，除了降低系统误差提高精度外，还使系统对内部参数的变化不灵敏。

（×）106. 有一类控制系统，它的给定输入随着时间有一定的变化规律，希望系统的输出也随着变化。这类系统叫做定值控制系统。

（√）107. 在工业控制智能仪表中，适合采用汇编语言。

（√）108. 可编程控制器（PLC）是由输入部分、逻辑部分和输出部分组成。

（×）109. PLC输入部分的作用是处理所取得的信息，并按照被控对象实际的动作要求做出反映。

（√）110. CPU是PLC的核心组成部分，承担接收、处理信息和组织整个控制工作。

（√）111. PLC的工作过程是周期循环扫描，基本分成三个阶段进行，输入采样阶段、程序执行阶段和输出刷新阶段。

（×）112. 可编程控制器的输出、输入、辅助继电器、计时和计数的触点是有限的。

（√）113. 将程序写入可编程控制器时，首先应将存储器清零，然后按操作说明写入程序，结束时用结束指令。

（×）114. 系统软件就是买来的软件，应用软件就是自己编写的软件。

（√）115. 用机器语言编写的程序可以由计算机直接执行，用高级语言编写的程序必须经过编译（或解释）才能执行。

（×）116. 说一台计算机配了FORTRAN语言，就是说它一开机就可以用FORTRAN语言编写和执行程序。

（√）117. 计算机病毒也是一种程序，它在某些条件下激活，起干扰破坏作用，并能传染到其他程序中去。

（×）118. BASIC源程序可在DOS下运行。

（×）119. 软件测试的目的是为了说明程序是正确的。

（×）120. 计算机系统的资源是数据。

（√）121. 显示器控制器是系统总线与显示器之间的接口。

（×）122. 裸机是指不含外围设备的主机。

（×）123. 磁盘必须进行格式化后才能使用，凡格式化过的磁盘都能在PC机上使用。

（√）124. 键盘和显示器都是计算机的I/O设备，键盘为输入设备，显示器是输出设备。

（×）125. 采用校验码只能发现数据传输过程中的错误，采用纠错码则可纠正数据传输过程的错误。

（√）126. 个人计算机键盘上的CTRL键盘是起控制作用的，它必须与其他键同时按下才有作用。

（×）127. 键盘是输入设备，但显示器上显示的内容既有机器输出的结果又有用户通过键盘打入的内容，故显示器既是输入设备又是输出设备。

（√）128. 计算机指令是指挥CPU进行操作的命令。

（√）129. PC机使用过程中突然断电，RAM中保存的信息全部丢失，ROM中的信息不受影响。

（×）130. 微型计算机就是体积很微小的计算机。

（×）131. 软盘驱动器属于主机，软盘属于外设。

（×）132. 计算机系统是由 CPU、存储器和输入输出设备组成。

（×）133. 十六位字长的计算机是指能计算最大为 16 位进制的计算机。

（√）134. 计算机区别于其他计算工具的本质特点是能存储数据和程序。

（√）135. 存储器必须在电源电压正常时才能存储信息。

（×）136. 外存上的信息可直接进入 CPU 被处理。

（×）137. 桥式电路既可直接编程，也可改画后编程。

（×）138. 若程序结尾没有 END 指令，不影响程序的执行。

（√）139. 可编程序控制器除有输入、输出继电器外，还有许多内部继电器。

（√）140. 可编程序控制器可以直接驱动电磁阀。

（×）141. C 系列 P 型 PC 指令"TIM00♯0015"中，定时器的设定值是 15s。

（×）142. C 系列 P 型 PC 指令"TIM00♯0150"中，定时器的设定值是 150s。

（√）143. C 系列 P 型 PC 机中，当输入信号变化一次而比较指令只需执行一次时，加用微分指令。

（√）144. C 系列 P 型 PC 机执行移位指令时，每来一个时钟脉冲，数据移一位。

（√）145. 可编程序控制器可以用编程器来监视主机的工作情况。

（×）146. 可以作可编程序控制器输入器件的有主令电器、行程开关、接近开关、电磁阀、电动机等。

（√）147. 可编程序控制采用循环扫描的工作方式。

（×）148. 可编程序控制器与继电器控制逻辑一样具有计数功能。

（√）149. 用编程器输入程序，每输入一条指令后都要按一次 WRITE 键。

（×）150. 如 PC rel 发生跳转时，目标地址为当前指令地址加上偏移量 rel。

（×）151. 对于 8051 单片机，当 CPU 对内部程序存储器寻址超过 4K 时系统会自动在外部程序存储器寻址。

（√）152. （－86）原＝11010110，（－86）反＝10101001，（－86）补＝10101010。

（×）153. 指令 MULAB 执行前（A）＝FOH，（B）＝05H，执行后（A）＝F5H，（B）＝00H。

（×）154. 用汇编语言编写的程序叫汇编程序。

（×）155. 汇编语言源程序是单片机可以直接执行的程序。

（√）156. 微机控制系统的抗干扰问题是关系到微机应用成败的大问题。

（×）157. 凡是用单片机调试软件 PDS 在计算机上汇编成功的源程序都是编写正确的源程序，都能正常运行。

（√）158. GTO 可以用快速熔断器保护。

（×）159. 变频器中的整流部分，必须采用三相桥式可控晶闸管整流。

（×）160. 当定时器 T0 记满数变为零后，其溢出标志位（TCON 和 TEO）也变为零。

（√）161. 如设置外部中断 0 中断，应置中断允许寄存器 IE 的 EA 位和 EX0 位为 1。

（√）162. 当 8051 单片机的晶振频率为 12MHz 时，ALE 地址锁存信号端输出频率为 2MHz 的方脉冲。

（×）163. EPROM27128 有 12 根地址线，可寻址空间为 16KB。

（√）164. 在逻辑运算中能把所有可能条件组合及其结果一一对应列出的表格称为真值表。

（×）165. MSC-51 单片机上电复位后，片内数据存储器的内容均为 00H。

（√）166. MSC-51 单片机 PUSH 和 POP 指令只能保护现场，不能保护断点。

（√）167. 在接口芯片中，通常都有一个片选端 CS 或 CE，作用是当 CS 为低电平时该芯片才能进行读写操作。

（×）168. 把直流变交流的电路称为变频电路。

（×）169. 定时器不管什么情况，置位后必须要复位。

（×）170. 若一个异或门的两个输入端的电平相同，即同为高电平或同为低电平，则输出高电平。

（√）171．要将变化缓慢的电压信号整形成脉冲信号，应采用施密特触发器。

（√）172．环形计数器实际上是一个自循环的移位寄存器。

（√）173．计数器不管什么情况，置位后必须还要复位。

（×）174．PLS/PLF 脉冲输出指令必须成对使用。

（×）175．旧程序全部清除指令是 NOP—A—GO—GO。

（√）176．变频器调速系统，当变频器的电源频率下降时，电动机的转速跟着下降。

（×）177．8051 每个中断源相应在芯片上都有其中断请求输入引脚。

（√）178．交直交电压型变频器主电路主要由整流器、滤波器及逆变器组成。

（√）179．磁栅输出信号的大小与磁头和磁性标尺的相对速度无关。

（×）180．微机内的乘除法运算一般要用十进制。

（√）181．通过计算机系统接口可以将三相程控源、计算机、被检仪表相连接，通过管理控制软件构成自动检定与校准系统。

（√）182．8051 单片机对最高优先权的中断响应是无条件的。

（√）183．微处理器的 RAM 存储器既可以读出信息，又可以写入信息。

（×）184．计算机的键盘和显示器属于输入设备。

（×）185．微处理器的 CPU 执行一条指令所需的时间就是时钟周期。

（√）186．在断电时，ROM 存储器中的信息不会丢失。

（×）187．D/A 转换器就是模/数转换器，A/D 转换器就是数/模转换器。

（×）188．可编程序控制器的 RAM 的一位就代表一个继电器，当写入"1"或"0"时表示继电器线圈"通"或"断"，而信号可从继电器的状态读出，所以一个继电器只能有一对触点。

（√）189．可编程控制器内部的时间继电器是根据多个扫描周期是否达到整定时间值而控制时间继电器是否动作的。

（√）190．光栅传感器中产生的信号是正弦信号。

（√）191．在位置移动数字显示系统中，磁栅是利用录音机录磁的原理制成的。

（×）192．在位置移动数字显示系统中，感应同步器在相位工作状态时，滑尺的正、余弦绕组上施加不同频率、同幅值但相位不同的正弦电压进行励磁。

（√）193．变频调速中的变频器都具有调频和调压两种功能。

（√）194．冯·诺依曼计算机将要执行的程序与其他数据一起存放在存储器中，由它们控制工作。

（×）195．微机用于工业控制时又称可编程控制器。

（√）196．移位寄存器除了具有存储数码功能外，还有移位的功能。

（×）197．当前使用的计算机都叫微机。

（×）198．只要有触发器就能作成数字寄存器。

（√）199．微型计算机的核心是微处理器。

（×）200．算术逻辑运算处理器简称 CPU。

（×）201．直线感应同步器的定尺和滑尺绕组都是分段绕组。

（√）202．"分析数据系统操作单元"可以更好地实现人机对话。

（×）203．对变频器进行功能预置时必须在运行模式下进行。

（√）204．变频器故障跳闸后，欲使其恢复正常状态，应按 RESET 键。

（×）205．变频器的主电路，包括整流器、中间直流环节、逆变器、斩波器。

（×）206．变频器的输出不允许接电感。

（√）207．根据数控装置的组成，分析数控系统包括数控软件和硬件两部分。

（×）208．莫尔条纹的方向与光栅刻线方向是相同的。

（√）209．Synchronizing 代表"同步"的意思。

（√）210．PLC 是现代能替代传统的 JC 控制的最佳工业控制器。

（×）211. 串联一个常开触点时采用 OR 命令，并联一个常开触点时采用 AND 指令。

（√）212. 在 PC 的梯形图中，软继电器的线圈应直接与右母线相连，而不直接与左母线相连。

（×）213. OUT214 指令不能同时驱动多个继电器线圈。

（×）214. 在梯形图中，线圈必须放在最左边。

（√）215. 在控制线路中，不能将两个电器线圈串联。

（×）216. 大容量的线圈可以与小容量的线圈并联。

（×）217. 变频器的基本构成由整流器、中间直流环节、逆变器和控制回路组成。

（×）218. 由于逆变器的负载为异步电动机，属于电感性负载，无论电动机处于电动或发电制动状态，其功率因数一定为 1。

（√）219. 变频器操作前必须切断电源，还要注意主回路电容器充电部分，确认电容放电完后再进行操作。

（×）220. 变频器的选择原则应根据电动机的电流和功率来决定变频器的容量。

（√）221. 显卡是连接主板与显示器的适配卡。

（×）222. 计算机病毒是指使计算机硬件受到破坏的一种病毒。

（×）223. 多媒体电脑中可不配置声卡。

（√）224. 电脑软件主要由系统软件和应用软件组成。

（√）225. 屏幕保护程序可以减少屏幕的损耗并保障系统安全。

（×）226. Word 中表格是不可以画斜线的。

（√）227. 标题栏位于 Word2000 窗口的最顶部，用于指示当前所编辑的文档名。

（√）228. 在 Word2000 中进行编辑时，可选择不同的视图来显示文档，以满足编辑时的需要。

（×）229. "另存为"和"复制"是相同的操作命令。

（√）230. Excel 中表格的宽度和高度都可以调整。

（√）231. Excel 在单元格中显示 800.00，说明单元格的格式为数值格式。

（√）232. 新建一个 Excel 文件的默认包括三张工作表，工作表名称默认为 Sheet1～3。

（×）233. 在 Powerpoint 的窗口中无法改变各个区域的大小。

（×）234. Powerpoint 中应用设计模板设计的演示文稿无法进行修改。

（√）235. 数字计算机的机器语言全是二进制代码。

（×）236. 第一代超大规模集成电路微处理器是 8 位微处理器。

（√）237. 微处理器中的运算器包括：算术逻辑单元和累加器。

（√）238. 微型计算机主要的缺点是低档机处理速度低，存储容量小。

（×）239. 旋转变压器的输出电压不是其转子转角的函数。

（×）240. 感应同步器在安装时必须保持两尺平行，两平面间的间隙约为 0.25mm，倾斜度小于 10°，装配面波纹度在 0.01～25mm 以内。

（√）241. 旋转变压器是一种输出电压随转子转角变化的信号元件。

（×）242. 计算机结构体系的提出者是爱因斯坦。

（×）243. 用 NOP 指令取代已写入的指令，对原梯形图的构成没有影响。

（×）244. F 系列可编程序控制器的输出继电器输出指令用 OUT38 表示。

（×）245. 安装前熟悉电气原理图和 PLC 及有关资料，检查电动机、电气元器件，准备好仪器、仪表、工具和安装材料。并根据电气原理图安装电气管路。

（√）246. MC 和 MCR 指令必须成对使用。

（√）247. 根据梯形图分析和判断故障是诊断所控制设备故障的基本方法。

（×）248. 当电池电压降到一定值时，M70 接通。

（√）249. 语法检查属于程序检查。

（×）250. 当电网电压过低或瞬间断电时，掉电保护是避免 CPU 失控、ROM 数据混乱丢失的重要措施。

(√) 251. 变频器工作时先将交流变为直流，然后再逆变成交流。

(×) 252. 变频器工作时先将直流变为交流，然后再逆变成直流。

第 12 章　西门子 S7-200 PLC 知识

(√) 1. 栈装载或指令是将堆栈中的第一层和第二层的值进行逻辑或操作，结果存入栈顶。

(√) 2. 正跳变指令每次检测到输入信号由 0 变 1 之后，使电路接通一个扫描周期。

(×) 3. TON 的启动输入端 IN 由 "1" 变 "0" 时定时器并不复位而是保持原值。

(×) 4. 块传送指令的操作数 N 指定被传送数据块的长度，采用双字寻址。

(×) 5. 定时器类型不同但分辨率都相同。

(√) 6. EM231 热电阻模块是专门将热电阻信号转为数字信号的智能模块。

(×) 7. RS-232 串行通信接口使用的是正逻辑。

(×) 8. 数据通信的树形结构，可以直接在同级站点间进行数据传输，不必要通过上一级站点的转接来实现。

(√) 9. 暂停指令能够使 PLC 从 RUN 到 STOP，但不能立即终止主程序的执行。

(√) 10. 使用顺序控制继电器指令时，不能在 SCR 段内使用 FOR、NEXT 或 END 指令。

(√) 11. 整数的加减指令的功能是将两个 8 位的整数相加减，得到一个 8 位的整数结果。

(√) 12. TRUNC 指令把 32 位实数转换成 32 位符号数，小数部分按照四舍五入原则处理。

(×) 13. PTO 为高速脉冲串输出，它可输出一定脉冲个数和一定周期的占空比为 50% 的方波脉冲。

(√) 14. 中断分离指令 DTCH 截断一个中断事件（EVNT）和所有中断程序的联系，但并不禁止该中断事件。

(×) 15. 并行数据通信常用于远距离的数据传输场合。通常计算机内部各部件之间的数据交换都采用并行通信。

(×) 16. 系统管理程序的主要功能是管理程序的执行和存储空间分配管理。

(√) 17. 开关量逻辑控制程序是将 PLC 用于开关量逻辑控制软件，一般采用 PLC 生产厂家提供的如梯形图、语句表等编程语言编制。

(×) 18. PLC 是采用 "并行" 方式工作的。

(√) 19. 存储器 AI、AQ 只能使用双字寻址方式来存取信息。

(√) 20. 间接寻址是通过地址指针来存取存储器中的数据。

(√) 21. PLC 的输入电路均采用光电耦合隔离方式。

(√) 22. CPU214 型 PLC 本机 I/O 点数为 14/10。

(×) 23. CTD 计数器的当前值等于 0 时置位，但会继续计数。

(√) 24. S7-200 系列 PLC 可进行间接寻址的存储器是 I、Q、M、S、T 及 C。

(√) 25. 字节移位指令的最大移位位数为 8 位。

(√) 26. 在第一个扫描周期接通可用于初始化子程序的特殊存储器位是 SM0.1。

(×) 27. 梯形图程序指令由助记符和操作数组成。

(×) 28. 位寻址的格式由存储器标识符、字节地址及位号组成。

(√) 29. 间接寻址是通过地址指针来存取存储器中的数据。

(√) 30. 执行逻辑弹出栈指令使堆栈深度减 1。

(√) 31. 正跳变指令每次检测到输入信号由 0 变 1 之后，使电路接通一个扫描周期。

(√) 32. 定时器定时时间长短取决于定时分辨率。

(√) 33. I-D 指令的功能是将把一个 16 位整数值数转换为一个 32 位的双字整数。

(√) 34. EM231 模拟量输入模块的数据格式有单极性和双极性两种。

(×) 35. EM231 模拟量输入模块的单极性数据格式为 0～32000。

(×) 36. RS-232 串行通信的传输速率较高，可以远距离传输。

(√) 37. PPI 协议是一个主/从协议，支持一主机多从机连接和多主机多从机连接方式。

（√）38. 在触摸屏与 PLC 已联机的情况下，操作者就可以通过触摸屏对 PLC 进行各种操作。

（×）39. 执行逻辑推入栈指令使堆栈深度减 1。

（×）40. 提供一个周期是 1s，占空比是 50％的特殊存储器位是 SM0.4。

（√）41. 用来累计比 CPU 扫描速率还要快的事件的是高速计数器。

（√）42. S7-200 可以通过 CP-243-1IT 通信处理器的 IT 功能，非常容易的与其他计算机以及控制器系统交换文件，可以在全球范围内实现控制器和当今办公环境中所使用的普通计算机之间的连接。

（√）43. 在工程实践中，常把输出映象寄存器称为输出继电器。

（×）44. JMP 指令的功能是使程序跳转到另一个程序的具体标号处。

（×）45. 使用顺序控制继电器指令时，可以在 SCR 段内使用 FOR、NEXT 或 END 指令。

（√）46. 子程序可以嵌套，嵌套深度最多为 8 层。

（√）47. 位寻址的格式由存储器标识符、字节地址、分割符及位号组成。

（√）48. 定时器的寻址依赖所用指令，带位操作数的指令存取位值，带字操作数的指令存取当前值。

（√）49. 栈装载与指令是将堆栈中的第一层和第二层的值进行逻辑与操作，结果存入栈顶。

（√）50. 正跳变指令每次检测到输入信号由 0 变 1 之后，使电路接通一个扫描周期。

（√）51. 定时器定时时间长短取决于定时分辨率。

（×）52. TONR 的启动输入端 IN 由"1"变"0"时定时器复位。

（×）53. 字节比较指令比较两个字节大小，若比较式为真，该触点断开。

（×）54. 双字循环移位指令的操作数 N 指移位位数，要通过字寻址方式来设置。

（√）55. 位移位寄存器指令每当 EN 端由 0 变 1 时，寄存器按要求移位一次。

（√）56. 有条件结束指令将根据前面的逻辑关系决定是否终止用户程序。

（×）57. EM231 热电偶模块可以连接 6 种类型的热电偶。

第 13 章　变配电设施

（×）1. 进入夏季，雷雨季节来临，所以要特别做好防雷准备工作。

（√）2. 供电设备评级工作中，设备的完好率指一、二级设备与参评设备在数量上的百分比。

（×）3. 电力变压器一次线圈的额定电压必须与电力网额定电压相同，不允许有误差。

（√）4. 计划用电工作的四个重要环节是指：合理分配、科学管理、灵活调动和节约使用。

（√）5. 多油断路器相间绝缘，主要是用油作为介质的。

（√）6. 断路器的分闸时间是指跳闸线圈通电到灭弧触头刚分离的这段时间。

（×）7. GN2 型隔离开关安装时，应先将开关本体和操作机构组装好，将其整体吊装并固定。

（×）8. 高压开关柜安装调整完毕后，可用螺丝固定或焊接在基础型钢上。

（×）9. 高压断路器导电回路直流电阻一般不大于 1Ω，可选用单臂电桥测量。

（√）10. 运行中的隔离开关，接触应良好，最高允许温度为 50℃，通过的电流不得超过额定值。

（√）11. 为防止并联电容器过负荷，应装过负荷保护装置。

（×）12. 互感器一次侧的交流耐压试验可单独进行，也可以和相连的一次设备一起进行。

（√）13. 当运行中的变压器油色变化过快，油内出现炭质等，应立即将变压器停运，并进行处理。

（×）14. 电力线路的二次重合闸是在第一次重合闸不成功以后，经过小于 5s 的时间，再次重合。

（×）15. 变电所拉和开关的单一操作，可以不用操作票。

（√）16. 安装二次接线时，导线分支必须有线束引出，并依次弯曲导线，使其转向需要方向，其弯曲半径一般为导线直径的 3 倍左右。

（√）17. 一般照明负载不应与电焊机、大型吊车灯冲击性负载共用一台变压器供电。

（√）18. 变配电所的电器安装图必须包括：变配电所一次系统接线图、变配电所平面图和剖面图、变配电所二次系统电路图和安装图，以及非标准构件的大样图等，否则无法施工。

（√）19. 高压断路器弹簧储能操作机构，可以使用交流操作电源，也可以用直流操作电源。当机械未储能或正在储能时，断路器合不上闸。

（√）20. 要使电弧熄灭，必须使触头间电弧中的去游离率大于游离率。

（×）21. 熄灭交流电弧时，在电流为过零值前被切断，会产生过电压；而熄灭直流电弧时，不存在过电压的问题。

（×）22. 从能量平衡的观点看，当供给电弧的能量大于或等于电弧消耗的能量时，电弧熄灭。

（√）23. 开关电器中的灭弧罩，是采用绝缘栅片组成的灭弧栅，即是利用长弧切短灭弧法原理。

（√）24. 开关电器常利用变压器油为灭弧介质，是因为：当触头间电弧产生于油中时，油被电弧热量分解成以氧气为主的气体，该气体能将电弧吹灭，故变压器油为优良的灭弧介质。

（√）25. 迅速拉长电弧，可使弧隙的电场强度骤降，离子负荷迅速增强，从而加速电弧的熄灭。这种灭弧方法是开关设备中普遍采用的最基本的一种灭弧法。

（√）26. 串联磁吹灭弧方式，磁吹力方向与电流方向无关。

（×）27. 并联磁吹灭弧方式，磁吹力方向与电流方向无关。

（×）28. 交流接触器铁芯上的短路环断裂后会使动静铁芯不能释放。

（×）29. 配电装置包括测量电器，故便携式电压表和电流表属于配电装置。

（×）30. 大容量高压隔离开关的每极上都装有两片刀片，其目的是增大导电截面积，从而增大容量。

（×）31. 低压空气断路器同时装有分励脱扣器和失压脱扣器时，称为复式脱扣装置。

（√）32. 装设电抗器的目的是：增大短路阻抗，限制短路电流，减小电压波动。

（×）33. 电磁式交流接触器和直流接触器都装有短路环，以消除铁芯的振动和噪声。

（×）34. 在易燃、易爆场所带电作业时，只要注意安全、防止触电，一般不会发生危险。

（×）35. 防爆电器出厂时涂的黄油是防止生锈的，使用时不应抹去。

（×）36. 一般来说，继电器的质量越好，接线越简单，所包含的接点数目越少，则保护装置的动作越可靠。

（×）37. 气体（瓦斯）继电器能反应变压器的一切故障而作出相应的动作。

（√）38. 技术资料齐全是指该设备至少具备：铭牌和设备技术卡片；历年试验或检查记录；历年大、小修和调整记录；历年事故异常记录，继电保护，二次设备还必须有与现场设备相符合的图纸。

（√）39. 变配电所的电气安装图必须包括：变配电所一次系统接线图、变配电所平面图和剖面图、变配电所二次系统电路图和安装图以及非标准构件的大样图等，否则无法施工。

（×）40. 安装抽屉式配电柜时，其抽屉的机械联锁或电气联锁应动作正确且动作可靠，其动作正确的判断是：隔离触头分开后，断路器才能松开。

（×）41. 架空线路若要跨越河流时，线路应尽量与河流垂直交叉。

（√）42. 根据计算出来的导线和电缆的截面，若在两个相邻标准截面之间时，考虑今后的发展应选择较大的标准截面。

（×）43. 对于35kV及以上电压等级的线路，当允许电压损失这一项达不到要求时，应增大导线或电缆的截面。

（√）44. 为了提高供电的可靠性，可在各车间变电所的高压或低压侧母线之间敷设联络线，也可采用双回路放射式供电。

（√）45. 要提高供电的可靠性，可采用双干线供电或两端供电的接线方式，若在低压系统加装自动切换的备用联络线，还可以满足一级负荷的供电。

（×）46. 变电所停电时，先拉隔离开关，后切断断路器。

（×）47. 高压隔离开关在运行中，若发现绝缘子表面严重放电或绝缘子破裂，应立即将高压隔离开关分断，退出运行。

（×）48. 高压负荷开关有灭弧装置，可以断开短路电流。

（×）49. 更换熔断器的管内石英砂时，石英砂颗粒大小都一样。

（√）50. 备用变压器平时也应将轻气体继电器接入信号电路。

（×）51. 无载调压变压器，在变换分接头开关后，应测量各相绕组直流电阻，每相直流电阻差值不大于三相中最小值的 10% 为合格。

（×）52. 通常并联电容器组在切断电路后，通过电压互感器或放电灯泡自行放电，故变电所停电后不必再进行人工放电而可以进行检修工作。

（×）53. 蓄电池组在使用一段时间后，发现有的蓄电池电压已很低，多数电池电压仍较高，则可继续使用。

（√）54. 电磁型过电流继电器是瞬间动作的，常用于线路和设备的过电流保护或速断保护。

（×）55. 感应型过电流继电器的动作时限与流过的电流平方成正比。

（×）56. 气体（瓦斯）保护既能反映变压器油箱内部的各种类型的故障，也能反映油箱外部的一些故障。

（×）57. 电流互感器的一次电流取决于二次电流，二次电流大，一次电流也变大。

（×）58. 更换高压熔断器的熔体，可用焊有锡或铅的铜或银丝，也可用铅锡合金或银丝，也可用铅锡合金或锌制的熔体。

（×）59. 电压互感器在运行使用时，其注油塞应拧紧。

（√）60. 真空断路器适用于 35kV 及以下的户内变电所和工矿企业中要求频繁操作的场合和故障较多的配电系统，特别适合于开断容性负载电流。其运行维护简单、噪声小。

（√）61. 并联电容器组允许在 1.1 倍额定电压下长期运行，允许超过电容器额定电流的 30% 长期运行。

（√）62. 感应型过电流继电器兼有电磁型电流继电器、时间继电器、信号继电器和中间继电器的功能。它不仅能实现带时限的过电流保护，而且可以实现电流速断保护。

（×）63. 一般刀开关不能切断故障电流，也不能承受故障电流引起的电动力和热效应。

（×）64. 低压负荷开关（铁壳开关）能使其中的刀开关快速断开与闭合，取决于手动操作机构手柄动作的快慢。

（√）65. 把适用于间断长期工作制的接触器（如 CJ12 系列），用于长期工作制时，应将它的容量降低到间断长期工作制额定容量的一半以下使用。

（×）66. 接触器银及银基合金触点表面在分断电弧所形成的黑色氧化膜的接触电阻很大，应进行锉修。

（×）67. 经常反转及频繁通断工作的电动机，宜用热继电器来保护。

（×）68. 塑料外壳式低压断路器广泛用于工业企业变配电室交、直流配电线路的开关柜上。框架式低压断路器多用于保护容量不大的电动机及照明电路，作控制开关。

（√）69. 对于仅是单一的操作、事故处理操作、拉开接地刀闸和拆除仅有的一组接地线的操作，可不必填写操作票，但应记入操作记录本。

（×）70. 对开关的操作手柄上加锁、挂或拆指示牌也必须写入操作票。

（×）71. 运行电气设备操作必须由两人执行，由工级较低的人担任监护，工级较高者进行操作。

（×）72. 变配电所操作中，接挂或拆卸地线、验电及装拆电压互感器回路的熔断器等项目可不填写操作票。

（×）73. 变电所停电操作，在电路切断后的"验电"工作，可不填入操作票。

（×）74. 抢救触电伤员中，用兴奋呼吸中枢的可拉明、洛贝林，或使心脏复跳的肾上腺素等强心针剂可代替人工呼吸和胸外心脏挤压两种急救措施。

（√）75. 电源从厂内总降压变配电所引入的厂内二次变配电所，变压器容量在 500kV·A 以下的，可以不设专人值班，只安排巡视检查。

（√）76. 电气设备停电后，在没有断开电源开关和采取安全措施以前，不得触及设备或进入设备的遮栏内，以免发生人身触电事故。

(√) 77. 当线圈中电流减少时，线圈中产生的自感电流方向与原来电流的方向相同。

(√) 78. 变压器的额定容量是指变压器输出的视在功率。

(√) 79. 变压器的焊缝漏油时，要吊出器芯，将油放净后，进行补焊。

(√) 80. 变压器短路试验时要注意，切不可在原边加上额定电压的情况下把副边短路。

(√) 81. 真空断路器合闸时合空，经检查是由于掣子扣合距离太少而未过死点，应调整对应螺钉，使掣子过死点即可。

(×) 82. 选用油开关（断路器）时，必须注意开关的额定电流容量，不应大于电路发生短路时的短路容量。

(×) 83. 交流和直流耐压试验都是利用高压电源进行试验，故都属于破坏性试验。

(×) 84. 倒闸操作的顺序是：停电时先停电源侧，后停负荷侧，先拉闸刀，后拉开关；送电时相反。

(√) 85. 值班人员利用控制开关将断路器手动合闸到故障线路，而继电保护动作将断路器断开时，自动重合闸装置不应该动作。

(×) 86. 凡有灭弧罩的接触器，一定要装妥灭弧罩后方能通电启动电动机。

(√) 87. 高压断路器的"跳跃"是指断路器合上又跳开，跳开又合上的现象。

(√) 88. 当用低压直流电源检测电枢绕组接地时，当毫伏表移至某换向片时，若无读数，说明接于此片的线圈接地。

(×) 89. 自耦变压器减压启动的方法，适用于容量在 320kW 以下笼型异步电动机频繁启动。

(√) 90. 三相三线制星形连接对称负载，当有一相断路时，其他两相的有效值等于相电压的一半。

(√) 91. 重复接地的作用是：降低漏电设备外壳的对地电压，减轻零线断线时的危险。

(×) 92. 高压设备发生接地故障时，为预防跨步电压，室内不得接近 8m 以内，并应穿绝缘靴。

(√) 93. 启动按钮可选用白、灰和黑色，优先选用白色，也可以选用绿色。

(×) 94. 为削弱公共电源在电路间形成的干扰耦合，对直流供电输出只需加高频滤波器，不需加低频滤波器。

(√) 95. 工厂供电可靠性要求，是指供电电压及频率符合要求。

(×) 96. 低压线路首端电压只高于线路额定电压 5％，只考虑线路电压损失 5％。

(×) 97. 中性点小电流接地运行方式属于中性点直接接地。

(×) 98. 中性点经消弧线圈接地方式来补偿接地电容电流，最好采用全补偿。

(×) 99. 中性点与地绝缘系统，产生稳定电弧的单相接地，会使电网的电表、电容形成谐振而过电压。

(×) 100. 线路电压损失是线路首末端电压相量差。

(√) 101. 变压器油凝固点越低越好。

(√) 102. 变压器的级别是一次线电压与对应二次线电压相位差。

(√) 103. 变压器差动保护反映该保护范围内变压器的内、外部故障。

(√) 104. 五芯柱互感器，二次辅助接成开口三角形，所反映的是零序电压。

(×) 105. 小接地电流系统正常运行时，电压互感器二次侧辅助绕组的开口三角形处有 100V 电压。

(√) 106. 电流互感器的一、二次线圈各端是按减极性表示的。

(√) 107. 对电力系统的稳定性干扰最严重的是三相短路事故。

(×) 108. 在配电系统短路事故中，两相接地点比例最大。

(×) 109. 反时限继电保护比定时限继电保护要可靠。

(×) 110. 反时限与定时限配合时其阶梯时间取 0.5s。

(×) 111. 变压器差动保护只动作于保护范围的内部事故。

(√) 112. 速断保护的主要缺点是随系统运行方式变化而变化。

(×) 113. 工厂 10kV 母线上集中补偿后，则母线后的厂内线路得到无功补偿。

(×) 114. 电力系统操作过电压是值班人员违反操作规程和操作程序引起的。

(√) 115. 切空载变压器引起过电压是操作过电压。

(×) 116. 切空载变压器断路器灭弧能力强，不易引起过电压。

(√) 117. FZ 系列阀型避雷器，通电能力强，适用于保护大中型容量变电所的电气设备。

(√) 118. 管形避雷器放电时，使电力系统在避雷器处三相短路。

(√) 119. 用电设备的额定电压应等于线路额定电压。

(√) 120. 供电系统中所说的电压偏移，是以设备额定电压的部分值来表示的。

(√) 121. 低频率运行，相当于负荷供电不足。

(√) 122. 为了合理供电，尽量减少发生高峰和低谷负荷的时间。

(√) 123. 电力系统中最常见最危险的故障是各种类型的短路故障。

(×) 124. 并联电抗器的作用是电力系统的电压调整。

(×) 125. 发电、供电、用电时刻要保持平衡，发电量随着供电量的瞬时增减而增减。

(×) 126. 负荷率是指在规定的时间内有功功率与最大功率之比。

(×) 127. 35kW 的供电系统中，当发生单相接地时，接地点产生稳定电弧或间隙电弧，它与相电压和接地电流大小无关。

(×) 128. 型号为 S7-100/10＋0.5/0.4 的变压器可以接在 11kV 的线路上运行。

(×) 129. 变压器阻抗电压是指当变压器一次侧短路时，以额定频率的电压施加另一侧绕组的端子上并使其流过额定电流时所施加的电压。

(×) 130. 两台阻抗不同的变压器并联运行会造成阻抗较小的变压器欠载而阻抗大的变压器过载后果。

(×) 131. 两台变压器并联运行如果变比不同，对输出电压没有影响而对变压器本身有影响。

(√) 132. 变压器发生故障后，根据气体继电器中的气体的颜色、气味可燃性，可以判断故障类型和原因。

(√) 133. 配电变压器低压侧熔体的额定电流是二次侧额定电流 1.5～2 倍。

(×) 134. 有一台配电变压器，高压分接开关分为 10.5kV、10kV、9.5kV，低压侧额定电压为 0.4kV，分接开关在 10kV 的位置可使低压侧低压得到提高。

(×) 135. 并联电容器在电力系统中的作用，是补偿容性负载，改善电压质量，降低线路损耗，提高功率因数。

(√) 136. 送电线路的电压等级越高，送出功率越大，输送距离就越远。

(×) 137. 定时限过流的动作时间与短路电流的大小成正比。

(×) 138. 变压器的瓦斯保护和差动保护的作用和范围是相同的，因为都是变压器内部保护。

(×) 139. 一般在中心点对地绝缘系统发生一相接地故障时，保护动作，断路器跳闸切除故障。

(×) 140. 变配电所中所有电气设备的绝缘，均应受到阀型避雷器的保护。

(×) 141. 线路电压损失是指线路首末端电压向量差。

(√) 142. 变压器铁损近似地与变压器所接的电压的平方成正比。

(×) 143. 具有同样长度的架空线路与电缆线路前者接地电容电流大于后者。

(√) 144. 多年的运行经验表明，电缆传输额定电压为 380V 时最大输电功率为 175kW，最远输电距离为 0.35km。

(√) 145. 变压器负载时绕组中的一次电流 I，是两个分量组成，一个是励磁分量，用以产生铁芯中的主磁通，一个是负载分量，用以抵偿副绕组磁势对主磁通的影响。

(√) 146. 变压器的铁损是不变的，而铜损则随着负载而变化。

(×) 147. 判断变压器经济运行的依据是负载是否达到额定值。

(×) 148. 通常变压器过负荷 30% 的可以运行 2h。

(×) 149. 在确定用电设备较少而容量差别相当大的低压分支线和干线的计算负荷时，按需要系数法计算所得的结果是比较准确的。

（×）150. 变压器容量的选择，不仅要满足正常运行负荷和需要，还要合理地选择备用容量，对于两台变压器备用方式，每台变压器容量按70%计算负荷选择。

（√）151. 限流熔断器是指在熔件熔化后，短路电流在未达到最大值之前就立即减少到零的熔断器。

（×）152. 电流互感器工作时，若二次开路会产生很高的危险电势，其主要原因是二次绕组匝数很多。

（√）153. 当计算电抗 $X_{JX} > 3$ 时，则按无限大容量系统短路的计算方法计算。

（√）154. 如果是电阻性负载，发生短路时就不会出现非周期分量。

（×）155. 在短路瞬间，短路点附近运行的大型异步电动机相当于发电机。

（×）156. 前加速自动重合闸是当线路发生故障时，继电保护经一定时限动作，断开故障线路，然后自动重合闸装置动作，进行重合闸，若故障为持续故障，则保护第二次动作时，由于自动装置动作时，已将继电保护中的时间继电器短接，使保护装置得到加速，瞬时切断故障线路。

（√）157. 利用移相电容器进行无功功率补偿时，其容量一定要接成三角形。

（√）158. 管型避雷器目前只用于线路保护、变电所和进线段保护。

（√）159. 当对现场变压器进行介质损失角正切值试验时，电桥的接线方式必须采用反接线。

（×）160. 一般小接地电流系统发生单相接地故障时，保护装置动作，断路器跳闸。

（√）161. 电力系统在很小的干扰下能独立恢复它的初始状态的能力，称为静态稳定。

（√）162. GTO 可以用快速熔断器保护。

（√）163. 线路电压偏低，分接头调压时，分接开关应置换到 -5% 的分接头位置。

（×）164. 在小接地电流系统正常运行时，电压互感器二次侧辅助绕组的开口三角处有 $100V$。

（√）165. 35V 线路装设的过流保护是线路的主保护或后备保护。

（√）166. 速断保护的主要缺点是受系统运行方式变化的影响较大。

（×）167. 无时限电流速断保护的保护范围是线路的70%。

（√）168. 断路器跳闸时间加上保护装置的动作时间，就是切除故障的时间。

（×）169. 误碰保护使断路器跳闸后，自动重合闸不动作。

（√）170. 普通重合闸的复归时间取决于重合闸电容的充电时间。

（√）171. 对电力系统的稳定性干扰最严重的是发生三相短路故障。

（×）172. 在配电系统短路故障中，两相接地占的比例最大。

（×）173. 电力系统发生短路故障时，系统网络的总阻抗会突然增加。

（×）174. 电力系统发生故障时，系统频率会降低，电流电压的相位角也会增大。

（√）175. 在电弧炉变压器的一次绕组（高压侧）中串联电抗器是为了稳定电弧，限制短路电流。

（√）176. 当电弧炉弧流稳定时，信号检测环节中平衡桥的电阻比值一定等于电动势比值。

（×）177. 电弧炉点弧期间有明显的断弧是由速度反馈太弱引起的。

（×）178. 在电弧炉监视电路正常工作的情况下，不管电弧电流稳定与否，只要缺相，就会马上报警。

（√）179. 在电抗器中无论采用什么铁芯结构，绕组为几匝，都应力求使铁芯长度短些为好。

（√）180. 在选择高压熔断器时不必进行动稳定度校验。

（√）181. 在标么值短路电流计算中，一般基准容量选 $100MV \cdot A$。

（×）182. 工厂高压供电接线方式有三种，首先应选用放射式接线。

（√）183. 三相短路故障是干扰电力系统稳定性最严重的短路故障。

（×）184. 在配电系统短路事故中，两相接地比例最大。

（×）185. 反时限与定时限配合时，其阶梯时间取 $0.5s$。

（×）186. 中性点接地系统属于大接地电流系统。

（×）187. 采用跌落式熔断器保护的小容量变压器，阀型避雷器应安装在熔断器之前。

（×）188. 供电系统中说的电压偏移，是以设备额定电压的部分值来表示的。

（√）189. 管型避雷器放电时，是电力系统在避雷器处三相短路。

（×）190. 中性点与地绝缘系统，产生稳定电弧的单相接地，会使电网的电表、电容形成谐振而过电压。

（×）191. 工厂 10kV 母线上集中补偿母线后，厂内线路得到无功补偿。

（√）192. 中性点不接地系统属于小电流接地系统。

（√）193. FZ 系列阀型避雷器，通流量能力强，适用于保护大、中型容量变电所的电气设备。

（×）194. 低压线路首端电压只高于线路额定电压 5%，只考虑线路电压损失 5%。

（×）195. 小接地电流系统正常运行时，电压互感器二次侧辅助绕组的开口三角形处有 100V 电压降。

（√）196. 在短路计算中三相短路稳态电流与三相次暂态短路电流相等。

（√）197. 高压负荷开关虽有简单的灭弧装置，但它不能断开短路电流，因此它必须与高压熔断器一起来切断短路故障。

（×）198. 灭弧能力越强，越存在操作过电压。真空断路器的灭弧能力很强，但由于其触头分断时，还存在热电子发射，从而形成金属蒸发电弧，在交流电流过零时熄灭，故真空断路器不存在操作过电压。

（√）199. 3～35kV 电压互感器高压熔断器熔丝熔断时，为防止继电器保护误动作，应先停止有关保护，再进行处理。

（×）200. 电压互感器一次熔丝连接熔断时，可更换加大容量的熔丝。

（√）201. 电流互感器接线端子松动或回路断线造成开路，处理时应带线手套，使用绝缘工具，并站在绝缘垫上进行处理。如消除不了，应停电处理。

（√）202. 更换电压互感器时，要核对二次电压相位、变压比及计量表计的转向。当电压比改变时，应改变计量表计的倍率及继电保护定值。

（√）203. 35kV 变压器有载调压操作可能引起轻瓦斯保护动作。

（√）204. 并联电容器的运行电压超过其额定电压 1:1 倍时，或是内温度超过 40℃时，都应将电容器停止运行。

（×）205. 并联电容器故障掉闸后，值班人员应检查电容器有无外部放电闪络、鼓肚、漏油、过热等现象。如外部没有明显故障，可停用半小时左右，再试送电一次。如试送不良，则应通过实验检查确定故障点。

（×）206. 若错合高压隔离开关时，无论是否造成故障，均应立即拉开，并迅速上报有关部门。

（√）207. 中央信号装置包括事故信号装置和预告信号装置两种。

（√）208. 断路器的控制回路主要包括跳闸和合闸的电器操作回路、监视跳合闸回路完整性以及表示断路器位置状态（分、合）的信号回路、防止其多次合闸的"跳跃"闭锁回路等。

（×）209. 接触器的铁芯在闭合过程中，交流励磁线圈内的电流由小变大。

（×）210. 接触器的交流励磁线圈，接在额定电压相等的直流电源上，因阻抗太大，电流太小，而线圈不能正常工作。

（×）211. 熔断器的分断能力与其灭弧性能无关。

（×）212. 在工厂供电系统中，二次回路毕竟是其一次电路的辅助部分，因此对供电系统的安全、可靠、优质、经济运行影响不大。

（√）213. 继电保护装置的主要作用是通过预防或缩小事故范围来提高电力系统运行的可靠性，最大限度地保证安全可靠供电。

（√）214. 在采用真空断路器单独作为旋转电动机、干式变压器的保护开关时，都需要在断路器的负荷侧装设过电压保护装置。

（√）215. 真空断路器的真空开关管可长期使用而无需定期维护。

（√）216. 分闸线圈的电源电压过低，往往使高压断路器发生跳闸失灵的故障。

（×）217. 采用电压互感器的一次绕阻或灯泡作为电容器的放电电阻时，为保证电容器的可靠放电，放电回路应装设熔断器作短路保护。

（√）218. 接触器在额定电压和额定电流下工作时，触头仍过热，其原因是动静触头之间的接触电阻增大所引起的。

（√）219. 容量较大的工厂变电所，由于断路器台数较多，同时发生事故的机会也较大，因此采用中央复归不重复动作的信号装置，便于对事故回路的查寻。

（×）220. 10kV 变配电设备或线路过电流保护的动作电流是按躲开被保护设备（包括线路）的最大工作电流来整定的，并配以动作时限。

（×）221. 定时限过电流保护的动作时间与短路电流大小成反比关系，短路电流越大，动作时间越短。

（√）222. 电流速断保护的动作电流要选得大于被保护设备（线路）末端的最大短路电流，这就保证了上、下级速断保护动作的选择性。

（×）223. 电流速断保护能保护线路全长，过电流保护不能保护线路全长。

（√）224. 由于保证断路器动作选择性，线路速断保护存在保护"死区"。

（√）225. 为了弥补死区得不到保护的缺陷，在装设有电流速断保护的线路上，还必须配备带时限的过电流保护。

（√）226. 作为对线路的相间短路保护，除需设置带时限的过电流保护装置外，还需设置瞬时动作的电流速断保护装置。

（×）227. 对于线路的过电流保护装置，保护时限采用阶梯整定原则，越靠近电源，动作时间越长，故当动作时限达一定值时，应配合装设电流速断保护。

（√）228. 对于 800kV·A 及以上容量的电力变压器以及 400kV·A 及以上的车间变压器均应装设瓦斯保护。

（√）229. 对于容量在 1000kV·A 及以上单独运行的电力变压器以及容量在 6300kV·A 及以上并列运行的变压器均应装设纵联差动保护。

（×）230. 对 6～10kV 小电流接地系统，在电缆终端盒处安装零序电流互感器是为线路采取单相接地保护。当发生单相接地故障时，零序电流互感器的二次侧将流过与零序电流成正比例的电流，使继电器动作，发出报警信号。

（√）231. 安装有零序电流互感器的电流终端盒的接地线，必须穿过零序电流互感器的铁芯，发生单相接地故障时，继电器才会动作。

（×）232. 架空线路也是用零序电流互感器进行单相接地保护。

（×）233. 并联电容器装设处，不宜装过电压保护。

（√）234. 为防止并联电容器过负载，应装设过负荷保护装置。动合触头接触后应有一定的超行程。

（×）235. 修理继电器触头时，可以使用砂纸、锉刀来锉平触头烧伤处。

（×）236. 在设备评级中将母线划分为母线隔离开关、避雷器、电压互感器及架构共四个设备单元。

（√）237. 站内所有避雷针和接地网装置为一个单元进行评级。

（√）238. 第一种工作票应在工作前一日交给值班员。

（×）239. 在操作中经调度及值长同意，方可穿插口头命令的操作项目。

（×）240. 专题运行分析每月进行一次，针对某一问题进行专门深入的分析。

（√）241. 设备缺陷处理率每季统计应在 80％以上，每年应达 85％以上。

（√）242. 一般缺陷处理、各种临检和日常维护工作应由检修负责人和运行值班员进行验收。

（√）243. 新设备验收内容包括图纸、资料、设备、设备原始说明书、合格证、安装报告、大修报告、设备实验报告。

（×）244. "备注"栏内经值班长同意，可以填写操作项目。

（√）245. 第二种工作票的有效期限最长为 7 天。

（×）246. 新设备有出厂试验报告即可投运。

（√）247. 变电站各种工器具要设专柜，固定地点存放，设专人负责管理维护试验。

（√）248. 断路器故障跳闸统计簿应该由值班长负责填写。

（×）249. 事故检修可不用工作票，但必须做好必要的安全措施，设专人监护。

（×）250. 操作票中下令时间，以调度下达操作预令时间为准。

（×）251. 执行一个倒闸操作任务如遇特殊情况，中途可以换人操作。

（×）252. 各变电站防误装置万能锁钥匙要由值班员登记保管和交接。

（√）253. 容量为 $12×10^4$ kV·A 及以上的 500kV、220kV 变电站应配备副科级及以上人员担任站长。

（√）254. 靠在管子上使用梯子时，应将其上端用挂钩挂牢或用绳索绑住。

（√）255. 带电设备着火时，应使用干式灭火器、CO_2 灭火器等灭火，不得使用泡沫灭火器。

（×）256. 吊车进入 220kV 现场作业与带电体的安全距离为 3m。

（√）257. 在计算和分析三相不对称系统短路时，广泛应用对称分量法。

（√）258. 电容器允许在 1.1 倍额定电压、1.3 倍额定电流下运行。

（√）259. 距离保护一段的保护范围基本不受运行方式变化的影响。

（√）260. 电流速断保护必须加装电流闭锁元件才能使用。

（×）261. 电容器的过流保护应按躲过电容器组的最大负荷电流来整定。

（√）262. 电流速断保护的主要缺点是受系统运行方式变化的影响较大。

（×）263. 无时限电流速断保护范围是线路的 70%。

（√）264. 自动重合闸只能动作一次，避免把断路器多次重合至永久性故障上。

（√）265. 当电压互感器退出运行时，相差高频保护将阻抗元件触点断开后，保护仍可运行。

（√）266. 相差高频保护是一种对保护线路全线故障接地能够瞬时切除的保护，但它不能兼作相邻线路的后备保护。

（√）267. 距离保护的第Ⅲ段不受振荡闭锁控制，主要是靠第Ⅲ段的延时来躲过振荡。

（√）268. 故障录波器装置的零序电流启动元件接于主变压器中性点上。

（√）269. 发现隔离开关过热时，应采用倒闸的方法，将故障隔离开关退出运行，如不能倒闸则应停电处理。

（×）270. 在装设高频保护的线路两端，一端装有发信机，另一端装有收信机。

（√）271. 液压机构高密封圈损坏及放油阀没有复归，都会使液压机构的油泵打不上压。

（√）272. 冲击继电器有各种不同型号，但每种都有一个脉冲变流器和相应的执行元件。

（×）273. 对联系较弱的，易发生振荡的环形线路，应加装三相重合闸，对联系较强的线路应加装单相重合闸。

（×）274. 能躲开非全相运行的保护接入综合重合闸的 M 端，不能躲开非全相运行的保护接入重合闸 N 端。

（√）275. 断路器的失灵保护主要由启动回路、时间元件、电压闭锁、跳闸出口回路四部分组成。

（×）276. 同期并列时，两侧断路器电压相差小于 25%，频率相差 1.0Hz 范围内，即可准同期并列。

（√）277. 在系统发生不对称断路时，会出现负序分量，可使发电机转子过热，局部温度高而烧毁。

（√）278. 装拆接地线必须使用绝缘杆，戴绝缘手套和安全帽，并不准攀登设备。

（×）279. 新投入运行的二次回路电缆绝缘电阻室内不低于 10MΩ，室外不低于 20MΩ。

（√）280. 在检修中个别项目未达到验收标准但尚未影响安全运行，且系统需要立即投入运行时，需经局总工批准后方可投入运行。

（×）281. 新安装的蓄电池应有检修负责人、值班员、站长进行三级验收。

（√）282. 新投运的断路器应进行远方电动操作试验良好。

（×）283. 工作中需要扩大工作任务时，必须重新填写新的工作票。

（×）284. 熔断器熔断时，可以任意更换不同型号的熔丝。

（×）285. 隔离开关可以进行同期并列。

（×）286. 某变电站的某一条线路的电流表指示运行中的电流为200A，这就是变电站供给用户的实际电流。

（×）287. 停用备用电源自动投入装置时，应先停用电压回路。

（×）288. 电容器的过流保护应按躲过电容器组的最大电容负荷电流整定。

（×）289. 按频率自动减负荷时，可以不打开重合闸放电连接片。

（√）290. 电流速断保护的重要缺陷是受系统运行方式变化的影响较大。

（×）291. 在将断路器合入有永久性故障线路时，跳闸回路中的跳闸闭锁继电器不起作用。

（√）292. 电磁式仪表与磁电式仪表的区别在于电磁式仪表的磁场是由被测量的电流产生的。

（×）293. 电容器组各相之间电容的差值应不超过一相电容总值的25%。

（×）294. 在非直接接地系统正常运行时，电压互感器二次侧辅助绕组的开口三角处有100V电压。

（×）295. BCH型差动继电器的差电压与负荷电流成反比。

（√）296. 直流电磁式仪表是根据磁场对通电矩形线圈有力的作用这一原理制成的。

（√）297. 将检修设备停电，对已拉开的断路器和隔离开关取下操作电源，隔离开关操作把手必须锁住。

（√）298. 在电容器组上或进入其围栏内工作时，应将电容器逐个多次放电后方可进行。

（×）299. 500kV、220kV变压器所装设的保护都一样。

（√）300. 所有继电保护在系统发生振荡时，保护范围内有故障，保护装置均应可靠动作。

（√）301. 重合闸后加速是当线路发生永久性故障时，启动保护不带时限，无选择地动作再次断开断路器。

（×）302. 相差高频保护是当线路两端电流相位相差180°时，保护装置就应动作。

（×）303. 接地距离保护受系统运行方式变化的影响较大。

（×）304. 零序电流保护在线路两侧都有变压器中性点接地时，加不加装功率方向元件都不影响保护的正确动作。

（×）305. 距离保护装置中的阻抗继电器一般都采用90°接线。

（√）306. 当距离保护突然失去电压，只要闭锁回路动作不失灵，距离保护就不会产生误动。

（√）307. 各级调度在电力系统的运行指挥中是上、下级关系。下级调度机构的值班调度员、发电厂值长、变电站值班长，在调度关系上，受上级调度机构值班调度员的指挥。

（×）308. 电力系统调度管理的任务是领导整个系统的运行和操作。

（√）309. 当全站无电后，必须将电容器的断路器拉开。

（√）310. 安装并联电容器的目的，一是改善系统的功率因数，二是调整网络电压。

（×）311. 电容器的无功输出功率与电容器的电容成正比与外施电压的平方成反比。

（√）312. 把电容器串联在线路上以补偿电路电抗，可以改善电压质量，提高系统稳定性和增加电力输出能力。

（√）313. 减少电网无功负荷使用容性无功功率来补偿感性无功功率。

（×）314. 感性无功功率的电流向量超前电压向量90°，容性无功功率的电流向量滞后电压向量90°。

（×）315. 在开关控制回路中防跳继电器是由电压启动线圈启动、电流线圈保持来起防跳作用的。

（√）316. 当电气触头刚分开时，虽然电压不一定很高，但触头间距离很小，因此会产生很强的电场强度。

（√）317. 在实际运行中，三相线路的对地电容，不能达到完全相等，三相对地电容电流也不完全对称，这时中性点和大地之间的电位不相等，称为中性点出现位移。

（√）318. 需要为运行中的变压器补油时先将重瓦斯保护改接信号再工作。

（√）319. 重合闸充电回路受控制开关触点的控制。

（√）320. 断路器的失灵保护的动作时间应大于故障线路断路器的跳闸时间及保护装置返回时间之和。

（√）321. 方向高频保护是根据比较被保护线路两侧的功率方向这一原理构成。

（√）322. 当双回线中一条线路停电时，应将双回线方向横差保护停用。

（√）323. 双回线方向横差保护只保护本线路，不反映线路外部及相邻线路故障，不存在保护配置问题。

（√）324. 当操作把手的位置与断路器的实际位置不对应时，开关位置指示灯将发出闪光。

（×）325. 一般在小电流接地系统中发生单相接地故障时，保护装置应动作，使断路器跳闸。

（√）326. 按频率自动减负荷装置中电流闭锁元件的作用是防止电流反馈造成低频误动。

（×）327. 停用按频率自动减负荷装置时，可以不打开重合闸放电连接片。

（×）328. 正在运行中的同期继电器的一个线圈失电，不会影响同期重合闸。

（×）329. 查找直流接地应用仪表内阻不得低于 $1000M\Omega$。

（×）330. 铁磁谐振过电压一般表现为三相电压同时升高或降低。

（√）331. 准同期并列时并列开关两侧的电压最大允许相差为 20％以内。

（×）332. 当系统发生振荡时，距振荡中心远近的影响都一样。

（√）333. 断路器失灵保护的动作时间应大于故障线路断路器的跳闸时间及保护装置返回时间之和。

（√）334. 当采用检无压同期重合闸时，若线路的一端装设同期重合闸，则线路的另一端必须装设检无压重合闸。

（√）335. 电压速断保护必须加装电流闭锁元件才能使用。

（√）336. 自动重合闸中的电容的充电时间一般为 $15\sim25s$。

（×）337. 直流系统发生负极接地时，其负极对地电压降低，而正极对地电压升高。

（√）338. 户内隔离开关的泄漏比距比户外隔离开关的泄漏比距小。

（×）339. 发生单相接地时，消弧线圈的电感电流超前零序电压 90°。

（√）340. 绝缘工具上的泄漏电流，主要是指绝缘表面流过的电流。

（√）341. 串联电容器和并联电容器一样，可以提高功率因数。

（√）342. 并联电容器不能提高感性负载本身的功率因数。

（×）343. 串联在线路上的补偿电容器是为了补偿无功。

（√）344. 断路器动、静触头分开瞬间，触头间产生电弧，此时电路处于断路状态。

（×）345. 断路器固有分闸时间称断路时间。

（√）346. 二次回路的电路图包括原理展开图和安装接线图两种。

（×）347. 差动保护的优点是能够及时迅速地切除保护范围内的故障。

（√）348. 熔断器可分为限流和不限流两大类。

（×）349. 接地线必须使用线夹，当导体上不易挂上时，不可采用缠绕的方法接地。

（×）350. 阻抗保护既可做全线路快速切除保护，又可做相邻线路及母线的后备保护。

（×）351. 直流母线电压过高或过低时，只要调整充电装置的输出时电压即可。

（√）352. 二次回路绝缘电阻标准是绝缘电阻＞$1M\Omega$。

（×）353. 分级绝缘是指变压器绕组整个绝缘的水平等级不一样，靠近中性点部位的主绝缘水平比绕组端部的绝缘水平高。

（×）354. 后备保护是为补充主保护的不足而增设的保护。

（√）355. 阻抗继电器的整定阻抗是指该继电器在最大灵敏度下的最大动作阻抗。

（×）356. 电容器组使用的高压断路器的遮断容量一定要大于或等于电容器组的短路容量。

（√）357. 在 $35\sim60kV$ 系统中，当接地电容电流超过 10A 时，应在中性点装设消弧线圈。

（√）358. 对于电磁式电压互感器做三倍工频感应耐压试验的目的是为了发现匝间绝缘的缺陷。

(√) 359. 为了检查差动保护躲过励磁涌流的性能，在对新投变压器进行五次冲击合闸试验时，必须投入差动保护。

(√) 360. 双母线比率制动差动保护，在倒母线操作时，如能保证母线隔离开关辅助接点调整符合母差要求，可不必投入互连压板。

(√) 361. 断路器失灵保护的动作时间应大于断路器的跳闸时间及保护装置返回时间之和。

(×) 362. 中性点不接地系统，当一相接地时，故障相对地电压为零，非故障相对地电压升高1.73倍，两非故障相对地电压相角差为120°。

(×) 363. 限制短路电流应采用选择适当的主接线和运行方式并加装并联电阻。

(√) 364. 接地距离保护不仅能反应单相接地故障，而且也能反应两相接地故障。

(√) 365. 相差高频通道的工作方式一般采用故障启动发信。

(×) 366. 差动保护只保护变压器的主保护，保护范围是变压器本体。

(√) 367. 消弧线圈是一个铁芯带有间隙的电感线圈。

(×) 368. 变电站的母线上装设避雷器是为了防止反击过电压。

(√) 369. 系统发生振荡时，任一点电流与电压的大小，随着两侧电势周期性地变化。当变化周期小于该点距离保护某段的整定时间时，则该段距离保护不会误动作。

(×) 370. 串联谐振时的特性阻抗是由电源频率决定的。

(×) 371. 距离保护其动作和选择性取决于本地的测量参数与设定的被保护区段参数的比较结果，还受短路电流大小影响。

(×) 372. 蓄电池以1h放电率放电比以10h放电率放电所放出的容量大。

(√) 373. 断路器开断电流时，如果电弧电流过零后，弧隙恢复电压高于弧隙介质强度，则会发生电弧重燃。

(√) 374. 保护安装点的零序电压，等于故障点的零序电压减去故障点至保护安装点的零序电压降。因此，保护安装点距故障点越近，零序电压越高。

(×) 375. 串联在线路上的补偿电容器也是为了补偿无功。

(√) 376. 改变内外绝缘的配合时，宁可外绝缘闪络，也不希望内绝缘击穿。

(×) 377. 电磁式操作机构的合闸回路熔断器的容量一般应按1.5倍的合闸电流选择。

(×) 378. 电气设备的金属外壳接地是工作接地。

(√) 379. 用直流监察装置上的电压表测量正负母线对地电压与用万用表直流电压挡直接在直流母线上测量正负对地的电压，所得的结果两者应该一样。

(√) 380. 电路中有周期性变化的电压和电流时，不论其波形是否是正弦波，都有有功功率 P 等于瞬时功率在一周期内的平均值。

(×) 381. 瓷绝缘子表面做成波纹型，主要作用是防止尘埃落在瓷绝缘上。

(×) 382. 只要有工作票，检修人员就可以在二次回路上工作。

(√) 383. 继电保护要求：自电压互感器的端子到控制屏的电压小母线，在最大负荷时，其电压降不得超过额定电压的3%。

(×) 384. 系统电压降低时，应减少发电机的无功出力。

(√) 385. 短路电流暂态过程中含有非周期分量，电流互感器的暂态误差比稳态误差大得多。因此，母线差动保护的暂态不平衡电流也比稳态不平衡电流大得多。

(√) 386. 若电力电缆发生稳定性的单相接地故障，可以采用直流伏安法测量。

(×) 387. 合闸线圈的最低动作电压与额定电压之比不得低于70%。

(×) 388. 直流系统在一点接地的状况下长期运行是允许的。

(√) 389. 电力系统正常运行和三相短路时，三相是对称的，即各相电动势是对称的正序系统，发电机、变压器、线路及负载的每相阻抗都是相等的。

(√) 390. 供给断路器跳闸、合闸和继电器保护装置的操作电源的电压，应不受系统故障和运行方式变化的影响。

(×) 391. 在正常运行时，应监视隔离开关的电流不超过额定值，其温度不超过90℃。

（×）392. 铅酸蓄电池放电过程中，正、负极板上的活性物质不断转化为硫酸铅，此时电解液中硫酸浓度增大。

（×）393. 断路器的跳闸的辅助接触点应在合闸过程中合闸辅助接点断开后接连。

（×）394. 用隔离刀闸可以拉、合电压在 10kV 及以下，电流在 20A 以下的负荷。

（×）395. 电力系统的中性点，经消弧线圈接地的系统称为大电流接地系统。

（√）396. 在中性点不接地的系统中，发生单相接地故障时，其线电压不变。

（×）397. 安装 GGF 型防酸隔爆式铅酸蓄电池以后，蓄电池室就可以不用严禁烟火了。

（×）398. 在直流系统中，无论哪一极的对地绝缘被破坏，则另一极对地电压就升高。

（×）399. 通常情况下，电气设备受潮后，绝缘电阻和电容量都减少。

（√）400. 运行中 110kV、220kV 电磁式电压互感器，一次绕组断线后，若不及时退出运行，会引起互感器爆炸。

（√）401. 蓄电池从放电到终止电压，所能放出的电量称为蓄电池的容量。

（√）402. 油断路器油面过高或过低在开断短路故障时，都将有可能引起断路器爆炸。

（√）403. 在一般情况下，110kV 以下的配电装置不会出现电晕现象。

（×）404. 电路中由于电压、电流突变引起铁磁谐振时，电压互感器的高压侧熔断器不应熔断。

（√）405. 为了保证足够的绝缘强度，绝缘操作杆的最小绝缘部分有效长度为：35kV 电压等级为 0.9m。

（×）406. 短路接地线是用来防止设备因突然来电而带电，保证工作人员的人身安全而装设的，是必不可少的安全用具，具有重要的作用。

（×）407. 发现电气设备着火，应立即断开电源并进行灭火。对带电设备使用泡沫灭火器进行灭火，并保持足够的安全距离；对其他不带电设备可使用二氧化碳灭火器和干粉灭火器进行灭火。

（√）408. 在一经合闸即可送电到工作地点的断路器和隔离开关操作把手上，均应悬挂"禁止合闸，有人工作"的标志牌。

（×）409. 事故抢修时，在抢修人员到达现场后，可以不填用工作票立即进行抢修工作。

（×）410. 装设接地线时必须验明设备确无电压，使用合格的验电器进行三相验电后，再装设接地线。

（×）411. 与电力系统操作有关的过电压有操作过电压、谐振过电压。

（√）412. 平板电容器的电容值与极板面积成正比，与极板之间的距离成反比。

（√）413. 能量集中、温度高和亮度强是电弧的主要特征。

（√）414. 靠热游离维持电弧，靠去游离熄灭电弧。

（×）415. 发生三相短路，各相短路电流、压降及相互之间的相位差都将失去对称。

（√）416. 变电所主接线，采用双母线接线，可提高供电可靠性，增加灵活性。

（×）417. 电力系统属于电感、电容系统，当发生单相接地（中性点不接地）时，有可能形成并联谐振而产生过电压。

（×）418. 接地线必须用专用线夹，当导体不易挂上时，可采用缠绕的方法接地。

（√）419. 蓄电池在充电过程中，每个电瓶电压上升到 2.3V 时，正负极板均有气体逸出。

（×）420. 在雷电天时，电气运行值班人员可以允许在露天配电设备附近工作。

（×）421. 雷电时，可以在室外变电站或室内的架空引入线上进行检修和试验。

（×）422. 真空断路器是指触头在空气中开断电路的断路器。

（√）423. 避雷器与被保护设备的距离越近越好。

（×）424. 避雷针与被保护设备的距离越近越好。

（×）425. 在非直接接地系统正常运行时，电压互感器二次侧辅助绕组的开口三角处有 100V 电压。

（×）426. 电抗器的作用是抑制高次谐波，降低母线残压。

（√）427. 在 SF₆ 断路器中，密度继电器指的是 SF₆ 气体的压力值。

（√）428. 当系统运行电压降低时，应增加系统中的无功出力，当系统频率降低时，应增加系统中的有功出力。

（×）429. 电气设备的金属壳体接地是工作接地。

（√）430. 故障录波器一般用于大电流接地系统中，记录相电流、零序电流、零序电压及三相电压。

（×）431. 某线路装有三段式电流保护，则该线路的主保护是电流速断。

（×）432. 变电所自用电量的计算范围是包括生活用电在内的所有一切用电量。

（√）433. 带低电压启动过电流保护与不带低电压启动过电流保护比较具有定值低，灵敏度高等优点。

（√）434. 绝缘水平指电气设备的绝缘结构出厂时保证承受的试验电压。

（√）435. 在均匀电场中，电介质保持其绝缘性能所能耐受的最高临界电场强度称为绝缘强度。

（×）436. 吸收比 $K≈1$ 时，表明设备绝缘强度良好，没有受潮。

（×）437. 两种电介质绝缘电阻率 $ρ_1>ρ_2$，则绝缘强度一定是 $E_1>E_2$。

（×）438. 运行中的电气设备着火时，应立即使用灭火器进行灭火。

（×）439. 衡量电网电能质量的指标，通常指电压、电流、周波。

（×）440. 避雷针接地点与主接地网是连在一起的。

（√）441. 高频保护不反映被保护线路以外的故障，所以不能作为下一段线路的后备保护。

（×）442. 工作票制度是保证安全的技术措施之一。

（×）443. 电力系统发生振荡时，其对称性被破坏，电气量中产生负序和零序分量。

（×）444. 内部过电压是由于雷电引起的从一种稳定状态转变为另一种状态而产生的过电压。

（×）445. 所谓电力系统的稳定性是指系统无故障的时间长短。

（√）446. 当两条母线按正常方式运行时，元件固定连接式双母线差动保护应投入选择方式运行。

（√）447. 两相电流差接线的保护不能用在接有 $Y/\triangle-11$ 的线路上。

（√）448. 反时限过电流保护装置的动作时间直接与短路电流大小有关，短路电流越大，动作时间越短。

（×）449. 在交流装置中，每相用两条矩形母线，其允许载流量是相同矩形单条母线允许载流量 2 倍。

（×）450. 避雷针的接地可以和电气设备的工作或保护接地共用一套接地装置。

（√）451. 平行线路的横差保护是反映两回路中电流之差大小和方向来判断故障线路。

（×）452. 油断路器和空气断路器都是利用电弧本身能量来熄灭电弧的。

（×）453. 任何断路器都可以在短路时，短路电流没达到最大值之前将电路断开，限制短路电流。

（×）454. CY3 液压操动机构是利用高压压缩的 SF_6 气体作为能源。

（√）455. 距离保护突然失去电压时要误动作。

（×）456. 在电气主接线中，旁路母线设置是为了检修主母线。

（×）457. 电气设备的热稳定是指电气设备的载流部分通过最大工作电流时承受最大发热温度的能力。

（√）458. 掉牌未复归信号是用来提醒值班人员根据信号查找故障，不至于发生遗漏和误判。

（×）459. 电气设备的动稳定是指电气设备的载流部分通过最大工作电流时所承受的最大动力的能力。

（×）460. 隔离开关有控制和保护两方面作用。

（×）461. 在线路停送电操作时，在断路器断开后，应先断开母线侧隔离开关，后断开线路侧隔离开关。

（√）462. 击穿电压是指使电介质丧失其绝缘性能而导电时，作用于其上的最低临界电压。

（√）463. 通常不用管式避雷器保护变压器，是因为它放电后产生截波。

（×）464. 380V/220V 中性点直接接地系统中，所有电气设备均应采用保护接地。

（√）465. 用于运行中 63～220kV 高压设备中的绝缘油，其耐压应不低于 35kV。

（√）466. 直流控制母线电压降低后，储能电容器组的容量不变。

（√）467. 相比母差保护的每条母线上，均应分配有带电源的元件，否则母差保护应投入非选择方式运行。

（√）468. 电容器加装放电装置，是为了在电容器停电后，尽快放尽电容器的残余电荷。

（×）469. 某一个电源对同一负载供电，当负载接成三角形或星形时，负载所消耗的功率是一样的。

（√）470. 采用三角形接线的负载不论对称与否，各相所承受的电压均为电源的线电压。

（×）471. 110kV 少油断路器断口并联电容器的目的是防止操作过电压。

（×）472. 当系统发生有功功率运行而引起频率下降时，自动按频率减负荷装置断开一部分负荷后系统的频率就会马上恢复到额定频率。

（×）473. 运行中的高频保护，误使 CTD 瞬时开路，开关不会误动。

（×）474. 线路一相接地时，会产生零序电压，所以断线闭锁应动作。

（√）475. 减少励磁涌流，就可以减少电流互感器的误差。

（√）476. 变电所的电气设备的小修、中修、大修均可按情况确定，称为计划检修。

（×）477. 二次回路的端子排接线一般要求可以接 2 个接头以上。

（√）478. 测量设备的绝缘，一般在天气晴朗、气候干燥时进行。

（×）479. 减少励磁电流，就可以减少电压互感器的误差。

（×）480. 重合闸的充电回路不受控制开关 KK 触点的控制。

（×）481. 交流电网的绝缘监视都是采用三相五柱式电压互感器。

（×）482. 断路器自动重合闸动作时，红灯亮，并发出自动合闸信号。

（√）483. 断路器的"跳跃"现象一般是在跳闸、合闸回路同时接通时发生的，"防跳"回路设置是将断路器闭锁到跳闸位置。

（×）484. 电抗器差动保护动作值应躲过励磁涌流。

（√）485. 线路出现断相，当断相点纵向零序阻抗大于纵向正序阻抗时，单相断相零序电流应小于两相断相时的零序电流。

（×）486. 系统振荡时，线路发生断相，零序电流与两侧电势角差的变化无关，与线路负荷电流的大小有关。

（√）487. 线路发生接地故障，正方向时零序电压滞后零序电流，反方向时，零序电压超前零序电流。

（×）488. 系统运行方式越大，保护装置的动作灵敏度越高。

（×）489. 线路发生单相接地故障，其保护安装处的正序、负序电流，大小相等，相序相反。

（×）490. 平行线路之间的零序互感，对线路零序电流的幅值有影响，对零序电流与零序电压之间的相位关系无影响。

（√）491. 在大接地电流系统中，某线路的零序功率方向继电器的零序电压接于母线电压互感器的开口三角电压时，在线路非全相运行时，该继电器会动作。

（×）492. 接地故障时零序电流的分布与发电机的停、开有关。

（×）493. 中性点不接地系统中，单相接地故障时，故障线路上的容性无功功率的方向为由母线流向故障点。

（×）494. 电磁型继电器，如电磁力矩大于弹簧力矩和摩擦力矩，则继电器动作，如电磁力矩小于它们，则继电器返回。

（√）495. 傅里叶算法可以滤去多次谐波，但受输入模拟量中非周期分量的影响较大。

（×）496. 电容式电压互感器的稳态工作特性与电磁式电压互感器基本相同，暂态特性比电磁式电压互感器差。

（√）497. 五次谐波电流的大小或方向可以作为中性点非直接接地系统中，查找故障线路的一个判据。

（×）498. 运行中，电压互感器二次侧某一相熔断器熔断时，该相电压值为零。

（√）499. 在小电流接地系统中发生单相接地故障时，其相间电压基本不变。

（×）500. 电压互感器二次输出回路 A、B、C、N 相均应装设熔断器或自动小开关。

（×）501. 阻抗保护可作为变压器或发电机所有内部短路时有足够灵敏度的后备保护。

（√）502. 阻抗继电器的测量阻抗与保护安装处至故障点的距离成正比，而与电网的运行方式无关，并不随短路故障的类型而改变。

（×）503. 高频保护采用相对地制高频通道是因为相对地制通道衰耗小。

（×）504. 双母线差动保护按要求在每一单元出口回路加装低电压闭锁。

（×）505. 零序电流保护Ⅵ段整定值一般整定较小，线路重合过程非全相运行时，可能误动，因此在重合闸周期内应闭锁，暂时退出运行。

（×）506. 微机型接地距离保护，输入电路中没有零序电流补偿回路，即不需要考虑零序补偿。

（×）507. 对于全星形接线的三相三柱式变压器，由于各侧电流同相位差动电流互感器无需相位补偿；对于集成或晶体管型差动保护各侧电流互感器可接成星形或三角形。

（×）508. 电容器的放电回路必须装设熔丝。

（√）509. 配电柜中，一般把接线端子放在最左侧和最下侧。

（×）510. 变配电所应尽量靠近负荷中心，且远离电源侧。

（√）511. 单母线不分段接线，适应于对可靠性要求不高的 6～10kV 级的中、小型用户的变电所。

（√）512. 采用多相整流装置是抑制供电系统高次谐波的重要措施之一。

（×）513. 同特性的三台变压器并联运行时，若总负荷在达到一台变压器额定容量 141% 时，应使三台并联运行，以达到提高变压器经济运行水平的目的。

（√）514. 日负荷率是指日平均负荷与日最大负荷的比值。

（×）515. 需要系数法多用于低压配电线路的负荷计算，不适用于变配电所的负荷计算。

（√）516. 在三相系统中，三相短路时导体所受的电动力最大，在三相四线系统中，单相短路时导体所受电动力最大。

（×）517. 假如在一定的时间内，短路稳态电流通过导体所产生的热量，恰好等于实际短路电流在短路时间内产生的热量，那么，这个时间就叫短路时间。

（√）518. 保护装置应具有速动性，即为防止故障扩大，减轻其危害程度，系统发生故障时，保护装置应尽快动作，切除故障。

（×）519. 对保护装置选择性的要求，指的是保护装置在该动作时，就应该动作，而不应该动作时不能误动作。

（×）520. 双电源单母线隔离开关分断式主接线完全可以满足 10kV、1250kV 及以上重要用电负荷的供电需要。

（√）521. 双电源单母线分段式主接线与双电源单母线不分段式主接线相比，其可靠性和灵活性都有提高。

（×）522. 我国规定在 6～10kV 系统中，当单相接地电流不大于 30A 时，可采用中性点直接接地的运行方式。

（√）523. 在中性点不接地系统中，发生一相接地时，网络线电压的大小和相位仍维持不变。

（√）524. 电力系统中的接地方式包括工作性接地和保护性接地两种。

（×）525. 在中性点接地电网中，不要任何保护是危险的，而采用接地保护可以保证安全，故接地电网中的设备必须采用接地保护。

（√）526. 在三相四线制低压系统中，装设零序电流漏电保护器后，零线则不应重复接地。

（×）527. 三相四线制线路的零线若采用重复接地，则可在零线上安装熔断器和开关。

（√）528. 在 1kV 以下中性点直接接地系统中，电力变压器中性点的接地电阻值不应大于 4Ω。

（×）529. 在 1kV 以下中性点直接接地系统中，重复接地的电阻值不应大于 5Ω。

（√）530. 电气控制线路图分为原理图、电气布置图、电气安装接线图。

（×）531. 绘制电气控制原理图时，主电路用粗实线，辅助电路用虚线，以便区分。

（√）532. 绘制电气控制线路安装图时，不在同一个控制箱内或同一块配电板上各电气元件之间导线的连接，必须通过接线端子。在同一个控制箱内或同一块配电板上的各电气元件之间的导线连接，可直接相连。

（√）533. 交流接触器噪声大的主要原因是短路环断裂。

（√）534. 选择接触器主要考虑的是主触头的额定电流、辅助触头的数量与种类以及吸引线圈的电压等级和操作频率等。

（×）535. 选择时间继电器时，若对延时要求较高，应选用电磁式空气时间继电器。

（×）536. 车床的调速是由电动机实现的。

（√）537. Z5035 钻床使用十字开关操作的优点是，操作方便、不误动作。

（×）538. 机加工车间，机床照明线路常用电压为 220V。

（√）539. 断路器之所以有灭弧能力，主要是因为它具有灭弧室。

（×）540. 断路器的跳闸、合闸操作电源只有直流一种。

（×）541. 隔离开关不仅用来倒闸操作，还可以切断负荷电流。

（√）542. 隔离开关可以拉合主变压器中性点。

（×）543. 更换熔断器时，可以换型号、容量不相同的熔断器。

（√）544. 熔断器熔丝的熔断时间与通过熔丝的电流间的关系曲线称为安秒特性。

第 14 章　变压器与互感器

（×）1. 在变压器磁路中，磁通越大，磁阻越小。

（×）2. 在电压型逆变器中，是用大电感来缓冲无功能量的。

（√）3. 变压器温度的测量主要是通过对其油温的测量来实现的，如果发现油温较平时相同的负载和相同冷却条件下高出 10℃时，应考虑变压器内部发生了故障。

（×）4. 变压器无论带什么负载，只要负载电流增大，其输出电压必然降低。

（√）5. 电流互感器在运行时，二次绕组绝不能开路，否则就会感应出很高的电压，造成人身和设备事故。

（√）6. 变压器在空载时其电流的有功分量较小，而无功分量较大，因此空载运行的变压器，其功率因数很低。

（×）7. 变压器的铜耗是通过空载测得的，而变压器的铁耗是通过短路试验测得的。

（×）8. 若变压器一次电压低于额定电压，则不论负载如何，它的输出功率一定低于额定功率。

（×）9. 具有电抗器的电焊变压器，若增加电抗器的铁芯气隙，则漏抗增加，焊接电流增大。

（√）10. 变压器的电源电压一般不超过额定的 ±7%，不论电压分接头在任何位置，如果电源电压不超过 ±7%，则变压器二次绕组可带额定负载运行。

（×）11. 油浸风冷变压器工作中无论负载大小，均应开风扇吹风。

（×）12. 新装变压器或检修后变压器投入运行时，其差动保护及重气保护与其他保护一样，均立即投入进行。

（√）13. 强迫油循环风冷和强迫循环水冷变压器，当冷却系统发生故障（停油停风或停油停水）时，只允许变压器满负荷运行 20min。

（√）14. 变压器的经济运行方式是使其本身及电力系统有功损耗最小，能获得最佳经济效益的运行方式。

（√）15. 运行中的变压器若发出很高的且沉重的"嗡嗡"声，则表明变压器过载。

（√）16. 运行中的变压器若发现三相电压不平衡，其原因之一可能是三相负载不平衡。

（√）17. 取油样时若发现油内含有碳粒和水分，酸价增高，闪点降低，若不及时处理，则易引起变压器的绕组与外壳的击穿。

（×）18. 修理变压器时，若铁芯因严重锈蚀而截面减小，为保持额定电压不变，那么新绕组的匝数和导线截面都应适当增加。

（×）19. 当电网发生故障，如有一台变压器损坏时，其他变压器允许长时间过负荷运行。

（×）20. 经过修理的变压器，若铁芯叠片减少而绕组的匝数和导体的截面、材料不变时，则其空载电流会相应减少。

（×）21. 若变压器的输入电压为额定值，而频率低于额定值，那么在此种情况下，变压器的空载电流也会减少。

（×）22. 一台 Y 形接法的变压器，若改成△形接法，应将其同名端相连接。

（×）23. 变压器正常过负载能力可以经常使用，而事故过负载能力只允许在事故情况下使用。

（√）24. 干式电力变压器一般不考虑正常过负荷。

（×）25. 变压器在负载系数为 1，即带额定负载运行时，效率最高。

（√）26. 主变压器在投入运行的第 5 年应进行大修，吊出铁芯检查，以后每隔 5～10 年要吊出铁芯检修 1 次。

（×）27. 环氧树脂干式变压器的铁芯采用优质冷轧晶粒取向硅钢片。由于硅钢片性能好，其单位损耗小，从而使变压器的铁损和铜损均减小。

（×）28. 变压器的额定功率是指当一次侧施以额定电压时，在温升不超过允许温升的情况下二次侧所允许输出的最大功率。

（×）29. 变压器无论带什么性质的负载，只要负载电流继续增大，其输出电压就必然降低。

（×）30. 从空载到满载，随着负载电流的增加，变压器的铜耗和温度都随之增加，一、二次绕组在铁芯中的合成磁通也随之增加。

（√）31. 变压器在空载时，其电流的有功分量较小，而无功分量较大，因此空载运行的变压器，其功率因数很低。

（×）32. 油浸式变压器防爆管上的薄膜若因被外力损坏而破裂，则必须使变压器停电修理。

（×）33. 具有电抗器的电焊变压器，若减少电抗器的铁芯气隙，则漏抗增加，焊接电流增大。

（×）34. 若变压器一次电压低于额定电压，则不论负载如何，它的输出功率一定低于额定功率，温升也必然小于额定温升。

（×）35. 额定电压为 380V/220V 的单相变压器，若当作升压变压器使用时，可以在二次侧接入 380V 的电源，在一次侧获得输出约 656V 的电压。

（×）36. 两台单相电压互感器接成 V/V 形接线，可测量各种线电压，也可测量相电压。

（×）37. 两相电流互感器 V 形接线能反映三相四线制系统中各相电流。

（√）38. 两只电流互感器，一只继电器接成的两相电流差线路，能反映各种相间短路或三线短路，但其灵敏度是各不相同的。

（×）39. 两只电流互感器和三只电流表成 V 形接线时，由于二次侧公共线中流过的电流是其他两相电流之和，因此公共线中所接电流表示其他两相电流表读数之和。

（√）40. 高压装置上的程序锁控制，是一种与逻辑电路。

（√）41. 变压器的过流报警信号、温度报警信号采用或逻辑电路。

（×）42. 在中、小型电力变压器的定期检查中，若通过储油柜的玻璃油位表能看到深褐色的变压器油，说明该变压器运行正常。

（×）43. 变压器的温升是指上层油温与下层油温的温差。

（×）44. 根据不同的需要，可以通过变压器改变电压，改变电流，变换阻抗及改变相位。

（√）45. 当变压器两个绕组的异极性端连接时，两绕组所产生的电动势相加。

（√）46. 电压互感器正常运行时，相当于一个空载运行的降压变压器。

（×）47. 电力变压器的储油柜内应充满变压器油。

（√）48. 电力变压器油面上升主要是温度上升而引起的。

（×）49. 电力变压器事故过载倍数为 1.6 倍时，允许持续运行时间为 120min。

（×）50. 电力变压器油运行后呈浅红色，表明变压器油已受污染和氧化。

（√）51. 提高电焊机功率因数，减少电能损耗的方法之一是在电焊机空载时断开电源。

（√）52. 变压器同心式绕组，常把低压绕组装在里面，高压绕组装在外面。

（√）53. 国产小型变压器普遍采用叠接式的铁芯结构。

（√）54. 变压器的焊缝漏油时，要吊出器芯，将油放净后，进行补焊。

（√）55. 电炉变压器和普通变压器相比，具有较高的机械强度和过载能力。

（√）56. 电流互感器的一、二次线圈同名端是按减极性表示的。

（×）57. 所谓接线系数是指继电器中电流与电流互感器一次电流之比。

（√）58. 励磁时浪涌电流对变压器有很大的危险，因为这个冲击电流很大，可能达到变压器额定电流的6~8倍。

（×）59. 中性点不接地系统的变压器套管发生单相接地属于变压器故障，应将电源迅速断开。

（√）60. 中性点不接地系统的配电变压器保护电流一般采用三相完全星形接线，以提高灵敏度。

（×）61. 变压器的过负荷保护动作接于跳闸回路。

（×）62. 三绕组变压器低压侧的过流保护动作后，不仅跳开本侧断路器，还跳开中压侧断路。

（√）63. 变压器的零序保护是线路的后备保护。

（×）64. 一般在小接地电流系统发生单相接地故障时，保护装置动作，断路器跳闸。

（×）65. 变压器瓦斯保护和差动保护的作用及保护范围是相同的。

（√）66. 变压器的纵联差动保护，由变压器两侧的电流互感器及电流继电器等构成。

（√）67. 变压器差动保护反映该保护范围内变压器的内、外部故障。

（×）68. 运行的变压器轻瓦斯动作，收集到的为黄色不易燃的气体，可判断变压器为木质故障。

（×）69. 采用导磁性能有方向性差异的冷轧硅钢片的叠片，一般都裁成矩形。

（√）70. 绕组套装时，要确保与铁芯柱同心，绕组的轴向要可靠地压紧，并防止绕组绝缘在运行时收缩而产生振动变形。

（×）71. 变压器在基础上就位后，应将储油柜侧垫高，使箱顶有10%~15%的坡度。

（√）72. 大的变压器做试运行时，必须与供电单位取得密切联系。

（×）73. 因考虑到接负载时的电压降所需的补偿，变压器绕制二次绕组的匝数应在额定值的基础上增加20%。

（×）74. 因为电抗器具有限制电流波动的能力，为达到稳定弧流的目的，在电弧炉炼钢的全过程中，电抗器应可靠接入。

（×）75. 电炉变压器的调压是通过改变二次线圈的抽头和接线方式来实现的。

（√）76. 修理变压器时，若一、二次绕组都少绕了4%的匝数，则其额定电压应适当减少，额定输出功率也适当降低。

（√）77. 修理后的变压器，若铁芯叠片减少一些，而新绕组与原来相同，那么变压器的空载损耗一定上升。

（×）78. 自耦变压器与双绕组变压器相比较，在所用硅钢片和电磁线相同的情况下，自耦变压器所能传递的功率较少。

（√）79. 制造变压器铁芯的材料应选软磁材料。

（√）80. 变压器油凝固点越低越好。

（√）81. 变压器的组别是一次线电压对应二次线电压相位差。

（√）82. 变压器差动保护反映该保护范围内变压器的内、外部故障。

（√）83. 五芯柱互感器，二次辅助接开口三角形，反映的是零序电压。

（√）84. 电压互感器V/V接法广泛应用于6~10kV高压系统。

（×）85. 工厂供电的电压等级最好选用35kV。

（×）86. 变压器差动保护只动作于保护范围的内部事故。

（√）87. 切空载变压器引起的电压是操作过电压。

（×）88. 切空载变压器时，断路器灭弧能力强，不易引起过电压。

（×）89. 互感电动势的大小与另一线圈中电流的变化量成正比。

（×）90. 变压器电流速断保护的动作电流按躲过最大负载电流来整定。

（√）91. 10kV电力变压器过负载保护动作后，经一段延时发出警报信号，不作用于跳闸。

（√）92. 10kV电力变压器气体继电器保护动作时，轻瓦斯信号是声光报警，重瓦斯动作则作用于跳闸。

（√）93. 变压器每隔1～3年作一次预防性试验。

（×）94. 一个10kV变比为200/5，容量是6V·A的电流互感器，它可带10Ω的负荷。

（√）95. 电流互感器的一次电流由一次回路的负荷电流决定，不随二次回路的阻抗改变而变化。

（√）96. 变压器差动保护在新投运前应带负荷测量向量和差电压。

（√）97. 新安装的电流互感器极性错误会引起保护装置误动作。

（×）98. 新安装变压器盖坡度为2%～4%，油枕连接管坡度1%～1.5%。

（×）99. 新投运的变压器作冲击试验为两次，其他情况为一次。

（×）100. 新投运的变压器作冲击合闸实验，是为了检查变压器各侧主断路器能否承受操作过电压。

（×）101. 新安装或改造后的主变压器投入运行的24h内每小时巡视一次，其他设备投入运行8h内每小时巡视一次。

（√）102. 变压器过负荷时应该投入全部冷却器。

（√）103. 变压器差动保护用电流互感器应装设在变压器高、低压侧少油断路器的靠变压器侧。

（√）104. 在系统变压器中，无功功率损耗较有功功率损耗大得多。

（√）105. 系统中变压器和线路电阻中产生的损耗，称可变损耗，它与负荷大小的平方成正比。

（√）106. 所谓电流互感器的10%误差特性曲线，是指以电流误差等于10%为前提，一次电流对额定电流的倍数与二次阻抗之间的关系曲线。

（×）107. 主变压器保护出口保护信号继电器线圈通过的电流就是各种故障时的动作电流。

（√）108. 两台变压器并列运行时，其过流保护要加装低电压闭锁装置。

（√）109. 强迫油循环风冷变压器冷却装置投入的数量应根据变压器温度、负荷来决定。

（×）110. 500kV主变压器零序差动保护是变压器纵差保护的后备保护。

（√）111. 变压器在空载时一次绕组中仅流过励磁电流。

（×）112. 我国电流互感器一次绕组和二次绕组是按加极性方式缠绕的。

（√）113. 当电流互感器的变比误差超过10%时，将影响继电保护的正确动作。

（√）114. 变压器铭牌上的阻抗电压就是短路电压。

（√）115. 当变压器的三相负载不对称时，将出现负序电流。

（√）116. 变压器油枕中的胶囊器起使空气与油隔离和调节内部油压的作用。

（×）117. 为防止电流互感器二次开路，应在其二次侧装设低压熔断器。

（×）118. 变压器内的油具有灭弧和冷却作用。

（×）119. 变比不相等的两台变压器并联运行只会使负载分配不合理。

（√）120. 电流互感器二次回路采用多点接地，易造成保护拒绝动作。

（×）121. 在变压器中，输出电能的绕组叫做一次绕组，吸收电能的绕组叫做二次绕组。

（×）122. 两台变压器的接线组别相同、短路电压相等，电压比不等是不能并列运行的。

（×）123. 若两台变压器的短路电压不同，则阻抗小的所带的负荷小，阻抗大的带的负荷大。

（×）124. 在系统无功功率不足的情况下，宜采用调整变压器分接头的方法来提高电压。

（×）125. 无载变压器在改变分接头后，必须测量切换后的各分接头直流电阻，当三相阻值相等，压差不超过5%时才能投入运行。

（√）126. 两台三绕组变压器并联运行时，各对应绕组容量之比一般不应大于3。

（×）127. 电压互感器的二次侧一点接地属于工作接地。

（√）128. 电流互感器铁芯按用途和饱和程度分为J、D级，J级铁芯容量大，用于接地保护；D级的铁芯不易饱和，用于差动保护。

（√）129. 电压互感器二次额定容量一般用视在功率表示，电流互感器二次额定容量却常用阻抗表示。

（√）130. 变压器做绝缘电阻和吸收比试验，可检查出变压器的整体受潮、瓷件破裂等故障。

（×）131. 两台变压器并列运行时，如果只有阻抗不同，则阻抗较大的一台变压器的负载也较大。

（×）132. 变压器绕组发生少数线匝的匝间短路，短路匝内短路电流很大，反映到相电流上的变化也很大，因此，差动保护能够迅速动作。

（√）133. 选择超高压电流互感器时除了考虑变比误差、角误差外，还必须考虑互感器铁芯和影响转变短路电流的瞬变过程。

（×）134. 变压器有两套瞬动保护：纵联差动和瓦斯保护。因纵差比瓦斯保护的保护范围大，所以可以用纵差代替瓦斯保护。

（×）135. 变压器运行中的铁芯损耗与一次线圈电流有关。

（×）136. 空载运行的变压器，其损耗主要是涡流损耗。

（×）137. 变压器空载合闸时，由于励磁涌流存在的时间很短，所以对变压器危害很大。

（√）138. 三绕组自耦变压器，高中压绕组中性点运行中必须永久接地，主要是为了防止高压侧单相接地时，中压侧产生过电压。

（√）139. 变压器油中熔解气体的总烃量应小于150ML/L。

（√）140. 变压器一次侧为额定电压，其二次侧电压随着负载电流的大小和功率因数的高低而变化。

（√）141. 保护电压互感器的熔断器，只需按额定电压和短流容量选择，不必校验额定电流。

（√）142. 变压器加装热虹吸器后能起到对油的再生作用。

（√）143. 电流互感器的工作原理与变压器相同，在电流互感器运行时，相当于变压器二次侧开路状态。

（×）144. 电压互感器二次线圈三相接成星形，其中性点的引线上要加装熔断器。

（√）145. 变压器的主绝缘是指绕组对地，绕组与绕组之间的绝缘。

（√）146. 变压器的阻抗压降是引起变压器电压变化的根本原因。

（×）147. 变压器是传送电能的设备，原边有多少能量输入，副边就有多少能量输出。

（√）148. 变压器正常过负荷的必要条件是，不损害变压器的正常使用期限。

（√）149. 变压器的寿命是由线圈绝缘材料的老化程度决定的。

（√）150. 3～10kV配电装置中，电压互感器的一次熔断器是用来保护高压线圈内部故障。

（√）151. 变压器空载合闸时，由于励磁涌流存在的时间很短，所以一般对变压器无危害。

（√）152. 变压器供出无功负荷，也会引起有功损耗。

（√）153. 变压器不对称运行，对变压器本身危害极大。

（×）154. 电压互感器的一次内阻抗很大，电流互感器的一次内阻抗很小，因此电流互感器二次可以短路，但不能开路，电压互感器二次可以开路，但不得短路。

（√）155. 变压器装设磁吹避雷器可以保护变压器绕组不因过电压而损坏。

（√）156. 当变压器的三相负载不对称时，将出现负序电流。

（×）157. 电压互感器的二次侧与电流互感器的二次侧可以互相连接。

（×）158. 电压互感器在运行中，为避免产生很大的短路电流，烧坏电压互感器，所以要求电压互感器与线路必须串联。

（√）159. 变压器的瓦斯、差动、过流保护均动作，防爆管破裂，三相电流不平衡，这表明变压器内部发生了相间短路。

（×）160. 变压器并列运行时，各变压器负载按其容量的大小分配。

（√）161. 变压器中性点装设阀型避雷器是为了防止操作过电压。

（√）162. 三相五柱式电压互感器二次辅助绕组开口三角处反映的是三相不对称时的零序电流。

（×）163. 当变压器外部短路时，有较大的穿越性短路电流流过变压器，这时变压器差动保护应立即动作。

（√）164. 10 号变压器油比 25 号变压器油的凝固点高。

（√）165. 变压器出口处装设避雷器可以保护变压器绕组不受过电压损坏。

（√）166. 两台变压器并列运行时，其阻抗不相同，则阻抗较小的一台变压器的负载也较大。

（×）167. 电流互感器的副绕组与仪表和继电器的电流线圈串联，原绕组与系统一次电路并联。

（×）168. 当变压器发生少数绕组匝间短路时，匝间短路电流很大，因而变压器瓦斯保护和纵差保护均动作跳闸。

（×）169. 变压器各侧电流互感器型号不同，变流器变比与计算值不同，变压器调压分接头不同，所以在变压器差动保护中会产生暂态不平衡电流。

（√）170. 对 Y/△-11 接线的变压器，当变压器△侧出口故障，Y 侧绕组低电压接相间电压，不能正确反映故障相间电压。

（×）171. 对三绕组变压器的差动保护各侧电流互感器的选择，应按各侧的实际容量来选择电流互感器的变比。

（×）172. 变压器的后备方向过电流保护的动作方向应指向变压器。

（×）173. 运行中，电压互感器二次侧某一相熔断器熔断时，该相电压值为零。

（×）174. 电压互感器二次输出回路 A、B、C、N 相均应装设熔断器或自动小开关。

（×）175. 当变压器发生少数组匝间短路时，匝间短路电流很大，因而变压器瓦斯保护和纵差保护均动作跳闸。

（×）176. 变压器各侧电流互感器型号不同，变流器变比与计算值不同，变压器调压分接头不同，所以在变压器差动保护中会产生暂态不平衡电流。

（×）177. 对三绕组变压器的差动保护各侧电流互感器的选择，应按各侧的实际容量来选择电流互感器的变比。

（×）178. 变压器的后备方向过电流保护的动作方向应指向变压器。

（√）179. 在同样的绝缘水平下，变压器采用星形接线比三角形接线可获取较高的电压。

（×）180. 变压器不对称运行，对变压器本身危害不大。

（×）181. 两台变压器并列运行时，如果只有阻抗不相同，则阻抗较大的一台变压器的负载也较大。

（√）182. 三绕组变压器从三侧运行变为高低压两侧运行时，差动保护可正常工作。

（×）183. 电流互感器的二次回路中必须加熔断器。

（√）184. 变压器的铁芯必须一点接地。

（×）185. 变压器铁芯可以多点接地。

（√）186. 对于一台已制造好的变压器，其同名端是客观存在的，不可任意标定，而其连接组标号却是人为标定的。

（×）187. 双绕组变压器的分接开关装在低压侧。

（×）188. 电压比为 K 的变压器，其二次侧的负载阻抗折算到一次侧时，为其实际值的 K^2 倍。

（×）189. 若变压器的输入电压为额定值，而频率低于额定值，那么在此种情况下，变压器的空载电流也会减少。

（√）190. 空载运行的变压器，二次侧没有电流，不会产生去磁作用，故空载电流很小。

（√）191. 两台变压器并列运行时，其过流保护装置要加装低压闭锁装置。

（×）192. 一台 Y 形接法的变压器，若改接成△形接法，应将其同名端相连。

（×）193. 电流互感器运行中若需换接电流表，应先将二次绕组断开，然后接上新表。

（√）194. 动圈式电焊变压器在焊接中，当一、二次绕组距离增大时，变压器漏抗增大，焊接电流增大。

（√）195. 修理变压器时，若一、二次绕组的匝数都少绕了 5％，则额定电压应适当减少，额定功率也应适当减少。

（×）196. 取油样时若发现油内含有炭粒和水分，酸价增高，闪点降低，若不及时处理，也不会引起变压器的绕组与外壳击穿。

第15章 线路

（√）1. 三芯电缆的一端，各芯之间和线芯对地之间的绝缘良好，而另一端各芯之间和线芯之间的绝缘电阻小于 $100k\Omega$，称为完全断线并接地故障。

（√）2. 因高压架空线路较长，跨距较大，故选择高压架空线路的导线截面时，首先应使其满足允许的电压损失和机械强度，然后再校验其他条件。

（×）3. 电缆线路因散热条件不好，故在选择高压电缆线路的缆芯截面时，首先应满足发热条件，然后再校验其他条件。

（√）4. 一般车间配电线路的定期巡视检查应一年进行一次。

（×）5. 架空线路的导线断落在地面时，其 15m 之外为零电位，故应防止他人靠近断线地点 15m 以内。

（×）6. 某电缆线路运行五年后，发现其绝缘强度降低很快，而线路有无其他损伤或缺陷，应属于正常老化。

（×）7. 电力线路的经济指标一般以电压损失 $\Delta U\%$、有功功率损失 ΔP、无功功率损失 ΔQ、电能损失 ΔW 以及线损率 $\Delta P\%$ 的大小来表示，这些指标越高则电力线路运行越经济。

（√）8. 直线杆和 $15°$ 以下的转角杆，采用单横担。直线杆的单横担都安装于电源侧。

（×）9. 架空线路导线跨越公路、铁路、河流、电力和通信线路时，每条导线及避雷线只能有一个接头。

（√）10. 在直线电杆上安装卡盘，其安装方向应与架空线路垂直，并应在各个电杆同侧安装。

（×）11. 直埋于地下的电缆可采用无铠装的电缆，如橡胶电缆。

（×）12. 地下电缆与其他管道要保持一定距离的原因之一是因地电位不同而引起两管线接触处产生电腐蚀。

（×）13. 采用机械牵引敷设电缆时，若采用牵引头，则使电缆护套受牵引力；若采用钢丝护套牵引，则使电缆芯线受力。

（√）14. 交联电缆绕包型终端制作中，在电缆的外半导电层断口处包一应力锥，其目的是改善电场分布，以提高耐压水平。

（√）15. 纸绝缘电缆作中间接头时，用连接管压接法连接导线，点压接时的次序是压连接管中间部分，后压连接管端部。

（√）16. 测量泄漏电流时，微安表接在高压侧，测量准确度较高，但不方便，有高压危险；微安表接在低压侧，虽然读数方便，但准确性较差。

（√）17. 电力电缆在测量泄漏电流时，若出现泄漏电流随试验时间延长有上升现象，则电缆绝缘可能有缺陷。

（√）18. 直埋电缆放入沟底后，应当天填土盖保护板，防止外力损伤电缆；新锯断的电缆端部应进行封焊（铅包纸绝缘电缆）或用热收缩封牢（橡塑电缆），以防进水。

（√）19. 钢芯铝绞线在通过交流电时，由于交流电的集肤效应，电流实际只从铝线中流过，故其有效截面积只是铝线部分面积。

（×）20. 土壤的热阻系数，将影响埋设电缆的散热，因而影响电缆的安全载流量。热阻系数越大，电缆的安全载流量越大。

（×）21. 电缆管（TC）和管壁较薄，其标称直径是指其内径。

（×）22. 裸导线在室内敷设高度必须在 3.5m 以上，低于 3.5m 不许架设。

（×）23. 导线敷设在吊顶或天棚内，可不穿管保护。

（×）24. 电缆短、牵引力小时，可用牵引头让线芯承受拉力；当牵引力大时，可用钢丝套牵引。

（×）25. 所有穿管线路，管内接头不得多于 1 个。

（√）26. 电缆线芯有时压制圆形、半圆形、扇形等形状，这是为了缩小电缆外形尺寸，节约原材料。

（×）27. 电缆的保护层是保护电缆缆芯导体的。

（×）28. 电缆在搬动中，电缆线盘应平放在汽车上，以便固定。

（×）29. 纸绝缘电缆中，绕包型电缆较分相铅包型电缆的工作电压为高。

（×）30. 中、低压聚氯乙烯电缆、聚乙烯电缆和交联聚乙烯电缆，一般也与纸绝缘电缆一样，有一个完全密封的金属护套。

（×）31. 电缆在运行中，只要监视其负荷不要超过允许值，不必监测电缆的温度，因为这两者都是一致的。

（×）32. 电缆在锯钢甲时的工艺是先用直径为 2.0mm 铜绕绑 3～4 匝将钢甲绑紧，铜线的缠绕方向应与钢甲缠绕方面相反。

（×）33. 电缆中间头处制作的金属外壳，只是起接头处的机械保护作用。

（√）34. 架空线路的施工组织应包括杆位测量、挖坑、排杆、组杆、立杆、架线等环节。

（×）35. 铝导线连接时，不能像铜导线那样用缠绕法或绞接法，只是因为铝导线机械强度差。

（×）36. 导线的安全载流量，在不同环境温度下，应有不同数值，环境温度越高，安全载流量越大。

（×）37. 500kV 线路由于输送功率大，故采用导线截面大的即可。

（√）38. 在敷设时，为了不使电缆弯伤，要求纸绝缘单芯电力电缆（铅包、铠装或无铠装）弯曲半径应不小于 20 倍的电缆外径。

（×）39. 当绝缘子串普遍受到污秽影响时，沿面电阻将使绝缘子串分布电压变得不均匀。

（×）40. 架空线路导线与避雷线的换位可在同一换位杆上进行。

（√）41. 架空线路的纵断面图反映沿线路中心线地形的起伏形状及被交叉跨越物的标高。

（×）42. 构件的刚度是指构件受力后抵抗破坏的能力。

（√）43. 土壤对基础侧壁的压力称为土的被动侧的压力。

（×）44. 终端杆构件内部的中心轴线所受的剪切应力最大。

（√）45. 送电线路绝缘子承受的大气过电压分为直击雷过电压和感应雷过电压。

（√）46. 线路绝缘污秽会降低性能，为防止污闪事故发生，线路防污工作必须在污闪事故季节来临前完成。

（×）47. 架空线的最大使用应力大小为架空线的破坏应力与安全系数之比，其大小与架空线的最大允许应力相同。

（√）48. 因隔离开关无专门的灭弧装置，因此不能通过操作隔离开关来断开带负荷的线路。

（√）49. 在线路直线段上的杆塔中心桩，在横线路方向的偏差不得大于 50mm。

（×）50. 为保证混凝土浇筑质量，应严格按设计要求进行配比材料选用，不允许有任何偏差。

（×）51. 地脚螺栓式铁塔基础的根开及对角线尺寸施工允许偏差为 ±2%。

（√）52. 以抱箍连接的叉梁，其上端抱箍组装尺寸的允许偏差应为 ±50mm。

（×）53. 铝、铝合金单股损伤深度小于直径的 1/2 可用缠绕法处理。

（√）54. 张力放线的多滑轮车，其轮槽宽应能顺利通过接续管及其护套，且摩擦阻力系数不得大于 1.015。

（√）55. 接地体水平敷设的平行距离不小于 5m，且敷设前应矫直。

（×）56. 混凝土湿养与干养 14 天后的强度一致。

（√）57. 架空导线截面在 300mm² 及以上时，其放线滑车轮底直径与导线线径之比应在 18～24 的范围内。

（√）58. 杆塔整体起立必须始终使牵引系统、杆塔中心轴线、制动绳中心、抱杆中心、杆塔基础中心处于同一竖直平面内。

（×）59. 对 110kV 架空线路进行杆塔检修，为确保检修人员安全，不允许带电进行作业。

（√）60. 进行大跨越挡的放线前必须进行现场勘查及施工设计。

（×）61. 线路检修的组织措施一般包括人员配备及制订安全措施。

（×）62. 现场浇筑的混凝土基础，其保护层厚度的允许偏差为 ±5mm。

（×）63. 混凝土杆卡盘安装深度允许偏差不应超过 −50mm。

（×）64．X形拉线的交叉点空隙越小，说明拉线安装质量越标准。

（√）65．张力放线时，导线损伤后其强度损失超过计算拉力的8.5％定为严重损伤。

（√）66．张力放线时，通信联系必须畅通，重要的交叉跨越、转角塔的塔位应设专人监护。

（×）67．在同一挡内的各电压级线路，其架空线上只允许有一个接续管和三个补修管。

（×）68．对特殊挡耐张段长度在300m以内时，过牵引长度不宜超过300mm。

（√）69．悬垂线夹安装后，绝缘子串顺线路的偏斜角不得超过5°。

（×）70．抱杆作荷重试验时，加荷重为允许荷重的200％，持续10s，合格方可使用。

（×）71．圆木地锚只校核绳套处的剪切应力是否满足要求。

（×）72．紧线器各部件都用高强度钢制成。

（√）73．制动绳在制动器上一般缠绕3～5圈。

（×）74．500kV采用LHBGJT-440型，导线名称是特强型钢芯铝绞线。

（√）75．张力架线技术是放线、紧线、平衡挂线和附件安装相配合的连续流水作业。

（×）76．张力放线用的牵引钢绳是由8股钢丝相互穿编而成，断面近似圆形。

（×）77．对35kV的电缆进线段，要求在电缆与架空线的连接处须装设放电间隙。

（×）78．避雷器与被保护的设备距离越近越好。

（√）79．雷雨天气巡视室外高压设备时，应穿绝缘靴，并不得靠近避雷器和避雷针。

（√）80．把电容器串联在线路上以补偿电路电抗，可以改善电压质量，提高系统稳定性和增加电力输出能力。

（×）81．当全站无电时，必须将电容器的隔离开关拉开。

（×）82．架空线路导线与避雷线的换位可在同一换位杆上进行。

（√）83．架空线路的纵断面图反映沿线路中心线地形的起伏形状及被交叉跨越物的标高。

（×）84．构件的刚度是指构件受力后抵抗破坏的能力。

（×）85．终端杆构件内部的中心轴线所受的剪切应力最大。

（√）86．送电线路绝缘子承受的大气过电压分为直击雷过电压和感应雷过电压。

（×）87．带电作业用的绝缘操作杆，其吸水性越高越好。

（×）88．110kV架空线相间弧垂允许偏差为300mm。

（×）89．500kV相分裂导线弧垂允许偏差为＋80mm、－50mm。

（×）90．某220kV线路在大雾时常出现跳闸，事故发生平均气温为8℃，此类故障多为架空线与邻近的建筑物或树木水平距离不够引起。

（√）91．土壤的许可耐压力是指单位面积土壤允许承受的压力。

（√）92．绝缘子的合格试验项目有干闪、湿闪、耐压和耐温试验。

（×）93．转角杆中心桩位移值的大小只受横担两侧挂线点间距离大小的影响。

（×）94．为保证导线连接良好，在500kV超高压线路中导线连接均采用爆炸压接。

（√）95．500kV线路中的拉V型直线塔常采用自由整体立塔。

（√）96．保护接地和保护接中线都是防止触电的基本措施。

（×）97．静电电压可达几千伏甚至几万伏，对人体的危害极大。

（√）98．弯直径在40mm以上管子时，应在管子内灌沙子，若管子有焊缝，应使焊缝处于中性层位置。

（√）99．电杆在运行中要承受导线、金具、风力所产生的拉力、压力、剪刀的作用，这些作用力称为电杆的荷载。

（√）100．线路无功补偿是将电容器分散安装在10kV配电线路上。

（√）101．防止绝缘子污闪的憎水性涂料，是由地蜡和机油配制而成的，为了便于喷涂，可加入无毒性的120号汽油稀释。

（×）102．调整导线弧垂的工作，主要应针对夏季时新建的线路和检修时变动过导线弧垂的线段。

（√）103．为防止导线因振动而受损，通常在线夹处或导线固定处加上一段同样规格的铝导线作辅线，可减轻固定点附近导线在振动时受到弯曲应力。

（×）104. 配电线路上对横担厚度的要求是不应小于4mm。

（√）105. 普通钢筋混凝土电杆或构件的强度安全系数，不应小于1.7。

（√）106. 地锚坑的抗拔力是指地锚受外力垂直向上的分力作用时，抵抗向上滑动的能力。

第16章　相关知识

（√）1. 避雷针保护范围的大小与它的高度有关。

（√）2. 对人体不会引起生命危险的电压叫安全电压。

（√）3. 若扰动产生在系统内部，则叫内扰动。若扰动来自系统外部，则叫外扰动。扰动都对系统的输出量产生影响。

（×）4. 绝缘靴也可作耐酸、碱、耐油靴使用。

（×）5. 铜有良好的导电、导热性能，机械强度高，但在测试较高时易被氧化，熔化时间短，宜作快速熔体，保护晶体管。

（×）6. 熔点低、熔化时间长的金属材料锡和铅，适宜作高压熔断器熔体。

（×）7. 强电用的触点和弱电用的触点，性能要求是相同的，所用材料也相同。

（√）8. 在易燃、易爆场所的照明灯具，应使用密闭形或防爆形灯具，在多尘、潮湿和有腐蚀性气体的场所的灯具，应使用防水防尘型。

（√）9. 多尘、潮湿的场所或户外场所的照明开关，应选用瓷质防水拉线开关。

（√）10. 提高操作者技术水平是缩短辅助时间的重要措施。

（×）11. 机电一体化产品是在传统的机械产品上加上现代电器而成的产品。

（√）12. 机电一体化与传统的自动化最主要的区别之一是系统控制智能化。

（√）13. 看板管理是一种生产现场工艺控制系统。

（×）14. JIT生产方式适用于多品种小批量生产。

（×）15. 改善劳动条件和劳动环境是缩短辅助时间的重要措施。

（×）16. 工时定额中不包括工人熟悉图纸及工艺文件时间。

（√）17. 多件加工就是一次加工几个工件，它可分为顺序加工、平行加工和顺序平行加工三种方式。

（×）18. 机动时间和辅助时间是工时定额中重要的组成部分，二者在时间上不能重合。

（×）19. 要缩短工时定额的辅助时间，只有把加工过程改为自动化。

（×）20. 工时消耗的非定额时间是指执行非生产性工作所消耗的时间。

（√）21. 产品电耗定额包括仓库照明用电。

（√）22. 国家下达的具有约束力的计划称指令性计划。

（×）23. 职业道德是思想体系的重要组成部分。

（√）24. 社会保险是指国家或社会对劳动者在生育、年老、疾病、工伤、待业、死亡等客观情况下给予物质帮助的一种法律制度。

（×）25. 安全用具和防护用具可以代替一般用具使用。

（√）26. 职业道德的实质内容是全新的社会主义劳动态度。

（×）27. 当事人对劳动仲裁委员会作出的仲裁裁决不服，可以自收到仲裁裁决书30日内向人民法院提出诉讼。

（）28. 合同是双方的民事法律行为，合同的订立必须由当事人双方参加。

（√）29. 提高职工素质是缩短基本时间，提高劳动生产率的重要保证。

（×）30. 工时定额就是产量定额。

（√）31. 装有氖灯泡的低压验电器可以区分火线（相线）和地线，也可以验出交流电或直流电；数字显示低压验电器除了能检验带电体有无电外，还能寻找导线的断线处。

（×）32. 剥线钳可用于剥除芯线截面积为6mm^{2}以下的塑料线或橡胶线的绝缘层，故应有直径6mm及以下的切口。

（×）33. 电烙铁的保护接线端可以接线，也可不接线。

（√）34. 手动油压接线钳可以用来压接截面为 16～240mm² 的铜、铝导线。

（×）35. 装接地线时，应先装三相线路端，然后装接地端；拆时相反，先拆接地端，后拆三相线路端。

（×）36. 电焊机的一、二次接线长度均不宜超过 20m。

（√）37. 根据目前我国的国情，采取改造旧机床来提高设备的先进性，是一个极其有效的途径。

（×）38. 现场教学是最直观的指导操作的教学方法。

（×）39. 生产同步化是一种生产现场物流控制系统。

（√）40. ISO9000 族标准中 ISO9004-1 是基础性标准。

（×）41. ISO9000 系列标准是国际标准化组织发布的有关环境管理的系列标准。

（√）42. 理论培训教学中应有条理性和系统性，注意理论联系实际，培养学员解决实际工作的能力。

（×）43. 维修电工在操作中，特别要注意首先断电。

（√）44. 由主生产计划（MP3）、物料需求计划（MRP）、生产进度计划（DS）、能力需求计划（CRP）构成制造资源计划 MRP II 。

（×）45. ISO9000 族标准中 ISO9000-4 是指导性标准。

（√）46. 维修电工班组主要是为生产服务的。

（√）47. 理论培训的一般方法是课堂讲授。

（×）48. 指导操作是培养和提高学员独立技能的极为重要的方法和手段。

（×）49. 实践证明，低频电流对人体的伤害比高频电流小。

（√）50. SB 中央服务板是 CENTER SERVICE BOARD 的缩写。

（√）51. DIAGNOSIS 诊断区域主要用于机床的调整及维护。

（×）52. 在维修直流电动机时，对各绕组之间作耐压试验，其试验电压用直流电。

（×）53. 准时化生产方式企业的经营目标是质量。

（√）54. ISO9000 族标准与 TQC 的差别在于：ISO9000 族标准是从采购者立场上所规定的质量保证。

（×）55. 我国发布的 GB/T1900-ISO9000《质量管理和质量保证》双编号国家标准中，"质量体系、质量管理和质量体系要素的第一部分，指南"这个标准的代号为 GB/T 4728.1-7256。

（√）56. 进行理论培训时应结合本企业、本职业在生产技术、质量方面存在的问题进行分析，并提出解决的方法。

（×）57. 通过示范操作技能使学员的动手能力不断增强和提高，熟练掌握操作技能。

（×）58. 保护接地适用于电源中性线直接接地的电气设备。

（×）59. 设计电气控制原理图时，对于每一部分的设计是按主电路→联锁保护电路→控制电路→总体检查的顺序进行的。

（×）60. 工时定额时间通常包括直接用于完成生产任务的作业时间和必要的布置工作地的时间，及生活需要时间，不包括休息时间。

（×）61. V 带轮的计算直径是带轮的外径。

（√）62. 弹性联轴器具有缓冲、减震的作用。

（×）63. 偏心轮机构与曲柄滑块机构的工作原理不同。

（√）64. 花键连接在键连接中是定心精度较高的连接。

（√）65. 小带轮的包角越大，传递的拉力就越大

（×）66. 链传动中链条的节数采用奇数最好。

（×）67. 蜗杆传动的传动比很大，所以结构尺寸也大。

（√）68. 青铜主要做轴瓦，也可做轴衬。

（√）69. 轮系中使用惰轮可以改变从动轮的转速。

（√）70. 液压泵的吸油高度一般应大于 500mm。

（×）71. 对厚板开坡口的对接接头，第一层焊接要用较粗的焊条。

（×）72. 对水平固定的管件对接焊接时，可采用自顶部顺时针或逆时针绕焊一周的方法焊接。

（×）73. 单件时间定额一般包括基本时间和辅助时间两部分。

（√）74. 时间定额的基本时间就是机动时间。

（×）75. 在工时定额计算中，提高切削用量可以缩短辅助时间。

（√）76. 一个尺寸链中只有一个封闭环。

（×）77. 在负荷大，定心要求高的场合宜选用紧键连接的方式。

（×）78. 带传动的使用寿命一般只有 3000～4000h。

（√）79. 链传动的传递效率较高，一般可达 0.95～0.97。

（√）80. 齿轮传动的圆周速度可达 300mm/s，功率可达 100kW。

（√）81. 蜗杆传动时，蜗杆一般是主动轮，涡轮是从动轮，因而可应用于防止倒转的传动装置上。

（×）82. 齿轮传动的传动比只能用主动轮与从动轮的转速比表示。

（√）83. 滚动轴承按所承受的载荷方向或接触角可分为向心轴承和推力轴承。

（×）84. 可移式联轴器包括套筒联轴器、凸缘联轴器和夹壳联轴器等。

（×）85. 二硫化钼润滑脂不能在高温、高压的环境下使用。

（√）86. 柱塞式油泵显著的特点是压力高、流量大、便于调节流量。

（√）87. 锥齿轮的尺寸计算是以大端齿形参数为基准。

（√）88. 链条的主要参数是节距。

（√）89. 标准齿轮的固定弦齿厚仅与模数有关，与齿数无关。

（×）90. 蜗杆传动的效率高于带传动的效率。

（×）91. 平面四杆机构中至少存在一个曲柄。

（×）92. 液压传动中最容易控制的是温度。

（√）93. 滚动轴承的外圈与轴承座孔的配合采用基孔制。

（√）94. 平键选择时主要是根据轴的直径确定其截面尺寸。

（√）95. 加奇数个惰轮，使主、从动轮的转向相反。

（√）96. 按机床数控运动轨迹划分，加工中心属于轮廓控制型数控机床。

（√）97. 带传动具有过载保护作用。

（√）98. 机械传动中齿轮传动应用最广。

（√）99. 机械传动中齿轮传动效率最高。

（×）100. 齿轮传动可以实现无级变速。

（×）101. 齿轮传动具有过载保护作用。

（√）102. 齿轮传动能保持恒定的瞬时传动比。

（×）103. 螺旋传动一定具有自锁性。

（√）104. 液压传动可以实现无级变速。

（×）105. 液压传动的效率较高。

（×）106. 液压传动不具备过载保护功能。

（×）107. 液压系统的工作油压决定于油泵。

（×）108. 油缸活塞的移动速度决定于油压。

（×）109. 缩短休息与生理需要的时间是提高劳动定额水平的重要方面。

（√）110. 蜗杆传动时，当蜗杆的导程用 $r \leqslant 6°$ 时，便可实现自锁性。

（×）111. 在新国标位置公差符号中◎表示对称度。

（√）112. 在工业控制、智能仪表中，适合于采用汇编语言。

（√）113. 带传动具有过载保护作用，避免其他零件的损坏。

（×）114. 一对齿轮啮合传动，只要其压力角相等，就可以正确啮合。

（×）115. 齿条齿轮传动，只能将齿轮的旋转运动通过齿条转变成直线运动。

（×）116. 螺杆传动只能将螺杆的旋转运动转变成螺母的直线运动。

(√) 117. 液压传动是利用液体为介质来传递和控制某些动作。

(√) 118. 油泵是将机械能转变为液压能的装置。

(×) 119. 工时定额时间通常包括直接用于完成生产任务的作业时间和必要的布置工作地时间及生活需要时间。不包括休息时间。

(×) 120. 高副绕组是点或线接触，在承受载荷时单位面积压力大，易磨损，制造维修困难，且不能传递复杂的运动。

(×) 121. 三角带和平皮带一样，都是利用底面与带轮之间的摩擦力来传递动力的。

(√) 122. 国家标准规定三角带共分成 O、A、B、C、D、E、F 七种型号，O 型截面积最小，F 型截面积最大，截面积越大，传递的功率也越大。

(×) 123. 平型带与三角带相比，三角带更适用于高速运转的传动。

(√) 124. 普通螺纹的牙型角为 60°。

(√) 125. 滚珠螺旋传动效率高，动作灵敏。

(×) 126. 三角螺纹具有较好的自锁性能，螺纹之间的摩擦力及支承面之间摩擦力，都能阻止螺母松脱，所以在振动或交变载荷的作用下也不需要防松。

(√) 127. 链传动能保证准确的平均传动比，传递功率较大。

(×) 128. 基圆直径越大，渐开线越弯曲。

(√) 129. 齿轮模数越大，轮齿也越大，承载能力越强。

(√) 130. 渐开线齿轮传动中心距稍有变化其传动比不变，对正常传动没有影响。

(√) 131. 标准齿轮分度圆上的齿间与齿厚相等。

(×) 132. 螺旋角越大，斜齿轮传动越平稳，同时轴向力越小。

(×) 133. 不论用何种方法加工标准齿轮，当齿数小于 17 齿时，将发生要根切现象。

(×) 134. 通常在蜗轮蜗杆传动中，蜗轮是主动件。

(×) 135. 蜗轮蜗杆传动的承载能力大，效率高。

(×) 136. 有一对传动齿轮，已知主动齿轮转速 $n_1 = 960 r/min$，齿数 $Z_1 = 20$，从动轮的齿数 $Z_2 = 50$，这对齿轮的传动比 $i_{12} = 2.5$，从动轮的转速 $n_2 = 2400 r/min$。

(×) 137. 在任意圆周上相邻两轮齿同侧渐开线间的距离称为该圆上的周节。

(√) 138. 径节是英制齿轮几何计算的基本参数，它与模数的关系是互为倒数。

(×) 139. 斜齿轮具有端面和法面两种模数，其中以端面模数作为标准模数。

(√) 140. 外标准斜齿圆柱齿轮正确啮合条件是两齿轮法面模数相等，齿形角相等，螺旋角相等，且旋向相反。

(√) 141. 直齿圆锥齿轮规定以大端几何参数为标准值。

(√) 142. 定轴轮系可以把旋转运动变成直线运动。

(×) 143. 容积泵输油量大小取决于密封容积的大小。

(×) 144. 齿轮泵的吸油腔就是轮齿不断进入啮合的那个腔。

(×) 145. 双作用叶片泵只要改变转子和定子中心的偏心距和偏心方向，就可成为双向变量泵。

(√) 146. 液压泵的额定流量应稍高于系统所需的最大流量。

(√) 147. 只用节流间进行调速，可使执行元件的运动速度随负载的变化而变化。

(√) 148. 卸载回路采用的主要液压元件是：滑阀机能为 "M"、"H" 类型的三位四通换向阀或者是两位两通换向阀。

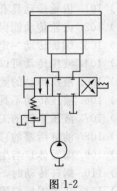

图 1-2

(×) 149. 图 1-2 所示液压系统是由卸载回路、节流调速回路等基本回路组成。

(√) 150. 要使电梯运行，曳行力必须大于或等于轿厢侧与对重侧负载之差。

(√) 151. 当电梯满载上升时，曳行力和曳行力矩为正，表明力矩的作用是驱动轿厢运行。

(×) 152. 曳行绳磨损严重，其直径小于原公称直径的 60% 时必须立即更换。

(√) 153. 当电梯满载下降时，曳行力和曳行力矩为负，表明力矩的作用方向与曳行轮的放置旋转方向相反。其力矩的作用是控制轿厢速度。

（√）154. 曳行绳断丝在各绳股之间均匀分布，在一个捻距内的最大断丝数超过 32 根时，必须更换。

（√）155. 曳行绳断丝集中在一或两个绳股中，在一个捻距内的最大断丝超过 16 根时，必须更换。

（√）156. 曳行绳锈蚀麻坑形成沟纹，外层钢丝松动可以不更换。

（√）157. 制动器上当销轴磨损量超过原直径的 5% 或椭圆度超过 0.5mm 时，应更换新轴。

（√）158. 当制动轮上有划痕或高温焦化颗粒时，可用小刀轻刮并打磨光滑，制动轮有油污时，可用煤油擦净表面。

（√）159. 新换装的制动闸皮与制动轮接触后（抱闸）其制动闸皮的接触面不少于 75%。

（×）160. 曳行轮绳槽工作表面可以不平滑。

（×）161. 曳行绳在曳行轮槽内可以有滑动。

（×）162. 曳行轮槽底与曳行绳不应有间隙。

（×）163. 润滑油里渗入了水，只是稀释了油，不会造成油的氧化。

（√）164. 轴承的温度增加，加速了油的劣化。

（×）165. 透平油被氧化后黏度增大，对轴承润滑性能来讲是有利的。

（√）166. 当润滑油混入水后，颜色变浅。

（×）167. 为了减小轴电流，推力轴承油槽里的油是绝缘油。

（√）168. 油压装置的逆止阀可以防止压力油从压力油槽流向集油槽。

（×）169. 油压装置的减载阀可以保证压力油罐的油压不超过允许的最高压力。

（×）170. 油压装置的安全阀可以使油泵电动机能在低负荷时启动，减小启动电流。

（√）171. 机械油是一般机械通用的润滑油，是不加任何添加剂的矿物油。

（√）172. 突然停电将产生大量废品、大量减产，在经济上造成较大损失的用电负荷，为"二级负荷"。

（√）173. 液压系统中压力控制阀不属于顺序阀。

（√）174. 液压系统中"顺序阀"是属于压力控制阀的。

（×）175. 幻灯片的母版包括幻灯片母版、标题母版和大纲母版。

（√）176. 使用标尺来编排段落格式不如段落对话框精确。

（×）177. 大纲视图可以用于编辑页眉页脚、调整页边距和处理图形对象等。

（×）178. 可燃气体或粉尘与空气形成爆炸性混合物的最低浓度称为爆炸极限。

（√）179. 手拉葫芦只用于短距离内的起吊和移动重物。

（×）180. 任何物体受力平衡时会处于静止状态。

（√）181. 精益生产方式中，产品开发采用的是并行工程方法。

（×）182. 三位四通电磁换向阀，当电磁铁失电不工作时，既要使液压缸浮动，又要使液压泵卸荷，应该采用"M"形的滑阀中位机能。

（√）183. 读图的基本步骤有：图样说明，看电路图，看安装接线图。

（×）184. 刀具功能只能进行刀具的更换。

（×）185. 用耳塞、耳罩、耳棉等个人防护用品来防止噪声的干扰，在所有场合都是有效的。

（√）186. 环境污染的形式主要有大气污染、水污染、噪声污染等。

（√）187. 查阅设备档案，包括设备安装验收纪录、故障修理纪录，全面了解电气系统的技术状况。

（√）188. 刀具功能可控制换刀和刀具补偿和换刀偏置。

（×）189. 螺纹插补只适用于加工各种标准公制螺纹。

（×）190. 最低负荷是指某一时期内（日、月、季、年）每小时或 15min 记录的负荷中平均最小的一个数值。

（×）191. 工作完毕后，收拾工具不属于工作额定时间内的时间。

（×）192. 时间定额是指在一定生产和生产组织条件下，规定生产若干件产品或完成若干工序所有消耗的时间。

（×）193. 劳动生产率是在单位时间内所生产的产品数量。

（√）194. 劳动生产率是指在单位时间内所生产的合格产品的数量或专指用于生产合格产品所需的劳动时间。

第二部分　选　择　题

第1章　电工基础

1. 某正弦交流电压的初相角 $\psi=-\pi/6$，在 $t=0$ 时其瞬时值将 （ B ）。
   A. 大于零　　　　　　B. 小于零　　　　　　C. 等于零

2. 两只额定电压相同的电阻，串联接在电路中，则阻值较大的电阻 （ A ）。
   A. 发热量较大　　　　B. 发热量较小　　　　C. 没有明显差别

3. 当 RLC 串联电路发生谐振时，电路呈现出 （ A ）。
   A. 电阻性　　　　　　B. 电感性　　　　　　C. 电容性　　　　　　D. 任意性

4. 在纯电阻电路中，下列表达式正确的是 （ B ）（式中 i、u 表示瞬时值，I、U 表示有效值，I_m、U_m 表示最大值）。

   A. $i=\dfrac{U}{R}$　　　　B. $I=\dfrac{U}{R}$　　　　C. $i=\dfrac{U_m}{R}$　　　　D. $I=\dfrac{U_m}{R}$

5. 在纯电感电路中，下列表示式正确的 （ C ）（式中 i、u 表示瞬时值，I、U 表示有效值，I_m、U_m 表示最大值）。

   A. $i=\dfrac{U}{X_L}$　　　B. $i=\dfrac{U}{\omega C}$　　　C. $I=\dfrac{U}{\omega L}$　　　D. $I=\dfrac{U_m}{\omega L}$

6. 在纯电容电路中，下列表达式正确的是 （ D ）。

   A. $i=\dfrac{u}{X_C}$　　　B. $i=\dfrac{u}{\omega C}$　　　C. $I=\dfrac{U}{\omega C}$　　　D. $I=U\omega C$

7. 图 2-1 中已知 A_1 的读数 $I_L=3A$，A_2 的读数 $I_C=3A$，则 A 的读数为 （ C ）。
   A. 6A　　　　　　B. $3\sqrt{2}A$　　　　C. 0A　　　　　　D. 9A

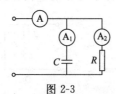

图 2-1　　　　　　　　　　　　图 2-2

8. 见图 2-2，已知 A_1 的读数 $I_R=3A$，A 的读数为 $I=5A$，则 A_2 的读数为 （ D ）。
   A. 8A　　　　　　B. 2A　　　　　　C. $\sqrt{3}A$　　　　　　D. 4A

9. 图 2-3 中已知 A_1 的读数 $I_C=3A$，A_2 的读数 $I_R=4A$，则 A 的读数为 （ C ）。
   A. 7A　　　　　　B. 1A　　　　　　C. 5A　　　　　　D. $\sqrt{7}A$

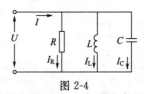

图 2-3　　　　　　　　　　　　图 2-4

10. 电阻、电感、电容并联的电路如图 2-4 所示，电源电压与电路总电流之间的相位差 φ 可用下列式中表示的是 （ C ）。

   A. $\varphi=\arctan\dfrac{X_L-X_C}{R}$　　　　　　B. $\varphi=\arctan\dfrac{\dfrac{1}{\omega C}-\omega C}{R}$

C. $\varphi=\arctan \dfrac{\dfrac{1}{\omega L}-\omega C}{\dfrac{1}{R}}$　　　　　　D. $\varphi=\arctan \dfrac{V_L-V_C}{V_R}$

11. 阻抗 $Z_1=(30+\mathrm{j}40)\Omega$ 与 $Z_2=(30-\mathrm{j}20)\Omega$ 两元件串联后的等效阻抗是（ B ）。

　　A. 电阻性的　　　　　B. 电感性的　　　　　C. 电容性的　　　　　D. 无法判断

12. 图 2-5 中的三个阻抗 Z_1、Z_2、Z_3 串联的电路中下列表达式成立的是（ D ）。

　　A. $Z=Z_1+Z_2+Z_3$　　B. $U=U_1+U_2+U_3$　　C. $S=S_1+S_2+S_3$　　D. $P=P_1+P_2+P_3$

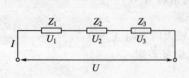

图 2-5

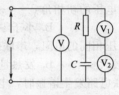

图 2-6

13. 见图 2-6，电路中伏特表 V_1、V_2 的读数都是 10V，则电路中伏特表 V 的读数（设伏特表内阻极大）（ C ）。

　　A. 20V　　　　　　B. 10V　　　　　　C. $10\sqrt{2}$ V　　　　　　D. $5\sqrt{2}$ V

14. RLC 串联电路的阻抗 Z 及电源电流的相位差 φ 分别为（ A ）。

A. $Z=\sqrt{R^2+\left(\omega L-\dfrac{1}{\omega C}\right)^2}$，$\varphi=\arctan \dfrac{\omega L-\dfrac{1}{\omega C}}{R}$

B. $Z=\sqrt{R^2+\left(\omega L-\dfrac{1}{\omega C}\right)^2}$，$\varphi=\arctan \dfrac{R}{\omega L-\dfrac{1}{\omega C}}$

C. $Z=\sqrt{R^2+\left(\omega L-\dfrac{1}{\omega C}\right)^2}$，$\varphi=\arctan \dfrac{\dfrac{1}{\omega C}-\omega L}{R}$

D. $Z=\sqrt{R^2+\left(\omega L+\dfrac{1}{\omega C}\right)^2}$，$\varphi=\arctan \dfrac{\omega L-\dfrac{1}{\omega C}}{R}$

15. 在 RLC 串联电路中，其复阻抗为（ D ）。

　　A. $Z=R+X_L+X_C$　　　　　　　　B. $Z=R+\mathrm{j}(X_L+X_C)$

　　C. $Z=R+\mathrm{j}(\omega_L-\omega_C)$　　　　　　D. $Z=\sqrt{R^2+\left(\omega L-\dfrac{1}{\omega C}\right)^2}\,\mathrm{e}^{\mathrm{j}\varphi}$

16. 在具有两个接头的"黑盒"内，有一个可忽略电阻的电感线圈 L，一个电容器 C 和一个电阻 R，在两接头无论接上直流电源或交流电源均有电流产生，但接上交流电时，电流大小随电源频率变化，且在某一频率有一极大值，则盒内三元件不可能的连接方式是（ B ）。

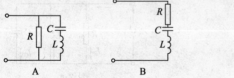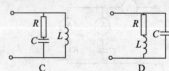

17. 在 RLC 串联电路中，下列各式正确的是（ A ）。

　　A. $U_L-U_C=U\sin\varphi$　　B. $\dot{U}=\dot{I}Z=\dot{I}R+\dot{I}X$　　C. $X=X_L-X_C$　　D. $U=U_R+U_L+U_C$

18. 发电机额定视在功率为 22kV·A，现有规格为功率因数 0.5，有功功率 40W 的日光灯，为使日光灯正常发光，可以接入的日光灯个数为（ B ）。

　　A. 110　　　　　　B. 275　　　　　　C. 440　　　　　　D. 550

19. RLC 串联电路的谐振频率为 f_0，电源频率为 f，则当 $f=f_0$，$f>f_0$，$f<f_0$ 时，电路性质分别为（C）。

    A. 电阻性，电容性，电感性   B. 电感性，电容性，电阻性

    C. 电阻性，电感性，电容性   D. 电容性，电阻性，电感性

20. 电容性电路是指（C）。

    A. 有电容的电路   B. 没有电感的电路

    C. 电压相位落后于电流相位的电路   D. 电流的相位落后于电压相位的电路

21. 在 RLC 串联电路中，电路复阻抗为（B）。

    A. $Z=R+\left(X_L+X_C\right)$ B. $Z=R+\mathrm{j}\left(\omega L-\dfrac{1}{\omega C}\right)$

    C. $Z=R+\mathrm{j}\omega L-\dfrac{1}{\mathrm{j}\omega C}$ D. $Z=\sqrt{R^2+\left(\omega L-\dfrac{1}{\omega C}\right)^2}$

22. RLC 串联交流电路的阻抗 Z 随电源频率变化关系曲线为（D）。

23. 电感性电路是指（D）。

    A. 有电感的电路   B. 没有没容的电路

    C. 电压相位落后于电流相位的电路   D. 电流相位落后于电压相位的电路

24. 处于谐振状态的 RLC 并联的电路，若保持电路各参数不变，当电源频率 $\omega>\omega_0$ 时，电路是（B）。

    A. 电感性   B. 电容性   C. 电阻性   D. 以上三种都可能

25. 在电感性电路中，并联一电容元件，使功率因数提高到 1，则（C）。

    A. 感性支路中的无功电流为零   B. 电容支路中的无功电流为零

    C. 外部输电线上的无功电流为零   D. 以上三部分中无功电流均为零

26. 由 RLC 组成的并联电路处于谐振状态，此时（B）。

    A. 电路中总电流出现最大值   B. 电路中总阻抗出现最大值

    C. 电路中总电压出现最大值   D. 各支路阻抗均相等

27. 复电压 $U=220\mathrm{e}^{\mathrm{j}\frac{\pi}{3}}$ V，其瞬时值表达式为（B）。

    A. $u=220\sin\left(\omega t+\dfrac{1}{3}\pi\right)$ V   B. $u=220\sqrt{2}\sin\left(\omega t+\dfrac{1}{6}\pi\right)$ V

    C. $u=220\sqrt{2}\sin\left(\omega t-\dfrac{1}{3}\pi\right)$ V   D. $u=220\sin\left(\omega t-\dfrac{1}{3}\pi\right)$ V

28. 日光灯由灯管及镇流器串联而成，近似把灯管及镇流器分别看作纯电阻及纯电感（并忽略非线性），电源电压为 220V，灯管电压为 110V，则镇流器电压为（C）。

    A. 110V   B. 220V   C. 190V   D. 0V

29. 已知一正弦电流的振幅 $I_m=2$A，频率 $f=50$Hz，初相 $\varphi=\dfrac{\pi}{6}$，则其瞬时值函数式为（B）。

    A. $i=4\cos\left(314t+\dfrac{\pi}{6}\right)$ B. $i=2\cos\left(314t+\dfrac{\pi}{6}\right)$

    C. $i=2\sin\left(314t+\dfrac{\pi}{6}\right)$ D. $i=2\sqrt{2}\sin\left(314t-\dfrac{\pi}{6}\right)$

30. 已知一正弦电流 $i=5\sin(\omega t+30°)$A，$f=50$Hz 在 $t=0.1$s 时电流瞬时值为（C）。

    A. 2A   B. 3A   C. 2.5A   D. 5A

31. 已知电压与电流的瞬时值表达式为 $u=U_m\sin(1000t+70°)$，$i=I_m\sin(1000t+10°)$，则电压

比电流超前（B）。

    A. $\dfrac{\pi}{2}$ B. $\dfrac{\pi}{3}$ C. $\dfrac{\pi}{6}$ D. $\dfrac{\pi}{4}$

32. 如图 2-7 所示电路中，电压最大值为 311V，电阻为 2400Ω，则图中电压表及电流表读数为（C）。

    A. 220V, 1A   B. 110V, 0.09A

    C. 220V, 0.0916A   D. 110V, 0.0916A

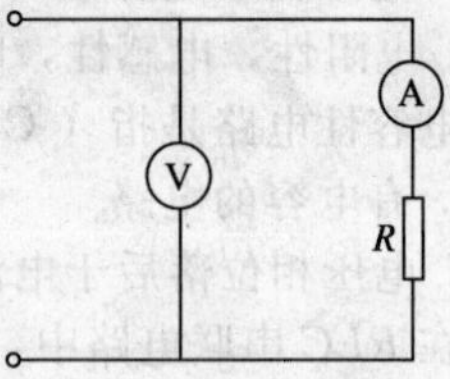

33. 应用叠加原理分析计算复杂直流电路的具体做法是：分别作出由一个电源作用时的分图，其余电源做（B）处理。

图 2-7

    A. 电压源开路，电流源短路   B. 电压源短路，电流源开路

    C. 电压源开路，电流源开路   D. 电压源短路，电流源短路

34. 在全电路中，端电压的高低是随着负载的增大而（C）。

    A. 增大   B. 不变   C. 减小   D. 不确定

35. 相量（B）形式被表示为复数。

    A. 相减   B. 相加   C. 相乘   D. 倒数

36. 电子线路分析应从（C）开始。

    A. 交流通路   B. 放大电路   C. 直流工作点   D. 输入信号

37. 在 30Ω 电阻的两端加 60V 的电压，则通过该电阻的电流是（D）。

    A. 1800A   B. 90A   C. 30A   D. 2A

38. 在一电压恒定的直流电路中，电阻值增大时，电流（C）。

    A. 不变   B. 增大   C. 减小   D. 变化不定

39. 交流 10kV 母线电压是指交流三相三线制的（A）。

    A. 线电压   B. 相电压   C. 线路电压   D. 设备电压

40. 正弦交流电的三要素是最大值、频率和（D）。

    A. 有效值   B. 最小值   C. 周期   D. 初相角

41. 使用的照明电压为 220V，这个值是交流电的（A）。

    A. 有效值   B. 最大值   C. 恒定值   D. 瞬时值

42. 交流电路中，某元件电流的（C）值是随时间不断变化的量。

    A. 有效   B. 平均   C. 瞬时   D. 最大

43. 对称三相电源三角形连接时，线电流是（D）。

    A. 相电流   B. 3 倍的相电流   C. 2 倍的相电流   D. $\sqrt{3}$倍的相电流

44. 负荷是按星形连接，还是三角连接，是根据（D）。

    A. 电源的接法而定   B. 电源的额定电压而定

    C. 负荷所需电流大小而定   D. 电源电压大小，负荷额定电压大小而定

45. 所谓三相对称负荷就是（D）。

    A. 三相的相电流有效值相等

    B. 三相的相电压相等且相位互差 120°

    C. 三相的相电流有效值相等，三相的相电压相等且相位互差 120°

    D. 三相的负荷阻抗相等，阻抗角相同

46. 正弦交流电的三要素是（B）。

    A. 电压、电动势、电能   B. 最大值、频率、初相角

    C. 最大值、有效值、瞬时值   D. 有效值、周期、初始值

47. 中性线的作用就在于使星形连接的不对称负载的（B）保持对称。

    A. 线电压   B. 相电压   C. 相电流   D. 线电流

48. 两只额定电压相同的电阻，串联接在电路中，则阻值较大的电阻（A）。

    A. 发热量较大   B. 发热量较小   C. 没有明显差别

49. 电流的大小是指每秒内通过导体横截面积的（B）量。
    A. 有功　　　　　　　B. 电荷　　　　　　　C. 无功

50. 在电路中，电流之所以能流动，是由电源两端的电位差造成的，我们把这个电位差叫做（A）。
    A. 电压　　　　　　　B. 电源　　　　　　　C. 电流　　　　　　　D. 电容

51. 在一恒压的电路中，电阻 R 增大，电流随之（A）。
    A. 减小　　　　　　　B. 增大　　　　　　　C. 不变　　　　　　　D. 不一定

52. 几个电阻的两端分别接在一起，每个电阻两端承受同一电压，这种电阻连接方法称为电阻的（B）。
    A. 串联　　　　　　　B. 并联　　　　　　　C. 串并联　　　　　　　D. 级联

53. 大小相等、方向相反、不共作用线的两个平行力构成（C）。
    A. 作用力和反作用力　　B. 平衡力　　　　　　C. 力偶　　　　　　　D. 约束与约束反力

54. 两根平行载流导体，在通过同方向电流时，两导体将呈现出（A）。
    A. 互相吸引　　　　　B. 相互排斥　　　　　C. 没反应　　　　　　D. 有时吸引、有时排斥

55. 如果电阻的阻值能反映温度、压力等非电量的变化，我们可以利用（D）来测这些非电量。
    A. 节点法　　　　　　B. 等效法　　　　　　C. 平衡电桥　　　　　D. 不平衡电桥

56. 设 RLC 串联谐振电路谐振时的总电抗为 X_1，RLC 并联谐振电路谐振时的总电抗为 X_2，则 X_1 和 X_2 分别等于（B）。
    A. ∞ 和 0　　　　　B. 0 和 ∞　　　　　C. R 和 R　　　　　D. 0 和 0

57. 有 9 只不等值的电阻，误差彼此无关，不确定度均为 0.2Ω，当将它们串联使用时，总电阻的不确定度是（A）。
    A. 1.8Ω　　　　　B. 0.6Ω　　　　　C. 0.2Ω　　　　　D. 0.02Ω

58. 在 RL 串联电路中，已知电阻上的电压降是 120V，电感上的电压降是 100V，所以，外电路的电压是（B）V。
    A. 220　　　　　　　B. 156　　　　　　　C. 320　　　　　　　D. 20

59. 若电阻真值是 1000Ω，测量结果是 1002Ω，则（B）。
    A. 该电阻的误差是 0.2%　　　　　　　　B. 测量结果的误差是 0.2%
    C. 计量器具的准确度等级是 0.2%　　　　D. 绝对误差是 0.2%

60. 两只 100Ω 的 0.1 级电阻相并联后，其合成电阻的最大可能误差是（A）。
    A. 0.1%　　　　　　B. 0.05%　　　　　　C. 0.2%　　　　　　D. 0

61. 在下述诸句子中，正确使用法定单位名称的句子是（B）。
    A. $P=1.1$kkW　　　　　　　　　　B. 磁场强度的单位名称是 10 安［培］每米
    C. 经计算 $H=7$ 安/米　　　　　　　D. 经计算 $H=7.1$（A/m）。

62. 在直流电路中，基尔霍夫第二定律的正确表达式是（B）。
    A. $\sum \dot{U}=0$　　　　B. $\sum U=0$　　　　C. $\sum IR=0$　　　　D. $\sum E=0$

63. 分析和计算复杂电路的基本依据是（C）。
    A. 欧姆定律　　　　　　　　　　　B. 克希荷夫定律
    C. 克希荷夫定律和欧姆定律　　　　D. 节点电压法

64. 串联谐振电路的特征是（A）。
    A. 电路阻抗最小（$Z=R$），电压一定时电流最大，电容或电感两端电压为电源电压的 Q 倍
    B. 电路阻抗最大［$Z=1/(RC)$］；电流一定时电压最大，电容中的电流为电源电流的 Q 倍；品质因数 Q 值较大时，电感中电流近似为电源电流的 Q 倍
    C. 电流、电压均不变　　　　　　　D. 电流最大

65. 两只额定电压相同的电阻，串联接在电路中则阻值较大的电阻（A）。
    A. 发热量较大　　　B. 发热量较小　　　C. 没有明显变化　　　D. 不发热

66. 用节点电压法求解电路时，应首先列出（A）独立方程。

A. 比节点少一个的　　B. 与回路数相等的　　C. 与节点数相等的　　D. 比节点多一个的

67. 基尔霍夫电压定律是指（ C ）。

　　A. 沿任一闭合回路各电动势之和大于各电阻压降之和

　　B. 沿任一闭合回路各电动势之和小于各电阻压降之和

　　C. 沿任一闭合回路各电动势之和等于各电阻压降之和

　　D. 沿任一闭合回路各电阻压降之和为零。

68. 力的可传性不适用于研究力对物体的（ D ）效应。

　　A. 刚体　　　　　　　B. 平衡　　　　　　　C. 运动　　　　　　　D. 变形

69. 绝缘材料的电气性能主要指（ C ）。

　　A. 绝缘电阻　　　　　B. 介质损耗　　　　　C. 绝缘电阻、介损、绝缘强度　　D. 泄漏电流

70. 基尔霍夫电流定律的内容是：任一瞬间，流入节点上的电流（ A ）为零。

　　A. 代数和　　　　　　B. 和　　　　　　　　C. 代数差　　　　　　D. 差

71. 三条或三条以上支路的连接点，称为（ C ）。

　　A. 接点　　　　　　　B. 结点　　　　　　　C. 节点　　　　　　　D. 拐点

72. 应用基尔霍夫电压定律时，必须首先标出电路各元件两端电压或流过元件的电流方向以及确定（ C ）。

　　A. 回路数目　　　　　B. 支路方向　　　　　C. 回路绕行方向　　　D. 支路数目

73. 基尔霍夫电压定律所确定的是回路中各部分（ B ）之间的关系。

　　A. 电流　　　　　　　B. 电压　　　　　　　C. 电位　　　　　　　D. 电势

74. 叠加原理为：由多个电源组成的（ C ）电路中，任何一个支路的电流（或电压），等于各个电源单独作用在此支路中所产生的电流（或电压）的代数和。

　　A. 交流　　　　　　　B. 直流　　　　　　　C. 线性　　　　　　　D. 非线性

75. 叠加原理不适用于（ D ）的计算。

　　A. 电压　　　　　　　B. 电流　　　　　　　C. 交流电路　　　　　D. 功率

76. 任何一个（ C ）网络电路，可以用一个等效电压源来代替。

　　A. 有源　　　　　　　B. 线性　　　　　　　C. 有源二端线性　　　D. 无源二端线性

77. 将有源二端线性网络中所有电源均除去之后两端之间的等效电阻称等效电压源的（ B ）。

　　A. 电阻　　　　　　　B. 内电阻　　　　　　C. 外电阻　　　　　　D. 阻值

78. RC 串联电路中，输入宽度为 t_p 的矩形脉冲电压，若想使 R 两端输出信号为尖脉冲波形，则 t_p 与时间常数 τ 的关系为（ A ）。

　　A. $t_p \gg \tau$　　　　B. $t_p \ll \tau$　　　　C. $t_p = \tau$　　　　D. $t_p < \tau$

79. 把星形网络变换为等值的三角形网络时，（ B ）。

　　A. 节点数增加了一个，独立回路数减少了一个

　　B. 节点数减少了一个，独立回路数增加了一个

　　C. 节点数与独立回路数都没有改变

　　D. 节点数与独立回路数都增加

80. RLC 串联电路发生串联谐振时，电路性质呈（ C ）性。

　　A. 电感　　　　　　　B. 电容　　　　　　　C. 电阻　　　　　　　D. 电阻和电感

81. 在 RLC 串联交流电路中，当发生谐振时外施电压 U 与电阻上的电压 U_R 之间的关系是（ B ）。

　　A. $|U| > |U_R|$　　　B. $U = U_R$　　　C. $|U| < |U_R|$　　　D. $|U| = |U_R|$

82. 关于 RLC 串联交流电路，叙述错误的是（ D ）。

　　A. 电路呈电阻性　　　　　　　　　　B. 称为电压谐振

　　C. 电阻上的电压达到最大值　　　　　D. 电源仍向回路输送无功功率

83. 在 RLC 并联交流电路中，当电源电压大小不变而频率从其谐振频率逐渐减小到零时，电路中电流将（ B ）。

　　A. 从某一最大值渐变到零　　　　　　B. 由某一最小值渐变到无穷大

C. 保持某一定值不变　　　　　　　　　D. 无规律变化

84. 某RLC并联电路中的总阻抗呈感性，在保持感性负载不变的前提下调整电源频率使之增加，则该电路的功率因数将（ A ）。

　　A. 增大　　　　　B. 减小　　　　　C. 保持不变　　　　　D. 降为零

85. 三相交流电源线电压与相电压的有效值的关系是（ A ）。

　　A. $U_L > U_\phi$　　　　B. $U_L = U_\phi$　　　　C. $U_L \leqslant U_\phi$　　　　D. $U_L \geqslant U_\phi$

86. 负载取星形连接还是三角形连接的依据（ D ）。

　　A. 电源的接法而定　　　　　　　　　B. 电源的额定电压而定
　　C. 负载所需电流而定　　　　　　　　D. 电源电压大小及负载电压而定

87. 任何一个有源二端网络的戴维南等效电路是（ C ）。

　　A. 一个理想电流源和内阻并联电路
　　B. 一个理想电流源和理想电压源并联电路
　　C. 一个理想电压源和内阻串联电路
　　D. 一个理想电流源和理想电压源串联电路

88. 三相四线制对称电源 $U_{L1} = 380 \angle 60°$V，接入一个△连接的对称三相负载后，$I_{L1} = 10 \angle 30°$A，该负载消耗的有功功率 P 为（ A ）。

　　A. 6.6kW　　　　　B. 3.3kW　　　　　C. 5.7kW

89. 电容两端的电压滞后电流（ B ）。

　　A. 30°　　　　　B. 90°　　　　　C. 180°　　　　　D. 360°

90. 感性负载的特点是（ A ）。

　　A. 电流的变化滞后于电压的变化　　　　　B. 电压的变化滞后于电流的变化
　　C. 电流的变化超前于电压的变化

91. 串联电路中流过每个电阻的电流都（ B ）。

　　A. 电流之和　　　　　B. 相等　　　　　C. 等于各电阻流过的电流之和
　　D. 分配的电流与各电阻值成正比

92. 正弦交流电常用的表达方法有（ D ）。

　　A. 解析式表示法　　　　B. 波形图表示法　　　　C. 相量表示法　　　　D. 以上都是

93. 电容器替代时，电容器的（ B ）首先要满足要求。

　　A. 电容量　　　　　B. 耐压　　　　　C. 电流　　　　　D. 功率

94. $50\mu F/400V$ 与 $100\mu F/400V$ 进行并联后相当于一个（ A ）。

　　A. $150\mu F/400V$　　　　B. $75\mu F/400V$　　　　C. $150\mu F/800V$　　　　D. $25\mu F/400V$

95. 银及其合金及金基合金适用于制作（ C ）。

　　A. 电阻　　　　　B. 电位器　　　　　C. 弱电触点　　　　　D. 强电触点

第2章　磁电知识

1. 磁极周围存在着一种特殊物质，这种物质具有力和能的特性，该物质叫（ B ）。

　　A. 磁性　　　　　B. 磁场　　　　　C. 磁力　　　　　D. 磁体

2. 在磁路中（ C ）。

　　A. 有磁阻就一定有磁通　　　　　　　B. 有磁通就一定有磁通势
　　C. 有磁通势就一定有磁通　　　　　　D. 磁导率越大磁阻越大

3. 在一个磁导率不变的磁路中，当磁通势为5安匝时，磁通为1Wb；当磁通势为10安匝时，磁通为（ C ）Wb。

　　A. 2.5　　　　　B. 10　　　　　C. 2　　　　　D. 5

4. 一直导体放在磁场中，并与磁力线垂直，当导体运动的方向与磁力线方向成（ A ）夹角时导体总共产生的电动势最大。

　　A. 90°　　　　　B. 30°　　　　　C. 45°　　　　　D. 0

5. 线圈自感电动势的大小与（D）无关。
   A. 线圈中电流的变化率　　　　　　　　　B. 线圈的匝数
   C. 线圈周围的介质　　　　　　　　　　　D. 线圈的电阻

6. 在电磁铁线圈电流不变的情况下，衔铁被吸合过程中，铁芯中的磁通将（C）。
   A. 变大　　　　B. 变小　　　　C. 不变　　　　D. 无法判定

7. 线圈产生感生电动势的大小正比于通过线圈的（B）。
   A. 磁通量的变化量　　　B. 磁通量的变化率　　　C. 磁通量的大小

8. 互感器线圈的极性一般根据（D）来判定。
   A. 右手定则　　　　B. 左手定则　　　　C. 楞次定律　　　　D. 同名端

9. 涡流在电气设备中（C）。
   A. 总是有害的　　　B. 是自感现象　　　C. 是一种电磁感应现象
   D. 是直流电通入感应炉时产生的感应电流

10. 在磁路中与媒介质磁导率无关的物理量是（C）。
    A. 磁感应强度　　　B. 磁通　　　　C. 磁场强度　　　　D. 磁阻

11. 关于磁场的基本性质下列说法错误的是（D）。
    A. 磁场具有能的性质　　　　　　　　　B. 磁场具有力的性质
    C. 磁场可以相互作用　　　　　　　　　D. 磁场也是由分子组成

12. 在一个磁导率不变的磁路中，当磁通势为 10 安匝时，磁通为 0.5Wb，当磁通势为 5 安匝时，磁阻为（A）1/H。
    A. 20　　　　B. 0.5　　　　C. 2　　　　D. 10

13. 电、磁及（D）干扰是电子测量装置中最严重的干扰。
    A. 压力　　　　B. 温度　　　　C. 噪声　　　　D. 射线辐射

14. 热继电器的热元件整定电流 $I_{FRN} = ($ D $) I_{MN}$。
    A. 0.95~1.05　　　B. 1~2　　　C. 0.8~1.0　　　D. 1.1~1.5

15. 用电设备最理想的工作电压就是它的（C）。
    A. 允许电压　　　B. 电源电压　　　C. 额定电压　　　D. 最低

16. 普通功率表在接线时，电压线圈和电流线圈的关系是（C）。
    A. 电压线圈必须接在电流线圈的前面　　　B. 电压线圈必须接在电流线圈的后面
    C. 视具体情况而定

17. 如果一直线电流的方向由北向南，在它的上方放一个可以自由转动的小磁针，则小磁针的 N 极偏向（A）。
    A. 西方　　　　B. 东方　　　　C. 南方　　　　D. 北方

18. 磁阻的单位是（B）。
    A. 亨/米　　　　B. 1/亨　　　　C. 米/亨　　　　D. 亨

19. 采用高导磁材料作成屏蔽层，将磁场干扰磁力线限制在磁阻很小的磁屏蔽体内部，称为（C）屏蔽。
    A. 静电　　　　B. 电磁　　　　C. 低频　　　　D. 驱动

20. 线圈中的感应电动势大小与线圈中（C）。
    A. 磁通的大小成正比　　　　　　　　　B. 磁通的大小成反比
    C. 磁通的变化率成正比　　　　　　　　D. 磁通的变化率成反比

21. 自感系数单位换算正确的是（A）。
    A. $1H = 10^3 mH$　　　B. $1\mu H = 10^3 mH$　　　C. $1H = 10^6 mH$　　　D. $1\mu H = 10^{-6} mH$

22. 自感电动势的大小正比于本线圈中电流的（D）。
    A. 大小　　　　B. 变化量　　　　C. 方向　　　　D. 变化率

23. 互感电动势的大小正比于（D）。
    A. 本线圈电流的变化量　　　　　　　　B. 另一线圈电流的变化量

C. 本线圈电流的变化率　　　　　　　　D. 另一线圈电流的变化率

24. 在 500 匝的线圈中通入 0.4A 的电流，产生 0.8Wb 的磁通，则该电流产生的磁势为（ B ）安匝。

    A. 20　　　　　　　B. 200　　　　　　C. 25　　　　　　D. 250

25. 在磁路中下列说法正确的是（ C ）。

    A. 有磁阻就一定有磁通　　　　　　　　B. 有磁通就一定有磁通势
    C. 有磁通势就一定有磁通　　　　　　　D. 磁导率越大磁阻越大

26.（ D ）的说法不正确。

    A. 磁场具有能的性质　　　　　　　　　B. 磁场具有力的性质
    C. 磁场可以相互作用　　　　　　　　　D. 磁场也是由分子组成

27. 磁栅工作原理与（ D ）的原理是相似的。

    A. 收音机　　　　　　B. VCD 机　　　　C. 电视机　　　　D. 录音机

28. 关于相对磁导率下面说法正确的是（ B ）。

    A. 有单位　　　　　　B. 无单位　　　　C. 单位是亨/米　　D. 单位是特

29. 在铁磁物质组成的磁路中，磁阻是非线性的原因是（ A ）是非线性的。

    A. 磁导率　　　　　　B. 磁通　　　　　C. 电流　　　　　D. 磁场强度

30. 与自感系数无关的是线圈的（ D ）。

    A. 几何形状　　　　　B. 匝数　　　　　C. 磁介质　　　　D. 电阻

31. 对同一磁路而言，$R_m = NI/\Phi$ 的物理意义是，磁路的（ C ）。

    A. 磁势越大则磁阻越大　　　　　　　　B. 磁通越小，则磁阻越大
    C. 磁阻等于磁势与磁通的比值　　　　　D. 磁通越大，则磁阻越小

32. 根据电磁感应定律 $e = -N \times (\Delta\Phi/\Delta t)$ 求出的感应电动势，是在 Δt 这段时间内的（ B ）。

    A. 平均值　　　　　　B. 瞬时值　　　　C. 有效值　　　　D. 最大值

33. 感应炉涡流是（ C ）。

    A. 装料中的感应电势　　　　　　　　　B. 流于线圈中的电流
    C. 装料中的感应电流　　　　　　　　　D. 线圈中的漏电流

34. 将一根条形磁铁从中间折成三段，会得到（ D ）。

    A. 两个 S 和一个 N 极磁铁　　　　　　B. 两个 N 和一个 S 极磁铁
    C. 三个 S 或三个 N 极磁铁　　　　　　D. 三个具有 N、S 极的磁铁

35. 磁路的基尔霍夫第一定律指的是（ C ）。

    A. $\sum B = 0$　　　B. $\sum H = 0$　　　C. $\sum \Phi = 0$　　　D. $R_m = 0$

36. 磁路的基尔霍夫第二定律指的是（ D ）。

    A. $B = \Phi/S$　　　B. $F = NI$　　　C. $\Phi = F/R_m$　　　D. $H = \sum NI / \sum Hl$

37. 当闭合导体在磁场中做切割磁力线运动，（ B ）。

    A. 感生电动势等于零，感生电流等于零　　B. 感生电动势不等于零，感生电流不等于零
    C. 感生电动势等于零，感生电流不等于零　　D. 感生电动势不等于零，感生电流等于零

38. 自感系数的表达式为（ C ）。

    A. $L = \Psi i$　　　B. $\Psi = N\Phi$　　　C. $L = \Psi/i$　　　D. $\Psi = N/\Phi$

39. 自感电动势的大小与（ A ）成正比。

    A. 线圈中电流的变化率　　　　　　　　B. 线圈中电流的变化量
    C. 线圈中电流的大小　　　　　　　　　D. 线圈中电阻的大小

40. 在互感电路中，副边线圈两端产生的感应电动势的大小与（ C ）有关。

    A. 原边线圈中的磁通 Φ_1 的变化率　　　B. 副边线圈中的磁通 Φ_2 的变化率
    C. 原、副边线圈中的磁通 Φ_1、Φ_2 的变化率　　D. 原、副边线圈中的磁通 Φ_1、Φ_2 的变化量

41. 减少涡流损耗方法主要有（ B ）。

    A. 选择电导率小的材料和整块铁芯　　　B. 选择电导率小的材料和叠片式铁芯

C. 选择电导率大的材料和整块铁芯　　　　D. 选择电导率小的材料和整块铁芯

42. 已知地球表面附近的某处地磁场中，磁感应强度 $B=0.5G$，则该处的磁场强度为（ D ）A/m。
    A. 10　　　　　　B. 20　　　　　　C. 30　　　　　　D. 40

43. 磁场是一种物质，它具有（ C ）的性质。
    A. 吸引力　　　　B. 推斥力　　　　C. 力和能　　　　D. 电磁力

44. 磁极间的相互作用力是靠（ A ）来传递的。
    A. 磁场　　　　　B. 磁力线　　　　C. 磁通　　　　　D. 电磁力

45. 当磁场中某一段与磁场垂直的载流体电流变化时，导体所受到的电磁力也要变化，但对磁场中确定的点来说（ B ）。
    A. 微小变化　　　B. 不变　　　　　C. 不确定　　　　D. 突变

46. 单位面积与磁感应强度的乘积为（ B ）。
    A. 磁场强度　　　B. 磁通　　　　　C. 磁路　　　　　D. 磁导率

47. 铁磁物质的磁导率（ D ）。
    A. >1　　　　　　B. <1　　　　　　C. =1　　　　　　D. ≫于1

48. 下列有关磁场强度的叙述（ D ）是正确的。
    A. 磁场强度是磁力大小的表示　　　B. 磁场中某一点的磁感应强度
    C. 磁场中载流体受力的强度　　　　D. 磁场中某一点的磁感应强度与媒介质磁导率的比值

49. 将绝大部分磁力线约束在一定的闭合回路的路径叫（ B ）。
    A. 磁场　　　　　B. 磁路　　　　　C. 磁通　　　　　D. 磁滞回线

50. 有关磁阻的概念下列中（ A ）是不正确的。
    A. 磁路与截面积不变时，磁导率越大，磁阻越小
    B. 磁路与截面积不变时，磁导率越大，磁阻越大
    C. 空气隙的磁阻最大
    D. 磁阻的大小不但与磁路长度截面有关，还与磁导率有关

51. 在气隙中（ A ）成正比，与面积成反比。
    A. 磁阻与磁通　　B. 磁阻与磁路　　C. 磁阻与磁感应强度　　D. 磁阻与磁势

52. 下列有关磁感应现象（ C ）是正确的。
    A. 磁场中运动的导体有感应电动势　　　B. 磁场中的导体有感应电动势
    C. 磁场中里闭合回路的导体有感应电动势　　D. 磁场附近的导体

53. 自感系数又称电感量是因为（ A ）。
    A. 线圈中的自感电动势与通过线圈自身电流而引起的
    B. 线圈中所产生的磁通量而引起的
    C. 线圈中所产生的磁感应强度所引起的
    D. 线圈中所产生的感生电流所引起的

54. （ B ）的大小与两个线圈的匝数、相互位置及线圈的介质的磁导率有关。
    A. 磁感应强度　　B. 互感系数　　　C. 自感系数　　　D. 磁场强度

55. 自感电动势的大小与（ C ）无关。
    A. 线圈的匝数　　B. 线圈周围的介质　　C. 线圈的电阻　　　D. 通过线圈的电流

56. 电子线路中的线圈排列位置不一致是为了（ B ）。
    A. 加大感应强度　　　　　　　　　B. 防止互感现象的干扰
    C. 便于线路设计　　　　　　　　　D. 叠加互感系数加大电感量

57. 有关涡流下列（ B ）说法是正确的。
    A. 涡流是线圈中的自感电流　　　　B. 涡流是导磁介质中的感生电流
    C. 涡流是导磁介质中的感生电压　　D. 涡流是介质的漏磁

58. 当穿过闭合回路的磁通发生变化时，在回路中将产生感应电动势，电动势的大小可用(B)来计算。
    A. 楞次定律　　　B. 焦耳楞次定律　　C. 磁路欧姆定律　　D. 右手定则

59. 载流导体对周围物质产生作用力是因为（B）的结果。
    A. 磁场　　　　　　　B. 电流的磁效应　　　C. 电场力　　　　　　D. 静电感应

60. 磁场中通电导体的受力方向可用（A）确定。
    A. 左手定则　　　　　B. 右手定则　　　　　C. 右手螺旋定则　　　D. 楞次定律

61. 一个1000匝的环形线圈，其磁路的磁阻为500（1/H），当线圈中的磁通为2Wb时，线圈中的电流为（C）。
    A. 10A　　　　　　　B. 0.1A　　　　　　　C. 1A　　　　　　　　D. 5A

62. 制造指南针是利用（A）原理（或现象）。
    A. 磁场　　　　　　　B. 电磁感应　　　　　C. 机械　　　　　　　D. 电子

63. 使用右手螺旋定则时，右手握住导线，四指指的方向是（B）。
    A. 电流方向　　　　　　　　　　　　　　　　B. 导线周围磁场的方向
    C. 导线受力方向　　　　　　　　　　　　　　D. 感应电动势的方向

64. 各点磁感应强度相同的是（B）。
    A. 地球同经度线各点　　　　　　　　　　　　B. 地球同纬度线各点
    C. U形磁场四周　　　　　　　　　　　　　　D. 条形磁场四周

65. 导体在均匀磁场中切割磁力线运动时，感应电势的大小与（C）有关。
    A. 导体的截面积　　　B. 导体的总长度　　　C. 导体运动的速度　　D. 导体本身的电阻

66. 互感系数的大小值与（C）因素无关。
    A. 两个线圈的匝数　　B. 两线圈的相对位置　C. 两线圈的绕向　　　D. 两线圈的周围介质

67. 下列（D）导线周围产生稳定磁场。
    A. 220V交流输电　　B. 380V交流输电　　C. 500V交流输电　　D. 500V直流输电

68. 如果在某线圈中放入铁磁性材料，该线圈的自感系数将会（B）。
    A. 不变　　　　　　　B. 显著增大　　　　　C. 显著减小　　　　　D. 稍减小

69. 某段磁路长度与其磁场强度的乘积，称为该段磁路的（C）。
    A. 磁通　　　　　　　B. 磁阻　　　　　　　C. 磁压　　　　　　　D. 磁通势

70. 铁芯线圈的匝数与其通过的电流乘积，通常称为（D）。
    A. 磁通　　　　　　　B. 磁阻　　　　　　　C. 磁压　　　　　　　D. 磁通势

71. 三个结构全相同的线圈，若一个放铁芯，一个放铜芯，一个在空气中，当三个线圈通以相同的电流时，产生的磁感应强度为最大的是（A）。
    A. 放有铁芯的线圈　　B. 放有铜芯的线圈　　C. 放在空气中的线圈

72. 与介质的磁导率无关的物理量是（C）。
    A. 磁通　　　　　　　B. 磁感应强度　　　　C. 磁场强度　　　　　D. 磁阻

73. 铁磁物质的相对磁导率是（C）。
    A. $\mu_r > 1$　　　　　B. $\mu_r < 1$　　　　　C. $\mu_r \gg 1$　　　　　D. $\mu_r \ll 1$

74. 当导线和磁场发生相对运动时，在导线中产生感生电动势，电动势的方向可用（A）确定。
    A. 右手定则　　　　　B. 左手定则　　　　　C. 右手螺旋定则

75. 周期性非正弦电路中的平均功率，等于直流分量功率与各次谐波平均功率（B）。
    A. 平方和的平方根　　B. 之和　　　　　　　C. 和的平方根

76. 在线圈中的电流变化率一定的情况下，自感系数大，说明线圈的（D）大。
    A. 磁通　　　　　　　B. 磁通的变化　　　　C. 电阻　　　　　　　D. 自感电动势

77. 电感为0.1H的线圈，当其中电流在0.5s内从10A变化到6A时，线圈上所产生电动势的绝对值为（C）。
    A. 4V　　　　　　　　B. 0.4V　　　　　　　C. 0.8V　　　　　　　D. 8V

78. 把3块磁体从中间等分成6块可获得（D）个磁极。
    A. 6　　　　　　　　　B. 8　　　　　　　　　C. 10　　　　　　　　D. 12

79. 以下列材料分别组成相同规格的四个磁路，磁阻最大的材料是（C）。

A. 铁   B. 镍   C. 黄铜   D. 钴

80. 正确的自感系数单位换算是（A）。

    A. $1H = 10^3 mH$ B. $1\mu H = 10^3 mH$ C. $1H = 10^6 mH$ D. $1\mu H = 10^6 mH$

81. 交流电磁铁动作过于频繁，将使线圈过热以至烧坏的原因是（D）。

    A. 消耗的动能增大   B. 自感电动势变化过大

    C. 穿过线圈中的磁通变化太大   D. 衔铁吸合前后磁路总磁阻相差很大

82. 退磁机按图 2-8 所示接线后，通电不久线圈就发热烧坏，其主要原因是（B）。

    A. 线圈存在短路   B. 线圈接法不对

    C. 电源电压过高   D. 连续通电时间过长

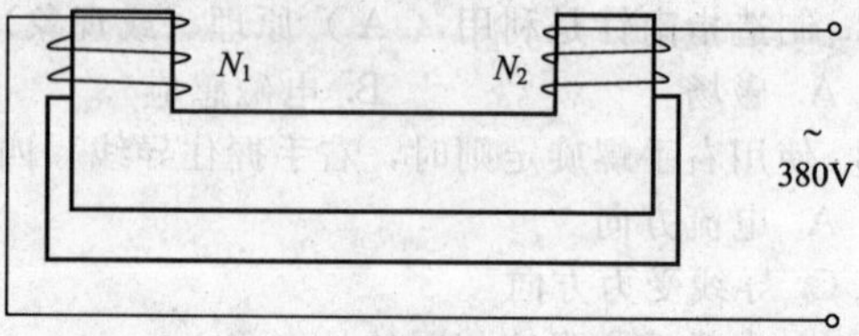

83. 磁感应强度的变化总是（B）于磁场强度的

变化。

    A. 超前   B. 滞后

    C. 有利   D. 无规则

图 2-8

84. 铁磁材料在外磁场作用下所发生的磁畴边界的移动具有（B）的性质。

    A. 可逆   B. 不可逆   C. 磁性不变   D. 磁性减弱

85. 选择变压器的铁芯材料时，钢片的磁滞损耗（B）。

    A. 越大越好   B. 越小越好   C. 趋于稳定   D. 不发生变化

86. 沿着磁路的磁场强度和磁路平均长度的乘积等于（A）。

    A. 磁动势   B. 磁感应强度   C. 剩磁   D. 磁通

87. 当铁芯尺寸一定时，采用磁导率较高的铁磁性材料，可以减小（C），于是励磁线圈的用铜量大为降低。

    A. 磁导率   B. 磁场强度   C. 励磁电流   D. 气隙

88. 在励磁电流一定时，要产生一定的磁通，采用（B）较高的铁芯材料，可降低铁芯材料的使用量。

    A. 剩磁   B. 磁导率   C. 气隙   D. 安匝数

89. 若以 L_0 和 H_0 分别代表气隙的宽度和磁场强度，以 L_1 和 H_1 分别代表铁芯的平均长度和磁场强度，这时安培环路定律应为（A）。

    A. $H_1 L_1 + H_0 L_0 = NI$ B. $H_1 L_1 - H_0 L_0 = NI$

    C. $H_1 L_1 / H_0 L_0 = NI$ D. $H_1 L_0 + H_0 L_1 = NI$

90. 为在气隙中获得与铁芯中相同的磁感应强度，单位长度气隙所需要的磁动势比单位长度铁芯所需要的磁动势（C）。

    A. 无区别   B. 小得多   C. 大得多   D. 大一些

91. 由于铁磁材料具有磁饱和现象，因此所有磁路的磁阻都是（B）的。

    A. 线性   B. 非线性   C. 相同   D. 等于零

92. 在电路中没有电动势时，电流等于零；在磁路内没有磁动势时，由于（A），总是或多或少存在剩磁。

    A. 磁滞现象   B. 磁通的变化   C. 磁场强度   D. 磁导率很大

93. 磁极是磁体中磁性（A）的地方。

    A. 最强   B. 最弱   C. 不定   D. 没有

94. 当一块磁体的 N 极靠近另一块磁体的 N 极时，二者之间（B）。

    A. 有吸引力   B. 有推斥力   C. 没有力   D. 不确定

95. 一空通电线圈插入铁芯后，其磁路中的磁通将（A）。

    A. 大大增强   B. 略有增强   C. 不变   D. 减少

96. 制造变压器铁芯的材料应选（A）。

    A. 软磁材料   B. 硬磁材料   C. 矩磁材料   D. 顺磁材料

97. 磁场中与磁介质的性质无关的物理量是（C）。

A. 磁感应强度   B. 磁导率   C. 磁场强度   D. 磁通

98. 某段磁路长度与某磁场强度的乘积为该段磁路的（C）。

     A. 磁通   B. 磁阻   C. 磁位差   D. 磁通势

99. 铁芯线圈的匝数与其通过的电流乘积，通常称为（D）。

     A. 磁通   B. 磁阻   C. 磁位差   D. 磁通势

100. 当磁铁从线圈中抽出时，线圈中感应电流产生的磁通方向与磁铁的（D）。

     A. 运动方向相反   B. 运动方向相同   C. 磁通方向相反   D. 磁通方向相同

101. 自感电动势的大小正比于原电流的（D）。

     A. 大小   B. 方向   C. 变化量   D. 变化率

102. 由于线圈中流过电流的变化而在线圈中产生感应电动势的现象称为（B）。

     A. 电磁感应   B. 自感应   C. 电流磁效应   D. 互感应

103. 穿越线圈回路的磁通发生变化时，线圈两端就产生（B）。

     A. 电磁感应   B. 感应电动势   C. 磁场   D. 电磁感应强度

104. 变化的磁场能够在导体中产生感应电动势，这种现象叫（A）。

     A. 电磁感应   B. 电磁感应强度   C. 磁导率   D. 磁场强度

105. 当直导体和磁场垂直时，感应电动势与直导体在磁场中的有效长度、所在位置的磁感应强度成（C）。

     A. 相等   B. 相反   C. 正比   D. 反比

106. 在（B），磁力线由S极指向N极。

     A. 磁场外部   B. 磁体内部   C. 磁场两端   D. 磁场一端到另一端

107. 在（A），磁力线由N极指向S极。

     A. 磁体外部   B. 磁场内部   C. 磁场两端   D. 磁场一端到另一端

108. 当直导体和磁场垂直时，电磁力的大小与直导体电流大小成（B）。

     A. 反比   B. 正比   C. 相等   D. 相反

109. 当线圈中的磁通增加时，感应电流产生的磁通与原磁通方向（C）。

     A. 正比   B. 反比   C. 相反   D. 相同

110. 在整流器滤波线圈的铁芯上和日光灯镇流器铁芯上都要垫入纸片保持一定气隙，使之（B）。

     A. 减震   B. 不宜磁饱和   C. 减小交流声   D. 减小电感量

第3章 仪器仪表

1. JSS-4A型晶体三极管测试仪是测量中小功率晶体三极管在低频状态下的 h 参数和（C）的常用仪器。

     A. 击穿电压   B. 耗散功率   C. 饱和电流   D. 频率特性

2. JSS-4A型晶体管 h 参数测试仪中的直流放大器采用了（C）放大器。

     A. 交流   B. 脉冲   C. 差动   D. 功率

3. 用晶体管图示仪观察三极管正向特性时，应将（D）。

     A. X轴作用开关置于集电极电压，Y轴作用开关置于集电极电流

     B. X轴作用开关置于集电极电压，Y轴作用开关置于基极电流

     C. X轴作用开关置于基极电压，Y轴作用开关置于基极电流

     D. X轴作用开关置于基极电压，Y轴作用开关置于集电极电流

4. 使用SB-10型普通示波器观察信号波形时，欲使显示波形稳定，可以调节（B）旋钮。

     A. 聚焦   B. 整步增幅   C. 辅助聚焦   D. 辉度

5. 示波器面板上的"辉度"是调节（A）的电位器旋钮。

     A. 控制栅极负电压   B. 控制栅极正电压   C. 阴极负电压   D. 阴极正电压

6. SR-8型双踪示波器中的"DC—⊥—AC"是被测信号反馈至示波器输入端偶合方式的选择开关。当此开关置于"⊥"挡时，表示（A）。

A. 输入端接地　　　　B. 仪表应垂直放置　　C. 输入端能通直流　　D. 输入端能通交流

7. SR-8 型双踪示波器中的电子开关有（D）个工作状态。

　　A. 2　　　　　　　　B. 3　　　　　　　　C. 4　　　　　　　　D. 5

8. 用信号发生器与示波器配合观测放大电路的波形时，为了避免不必要的机壳间的感应和干扰，必须将所有仪器的接地端（A）。

　　A. 连接在一起　　　B. 加以绝缘间隔　　C. 悬空　　　　　　D. 分别接地

9. 电压表的内阻（B）。

　　A. 越小越好　　　　B. 越大越好　　　　C. 适中为好

10. 测量 1Ω 以下的电阻应选用（B）。

　　A. 直流单臂电桥　　B. 直流双臂电桥　　C. 万用表的欧姆挡

11. 交流电能表属（C）仪表。

　　A. 电磁系　　　　　B. 电动系　　　　　C. 感应系　　　　　D. 磁电

12. 测量 1Ω 以下小电阻，如果要求精度高，应选用（A）。

　　A. 双臂电桥　　　　B. 毫伏表及电流表　C. 单臂电桥　　　　D. 万用表×1Ω 挡

13. 万用表的转换开关是实现（A）。

　　A. 各种测量种类及量程的开关　　B. 万用表电流接通的开关　　C. 接通被测物的测量开关

14. JT-1 型晶体管特性图示仪测试台上的"测试选择"开关是用于改变（C）。

　　A. 被测管的类型　　B. 被测管的接地形式　C. 被测管 A 或 B　　D. 被测管耐压

15. 使用 SR-8 型双踪示波器时，如果找不到光点，可调整（D）借以区别光点的位置。

　　A. X 轴位移　　　　B. Y 轴位移　　　　C. 辉度　　　　　　D. 寻迹

16. SR-8 型双踪示波器中的电子开关处在"交替"状态时，适合于显示（B）的信号波形。

　　A. 两个频率较低　　B. 两个频率较高　　C. 一个频率较低　　D. 一个频率较高

17. JSS-4A 型晶体管 h 参数测试仪的电源为（A）电源。

　　A. 交流　　　　　　B. 脉动直流　　　　C. 高内阻稳压　　　D. 低内阻稳压

18. 晶体管特性图示仪（JT-1）示波管 X 偏转板上施加的电压波形是（B）。

　　A. 锯齿波　　　　　B. 正弦半波　　　　C. 阶梯波　　　　　D. 尖脉冲

19. 斩波器也可称为（C）变换。

　　A. AC/DC　　　　　B. AC/AC　　　　　C. DC/DC　　　　　D. DC/AC

20. 使用 JSS-4A 型晶体三极管测试仪时，在电源开关未接通前，将（C）。

　　A. "V_c 调节"旋至最大，"I_c 调节"旋至最小

　　B. "V_c 调节"旋至最小，"I_c 调节"旋至最大

　　C. "V_c 调节"旋至最小，"I_c 调节"旋至最小

　　D. "V_c 调节"旋至最大，"I_c 调节"旋至最大

21. 低频信号发生器的振荡电路一般采用的是（D）振荡电路。

　　A. 电感三点式　　　B. 电容三点式　　　C. 石英晶体　　　　D. RC

22. 使用示波器时，要使圆光点居于屏幕正中，应调节（D）旋钮。

　　A. "Y 轴衰减"与"X 轴位移"　　　　　　B. "Y 轴位移"与"X 轴衰减"

　　C. "Y 轴衰减"与"X 轴衰减"　　　　　　D. "Y 轴位移"与"X 轴位移"

23. 使用 JSS-4A 型晶体三极管测试仪时，在电源开关未接通前，先将电压选择开关、电流选择开关放在（A）量程上。

　　A. 所需　　　　　　B. 最小　　　　　　C. 最大　　　　　　D. 任意

24. 在 SBT-5 型同步示波器使用的过程中，希望荧光屏上波形的幅度不大于（D）cm。

　　A. 1　　　　　　　　B. 2　　　　　　　　C. 5　　　　　　　　D. 8

25. 用晶体管图示仪观察共发射极放大电路的输入特性时，（D）。

　　A. X 轴作用开关置于基极电压，Y 轴作用开关置于集电极电流

　　B. X 轴作用开关置于集电极电压，Y 轴作用开关置于集电极电流

C. X 轴作用开关置于集电极电压，Y 轴作用开关置于基极电压

D. X 轴作用开关置于基极电压，Y 轴作用开关置于基极电流

26. JSS-4A 型晶体三极管 h 参数测试仪中的偏流源部分有（ D ）挡输出且连续可调，给被测管提供偏流。

 A. 一   B. 两   C. 三   D. 四

27. 示波器的偏转系统通常采用（ A ）偏转系统。

 A. 静电   B. 电磁   C. 机械   D. 机电

28. 测温仪的主机部分由 A/D 转换器、（ B ）系列单片机最小系统及人机对话通道组成。

 A. Z80   B. MCS-51   C. 32 位   D. 16 位

29. JT-1 型晶体管图示仪输出集电极电压的峰值是（ B ）V。

 A. 100   B. 200   C. 500   D. 1000

30. 电子测量装置的静电屏蔽必须与屏蔽电路的（ C ）基准电位相接。

 A. 正电位   B. 负电位   C. 零信号   D. 静电

31. 用晶体管图示仪测量三极管时，调节（ A ）可以改变特性曲线族之间的间距。

 A. 阶梯选择   B. 功耗电阻

 C. 集电极-基极电流/电位   D. 峰值范围

32. 测量电感大小时，应选用（ C ）。

 A. 直流单臂电桥   B. 直流双臂电桥   C. 交流电桥   D. 万用表

33. 无需区分表笔极性，就能测量直流电量的仪表是（ B ）。

 A. 磁电系   B. 电磁系   C. 静电系   D. 电动系

34. 示波器上观察到的波形，是由（ B ）完成的。

 A. 灯丝电压   B. 偏转系统   C. 加速极电压   D. 聚焦极电压

35. 测量 1Ω 以下的小电阻，如果要求精度高，可选用（ D ）。

 A. 单臂电桥   B. 万用表×1Ω 挡   C. 毫伏表   D. 双臂电桥

36. 电子测量装置电源变压器采用三层屏蔽防护。一次侧屏蔽层应连向（ B ）。

 A. 装置的金属外壳   B. 大地   C. 装置内的防护地   D. 中线

37. 示波器中的扫描发生器实际上是一个（ B ）振荡器。

 A. 正弦波   B. 多谐   C. 电容三点式   D. 电感三点式

38. 使用 SBT-5 型同步示波器观察宽度为 $50\mu s$、重复频率为 5000Hz 的矩形脉冲，当扫描时间置于 $10\mu s$ 挡（扫描微调置于校正）时，屏幕上呈现（ A ）。

 A. 约 5cm 宽度的单个脉冲   B. 约 10cm 宽度的单个脉冲

 C. 约 5cm 宽度的两个脉冲   D. 约 10cm 宽度的两个脉冲

39. SR-8 型双踪示波器与普通示波器相比，主要是 SR-8 型双踪示波器有（ A ）。

 A. 两个 Y 轴通道和增加了电子开关   B. 两个 X 轴通道和增加了电子开关

 C. 一个 Y 轴通道和一个 X 轴通道   D. 两个 X 轴通道和两个 Y 轴通道

40. STB-5 型同步示波器中采用了（ B ）扫描。

 A. 连续   B. 触发   C. 断续   D. 隔行

41. 使用 JSS-4A 型晶体三极管测试仪时，接通电源（ C ）可以使用。

 A. 立即   B. 预热 1min 后   C. 预热 5min 后   D. 预热 15min 后

42. 使用示波器之前，宜将"Y 轴衰减"置于（ C ），然后视所显示波形的大小和观察需要再适当调节。

 A. 最大   B. 最小   C. 正中   D. 任意挡

43. 观察持续时间很短的脉冲时，最好用（ C ）示波器。

 A. 普通   B. 双踪   C. 同步   D. 双线

44. 同步示波器采用触发扫描方式，即外界信号触发一次，就产生（ A ）个扫描电压波形。

 A. 1   B. 2   C. 3   D. 4

45. 用 SR-8 型双踪示波器观察直流信号波形时，应将"触发耦合方式"开关置于（ C ）位置。
    A. AC   B. AC（H）   C. DC   D. 任意

46. 测试晶体三极管的输入、输出特性时，为使测试数据具有一定的代表性，电路应为（ A ）接法。
    A. 共发射极   B. 共基极   C. 共集电极   D. 三种都不是

47. 测试、绘制晶体三极管的输出特性曲线正确的做法是（ C ）。
    A. 输入端开路，调集电极-发射极电压
    B. 输入端短路，调集电极-发射极电压
    C. 固定基极电流，调集电极-发射极电压
    D. 先调基极电流，再调集电极-发射极电压，反复若干次

48. JT-1 型晶体管特性图示仪的集电极峰值电压范围调钮分为（ A ）挡。
    A. 2   B. 3   C. 4   D. 5

49. JT-1 型晶体管特性图示仪加在被测晶体管基极上的信号为（ D ）。
    A. 正弦脉动直流   B. 矩形波   C. 三角波   D. 阶梯波

50. 应用李沙育图形比较相位，当屏幕上出现通过 Ⅰ、Ⅲ 象限的直线时，说明两输入信号的相位差 Φ 为（ A ）。
    A. 0°   B. 90°   C. 180°   D. 270°

51. 通用示波器中的扫描发生器输出信号的波形为（ B ）。
    A. 正弦波   B. 锯齿波   C. 矩形波   D. 尖脉冲

52. SBT-5 型同步示波器在使用过程中，希望屏幕上波形的幅度不大于（ D ）cm。
    A. 2   B. 4   C. 6   D. 8

53. SBT-5 型同步示波器中的比较信号发生器的输出波形为（ C ）。
    A. 正弦波   B. 锯齿波   C. 矩形波   D. 尖脉冲

54. 应用 SR-8 型双踪示波器测试交流信号幅值，Y 轴灵敏度开关置于"0.5"挡，被测信号占 Y 轴方向的幅度为 4.5 格，探头衰减为 10，则被测信号的电压峰-峰值是（ B ）V。
    A. 11.25   B. 22.5   C. 45   D. 2.25

55. SR-8 型双踪示波器同时显示两个信号波形的具体做法是（ A ）。
    A. 两个 Y 通道，一个电子枪，一套偏转系统，交替显示
    B. 两个 Y 通道，两个电子枪，两套偏转系统，分别显示
    C. 两个 Y 通道，一个电子枪，两套偏转系统，分别显示
    D. 两个 Y 通道，两个电子枪，一套偏转系统，交替显示

56. 用万用表 $R \times 100$ 挡测电阻，当读数为 50Ω 时，实际被测电阻为（ B ）。
    A. 100Ω   B. 5000Ω   C. 50Ω

57. 万用表使用完毕后应将旋钮置于（ B ）。
    A. 电阻挡   B. 交流电压最高挡   C. 电流挡

58. 直流电流表与电压表指示的数值，是反映该交变量的（ B ）。
    A. 最大值   B. 平均值   C. 有效值

59. 电压表的内阻（ B ）。
    A. 越小越好   B. 越大越好   C. 适中为好

60. 要测量 380V 的交流电动机绝缘电阻，应选额定电压为（ B ）的绝缘电阻表。
    A. 250V   B. 500V   C. 1000V   D. 1500V

61. 万用表用完后，应将选择开关拨在（ C ）挡。
    A. 电阻   B. 电压   C. 交流电压   D. 电流

62. 钳形电流表使用时应先用较大量程，然后再视被测电流的大小变换量程，切换量程时应（ B ）。
    A. 直接转动量程开关 B. 先将钳口打开，再转动量程开关

63. 要测量380V交流电动机绝缘电阻，应选用额定电压为（B）的绝缘电阻表。

    A. 250V   B. 500V   C. 1000V

64. 用绝缘电阻表摇测绝缘电阻时，要用单根电线分别将线路L及接地E端与被测物连接，其中（B）端的连接线要与大地保持良好绝缘。

    A. L   B. E   C. G

65. 测量500V以下设备的绝缘应选用（B）的摇表。

    A. 2500V   B. 1000V   C. 5000V

66. 高频信号发生器使用时频率调整旋钮改变主振荡回路的（A）。

    A. 可变电容   B. 电压较低   C. 电流大小   D. 可变电阻阻值

67. 晶体管图示仪测量三极管时（C）可以改变特性曲线族之间的间距。

    A. 阶梯选择   B. 功耗电阻

    C. 集电极-基极电流/电位   D. 峰值范围

68. 准确度是说明测量结果与真值的偏离程度。（C）的大小是准确度的标志。

    A. 附加误差   B. 基本误差   C. 系统误差   D. 绝对误差

69. 用交流电压挡测得直流电压比用直流电压挡测得直流电压值（B）。

    A. 不同   B. 高   C. 低   D. 相同

70. 示波器上观察波形的移动由（B）完成。

    A. 灯丝电压   B. 偏转系统   C. 加速极电压   D. 聚焦极电压

71. 晶体管特性图示仪是利用信号曲线在荧光屏上通过（C）来直接读取被测晶体管的各项参数的。

    A. 曲线高度   B. 曲线宽度   C. 荧光屏上的标尺度   D. 曲线波形个数

72. 数字式仪表中基本上克服了（B）故准确度高。

    A. 摩擦误差   B. 视觉误差   C. 相角误差   D. 变比误差

73. 数字式电压表测量的精确度高，是因为仪表的（B）。

    A. 准确度高   B. 输入阻抗高   C. 所用电源的稳定性好

    D. 能读取的有效数字多

74. 高频信号发生器的频率调整旋钮，主要是用来改变主振荡回路的（B）。

    A. 电压高低   B. 可变电容器容量   C. 电流大小   D. 可变电阻器阻值

75. 数字式万用表一般都是采用（C）显示器。

    A. 半导体式   B. 荧光数码   C. 液晶数字式   D. 气体放电管式

76. 将万用表置于 $R \times 1k\Omega$ 或 $R \times 10k\Omega$ 挡，测量晶闸管阳极和阴极之间的正反向阻值时，原则上，其阻值（A）。

    A. 越大越好   B. 越小越好   C. 正向时要小，反向时要大

77. 测量4A的电流时，选用了量限为5A的电流表，若要求测量结果的相对误差小于1.0%，则该表的准确度至少应为（A）级。

    A. 0.5   B. 1   C. 1.5

78. 在对JT-1型测试仪的正阶梯信号进行调零时，Y轴作用开关应置于（C）位置。

    A. 集电极电流范围   B. 外接   C. 基极电流或基极电压

79. 指针式万用表的欧姆调零装置是一个（C）。

    A. 可调电感器   B. 可调电容器   C. 电位器

80. 指针式万用表进行欧姆调零时，表针摇摆不定，原因是（A）。

    A. 调零电位器接触不良   B. 表头损坏

    C. 表内整流二极管损坏

81. 指针式万用表测量直流电压和直流电流正常，但不能测量交流电压，常见原因是（C）。

    A. 表头断线   B. 表笔断线   C. 表内整流装置损坏

82. 数字式万用表的表头是（B）。

A. 磁电式直流电流表
B. 数字直流电压表
C. 数字直流电流表

83. 数字式万用表所使用的叠层电池电压过低时，（A）。
   A. 所有的测量功能都不能工作
   B. 仍能测量电压、电流
   C. 仍能测量电阻

84. 晶体管特性图示仪（JT-1）示波管 X 偏转板上施加的电压波形是（B）。
   A. 锯齿波
   B. 正弦半波
   C. 阶梯波
   D. 尖脉冲

85. 示波器中的示波管采用的屏蔽罩一般用（D）制成。
   A. 铜
   B. 铁
   C. 塑料
   D. 坡莫合金

86. SR-8 型双踪示波器中的电子开关有（D）个工作状态。
   A. 2
   B. 3
   C. 4
   D. 5

87. JT-1 型晶体管图示仪"基极阶梯信号"中的串联电阻的作用是（C）。
   A. 限制基极电流
   B. 将输入电流变化转变为电压变化
   C. 将输入电压变化转变为电流变化
   D. 限制功耗

88. 使用示波器观察信号波形时，一般将被测信号接入（D）端钮。
   A. "Y 轴输入"
   B. "X 轴输入"
   C. "Y 轴输入"与"X 轴输入"
   D. "Y 轴输入"与"接地"

89. 示波器中的扫描发生器实际上是一个（B）振荡器。
   A. 正弦波
   B. 多谐
   C. 电容三点式
   D. 电感三点式

90. 一般要求模拟放大电路的输入电阻（A）。
   A. 大些好，输出电阻小些好
   B. 小些好，输出电阻大些好
   C. 输出电阻都大些好
   D. 输出电阻都小些好

91. 对于交流三相仪表检定装置的输出电量稳定度测定，（D）。
   A. 可测定常用相的稳定度
   B. 应分相测定稳定度
   C. 可分相测定，也可只测定常用相的稳定度
   D. 应分相和合相测定稳定度

92. 交流仪表检定装置的电压回路损耗应不超过装置基本误差限的 1/5，测定条件是装置的电压输出端应接（A）。
   A. 该量程的最大负载
   B. 该量程的最小负载
   C. 该量程的额定负载
   D. 该量程的常用负载

93. 测定 0.05 级交流仪表检定装置的试验标准差，应用稳定性好、分辨率高的仪表，在装置常用量程的上限进行不少于（B）次的重复测试。
   A. 3
   B. 5
   C. 10
   D. 8

94. 不确定度的定义是（C）。
   A. 表征被测量的误差所处量值范围的评定
   B. 表征被测量的可信程度所处量值范围的评定
   C. 表征被测量的真值所处量值范围的评定
   D. 表征被测量的示值评定

95. 交流仪表检定装置的测量误差由（C）来确定。
   A. 各部件误差的最大值
   B. 各部件误差综合相加
   C. 整体综合试验
   D. 主要部件误差

96. 一准确度为 0.01% 的 DC-DVM，其输入电阻为 600MΩ，它所允许的信号源内阻不得大于（C）kΩ。
   A. 5
   B. 10
   C. 20
   D. 6

97. 被测信号源内阻为 10kΩ，如果达到 0.005% 准确度，对所用的 DVM 来说，要求它的输入电阻至少（B）MΩ。
   A. 400
   B. 600
   C. 800
   D. 200

98. 数字相位仪的幅相误差不应超过基本误差的（B）。
   A. 1/5
   B. 1/3
   C. 1/2
   D. 1/10

99. DVM 输入电阻与信号源内阻所引起的相对误差不应超过被检 DVM 准确度的（D）倍。

    A. 1   B. 1/2～1/3   C. 1/5～1/10   D. 1/3～1/5

100. 对 DVM 校准是在规定条件下，将标准电压加到 DVM 上，使仪表的显示值与标准电压进行比较，而（A）。

    A. 对 DVM 的调整装置进行的全部调整工作   B. 对 DVM 的面板调节装置进行的调整工作

    C. 对 DVM 的调零装置进行的调整工作   D. 对 DVM 的调整装置的部分调整工作

101. 差值替代法中，过渡标准电池应选用（D）。

    A. 0.001 级标准电池   B. 准确度高、稳定性好的标准电池

    C. 温度系数小、内阻小的标准电池   D. 稳定性好、内阻小的标准电池

102. DVM 的零电流（D）。

    A. 只有当行输入电压时才存在   B. 即使输入电压为零时，零电流也存在

    C. 随着输入电压的增大而增大   D. 随着输入电压的增大而减小

103. 正常工作中的智能化仪表对于非线性误差可以靠软件进行修正，但对于温度误差、零位漂移误差（B）进行有效地修正。

    A. 也能   B. 不能   C. 有时能   D. 有时不能

104. 作精密测量时，适当增多测量次数的主要目的是（B）。

    A. 减少实验标准差   B. 减少平均值的实验标准差和发现粗差

    C. 减少随机误差   D. 提高精确度

105. 有一块内阻为 0.15Ω，最大量程为 1A 的电流表，先将它并联一个 0.05Ω 的电阻，则这块电流表的量程将扩大为（B）。

    A. 3A   B. 4A   C. 2A   D. 6A

106. 电压表的内阻为 $3k\Omega$，最大量程为 3V，先将它串联一个电阻改装成一个 15V 的电压表，则串联电阻的阻值为（C）$k\Omega$。

    A. 3   B. 9   C. 12   D. 24

107. 当仪表接入线路时，仪表本身（A）。

    A. 消耗很小功率   B. 不消耗功率   C. 消耗很大功率   D. 送出功率

108. 电流表和电压表串联附加电阻后，（B）能扩大量程。

    A. 电流表   B. 电压表   C. 都不能   D. 都能

109. 功率表在接线时，正负的规定是（C）。

    A. 电流有正负，电压无正负   B. 电流无正负，电压有正负

    C. 电流、电压均有正负   D. 电流、电压均无正负

110. 电流表、电压表的本身的阻抗规定是（A）。

    A. 电流表阻抗较小、电压表阻抗较大   B. 电流表阻抗较大、电压表阻抗较小

    C. 电流表、电压表阻抗相等   D. 电流表阻抗等于 2 倍电压表阻抗

111. 在检修或更换主电路电流表时，维修电工将电流互感器二次回路（B），即可拆下电流表。

    A. 断开   B. 短路   C. 不用处理   D. 切断熔断器

112. 高频信号发生器使用时，频率调整旋钮改变的是主振荡回路的（A）。

    A. 可变电容   B. 电压高低   C. 电流大小   D. 可变电阻阻值

113. 使用钳形电流表时，应注意钳形电流表的（A）。

    A. 电压等级   B. 电流方向   C. 功率大小   D. 结构原理

114. 使用摇表测量绝缘前后，必须将被试设备（C）。

    A. 清理干净   B. 摆放整齐   C. 对地放电   D. 都不必考虑

115. 数字频率表整形的方法是利用（C）把频率信号变成方波的。

    A. RS 触发器   B. 晶体管触发器   C. 施密特触发器   D. 阻容移相触发器

116. 脉冲计数器用以累计由（B）送来的脉冲个数，并通过译码后由数码管直接显示出来。

    A. 分频器   B. 控制门   C. 石英振荡器   D. 施密特触发器

117. 数字频率表的脉冲计数器的组成部分不包括（A）。

    A. 控制门   B. 译码器   C. 数码管   D. 累加器

118. 数字电路的特点是（B）。

    A. 输入、输出信号都是连续的   B. 输入、输出信号都是离散的

    C. 输入信号连续、输出信号离散   D. 输入信号离散、输出信号连续

119. 脉冲计数器由累加器、（B）和数码管组成。

    A. 积分电路   B. 译码电路   C. 控制门电路   D. 单稳态触发电路

120. 目前生产的数字电压表类型很多，原理也各不相同，但是它们都有一个共同的特点，就是必须把被测电压的大小转换成可以计数的（D）个数，然后再把测量结果用数字显示出来。

    A. 标准波形   B. 标准信号   C. 电压波   D. 标准脉冲

121. 数字电压表的标准脉冲发生器产生的标准脉冲，通过（A）并由计数器开始计数。

    A. 控制门   B. 斜波电压发生器   C. 译码器   D. 整形器

122. 采用数字电压表时，适当选择标准脉冲的（C）和斜波电压的斜率，被测电压的数值即可用数码管直接显示出来。

    A. 电压   B. 电流   C. 频率   D. 阻抗

123. 电子管电压表和一般电工指示仪表相比，其优点不包括（A）。

    A. 测量功率大   B. 输入阻抗大   C. 测量频带宽   D. 灵敏度高、量程大

124. 一般电子管电压表的输入电阻在（B）以上，输入电容在 $40\mu F$ 以下，因此在测量时对被测电路的影响很小。

    A. $1k\Omega$ B. $1M\Omega$ C. $100k\Omega$ D. $10k\Omega$

125. 电子示波器电子枪的组成部分不包括（D）。

    A. 灯丝   B. 阴极   C. 控制栅板   D. 偏转系统

126. 示波管是示波器的核心，其组成部分不包括（C）。

    A. 电子枪   B. 荧光屏   C. 扫描   D. 偏转系统

127. 在保护和测量仪表中，电流回路的导线截面积不应小于（B）。

    A. $1.5mm^2$ B. $2.5mm^2$ C. $4mm^2$ D. $5mm^2$

128. 电桥、电位差计属于（B）。

    A. 指示仪表   B. 较量仪表   C. 数字式仪表   D. 记录仪表

129. DD862 型电能表能计量（A）电能。

    A. 单相有功   B. 三相三线有功   C. 三相四线有功   D. 单相无功

130. 仪表按准确度可分（D）等级。

    A. 4 个   B. 5 个   C. 6 个   D. 7 个

131. DS862 型电能表能计量（B）电能。

    A. 单相有功   B. 三相三线有功   C. 三相四线有功   D. 单相无功

132. 指示仪表转动力矩的反作用力矩一般由（B）产生。

    A. 张丝   B. 游丝   C. 外机械力   D. 磁力矩

133. 电磁式测量仪表，可用来测量（C）。

    A. 直流电   B. 交流电   C. 交、直流电   D. 高频电压

134. 电工测量方法中，将被测量与标准量进行比较，来确定被测量大小的是（B）。

    A. 直接测量法   B. 比较测量法   C. 间接测量法   D. 其他测量法

135. 在电工测量方法中，测量精度高，一般适于精密测量的是（C）。

    A. 直接测量法   B. 间接测量法   C. 比较测量法   D. 无这样的方法

136. 直接比较法检定数字电压表时，检定标准的误差应小于被检表允许误差的（C）。

    A. 1/2   B. 1/3   C. 1/5   D. 2/5

137. 用电压表测电压时所产生的测量误差，其大小取决于（B）。

    A. 准确度等级   B. 准确度等级和所选用的量程

C. 所选用的量程 D. 精确度等级

138. 在测量直流电量时，无须区分表笔极性的是（ B ）。

    A. 磁电系 B. 电磁系 C. 静电系 D. 电感系

139. 为了把电流表量程扩大 100 倍，分流电阻的电阻值应是仪表内阻的（ B ）。

    A. 1/100 B. 1/99 C. 99 倍 D. 100 倍

140. 安装功率表时，必须保证电流线圈、电压线圈分别与负载相（ C ）。

    A. 串联 B. 并联 C. 串联、并联 D. 并联、串联

141. 普通功率表在接线时，电压线圈与电流线圈的关系是（ C ）。

    A. 电压线圈必须接在电流线圈的前面 B. 电压线圈必须接在电流线圈的后面

    C. 视具体情况而定位置关系 D. 接前接后都可以

142. 应用补偿线圈的低功率因数功率表的正确接线是（ B ）。

    A. 电压线圈接前 B. 电压线圈接后

    C. 电压线圈接前接后均可 D. 视具体情况而定

143. 三相动力用电，容量在 100kW 以上时，应使用（ C ）进行计量。

    A. 单相电度表 B. 有功、无功三相电度表

    C. 三相电度表 D. 万用表

144. 三相交流电路中，三相负载不对称，不可采用的测量方法是（ A ）。

    A. 一表法 B. 二表法 C. 三表法 D. 三相电度表

145. 测量 1Ω 以下的电阻应选用（ B ）。

    A. 直流单臂电桥 B. 直流双臂电桥 C. 万用表的欧姆挡 D. 摇表

146. 用 ZC-8 型摇表测量接地电阻时，电压极愈靠近接地极，所测得的接地电阻数值（ B ）。

    A. 愈大 B. 愈小 C. 不变 D. 无穷大

147. 晶体管特性图示仪是利用信号曲线在荧光屏通过（ C ）来直接读取被测晶体管的各项参数的。

    A. 曲线高度 B. 曲线宽度 C. 荧光屏上标尺度 D. 曲线波形个数

148. 示波器接通电源后，应使机器预热（ D ）。

    A. 2min B. 3min C. 4min D. 5min

149. 要想测量高频脉冲信号，应选用（ C ）。

    A. 简易示波器 B. SB-10 型通用示波器 C. 同步示波器 D. 多线示波器

150. 当示波器的整步选择开关扳置"外"的位置时，则扫描同步信号（ D ）。

    A. 来自 Y 轴放大器的被测信号 B. 需由整步输入端输入

    C. 来自一直流电源 D. 来自 50Hz 交流电源

151. 在一般示波器上都设有扫描微调钮，该钮主要用来调节（ B ）。

    A. 扫描幅度 B. 扫描频率 C. 扫描频率和幅度 D. 扫描速度

152. 比较型数字电压表的最大缺点是（ C ）。

    A. 测量精度低 B. 抗干扰能力较差

    C. 测量速度慢 D. 测量精度受元器件参数影响

153. 在数字电压表中，抗干扰能力较强的是（ C ）。

    A. 斜波型 B. 比较型 C. 双积分型 D. 复合型

154. 为了使数字电压表稳定工作，以免放大器和其他元器件温度漂移而影响电压表的精度，必须保证仪表预热（ D ）以上，才能进行测量工作。

    A. 5min B. 10min C. 15min D. 30min

155. 数字式电压表测量的精度高，是因为仪表的（ B ）。

    A. 准确度高 B. 输入阻抗高

    C. 所用电源的稳定性好 D. 能读取的有效数字多

156. 被测的直流电压中的交流成分会引起数字电压表的显示不稳定，消除交流成分的方法一般

是在信号输入端接入（A）。

    A. RC滤波电路   B. LC滤波电路   C. 电容器   D. 稳压电路

157. 数字万用表的表头是（B）。

    A. 磁电式直流电流表   B. 数字式直流电压表   C. 数字式直流电流表   D. 电动式直流电流表

158. 非电量测量的关键是（A）。

    A. 把非电量变换成电量的变换技术和其传感器装置

    B. 精密的测试仪器   C. 非电量变换成电量的技术   D. 高精度的传感器装置

159. 提高非电量测量质量的关键是（B）。

    A. 精密的测试仪器   B. 高精度的传感器   C. 高效的测量电路   D. 精确的显示装置

160. 热电阻是利用电阻与温度呈现一定函数关系的（C）制成的感温元件。

    A. 金属导体   B. 半导体   C. 金属导体或半导体 D. 绝缘体

161. 热电偶是测量（A）时常用的传感器。

    A. 温度   B. 湿度   C. 电阻   D. 流量

162. 增加测量次数，可以减少的误差是（B）。

    A. 系统误差   B. 偶然误差   C. 疏失误差   D. 责任误差

163. 为了测量一个值，需要进行若干次同样的测量，并取其平均值，是为了消除（C）。

    A. 系统误差   B. 工具误差   C. 随机误差   D. 责任误差

164. 凡是在测量结果的表达式中没有得到反映，而在实际测量中又起一定作用的因素所引起的误差，统称为（B）。

    A. 工具误差   B. 系统误差   C. 随机误差   D. 方法误差

165. 测量仪表的量程一般应大于被测电量的最大值，并把被测量的指示范围选择在仪表满刻度的（C）处，这时仪表准确度较高。

    A. 1/2   B. 3/4   C. 2/3   D. 1/3

166. 钳形电流表的准确度等级一般在（B）。

    A. 0.5级或1.0级   B. 2.5级或5.0级   C. 1.0级或1.5级   D. 0.5级或2.5级

167. 指针式万用表在测量允许范围内，若误用交流挡来测量直流电，则所测得的值将（A）被测值。

    A. 大于   B. 小于   C. 等于

168. 普通功率表在接线时，电压线圈和电流线圈的关系是（C）。

    A. 电压线圈必须接在电流线圈的前面   B. 电压线圈必须接在电流线圈的后面

    C. 视具体情况而定

169. 多量程的电压表是在表内备有可供选择的（D）阻值倍压器的电压表。

    A. 一种   B. 两种   C. 三种   D. 多种

170. 晶体管图示仪测量三极管时（C）可以改变特性曲线族之间的距离。

    A. 阶梯选择   B. 功耗电阻   C. 集电极-基极电流/电位   D. 峰值范围

171. 示波器上观察波形移动由（B）完成。

    A. 灯丝电压   B. 偏转系统   C. 加速极电压   D. 聚焦极电压

172. 主频信号发生器使用时频率调整旋钮改变主振荷图的（A）。

    A. 可变电容   B. 电压较低   C. 电流大小   D. 可变电阻阻值

173. 下列仪表准确度等级分组中，可作为工程测量仪表使用的为（C）组。

    A. 0.1，0.2   B. 0.5，1.0   C. 1.5，2.5，5.0

174. 要测量非正弦交流电的平均值，应选用（A）仪表。

    A. 整流系   B. 电磁系列化   C. 磁电系列化   D. 电动系

175. 一个磁电系直流表，表头满标度100A，标明需配100A、75mV的外附分流器，今配用一个300A、75mV的分流器，电流表指示50A，实际线路中电流为（C）。

    A. 50A   B. 100A   C. 150A

第4章 交流电机

1. 三相异步电动机是利用（D）的原理工作的。
   A. 导体切割磁力线
   B. 电流的线圈产生的磁场
   C. 载流导体受力在磁场中运动
   D. 电磁感应和载流导体在磁场中受力

2. 三相异步电动机反接制动时，采用对称制电阻接法，可以在限制制动转矩的同时也限制（A）。
   A. 制动电流　　　B. 启动电流　　　C. 制动电压　　　D. 启动电压

3. 线绕式异步电动机的串级调速电路中，转子回路中要（A）。
   A. 串联附加电阻　B. 串联附加电动势　C. 并联附加电阻　D. 并联附加电动势

4. 线绕式异步电动机采用串级调速可实现（A）。
   A. 分级调速　　　B. 无级调速　　　C. 机械特性变软　D. 电路简单化

5. 交流异步电动机在变频调速过程中，应尽可能使气隙磁通（D）。
   A. 大些　　　　　B. 小些　　　　　C. 由小到大变化　D. 恒定

6. 线绕式异步电动机采用串级调速与转子回路串电阻调速相比（C）。
   A. 机械特性一样　B. 机械特性较软　C. 机械特性较硬　D. 机械特性较差

7. 三相异步电动机要检查定、转子绕组匝间绝缘的介电强度，应进行（A）试验。
   A. 匝间绝缘　　　B. 耐压　　　　　C. 短路　　　　　D. 空载

8. 三相异步换向器电动机调速调到最低转速时，其转动移刷机构使同相电刷间的张角变为（B）电角度。
   A. −180°　　　　B. 180°　　　　　C. 0°　　　　　　D. 90°

9. 有 Y-160M-4 三相异步电动机一台，额定功率是 11kW，额定转速为 1460r/min，则它的额定输出转矩为（A）N·m。
   A. 71.95　　　　B. 143.9　　　　C. 35.96　　　　D. 17.98

10. 三相异步电动机的故障一般可分为（A）类。
   A. 2　　　　　　B. 3　　　　　　C. 4　　　　　　D. 5

11. 三相异步电动机启动瞬间，启动电流很大，启动转矩（D）。
   A. 最大　　　　　B. 很大　　　　　C. 为零　　　　　D. 不很大

12. 关于绕线式转子异步电动机串级调速说法正确的是（A）。
   A. 串级调速可以提高电动机的运行效率　B. 串级调速降低电动机的运行效率
   C. 串级调速就是在定子电路里串电阻调速　D. 串级调速就是在转子回路串电阻调速

13. 交流双速电梯运行速度一般应小于（A）m/s 以下。
   A. 1　　　　　　B. 2　　　　　　C. 2.5　　　　　D. 3

14. 交流双速电梯停车前的运动速度大约是额定速度（C）左右。
   A. 1/2　　　　　B. 1/3　　　　　C. 1/4　　　　　D. 1/8

15. 按技术要求规定，（B）电动机要进行超速试验。
   A. 笼型异步　　　B. 线绕式异步　　C. 直流　　　　　D. 同步

16. 三相异步电动机产生最大转矩时的临界转差率与转子电路电阻的关系为（B）。
   A. 成反比　　　　B. 成正比　　　　C. 无关　　　　　D. 与电阻平方成正比

17. 有一台三相笼型异步电动机，额定功率 $P_N = 40kW$，转速为 1450r/min，最大转矩为 570.59N·m，则过载系数为（C）。
   A. 1.2　　　　　B. 1.8　　　　　C. 2.2　　　　　D. 2.8

18. 有 Y-160M-4 三相异步电动机一台，额定功率是 11kW，额定转速为 1460r/min，则它的额定输出转矩为（A）N·m。
   A. 71.95　　　　B. 143.9　　　　C. 35.96　　　　D. 17.98

19. 交流双速电梯每次到达平层区域，电梯由快速变为慢速时，曳引电动机处于（A）制动状态。

    A. 再生发电　　　　　　B. 能耗　　　　　　C. 反接　　　　　　D. 电容

20. 线性异步电动机采用转子串电阻调速时，在电阻上将消耗大量的能量，调速高低与损耗大小的关系是（ B ）。

    A. 调速越高，损耗越大　　　　　　B. 调速越低，损耗越大

    C. 调速越低，损耗越小　　　　　　D. 调速高低与损耗大小无关

21. 交流电梯额定转速不超过 1m/s 时，渐进式安全钳动作速度 v 应（ B ）m/s。

    A. $v \leqslant 1.5$　　　　　B. $v > 1.5$　　　　　C. $1.5 \leqslant v < 3$　　　　　D. $1.5 \leqslant v < 1$

22. 三相笼型异步电动机的转子铁芯一般采用斜槽结构，其原因是（ A ）。

    A. 改善电动机的启动和运行性能　　　　　　B. 增加转子导体的有效长度

    C. 价格低廉　　　　　　D. 制造方便

23. 交流双速电梯停车前的运动速度大约是额定速度的（ C ）左右。

    A. 1/2　　　　　B. 1/3　　　　　C. 1/4　　　　　D. 1/8

24. 交流电动机转子绕组修理后，在绑扎前，要在绑扎位置上包（ B ）层白纱布，使绑扎的位置平服。

    A. 1　　　　　B. 2～3　　　　　C. 5　　　　　D. 5～6。

25. 采用线绕异步电动机串级调速时，要使电动机转速高于同步转速，则转子回路串入的电动势要与转子感应电动势（ C ）。

    A. 相位超前　　　　　B. 相位滞后　　　　　C. 相位相同　　　　　D. 相位相反

26. 三相交流绕线型异步电动机采用同心式绕组结构主要用于（ C ）。

    A. 大容量绕线式电动机　　　　　　B. 大容量笼型电动机

    C. 小容量绕线式电动机　　　　　　D. 小容量笼型电动机

27. 电动机工作温度在 80～100℃ 时应使用的润滑脂为（ D ）。

    A. 锂基润滑脂　　　　　　B. 二硫化钼复合钙基润滑脂

    C. 复合钙基润滑脂　　　　　　D. 钙钠基润滑脂

28. 三相交流异步电动机做绕组局部修理后，应做耐压试验，其低压电动机试验电压为 $U_{额} + 500V$，高压电动机的试验电压为（ B ）。

    A. $1.2U_{额}$　　　　　B. $1.3U_{额}$　　　　　C. $1.4U_{额}$　　　　　D. $1.5U_{额}$

29. 交流绕线式异步电动机串级调速其主要的特点是（ A ）。

    A. 调速范围宽，适用于恒转矩负载，功率因数较低

    B. 调速范围宽，适用于恒转矩负载，功率因数较高

    C. 调速范围宽，适用于恒功率负载，功率因数较低

    D. 调速范围窄，适用于恒功率负载，功率因数较低

30. 三相交流异步电动机反接制动的特点是（ D ）。

    A. 停车迅速，对电动机冲击力小，不易准确停车

    B. 停车迅速，对电动机冲击力大，容易准确停车

    C. 停车较慢，对电动机冲击力小，不易准确停车

    D. 停车迅速，对电动机冲击力大，不易准确停车

31. 不允许自启动的电动机，还应装有如下保护（ C ）。

    A. 反时限保护　　　　　B. 联锁保护　　　　　C. 失压脱扣保护

32 多台电动机在启动时应（ A ）。

    A. 按容量从大到小逐台启动　　　　　　B. 任意逐台启动

    C. 按容量从小到大逐台启动　　　　　　D. 按位置顺序启动

33. 在电源频率和电动机结构参数不变的情况下，三相交流异步电动机的电磁转矩与（ B ）成正比关系。

    A. 转差率　　　　　B. 定子相电压的平方　　　C. 定子电流　　　　　D. 定子相电压

110

34. 为了使三相异步电动机的启动转矩增大，可采用的方法是（C）。
    A. 增大定子相电压　　　　　　　　　　　B. 增大漏电抗
    C. 适当地增大转子回路电阻值　　　　　　D. 增大定子相电阻

35. 三相异步电动机在额定负载的情况下，若电源电压超过其额定电压10%，则会引起电动机过热；若电流电压低于其额定电压10%，电动机将（C）。
    A. 不会出现过热现象　　　　　　　　　　B. 不一定出现过热现象
    C. 肯定会出现过热现象

36. 三相异步电动机的故障一般可分为（A）类。
    A. 2　　　　　　　　B. 3　　　　　　　　C. 4　　　　　　　　D. 5

37. 三相异步电动机要检查定、转子绕组匝间绝缘的介电强度，应进行（A）试验。
    A. 匝间绝缘　　　　　B. 耐压　　　　　　C. 短路　　　　　　D. 空载

38. 有一台三相笼型异步电动机，额定功率40kW，转速为1450r/min，最大转矩为579.59N·m，则过载系数为（C）。
    A. 1.2　　　　　　　B. 1.8　　　　　　　C. 2.2　　　　　　　D. 2.8

39. 三相异步电动机转子绕组的绕制和嵌线时，较大容量的绕线式转子绕组采用（B）。
    A. 扁铝线　　　　　　B. 裸铜条　　　　　C. 铝线　　　　　　D. 圆铜线

40. 异步电动机的故障一般可分为（A）类。
    A. 2　　　　　　　　B. 3　　　　　　　　C. 4　　　　　　　　D. 5

41. 技术要求规定，（B）电动机要进行超速试验。
    A. 笼型异步　　　　　B. 线绕式异步　　　C. 直流　　　　　　D. 同步

42. 线绕式异步电动机，采用转子串联电阻进行调速时，串联的电阻越大，则转速（C）。
    A. 不随电阻变化　　　B. 越高　　　　　　C. 越低　　　　　　D. 测速后才可确定

43. 国产小功率三相笼型异步电动机的转子导体结构采用最广泛的是（B）转子。
    A. 铜条结构　　　　　B. 铸铝　　　　　　C. 深槽式　　　　　D. 铁条结构

44. 绕线式异步电动机修理装配后，必须对电刷进行（B）。
    A. 更换　　　　　　　B. 研磨　　　　　　C. 调试　　　　　　D. 热处理

45. 三相笼型异步电动机的转子铁芯一般都采用斜槽结构，其原因是（A）。
    A. 改善电动机的启动和运行性能　　　　　B. 增加转子导体的有效长度
    C. 价格低廉　　　　　　　　　　　　　　D. 制造方便

46. 绕线式异步电动机修理装配后，必须对电刷进行（B）。
    A. 更换　　　　　　　B. 研磨　　　　　　C. 调试　　　　　　D. 热处理

47. Y接法的三相异步电动机，在空载运行时，若定子一相绕组突然断路，则电动机（B）。
    A. 必然会停止转动　　B. 有可能连续运行　C. 肯定会继续运行

48. 某三相异步电动机的额定电压为380V，其交流耐压试验电压为（B）V。
    A. 380　　　　　　　B. 500　　　　　　　C. 1000　　　　　　D. 1760

49. 国产小功率三相笼型异步电动机的转子导体结构采用最广泛的是（B）转子。
    A. 铜条结构　　　　　B. 铸铝　　　　　　C. 深槽式　　　　　D. 铁条结构

50. 在下列办法中，不能改变交流异步电动机转速的是（B）。
    A. 改变定子绕组的磁极对数　　　　　　　B. 改变供电电网的电压
    C. 改变供电电网的频率　　　　　　　　　D. 改变电动机的转差率

51. 串级调速一般只能在（D）电动机调速上应用。
    A. 直流串励　　　　　B. 直流并励　　　　C. 交流笼型　　　　D. 交流线绕式

52. 对于三相异步电动机转子绕组的绕制和嵌线时，较大容量的绕线式转子绕组采用（D）。
    A. 扁铝线　　　　　　B. 裸铜条　　　　　C. 铝线　　　　　　D. 圆铜线

53. 绕线式异步电动机，采用转子串联电阻进行调速时，串联的电阻越大，则转速（C）。
    A. 不随电阻变化　　　B. 越高　　　　　　C. 越低　　　　　　D. 测速后才可确定

54. 三相交流异步电动机，随着转子转速的升高，其（D）。
   A. 转速差越来越大，转子电势和电流越来越大
   B. 转速差越来越大，转子电势和电流越来越小
   C. 转速差越来越小，转子电势和电流越来越大
   D. 转速差越来越小，转子电势和电流越来越小

55. 一般异步电动机的启动转矩与额定转矩的比值为（D）。
   A. 0.45～0.75　　　　B. 0.75～0.85　　　　C. 0.85～0.95　　　　D. 0.95～2.0

56. 设三相异步电动机 I_N=10A，△形连接，用热继电器作过载及缺相保护。热继电器型号可选（A）型。
   A. JR16-20/3D　　　B. JR0-20/3　　　C. JR10-10/3　　　D. JR16-40/3

57. 绕线转子异步电动机的串级调速是在转子电路中引入（D）。
   A. 调速电阻　　　　B. 频敏变阻器　　　　C. 调速电抗器　　　　D. 反电动势

58. 槽满率是衡量导体在槽内填充程度的重要指标，三相异步电动机定子槽满率一般应控制在（D）好。
   A. 大于 0.7　　　　B. 小于 0.8　　　　C. 0.5～0.8　　　　D. 0.6～0.8

59. 为了保证拖动系统顺利启动，直流电动机启动时，一般都要通过串电阻或降电压等方法把启动电流控制在（D）额定电流范围内。
   A. <2 倍　　　B. ≤1.1～1.2 倍　　　C. ≥1.1～1.2 倍　　　D. ≤2～2.5 倍

60. 直流电动机换向器片间云母板一般采用含胶量少，密度高，厚度均匀的（C）。也称换向器云母板。
   A. 柔软云母板　　　B. 塑性云母板　　　C. 硬质云母板　　　D. 衬垫云母板

61. 三相异步电动机能耗制动是利用（A）相配合完成的。
   A. 直流电源和转子回路电阻　　　　B. 交流电源和转子回路电阻
   C. 直流电源和定子回路电阻　　　　D. 交流电源和定子回路电阻

62. 线性异步电动机采用转子串电阻调速时，在电阻上将消耗大量的能量，调速高低与损耗大小的关系是（B）。
   A. 调速越高，损耗越大　　　　B. 调速越低，损耗越大
   C. 调速越低，损耗越小　　　　D. 调速高低与损耗大小无关

63. （B）不能改变交流异步电动机转速。
   A. 改变定子绕组的磁极对数　　　　B. 改变供电电网的电压
   C. 改变供电电网的频率　　　　D. 改变电动机的转差率

64. 三相异步电动机启动瞬间，启动电流很大，启动转矩（D）
   A. 最大　　　　B. 很大　　　　C. 为零　　　　D. 不太大

65. 绕线转子异步电动机的串级调速是在转子电路中引入（D）。
   A. 调速电阻　　　B. 频敏变阻器　　　C. 调速电抗器　　　D. 反电动势

66. 电动机定子旋转磁场的转速决定于（C）。
   A. 定子绕组的磁极对数　　　　B. 定子绕组的电流频率
   C. 定子绕组的磁极对数和电流频率　　　D. 转子绕组的转速

67. 异步电动机在检修前应检查转子轴向窜动，对于容量为 10kW 及以下的电动机滑动轴承的窜动范围，不应超过（B）。
   A. 0.25mm　　　　B. 0.5mm　　　　C. 0.75mm　　　　D. 0.65mm

68. 用塞尺检查异步电动机定子、转子气隙，气隙最大偏差不应超过其算术平均值的（B）。
   A. ±3%　　　　B. ±5%　　　　C. ±6%　　　　D. ±7%

69. 电动机采用星形-三角形启动，这种方法适用于运行时是三角形接法的电动机，其启动电流是直接启动的（B）。
   A. 1/2　　　　B. 1/3　　　　C. 1/4　　　　D. 1/5

70. 三相异步电动机启动时，发生缺相的后果是（ A ）。
    A. 电动机无法启动   B. 电动机可以启动
    C. 电动机可以启动但过载能力下降   D. 电动机可以启动但效率下降

71. 三相异步电动机的能耗制动是利用（ C ）相配合完成的。
    A. 直流电源和转子回路电阻   B. 交流电源和转子回路电阻
    C. 直流电源和定子回路电阻   D. 交流电源和定子回路电阻

72. 电动机运行约 0.5h 即被卡死，停些时间又能运转的故障原因可能是（ C ）。
    A. 电动机轴承损坏   B. 电动机润滑不良
    C. 机械负载重   D. 以上说法都不正确

73. 欠电流继电器一般用于（ D ）。
    A. 短路保护   B. 过载保护   C. 零电压保护   D. 弱磁保护

74. 三相异步电动机的转速取决于（ D ）。
    A. 电源电压   B. 电流
    C. 转矩   D. 绕组极数、电源频率及转差率

75. 三相异步电动机采用电压调速，当电源电压变化时，转差率（ C ）。
    A. 变大   B. 变小   C. 不变   D. 不确定

76. 电动机容量选择过大，则使用中会发生（ A ）。
    A. 功率因数变低   B. 超载运行   C. 功率因数提高   D. 转速提高

77. 电动机容量选择太小，则使用中会发生（ B ）。
    A. 功率因数变低   B. 超载运行，影响寿命
    C. 功率因数提高   D. 转速降低

78. 三相绕线转子异步电动机的调速控制可采用（ D ）的方法。
    A. 改变电源频率   B. 改变定子绕组磁极对数
    C. 转子回路串联频敏电阻   D. 转子回路串联可调电阻

79. 三角形接法的三相笼型异步电动机，若接成星形，那么在额定负载转矩下运行时，其铜耗和温升将会（ B ）。
    A. 减小   B. 增大   C. 不变   D. 不停变化

80. 为了避免电动机在低于额定电压较多的电源电压下运行，其控制线路中必须有（ B ）。
    A. 过压保护   B. 失压保护   C. 失磁保护   D. 漏电保护

81. 某三相异步电动机的额定电压为 380V，其交流耐压试验电压应为（ B ）。
    A. 380V   B. 500V   C. 1000V   D. 1760V

82. 某 10kW 三相笼型异步电动机的启动电流是额定电流的 7 倍，由一台 180kV·A 的变压器满载供电，该电动机应采用（ B ）启动。
    A. 全压   B. 减压   C. 半压   D. 正常

83. 当异步电动机的定子电源电压突然降低为原来电压 80% 的瞬间，转差率保持不变，其电磁转矩将（ C ）。
    A. 减小到原来电磁转矩的 80%   B. 不变
    C. 减小到原来电磁转矩的 64%   D. 异常变化

84. 三相异步电动机采用 Y-△减压启动时，其启动电流是全压启动电流的（ A ）。
    A. 1/3   B. $1/\sqrt{3}$ C. 1/2   D. 倍数不能确定

85. 三相笼型异步电动机常用的改变转速的方法是（ B ）。
    A. 改变电压   B. 改变极数   C. Y 接改为△接   D. △接改为 Y 接

86. 分相式单相异步电动机改变转向的方法是（ B ）。
    A. 两绕组首、末端同时对调   B. 对调两绕组之一的首、末端
    C. 无须对调   D. 对调相线与零线

87. 为解决单相异步电动机不能启动的问题，在定子上除安装工作绕组外，还应与工作绕组空

113

间相差（C）电角度外加装一个启动绕组。

    A. 30°   B. 60°   C. 90°   D. 180°

88. 在向电动机轴承加润滑脂时，润滑脂应填满其内部空隙的（B）。

    A. 1/2   B. 2/3   C. 全部   D. 2/5

89. 测定异步电动机空载电流不平衡程度超过（C）时，则要检查电动机绕组的单元中有否短路、头尾接反等故障。

    A. 2%   B. 5%   C. 10%   D. 15%

90. 降低电源电压后，三相异步电动机的临界转差率将（C）。

    A. 增大   B. 减小   C. 不变

91. Y-△降压启动是指电动机启动时，把定子绕组连接成 Y 形，以降低启动电压，限制启动电流。待电动机启动后，再把定子绕组改成（D），使电动机全压运行。

    A. YY   B. Y 形   C. △△形   D. △形

92. Y-△降压启动是指电动机启动时，把定子绕组连接成 Y 形，以（C）启动电压，限制启动电流。

    A. 提高   B. 减少   C. 降低   D. 增加

93. Y-△降压启动是指电动机启动时，把（A）连接成 Y 形，以降低启动电压，限制启动电流。

    A. 定子绕组   B. 电源   C. 转子   D. 定子和转子

第 5 章　直流电机

1. 直流电动机转子的主要部分是（A）。

    A. 电枢   B. 主磁极   C. 换向极   D. 电刷

2. 直流电动机用斩波器调速的过程中（B）。

    A. 有附加能量损耗   B. 没有附加能量损耗

    C. 将削弱磁场   D. 将增强磁场

3. 直流电动机换向极的作用是（C）。

    A. 削弱主磁场   B. 增强主磁场   C. 抵消电枢磁场   D. 产生主磁通

4. 下列直流电动机调速的方法中，能实现无级调速且能量损耗小的方法是（C）。

    A. 直流他励发电机-直流电动机组   B. 改变电枢回路电阻

    C. 斩波器   D. 削弱磁场

5. 直流电动机断路故障紧急处理时，在叠绕组元件中，可用跨接导线将有断路绕组元件所接的两个换向片连接起来，这个换向片是（B）的两片。

    A. 相邻   B. 隔一个节距   C. 隔两个节距   D. 隔三个节距

6. 直流电动机测量绝缘电阻时，额定电压 500V 以下的电动机在热态时的绝缘电阻不低于（C）MΩ。

    A. 0.22   B. 0.38   C. 0.5   D. 1

7. 直流电动机调速所用的斩波器主要起（D）作用。

    A. 调电阻   B. 调电流   C. 调电抗   D. 调电压

8. 串励直流电动机的机械特性是（C）。

    A. 一条直线   B. 双曲线   C. 抛物线   D. 圆弧线

9. 直流电动机的转速公式为（A）。

    A. $n=(U-I_aR_a)/C_e\Phi$ B. $n=(U+I_aR_a)/C_e\Phi$

    C. $n=C_e\Phi/(U-I_aR_a)$ D. $n=C_e\Phi/(U+I_aR_a)$

10. 直流电动机的电枢绕组若是单叠绕组，则其并联支路数等于（D）。

    A. 主磁极对数   B. 两条   C. 四条   D. 主磁极数

11. 直流电动机的换向极绕组必须与电枢绕组（A）。

A. 串联　　　　　　B. 并联　　　　　　C. 垂直　　　　　　D. 磁通方向相反

12. 换向器在直流电动机中起（B）的作用。

A. 整流　　　　　B. 直流电变交流电　　　C. 保护电刷　　　　D. 产生转子磁通

13. 直流电动机的机械特性是（D）之间的关系。

A. 电源电压与转速　　　　　　　　　　B. 电枢电流与转速

C. 励磁电流与电磁转矩　　　　　　　　D. 电动机转速与电磁转矩

14. 无刷直流电动机调速原理，类似于（D）电动机。

A. 一般笼型异步　　　B. 绕线式转子异步　　　C. 交流同步型　　　D. 一般永磁直流

15. 在直流电动机中，为了改善换向，需要装置换向极，其换向极绕组应与（C）。

A. 主磁极绕组串联　　B. 主磁极绕组并联　　C. 电枢串联　　　D. 电枢并联

16. 直流电动机是利用（C）的原理工作的。

A. 导线切割磁力线　　　　　　　　　　B. 电流产生磁场

C. 载流导体在磁场内受力而运动　　　　D. 电磁感应

17. 直流电动机的换向极绕组必须与电枢绕组（A）。

A. 串联　　　　　　B. 并联　　　　　　C. 垂直　　　　　　D. 磁同方向相反

18. 直流电动机能耗制动的一个不足之处是不易对机械迅速制停，因为转速越慢，使制动转矩相应（B）。

A. 增大很快　　　　B. 减小　　　　　　C. 不变　　　　　　D. 稍微增大

19. 无换向直流电动机结构中的位置传感器，常见的转换方式有（B）三种。

A. 压磁转换、电磁转换、热磁转换　　　B. 磁敏转换、电磁转换、光电转换

C. 光磁转换、电磁转换、气电转换　　　D. 压电转换、电磁转换、热电转换

20. 换向器在直流发电机中起（A）作用。

A. 交流电变直流电　　B. 直流电变交流电　　C. 保护电刷　　　D. 产生转子磁通

21. 直流电动机回馈制动时，电动机处于（B）的状态。

A. 电动　　　　　　B. 发电　　　　　　C. 空载　　　　　　D. 短路

22. 直流电动机调速方法中，能实现无级调速且能量损耗小的是（C）。

A. 直流他励发电机-直流电动机组　　　　B. 改变电枢回路电阻

C. 斩波器　　　　　　　　　　　　　　D. 削弱磁场

23. 已知某台直流电动机电磁功率为9kW，转速为 $n＝900\mathrm{r/min}$，则其电磁转矩为（C）N·m。

A. 10　　　　　　B. 30　　　　　　C. 100　　　　　　D. $300/\pi$

24. 当直流电动机换向器的片间短路故障排除后，再用（D）或小云母块加上胶水填充孔洞，使其硬化干燥。

A. 黄沙　　　　　　B. 碳　　　　　　C. 塑料粉　　　　　D. 云母粉

25. 直流电动机的换向极极性与顺着电枢转向的下一个主极极性（B）。

A. 相同　　　　　　B. 相反　　　　　　C. 串联　　　　　　D. 并联

26. 直流电动机容量大于（D），在相邻主极间设换向极。

A. 0.2kW　　　　B. 0.5kW　　　　C. 0.75kW　　　　D. 1kW

27. 直流电动机电刷压力应调整为（A）合适。

A. $0.15\sim0.25\mathrm{kgf/cm^2}$　　　　　　B. $0.15\sim0.25\mathrm{kgf/mm^2}$

C. $0.25\sim0.5\mathrm{kgf/cm^2}$　　　　　　D. $0.25\sim0.5\mathrm{kgf/mm^2}$

28. 引起直流电动机电枢绕组冒烟故障的主要原因之一是（C）。

A. 电刷位置不正确　　　　　　　　　　B. 电枢与磁场绕组短路

C. 长期过载　　　　　　　　　　　　　D. 电动机转速太低

29　直流电动机，电枢采用单叠绕组电刷宽度应（C）。

A. 大于换向片宽度　　B. 小于换向片宽度　　C. 等于换向片宽度　　D. 任意

30. 换向器表面最大功率为（C）。

A. $P_{nx}<100\sim150W/cm^2$ B. $P_{nx}<150\sim200W/cm^2$

C. $P_{nx}<200\sim250W/cm^2$ D. $P_{nx}<250\sim300W/cm^2$

31. 启动直流电动机时，通常在电枢回路中串入必要的电阻，目的是（ C ）。

　　A. 产生必要的电磁转矩　　　　　　　　B. 防止飞车

　　C. 限制启动电流　　　　　　　　　　　D. 防止产生过大的反电势

32. 在过载冲击时，由电枢反应引起主磁极下面的磁场畸变故障应该以（ C ）方式处理。

　　A. 更换换向极　　　B. 移动电刷的位置　　C. 采用补偿绕组　　D. 选择适当电刷

33. 无刷直流电动机从工作原理上看它是属于（ C ）。

　　A. 直流电动机　　B. 笼型异步电动机　　C. 同步电动机　　　D. 绕线型异步电动机

34. 直流电动机的换向磁极的作用是（ C ）。

　　A. 产生主磁通　　　B. 产生换向电流　　　C. 改变电流换向

35. 直流电动机的换向电流愈大，换向时火花（ A ）。

　　A. 愈强　　　　　　B. 愈弱　　　　　　　C. 不变

36. 串励直流电动机在一定负载下运行，若电源电压有所降低，则转子的转速将会（ A ）。

　　A. 变大　　　　　　B. 保持不变　　　　　C. 变小

37. 直流电动机带上负载后，气隙中的磁场是（ D ）。

　　A. 由主极磁场和电枢磁场叠加而成的　　　B. 由主极磁场和换向磁场叠加而成的

　　C. 主极产生的

　　D. 由主极磁场、换向磁场和电枢磁场叠加而成的

38. 直流电动机中电枢的主要作用是（ B ）。

　　A. 将交流电变为直流电　　　　　　　　B. 实现电能和机械能的转换

　　C. 改善直流电动机的换向　　　　　　　D. 在气隙中产生磁通

39. 改变电枢回路的电阻调速，只能使直流电动机的转速（ B ）。

　　A. 上升　　　　　　B. 下降　　　　　　　C. 保持不变

40. 并励直流电动机运行时，负载电路（ C ）。

　　A. 不能短路　　　　B. 可以短路　　　　　C. 不能突然短路

41. 换向器在直流电动机中起（ A ）的作用。

　　A. 整流　　　　　　B. 直流电变交流电　　C. 保护电刷　　　　D. 产生转子磁通

42. 直流电动机采用能耗制动是利用励磁电流产生的（ C ）磁通，进而产生感生电动势，至使电动机制动。

　　A. 交变　　　　　　B. 正弦　　　　　　　C. 恒定　　　　　　D. 脉动

43. 无换向器直流电动机与一般直流电动机的工作原理在本质上是（ B ）的。

　　A. 不同　　　　　　B. 相同　　　　　　　C. 不完全相同　　　D. 基本相同

44. 根据无刷直流电动机的特点调速方法正确的是（ D ）。

　　A. 变极　　　　　　B. 变频　　　　　　　C. 弱磁

　　D. 用电子换相开关改变电压方法

45. 由于直流电动机需要换向，致使直流电动机只能做成（ A ）式。

　　A. 电枢旋转　　　　B. 磁极旋转　　　　　C. 罩极　　　　　　D. 隐极

46. 直流电动机转速不正常，可能的故障原因是（ A ）。

　　A. 电刷位置不对　　B. 启动电流太小　　　C. 电动机绝缘老化　　D. 引出线碰壳

47. 直流电动机测量绝缘电阻时，额定电压500V以下的电动机在热态时的绝缘电阻不低于（ C ）MΩ。

　　A. 0.22　　　　　　B. 0.38　　　　　　　C. 0.5　　　　　　　D. 1

48. 直流电动机的换向极极性与顺着电枢转向的下一个主极极性（ B ）。

　　A. 相同　　　　　　B. 相反　　　　　　　C. 串联　　　　　　D. 并联

49. 直流电动机回馈制动时，电动机处于（ B ）状态。

　　A. 电动　　　　　　B. 发电　　　　　　　C. 空载　　　　　　D. 短路

50. 直流电动机的机械特性是（D）之间的关系。

    A. 电源电压与转速   B. 电枢电流与转速

    C. 励磁电流与电磁转矩   D. 电动机转速与电磁转矩

51. 在直流电动机中，为了改善换向，需要装置换向极，其换向极绕组应与（C）。

    A. 主磁极绕组串联   B. 主磁极绕组并联   C. 电枢串联   D. 电枢并联

52. 当直流电动机保持励磁电压不变，励磁电流增加时，表示（D）。

    A. 定子绕组接地   B. 励磁绕组个别线圈极性错误

    C. 换向极性错误   D. 励磁绕组匝间短路

53. 通常直流电动机的磁回路分为 5 段，其中磁通最大的是（C）。

    A. 齿磁通   B. 轭磁通   C. 气隙磁通   D. 主极磁通

54. 当电动机气隙长度值过小时，气隙谐波磁场（A），电动机杂散损耗（A）。

    A. 增大，增大   B. 增大，减小   C. 减小，增大   D. 减小，减小

55. 中小型感应电动机中，气隙一般为（D）。

    A. 0.1～0.15mm   B. 0.15～0.2mm   C. 0.2～1.0mm   D. 0.2～1.5mm

56. 一般换向极气隙为主极气隙的（C）左右。

    A. 0.5～1 倍   B. 1.5～2 倍   C. 2～2.5 倍   D. 3 倍

57. 直流电动机的机械特性是指（B）之间的关系。

    A. 端电压与输出功率   B. 转速与电磁转矩

    C. 端电压与转矩及转速与转矩   D. 负载电流与转速

58. 直流电动机的电枢绕组不论是单叠绕组还是单波绕组，一个绕组元件的两条有效边之间的距离都叫做（A）。

    A. 第一节距   B. 第二节距   C. 合成节距   D. 换向节距

59. 直流电动机的换向器片间云母板一般采用含胶量少、密度高、厚度均匀的（C），也称换向器云母板。

    A. 柔软云母板   B. 塑性云母板   C. 硬质云母板   D. 衬垫云母板

60. 他励直流电动机在所带负载不变的情况下稳定运行。若此时增大电枢电路的电阻，待重新稳定运行时，电枢电流和电磁转矩（B）。

    A. 增加   B. 不变   C. 减少   D. 一个增一个减少

61. 若并励直流发电机不能建立电压，其原因可能是（B）。

    A. 电机没有剩磁   B. 励磁绕组短路、开路

    C. 电机电刷位置错误   D. A、B 和 C

62. 引起直流电动机不能启动的主要原因是（C）。

    A. 电源故障或电动机励磁回路故障   B. 电动机电枢回路断路或机械负荷太大

    C. A 和 B   D. 应根据具体情况进行具体分析后确定

63. 对并励直流电动机进行调速时，随着电枢回路串联调节电阻的增大，其机械特性曲线的（C），转速对负载变化将很敏感，稳定性变差。

    A. 斜率减小，特性变硬   B. 斜率增大，特性变硬

    C. 斜率增大，特性变软   D. 斜率减小，特性变软

64. 一般用 500V 摇表测定直流电机各类绕组对机壳以及绕组相互间的绝缘电阻，若冷态绝缘电阻值在（B）以上就可认定为合格。

    A. 0.5MΩ   B. 1MΩ   C. 1.5MΩ   D. 2.0MΩ

65. 直流电动机电刷与换向器接触不良，需重新研磨电刷，并使其在半载下运行约（C）。

    A. 5min   B. 15min   C. 1min   D. 20min

66. 直流电动机的调速方案，越来越趋向于采用（C）调速系统。

    A. 直流发电机-直流电动机   B. 交磁电机扩大机-直流电动机

    C. 晶闸管可控整流-直流电动机

第6章 特殊电机

1. 并励发电机输出电压随负载电流增强而降低的原因有（B）个方面。
   A. 2　　　　　　　　B. 3　　　　　　　C. 4　　　　　　　D. 5
2. 直流测速发电机按励磁方式有（A）种。
   A. 2　　　　　　　　B. 3　　　　　　　C. 4　　　　　　　D. 5
3. 交流伺服电动机的转子通常做成（D）式。
   A. 罩极　　　　　　B. 凸极　　　　　　C. 线绕　　　　　　D. 鼠笼
4. 控制式自整角机按其用途分为（B）种。
   A. 3　　　　　　　　B. 2　　　　　　　C. 4　　　　　　　D. 5
5. 直流力矩电动机的工作原理与（A）电动机相同。
   A. 普通的直流伺服　B. 异步　　　　　　C. 同步　　　　　　D. 步进
6. 滑差电动机的机械特性主要取决于（B）的机械特性。
   A. 异步电动机　　　　　　　　　　　　B. 转差离合器
   C. 测速发电机　　　　　　　　　　　　D. 异步电动机和测速发电机综合
7. 交流换向器电动机的调速原理是（C）调速。
   A. 变频　　　　　　B. 弱磁　　　　　　C. 在电动机定子副绕组中加入可调节电势 E_k
   D. 采用定子绕组接线改变电动机极对数
8. 三相并励换向器电动机调速适用于（A）负载。
   A. 恒转矩　　　　　B. 逐渐增大转矩　　C. 恒功率　　　　　D. 逐渐减小转矩
9. 电压负反馈调速系统是通过稳定直流电动机电枢电压来达到稳定转速的目的，其原理是电枢电压的变化与（A）。
   A. 转速的变化成正比　　　　　　　　　B. 转速的变化成反比
   C. 转速的变化平方成正比　　　　　　　D. 转速的变化平方成反比
10. 交流双速电梯运行速度一般应小于（A）m/s。
    A. 1　　　　　　　　B. 2　　　　　　　C. 2.5　　　　　　D. 3
11. 交磁电动机扩大机的补偿绕组嵌放在定子铁芯的（C）槽中，且与电枢绕组串联，用来补偿直轴电枢反应磁通。
    A. 中槽和小　　　　B. 大槽和中　　　　C. 大槽和小　　　　D. 大、中、小
12. 滑差电动机的转差离合器电枢是由（C）拖动的。
    A. 测速发电机　　　　　　　　　　　　B. 工作机械
    C. 三相笼型异步电动机　　　　　　　　D. 转差离合器的磁极
13. 发电机-电动机组调速系统是一种典型的（A）调速自控系统。
    A. 开环　　　　　　B. 半闭环　　　　　C. 单闭环　　　　　D. 全闭环
14. 反应式步进电动机的转速 n 与脉冲频率 f 的关系是：（A）。
    A. 成正比　　　　　B. 成反比　　　　　C. f_2 成正比　　　D. f_2 成反比
15. 异步电动机的电磁转矩与转子中每相绕组电流的关系为（B）。
    A. 转矩与电流的大小成反比　　　　　　B. 转矩与电流的大小成正比
    C. 转矩与电流的平方成反比　　　　　　D. 转矩与电流的平方成正比
16. 发电机的基本工作原理是：（A）。
    A. 电磁感应　　　　　　　　　　　　　B. 电流的磁效应
    C. 电流的热效应　　　　　　　　　　　D. 通电导体在磁场中受力
17. 他励发电机的外特性比并励发电机的外特性要好，这是因为他励发电机负载增加，其端电压将逐渐下降的因素有（B）个。
    A. 1　　　　　　　　B. 2　　　　　　　C. 3　　　　　　　D. 4
18. 无换向器电动机的结构由（A）等部分组成。

A. 电动机本体（主定子、主转子）、位置传感器（定子、转子）、电子换向开关

B. 定子磁场和转子（电枢）及刷架等附件

C. 装多相电枢绕组的定子和一定极对数的永磁钢转子

D. 定子和转子端盖等

19. 无换向器电动机是由转子位置检测器来检测磁极位置以控制（B）电路，从而实现自控变频。

A. 放大　　　　　　B. 变频　　　　　　C. 斩波　　　　　　D. 限幅

20. 无换向器电动机又称为（C）电动机。

A. 他控变频同步　　B. 他控变频异步　　C. 自控变频同步　　D. 自控变频异步

21. 滑差电动机的机械特性主要取决于（B）的机械特性。

A. 异步电动机　　　B. 转差离合器　　　C. 测速发电机

D. 异步电动机和测速发电机综合

22. 水轮发电机的定子结构与三相异步电动机的定子结构基本相同，但其转子一般采用（A）式。

A. 凸极　　　　　　B. 罩极　　　　　　C. 隐极　　　　　　D. 爪极

23. 空心杯非磁性转子交流伺服电动机，当只给励磁绕组通入励磁电流时，产生的磁场为（A）磁场。

A. 脉动　　　　　　B. 旋转　　　　　　C. 恒定　　　　　　D. 不定

24. 滑差电动机的机械特性是（D）。

A. 绝对硬特性　　　B. 硬特性　　　　　C. 稍有下降的机械特性　　　D. 软机械特性

25. 修理后的转子绕组要用钢丝箍扎紧，扎好钢丝箍部分的直径必须比转子铁芯直径小（C）mm。

A. 2　　　　　　　B. 3　　　　　　　C. 3～5　　　　　　D. 6

26. 三相交流换向器电动机，其结构复杂，产生旋转磁场的绕组安装在（B）。

A. 定子槽内　　　　B. 转子槽内　　　　C. 一部分在定子槽内另一半在转子槽内

D. 定子或转子槽内均可

27. 中频发电机的频率范围是（D）Hz。

A. 50　　　　　　　B. 30　　　　　　　C. 40　　　　　　　D. 50～10000

28. 直流力矩电动机的工作原理与（A）电动机相同。

A. 普通的直流伺服　　B. 异步　　　　　C. 同步　　　　　　D. 步进

29. 无换向器电动机的基本电路中，直流电源由（C）提供。

A. 三相整流电路　　B. 单相整流电路　　C. 三相可控整流桥　　D. 单相全桥整流电路

30. 直流力矩电动机是一种能够长期处于堵转下工作的（C）直流电动机。

A. 高转速大转矩　　B. 高转速小转矩　　C. 低转速大转矩　　D. 低转速小转矩

31. 空心杯转子交流测速发电机励磁绕组产生（B）。

A. 频率不同的交流电　　　　　　　　　B. 频率相同的交流电

C. 直流电　　　　　　　　　　　　　　D. 电势为零

32. 交流换向器电动机因有滑环及换向器故外加电压不能过高，容量（B）。

A. 可以做得很大　　B. 不会很大　　　　C. 3kW 以下　　　　D. 800W 以下

33. 有个三相六极转子上有 40 齿的步进电动机，采用单三拍供电，则电动机的步矩角 θ 为（A）。

A. 3°　　　　　　　B. 6°　　　　　　　C. 9°　　　　　　　D. 12°

34. 直流力矩电动机的电枢，为了在相同体积和电枢电压下产生比较大的转矩及较低的转速，电枢一般做成（B）状，电枢长度与直径之比一般为 0.2 左右。

A. 细而长的圆柱形　　B. 扁平形　　　　C. 细而短　　　　　D. 粗而长

35. 感应子中频发电机电枢绕组内所感生电动势频率 f 为（A）。

A. $f = Z_2 n / 60$　　B. $f = 60 n / p$　　C. $f = 60 f_2 / Z_2$　　D. $f = 60 Z_2 / n$

36. 三相交流换向电动机，其结构复杂，产生旋转磁场的绕组安装在（C）。

A. 定子槽内　　　　　　　　　　　　　B. 转子槽内

C. 一部分在定子槽内另一半在转子槽内　　D. 定子或转子槽内均可

37. 三相交流换向器电动机调速时，只需（ C ）即可。
    A. 按下按钮   B. 接通控制线路   C. 转动手轮   D. 合上开关

38. 修理后的转子绕组要用钢丝箍扎紧，扎好钢丝箍部分的直径必须比转子铁芯直径小（ C ）mm。
    A. 2   B. 3   C. 3～5   D. 6

39. 测速发电机有两套绕组，其输出绕组与（ C ）相连。
    A. 电压信号   B. 短路导线   C. 高阻抗仪表   D. 低阻抗仪表

40. 滑差电动机平滑调速是通过（ A ）的方法来实现的。
    A. 平滑调节转差离合器直流励磁电流的大小
    B. 平滑调节三相异步电动机三相电源电压的大小
    C. 改变三相异步电动机的极数多少
    D. 调整测速发电机的转速大小

41. 发电机-电动机组调速系统是一种典型的（ D ）调速自控系统。
    A. 开环   B. 半闭环   C. 单闭环   D. 全闭环

42. 他励发电机的外特性比并励发电机的外特性要好，这是因为他励发电机负载增加，其端电压将逐渐下降的因素有（ B ）个。
    A. 1   B. 2   C. 3   D. 4

43. 直流测速发电机按励磁方式可分为（ A ）种。
    A. 2   B. 3   C. 4   D. 5

44. 并励直流电动机的机械特性为硬特性，当电动机负载增大时，其转速（ B ）。
    A. 下降很多   B. 下降很少   C. 不变   D. 略有上升

45. 空心杯电枢直流伺服电动机有一个外定子和（ A ）个内定子。
    A. 1   B. 2   C. 3   D. 4

46. 交流换向器电动机最高转速时的满载功率因数可达（ C ）。
    A. 0.6   B. 0.85   C. 0.98   D. 0.2

47. 无刷直流电动机与一般直流电动机最大的优点区别是（ A ）。
    A. 无滑动接触和换向火花，可靠性高以及无噪声
    B. 调速范围广   C. 启动性能好   D. 调速性能好

48. 无换向器电动机的逆变电路直流侧（ C ）。
    A. 串有大电容   B. 串有大电感   C. 并有大电容   D. 并有大电感

49. 并励发电机输出电压随负载电流增加而降低的原因有（ B ）个方面。
    A. 2   B. 3   C. 4   D. 5

50. 直流并励电动机采用能耗制动时，切断电枢电源，同时电枢与电阻接通，并（ C ），产生的电磁转矩方向与电枢转动方向相反，使电动机迅速制动。
    A. 增大励磁电流   B. 减小励磁电流
    C. 保持励磁电流不变   D. 使励磁电流为零

51. 反应式步进电动机的步距角 θ 大小与转子齿数 Z_r 的关系（ B ）。
    A. 成正比   B. 成反比   C. 齿数的平方成正比   D. 齿数的平方成反比

52. 中频发电机主要用途是（ C ）的电源。
    A. 作工业用电动机   B. 作特殊照明
    C. 用作金属感应加热和高速电动机等   D. 作直流电动机的励磁

53. 无换向器直流电动机与一般直流电动机的工作原理在本质上是（ A ）的。
    A. 不同   B. 相同   C. 不完全相同   D. 基本相同

54. 交流发电机外特性的函数表达式为（ B ）。
    A. $U=f(n)$ B. $U=f(I)$ C. $U=f(M)$ D. $U=f(\Phi)$

55. 换向器电动机其主要特点是（ A ），所以适用于恒转矩调速。

120

A. 调速平滑性好，调速方法简单方便，效率较高
B. 调速平滑性好，调速方法简单方便，效率较低
C. 调速平滑性差，调速方法简单方便，效率较低
D. 调速平滑性差，调速方法简单方便，效率较高

56. 变频式空调常采用的变频器为（ D ）。
    A. 交-交电压型　　　　B. 交-交电流型　　　C. 交-直-交电压型　　D. PWM

57. 斩波器可以对（ D ）实现无级平滑调速。
    A. 笼型电动机　　　　B. 绕线式电动机　　　C. 同步电动机　　　　D. 直流电动机

58. 同步发电机的转子、定子结构与（ C ）相同。
    A. 直流发电机　　　　B. 交流绕线式电动机　C. 交流同步电动机　　D. 笼型电动机

59. 同步发电机在并网运行时，调节励磁电流，实际上改变的是（ B ）。
    A. 输出电压和功率因数　　　　　　　　B. 功率因数和无功功率
    C. 有功功率和无功功率　　　　　　　　D. 输出电压和有功功率

60. 在我国火电厂用汽轮机作为原动机拖动的发电机，当频率为50Hz时，其转速一般为（ C ）。
    A. 1000r/min　　　　B. 1500r/min　　　　C. 3000r/min　　　　D. 3600r/min

61. 为防止发电机产生轴电流，发电机的轴承对地应是绝缘的，用1000V摇表测量时，其绝缘
电阻值不应小于（ B ）MΩ。
    A. 0.5　　　　　　　B. 1　　　　　　　　C. 2　　　　　　　　D. 10

62. 一般情况下，用汽轮机作为原动机的同步发电机在额定负荷下运行时，功率角δ应控制在（ D ）。
    A. $10°\sim15°$　　　B. $15°\sim20°$　　　C. $20°\sim25°$　　　D. $25°\sim30°$

63. 对于装设有欠磁和失磁保护装置的发电机，其失磁保护时限应整定为（ C ）s。
    A. 0.1　　　　　　　B. 0.5　　　　　　　C. 1　　　　　　　　D. 1.5

64. 容量在5～60万千瓦的发电机，多采用氢冷的冷却方式，使用的氢气纯度为（ A ）。
    A. 99%　　　　　　　B. 95%　　　　　　　C. 90%　　　　　　　D. 80%

65. 一般发电厂规定，转子温度每月应测量一次。对于双水内冷发电机，则以其出水温度不超
过（ C ）作为监视其转子温度的依据。
    A. 65℃　　　　　　　B. 70℃　　　　　　　C. 75℃　　　　　　　D. 80℃

66. 发电机并网运行，必须满足电压相等、相位相同、频率一致、相序相同的条件，其中（ D ）
必须严格与电力网一致，才允许其并网发电运行。
    A. 电压　　　　　　　B. 相位　　　　　　　C. 频率　　　　　　　D. 相序

67. 自整角机的结构相似于（ D ）。
    A. 直流电动机　　　　B. 笼型异步电动机　　C. 同步电动机　　　　D. 绕线型异步电动机

68. 根据反应式步进电动机的工作原理，它应属于（ C ）。
    A. 直流电动机　　　　B. 笼型异步电动机　　C. 同步电动机　　　　D. 绕线型异步电动机

69. 三相六拍通方式步进电动机转子齿数为10，则每输入一个脉冲转子转过（ B ）。
    A. 3°　　　　　　　　B. 6°　　　　　　　　C. 12°　　　　　　　D. 36°

70. 力矩电动机的特点是（ C ）。
    A. 转速高，转矩大　　B. 转速高，转矩小　　C. 转速低，转矩大　　D. 转速高，转矩低

71. 爪极式发电机的结构相似于（ C ）。
    A. 直流控电机　　　　B. 隐极式发电机　　　C. 凸极式发电机

72. 感应子发电机的转子是（ D ）。
    A. 单相励磁　　　　　B. 三相励磁　　　　　C. 直流励磁　　　　　D. 无励磁

73. 三相交流换向器异步电动机的调速是通过改变（ C ）实现的。
    A. 磁极对数　　　　　B. 电源频率　　　　　C. 电刷位置　　　　　D. 电源电压

74. 三相交流换向器异步电动机同相电刷间的张角的变化范围是（ A ）。
    A. $\pm180°$　　　　　B. $\pm120°$　　　　　C. $\pm60°$　　　　　D. $\pm30°$

75. 三相二极交流换向器异步电动机的电刷数是（C）。
    A. 2   B. 4   C. 6   D. 9

76. 无换向器电动机的调速方法是（D）。
    A. 调电压调速   B. 调励磁电流调速   C. 调电刷位置调速   D. 三种都可以

77. 同步电动机定子的磁极数比转子的磁极数（C）。
    A. 多   B. 少   C. 相等

78. 同步电动机磁极表面（转子磁极表面）的笼型绕组是为了（C）设置的。
    A. 改善功率因素   B. 增加电磁转矩   C. 启动

79. 同步电动机工作在欠励状态时，功率因数（D）。
    A. 接近于1   B. 等于1   C. 很高   D. 很低

80. 同步补偿电动机应工作在（A）。
    A. 空载状态   B. 满载状态   C. 超满载状态

81. SB-3型三相步进电动机定子磁极对数3、转子齿数 $Z=40$，采用三相六拍通电方式，此时步距角 $Q=$（B）。
    A. 3°   B. 1.5°   C. 1°   D. 0.5°

82. 三相并励交流换向器电动机调速采用的是（D）的方法。
    A. 改变励磁大小   B. 改变电源电压大小   C. 改变电源频率   D. 改变电刷位置

83. 一具有4个大磁极、转子齿数 $z_1=100$、转子转速 $n_1=1500r/min$ 的中频发电机，它发出电动势的频率 $f=$（A）Hz。
    A. 2500   B. 5000   C. 1250   D. 10000

84. 旋转变压器的结构相似于（D）。
    A. 直流电动机   B. 笼型异步电动机   C. 同步电动机   D. 绕线型异步电动机

85. 自整角机的结构相似于（D）。
    A. 直流电动机   B. 笼型异步电动机   C. 同步电动机   D. 绕线型异步电动机

86. 根据反应式步进电动机的工作原理，它应属于（C）。
    A. 直流电动机   B. 笼型异步电动机   C. 同步电动机   D. 绕线型异步电动机

87. 力矩电动机的特点是（C）。
    A. 转速高，转矩大   B. 转速高，转矩小   C. 转速低，转矩大   D. 转速低，转矩小

88. 爪极式发电机的结构相似于（C）。
    A. 直流发电机   B. 隐极式发电机   C. 凸极式发电机

89. 感应子发电机的转子是（D）。
    A. 单相励磁   B. 三相励磁   C. 直流励磁   D. 无励磁

90. 无刷直流电动机从工作原理上看它是属于（C）。
    A. 直流电动机   B. 笼型异步电动机   C. 同步电动机   D. 绕线型异步电动机

91. 无换向器电动机的调速方法是（D）。
    A. 调电压调速   B. 调励磁电流调速   C. 调电刷位置调速   D. 三种都可以

92. 电动机回馈制动的原理是将转轴上输入的机械能转变为电能回馈电网，因此，它是一种（D）制动方法。
    A. 快速的   B. 被动的   C. 复杂的   D. 节能的

93. 三相力矩异步电动机的转子通常采用（C）的 H62 黄铜制成鼠笼型，也有整个转子用实心钢制成。
    A. 机械性能较好   B. 可焊性较好   C. 电阻率较高   D. 电阻率较低

94. 直流力矩电动机的换向器是用铜板制成（D），和绕组一起用环氧树脂浇铸在转子铁芯槽内成为一整体。
    A. 圆环形状   B. 拱形   C. 工字槽形   D. 槽楔形状

95. 一般三相并励交流换向器电动机的调速范围为 10:1，最大可达 110:1，调速范围在（A）

时，调速平滑性很高。

    A. 11：1 以内   B. 8：1 以内   C. 大于 11：1   D. 小于 11：1

96. 无换向器电动机的工作原理是在（C）工作原理的基础上，用晶闸管与转子位置检测器保证 F_a 与 F_f 的相对位置在一定范围内变化，获得一定的平均电磁转矩。

    A. 同步电动机   B. 交流换向器电动机 C. 反装式直流电动机 D. 他励直流电动机

97. 异极倍齿距式感应子中频发电机的定子铁芯上通常均匀分布着 4～6 个大槽，每两个大槽之间的铁芯上均布着若干小槽，励磁绕组是嵌放在（A）的。

    A. 大槽内   B. 大小槽之间   C. 小槽内   D. 转子上的槽内

98. 力矩式自整角机 A 为发送机，B 为接收机。当 A 的转子在外力作用下转过一定的角度，使 A 和 B 的转子之间出现了角位差。这个角位差称为（A）。

    A. 失调角   B. 相位角   C. 功率角   D. 调整角

99. 三相反应式步进电动机要在连续改变通电的状态下，获得连续不断的步进运动，在设计时必须做到在不同相的极下，定、转子齿的相对位置应依次错开（A）齿距。

    A. 1/3   B. 1/4   C. 1/6   D. 1/5

100. （D）是一种中频发电机，能发出单相或多相频率为 1200～10000 Hz 的电流。

    A. 整流子发电机   B. 隐极式同步发电机 C. 古典式同步发电机 D. 感应子发电机

101. 伺服电机的装拆要极其小心，因为它的（C）往往有测速发电机、旋转变压器（或脉冲编码器）等在一起。

    A. 电动机端部   B. 前轴伸端   C. 后轴伸端

102. 同步电动机的转子绕组要有足够的机械强度和电气强度，绕组对地绝缘要保证能承受（C）而不击穿。

    A. 3 倍的额定励磁电压   B. 5 倍的额定励磁电压

    C. 10 倍的额定励磁电压

103. 旋转变压器的定子铁芯和转子铁芯，采用（B）材料冲制、绝缘、叠装而成。

    A. 电工用纯铁   B. 高磁导率的硅钢片或铁镍合金片

    C. 非磁性合金   D. 软磁铁氧体

104. 自整角机的结构与一般（D）异步电动机相似。

    A. 小型单相笼型   B. 中型笼型   C. 中型线绕式   D. 小型线绕式

105. 交磁扩大机补偿绕组的作用是（C）。

    A. 改善直轴换向   B. 改善交轴换向

    C. 抵消直轴电枢反应的去磁作用   D. 减小剩磁电压

106. 测速发电机有两套统组，其输出绕组与（C）相接。

    A. 电压信号   B. 短路导线   C. 高阻抗仪表   D. 低阻抗仪表

107. 反应式步进电动机的步距角 θ 的大小与运行拍数 m 的关系是 θ 与（B）。

    A. m 成正比   B. m 成反比   C. m^2 成正比   D. m^2 成反比

108. 根据无刷电动机的特殊情况，用于改变电枢电压的调速方法是（D）。

    A. 用电机扩大机控制的发电机控制电压

    B. 用他励直流发电机调整供给直流电动机的电枢电压

    C. 弱磁调速

    D. 用电子换向开关电路，每相导通时间维持不变，改变每相导通时加在线圈上的电压幅度大小来实现调速

109. 转子供式三相并励交流换向器电动机的调速范围在（B）以内时，调速平滑性很高。

    A. 1：1   B. 3：1   C. 5：1   D. 10：1

110. 交流伺服电动机的鼠笼转子导体电阻（B）。

    A. 与三相笼型异步电动机一样   B. 比三相笼型异步电动机大

    C. 比三相笼型异步电动机小   D. 无特殊要求

111. 旋转变压器的主要用途是（ D ）。
   A. 输出电力传送电能　B. 变压变流　　　　C. 调节电机转速
   D. 作自动控制系统中的随动系统和解算装置
112. 三相异步换向器电动机转速调到同步转速以上的最高转速时，则该电动机移刷机构将使换向器两个转盘相对位置变化，并使同相电刷间的张角变为（ A ）电角度。
   A. −180°　　　　　　B. 180°　　　　　　C. −180°～+180°　D. 0°
113. 交流异步电动机在变频调速过程中。应尽可能使气隙磁通（ D ）。
   A. 大些　　　　　　　B. 小些　　　　　　C. 由小到大变化　　D. 恒定
114. 三相交流换向器电动机的缺点之一是工作电压不能太高，一般额定电压（ C ）。
   A. 小于 250V　　　　B. 大于 250V　　　　C. 小于 500V　　　　D. 大于 500V
115. 换向器在直流发电机中起（ A ）的作用。
   A. 交流电变直流电　　B. 直流电变交流电　　C. 保护电刷　　　　D. 产生转子磁通
116. 正弦旋转变压器在定子的一个绕组中通入励磁电流，转子对应的一个输出绕组接高阻抗负载，其余绕组开路，则输出电压大小与转子转角的关系是（ D ）。
   A. 成反比　　　　　　B. 无关　　　　　　C. 成正比　　　　　D. 与转子转角的正弦成正比
117. 同步电机的励磁方式主要有（ A ）大类。
   A. 2　　　　　　　　B. 3　　　　　　　　C. 4　　　　　　　　D. 5
118. 下面关于同步电动机对励磁系统的要求不正确的是（ B ）。
   A. 停机时应无磁
   B. 为提高电动机的动态稳定性，当电网电压过高时，应进行励磁
   C. 为改善电网功率因数，大容量电动机的励磁系统可按输出无功电流恒定进行励磁调节
   D. 对带负载启动的电动机应使用同步转速前位电阻器短接励磁绕组
119. 同步发电机不能同步运转的原因是（ C ）。
   A. 磁极的励磁绕组断线　　　　　　　　　B. 启动电压过高
   C. 转子励磁线圈断路　　　　　　　　　　D. 负载转矩太小
120. 同步电机的直流励磁系统主要适用于（ A ）。
   A. 中容量水轮发电机　　　　　　　　　　B. 大容量汽轮发电机
   C. 中容量汽轮发电机　　　　　　　　　　D. 低压小型发电机
121. 旋转的交流同步电动机励磁系统的缺点是（ D ）。
   A. 维护复杂　　　　　　　　　　　　　　B. 运行可靠性低
   C. 输出端电压不稳定　　　　　　　　　　D. 运转部分的电压、电流难测量
122. 换向磁极的作用是（ A ）。
   A. 消除电刷下的火花，获得良好的换向　　B. 换向
   C. 减少涡流损耗　　　　　　　　　　　　D. 将交流电转换为直流电
123. 他励不可控静止整流器励磁系统主要适用于（ B ）。
   A. 中容量水轮发电机　　　　　　　　　　B. 100MW 以上的汽轮发电机
   C. 大容量发电机　　　　　　　　　　　　D. 低压小型发电机
124. 他励式静止半导体同步电动机励磁系统主要由（ C ）组成。
   A. 交流励磁机、交流副励磁机、硅整流装置
   B. 交流励磁机、硅整流装置、自动电压调相机
   C. 交流励磁机、硅整流装置、交流副励磁机、自动电压调整器
   D. 交流励磁机、硅整流装置、交流副励磁机、电压互感器
125. 发电机在额定转速下运转，在电枢电势等于额定电压，负荷电流等于零的条件下运行，称为（ C ）。
   A. 低耗运行　　　　　B. 负载运行　　　　C. 空载运行　　　　D. 节能运行
126. 直流发电机电压适应的首要条件是主磁极铁芯中必须有额定磁通值（ C ）的剩磁通。

A. 0.1%～1%　　　　B. 1%～2%　　　　C. 2%～3%　　　　D. 3%～10%

127. 在直流发电机空载特性中，在励磁电流 $I_f = 0$ 时，电枢绕组两端的剩磁电压 U_r 一般为（ D ）。

A. 1%～2%U_n　　　B. 5%～10%U_n　　　C. 10%～20%U_n　　　D. 2%～4%U_n

128. 在外磁场作用下所产生的磁边界的移动具有（ D ）的性质。

A. 可逆　　　　B. 延长　　　　C. 缩短　　　　D. 不可逆

129. 使直流发电机电压建立起来的首要条件是主磁极铁芯中心必须有（ B ）。

A. 主磁通　　　B. 剩磁通　　　C. 饱和磁通　　　D. 磁场

130. 当并励直流发电机的励磁回路外串电阻（ D ）临界电阻值时，发电机端电压将升不起来，即不能自励。

A. 大于　　　　B. 小于　　　　C. 无法确定　　　　D. 等于或大于

131. 并励直流发电机电压的建立中，励磁电流产生的磁通方向必须和剩磁通（ B ）。

A. 方向相反　　　　　　　　　　B. 方向相同

C. 保持一定的相位关系　　　　　D. 大于30°

132. 在直流发电机的外特性曲线中，端电压随负荷电流的增加而（ B ）。

A. 增加　　　　B. 降低　　　　C. 不变　　　　D. 无因果关系

133. 直流发电机的发电原理是应用（ B ）。

A. 电磁力定律　　　B. 电磁感应定律　　　C. 安培定律　　　D. 欧姆定律

134. 直流发电机整流器的作用是（ C ）。

A. 通交流隔直流　　　B. 通直流隔交流　　　C. 将交流变直流　　　D. 将直流变交流

135. 直流发电机主要由（ D ）组成。

A. 定子、机座、转子和电枢铁芯　　　　B. 定子、转子和电枢铁芯

C. 定子、转子和机座　　　　　　　　　D. 定子和转子

136. 直流发电机的定子主要由（ B ）组成。

A. 主磁极、换向器、换向磁极和刷架　　　B. 主磁极、换向磁极、机座和刷架

C. 主磁极、电枢铁芯、机座和刷架　　　　D. 主磁极、换向器、电枢铁芯和刷架

137. 发电机带上负荷后，主磁通和电枢磁通同时存在，得到的合成磁通不是对称分布，这种现象称为（ C ）。

A. 电枢反应　　　　　　　　　B. 磁感应

C. 换向器的去磁作用　　　　　D. 换向器的增磁作用

138. 直流发电机发生电枢反应后，当电刷在几何中性线上时，被电刷短路的线圈内将出现主磁场电动势 e_k 和自感电动势 e_L，二者方向相同，其合成电动势为（ A ）。

A. $e_k + e_L$　　　B. $e_k - e_L$　　　C. $e_k e_L$　　　D. e_k / e_L

139. 直流发电机换向磁极与主磁极的极性排列次序按照电枢旋转方向为（ C ）。

A. S1→S0→N1→N0　　　　　　B. N1→N0→S1→S0

C. N0→S1→S0→N1　　　　　　D. S0→N1→S1→N0

140. 直流发电机的换向磁极线圈内应通入（ B ）电流。

A. 励磁　　　　B. 负荷　　　　C. 电容　　　　D. 电枢

141. 并励直流发电机的主磁极线圈与电枢线圈（ D ）连接，它不需要其他直流电源而利用（ D ）就可自励。

A. 串联；主磁通　　　B. 并联；主磁通　　　C. 串联；剩磁　　　D. 并联；剩磁

142. 并励直流发电机的空载特性曲线与（ A ）的磁化特性曲线相似。

A. 铁磁材料　　　B. 软磁材料　　　C. 非铁磁材料　　　D. 铜材料

143. 直流发电机的磁场回路电阻（ D ）临界电阻值时，端电压将升不起来，即不能自励。

A. 大于　　　　B. 小于　　　　C. 无法确定　　　　D. 等于或大于

144. 直流发电机的电压平衡方程式为（ A ）。

A. $U_a = E_a - I_a R_a$ B. $U_a = I_a R_a - E_a$ C. $E_a = I_a R_a - U_a$ D. $E_a = U_a - I_a R_a$

145. 直流发电机端电压随负载变化的程度，通常用（D）来衡量。
    A. 电流变化率 ΔI B. 电势变化率 ΔE
    C. 磁通变化率 $\Delta \Phi$ D. 电压变化率 ΔU

146. 同步发电机转子旋转一周，定子线圈中感应电动势的方向将交变（C）。
    A. 4次   B. 2次   C. 1次   D. 不变

147. 当汽轮发电机有功功率增大时，必须（A）。
    A. 增加汽轮机进汽量   B. 减小汽轮机进汽量
    C. 使发电机转速上升   D. 使发电机转速不变

148. 隐极式转子（C）。
    A. 转速高、直径大、长度短   B. 转速低、直径小、长度长
    C. 转速高、直径小、长度长   D. 转速低、直径大、长度短

149. 三相同步发电机各相线圈中感应电动势达到最大值的时间（D）。
    A. 相同   B. 彼此相差90°   C. 彼此相差180°   D. 彼此相差120°

150. 在同步发电机中，定子旋转磁场的旋转方向与转子的旋转方向（D）。
    A. 相差120°   B. 相差90°   C. 相反   D. 一致

151. QF-3-2型汽轮发电机为隐极机，其转速为（A）。
    A. 3000r/min   B. 1500r/min   C. 2000r/min   D. 2500r/min

152. 在同步发电机中，电枢反应的程度不仅与定子电流的大小有关，而且与（C）也有关系。
    A. 负载大小   B. 磁通大小   C. 负载性质   D. 磁通方向

153. 同步发电机合成磁动势产生的气隙总磁场的（D）与空载时的气隙磁场不同。
    A. 大小   B. 磁场强度   C. 方向   D. 大小及方向

154. 当同步发电机有负载时，随着电枢磁动势的产生，作用于发电机磁路的磁动势是（B）。
    A. 励磁磁动势加上自励磁动势   B. 励磁磁动势加上电枢磁动势
    C. 电枢磁动势   D. 电枢磁动势加上自励磁动势

155. 一台同步发电机，同步电抗愈大，表示在一定负载电流下，电枢反应磁场及定子漏磁场愈强，由它们在定子绕组中所引起的（A）愈大。
    A. 电抗压降   B. 电压   C. 电流   D. 磁通

156. 同步发电机中，气隙与主磁极磁场轴线之间夹角 θ 的大小，与同步发电机输出的（C）大小有关。
    A. 视在功率   B. 无功功率   C. 有功功率   D. 旋转磁场

157. 对于小型电厂规定电压变动范围不许超过额定电压的（D）。
    A. ±10%   B. ±0.5%   C. ±1%   D. ±5%

158. 同步发电机并列运行时必须具备的条件中，正确的是（D）。
    A. 发电机电压的有效值和电网电压的有效值相等
    B. 发电机和电网电压的相位、频率相同
    C. 相序一致   D. 以上三项都对

159. 同步发电机并列操作时，应使发电机转速（C）同步转速。
    A. 小于   B. 高于   C. 等于   D. 远远高于

160. 属于信号元件的控制电机是（A）。
    A. 旋转变压器   B. 电机扩大器   C. 伺服电机   D. 步进电动机

161. 特别适合作机床和自动化装置中的位置伺服系统和速度伺服系统中的执行元件的是（D）。
    A. 电磁调速电机   B. 交磁电机放大机
    C. 步进电机   D. 直流力矩电机

162. 他励直流电动机采用调压调速时，电动机的转速是在（A）额定转速范围内调整。
    A. 小于   B. 大于   C. 等于   D. 2～3倍

163. 若使他励直流电动机转速降低，应使电枢回路中附加电阻的阻值（A）。
    A. 变大   B. 不变   C. 变小   D. 视具体情况而定

164. 他励直流电动机调电阻调速，是在（B）中进行的。
    A. 控制回路   B. 电枢回路   C. 励磁回路   D. 附加回路

165. 他励直流电动机调压调速，是在（B）回路中进行的。
    A. 控制   B. 电枢   C. 励磁   D. 辅助

166. 三相同步发电机，当转速和励磁不变时若负载增加，输出电压反而升高，则该负载性质为（B）性的。
    A. 电阻   B. 电容   C. 电感   D. 电阻和电容

167. 同步电动机当作为同步补偿机使用时，若其所接电网功率因数是电感性的，为了提高电网功率因数，那么应使该机处于（B）状态。
    A. 欠励运行   B. 过励运行   C. 他励运行   D. 自励运行

168. 要使同步发电机的输出功率提高，则必须（D）。
    A. 增大励磁电流   B. 提高发电机的端电压
    C. 增大发电机的负载   D. 增大原动机的输入功率

169. 步进电动机是靠（A）信号控制方向。
    A. 开关量   B. 模拟量   C. 继电器换向   D. 接触器换向

170. 步进电动机的细分数代表（B）含义。
    A. 转一圈的频率   B. 转一圈的脉冲   C. 速度   D. 电动机电流

171. 在一定的步进电动机细分下旋转角度和（B）参数有关
    A. 频率   B. 脉冲数   C. 脉冲电压   D. 脉冲占空比

172. 步进电动机在超过其额定转速时扭矩会（B）。
    A. 增大   B. 减小   C. 不变   D. 都有可能

173. 交磁电动机扩大机是一种旋转式的（D）放大装置。
    A. 电压   B. 电流   C. 磁率   D. 功率

174. （B）不是调节异步电动机的转速的参数。
    A. 变极调速   B. 开环调速   C. 转差率调速   D. 变频调速

175. 在步进电动机驱动电路中，脉冲信号经（A）放大器后控制步进电动机励磁绕组。
    A. 功率   B. 电流   C. 电压   D. 直流

第7章　电子基础知识

1. 在分析计算晶体管放大电路的静态工作点时，应首先画出电路的（A）。
    A. 直流通路   B. 交流通路   C. h 等效电路   D. 反馈网络图

2. 在多级放大电路的级间耦合中，低频电压放大电路只要采用（A）耦合方式。
    A. 阻容   B. 直接   C. 变压器   D. 电感

3. 影响模拟放大电路静态工作点稳定的主要因素是（D）
    A. 三极管的 β 值   B. 三极管的穿透电流   C. 放大信号的频率   D. 工作环境的温度

4. 电容三点式正弦波振荡器属于（B）振荡电路。
    A. RC B. LC C. RL D. 石英晶体

5. 在硅稳压管电路中，限流电阻 R 的作用是（B）
    A. 既限流又降压   B. 既限流又调压   C. 既降压又调压   D. 既调压又调流

6. 在简单逆阻型晶闸管斩波器中，（D）晶闸管。
    A. 只有一只   B. 有两只主   C. 有两只辅助
    D. 有一只主晶闸管，一只辅助

7. 在并联谐振式晶闸管逆变器中，为求得较高的功率因数和效率，应使晶闸管触发脉冲的频率（A）负载电路的谐振频率。

A. 远大于   B. 大于   C. 接近于   D. 小于

8. 由 RLC 并联电路中，电源电压大小不变而频率从其谐波频率逐渐减小到零时，电路中的电流值将（ B ）。

     A. 从某一最大值渐变到零   B. 由某一最小值渐变到无穷大   C. 保持某一定值不变

9. 在多级直流放大器中，对零点飘移影响最大的是（ A ）。

     A. 前级   B. 后级   C. 中间级   D. 前后级一样

10. 共发射极偏置电路中，在直流通路中计算静态工作点的方法称为（ C ）。

     A. 图解分析法   B. 图形分析法   C. 近似估算法   D. 正交分析法

11. 在模拟放大电路中，集电极负载电阻 R_c 的作用是（ C ）。

     A. 限流   B. 减小放大电路的失真

     C. 把三极管的电流放大作用转变为电压放大作用

     D. 三极管的电压放大作用转变为电流放大作用

12. 在三相桥式半控整流电路中，对于共阴极组晶闸管来说，只有（ A ）一相的晶闸管且有触发脉冲时才能导通。

     A. 阳极电压最高   B. 阳极电压最低   C. 阴极电压最高   D. 阴极电压最低

13. 稳压二极管是利用其伏安特性的（ D ）特性进行稳压的。

     A. 正向起始   B. 正向导通   C. 反向   D. 反向击穿

14. 在正弦波振荡器中，反馈电压与原输入电压之间的相位差是（ A ）。

     A. 0°   B. 90°   C. 180°   D. 270°

15. 改变逆变电路的输出（ D ）并协调地改变输出电压，即可实现同步电动机的调速。

     A. 电压   B. 电流   C. 功率   D. 频率

16. 硅稳压管稳压电路适用于（ D ）的场合。

     A. 高电压   B. 低电压   C. 负载大   D. 负载小

17. 电流截止负反馈的截止方法不仅可以用电压比较方法，而且也可以在反馈回路中对接一个（ D ）来实现。

     A. 晶闸管   B. 三极管   C. 单晶管   D. 稳压管

18. 电流截止负反馈的截止方法不仅可以用（ B ）比较方法，而且也可以在反馈回路中对接一个稳压管来实现。

     A. 电流   B. 电压   C. 功率   D. 电荷

19. 带有电流截止负反馈环节的调速系统，为了使电流截止负反馈参与调节后机械特性曲线下垂段更陡一些，应把反馈取样电阻阻值选得（ A ）。

     A. 大一些   B. 小一些   C. 接近无穷大   D. 零

20. 电压负反馈自动调速系统，一般调速范围 D 应为（ A ）。

     A. $D<10$ B. $D>10$ C. $10<D<20$ D. $20<D<30$

21. 国产 YS 系列荧光数码管的阳极工作电压为（ D ）。

     A. 1.5V   B. 3V   C. 6V   D. 20V

22. 一般要求模拟放大电路的输入电阻（ A ）些好。

     A. 大些好，输出电阻小   B. 小些好，输出电阻大

     C. 输出电阻都大   D. 输出电阻都小

23. 在三相半控桥式整流电路中，要求共阴极组晶闸管的触发脉冲之间相位差为（ B ）。

     A. 60°   B. 120°   C. 150°   D. 180°

24. 在实际调整模拟放大电路的静态工作点时，一般是以（ A ）为准。

     A. I_b B. I_c C. U_{ce} D. U_{be}

25. 串联型稳压电路中的调整管工作在（ A ）状态。

     A. 放大   B. 截止   C. 饱和   D. 任意

26. 三相桥式半控整流电路，晶闸管承受的最大反向电压是变压器（ D ）。

A. 次级相电压的最大值

B. 次级相电压的有效值

C. 次级线电压的有效值

D. 次级线电压的最大值

27. 在三相半控桥式整流电路带电阻性负载的情况下，能使输出电压刚好维持连续的控制角 α 等于（ C ）。

A. 30°　　　　　　B. 45°　　　　　　C. 60°　　　　　　D. 90°

28. 共发射极放大电路中，当负载电阻增大时，其电压放大倍数的值将（ C ）。

A. 不变　　　　　　B. 减小　　　　　　C. 增大　　　　　　D. 迅速下降

29. 正弦波振荡器的振荡频率 f 取决于（ D ）。

A. 反馈强度

B. 反馈元件的参数

C. 放大器的放大倍数

D. 选频网络的参数

30. 在并联谐振式晶闸管逆变器中，与输入端串联的大电感起（ A ）隔离的作用。

A. 恒压和交流　　　B. 恒流和交流　　　C. 恒压和直流　　　D. 恒流和直流

31. 一个发光二极管显示器应显示"7"，实际显示"1"，故障线段应为（ A ）。

A. a　　　　　　　B. b　　　　　　　C. d　　　　　　　D. f

32. 低频干扰电压滤波器电路，对抑制因电源波形失真含有较多（ A ）谐波的干扰很有效。

A. 高频　　　　　　B. 低频　　　　　　C. 中频　　　　　　D. 直流

33. 对电子装置内部进行布置及走线时，各种线圈要（ C ）或距离要远些，注意漏磁方向，减少互感耦合等。

A. 绝缘　　　　　　B. 保护　　　　　　C. 屏蔽　　　　　　D. 连接

34. 热电偶输出的（ A ），是从零逐渐上升到相应的温度后，不再上升而呈平均值。

A. 电阻值　　　　　B. 热电势　　　　　C. 电压值　　　　　D. 阻抗值

35. 三相电动机负载及对整流电源要求较高的场合一般采用（ D ）整流电路。

A. 单相半波　　　　B. 三相半波　　　　C. 三相桥式半控　　D. 三相桥式全控

36. 多级放大器的总电压放大倍数等于各级放大电路电压放大倍数之（ C ）。

A. 和　　　　　　　B. 差　　　　　　　C. 积　　　　　　　D. 商

37. 在带平衡电抗器的双反星形可控整流电路中，两组三相半波电路是（ A ）工作的。

A. 同时并联　　　　B. 同时串联　　　　C. 不能同时并联　　D. 不能同时串联

38. 在三相桥式整流电路中，要求共阴极组晶闸管的触发脉冲之间的相位差为（ B ）。

A. 60°　　　　　　B. 120°　　　　　C. 150°　　　　　D. 180°

39. 在工业生产中，若需要低压大电流可控整流装置，常采用（ D ）可控整流电路。

A. 三相半波　　　　B. 三相全波　　　　C. 三相桥式

D. 带平衡电抗器的双反星形

40. 国产的 YS 系列荧光数码管的阳极工作电压为（ C ）。

A. 1.5V　　　　　B. 3V　　　　　　C. 6V　　　　　　D. 20V

41. 在模拟放大电路中，对零点漂移影响最大的是（ A ）。

A. 前级　　　　　　B. 后级　　　　　　C. 中间级　　　　　D. 前后级一样

42. 晶体管放大电路中晶体管有三种接法，其中共集电极接法又称为射极输出器，其主要特点为（ C ）。

A. 输入电阻大，输出电阻大

B. 输入电阻小，输出电阻小

C. 输入电阻大，输出电阻小

D. 输入电阻小，输出电阻大

43. 当要求振荡器的振频较低时，宜采用（ B ）振荡电路。

A. LC　　　　　　B. RC　　　　　　C. 电感三点式　　　D. 电容三点式

44. 典型的晶体管串联型稳压电源由取样电路、比较放大、基准电压和调整四个基本环节组成，其中稳压二极管包含在（ C ）环节中。

A. 取样电路　　　　B. 比较放大　　　　C. 基准电压　　　　D. 调整

45. 目前得到普遍应用的液晶数字显示器件是（ B ）数码显示器。

A. 五段　　　　　　　B. 七段　　　　　　　C. 九段　　　　　　　D. 十一段

46. 三相全控桥式整流电路，大电感负载，触发角 0≤α≤90，则输出直流平均电压值为（ D ）。
   A. $U_d = 0.45U_{2\Phi}\cos\alpha$　　　　　　　　B. $U_d = 0.9U_{2\Phi}\cos\alpha$
   C. $U_d = 1.17U_{2\Phi}\cos\alpha$　　　　　　　　D. $U_d = 2.34U_{2\Phi}\cos\alpha$

47. 双反星形带平衡电抗器可控整流电路，当 60°<α<120° 时，直流输出电压平均值为（ B ）。
   A. $U_d = 1.17U_{2\Phi}\cos\alpha$　　　　　　　　B. $U_d = 1.17U_{2\Phi}[1+\cos(\alpha+60°)]$
   C. $U_d = 2.34U_{2\Phi}\cos\alpha$　　　　　　　　D. $U_d = 2.34U_{2\Phi}[1+\cos(\alpha+60°)]$

48. 采用铜或铝材料作为屏蔽体，可抗（ C ）电磁场干扰。
   A. 高频　　　　　　　B. 中频　　　　　　　C. 低频　　　　　　　D. 恒定

49. 单相半桥逆变器（电压型）的直流接有两个相互串联的（ A ）。
   A. 容量足够大的电容　　　　　　　　　　　B. 大电感
   C. 容量足够小的电容　　　　　　　　　　　D. 小电感

50. 扩音器所采用的是（ A ）。
   A. 低频放大电路　　B. 高频放大电路　　C. 直流放大电路　　D. 运算放大电路

51. 对于可控硅触发电路不需要的是（ C ）。
   A. 足够大的触发电压　　　　　　　　　　　B. 足够大的触发电流
   C. 触发脉冲越宽越好　　　　　　　　　　　D. 触发脉冲要陡

52. 交流放大器低频段放大倍数下降的原因是（ C ）。
   A. 晶体管的频率特性差　　　　　　　　　　B. 晶体管结电容效应影响
   C. 耦合电容和旁路电容的影响　　　　　　　D. 静态工作点不对

53. 电压测量法是通过（ C ）的大小与正常值比较，而找出故障点故障排除方法。
   A. 测量线路电压　　B. 负载电压　　　　C. 关键点电压　　　D. 电源电压

54. 通过测量（ B ）从而判断电路故障的方法为电流测量法。
   A. 电路电流大小　　　　　　　　　　　　　B. 部分电路的电流大小
   C. 静态工作电流　　　　　　　　　　　　　D. 电源电流的大小

55. 单相半波可控整流电路的输出电压为（ A ）。
   A. $0.45U_2(1+\cos\alpha/2)$　　　　　　　　B. $0.9U_2(1+\cos u/2)$
   C. $0.45U_2(1+\cos\alpha)$　　　　　　　　　D. $0.9U_2(1+\cos\alpha)$

56. 单相桥式可控整流电路的输出电压为（ D ）。
   A. $1.17U_2$　　　　B. $0.625U_2$　　　　C. $2.34U_2$　　　　D. $0.9U_2$

57. 三相半波可控整流电路的输出电压为（ A ）。
   A. $1.17U_2$　　　　B. $0.625U_2$　　　　C. $2.34U_2$　　　　D. $0.9U_2$

58. 三相桥式可控整流电路的输出电压为（ C ）。
   A. $1.17U_2$　　　　B. $0.625U_2$　　　　C. $2.34U_2$　　　　D. $0.9U_2$

59. 用晶体管作为电子器件制作的计算机属于（ B ）。
   A. 第一代　　　　　　B. 第二代　　　　　　C. 第三代　　　　　　D. 第四代

60. 晶体管特性曲线反应（ B ）。
   A. 工作区域　　　　　　　　　　　　　　　B. 电压与电流的关系
   C. 输入电压与输出电压的关系　　　　　　　D. 输入电流与输出电流的关系

61. 晶体管的 I_{cm} 是（ C ）。
   A. β值最大时的集电极电流　　　　　　　　B. 晶体管集电极漏电流
   C. β值 1/2 时所对应的集电极电流　　　　　D. 击穿电流

62. 交流电压放大器增加负反馈的目的是（ C ）。
   A. 提高电压放大倍数　　　　　　　　　　　B. 增加输入阻抗
   C. 提高工作稳定性　　　　　　　　　　　　D. 减小输入电阻

63. 射极输出器的放大倍数等于（ C ）。

A. $A=-\beta R_{\mathrm{l}}/r_{\mathrm{be}}$ B. $A=-R_{\mathrm{l}}/R_{\mathrm{f}}$

C. $A=(\beta+1)R_{\mathrm{l}}/r_{\mathrm{be}}+(\beta+1)R_{\mathrm{l}}$

D. $A=(\beta+1)R_{\mathrm{l}}/r_{\mathrm{be}}$

64. 电感耦合的振荡条件（ A ）。

    A. 线圈负极接集电极，正极接基极，发射极接线圈中心的交流地电位

    B. 线圈负极接集电极，正极接发射极，基极接线圈中心的交流地电位

    C. 线圈正极接集电极，负极接基极，发射极接线圈中心的交流地电位

    D. 线圈负极接集电极，正极接发射极，基极接线圈中心的交流地电位

65. 电容耦合振荡器适用（ C ）。

    A. 高频电路   B. 低频电路   C. 固定频率   D. 可调频率

66. 振荡器有多种形式，下列（ C ）不是 RC 振荡器。

    A. RC 移相式振荡器   B. RC 桥式振荡器   C. RC 串联式振荡器   D. 双 T 网络式

67. 晶体管的开关特性是（ B ）。

    A. 开时 $I_{\mathrm{c}}=0$，$U_{\mathrm{ce}}=E_{\mathrm{c}}$；关时 $I_{\mathrm{c}}=I_{\mathrm{e}}=E_{\mathrm{c}}/R_{\mathrm{c}}$，$U_{\mathrm{ces}}=0.3\mathrm{U}$

    B. 开时 $I_{\mathrm{c}}=I_{\mathrm{e}}=E_{\mathrm{c}}/R_{\mathrm{c}}$，$U_{\mathrm{ces}}=0.3\mathrm{U}$；关时 $I_{\mathrm{c}}=0$，$U_{\mathrm{ce}}=E_{\mathrm{c}}$

    C. 开时 $I_{\mathrm{c}}=\beta I_{\mathrm{b}}$，$U_{\mathrm{ce}}=E_{\mathrm{c}}-I_{\mathrm{c}}R_{\mathrm{c}}$；关时 $I_{\mathrm{c}}=I_{\mathrm{e}}=E_{\mathrm{c}}/R_{\mathrm{c}}$，$U_{\mathrm{ces}}=0.3\mathrm{U}$

    D. 开时 $I_{\mathrm{c}}=\beta I_{\mathrm{b}}$，$U_{\mathrm{ce}}=E_{\mathrm{c}}-I_{\mathrm{c}}R$；关时 $I_{\mathrm{c}}=I_{\mathrm{e}}=E_{\mathrm{c}}/R_{\mathrm{c}}$，$U_{\mathrm{ces}}=0\mathrm{U}$

68. 多谐振荡电路是在双稳电路的基础上改变而成，它们的区别在于将双稳电路中的（ A ），即可构成多谐振荡电路。

    A. 电阻耦合电路改为电容耦合电路   B. 电容耦合电路改为电阻耦合电路

    C. 电阻耦合电路改为阻容耦合电路   D. 阻容耦合电路改为电阻耦合电路

69. 在整流电路中，（ C ）整流电路输出的直流电脉动最小。

    A. 单相半波   B. 单相桥式   C. 三相桥式

70. 在加有滤波电容的整流电路中，二极管的导通角总是（ C ）180°。

    A. 大于   B. 等于   C. 小于

71. 三极管基极的作用是（ B ）载流子。

    A. 发射   B. 输送和控制   C. 收集

72. 三极管集电极的作用是（ C ）。

    A. 发射载流子   B. 输送和控制载流子   C. 收集载流子

73. 在共发射的放大电路中输入信号加在三极管的（ A ）。

    A. 基极与发射极之间   B. 基极与集电极之间   C. 发射极与集电极之间

74. 三极管工作在放大状态时，I_{b}、I_{c}、I_{e} 的关系是（ A ）。

    A. $I_{\mathrm{e}}=I_{\mathrm{b}}+I_{\mathrm{c}}$ B. $I_{\mathrm{c}}=I_{\mathrm{e}}+I_{\mathrm{b}}$ C. $I_{\mathrm{b}}=I_{\mathrm{e}}+I_{\mathrm{c}}$

75. 给二极管加 1.5V 正向电压二极管将（ C ）。

    A. 工作正常   B. 不工作   C. 烧坏

76. 三极管实现放大作用的外部条件是发射结正向偏置，集电结（ B ）偏置。

    A. 正向   B. 反向   C. 不

77. PN 结空间电荷区是由（ B ）。

    A. 电子和空穴的构成   B. 正离子和负离子构成

    C. 施主杂质原子和受主杂质原子构成

78. 半导体中空穴电流是由（ A ）。

    A. 价电子填实空穴所形成的   B. 自由电子填补空穴所形成   C. 自由电子作定向运动所形成

79. 三极管集电极反向饱和电流 I_{cbo} 和集-射极穿透电流 I_{ceo} 之间的关系为（ B ）。

    A. $I_{\mathrm{ceo}}=I_{\mathrm{cbo}}$ B. $I_{\mathrm{ceo}}=(\beta+1)I_{\mathrm{cbo}}$ C. $I_{\mathrm{ceo}}=\beta I_{\mathrm{cbo}}$

80. 在可控硅调速系统中，选择可控硅额定平均电流应以电动机的（ D ）作为依据。

    A. 额定电压   B. 最大过载电流   C. 额定电流   D. 启动电流

81. 如果电阻的阻值能反映温度、压力等非电量的变化，可以利用（D）来测这些非电量。

    A. 节点法   B. 等效法   C. 平衡电桥   D. 不平衡电桥

82. $50\mu F/400V$ 与 $100\mu F/400V$ 进行并联后相当于一个（A）。

    A. $150\mu F/400V$ B. $75\mu F/400V$ C. $150\mu F/800V$ D. $25\mu F/400V$

83. 三相全控桥整流电路带阻性负载，其最大移相范围是（B）。

    A. $90°$ B. $120°$ C. $150°$ D. $180°$

84. 三相全控桥整流电路带阻性负载，晶体管承受的最大反向电压为（D）。

    A. U_2 B. $\sqrt{3}U_2$ C. $2U_2$ D. U_2

85. 晶体管串联反馈式稳压电源中的调整管起（D）作用。

    A. 放大信号   B. 降压   C. 提供较大的输出电流

    D. 调整管压降来保证输出电压稳定

86. 在下列直流稳压电路中，效率最高的是（D）稳压电路。

    A. 硅稳压管型   B. 串联型   C. 并联型   D. 开关型

87. 在需要直流电压较低、电流较大的设备中，宜采用（D）整流电源。

    A. 单相桥式可控   B. 三相桥式半控   C. 三相桥式全控

    D. 带平衡电抗器三相双反星形可控

88. 带平衡电抗器三相双反星形可控整流电路中，平衡电抗器的作用是使两组三相半波整流可控整流电路（D）。

    A. 相串联   B. 相并联   C. 单独输出   D. 以$180°$相位差相并联

89. 在三相半波可控整流电路中，每只晶闸管的最大导通角为（D）。

    A. $30°$ B. $60°$ C. $90°$ D. $120°$

90. 在三相半波可控整流电路中，当负载为电感性时，负载电感量越大，则（D）。

    A. 输出电压越高   B. 输出电压越低   C. 导通角口越小   D. 导通角口越大

91. 三相桥式半控整流电路中，每只晶闸管承受的最高正反向电压为变压器二次相电压的（C）。

    A. $\sqrt{2}$倍   B. $\sqrt{3}$倍   C. $2\sqrt{3}$倍   D. $2\sqrt{2}$倍

92. 三相桥式半控整流电路中，每只晶闸管流过的平均电流是负载电流的（C）。

    A. 1 倍   B. 1/2 倍   C. 1/3 倍   D. 1/6 倍

93. 三相全控桥式整流输出的平均电压 U_L 的计算式为 $U_L =$（B）。

    A. $1.17U_{2\phi}\cos\alpha$ B. $2.34U_{2\phi}\cos\alpha$ C. $1.17U_{2\phi}\sin\alpha$ D. $2U_{2\phi}\sin\alpha$

94. 带平衡电抗器三相双反星形可控整流电路中，每只晶闸管流过的平均电流是负载电流（D）。

    A. 1/2 倍   B. 1/3 倍   C. 1/4 倍   D. 1/6 倍

95. 把直流电源中恒定的电压变换成（D）的装置称为直流斩波器。

    A. 交流电压   B. 可调交流电压   C. 脉动直流电压   D. 可调直流电压

96. 在小信号共射极放大电路中，I_b 越大，则输入电阻 R_{be}（B）。

    A. 越大   B. 越小   C. 与 I_b 无关   D. 为一常数

97. 乙类功率放大器所存在的一个主要问题是（C）。

    A. 截止失真   B. 饱和失真   C. 交越失真   D. 零点漂移

98. 已知放大电路功率增益为20dB，当输入功率为2W时，则输出功率为（C）W。

    A. 20   B. 40   C. 200   D. 400

99. 稳压二极管的反向特性曲线越陡（B）。

    A. 稳压效果越差   B. 稳压效果越好   C. 稳定的电压值越高   D. 稳定的电流值越高

100. 三相全控桥整流输出的平均电压 U_d 计算式为（A）。

    A. $U_{d1}=1.17U_2\cos\alpha$ B. $U_{d1}=2.34U_2\cos\alpha$ C. $U_{d1}=1.17U_2\sin\alpha$ D. $U_{d1}=2.34U_2\sin\alpha$

101. 在三相半波可控整流电路中，当负载为电感性时，负载电感量越大，则（C）。

    A. 输出电压越高   B. 导通角 θ 越小   C. 导通角 θ 越大

102. 图 2-9 所示电路中管子 V 的，工作在开关状态，使用后发现管子经常损坏，其主要原因是（ C ）。

 A. 管子质量差　　　　B. 饱和导通时间过长

 C. 管子由饱和转入截止时 KA 产生自感电动势

 D. 管子由截止转入饱和时 KA 产生自感电动势

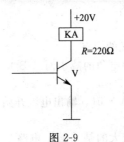
图 2-9

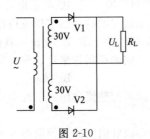
图 2-10

103. 图 2-10 所示接成的整流电路，加上额定输入电压后的平均值将 （ A ）。

 A. 为 27V　　　　B. 导致管子烧坏　　　　C. 为 13.5V　　　　D. 为 0

104. 图 2-11 中处于饱和状态的是（ C ）。

 A. 图 （a）　　　　B. 图 （b）　　　　C. 图 （c）　　　　D. 图 （d）

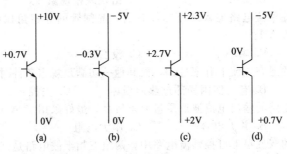
图　2-11

105. 三相桥式半控整流电路中，每只晶闸管流过的平均电流是负载电流的（ C ）。

 A. 1 倍　　　　B. 1/2 倍　　　　C. 1/3 倍　　　　D. 1/6 倍

106. 把 （ C ）的装置称为逆变器。

 A. 交流电变换为直流电　　　　　　　B. 交流电压升高或降低

 C. 直流电变换为交流电　　　　　　　D. 直流电压升高或降低

107. 当阳极和阴极之间加上正向电压而控制极不加任何信号时，晶闸管处于（ B ）。

 A. 导通状态　　　　B. 关断状态　　　　C. 不确定状态

108. 从自动控制的角度来看，晶闸管中频电源装置在感应加热时是一个（ B ）。

 A. 开环系统　　　　B. 人工闭环系统　　　　C. 自动闭环系统

109. 中频电源整流触发电路中每个晶闸管的触发信号必须与主电路的电源同步，相邻序号器件的触发脉冲必须相隔 （ B ）电角度。

 A. 30°　　　　B. 60°　　　　C. 90°

110. 在晶闸管中频电源中，当外加工频电源正常时，整流器六个桥臂都轮流导电，触发脉冲移相到（ A ）时，整流电压可达到满电压。

 A. $\alpha = 0°$　　　　B. $\alpha = 30°$　　　　C. $\alpha = 60°$

111. 由测量元件、电子线路和显示器件等组成的装置简称为 （ A ）。

 A. 数显装置　　　　B. 程控单元　　　　C. 数控系统

112. 三相半波可控整流电路带负载时，其触发脉冲控制角的移相范围是（ B ）。

 A. 120°　　　　B. 150°　　　　C. 180°

113. 晶闸管整流电路中"同步"的概念是指（C）。
    A. 触发脉冲与主回路电源电压同时到来，同时消失
    B. 触发脉冲与电源电压频率相同
    C. 触发脉冲与主回路电源电压频率和相位上具有相互协调配合的关系

114. 由晶体管组成的共发射极、共基极、共集电极三种放大电路中，电压放大倍数最小的是（B）。
    A. 共发射极电路　　　B. 共集电极电路　　　C. 共基极电路

115. 甲类功率放大器的静态工作点应设于（C）。
    A. 直流负载线的下端　B. 交流负载线的中心　C. 直流负载线的中点

116. 对于一确定的晶闸管来说，允许通过它的电流平均值随导电角的减小而（B）。
    A. 增加　　　　　　　B. 减小　　　　　　　C. 不变

117. 三相半波可控整流电路带阻性负载时，当控制角大于（A）时，输出电流开始断续。
    A. 30°　　　　　　　B. 60°　　　　　　　C. 90°

118. 由晶体三极管组成的三种组态放大电路，其中输入阻抗较大的是（B）电路。
    A. 共射极　　　　　　B. 共集电极　　　　　C. 共集极

119. 要想提高放大器的输入电阻和稳定输出电流，应引入（C）。
    A. 电压串联负反馈　　B. 电流并联负反馈　　C. 电流串联负反馈

120. 三相半波可控整流电路带阻性负载时，若触发脉冲加于自然换向点之前，则输出电压将（C）。
    A. 很大　　　　　　　B. 很小　　　　　　　C. 出现缺相现象

121. 带感性负载的可控整流电路加入续流二极管后，晶闸管的导通角比没有二极管前减小了，此时电路的功率因数（A）。
    A. 提高了　　　　　　B. 减小了　　　　　　C. 没变化

122. 如果通过晶闸管的通态电流上升率过大，而其他一切满足规定条件时，则晶闸管将（B）。
    A. 误导通　　　　　　B. 有可能因局部过热而损坏　　　　C. 失控

123. 如果对可控整流电路的输出电流波形质量要求较高，最好采用（A）滤波。
    A. 串平波电抗器　　　B. 并大电容　　　　　C. 串大电阻

124. 在带平衡电抗器的双反星形可控整流电路中，两组三相半波电路是（A）工作的。
    A. 同时并联　　　　　B. 同时串联　　　　　C. 不能同时并联　　　D. 不能同时串联

125. 在下列数码显示器中，最省电的是（A）。
    A. 液晶显示器　　　　B. 荧光数码管　　　　C. 发光二极管显示器　D. 辉光数码管

126. 求解放大电路的静态工作点时，最好先画出（A）。
    A. 直流通路　　　　　B. 交流通路　　　　　C. 等效电路　　　　　D. 耦合电路

127. 共发射极放大电路中，当负载电阻增大时，其电压放大倍数的值将（C）。
    A. 不变　　　　　　　B. 减小　　　　　　　C. 增大　　　　　　　D. 迅速下降

128. 在三相半控桥式整流电路中，要求共用极晶闸管组的触发脉冲之间的相位差为（B）。
    A. 60°　　　　　　　B. 120°　　　　　　　C. 150°　　　　　　　D. 180°

129. 硅稳压管工作于（D），它在电路中起稳定电压的作用。
    A. 正向电压区　　　　B. 死区电压区　　　　C. 反向电压区　　　　D. 反向击穿区

130. 当温度升高时，半导体的电阻将（B）。
    A. 增大　　　　　　　B. 减小　　　　　　　C. 不变

131. （D）的本质是一个场效应管。
    A. 肖特基二极管　　　B. 电力晶体管　　　　C. 可关断晶闸管　　　D. 绝缘栅双极晶体管

132. 凡是把（B）的某个物理量用某种方法送回到（B）就叫反馈。
    A. 输入端；输出端　　B. 输出端；输入端　　C. 输入端；输入端　　D. 输出端；输出端

133. 负反馈虽然使放大倍数（C），但放大器的其他性能也得到改善。
    A. 上升　　　　　　　B. 改变　　　　　　　C. 下降　　　　　　　D. 不变

134. 所谓负反馈，是指返送回来的信号和输入信号（C）相反。

A. 电压　　　　　　B. 电流　　　　　　C. 相位　　　　　　D. 方向

135. 电压负反馈会使放大电路的输出电阻（ B ）。
A. 变大　　　　　　B. 减小　　　　　　C. 为零　　　　　　D. 不变

136. 负反馈按反馈信号与放大器输入信号的连接方式可分为（ D ）。
A. 并联负反馈、电流负反馈　　　　　　B. 电压负反馈、串联负反馈
C. 电压负反馈、电流负反馈　　　　　　D. 串联负反馈、并联负反馈

137. 负反馈放大器（ C ）的改善，是以牺牲放大倍数为代价的。
A. 电流　　　　　　B. 电压　　　　　　C. 性能　　　　　　D. 电阻值

138. 负反馈愈深，放大器的稳定性（ A ）。
A. 愈好　　　　　　B. 愈差　　　　　　C. 一般　　　　　　D. 无影响

139. 把放大器输出端短路，若反馈信号没有消失，此时的反馈应属于（ D ）反馈。
A. 并联　　　　　　B. 串联　　　　　　C. 电压　　　　　　D. 电流

140. 在并联电压负反馈电路里，反馈电阻 R_f 的一端接在晶体管的（ A ）上，另一端接在（ A ）上。
A. 集电极；基极　　B. 发射极；基极　　C. 集电极；发射极　　D. 以上都对

141. 在并联反馈中，电压负反馈是（ A ）负反馈电路，电流负反馈是（ A ）负反馈电路。
A. 单级；两级　　　B. 单级；奇数级　　C. 两级；单级　　　　D. 两级；偶数级

142. 串联负反馈电路是将反馈信号接到晶体管的（ B ）上。
A. 基极　　　　　　B. 发射极　　　　　C. 集电极　　　　　D. 旁路

143. 在串联负反馈中，（ C ）负反馈是单级负反馈电路，（ C ）负反馈是两级负反馈电路。
A. 电压；电流　　　B. 电压；多级　　　C. 电流；电压　　　　D. 电流；多级

144. 串联电流负反馈信号应由奇数级的（ A ）取出。
A. 发射极　　　　　B. 集电极　　　　　C. 基极　　　　　　D. 控制极

145. 二极管作开关，正向导通时正向压降实际上（ A ）。
A. 不为零　　　　　B. 大于1　　　　　C. 小于零　　　　　D. 等于零

146. 二极管的开关速度比电磁开关的速度（ A ）。
A. 高　　　　　　　B. 低　　　　　　　C. 相同　　　　　　D. 慢

147. 二极管作为开关也是有一定条件的，当它正向导通时，它的正向电阻实际上（ B ）。
A. 等于零　　　　　B. 并不为零　　　　C. 无穷大　　　　　D. 大于1

148. 当晶体管基极电流大于（ D ）时，集电极电流总是维持一定的大小，这种现象叫饱和。
A. $10\mu A$　　　　B. $50\mu A$　　　　C. $80\mu A$　　　　D. $100\mu A$

149. 晶体管饱和时基极电位（ C ）集电极电位，集电结处于正向偏置。
A. 低于　　　　　　B. 等于　　　　　　C. 高于　　　　　　D. 控制

150. 晶体管反相器把信号波形反相了，而且信号幅度（ C ）。
A. 不变　　　　　　B. 减小　　　　　　C. 增大　　　　　　D. 控制

151. 从晶体管开关状态的反相器输出端看，它有（ B ）。
A. 负电位、零电位　B. 零电位、高电位　C. 高电位、低电位　D. 低电位、零电位

152. 可控硅的三个极中，控制极用字母（ D ）表示。
A. K　　　　　　　B. C　　　　　　　C. G　　　　　　　D. A

153. 晶闸管触发导通后，其控制极对主电路（ B ）。
A. 仍有控制作用　　B. 失去控制作用　　C. 有时仍有控制作用
D. 控制作用与自身参数有关

154. 晶闸管控制极电压一般要求正向电压、反向电压分别不超过（ A ）。
A. 10V，5V　　　　B. 5V，10V　　　　C. 10V，10V　　　　D. 5V，5V

155. 通态平均电压值是衡量晶闸管质量好坏的指标之一，其值（ B ）。
A. 越大越好　　　　B. 越小越好　　　　C. 适中为好　　　　D. 大小均好

156. 单相半波晶闸管整流电路中，晶闸管所承受的最大正向电压为输入电源电压的（ C ）。

A. 平均值   B. 有效值   C. 峰值   D. 2 倍

157. 晶闸管整流电路，在小导通角时，应限制（A）。

     A. 输出电流   B. 输出电压   C. 输入电流   D. 输入电压

158. 三相半波可控整流电路带电阻性负载时，若触发脉冲加于自然换相点之前，则输出电压将（C）。

     A. 很大   B. 很小   C. 出现缺相现象   D. 降为零

159. 电阻性负载的三相桥式全控整流电路中，当控制角 $0° \leqslant \alpha \leqslant 60°$ 时，其输出的直流电压 U_d 的计算公式 $U_d =$ （B）。

     A. $1.17U_2\cos\alpha$ B. $2.34U_2\cos\alpha$ C. $1.17U_2\sin\alpha$ D. $2.34U_2\sin\alpha$

160. 三相半控桥式整流电路中，每只晶闸管流过的平均电流是负载电流的（C）。

     A. 1 倍   B. 1/2 倍   C. 1/3 倍   D. 1/6 倍

161. 三相半波可控整流电路带电阻性负载时，当控制角大于（A）时，输出电流开始断续。

     A. 30°   B. 60°   C. 90°   D. 120°

162. 对于带电感性负载的可控整流电路，为避免电感性负载的持续电流流过晶闸管，除并联续流二极管的方法外，也可以在电感性负载前并联适当大小的（C）。

     A. 电阻   B. 电容

     C. 电阻、电容串联回路   D. 电阻、电容并联回路

163. 带电感性负载的可控整流电路加入续流二极管后，晶闸管的导通角比没有二极管前减小了，此时电路的功率因数（A）。

     A. 提高了   B. 减小了   C. 并不变化   D. 有微小变化

164. 振荡器产生振荡和放大器产生自激振荡在物理本质上是（B）。

     A. 不同的   B. 相同的   C. 相似的   D. 性质一样的

165. 为了保证晶闸管能准确、及时、可靠地被触发，要求触发脉冲的前沿要（C）。

     A. 小   B. 大   C. 陡   D. 坡

166. 在由二极管组成的单相桥式电路中，若一只二极管断路，则（B）。

     A. 与之相邻的一只二极管将被烧坏   B. 电路仍能输出单相半波信号

     C. 其他三只管子相继损坏   D. 电路不断输出信号

167. 需要直流电压较低、电流较大的设备宜采用（D）整流电路。

     A. 单相桥式可控   B. 三相桥式半控

     C. 三相桥式全控   D. 带平衡电抗器三相双星形可控

168. 稳压管的反向电压超过击穿点进入击穿区后，电流虽然在很大范围内变化，其端电压变化（B）。

     A. 也很大   B. 很小   C. 不变   D. 变为 0

169. 在由稳压管和串联电阻组成的稳压电路中，稳压管和电阻分别起（D）作用。

     A. 电流调节   B. 电压调节

     C. 电流调节和电压调节   D. 电压调节和电流调节

170. 将输出信号从晶体管（B）引出的放大电路称为射极输出器。

     A. 基极   B. 发射极   C. 集电极   D. 栅极

171. 射极输出器交流电压放大倍数（A）。

     A. 近似为 1   B. 近似为 0   C. 需通过计算才知   D. 近似为 2

172. 稳压管虽然工作在反向击穿区，但只要（D）不超过允许值，PN 结不会过热而损坏。

     A. 电压   B. 反向电压   C. 电流   D. 反向电流

173. 使用电解电容时（B）。

     A. 负极接高电位，正极接低电位   B. 正极接高电位，负极接低电位

     C. 负极接高电位，负极也可以接高电位   D. 不分正负极

174. 电阻器反映导体对电流起阻碍作用的大小，简称电阻，用字母（A）表示。

A. R B. ρ C. Ω

175. 铝电解电容器的型号用（B）表示。

    A. CJ   B. CD   C. CA   D. CN

176. 调频信号输入到方波变换器变成两组互差180°的方波输出，经微分电路后产生尖脉冲，传送至双稳态触发电路形成两组互差180°的（B）脉冲。

    A. 尖脉冲   B. 矩形   C. 梯形   D. 三角波

177. 将可能引起正反馈的各元件或引线远离且互相垂直放置，以减少它们的耦合，破坏其（D）平衡条件。

    A. 条件   B. 起振   C. 相位   D. 振幅

178. 振荡器的基本电路是（A）与变压器反馈式振荡电路的复合方式。

    A. 电容三点式   B. 电容两点式   C. 电感三点式   D. 电感两点式

179. 三极管放大区的放大条件为（A）。

    A. 发射结正偏，集电结反偏   B. 发射结反偏或零偏，集电结反偏

    C. 发射结和集电结正偏   D. 发射结和集电结反偏

180. 三极管放大区的放大条件为（A）。

    A. 发射结正偏，集电结反偏   B. 发射结反偏或零偏，集电结反偏

    C. 发射结和集电结正偏   D. 发射结和集电结反偏

181. 当外加的电压超过死区电压时，电流随电压增加而迅速（A）。

    A. 增加   B. 减小   C. 截止   D. 饱和

182. 常用的稳压电路有（D）等。

    A. 稳压管并联型稳压电路   B. 串联型稳压电路

    C. 开关型稳压电路   D. 以上都是

183. 三相桥式半控整流电路，每只晶闸管承受的最高正反向电压为变压器二次相电压的（C）。

    A. $\sqrt{2}$倍   B. $\sqrt{3}$倍   C. $\sqrt{2}\times\sqrt{3}$倍   D. $2\sqrt{3}$倍

184. 用于把矩形波脉冲变为锯齿波的电路是（B）。

    A. RC耦合电路   B. 微分电路   C. 积分电路   D. LC耦合电路

185. 当检测信号超过预先设定值时，装置中的过电流、过电压保护电路工作，把移相控制端电压降为0V，使整流触发脉冲控制角自动移到（D），三相全控整流桥自动由整流区快速拉到逆变区。

    A. 60°   B. 90°   C. 120°   D. 150°

186. 积分电路 C_1 接在二极管的集电极，它是（C）的锯齿波发生器。

    A. 电感负反馈   B. 电感正反馈   C. 电容负反馈   D. 电容正反馈

187. KC41C 的内部的1~6端输入（C）块 KC04 来的6个脉冲。

    A. 一   B. 二   C. 三   D. 四

188. 工频电源输入端接有两级 LB-300 型电源滤波器是阻止（D）的电器上去。

    A. 工频电网馈送到高频设备以内   B. 工频电网馈送到高频设备以外

    C. 高频设备产生的信号通过工频电网馈送到高频设备机房以内

    D. 高频设备产生的信号通过工频电网馈送到高频设备机房以外

189. 双窄脉冲的脉宽在（D）左右，在触发某一晶闸管的同时，再给前一晶闸管补发一个脉冲，作用与宽脉冲一样。

    A. 120°   B. 90°   C. 60°   D. 18°

190. 感性负载（或电抗器）之前并联一个二极管，其作用是（D）。

    A. 防止负载开路   B. 防止负载过电流

    C. 保证负载正常工作   D. 保证晶闸管的正常工作

191. 功率晶体管 GTR 从高电压小电流向低电压大电流跃变的现象称为（B）。

    A. 一次击穿   B. 二次击穿   C. 临界饱和   D. 反向截止

192. 逆导晶闸管是将大功率二极管与（B）集成在一个管芯上而成。

A. 大功率三极管　　　　B. 逆阻型晶闸管　　　　C. 双向晶闸管　　　　D. 可关断晶闸管

193. 在晶闸管应用电路中，为了防止误触发应将幅值限制在不触发区的信号是（ A ）。

　　A. 干扰信号　　　　B. 触发电压信号　　　　C. 触发电流信号　　　　D. 干扰信号和触发信号

194. 当晶闸管承受反向阳极电压时，不论门极加何种极性触发电压，管子都将工作在（ B ）。

　　A. 导通状态　　　　B. 关断状态　　　　C. 饱和状态　　　　D. 不定

195. 单相半波可控整流电阻性负载电路中，控制角 α 的最大移相范围是（ D ）。

　　A. 90°　　　　B. 120°　　　　C. 150°　　　　D. 180°

196. 单相全控桥大电感负载电路中，晶闸管可能承受的最大正向电压为（ B ）。

　　A. $\frac{\sqrt{2}}{2}U_2$　　　　B. $\sqrt{2}U_2$　　　　C. $2\sqrt{2}U_2$　　　　D. $\sqrt{6}U_2$

197. 单相全控桥电阻性负载电路中，晶闸管可能承受的最大正向电压为（ C ）。

　　A. $\sqrt{2}U_2$　　　　B. $2\sqrt{2}U_2$　　　　C. $\frac{\sqrt{2}}{2}U_2$　　　　D. $\sqrt{6}U_2$

198. 单相全控桥式整流大电感负载电路中，控制角 α 的移相范围是（ A ）。

　　A. 0°～90°　　　　B. 0°～180°　　　　C. 90°～180°　　　　D. 180°～360°

199. 单相全控桥反电动势负载电路中，当控制角 α 大于不导电角 δ 时，晶闸管的导通角 $\theta=$（ C ）。

　　A. $\pi-\alpha$　　　　B. $\pi+\alpha$　　　　C. $\pi-\delta-\alpha$　　　　D. $\pi+\delta-\alpha$

200. 对于三相半波可控整流电路，换相重叠角 γ 与哪几个参数有关（ A ）。

　　A. α、负载电流 I_d 以及变压器漏抗 X_C　　　　B. α 以及负载电流 I_d

　　C. α 和 U_2　　　　D. α、U_2 以及变压器漏抗 X_C

201. 三相半波可控整流电路的自然换相点是（ B ）。

　　A. 交流相电压的过零点

　　B. 本相相电压与相邻相电压正半周的交点处

　　C. 比三相不控整流电路的自然换相点超前 30°

　　D. 比三相不控整流电路的自然换相点滞后 60°

202. 可在第一和第四象限工作的变流电路是（ A ）。

　　A. 三相半波可控变电流电路　　　　B. 单相半控桥

　　C. 接有续流二极管的三相半控桥　　　　D. 接有续流二极管的单相半波可控变流电路

203. 快速熔断器可以用于过电流保护的电力电子器件是（ D ）。

　　A. 功率晶体管　　　　B. IGBT　　　　C. 功率 MOSFET　　　　D. 晶闸管

204. 若增大 SPWM 逆变器的输出电压基波频率，可采用的控制方法是（ C ）。

　　A. 增大三角波幅度　　　　B. 增大三角波频率

　　C. 增大正弦调制波频率　　　　D. 增大正弦调制波幅度

205. 采用多重化电压源型逆变器的目的，主要是为（ C ）。

　　A. 减小输出幅值　　　　B. 增大输出幅值　　　　C. 减小输出谐波　　　　D. 减小输出功率

206. 电流型逆变器中间直流环节储能元件是（ B ）。

　　A. 电容　　　　B. 电感　　　　C. 蓄电池　　　　D. 电动机

第8章　直流电子电路

1. 直流差动放大电路可以（ B ）。

　　A. 放大共模信号，抑制差模信号　　　　B. 放大差模信号，抑制共模信号

　　C. 放大差模信号和共模信号　　　　D. 抑制差模信号和共模信号

2. TTL 与非门输入端全部接地（低电平）时，输出（ C ）。

　　A. 零电平　　　　B. 低电平　　　　C. 高电平

　　D. 可能是低电平，也可能是高电平

3. 直流放大器的级间耦合一般采用（ D ）耦合方式。

A. 阻容　　　　　　　B. 变压器　　　　　　　C. 电容　　　　　　　D. 直接

4. 直流放大器中，产生零点漂移的主要原因是（ D ）的变化。

　　A. 频率　　　　　　B. 集电极电流　　　　C. 三极管 β 值　　　D. 温度

5. 集成运算放大器是一种具有（ C ）耦合放大器。

　　A. 高放大倍数的阻容　B. 低放大倍数的阻容　C. 高放大倍数的直接　D. 低放大倍数的直接

6. 集成运算放大器的开环差模电压放大倍数高，说明（ D ）。

　　A. 电压放大能力强　B. 电流放大能力强　C. 共模抑制能力强　D. 运算精度高

7. 计数器主要由（ D ）组成。

　　A. RC 环形多谐振荡器　B. 石英晶体多谐振荡器　C. 显示器　　D. 触发器

8. 数码寄存器的功能主要是（ B ）。

　　A. 产生 CP 脉冲　　B. 寄存数码　　　C. 寄存数码和移位　D. 移位

9. 在运算电路中，集成运算放大器工作在线性区域，因而要引入（ B ），利用反馈网络实现各种数学运算。

　　A. 深度正反馈　　　B. 深度负反馈　　　C. 浅度正反馈　　　D. 浅度负反馈

10. 如图 2-12 所示运算放大器属于（ C ）。

　　A. 加法器　　　　　B. 乘法器

　　C. 微分器　　　　　D. 积分器

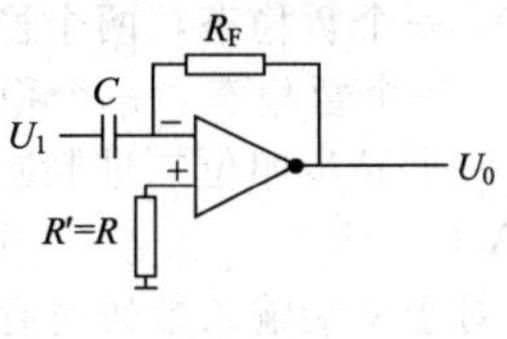

11. 在或非门 RS 触发器中，当 $R=0$、$S=1$ 时，触发器（ B ）。

　　A. 置 1　　　　　B. 置 0

　　C. 状态不变　　　D. 状态不定

图 2-12

12. 一异步三位二进制加法计数器，当第 8 个 CP 脉冲过后，计数器状态变为（ A ）。

　　A. 000　　　　　B. 010　　　　　C. 110　　　　　D. 101

13. 或非门的逻辑功能为（ A ）。

　　A. 入 1 出 0，全 0 出 1　　　　　　B. 入 1 出 1，全 0 出 0

　　C. 入 0 出 0，全 1 出 1　　　　　　D. 入 0 出 1

14. 或非门 RS 触发器的触发信号为（ B ）。

　　A. 正弦波　　　　　B. 正脉冲　　　　　C. 锯齿波　　　　　D. 负脉冲

15. 一异步三位二进制加法计数器，当第四个 CP 脉冲过后，计数器状态变为（ C ）。

　　A. 000　　　　　B. 010　　　　　C. 100　　　　　D. 101

16. 电子设备的输入电路与输出电路尽量不要靠近，以免发生（ C ）。

　　A. 短路　　　　　B. 击穿　　　　　C. 自激振荡　　　　D. 人身事故

17. 单向半桥逆变器（电压型）的每个导电臂由一个电力晶体管和一个（ D ）二极管组成。

　　A. 串联　　　　　B. 反串联　　　　C. 并联　　　　　D. 反并联

18. 逻辑表达式 Y＝A＋B 属于（ B ）电路。

　　A. 与门　　　　　B. 或门　　　　　C. 与非门　　　　D. 或非门

19. TTL 与非门输入端全部接高电平时输出为（ B ）。

　　A. 零电平　　　　B. 低电平　　　　C. 高电平　　　　D. 低电平或高电平

20. 多谐振荡器（ D ）。

　　A. 有一个稳态　　B. 有两个稳态　　C. 没有稳态，有一个暂稳态

　　D. 没有稳态，有两个暂稳态。

21. TTL 与非门的门槛电压在理论上等于（ C ）。

　　A. 0.3V　　　　　B. 0.5V　　　　　C. 0.7V　　　　　D. 1.4V

22. 石英晶体多谐振荡器的振荡频率（ A ）。

　　A. 只决定于石英晶体本身的谐振频率　　B. 决定于 R 的大小

　　C. 决定于 C 的大小　　　　　　　　　D. 决定于时间常数 RC

23. 双端输入、双端输出的直流差动放大电路其输出信号取自（ C ）。

A. U_{C1} 到地　　　　　B. U_{C2} 到地　　　　　C. $U_{C1}-U_{C2}$　　　　　D. $U_{C1}+U_{C2}$

24. 由集成运算放大器组成的深度负反馈放大电路，开环电压放大倍数为 A_v，反馈系数为 F，则放大电路的闭环放大倍数 A_{vf} 是 （ D ）。

A. $1+A_v$　　　　　B. $1/(1+A_v)$　　　　　C. $1/(1+A_vF)$　　　　　D. $1/F$

25. 在用开关三极管组成的门电路中，常在输入端和开关管的基极之间串入一个 RC 并联网络，其主要作用是 （ A ）。

A. 改善开关特性　　　　　　　　　　B. 滤除直流干扰信号

C. 滤除交流干扰信号　　　　　　　　D. 保护开关管

26. TTL 集成与非门电路采用 （ D ）作为输入级，以提高电路的开关速度。

A. 若干只三极管　　　　　　　　　　B. 若干只二极管

C. 若干只二极管和三极管　　　　　　D. 一只多发射极三极管

27. 同步 RS 触发器，当 R=S=1，CP=1 时，触发器的输出状态 （ C ）。

A. 置0　　　　　B. 置1　　　　　C. 不定　　　　　D. 不变

28. 由分立元件组成的多谐振荡器，电路有 （ D ）状态。

A. 一个暂稳态，两个稳态　　　　　　B. 两个稳态，一个暂稳态

C. 一个暂稳态，一个稳态　　　　　　D. 没有稳态

29. 一个异步四位二进制减法计数器，当第 15 个 CP 脉冲过后，计数器状态为 （ B ）。

A. 0000　　　　　B. 0001　　　　　C. 1111　　　　　D. 1000

30. 对于单端输入数码寄存器，若要正确的写入数据，必须 （ D ）。

A. 要写入的数据送到输入端　　　　　B. 寄存指令送到输入端

C. 要写入的数据和寄存指令同时送到输入端　　D. 清零

31. 声控开关采用的是 （ C ）电路。

A. 低频放大电路　　B. 高频放大电路　　C. 直流放大电路　　D. 运算放大电路

32. 门电路的实际应用的是 （ D ）。

A. 对输入信号的否定　　　　　　　　B. 对输入信号的肯定

C. 对输入信号的选择　　　　　　　　D. 按照一定逻辑处理各种数字信号

33. 使电路发生状态转换的外力措施称为 （ A ）。

A. 触发电路　　　　B. 开关电路　　　　C. 振荡电路　　　　D. 脉冲电路

34. 直流放大器电路为解决前后级工作状态相互影响，采用的解决方法是 （ C ）。

A. 差动放大电路　　B. 电位移动电路　　C. 电阻耦合电路　　D. 稳压电路

35. 为提高运算放大器的稳定性，线路采用了 （ B ）。

A. 高度集成化　　　B. 深度电压负反馈　　C. 深度电压正反馈　　D. 电流负反馈

36. 对于 TTL 数字电路而言，电源采用 （ A ）型集成稳压电源较好。

A. 7805　　　　　B. 7915　　　　　C. 7812　　　　　D. 7912

37. 门电路具备下列哪四个逻辑单元 （ B ）。

A. DTL　OCL　TTL　ECL　　　　　　B. DTL　HTL　TTL　ECL

C. OTL　HTL　TTL　DTL　　　　　　D. OTL　OCL　DTL　HTL

38. 单稳态电路与双稳态电路的不同点是 （ B ）。

A. 有一个常稳定状态　　　　　　　　B. 有一个状态为暂稳态

C. 电路是不对称的　　　　　　　　　D. 电路的外部参数不一样

39. 计算器在数字电路中的应用为 （ C ）。

A. 进行数字计算　　　　　　　　　　B. 产生序列信号的发生器

C. 是输入脉冲数目的时序电路，按一定逻辑功能输出信号

D. 进行数字→模拟及模拟→数字的转换

40. 关于 78 系列集成稳压块的正确使用是 （ C ）。

A. 输入输出端可以互换使用　　　　　B. 三端可以任意调换使用

C. 三端不可以任意调换使用　　　　　　　　D. 输出电压与输入电压成反正

41. 可控硅触发电路应是良好的（ B ）。
   A. 前沿要陡的触发脉冲　　　　　　　　　B. 与主回路的同步性
   C. 弛张振荡电路　　　　　　　　　　　　D. 关断性

42. 阻容移相触发电路的输出信号电压与主回路电压的相位关系为（ C ）。
   A. Lisc 超前 Liab　　　　　　　　　　　　B. Lisc 超前 Liab60°
   C. Lisc 滞后 Liab　　　　　　　　　　　　D. 同相位

43. TTL与非门的输入端全部同时悬空时，输出为（ B ）。
   A. 零电平　　　　　　B. 低电平　　　　　　C. 高电平
   D. 可能是低电平，也可能是高电平

44. TTL与非门 RC 环形多谐振荡器的振荡频率由（ D ）决定。
   A. TTL与非门的个数　B. 电阻 R 的大小　　C. 电容 C 的容量　　D. RC

45. 一异步三位二进制加法计数器，当第八个CP脉冲过后，计数器状态为（ A ）。
   A. 000　　　　　　　B. 010　　　　　　　C. 110　　　　　　　D. 101

46. 最常用的显示器件是（ B ）数码显示器。
   A. 五段　　　　　　　B. 七段　　　　　　　C. 九段　　　　　　　D. 十一段

47. 将二进制数 00111011 转换为十六进制数是（ D ）。
   A. 2AH　　　　　　　B. 3AH　　　　　　　C. 2BH　　　　　　　D. 3BH

48. 将二进制数 010101011011 转换为十进制数是（ A ）。
   A. 1371　　　　　　　B. 3161　　　　　　　C. 1136　　　　　　　D. 1631

49. 将十进制数 59 转换为二进制数是（ A ）。
   A. 00111011　　　　　B. 10110111　　　　　C. 10011111　　　　　D. 10010011

50. 一异步三位二进制加法计数器，当第4个CP脉冲过后，计数器状态变为（ C ）。
   A. 000　　　　　　　B. 010　　　　　　　C. 100　　　　　　　D. 101

51. 采用数控技术改造旧机床，以下不宜采用的措施为（ D ）。
   A. 采用新技术　　　B. 降低改造费用　　　C. 缩短改造周期　　　D. 突破性的改造

52. 直流放大器所采用的耦合方式是（ C ）。
   A. 阻容耦合　　　　　B. 变压器耦合　　　　C. 直接耦合　　　　　D. 电容耦合

53. 与门电路中 AB 为输入端，F 为输出端时，若使 F＝1 的条件是（ B ）。
   A. A＝0，B＝0　　B. A＝1，B＝1　　C. A＝1，B＝0　　D. A＝0，B＝1

54. 非门电路是利用了（ B ）。
   A. 二极管单相导通原理　　　　　　　　　B. 晶体管倒相器
   C. 开关电路　　　　　　　　　　　　　　D. 二级晶体管倒相器

55. 或门电路若输出等于 0 的条件是（ C ）。
   A. A＝0，B＝1　　B. A＝1，B＝0　　C. A＝0，B＝0　　D. A＝1，B＝1

56. 单稳态电路的双管耦合方式采用的是（ C ）。
   A. 阻容耦合电路　　　　　　　　　　　　B. 电容耦合电路
   C. 一边电阻耦合一边电容耦合　　　　　　D. 直接耦合

57. 双稳电路的工作状态是（ D ）。
   A. 两只管子都饱和　　　　　　　　　　　B. 一只管子处于截止一只管子处于放大
   C. 两只管子都处于放大　　　　　　　　　D. 一只处于饱和一只处于截止

58. 数字电路的特点是（ C ）。
   A. 输入输出信号都是连续的　　　　　　　B. 输入信号是连续的输出信号是间断的
   C. 输入输出信号都是间断的　　　　　　　D. 输入信号的间断的输出信号是连续的

59. 直流放大器的最大特点是（ C ）。
   A. 具有极好的低频特性，对上限频率 f_n 以下的各个频率的信号都具有放大作用

B. 有很好的稳定性　　　C. 具有直接耦合的特点　　　D. 应用范围很广

60. HTL 与 TTL 与非门相比，具有（ C ）特点。

A. HTL 比 TTL 集成度高　　　　　　　B. HTL 比 TTL 工作速度高

C. HTL 比 TTL 抗干扰能力高　　　　　D. 各种性能都一样

61. 调制信号是以（ A ）形式表现的。

A. 离散　　　　　　B. 收敛　　　　　　C. 环绕　　　　　　D. 振荡

62. 衡量一个集成运算放大器内部电路对称程度高低，是用（ A ）来进行判断。

A. 输入失调电压 U_{io}　　　　　　　　B. 输入偏置电流 I_{ib}

C. 最大差模输入电压 U_{idmax}　　　　D. 最大共模输入电压 U_{icmax}

63. 二进制数 1011101 等于十进制数的（ B ）。

A. 92　　　　　　B. 93　　　　　　C. 94　　　　　　D. 95

64. 17 化成二进制数为（ A ）。

A. 10001　　　　　B. 10101　　　　　C. 10111　　　　　D. 10010

65. 逻辑表达式 A＋AB 等于（ A ）。

A. A　　　　　　B. 1＋A　　　　　　C. 1＋B　　　　　　D. B

66. 双稳态触发脉冲过窄，将会使电路出现的后果是（ C ）。

A. 空翻　　　　　　B. 正常翻转　　　　　　C. 触发而不翻转

67. 双稳态触发器原来处于"1"态，想让它翻转为"0"态，可采用触发方式是（ A ）。

A. 单边触发　　　　　　B. 计数触发　　　　　　C. 多边触发

68. "异或"门电路的逻辑功能表达式是（ D ）。

A. P＝$\overline{ABC}$　　　　　　　　　　B. P＝$\overline{A＋B＋C}$

C. P＝$\overline{AB＋CD}$　　　　　　　　D. P＝$\overline{A}$·B＋$\overline{B}$·A

69. 用于把矩形波脉冲变为尖脉冲的电路是（ B ）。

A. RC 耦合电路　　　　　B. 微分电路　　　　　C. 积分电路

70. 改变单结晶体管触发电路的振荡频率一般采用（ B ）。

A. 变 R_e　　　　　　B. 变 C　　　　　　C. 变 L

71. 图 2-13 所示门电路的逻辑表达式是（ A ）。

A. Z＝$\overline{A·B}$　　　　　B. Z＝$\overline{A＋B}$　　　　　C. Z＝A·B　　　　　D. Z＝A＋B

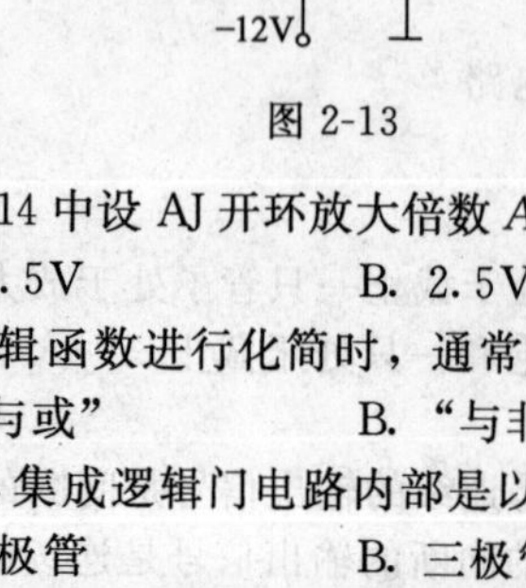

图 2-13

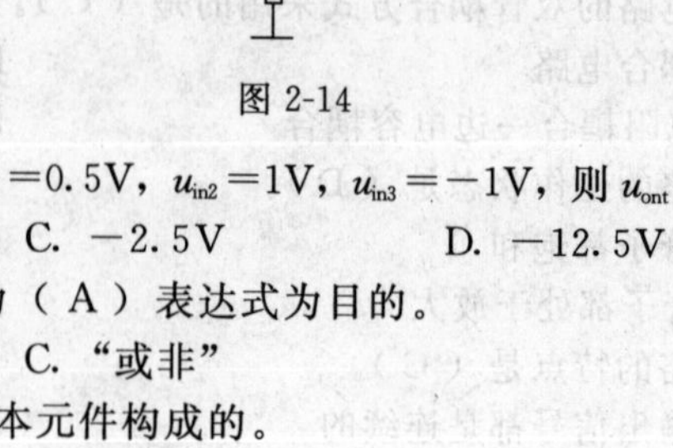

图 2-14

72. 图 2-14 中设 AJ 开环放大倍数 A_0＝10000，u_{in1}＝0.5V，u_{in2}＝1V，u_{in3}＝−1V，则 u_{ont}＝（ C ）V

A. 12.5V　　　　　B. 2.5V　　　　　C. −2.5V　　　　　D. −12.5V

73. 对逻辑函数进行化简时，通常都是以化简为（ A ）表达式为目的。

A. "与或"　　　　　B. "与非"　　　　　C. "或非"

74. TTL 集成逻辑门电路内部是以（ B ）为基本元件构成的。

A. 二极管　　　　　B. 三极管　　　　　C. 晶闸管　　　　　D. 场效应管

75. CMOS 集成逻辑门电路内部是以（ D ）为基本元件构成的。

A. 二极管　　　　　B. 三极管　　　　　C. 晶闸管　　　　　D. 场效应管

76. 当集成逻辑"与非"门某一输入端接地，而其余输入端悬空时，流入这个输入端的电流称为输入（C）电流。

    A. 额定   B. 开路   C. 短路   D. 负载

77. 规定 RS 触发器的（C）的状态作为触发器的状态。

    A. R 端   B. S 端   C. Q 端

78. 多谐振荡器主要是用来产生（C）信号。

    A. 正弦波   B. 脉冲波   C. 方波   D. 锯齿波

79. 下列逻辑定律中，错误的是（B）。

    A. $A \cdot A = A$ B. $A + 1 = A$ C. $A \cdot 1 = A$

80. 振荡频率高且频率稳定度高的振荡器是（C）。

    A. RC 振荡器   B. LC 振荡器   C. 石英晶体振荡器

81. 译码器属于一种（B）。

    A. 记忆性数字电路   B. 逻辑组合电路   C. 运算电路

82. 下列各电路属于单极型器件的应是（C）。

    A. TTL 集成电路   B. HTL 集成电路   C. MOS 集成电路

83. 与二进制数 10110101 相对应的十进制数为（A）。

    A. 181   B. 180   C. 67

84. 下列三组逻辑运算中，全部正确的一组是（A）。

    A. $0 \cdot 1 = 0$，$1 + 1 = 1$ B. $1 \cdot 1 = 1$，$1 + 1 = 0$ C. $0 \cdot 1 = 1$，$0 + 1 = 0$

85. HTL 与非门与 TTL 与非门相比，（C）。

    A. HTL 比 TTL 集成度高   B. HTL 比 TTL 动作速度高

    C. HTL 比 TTL 抗干扰能力强

86. 下列集成电路中具有记忆功能的是（C）。

    A. 与非门电路   B. 或非门电路   C. RS 触发器

87. 振荡器产生振荡和放大器产生自激振荡在物理本质上是（B）。

    A. 不同的   B. 相同的   C. 相似的

88. 下列逻辑判断错误的是（B）。

    A. 若 $A + B = A$，则 $B = 0$ B. 若 $AB = AC$，则 $B = C$

    C. 若 $1 + B = AB$，则 $A = B = 1$

89. 在数字电路中，控制整个电路按规定的时间顺序进行工作，并起着时间标准作用的是（C）。

    A. 高电平   B. 低电平   C. 钟控信号（CP）

90. TTL 集成电路，多余的输入端悬空时，相当于（B）。

    A. 接低电平   B. 接高电平   C. 接地

91. 使用 TTL 集成电路时应注意，TTL 的输出端（A）。

    A. 不允许直接接地，不允许接电源+5V   B. 允许直接接地，不允许接电源+5V

    C. 允许直接接地或接电源+5V

92. CMOS 集成电路的输入端（A）。

    A. 不允许悬空   B. 允许悬空   C. 必须悬空

93. 调试和使用 CMOS 集成电路时，开机时应按照如下步骤：（B）。

    A. 同时接通电源并加上输入信号   B. 先接通电源，再加上输入信号

    C. 随便先后都可以

94. 或非门 RS 触发器的触发信号为（B）。

    A. 正弦波   B. 正脉冲   C. 锯齿波   D. 负脉冲

95. 逻辑表达式 $Y = A + B$ 属于（B）电路。

    A. 与门   B. 或门   C. 与非门   D. 或非门

96. 与非门的逻辑功能为（C）。

A. 入0出0，全1出1   B. 入1出0，全0出0
C. 入0出1，全1出0   D. 入1出0，全0出1

97. TTL与非门输入端全部接高电平时，输出为（ B ）。
    A. 零电平   B. 低电平   C. 高电平
    D. 可能是低电平，也可能是高电平

98. (111.111)2化成十进制数为（ C ）。
    A. 7.25   B. 7.125   C. 7.875   D. 7.5

99. (13.25)10化成二进制数为（ D ）。
    A. 10001.1   B. 1001.01   C. 1101.1   D. 1101.01

100. 将二进制数11010011转换为十进制数应为（ B ）。
    A. 203   B. 211   C. 213   D. 201

101. 某方波的重复频率为 $f=10\text{kHz}$，则其脉冲宽度为（ D ）。
    A. 0.1ms   B. 0.05ms   C. 0.01ms   D. 0.005ms

102. 对于"或"门逻辑电路可以用（ B ）来描述它的逻辑特点。
    A. 全"1"出"1"，有"0"出"0"   B. 全"0"出"0"，有"1"出"1"
    C. 全"1"出"0"，有"0"出"1"

103. 在反相器电路中，装上加速电容的目的是（ C ）。
    A. 确保晶体三极管可靠截止   B. 确保晶体三极管可靠饱和
    C. 提高开关速度，改善输出波形的上升及下降沿

104. 在直流放大器中，零点漂移对放大电路影响最大的是（ A ）。
    A. 第一级   B. 第二级   C. 第三级   D. 末级

105. 场效应管栅-源极之间的PN结在反向偏置状态下工作，栅-源极电阻 R_{GS} 为（ D ）。
    A. 100Ω   B. 1kΩ以上   C. 1MΩ   D. 100MΩ以上

106. 结型场效应管栅极电压 $U_{GS}=0$ 时，漏极电流 I_D（ B ），叫饱和漏电流。
    A. 等于零   B. 最大   C. 最小   D. 无穷大

107. 绝缘栅场效应管是利用（ D ）在外加电压下所产生的感应电荷来控制导电通道的宽窄的。
    A. 源极   B. 栅极   C. 漏极   D. 绝缘栅

108. 绝缘栅场效应管由于输入电阻高，栅极上感应出来的电荷就很难从这个电阻泄漏掉，电荷的积累造成（ C ）。
    A. 电流增大   B. 电流减小   C. 电压升高   D. 电压下降

109. 场效应管的偏置电路用于设置合适的栅极偏压，可用（ B ）两种办法产生。
    A. 电阻分压和漏极自生   B. 电源分压和漏极自生
    C. 电阻分压和栅极自生   D. 电源分压和电阻分压

110. 场效应管的静态工作点，除与漏极电压和漏极电阻有关外，还与栅极（ A ）有关。
    A. 电压大小   B. 电压方向   C. 电流大小   D. 电流方向

111. 十进制数15的二进制数为（ A ）。
    A. (1111)2   B. (1110)2   C. 1111   D. 1110

112. (10000)2的十进制数为（ D ）。
    A. 13   B. 14   C. 15   D. 16

113. (1110)2的八进制数为（ B ）。
    A. (14)8   B. (16)8   C. 14   D. 16

114. (11)8的二进制数为（ B ）。
    A. (1000)2   B. (1001)2   C. (1010)2   D. (1100)2

115. (10)16的二进制数为（ C ）。
    A. (1101)2   B. (1110)2   C. (10000)2   D. (1111)2

116. (1111)8的十六进制数为（ D ）。

144

A. C   B. D   C. E   D. F

117. 双稳态触发脉冲过窄，将会使电路出现（C）。
    A. 空翻   B. 正常翻转   C. 触发而不翻转   D. 随机性乱翻转

118. 多谐振荡器主要用来产生（C）信号。
    A. 正弦波   B. 脉冲波   C. 方波   D. 锯齿波

119. 集成运放的放大倍数一般为（C）。
    A. $1\sim10$ B. $10\sim1000$ C. $10^4\sim10^6$ D. 10^6 以上

120. 集成运放内部电路一般由（B）组成。
    A. 输入级、输出级   B. 输入级、中间级和输出级
    C. 输入级、放大级、输出级   D. 基极、集电极、发射极

121. 集成运放由双端输入、双端输出组成差动放大电路的输入级的主要作用是（A）。
    A. 有效地抑制零点漂移   B. 放大功能
    C. 输入电阻大   D. 输出功率大、输出电阻小

122. 为了较好地消除自激振荡，一般在集成运放的（B）接一小电容。
    A. 输入级   B. 中间级   C. 输出级   D. 接地端

123. 在集成运放输出端采用（C），可以扩展输出电流和功率，以增强带负载能力。
    A. 差动放大电路   B. 射极输出器
    C. 互补推挽放大电路   D. 差动式射极输出器

124. 集成电路中具有记忆功能的是（C）。
    A. 与非门电路   B. 或非门电路   C. RS 触发器   D. JK 触发器

125. 单稳态触发器主要用于（C）。
    A. 整形、延时   B. 整形、定时
    C. 整形、延时、定时   D. 延时、定时

126. 多谐振荡器能够自行产生（C）。
    A. 尖脉冲   B. 锯齿波
    C. 方波或矩形波   D. 尖脉冲或矩形波

127. 多谐振荡器是一种产生（C）的电路。
    A. 正弦波   B. 锯齿波   C. 矩形脉冲   D. 尖顶脉冲

128. 在或非门 RS 触发器中，当 R＝0、S＝1 时，触发器（A）。
    A. 置 1   B. 置 0   C. 状态不变   D. 状态不定

129. 共发射极放大电路在空载时，输出信号存在饱和失真。在保持输入信号不变的情况下，若接上负载 R_L 后，失真现象消失，这是由于（C）。
    A. 工作点改变   B. 集电极信号电流减小   C. 交流等效负载阻抗减小

130. 8421BCD 码 0010 1000 0011 所表示的十进制数是（B）。
    A. 643   B. 283   C. 640

131. 对逻辑函数进行化简时，通常都是以化简为（A）表达式为目的。
    A. 与或   B. 与非   C. 或非

132. 数字式触发电路中 V/F 为电压-频率转换器，将控制电压 U_K 转换成频率与电压成正比的（C）信号。
    A. 电压   B. 电流   C. 脉冲   D. 频率

133. 调频信号输入到方波变换器变成两组互差 180° 的方波输出，经（A），传送至双稳态触发电路形成两组互差 180° 的矩形脉冲。
    A. 微分电路后产生尖脉冲   B. 积分电路后产生尖脉冲
    C. 微分电路后产生锯齿波   D. 积分电路后产生锯齿波

134. MOSFET 适用于（D）的高频电源。
    A. $8\sim50$kHz   B. $50\sim200$kHz   C. $50\sim400$kHz   D. 100kW 以下

135.（B）是数控系统的执行部分。

　　A. 数控装置　　　　B. 伺服系统　　　　C. 测量反馈装置　　D. 控制器

136.（D）控制系统适用于精度要求不高的控制系统。

　　A. 闭环　　　　　　B. 半闭环　　　　　C. 双闭环　　　　　D. 开环

137.（A）控制方式的优点是精度高、速度快，其缺点是调试和维修比较复杂。

　　A. 闭环　　　　　　B. 半闭环　　　　　C. 双闭环　　　　　D. 开环

第9章　电力电子器件

1. 电力场效应管 MOSFET 是理想的（A）控制器件。

　　A. 电压　　　　　　B. 电流　　　　　　C. 电阻　　　　　　D. 功率

2. 在电力电子装置中，电力晶体管一般工作在（D）状态。

　　A. 放大　　　　　　B. 截止　　　　　　C. 饱和　　　　　　D. 开关

3. 电力晶体管在使用时，要防止（A）。

　　A. 二次击穿　　　　B. 静电击穿　　　　C. 时间久而失效　　D. 工作在开关状态

4. 绝缘栅双极晶体管内部为（D）层结构。

　　A. 1　　　　　　　 B. 2　　　　　　　 C. 3　　　　　　　 D. 4

5. 电力晶体管是（A）控制型器件。

　　A. 电流　　　　　　B. 电压　　　　　　C. 功率　　　　　　D. 频率

6. 斩波器中的电力晶体管，工作在（C）状态。

　　A. 放大　　　　　　B. 截止　　　　　　C. 开关　　　　　　D. 饱和

7. 在大容量三相逆变器中，开关元件一般不采用（B）。

　　A. 晶闸管　　　　　B. 绝缘栅双极晶体管　C. 可关断晶闸管　　D. 电力晶体管

8. 电压型逆变器的直流端（D）。

　　A. 串联大电感　　　B. 串联大电容　　　C. 并联大电感　　　D. 并联大电容

9. 绝缘栅双极晶体管的导通与关断是由（C）来控制。

　　A. 栅极电流　　　　B. 发射极电流　　　C. 栅极电压　　　　D. 发射极电压

10. 电力场效应管 MOSFET（B）现象。

　　A. 有二次击穿　　　B. 无二次击穿　　　C. 防止二次击穿　　D. 无静电击穿

11. 简单逆阻型晶闸管斩波器的调制方式是（A）。

　　A. 定频调宽　　　　B. 定宽调频　　　　C. 可以人为地选择　D. 调宽调频

12. 以电力晶体管组成的斩波器适于（C）容量的场合。

　　A. 特大　　　　　　B. 大　　　　　　　C. 中　　　　　　　D. 小

13. 电力场效应管 MOSFET 是（B）器件。

　　A. 双极型　　　　　B. 多数载流子　　　C. 少数载流子　　　D. 无载流子

14. 逆变器中的电力晶体管工作在（D）状态。

　　A. 饱和　　　　　　B. 截止　　　　　　C. 放大　　　　　　D. 开关

15. 晶闸管斩波器是应用于直流电源方面的调压装置，其输出电压（B）。

　　A. 是固定的　　　　B. 可以上调，也可以下调　C. 只能上调　　　D. 只能下调

16. 晶闸管逆变器输出交流电的频率由（D）来决定。

　　A. 一组晶闸管的导通时间　　　　　　B. 两组晶闸管的导通时间

　　C. 一组晶闸管的触发脉冲频率　　　　D. 两组晶闸管的触发脉冲频率

17. 绝缘栅双极晶体管具有（D）的优点。

　　A. 晶闸管　　　　　B. 单结晶体管　　　C. 电力场效应管

　　D. 电力晶体管和电力场效应管

18. 在斩波器中，采用电力场效应管可以（B）。

　　A. 增加低频谐波分量　　　　　　　　B. 减少低频谐波分量

C. 增加输出功率　　　　　　　　　　　　D. 降低输出频率

19. 电力场效应管 MOSFET 适于在（D）条件下工作。
    A. 直流　　　　　B. 低频　　　　　C. 中频　　　　　D. 高频

20. 斩波器也可称为（C）变换。
    A. AC/DC　　　　B. AC/AC　　　　C. DC/DC　　　　D. DC/AC

21. 逆变器的任务是把（B）。
    A. 交流电变成直流电　　　　　　　　B. 直流电变成交流电
    C. 交流电变成交流电　　　　　　　　D. 直流电变成直流电

22. 电力晶体管 GTR 有（B）个 PN 结。
    A. 1　　　　　　B. 2　　　　　　C. 3　　　　　　D. 4

23. 逆变电路输出频率较高时，电路中的开关元件应采用（D）。
    A. 晶闸管　　　B. 单结晶体管　　C. 电力晶体管　　D. 绝缘栅双极晶体管

24. 绝缘栅双极晶体管（A）电路。
    A. 不必有专门的强迫换流　　　　　　B. 可以有专门的强迫换流
    C. 必须有专门的强迫换压　　　　　　D. 可以有专门的强迫换压

25. 电场效应管 MOSFET 是（B）器件。
    A. 双极型　　　B. 多数载流子　　C. 少数载流子　　D. 无载流子

26. 在斩波器中，作为主开关器件若用晶闸管代替电力晶体管，则会（C）。
    A. 减小体积　　B. 减轻重量　　C. 增加损耗　　　D. 降低损耗

27. 在晶闸管斩波器中，保持晶闸管触发频率不变，改变晶闸管导通的时间从而改变直流平均电压值的控制方法叫（A）。
    A. 定频调宽法　B. 定宽调频法　　C. 定频定宽法　　D. 调宽调频法

28. 电力晶体管 GTR 内部电流是由（C）形成的。
    A. 电子　　　　B. 孔穴　　　　　C. 电子和孔穴　　D. 有电子但无孔穴

29. 电力晶体管（A）电路。
    A. 必须有专门的强迫换流　　　　　　B. 不需有专门的强迫换流
    C. 必须有专门的强迫换压　　　　　　D. 必须有专门的强迫换阻

30. 绝缘栅双极晶体管的开关速度比电力场效应管的（A）。
    A. 高　　　　　B. 相同　　　　　C. 低　　　　　　D. 不一定高

31. TGC-I 型城市电车斩波调速主电路中，有（A）。
    A. 一只主晶闸管，一只辅助晶闸管　　B. 一只主晶闸管，两只辅助晶闸管
    C. 两只主晶闸管，一只辅助晶闸管　　D. 两只主晶闸管，两只辅助晶闸管

32. 三相半波有源逆变电路，带电动机负载，若电动机电势为 E_D，逆变电路直流输出电压为 U_d，电路若要正常工作，必须满足（C）条件。
    A. 逆变角 β 大于 90°，E_D 绝对值大于 U_d 绝对值
    B. 逆变角 β 大于 90°，E_D 绝对值小于 U_d 绝对值
    C. 逆变角 β 小于 90°，E_D 绝对值大于 U_d 绝对值
    D. 逆变角 β 小于 90°，E_D 绝对值小于 U_d 绝对值

33. 电力场效应管 MOSFET 的特点是（A）。
    A. 输入阻抗高，属于电压型控制器件　　B. 输入阻抗高，属于电流型控制器件
    C. 输入阻抗低，属于电压型控制器件　　D. 输入阻抗低，属于电流型控制器件

34. 电力场效应管 MOSFET 在逆变器中应用，适用于（D）。
    A. 低频小功率　B. 低频大功率　　C. 高频大功率　　D. 高频小功率

35. 直流斩波器电路中采用电力场效应管 MOSFET，则它的关断靠门极控制，其（C）。
    A. 主电路复杂，效率高　　　　　　　B. 主电路简单，效率低
    C. 主电路简单，效率高　　　　　　　D. 主电路复杂，效率低

36. 电力晶体管 GTR 承受浪涌电流能力较弱，必须有过电流保护电路，不能采用的保护电路为（ B ）。

    A. RC 吸收保护　　　　　B. 快熔保护　　　　　C. 稳压管钳位保护　　D. 快速二极管保护

37. 采用电力晶体管 GTR 的 PWM 变频器，主电路直流侧的滤波方式为（ D ）。

    A. 平波电抗器　　　　　B. LC 滤波器　　　　　C. RC 滤波器　　　　　D. 电容滤波器

38. 电力晶体管 GTR 直流斩波电路，按其控制电路原理来说（ A ）。

    A. 有正向基极电流，GTR 导通　　　　　　B. 有反向基极电流，GTR 导通

    C. 有正向基极电流，GTR 截止　　　　　　D. GTR 关断与基极电流大小无关

39. 绝缘栅双极型晶体管 IGBT 其特点是（ A ）。

    A. 驱动功率小、工作频率高、容量大　　　B. 驱动功率大、工作频率高、容量大

    C. 驱动功率小、工作频率高、容量小　　　D. 驱动功率小、工作频率低、容量大

40. 绝缘栅双极型晶体管 IGBT 是由 GTR 和 MOSFET 复合而成，其常用的复合方式为（ C ）。

    A. PNP-P 沟道　　　　　B. NPN-N 沟道　　　　C. NPN-P 沟道　　　　D. 可任意复合

41. 在定宽调频工作方式的直流斩波器中，采用（ D ）器件，斩波器直流输出电压调压范围最大。

    A. GTR　　　　　　　　B. GTO　　　　　　　　C. SCR　　　　　　　　D. IGBT

42. 若使晶闸管整流电路输出电压最低，控制角应是（ D ）。

    A. 0°　　　　　　　　　B. 45°　　　　　　　　C. 90°　　　　　　　　D. 180°

43. 若改变单结晶管触发电路的可变电阻 R_1 会（ A ）。

    A. 加大 R_1 会使单结管达不到峰点电压

    B. 加大 R_1 会使单结管达不到谷点电压

    C. 加大 R_1 电路不易振荡，无脉冲输出

    D. 减小 R_1 会使单结管达不到谷点电压

44. 晶体管触发电路与单结管触发电路比较具有（ B ）。

    A. 输出功率大，脉冲较窄，可加其他控制信号

    B. 输出功率大，脉冲较宽，可加其他控制信号

    C. 输出功率一样大，脉冲较宽，可加其他控制信号

    D. 输出功率大，控制电压高，可加其他控制信号

45. 阻容移相触发电路的移相范围（ C ）。

    A. 大于 160°　　　　　B. 180°　　　　　　　C. 小于 150°　　　　　D. 90°

46. 电力晶体管的缺点是（ D ）。

    A. 功率大量小　　　　　　　　　　　　　B. 必须具备专门的强迫换流电路

    C. 具有线性放大特性　　　　　　　　　　D. 易受二次击穿而损坏

47. 电力场效应管 MOSEFT 是（ B ）器件。

    A. 双极型　　　　　　　B. 多数载流子　　　　C. 少数载流子　　　　D. 无载流子

48. 下列元件中属于半控型器件的是（ C ）。

    A. GTO　　　　　　　　B. GTR　　　　　　　　C. SCR　　　　　　　　D. MOSFET

49. 防止过电压作用于晶闸管的保护措施一般有（ D ）。

    A. 阻容保护　　　　　　B. 硒堆保护　　　　　C. 压敏电阻保护　　　D. A、B 和 C

50. 防止过电流的晶闸管保护装置常用的是（ A ）。

    A. 快速熔断器保护　　　B. 阻容保护　　　　　C. 压敏电阻保护　　　D. 硒堆保护

51. 晶闸管整流电路中"同步"的概念是指（ C ）。

    A. 触发脉冲与主回路电源电压同时到来，同时消失

    B. 触发脉冲与电源电压频率相同

    C. 触发脉冲与主回路电压频率在相位上具有相互协调配合关系

    D. 触发脉冲与主回路电压频率相同

52. 单相半桥逆变器（电压型）的每个导电臂由一个电力晶体管和一个（D）二极管组成。
　　A. 串联　　　　　　　B. 反串联　　　　　C. 并联　　　　　　　D. 反并联

53. 单相半桥逆变器（电压型）的直流端接有两个相互串联的（B）。
　　A. 容量足够大的电容　B. 大电感　　　　　C. 容量足够小的电容　D. 小电感

54. 单相半桥逆变器（电压型）的输出电压为（B）。
　　A. 正弦波　　　　　　B. 矩形波　　　　　C. 锯齿波　　　　　　D. 尖顶波

55. 单相半桥逆变器（电压型）有（B）个导电臂。
　　A. 1　　　　　　　　B. 2　　　　　　　　C. 3　　　　　　　　D. 4

56. 电压型逆变器是用（B）。
　　A. 电容器来缓冲有功能量的　　　　　　　　B. 电容器来缓冲无功能量的
　　C. 电感器来缓冲有功能量的　　　　　　　　D. 电感器来缓冲无功能量的

57. 理想的电压型逆变器的阻抗为（A）。
　　A. 0　　　　　　　　B. ∞　　　　　　　　C. 很大　　　　　　　D. 很小

58. 电压负反馈加电流正反馈的直流调速系统中，电流正反馈环节（A）反馈环节。
　　A. 是补偿环节，而不是　　　　　　　　　　B. 不是补偿而是
　　C. 是补偿环节，也是　　　　　　　　　　　D. 不是补偿也不是

59. 逆变器根据对无功能量的处理方法不同，分为（C）。
　　A. 电压型和电阻型　　　　　　　　　　　　B. 电流型和功率型
　　C. 电压型和电流型　　　　　　　　　　　　D. 电压型和功率型

60. 高性能的高压变频调速装置里，主电路开关器件采用（B）。
　　A. 快速恢复二极管　　　　　　　　　　　　B. 绝缘栅双极晶体管
　　C. 电力晶体管　　　　　　　　　　　　　　D. 功率场效应晶体管

61. （C）会有规律地控制逆变器中主开关的通断，从而获得任意频率的三相输出。
　　A. 斩波器　　　　B. 变频器　　　　C. 变频器中的控制电路　　　D. 变频器中的逆变器

62. 电力场效应管适用于（C）容量的设备。
　　A. 高速大　　　　　　B. 低速大　　　　　C. 高速小　　　　　　D. 低速小

63. 电力晶体管的开关频率（B）电力场效应管。
　　A. 稍高于　　　　　　B. 低于　　　　　　C. 远高　　　　　　　D. 等于

64. 晶闸管中频电源能自动实现（A）调节，在金属加热和熔炼的全过程中，中频频率始终适应负载振荡回路谐振的需要。
　　A. 频率　　　　　　　B. 功率　　　　　　C. 电压　　　　　　　D. 电流

65. 真空三极管具有阳极、（C）和栅极。
　　A. 控制极　　　　　　B. 集电极　　　　　C. 阴极　　　　　　　D. 阳极

66. 对于小容量晶闸管，在其控制极和阴极之间加一并联（D），也可对电压上升率过大引起晶闸管误导通起到良好的抑制作用。
　　A. 电阻　　　　　　　B. 电抗　　　　　　C. 电感　　　　　　　D. 电容

67. 防止电压上升率过大造成误导通的实用办法，是在每个桥臂串一个（A）。
　　A. 空心电抗器　　　B. 硒堆保护　　　　C. 阻容保护　　　　　D. 压敏电阻

68. 直流快速开关的动作时间仅 2ms，全部分断电弧也不超过（D）ms，适用于中、大容量整流电路的严重过载和直流侧短路保护。
　　A. 15～20　　　　　　B. 10～15　　　　　C. 20～25　　　　　　D. 25～30

69. RC 电路在晶闸管串联电路中还可起到（B）的作用。
　　A. 静态均压　　　　　B. 动态均压　　　　C. 静态均流　　　　　D. 动态均流

70. 瞬间过电压也是瞬时的尖峰电压，也用（A）加以保护。
　　A. 阻容吸收电路　　　　　　　　　　　　　B. 电容接地
　　C. 阀式避雷器　　　　　　　　　　　　　　D. 非线性电阻浪涌吸收器

71. 电流型逆变器中间环节采用电抗器滤波，（B）。
    A. 电源阻抗很小，类似于电压源　　　　　B. 电源呈高阻，类似于电流源
    C. 电源呈高阻，类似于电压源　　　　　　D. 电源呈低阻，类似于电流源

72. 串联谐振逆变器电路每个桥臂由（C）组成。
    A. 一只晶闸管　　　　　　　　　　　　　B. 一只二极管串联
    C. 一只晶闸管和一只二极管并联　　　　　D. 一只晶闸管和一只二极管串联

73. 可逆电路从控制方式分可分为有（D）可逆系统。
    A. 并联和无并联　　B. 并联和有环流　　C. 并联和无环流　　D. 环流和无环流

74. 常见的可逆主电路连接方式有（A）两种。
    A. 反并联和交叉连接　　　　　　　　　　B. 并联和交叉连接
    C. 并联和反交叉连接　　　　　　　　　　D. 并联和反交叉连接

75. 通过变流器把直流电能变成某一频率或可调频率的交流电能直接供电给负载的，叫做（B）。
    A. 有源逆变　　　　B. 无源逆变　　　　C. 整流　　　　　　D. 反馈

76. 感性负载的特点是电流的变化滞后于电压的变化，这就可能在电源正半周结束时阳极电流仍大于（B）电流。
    A. 负载　　　　　　B. 维持　　　　　　C. 关断　　　　　　D. 启动

77. 当负载等效电阻 R' 相对于 R_i 大得很多时，振荡回路中的端电压 U' 增加，栅极反馈电压随着增加，阳极电压最小值 U_{amin} 减小到低于栅极电压的程度，这种状态称为（C）。
    A. 过零状态　　　　B. 欠压状态　　　　C. 过压状态　　　　D. 临界状态

78. 备用的闸流管每月应以额定的灯丝电压加热（A）h。
    A. 1　　　　　　　B. 2　　　　　　　C. 2.5　　　　　　D. 3

79. 当使用新闸流管或长期储存的闸流管子时，应加额定灯丝电压进行预热，时间不少于（B）h。
    A. 1　　　　　　　B. 2　　　　　　　C. 2.5　　　　　　D. 3

80. 高频电源设备的直流高压不宜直接由（A）整流器提供。
    A. 晶闸管　　　　　B. 晶体管　　　　　C. 硅高压管　　　　D. 电子管

81. 雷击引起的交流侧过电压从交流侧经变压器向整流元件移动时，可分为两部分，一部分是静电过渡，能量较小，可用变压器二次侧经（B）来吸收。
    A. 阻容吸收电路　　B. 电容接地　　　　C. 阀式避雷器　　　D. 非线性电阻浪涌吸收器

82. 在整流变压器空载且电源电压过零时一次侧切断电源时，可在二次侧感应出正常（B）以上的瞬间过电压。
    A. 有效电压六倍　　B. 峰值电压六倍　　C. 峰值电压三倍　　D. 有效电压三倍

83. 雷击引起的交流侧过电压从交流侧经变压器向整流元件移动时，可分为两部分：一部分是电磁过渡分量，能量相当大，必须在变压器的一次侧安装（C）。
    A. 阻容吸收电　　　B. 电容接地　　　　C. 阀式避雷器　　　D. 非线性电阻浪涌吸收器

84. （C）属于无源逆变。
    A. 绕线式异步电动机串级调速　　　　　　B. 高压直流输电
    C. 交流电动机变速调速　　　　　　　　　D. 直流电动机可逆调速

85. 连接感性负载（或电抗器）并联一个二极管，其作用是（D）。
    A. 防止负载开路　　　　　　　　　　　　B. 防止负载过电流
    C. 保证负载正常工作　　　　　　　　　　D. 保证了晶闸管的正常工作

86. 逆变状态时（C）。
    A. 0°<α<45°　　　B. 0°<α<90°　　　C. 90°<α<180°　　D. 60°<α<120°

87. 将直流变交流的逆变与有源逆变不同，它不是将逆变的交流电能反馈到交流电网中去，而是供给负载使用，因此也称为（A）逆变。
    A. 无源　　　　　　B. 有源　　　　　　C. 无环流可逆　　　D. 反并联可逆

88. 串联谐振逆变器输入是恒定的电压，输出电流波形接近于（ D ），属于电压型逆变器。

    A. 锯齿波　　　　　　B. 三角波　　　　　C. 方波　　　　　D. 正弦波

89. 振荡管与闸流管灯丝电压波动会引起设备（ A ）的急剧变化，并严重影响管子使用寿命，因此必须专门考虑灯丝供电电路的稳压问题。

    A. 输出功率　　　　　B. 输出电流　　　　　C. 输出电压　　　　　D. 输出效率

90. 当外加阳极电压一定时，将栅极电压由零逐渐降低，阳极电流也减少，当栅极电压为某一负值时，阳极电流降为零，此时对应的负栅偏压叫（ B ）栅压。

    A. 饱和　　　　　　　B. 截止　　　　　　C. 动态　　　　　　D. 静态

91. 快速熔断器是防止晶闸管损坏的最后一种保护措施，当流过（ B ）倍额定电流时，熔断时间小于 20ms，且分断时产生的过电压较低。

    A. 4　　　　　　　　B. 5　　　　　　　C. 6　　　　　　　D. 8

第 10 章　电机拖动与自动化控制

1. CNC 装置内的位置控制器，得到控制指令后，去控制机床（ A ）。

    A. 进给　　　　　　　B. 主轴变速　　　　　C. 油泵升起　　　　　D. 刀库换刀

2. （ C ）属于轮廓控制型数控机床。

    A. 数控车床　　　　　B. 数控钻床　　　　　C. 加工中心　　　　　D. 数控镗床

3. 在自动化综合控制系统中包括（ B ）两方面。

    A. 顺序控制和数字控制　　　　　　　　B. 顺序控制和反馈控制

    C. 模拟控制和数字控制　　　　　　　　D. 反馈控制和数字控制

4. 一般工业控制微机不苛求（ A ）。

    A. 用户界面良好　　　B. 精度高　　　　　C. 可靠性高　　　　　D. 实时性

5. 微机没有（ B ）的特点。

    A. 可以代替人的脑力劳动　　B. 价格便宜　　C. 可靠性高　　　D. 高速度的运算

6. 调速系统的调速范围和静差率这两个指标（ B ）。

    A. 互不相关　　　　　B. 相互制约　　　　　C. 相互补充　　　　　D. 相互平等

7. 力矩式自整角机按其用途的不同可分为（ C ）种。

    A. 2　　　　　　　　B. 3　　　　　　　C. 4　　　　　　　D. 5

8. 简单的自动生产流水线，一般采用（ A ）控制。

    A. 顺序　　　　　　　B. 反馈　　　　　　C. 前部分顺序控制，后部分用反馈

    D. 前部分反馈控制，后部分顺序

9. 在转速负反馈系统中，若要使开环和闭环系统的理想空载转速相同，则闭环时给定电压要比开环时的给定电压相应地提高（ B ）倍。

    A. $2+K$　　　　　　B. $1+K$　　　　　C. $1/(2+K)$　　　　　D. $1/(1+K)$

10. 电压负反馈自动调速系统，当负载增加时，则电动机转速下降，从而引起电枢回路（ C ）。

    A. 端电压增加　　　　B. 端电压不变　　　　C. 电流增加　　　　　D. 电流减小

11. 在调速系统中，当电流截止负反馈参与系统调节作用时说明调速系统主电路电流（ A ）。

    A. 过大　　　　　　　B. 过小　　　　　　C. 正常　　　　　　D. 为零

12. 无静差调速系统中，积分环节的作用使输出量（ D ）上升，直到输入信号消失。

    A. 曲线　　　　　　　B. 抛物线　　　　　C. 双曲线　　　　　D. 直线

13. 无静差调速系统，比例调节器的输出电压与（ A ）。

    A. 输入电压成正比　　　　　　　　　　B. 输入电压成反比

    C. 输入电压平方成正比　　　　　　　　D. 输入电压平方成反比

14. 无静差调速系统中必须有（ A ）调节器。

    A. 比例-积分　　　　B. 比例　　　　　　C. 比例-微分　　　　　D. 微分

15. 带有速度、电流双闭环调速系统，在启动时速度调节器处于（ D ）状态。

A. 调节　　　　　　　B. 零　　　　　　　　C. 截止　　　　　　　D. 饱和

16. 在负载增加时，电流正反馈引起的转速补偿其实是转速上升，而非转速量应为（ B ）。
　　A. 上升　　　　　　　B. 下降　　　　　　　C. 上升一段时间然后下降
　　D. 下降一段时间然后上升

17. 自控系统开环放大倍数（ C ）越好。
　　A. 越大　　　　　　　B. 越小　　　　　　　C. 在保证系统动态特性前提下越大
　　D. 在保证系统动态特性前提下越小

18. 自整角机的结构与一般（ D ）异步电动机相似。
　　A. 小型单相笼型　　　B. 中型笼型　　　　　C. 中型线绕式　　　　D. 小型线绕式

19. 自动生产线系统，输入信号一般采用（ A ）信号。
　　A. 开关量　　　　　　B. 数字量　　　　　　C. 模拟量　　　　　　D. 除开关量外的所有

20. （ B ）不属于微机在工业生产中的应用。
　　A. 智能仪表　　　　　B. 自动售票　　　　　C. 机床的生产控制　　D. 电动机的启动、停止控制

21. 电压负反馈自动调速，一般静差率 S 为（ B ）。
　　A. $S<15\%$　　　　　B. $10\%<S<15\%$　　C. $S>15\%$　　　　　D. $S<10\%$

22. 感应同步器在同步回路中的阻抗和激磁电压不对称度以及激磁电流失真度小于（ B ），不会对检测精度产生很大的影响。
　　A. 1%　　　　　　　　B. 2%　　　　　　　　C. 4.5%　　　　　　　D. 3.5%

23. 无静差调速系统的调节原理是（ D ）。
　　A. 依靠偏差的积累　　　　　　　　　　　　B. 依靠偏差对时间的积累
　　C. 依靠偏差对时间的记忆　　　　　　　　　D. 依靠偏差的记忆

24. 自动生产线按自动化程度分（ C ）大类。
　　A. 4　　　　　　　　　B. 3　　　　　　　　　C. 2　　　　　　　　　D. 1

25. 旋转变压器的主要用途是（ D ）。
　　A. 输出电力传送电能　　　　　　　　　　　B. 变压变流
　　C. 调节电机转速　　　　　　　　　　　　　D. 自动控制系统中的随动系统和解算装置

26. 莫尔条纹式计量光栅主要技术参数有动态范围、精度、分辨率，其中动态范围应为（ A ）mm。
　　A. 30～1000　　　　　B. 0～1000　　　　　C. 50～1000　　　　　D. 30～1700

27. 感应同步器主要参数有动态范围、精度及分辨率，其中精度应为（ C ）μm。
　　A. 0.2　　　　　　　　B. 0.4　　　　　　　　C. 0.1　　　　　　　　D. 0.3

28. 计算机制造系统 CIMS 不包含的内容是（ A ）。
　　A. 计算机辅助设计 CAD　　　　　　　　　　B. 计算机辅助制造 CAM
　　C. 计算机辅助管理　　　　　　　　　　　　D. 计算机数据管理结构

29. 数控机床的伺服系统一般包括机械传动系统和（ D ）。
　　A. 检测元件　　　　　B. 反馈电路　　　　　C. 驱动元件　　　　　D. 控制元件和反馈电路

30. 根据我国目前的国情，经济型数控机床的改造主要采用国产经济型（ C ）。
　　A. 高挡数控系统　　　B. 数控专用机　　　　C. 低挡数控系统　　　D. 数显改造机床

31. （ C ）的储能元件用于缓冲直流环节和电动机之间的无功功率的交换。
　　A. 继电器　　　　　　B. 放大器　　　　　　C. 中间直流环节　　　D. 交流环节

32. 计算机控制系统是依靠（ B ）来满足不同类型机床的要求的，因此具有良好的柔性和可靠性。
　　A. 硬件　　　　　　　B. 软件　　　　　　　C. 控制装置　　　　　D. 执行机构

33. CNC 定义为采用存储程序的专用计算机来实现部分或全部基本数控功能的一种（ D ）。
　　A. 数控装置　　　　　B. 数控程序　　　　　C. 数控设备　　　　　D. 数控系统

34. 目前，我国正在无速度传感器的矢量控制和无速度传感器（B）方面，借鉴成功的技术成果加大研究开发力度，走在技术发展的前列。

    A. 转矩控制   B. 直接转矩控制   C. 调幅控制   D. 财务管理

35. 计算机集成制造系统的功能不包括（D）。

    A. 经营管理功能   B. 工程设计自动化   C. 生产设计自动化   D. 销售自动化

36. （D）可完成对逆变器的开关控制、对整流器的电压控制和通过外部接口电路发送控制信息。

    A. 整流器   B. 逆变器   C. 中间环节   D. 控制电路

37. 伺服系统与 CNC 位置控制部分构成位置伺服系统，即进给驱动系统和（A）。

    A. 主轴驱动系统   B. 控制系统   C. 伺服控制系统   D. 进给伺服系统

38. 在编写数控机床一般电气检修工艺前应先（A）机床实际存在的问题。

    A. 了解   B. 解决   C. 研究   D. 考虑

39. 根据选定的控制方案及方式设计系统原理图，拟订出各部分的主要（A）和技术参数。

    A. 技术要求   B. 技术图纸   C. 实施方案   D. 工时定额

40. （B）是利用功率器件，有规律地控制逆变器中主开关的通断，从而得到任意频率的三相交流输出。

    A. 整流器   B. 逆变器   C. 中间直流环节   D. 控制电路

41. 当感应同步器定尺线圈与滑尺线圈的轴线重合时定尺线圈读出的信号应为（A）。

    A. 最大值   B. 最大值/2   C. 最小值   D. 零

42. 感应同步器在滑尺移动时，晃动的间隙及不平行度误差的变化小于（A）mm。

    A. 0.25   B. 0.5   C. 1   D. 1.5

43. 在电压负反馈调速系统中加入电流负反馈的作用是利用电流的增加，从而使转速（D）机械特性变硬。

    A. 减少   B. 增大   C. 不变   D. 微增大

44. 在标尺光栅移动过程中（透射直线式），光电元件接收到的光通量忽强忽弱，于是产生了近似（A）的电流。

    A. 方波   B. 正弦波   C. 锯齿波   D. 梯形波

45. 磁尺主要参数有动态范围、精度、分辨率，其中动态范围应为（C）。

    A. 1～40m   B. 1～10m   C. 1～20m   D. 1～50m

46. CNC 数控机床中的可编程控制器得到控制指令后，可以去控制机床（B）。

    A. 工作台的进给   B. 刀具的进给

    C. 主轴变速与工作台进给   D. 刀具库换刀，油泵升起

47. 下列属于点位控制数控机床是（D）。

    A. 数控车床   B. 数控钻床   C. 数控铣床   D. 加工中心

48. 早期自动生产流水线中矩阵式顺序控制器的程序编排可通过（A）矩阵来完成程序的存储及逻辑运算判断。

    A. 二极管   B. 三极管   C. 场效应管   D. 单结晶体管

49. 直流电梯系统，电梯轿厢的平层调整准确度应满足（B）mm。

    A. ±15   B. ±20   C. ±30   D. ±25

50. 单相半桥逆变器（电压型）的直流接有两个相互串联的（A）。

    A. 容量足够大的电容 B. 大电感   C. 容量足够小的电容 D. 小电感

51. 自动调速系统中的技术指标静差度 S，又称相对稳定性，其计算公式为（B）。

    A. $(n_0-n_N)/n_N$ B. $(n_0-n_N)/n_0$ C. $(n_N-n_0)/n_0$ D. $(n_N-n_0)/n_N$

52. 在具有转速负反馈的晶闸管有静差直流调速系统中，速度环常采用（A）调节器。

    A. P   B. PI   C. PID   D. PD

53. 直流调速系统中若只采用电压负反馈不能消除迅速（D）对转速的影响。

A. 给定信号变化　　　B. 电网电压变化　　　C. 电网干扰　　　D. 负载变化

54. 在具有电压负反馈和电流正反馈的直流调速系统中，反馈信号的极性为（B）。
    A. 电压反馈信号与给定信号反相，电流反馈信号与给定信号反相
    B. 电压反馈信号与给定信号反相，电流反馈信号与给定信号同相
    C. 电压反馈信号与给定信号同相，电流反馈信号与给定信号同相
    D. 电压反馈信号与给定信号同相，电流反馈信号与给定信号反相

55. 为了使直流调速系统能得到近似于"挖土机"的特性，可以采用（B）措施。
    A. 引入电压负反馈　　　　　　　　　　B. 引入电流截止负反馈
    C. 引入电流正反馈　　　　　　　　　　D. 引入速度负反馈

56. 在无静差直流调速系统中，必须引入的调节器是（A）。
    A. 速度环比例积分器　　　　　　　　　B. 速度环比例调节器
    C. 速度环、电流环比例调节器　　　　　D. 电流环比例积分器

57. 双闭环直流调速系统中，速度调节器的英文缩写为（C）。
    A. GTR　　　　　B. SCR　　　　　C. ASR　　　　　D. ACR

58. 在位置移动数字显示系统中，光栅移动一个栅距，光强变化（A）。
    A. 1个周期　　　B. 2个周期　　　C. 3个周期　　　D. 4个周期

59. 在位置移动数字显示系统中，若采用静态磁头的磁栅测距一般有（B）。
    A. 一组磁头　　　B. 两组磁头　　　C. 三组磁头　　　D. 四组磁头

60. 在位置移动数字显示系统中，感应同步器通常采用（A）工作方法。
    A. 滑尺加励磁电压，定尺输出信号　　　B. 定尺加励磁电压，滑尺输出信号
    C. 滑尺加励磁电压，定尺输入信号　　　D. 定尺加励磁电压，滑尺输入信号

61. 数控设备的检测元件一般采用（D）元件。
    A. 有触点的行程开关　　　　　　　　　B. 无触点的行程开关
    C. 无触点的接近开关　　　　　　　　　D. 光栅、磁栅、感应同步器

62. 数控机床调试的自动状态试验，应（C）验证程序的正确性。
    A. 将机床解锁，用编制程序进行空载试验
    B. 将机床锁住，用编制程序进行负载试验
    C. 将机床锁住，用编制程序进行空载试验
    D. 将机床解锁，用编制程序进行负载试验

63. 自动生产线控制方式可分为：分散控制和集中控制两种，对控制信号的正确说法是（D）。
    A. 分散控制不采用直接传递方式，集中控制方式也不采用直接传递方式
    B. 分散控制不采用直接传递方式，集中控制方式采用直接传递方式
    C. 分散控制采用直接传递方式，集中控制方式也采用直接传递方式
    D. 分散控制采用直接传递方式，集中控制方式不采用直接传递方式

64. 自动线首先应调整的是（A）。
    A. 每一个运动部件　　B. 检测装置　　　C. 互锁联锁元件　　　D. 全局动作情况

65. 采用涡流制动器的交流调速电梯拖动系统，其工作状态为（B）。
    A. 启动、稳速运行和制动减速过程中均为闭环控制
    B. 启动和稳速运行属于开环、制动减速过程中为闭环控制
    C. 启动和稳速运行属于闭环、制动减速过程中为开环控制
    D. 启动、稳速运行和制动减速过程中均为开环控制

66. 直流电梯拖动系统中，应用最为广泛的系统是（C）。
    A. SCR-M 系统　　B. 继电器控制系统　　C. SCR 励磁系统　　D. 涡流制动系统

67. 交流电梯调速系统在现场调整的一般规定中，电动机的启动电流应不大于额定电流的
（B）倍。
    A. 1～1.5　　　　B. 2～2.5　　　　C. 1.5～2.5　　　　D. 2～3

68. 直流调速电梯的故障多发生在（ D ）。
    A. 速度调节器　　　　B. 稳压器　　　　C. 梯速转换部分　　　D. 触发器部分

69. 采用 MICONIC-B 控制系统，扫描器为 5 位二进制计数器，只能用于（ A ）以下的电梯系统。
    A. 31 层　　　　　　B. 32 层　　　　　C. 33 层　　　　　　D. 34 层

70. 采用 MICONIC-B 控制系统，电梯制动减速命令发出方式与电梯速度有关，具体做法是（ C ）。
    A. 速度大于 1.0m/s，由软件发出　　　　B. 速度大于 1.0m/s，由硬件发出
    C. 速度小于 1.0m/s，由软件发出　　　　D. 速度小于 1.0m/s，由硬件发出

71. 将二进制数 110010101000.0011B 转为十六进制数是（ D ）。
    A. CA8.3H　　　　　B. CB8.3H　　　　　C. EA8.3H　　　　　D. EA8.2H

72. 用于闭环过程控制的大中型 PC 机都具有（ C ）控制功能。
    A. P　　　　　　　　B. PI　　　　　　　C. PID　　　　　　　D. PD

73. 电力晶体管 GTR 电压型逆变器控制要求是（ B ）。
    A. 基极控制采用"先通后断"的方法　　　B. 基极控制采用"先断后通"的方法
    C. 集电极加反压　　　　　　　　　　　D. 发射极加反压

74. 电力晶体管 GTR 电压型逆变器各相导通的时间依次相差（ C ）。
    A. 60°　　　　　　　B. 90°　　　　　　C. 120°　　　　　　D. 150°

75. 在机械制造自动化系统的柔性制造系统中，环形输送属于（ A ）。
    A. 自动化物流输送系统　　　　　　　　B. 多工位数控加工系统
    C. 自动控制系统　　　　　　　　　　　D. 计算机信息流控制系统

76. 把（ C ）的装置称为逆变器。
    A. 交流电变换为直流电　　　　　　　　B. 交流电压升高或降低
    C. 直流电变换为交流电　　　　　　　　D. 直流电压升高或降低

77. 对逻辑函数进行化简时，通常都是以化简为（ A ）表达式为目的。
    A. "与或"　　　　　B. "与非"　　　　　C. "或非"

78. 逻辑表达式 A＋AB 等于（ A ）。
    A. A　　　　　　　　B. 1＋A　　　　　　C. 1＋B　　　　　　D. B

79. TTL 集成逻辑门电路内部是以（ B ）为基本元件构成的。
    A. 二极管　　　　　B. 三极管　　　　　C. 晶闸管　　　　　D. 场效应管

80. CMOS 集成逻辑门电路内部是以（ D ）为基本元件构成的。
    A. 二极管　　　　　B. 三极管　　　　　C. 晶闸管　　　　　D. 场效应管

81. 当集成逻辑"与非"门某一输入端接地，而其余输入端悬空时，流入这个输入端的电流为输入（ C ）电流。
    A. 额定　　　　　　B. 开路　　　　　　C. 短路　　　　　　D. 负载

82. 组合逻辑门电路在任意时刻的输出状态只取决于该时刻的（ C ）。
    A. 电压高低　　　　B. 电流大小　　　　C. 输入状态　　　　D. 电路状态

83. 规定 RS 触发器的（ C ）的状态作为触发器的状态。
    A. R 端　　　　　　B. S 端　　　　　　C. Q 端

84. 双稳态触发脉冲过窄，将会使电路出现的后果是（ C ）。
    A. 空翻　　　　　　B. 正常翻转　　　　C. 触发而不翻转　　D. 随机性乱翻转

85. 双稳态触发器原来处于"1"态，想让它翻转为"0"态，可采用的触发方式是（ A ）。
    A. 单边触发　　　　B. 计数触发　　　　C. 多边触发

86. 转速负反馈系统中，给定电阻 R_g 增加后，则（ C ）。
    A. 电动机转速下降　　　　　　　　　　B. 电动机转速不变
    C. 电动机转速上升　　　　　　　　　　D. 给定电阻 R_g 变化不影响电动机的转速

87. 转速负反馈有差调速系统中，当负载增加以后，转速要变小，系统自动调速以后，可以使电

动机的转速（B）。

    A. 等于原来的转速   B. 低于原来的转速   C. 高于原来的转速   D. 以恒转速旋转

88. 电压负反馈自动调速系统的性能（B）于转速负反馈调速系统。

    A. 优   B. 劣   C. 相同   D. 不同

89. 在转速负反馈调速系统中，当负载变化时，电动机的转速也跟着变化。其原因是（B）。

    A. 整流电压的变化   B. 电枢回路电压降的变化

    C. 控制角的变化   D. 温度的变化

90. 在自动控制系统中，若想稳定某个物理量，就该引入该物理量的（B）。

    A. 正反馈   B. 负反馈   C. 微分负反馈   D. 微分正反馈

91. 自动控制系统中，反馈检测元件的精度对自动控制系统的精度（B）。

    A. 无影响   B. 有影响   C. 有影响但被闭环系统补偿了

    D. 反馈环节能克服精度的影响

92. 电压微分负反馈及电流微分负反馈是属于（B）。

    A. 反馈环节   B. 稳定环节   C. 放大环节   D. 保护环节

93. 无静差调遣系统中必须有（C）。

    A. 积分调节器   B. 比例调节器   C. 比例、积分调节器   D. 运算放大器

94. 在调速系统中，当电流截止负反馈参与系统调节时，说明调速系统主电路电流（A）。

    A. 过大   B. 正常   C. 过小   D. 发生了变化

95. 带有速度、电流双闭环调速系统，在启动时，调节作用主要靠（A）产生。

    A. 电流调节器   B. 速度调节器   C. 电流、速度调节器 D. 比例、积分调节器

96. 带有速度、电流双闭环调速系统，在负载变化时出现偏差，消除偏差主要靠（B）。

    A. 电流调节器   B. 速度调节器   C. 电流、速度两个调节器

    D. 比例、积分调节器

97. 带有速度、电流双闭环调速系统，在系统过载或堵转时，速度调节器处于（A）。

    A. 饱和状态   B. 调节状态   C. 截止状态   D. 放大状态

98. 有静差调速系统，当负载增加以后转速下降，可通过反馈环节的调节作用使转速有所回升。
系统调节后，电动机电枢电压将（B）。

    A. 减小   B. 增大   C. 不变   D. 不能确定

99. 转速负反馈系统中，给定电阻增加后，则（C）。

    A. 电动机转速下降   B. 电动机转速不变

    C. 电动机转速上升   D. 给定电阻变化不影响电动机的转速

100. 转速负反馈有差调速系统中，当负载增加以后，转速要变小，系统自动调速以后，可以使
电动机的转速（B）。

    A. 等于原来的转速   B. 低于原来的转速   C. 高于原来的转速   D. 以恒转速旋转

101. 在转速负反馈调速系统中，当负载变化时，电动机的转速也跟着变化，其原因是（B）。

    A. 整流电压的变化   B. 电枢回路电压降的变化

    C. 控制角的变化   D. 温度的变化

102. 电压负反馈主要补偿（B）上电压的损耗。

    A. 电枢回路电阻   B. 电源内阻   C. 电枢电阻   D. 电抗器电阻

103. 电流正反馈主要补偿（C）上电压的损耗。

    A. 电枢回路电阻   B. 电源内阻   C. 电枢电阻   D. 电抗器电阻

104. 开环自动控制系统出现偏差时，系统将（A）。

    A. 不能自动调节   B. 能自动调节   C. 能够消除偏差

    D. 能自动调节只是调节能力差

105. 双闭环系统中不加电流截止负反馈，是因为（A）。

    A. 由电流环保证   B. 由转速环保证

C. 由比例积分器保证   D. 由速度调节器的限幅保证

106. 带有速度、电流双闭环调速系统，在启动时，调节作用主要靠（A）产生。

    A. 电流调节器   B. 速度调节器

    C. 电流、速度调节器   D. 比例、积分调节器

107. 带有速度、电流双闭环调速系统，在系统过载或堵转时，速度调节器处于（A）。

    A. 饱和状态   B. 调节状态   C. 截止状态   D. 放大状态

108. 有静差调速系统，当负载增加以后转速下降，可通过反馈环节的调节作用使转速有所回升。系统调节后，电动机电枢电压将（B）。

    A. 减小   B. 增大   C. 不变   D. 不能确定

109. QKT-27 控制器主电路采用的斩波器类别是（B）。

    A. 定宽调频道阻型斩波器   B. 定频调宽逆阻型斩波器   C. 逆导型斩波器

110. QKT-27 控制器开车时，斩波器不工作，可能是（C）。

    A. 主回路问题   B. 控制电路问题   C. 主回路问题，也可能是控制电路的问题

111. 选择接地方式应根据电路工作频率来确定。当频率<1MHz 时，可以（B）。

    A. 采用多点接地方式   B. 采用一点接地方式   C. 不采用接地

112. 自动控制系统一般由被控制对象和（B）组成。

    A. 输入指令   B. 控制装置   C. 辅助设备

113. 方框图中的（B）不一定都表示一个完整的装置，有时只代表在系统中出现的某个功能。

    A. 箭头   B. 符号   C. 方框

114. 对于要求大范围无级调速来说，改变（A）的方式为最好。

    A. 电枢电压 U B. 励磁磁通 Φ C. 电枢回路电阻 R

115. 静差率是根据（C）提出的。

    A. 设计要求   B. 机床性能   C. 工艺要求

116. 调速系统的静差率一般是指系统在（C）的静差率。

    A. 高速   B. 低速   C. 额定转速

117. 围绕 X、Y、Z 三个基本坐标轴旋转的圆周进给坐标轴分别用（B）表示。

    A. X′、Y′、Z′   B. A、B、C   C. U、V、W

118. 加工中心机床是一种在普通数控机床上加装一个刀库和（C）而构成的数控机床。

    A. 液压系统   B. 检测装置   C. 自动换刀装置

119. 加工中心主轴传动系统应在（C）输出足够的转矩。

    A. 高速段   B. 低速段   C. 一定的转速范围内

120. 刀具的夹紧通常由碟形弹簧实现，刀具的松开由（A）来实现。

    A. 电磁离合器   B. 液压系统   C. 机械装置

121. 精镗准停一般总是使镗刀刀尖处在（A）的位置。

    A. 垂直向上   B. 垂直向下   C. 水平方向

122. 在 G 指令中，T 代码用于（B）。

    A. 主轴控制   B. 换刀   C. 辅助功能

123. 标准式直线感应同步器在实际中用得最广泛，每块长（B）。

    A. 100mm   B. 250mm   C. 1m

124. 标准式直线感应同步器定尺节距为（C）。

    A. 0.5mm   B. 1mm   C. 2mm

125. 在 B2012A 龙门刨床自动调速系统中，要想稳定负载电流，就应该引入负载电流的（A）。

    A. 正反馈   B. 负反馈   C. 微分负反馈

126. B2012A 龙门刨床中的反馈检测元件测速发电机的精度对调速系统的精度（B）。

    A. 无影响   B. 有影响   C. 有影响，但被闭环系统补偿了

127. B2012A 龙门刨床检修后，工作台的运动方向和按钮站中按钮开关的标注相反，除彻底检

查接线外，尚可供选择的方法为（C）。
    A. 将交磁放大机电枢接线交叉　　　　　B. 将发电机电枢接线交叉
    C. 将电动机励磁接线交叉　　　　　　　D. 将直流控制电源线①与②交叉
128. 桥式稳定环节在 B2012A 龙门刨直流调速系统中所起的作用是（D）。
    A. 增加静态放大倍数　　　　　　　　　B. 减小静态放大倍数
    C. 增加动态放大倍数　　　　　　　　　D. 减小动态放大倍数
129. B2012A 龙门刨床中电流截止负反馈环节具有（D）作用。
    A. 使系统得到下垂的机械特性　　　　　B. 加快过渡过程
    C. 限制最大电枢电流　　　　　　　　　D. A、B、C 全部
130. 当 B2012A 龙门刨床启动 G1-M 电机组后，工作台自行高速冲出不受限制时，可用（B）关机。
    A. 工作台停止按钮 SB10　　　　　　　B. 电机组停止按钮 SB1
    C. 换向开关 SQ7、SQ8　　　　　　　　D. 终端位置开关 SQ9 或 SQ10
131. B2012A 龙门刨床主拖动系统电路中调节电阻器 3RT 的作用是（A）。
    A. 调节减速制动强弱　　　　　　　　　B. 调节减速时给定电压的大小
    C. 调节减速运动速度　　　　　　　　　D. 上述都不对
132. 在 B2012A 龙门刨床主拖动系统电路中，加速度电位器 RP1、RP2 的作用是（C）。
    A. 调节前进、后退时的减速制动强弱　　B. 调节制动时的制动力强弱
    C. 调节前返后退越位的大小和调节后退返前进越位的大小
133. B2012A 龙门刨床按下步进按钮后工作台不动松开按钮后工作台后退一下。其故障原因可能是（A）。
    A. 继电器 KA4（240，241）动断触头接触不良
    B. RP5 电阻值太大　　　C. RP3 阻值太大
134. B2012A 龙门刨床一开车，工作台就出现"飞车"现象。其故障原因可能是（B）。
    A. 200 号处接触不良　　B. A1-G1～200 号线间断路　　C. A1-G1～200 号线间短路
135. 斜坡式 A/D 变换器打开计数门的启动脉冲（A）。
    A. 与启动斜坡电压发生器的同时给出　　B. 在斜坡电压与被测电压平衡时给出
    C. 在启动斜坡电压发生器后略经延迟给出　D. 在被测电压达到一定值后给出。
136. 下面列出了 4 个（绝对）测量误差的定义，其中国际通用定义是（D）。
    A. 含有误差的量值与其真值之差　　　　B. 测量结果减去被测量的（约定）真值
    C. 计量器具的示值与实际值之差　　　　D. 某测量仪的给出值与客观真值之差。
137. 逐次逼近式 A/D 变换器的精度决定于（D）。
    A. 基准源精度　　　　　　B. 比较器精度　　　　　　C. 外部电路
    D. 基准源与 D/A 变换器的精度
138. 当负载增加以后，调速系统转速降增大，经过调节转速有所回升。调节前后主电路电流将（A）。
    A. 增大　　　　　　　　　B. 不变　　　　　　　　　C. 减小
139. 增加自动调速系统的调速范围最有效的方法是（C）。
    A. 增加电动机电枢电压　　B. 提高电枢电流　　　　　C. 减小电动机转速降
140. 开环自控系统在出现偏差时，系统将（A）。
    A. 不能自动调节　　　　　B. 能自动调节　　　　　　C. 能够消除偏差
141. 增加自控系统的调速范围最有效的方法是（B）。
    A. 增加电动机电枢电压　　B. 减小电动机转速　　　　C. 提高电枢电流
142. 当负载增加以后调速系统转速下降，可通过负反馈的调节作用使转速回升。调节前后加在电动机电枢两端的电压将（B）。
    A. 减小　　　　　　　　　B. 增大　　　　　　　　　C. 不变

143. 可逆调速系统主电路中的环流是（ A ）负载的。
    A. 不流过   B. 流过   C. 反向流过
144. 在有环流可逆系统中，正组晶闸管若处于整流状态，则反组晶闸管必然处在（ A ）。
    A. 待逆变状态   B. 逆变状态   C. 待整流状态
145. 在有环流可逆系统中，均衡电抗器所起的作用是（ A ）。
    A. 限制脉动的环流 B. 使主回路电流连续 C. 用来平波
146. 在有续流二极管的半控桥式整流电路中，对直流电动机供电的调速系统，其主回路电流检测应采用（ B ）。
    A. 交流互感器   B. 直流互感器   C. 霍尔元件
147. 调速系统主电路若为三相半波整流电路，则主回路电流的检测应采用（ A ）。
    A. 间接测量法   B. 直接测量法   C. 曲折测量法
148. 双闭环调速系统中电流环的输入信号有两个，即（ A ）。
    A. 主电路反馈的电流信号及速度环的输出信号
    B. 主电路反馈的转速信号及速度环的输出信号
    C. 主电路反馈的电压信号及速度环的输出信号
149. 在转速负反馈系统中，系统对（ C ）调节补偿作用。
    A. 反馈测量元件的误差有   B. 给定电压的漂移误差有
    C. 给定电压的漂移误差无   D. 温度变化引起的误差有
150. 电压负反馈调速系统是通过稳定直流电动机电枢电压来达到稳定转速的目的，其原理是电枢电压的变化与（ A ）。
    A. 转速的变化成正比   B. 转速的变化成反比
    C. 转速的变化平方成正比   D. 转速的变化平方成反比
151. 感应同步器主要技术参数有动态范围、精度、分辨率，其中动态范围为（ A ）。
    A. 0.2～40m   B. 0.2～20m   C. 0.3～40m   D. 0.3～20m
152. 感应同步器在安装时，必须保持两尺平行，两平面间的间隙约为（ D ）mm。
    A. 1   B. 0.75   C. 0.5   D. 0.25
153. 西门子公司的802S数控系统安装在普通车床中，一般进给系统采用（ A ）伺服系统。
    A. 开环   B. 半闭环   C. 单闭环   D. 双闭环
154. 电枢电路有两组反向并联的三相全波可控整流器供电的（SCR-C）直流电梯，当正组整流桥（ZCAZ）控制角为90°、反组整流控制角<90°时，则电动机处于（ C ）状态。
    A. 正反馈   B. 正向电动机 C. 反向电动机 D. 反向回馈
155. 电压负反馈调速系统通过稳定直流电动机电枢电压来达到稳定转速的目的，其原理是电枢电压的变化与（ A ）。
    A. 转速的变化成正比   B. 转速的变化成反比
    C. 转速的变化平方成正比   D. 转速的变化平方成反比
156. 电流截止负反馈的截止方法不仅可以用（ B ）比较法，而且也可以在反馈回路中对接一个稳压管来实现。
    A. 电流   B. 电压   C. 功率   D. 电荷
157. 带有速度、电流双闭环的调速系统，在启动时调节作用主要靠（ A ）调节器产生。
    A. 电流   B. 速度   C. 负反馈电压 D. 电流、速度两个
158. 磁尺主要参数有动态范围、精度、分辨率，其中动态范围应为（ C ）。
    A. 1～40m   B. 1～10m   C. 1～20m   D. 1～50m
159. 交流双速电梯的运行速度一般应小于（ A ）m/s以下。
    A. 1   B. 2   C. 2.5   D. 3
160. 交流集选电梯，当电梯（自由状态）从3层向上运行时，2层有人按向上呼梯按钮，4层有人按向下呼梯按钮，5层有人按向上呼梯按钮同时轿厢有人按1层按钮，电梯应停于（ A ）层。

A. 5   B. 4   C. 2   D. 1

161. 交流双速电梯每次到达平层区域，电梯由快速变为慢速时，曳引电机处于（ A ）状态。

A. 再生发电制动   B. 能耗制动   C. 反接制动   D. 电容制动

162. 单相半桥逆变器（电压型）的直流端接有两个相互串联的（ A ）。

A. 容量足够大的电容 B. 大电感   C. 容量足够小的电容 D. 小电感

163. 在电压负反馈调速系统中加入电流正反馈的作用是利用电流的增加，从而使转速（ A ），机械特性变硬。

A. 减少   B. 增大   C. 不变   D. 微增大

164. DVM 中变压器绕组间寄生电容串入的工频干扰是（ B ）干扰。

A. 共模   B. 串模   C. 内部   D. 外部

165. 当测定 SMMR 时，DVM 加上串模干扰后，应取（ B ）来计算。

A. 最大值与最小值之差   B. 与未加干扰时的读数的最大偏差值
C. 最大值与最小值之差的平均值   D. 与加干扰时的读数的最大偏差值

166. 根据国家计量技术规范的建议，测量不确定度和合成不确定度均用（ B ）表示。

A. 3 倍标准差   B. 1 倍标准差   C. 2 倍标准差   D. 方差

167. 当测量结果遵从正态分布时，算术平均值小于总体平均值的概率是（ B ）。

A. 68.3%   B. 50%   C. 31.7%   D. 99.7%

168. 当测量结果遵从正态分布时，测量结果中随机误差小于 0 的概率是（ A ）。

A. 50%   B. 68.3%   C. 99.7%   D. 95%

169. 基于计数器测量两个信号过零点的时间差来反映两个信号的相位差原理的相位仪，仅能用于（ C ）信号的相位差测量。

A. 高频率   B. 中频率   C. 低频率   D. 高、中频率

170. 脉冲调宽式 A/D 是（ C ）。

A. 比较型   B. 电压-时间转换型 C. 积分型   D. 复合交换型

171. 输入零电流的正方向是（ C ）。

A. 从信号源流向 DVM   B. 从 DVM 流向信号源   C. 不定的   D. 确定的

172. 双积分式 A/D 变换器与脉冲调宽式 A/D 变换器的共同点是（ C ）。

A. 积分器的输入端都有两个电压   B. 它们都只用一个基准源
C. 都是用一个积分器，且都是平均值变换   D. 都是用一个积分器，且都是瞬时值变换

173. 逐次比较式 A/D 变换器抑制常态干扰能力差的原因是（ A ）。

A. 测量值不是平均值，而是瞬时值   B. 比较过程是随机的
C. 比较过程是由低位到高位   D. 测量值不是瞬时值而是平均值

174. （ D ）为共模干扰源。

A. 稳压电源的纹波   B. 信号源的纹波
C. 空间电磁辐射信号   D. 被测电压源与 DVM 不同地电位

175. 脉冲调宽式 A/D 变换器的积分器非线性得到补偿是由于（ C ）。

A. 它是一种平均值变换   B. 节拍脉冲仅是一个驱动源
C. 每个测量周期往返 4 次积分   D. 每个测量周期往返两次积分

176. 工程上所称的 220V 或 380V 工频交流电压是指它的（ C ）。

A. 瞬时值   B. 最大值   C. 有效值   D. 平均值

177. 双积分式 A/D 变换器中的积分器输入端有（ B ）个电压。

A. 1   B. 2   C. 3   D. 0

178. 零电流产生的相对误差（ A ）。

A. 与输入电压成反比，与信号源内阻成正比

B. 与输入电压大小无关

C. 与输入电压成正比，与信号源内阻成反比

D. 与信号源内阻大小无关

179. DVM 的零电流（D）。
    A. 只有当行输入电压时才存在
    B. 即使输入电压为零时，零电流也存在
    C. 随着输入电压的增大而增大
    D. 随着输入电压的增大而减小

180. 在下述诸句子中，正确使用法定单位名称的句子是（B）。
    A. P=1.1kkW
    B. 磁场强度的单位名称是 10 安［培］每米
    C. 经计算 H=7 安/米
    D. 经计算 H=7.1（A/m）

181. 双积分式 A/D 变换器采样终了，积分器输出电平代表了被测电压的（D）。
    A. 瞬时值
    B. 最大值
    C. 有效值
    D. 平均值

182. 用电动机轴上所带的转子位置检测器来控制变频电路触发脉冲的称为（D）。
    A. 他控变幅
    B. 自控变幅
    C. 他控变频
    D. 自控变频

183. 开环自动控制系统在出现偏差时，系统将（A）。
    A. 不能消除偏差
    B. 完全能消除偏差
    C. 能消除偏差的三分之一
    D. 能消除偏差的二分之一

184. 转速负反馈调速系统对检测反馈元件和给定电压造成的转速降（B）补偿能力。
    A. 没有
    B. 有
    C. 对前者有补偿能力，对后者无
    D. 对前者无补偿能力，对后者有

185. 电梯轿厢额定载重量为 1000kg，一般情况下轿厢可乘（A）人应为满载。
    A. 10
    B. 5
    C. 20
    D. 15

186. 直流电梯系统，轿厢门关闭之后，对于乘客电梯门扇之间间隙不得大于（B）。
    A. 9mm
    B. 8mm
    C. 6mm
    D. 10mm

187. 双闭环调速系统包括电流环和速度环，其中两环之间关系是（B）。
    A. 电流环为内环，速度环为外环
    B. 电流环为外环，速度环为内环
    C. 电流环为内环，速度环也为内环
    D. 电流环为外环，速度环也为外环

188. 三相电动机负载及对整流电源要求较高的场合一般采用（C）整流电路。
    A. 单相半波
    B. 三相半波
    C. 三相桥式半控
    D. 三相桥式全控

189. 牵引机械（如电车、机械车、电瓶车）及大型轧钢机中，一般都采用直流电动机而不是异步电动机，原因是异步电动机的（C）。
    A. 功率因数低
    B. 调速性能很差
    C. 启动转矩较小
    D. 启动电流太大

190. 直流电梯系统，电梯轿厢的平层调整准确度应满足（A）mm。
    A. ±15
    B. ±20
    C. ±30
    D. ±25

191. 电流截止负反馈的截止方法不仅可以用电压比较法，而且也可以在反馈回路中对接一个（D）来实现。
    A. 晶闸管
    B. 三极管
    C. 单晶管
    D. 稳压管

192. 双闭环调速系统中，电流环的输入信号有两个，即（A）信号和速度环的输出信号。
    A. 主电路反馈电流
    B. 主电路反馈转速
    C. 主电路反馈的积分电压
    D. 主电路反馈的微分电压

193. 直流电梯制动控制系统主要采用（D）制动。
    A. 反接
    B. 能耗
    C. 再生
    D. 电磁抱闸

194. 电梯轿厢额定载重量为 800kg，一般情况下轿厢可乘（C）人应为满载。
    A. 10
    B. 5
    C. 8
    D. 15

195. 为了保证 PLC 交流电梯安全运行，（D）电气元件必须采用常闭触点，输入到 PLC 的输入接口。
    A. 停止按钮
    B. 厅外呼梯按钮
    C. 轿厢指令按钮
    D. 终端限位行程开关

196. 带有三相可控硅励磁装置（闭环系统）和不带减速箱装置的直流电梯系统，其运行速度应为（A）m/s 左右。

A. 2.5　　　　　　　B. 1　　　　　　　C. 5　　　　　　　D. 4

197. 直流电动机安装完毕交付使用前，必须进行各种试验，并且连续运行（ B ）次无故障。

A. 3000　　　　　　B. 1000　　　　　　C. 2000　　　　　　D. 1500

198. 监视电动机运行情况是否正常，最直接、最可靠的方法是看电动机是否出现（ D ）。

A. 电流过大　　　　B. 转速过低　　　　C. 电压过高过低　　D. 温升过高

199. 为保护小容量调速系统晶闸管避免遭受冲击电流的损坏，在系统中应采用（ C ）。

A. 电压微分负反馈　B. 转速负反馈　　　C. 电流截止负反馈

200. 小容量调速系统为稳定输出，转速应采用（ A ）。

A. 转速负反馈　　　B. 电流截止负反馈　C. 转速正反馈

201. 运行半小时左右双电动机被卡死，停些时间又能运转的故障原因可能是（ B ）。

A. 电动机轴承损坏　B. 机械负载过重　　C. 电动机润滑不良　D. 以上说法都不对

202. 斩波器也可称为（ C ）变换。

A. AC/DC　　　　　B. AC/AC　　　　　C. DC/DC　　　　　D. DC/AC

203. 交流双速电梯停车前的运动速度大约是额定速度的（ C ）左右。

A. 1/2　　　　　　　B. 1/3　　　　　　C. 1/4　　　　　　D. 1/8

204. 用电设备最理想的工作电压就是它的（ C ）。

A. 允许电压　　　　B. 电源电压　　　　C. 额定电压　　　　D. 最低电压

205. 测量轧钢机的轧制力时，通常选用（ B ）作为传感器。

A. 压力传感器　　　B. 压磁传感器　　　C. 霍尔传感器　　　D. 压电传感器

206. 测温仪由两部分构成，即（ A ）部分及主机部分。

A. 探头　　　　　　B. 热电偶　　　　　C. 热敏电阻　　　　D. 传感器

207. 无速度传感器调节系统的速度调节精度和范围，目前是（ C ）有速度传感器的矢量控制系统。

A. 超过　　　　　　B. 相当于　　　　　C. 低于　　　　　　D. 远远低于

208. 热电偶输出的（ B ），是从零逐渐上升到相应的温度后，不再上升而呈平均值。

A. 电阻值　　　　　B. 热电势　　　　　C. 电压值　　　　　D. 阻抗值

209. B2010 型龙门刨床 V55 系统，当电动机低于额定转速时，采用（ C ）方式调速。

A. 恒功率　　　　　B. 恒转矩　　　　　C. 恒力矩　　　　　D. 弱磁

210. 测温仪的主机部分由 A/D 转换器、（ B ）系列单片机最小系统及人机对话通道组成。

A. Z80　　　　　　 B. MCS-51　　　　　C. 32 位　　　　　　D. 16 位

211. 在调速系统中称为有静差调速系统的是（ C ）。

A. 开环系统　　　　B. 闭环系统　　　　C. 单闭环系统　　　D. 双闭环系统

212. 带有速度、电流双闭环的调速系统，在系统过载或堵转时，速度调节器处于（ A ）。

A. 饱和状态　　　　B. 调节状态　　　　C. 截止状态　　　　D. 放大状态

213. 有静差调速系统，当负载增加之后转速下降，可通过反馈环节的调节作用使转速有所回升。系统调节后，电动机电枢电压将（ B ）。

A. 减小　　　　　　B. 增大　　　　　　C. 不变　　　　　　D. 倍减

214. 双闭环系统中不加电流截止负反馈，是因为（ A ）。

A. 有电流环保证　　　　　　　　　　　B. 有转速环保证

C. 有比例积分器保证　　　　　　　　　D. 有速度调节器的限幅保证

215. 带有速度、电流双闭环的调速系统，在启动时，调节作用主要靠（ A ）产生。

A. 电流调节器　　　　　　　　　　　　B. 速度调节器

C. 电流、速度调节器　　　　　　　　　D. 比例、积分调节器

216. 无静差调速系统中必须有（ A ）。

A. 积分调节器　　　B. 比例调节器　　　C. 比例、积分调节器　D. 运算放大器

217. 晶闸管导通后，通过晶闸管的电流决定于（ A ）。

162

A. 电路的负载   B. 晶闸管的电流容量

C. 晶闸管阳—阴极之间的电压   D. 晶闸管的参数

218. 晶闸管电路中，如果脉冲变压器副绕组极性接反，可能发生的故障是（ B ）。

     A. 烧熔断器熔芯   B. 晶闸管不导通   C. 晶闸管自行导通   D. 反馈调节不稳定

219. 在自控系统中若想稳定某个物理量，应该引入该物理量的（ B ）。

     A. 正反馈   B. 负反馈   C. 微分负反馈   D. 积分负反馈

220. 自控系统开环放大倍数（ D ）。

     A. 越大越好   B. 越小越好

     C. 恒定为好   D. 在保证动态特性的前提下越大越好

221. 自控系统中反馈检测元件的精度对自控系统的精度（ B ）。

     A. 无影响   B. 有影响

     C. 有影响，但被闭环系统补偿了   D. 有影响，但能被补偿

222. 当负载增加以后调速系统转速下降，可通过负反馈的调节作用使转速回升。调节前后加在电动机电枢两端的电压将（ B ）。

     A. 减小   B. 增大   C. 不变   D. 轻微波动

223. 有一台 B212A 型龙门刨床，机组检修后，启动机组，并没有按下工作台工作按钮，工作台就以很高的速度冲出，其故障的可能原因是（ A ）。

     A. 发电机励磁绕组 L1-G1、L2-G2 互换位置接反

     B. L01 绕组极性接反   C. 发电机旋转方向相反   D. 发电机旋转方向相同

224. 在 M7475B 平面磨床的电气控制电路中，砂轮电动机为 Y △启动，若 Y 接时 KM2 动触头粘连，则按下启动按钮后将出现（ A ）现象。

     A. 电动机始终以 Y 接情况下低速运行   B. 将出现短路事故

     C. 极可能由低速变高速   D. 电动机直接高速启动运行

225. 在数控指令中，T 代码用于（ B ）。

     A. 主轴控制   B. 换刀   C. 辅助功能

226. 车床电气大修应对控制箱损坏元件进行更换，（ D ），配电盘全面更新。

     A. 整理线路   B. 清扫线路   C. 局部更新   D. 重新敷线

227. JWK 型经济型数控机床系统通电后，如长时间不运行，应将功放开关置于（ B ）位置。

     A. 接通   B. 断开   C. 手动   D. 选择

228. JWK 系列经济型数控机床通电试车不包含（ D ）内容。

     A. 数控系统参数核对   B. 手动操作   C. 接通强电柜交流电源   D. 直流电源的检查

229. 在第一次接通（ D ）电源前，应先暂时切断伺服驱动电源（面板上的功放开关）。

     A. 伺服驱动   B. 主轴与辅助装置   C. 强电柜驱动   D. 数控系统

230. JWK 系列经济型数控机床通电前检查不包括（ C ）。

     A. 输入电源电压和频率的确认   B. 直流电源的检查

     C. 确认电源相序   D. 检查各熔断器

231. 转矩极性鉴别器常常采用运算放大器经正反馈组成的（ C ）电路检测速度调节器的输出电压 u_n。

     A. 多谐振荡   B. 差动放大   C. 施密特   D. 双稳态

232. 电流正反馈是在（ B ）时，起着补偿作用，其补偿程度与反馈取样电阻 R 的分压比有关。

     A. 程序运行时   B. 负载发生变化   C. 电机高速   D. 电机低速

233. 回转运动的定位精度和重复分度精度属于数控机床的（ C ）精度检验。

     A. 切削   B. 几何   C. 定位   D. 联动

234. 工作台的平面度属于数控机床的（ A ）精度检验。

     A. 几何   B. 定位   C. 切削   D. 联动

235. （ A ）控制方式的优点是精度高、速度快，其缺点是调试和维修比较复杂。

A. 闭环　　　　　　　B. 半闭环　　　　　　C. 双闭环　　　　　　D. 开环

236. 数控系统的可靠性主要取决于（ A ）。

　　A. 数控装置　　　　B. 伺服系统　　　　　C. 测量反馈装置　　　D. 控制器

237. （ D ）适用于向多台电动机供电，不可逆拖动，稳速工作，快速性要求不高的场合。

　　A. 电容式逆变器　　B. 电感式逆变器　　　C. 电流型逆变器　　　D. 电压型逆变器

238. （ B ）是数控系统的执行部分。

　　A. 数控装置　　　　B. 伺服系统　　　　　C. 测量反馈装置　　　D. 控制器

239. （ B ）控制的伺服系统在性能要求较高的中、小型数控机床中应用较多。

　　A. 闭环　　　　　　B. 半闭环　　　　　　C. 双闭环　　　　　　D. 开环

240. 数控系统由（ D ）组成。

　　A. 数控装置　　　　B. 伺服系统　　　　　C. 测量反馈装置　　　D. 以上都是

241. 串联谐振式逆变器是（ A ）电容串联。

　　A. 负载和换流　　　B. 负载和电感　　　　C. 电阻和换流　　　　D. 电阻和电感

242. （ A ）逆变器的换流电容与负载电路并联。

　　A. 并联谐振式　　　B. 串联谐振式　　　　C. 谐振式　　　　　　D. 有源

243. 如图 2-15 所示他励直流电动机的机械特性曲线。其中 1 为固有机械特性，若采用调压的调速方法，则曲线（ C ）是其机械特性。

　　A. 1
　　C. 3

　　B. 2
　　D. 4

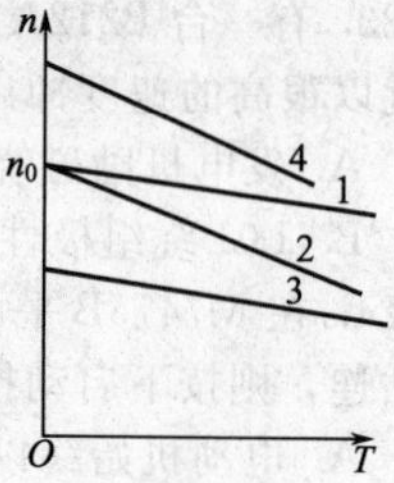

图 2-15

244. （ C ）是经济型数控机床按驱动和定位方式划分。

　　A. 闭环连续控制式　　B. 变极控制式　　　C. 步进电动机式
　　D. 直流点位式

245. 可逆电路从控制方式分可分为有（ D ）可逆系统。

　　A. 并联和无并联　　B. 并联和有环流　　　C. 并联和无环流
　　D. 环流和无环流

246. 在要求零位附近快速频繁改变转动方向，位置控制要求准确的生产机械，往往用可控环流可逆系统，即在负载电流小于额定值（ C ）时，人为地制造环流，使变流器电流连续。

　　A. 1%～5%　　　　B. 5%～10%　　　　C. 10%～15%　　　　D. 15%～20%

247. 励磁发电机空载电压过高。如果电刷在中性线上，一般是调节电阻与励磁发电机性能配合不好。可将励磁发电机的电刷（ D ）换向距离。

　　A. 逆旋转方向移动 2～4 片　　　　　　B. 逆旋转方向移动 1～2 片
　　C. 顺旋转方向移动 2～4 片　　　　　　D. 顺旋转方向移动 1～2 片

248. 工作台运行速度过低不足的原因是（ D ）。

　　A. 发电机励磁回路电压不足　　　　　　B. 控制绕组 2WC 中有接触不良
　　C. 电压负反馈过强等　　　　　　　　　D. 以上都是

249. 停车时产生振荡的原因常常由于（ D ）环节不起作用。

　　A. 电压负反馈　　　B. 电流负反馈　　　　C. 电流截止负反馈　　D. 桥型稳定

250. 数控系统地址线无时序，可检查地址线驱动器、地址线逻辑、（ D ）、振荡电路等。

　　A. 振荡电路　　　　B. 后备电池　　　　　C. 存储器周边电路　　D. CPU 及周边电路

251. 伺服驱动过载可能是负载过大或加减速时间设定过小或（ C ）或编码器故障（编码器反馈脉冲与电动机转角不成比例地变化，有跳跃）。

　　A. 使用环境温度超过了规定值　　　　　B. 伺服电动机过载
　　C. 负载有冲击　　　　　　　　　　　　D. 编码器故障

252. 在系统中加入了（ D ）环节以后，不仅能使系统得到下垂的机械特性，而且也能加快过渡过程，改善系统的动态特性。

　　A. 电压负反馈　　　B. 电流负反馈　　　　C. 电压截止负反馈　　D. 电流截止负反馈

253. 非独立励磁控制系统在（D）的调速是用提高电枢电压来提升速度的，电动机的反电动势随转速的上升而增加，在励磁回路由励磁调节器维持励磁电流为最大值不变。

    A. 低速时   B. 高速时   C. 基速以上   D. 基速以下

254. 反电枢可逆电路由于电枢回路（C），适用于要求频繁启动而过渡过程时间短的生产机械，如可逆轧钢机、龙门刨等。

    A. 电容小   B. 电容大   C. 电感小   D. 电感大

255. 由一组逻辑电路判断控制整流器触发脉冲通道的开放和封锁，这就构成了（B）可逆调速系统。

    A. 逻辑环流   B. 逻辑无环流   C. 可控环流   D. 可控无环流

256. 测试仪可提供三中输入格式：PROTEL 文件格式、（C）和索引表格式，可根据使用的需要进行选择。

    A. BMP 格式   B. 文本格式   C. 连接表格式   D. JGP 格式

257. 常用的工业控制系统通常分为分散型控制系统、可编程序控制器、STD 总线工业控制机、（B）模块化控制系统、智能调节控制仪表等。

    A. 16 位单板机   B. 工业 PC   C. 主 CPU   D. 32 位单机片

258. 逻辑分析仪是按（C）思路发展而成的。

    A. 存储示波器   B. 双踪示波器

    C. 多线示波器   D. 逻辑电路

259. 单 CPU 工业控制机系统可以分时控制（D）回路。

    A. 多个开环控制   B. 两个闭环控制

    C. 三个闭环控制   D. 多个闭环控制

260. 准确度是说明测量结果与真值的偏离程度。（C）的大小是准确度的标志。

    A. 附加误差   B. 基本误差   C. 系统误差   D. 绝对误差

261. 典型工业控制机系统的一次设备通常由（C）变送器和执行器机构组成。

    A. 传感器   B. 探头   C. 被控对象   D. 一次线缆

262. 数显改造机床在普通机床上安装数显（B）检测装置。

    A. 主轴旋转速度   B. 位置   C. 过载   D. 进给速度

263. 调制信号是以（A）形式表现的。

    A. 离散   B. 收敛   C. 环绕   D. 振荡

264. 浮地接法要求全机与地的绝缘电阻不能（C）。

    A. 小于 4Ω B. 大于 $500M\Omega$ C. 小于 $500M\Omega$ D. 大于 $50M\Omega$

265. 数显改造机床在普通机床上安装数显（B）检测装置。

    A. 主轴旋转速度   B. 位置   C. 过载   D. 进给速度

266. 经济型数控机床的改造主要采用于中、小型（A）和铣床的数控改造。

    A. 车床   B. 磨床   C. 钻床   D. 镗床

267. 测绘 ZK7132 型立式数控钻铣床电气控制系统的第一步是测绘（B）。

    A. 控制原理图   B. 安装接线图   C. 控制草图   D. 布置图

268. 采用数控技术改造旧机床，以下不宜采用的措施为（D）。

    A. 采用新技术   B. 降低改造费用

    C. 缩短改造周期   D. 突破性的改造

269. 标准式直线感应同步器在实际中用得最广泛，其精分辨力为（B）。

    A. 0.01mm   B. 0.05mm   C. 0.02mm   D. 0.1mm

第 11 章 先进控制技术知识

1. PLC 交流双速电梯，目前层楼指示器普遍采用（A）。

    A. 七段数码管   B. 信号灯   C. 指针   D. 发光二极管

2. PLC可编程序控制器，整个工作过程分五个阶段，当PLC通电运行时，第四个阶段应为（B）。
   A. 与编程器通信　　　B. 执行用户程序　　　C. 读入现场信号　　　D. 自诊断

3. 在梯形图编程中，传达指令（MOV）功能是（B）。
   A. 将源通道内容传送给目的通道，源通道内容清零
   B. 将源通道内容传送给目的通道，源通道内容不变
   C. 将目的通道内容传送给源通道，目的通道内容清零
   D. 将目的通道内容传送给源通道，目的通道内容不变

4. 微机的核心是（C）。
   A. 存储器　　　B. 总线　　　C. CPU　　　D. I/O接口

5. 在梯形图编程中，常闭触头与母线连接指令的助记符应为（A）。
   A. LDI　　　B. LD　　　C. OR　　　D. ORI

6. PLC交流集选电梯，当电梯（司机状态）从3层向上运行时，2层有人按向上呼梯按钮，4层有人按向下呼梯按钮，同时轿厢内司机按下5层指令按钮与直达按钮，则电梯应停于（C）层。
   A. 4　　　B. 2　　　C. 5　　　D. 1

7. 输入采样阶段是PLC的中央处理器，对各输入端进行扫描，将输入端信号送入（C）。
   A. 累加器　　　B. 指针寄存器　　　C. 状态寄存器　　　D. 存储器

8. PLC可编程序控制器，依据负载情况不同，输出接口有（A）类型种。
   A. 3　　　B. 1　　　C. 2　　　D. 4

9. 国内外PLC各生产厂家都把（A）作为第一用户编程语言。
   A. 梯形图　　　B. 指令表　　　C. 逻辑功能图　　　D. C语言

10. PLC可编程序控制器，整个工作过程分五个阶段，当PLC通电运行时，第一个阶段应为（D）。
    A. 与编程器通信　　　B. 执行用户程序　　　C. 读入现场信号　　　D. 自诊断

11. 在梯形图编程中，常开触头与母线连接指令的助记符应为（B）。
    A. LDI　　　B. LD　　　C. OR　　　D. ORI

12. 当PLC交流电梯额定速度大于0.63m/s时，安全钳应选用（A）式。
    A. 渐进　　　B. 抛物线　　　C. 瞬时　　　D. 椭圆

13. 在变频调速中的变频器（D）。
    A. 只具有调压的功能　　　　　　　　B. 只具有调频的功能
    C. 都具有调压和调流的功能　　　　　D. 都具有调压和调频的功能

14. 寄存器主要由（D）组成。
    A. 触发器　　　B. 门电路　　　C. 多谐振荡器　　　D. 触发器和门电路

15. 变频调速中变频器的作用是将交流供电电源变成（A）的电源。
    A. 变压变频　　　B. 变压不变频　　　C. 变频不变压　　　D. 不变压不变频

16. PLC交流电梯的PLC输出接口驱动负载是直流感性负载时，则该在负载两端（D）。
    A. 串联一个二极管　　B. 串联阻容元件　　C. 并联一个二极管　　D. 并联阻容元件

17. 在实现恒转矩调速时，在调频的同时（C）。
    A. 不必调整电压　　B. 不必调整电流　　C. 必须调整电压　　D. 必须调整电流

18. 安装变频器时，在电源与变频器之间，通常要接入（A）和接触器，以便在发生故障时迅速切断电源，同时便于安装修理。
    A. 断路器　　　B. 熔断器　　　C. 继电器　　　D. 组合开关

19. 采用可编程控制器替换原设备中庞大复杂的继电器控制装置，这种数控改造手段称为（C）。
    A. 变频器改造设备　　　　　　　　　B. 经济型数控改造设备
    C. 数控专用改造设备　　　　　　　　D. PLC改造设备

20. 变频器在故障跳闸后，要使其恢复正常状态应先按（C）键。
    A. MOD　　　B. PRG　　　C. RESET　　　D. RUN

21. （C）会有规律地控制逆变器中主开关的通断，从而获得任意频率的三相输出。

A. 斩波器　　　　　　　　　　　　　　B. 变频器

C. 变频器中的控制电路　　　　　　　　D. 变频器中的逆变器

22. 变频调速所用的 VVVF 型变频器，具有（ C ）的功能。

A. 调压　　　　B. 调频　　　　C. 调压与调频　　　　D. 调功率

23. 输入采样阶段，PLC 的中央处理器对各输入端进行扫描，将输入端信号送入（ C ）。

A. 累加器　　　　B. 指针寄存器　　　　C. 状态寄存器　　　　D. 存储器

24. 变频器与电动机之间一般（ B ）接入接触器。

A. 允许　　　　B. 不允许　　　　C. 需要　　　　D. 不需要

25. PLC 主机和外部电路的通信方式采用（ D ）。

A. 输入采用软件，输出采用硬件　　　　B. 输出采用软件，输入采用硬件

C. 输入、输出都采用软件　　　　　　　D. 输入、输出都采用硬件

26. PLC 是在（ A ）控制系统基础上发展起来的。

A. 继电控制系统　　　B. 单片机　　　C. 工业电脑　　　D. 机器人

27. 一般而言 PLC 的 I/O 点数要冗余（ A ）。

A. 10%　　　　B. 5%　　　　C. 15%　　　　D. 20%

28. PLC 设计规范中 RS-232 通信的距离是（ D ）。

A. 1300m　　　　B. 200m　　　　C. 30m　　　　D. 15m

29. PLC 的 RS-485 专用通信模块的通信距离是（ A ）。

A. 1200m　　　　B. 200m　　　　C. 500m　　　　D. 15m

30. 工业中控制电压一般是（ A ）V。

A. 24　　　　B. 36　　　　C. 110　　　　D. 220

31. 工业中控制电压一般是（ B ）。

A. 交流　　　　B. 直流　　　　C. 混合式　　　　D. 交变电压

32. （ B ）电磁兼容性英文缩写。

A. MAC　　　　B. EMC　　　　C. CME　　　　D. AMC

33. 在 PLC 自控系统中对于温度控制可用（ C ）扩展模块。

A. FX2N-4AD　　　B. FX2N-4DA　　　C. FX2N-4AD-TC　　　D. FX0N-3A

34. 三菱 FX 系列 PLC 普通输入点输入响应时间大约是（ B ）。

A. 100ms　　　　B. 10ms　　　　C. 15ms　　　　D. 30ms

35. FX1S 系列最多可以有（ A ）个点的 PLC。

A. 30　　　　B. 128　　　　C. 256　　　　D. 1000

36. FX1N 系列最多能扩展到（ B ）个点

A. 30　　　　B. 128　　　　C. 256　　　　D. 1000

37. FX2N 系列最多能扩展到（ C ）个点

A. 30　　　　B. 128　　　　C. 256　　　　D. 1000

38. M8013 的脉冲输出周期是（ D ）。

A. 5s　　　　B. 13s　　　　C. 10s　　　　D. 1s

39. M8013 的脉冲的占空比是（ A ）。

A. 50%　　　　B. 100%　　　　C. 40%　　　　D. 60%

40. PLC 外部接点坏了以后换到另外一个好的点上后然后要用软件中的（ B ）菜单进行操作。

A. 寻找　　　　B. 替换　　　　C. 指令寻找

41. 工业级模拟量（ A ）更容易受干扰。

A. μA 级　　　　B. mA 级　　　　C. A 级　　　　D. 10A 级

42. 一般而言 PLC 的 AC 输入电源电压范围是（ B ）。

A. 24VDC　　　B. 86～264VAC　　　C. 220～380VAC　　　D. 24～220VAC

43. FX 型 PLC 一个晶体管输出点输出电压是（ D ）。

A. DC12V B. AC110V C. AC220V D. DC24V

44. FX 型 PLC 一个晶体管输出点输出电流是（C）。
A. 1A B. 200mA C. 300mA D. 2A

45. FX 型 PLC 输出点中，继电器一个点最大的通过电流是（D）。
A. 1A B. 200mA C. 300mA D. 2A

46. 在 PLC 自控系统中对于压力输入可用（A）扩展模块
A. FX2N-4AD B. FX2N-4DA C. FX2N-4AD-TC D. FX2N-232BD

47. 十六进制的 F 转变为十进制是（C）。
A. 31 B. 32 C. 15 D. 29

48. 三菱 PLC 中 16 位的内部计数器计数数值最大可设定为（B）。
A. 32768 B. 32767 C. 10000 D. 100000

49. FX 主机读取特殊扩展模块数据应采用（A）指令
A. FROM B. TO C. RS D. PID

50. FX 主机写入特殊扩展模块数据应采用（B）指令
A. FROM B. TO C. RS D. PID

51. FX 系列 PLC 中 LDP 表示（B）指令
A. 下降沿 B. 上升沿 C. 输入有效 D. 输出有效

52. FX 系列 PLC 主控指令应采用（B）。
A. CJ B. MC C. GO TO D. SUB

53. FX 系列 PLC 中 PLF 表示（A）指令。
A. 下降沿 B. 上升沿 C. 输入有效 D. 输出有效

54. FX 系列 PLC 中 SET 表示（D）指令。
A. 下降沿 B. 上升沿 C. 输入有效 D. 置位

55. FX 系列 PLC 中 RST 表示（C）指令。
A. 下降沿 B. 上升沿 C. 复位 D. 输出有效

56. FX 系列 PLC 中 OUT 表示（B）指令
A. 下降沿 B. 输出 C. 输入有效 D. 输出有效

57. STL 步进顺控图中 S10～S19 的功能是（B）。
A. 初始化 B. 回原点 C. 基本动作 D. 通用型

58. STL 步进顺控图中 S0～S9 的功能是（A）。
A. 初始化 B. 回原点 C. 基本动作 D. 通用型

59. FX 系列 PLC 中 16 位加法指令是（B）。
A. DADD B. ADD C. SUB D. MUL

60. FX 系列 PLC 中 16 位减法指令是（C）。
A. DADD B. ADD C. SUB D. MUL

61. FX 系列 PLC 中 32 位加法指令是（A）。
A. DADD B. ADD C. SUB D. MUL

62. FX 系列 PLC 中 32 位减法指令（C）。
A. DADD B. ADD C. DSUB D. MUL

63. M8013 是归类于（C）。
A. 普通继电器 B. 计数器 C. 特殊辅助继电器 D. 高速计数器

64. M8002 有（D）功能
A. 置位功能 B. 复位功能 C. 常数 D. 初始化功能

65. FX 系列 PLC 中读取内部时钟用（C）指令。
A. TD B. TM C. TRD D. TRDW

66. FX 系列 PLC 中比较两个数值的大小用（D）指令。

A. TD   B. TM   C. TRD   D. CMP

67. FX系列PLC中16位的数值传送指令是（B）。
    A. DMOV   B. MOV   C. MEAN   D. RS

68. FX系列PLC中32位的数值传送指令是（A）。
    A. DMOV   B. MOV   C. MEAN   D. RS

69. FX系列PLC中32位乘法指令是（D）。
    A. DADD   B. ADD   C. DSUB   D. DMUL

70. FX系列PLC中16位乘法指令是（C）。
    A. DADD   B. ADD   C. MUL   D. DMUL

71. FX系列PLC中16位除法指令是（C）。
    A. DADD   B. DDIV   C. DIV   D. DMUL

72. FX系列PLC中32位除法指令是（B）。
    A. DADD   B. DDIV   C. DIV   D. DMUL

73. FX系列PLC中位右移指令应使用（C）。
    A. DADD   B. DDIV   C. SFTR   D. SFTL

74. FX系列PLC中位左移指令应使用（D）。
    A. DADD   B. DDIV   C. SFTR   D. SFTL

75. PLC的输出方式为晶体管型时，它适用于（C）负载。
    A. 感性   B. 交流   C. 直流   D. 交直流

76. 二进制数1011101等于十进制数的（B）。
    A. 92   B. 93   C. 94   D. 95

77. 步进电动机的控制脉冲的电压一般是（C）。
    A. DC24V   B. DC12V   C. DC5V   D. AC220V

78. 步进电动机的加减速是通过改变（B）参数实现的。
    A. 脉冲数量   B. 脉冲频率   C. 电压   D. 脉冲占空比

79. 步进电动机旋转角度与（A）参数有关。
    A. 脉冲数量   B. 脉冲频率   C. 电压   D. 脉冲占空比

80. PLC程序中手动程序和自动程序需要（B）。
    A. 自锁   B. 互锁   C. 保持   D. 联动

81. 步进电动机方向控制是靠（A）信号。
    A. 开关量信号   B. 模拟量信号   C. 继电器换向   D. 接触器换向

82. 步进电动机的细分数代表（B）含义
    A. 转一圈的频率   B. 转一圈的脉冲   C. 速度   D. 电机电流

83. 在一定的步进电动机细分下旋转角度和（B）参数有关
    A. 频率   B. 脉冲数   C. 脉冲电压   D. 脉冲占空比

84. 如果PLC发出的脉冲频率超过步进电动机接收的最高脉冲频率会发生（B）情况。
    A. 电机仍然精确运行   B. 丢失脉冲不能精确运行
    C. 电机方向会变化   D. 电机方向不变

85. 步进电动机在超过其额定转速时扭矩会（B）。
    A. 增大   B. 减小   C. 不变   D. 都有可能

86. 步进电动机如果用的是DC5V的脉冲输入信号目前PLC有DC24V的脉冲输出应（C）。
    A. 并联一个电阻，2kΩ，2W   B. 并联一个电阻，1kΩ，1W
    C. 串联一个电阻，2kΩ，1W   D. 串联一个电阻，2kΩ，2kW

87. 触摸屏通过（A）方式与PLC交流信息
    A. 通信   B. I/O信号控制   C. 继电器连接   D. 电气连接

88. 触摸屏实现数值输入时要对应PLC内部的（C）。

A. 输入点 X   B. 输出点 Y   C. 数据存储器 D   D. 定时器

89. 触摸屏实现按钮输入时要对应 PLC 内部的（B）。

    A. 输入点 X   B. 内部辅助继电器 M   C. 数据存储器 D   D. 定时器

90. 触摸屏实现数值显示时要对应 PLC 内部的（C）。

    A. 输入点 X   B. 输出点 Y   C. 数据存储器 D   D. 定时器

91. 触摸屏实现换画面时必须指定（B）。

    A. 当前画面编号   B. 目标画面编号   C. 无所谓   D. 视情况而定

92. 触摸屏不能替代系统操作面板的（C）功能

    A. 手动输入的常开按钮   B. 数值指拨开关

    C. 急停开关   D. LED 信号灯

93. 触摸屏是用于实现替代（D）设备的功能

    A. 传统继电控制系统   B. PLC 控制系统

    C. 工控机系统   D. 传统开关按钮型操作面板

94. 触摸屏密码画面设计主要运用了触摸屏的（C）功能

    A. 数值输入   B. 数值显示   C. 使用者等级   D. 按钮开关

95. 触摸屏的尺寸是 5.7 寸指的是（C）。

    A. 长度   B. 宽度   C. 对角线   D. 厚度

96. 直线感应同步器定尺绕组是（A）。

    A. 连续绕组   B. 分段绕组   C. 正弦绕组   D. 余弦绕组

97. 在数控机床的位置数字显示装置中，应用最普遍的是（A）。

    A. 感应同步数显   B. 磁栅数显   C. 光栅数显

98. 莫尔条纹是（B）。

    A. 平行光栅刻线方向   B. 垂直光栅刻线方向

    C. 沿任意方向   D. 方向不能确定

99. 在 PLC 中，可以通过编程器修改或增删的是（B）。

    A. 系统程序   B. 用户程序   C. 工作程序   D. 任何程序

100. 在 PLC 的梯形图中，线圈（B）。

    A. 必须放在最左边   B. 必须放在最右边   C. 可放在任意位置   D. 可放在所需处

101. OUT 指令是驱动线圈指令，但它不能驱动（A）。

    A. 输入继电器   B. 输出继电器   C. 暂存继电器   D. 内部继电器

102. 当电源掉电时，计数器（C）。

    A. 复位   B. 不复位

    C. 前值保持不变   D. 开始计数

103. 微型计算机的核心部分是（D）。

    A. 存储器   B. 输入设备   C. 输出设备   D. 中央处理器

104. PLC 的定义：把（B）功能用特定的指令记忆在存储器中，通过数字或模拟输入、输出装置对机械自动化或过程自动化进行控制的数字式电子装置。

    A. 逻辑运算，顺序控制   B. 计数、计时、算术运算

    C. 逻辑运算、顺序控制、计时、计数和算术运算等

105. PLC 逻辑部分的主要作用是（B）。

    A. 收集并保存被控对象实际运行的数据和信息

    B. 处理输入部分所取得的信息，并按照被控对象实际的动作要求作出反应

    C. 提供正在被控制的设备需要实时操作处理的信息

106. F1 系列 PLC-LD 指令表示（B）。

    A. 取指令，取用常闭触点   B. 取指令，取用常开触点

    C. 与指令，取用常开触点

107. F1 系列 PLC-OR 指令表示（ D ）。
   A. 与指令，用于单个常开触点的串联　　　B. 用于输出继电器
   C. 或指令，用于单个常闭触点的并联　　　D. 或指令，用于单个常开触点的并联

108. 可编程控制器的输入、输出，辅助继电器，计时、计数的触点是（ A ），（ A ）无限地重复使用。
   A. 无限的　能　　　B. 有限的　能　　　C. 无限的　不能　　　D. 有限的　不能

109. 微机没有（ A ）的特点。
   A. 可以代替人的脑力行动　　　　　　　　B. 价格便宜
   C. 可靠性高　　　　　　　　　　　　　　D. 高速度的运算

110.（ C ）是指微机对生产过程中的有关参数进行控制。
   A. 启动控制　　　B. 顺序控制　　　C. 数值控制　　　D. 参数控制

111. 在梯形图编程中，传送指令（MOV）功能是（ B ）。
   A. 将源通道内容传送给目的通道中，源通道内容清零
   B. 将源通道内容传送给目的通道中，源通道内容不变
   C. 将目的通道内容传送给源通道中，目的通道内容清零
   D. 将目的通道内容传送给源通道中，目的通道内容不变

112. PLC 交流双速电梯，PLC 输出接口一般采用（ B ）方式。
   A. 晶闸管　　　B. 继电器　　　C. 晶体管　　　D. 单晶管

113. 关于计算机的特点，（ D ）是错误的论述。
   A. 运算速度高　　　　　　　　　　　　　B. 具有记忆和逻辑判断功能
   C. 运算精度高　　　　　　　　　　　　　D. 运行过程不能自动连续，需人工干预

114. 一个完整的计算机硬件系统包括（ A ）。
   A. 计算机及其外围设备　　　　　　　　　B. 主机、键盘及显示器
   C. 数字电路　　　　　　　　　　　　　　D. 集成电路

115. 计算机内采用二进制的主要原因是（ D ）。
   A. 运算速度快　　　B. 运算精度高　　　C. 算法简单　　　D. 电子元件特征

116. PLC 交流集选电梯，当电梯（司机状态）3 层向上运行时，2 层有人按向上呼梯按钮，4 层有人按向下呼梯按钮，同时轿厢内司机按下 5 层指令按钮与直达按钮，则电梯应停于（ C ）层。
   A. 4　　　B. 2　　　C. 5　　　D. 1

117. 微机中的中央处理器包括控制器和（ D ）。
   A. ROM　　　B. RAM　　　C. 存储器　　　D. 运算器

118. 将二进制数 0101010111011 转换为十进制数是（ A ）。
   A. 1361　　　B. 3161　　　C. 1136　　　D. 1631

119. 计算机在电力传动的自动控制，一般分为（ A ）。
   A. 生产管理级和过程控制级　　　　　　　B. 单机控制和多机控制
   C. 直控级和监控级　　　　　　　　　　　D. 管理级和监控级

120. 自动生产流水线电气部分，由顺序控制器装置、执行器、被控对象和检测元件组成，其中核心部分是（ C ）。
   A. 执行器　　　B. 被控对象　　　C. 顺序控制器　　　D. 检测元件

121. 变频调速中的变频电源是（ C ）之间的接口。
   A. 市电电源　　　　　　　　　　　　　　B. 交流电机
   C. 市电电源与交流电机　　　　　　　　　D. 市电电源与交流电源

122. CNC 数控系统工作时是（ C ）。
   A. 先插补，后加工　　　　　　　　　　　B. 先加工，后插补
   C. 一边插补，一边加工　　　　　　　　　D. 只加工

123. 现代数控机床的数控系统是由机床控制程序、数控装置、可编程控制器、主轴控制系统及

进给控制系统等组成，其核心部分是（ C ）。

　　A. 送给控制系统　　　B. 可编程控制器　　　C. 数控装置　　　D. 主轴控制系统

124. 变频调速中的变频器一般由（ A ）组成。

　　A. 整流器、滤波器、逆变器　　　　　　B. 放大器、滤波器、逆变器
　　C. 整流器、滤波器　　　　　　　　　　D. 逆变器

125. 在 PC 可编程控制器里，一个继电器带有（ D ）对触点。

　　A. 两对　　　　　　B. 三对　　　　　　C. 四对　　　　　　D. 无数对

126. 目前使用的可编程控制器使用（ D ）。

　　A. BASIC 语言　　　B. FORTRAN 语言　　C. PASCAL 语言　　　D. 梯形图语言

127. 计算机内部采用二进制是因为（ C ）。

　　A. 易于转换为十六进制　　　　　　　　B. 能用求反加 1 法求补码
　　C. 只有 0 和 1 两个数码，便于表示和计算

128. 微处理器的累加器是一个（ A ）。

　　A. 8 位寄存器　　　　B. 8 位加法器　　　C. 8 位加 1 计数器

129. 微处理器的程序计数器的作用是（ B ）。

　　A. 自动加 1 计数　　　B. 提供取指令地址　　C. 控制循环次数

130. 微处理器在取指令时，机器码从存储器到 CPU 的指令寄存器，是经过（ A ）。

　　A. 地址总线　　　　　B. 数据总线　　　　C. 控制总线

131. 变频调速中的变频器一般由（ A ）组成。

　　A. 整流器、滤波器、逆变器　　　　　　B. 放大器、滤波器、逆变器
　　C. 整流器、滤波器　　　　　　　　　　D. 逆变器

132. 感应同步器主要技术参数有动态范围、精度、分辨率，其中动态范围为（ A ）

　　A. 0.2～40m　　B. 0.2～20m　　　C. 0.3～40m　　　D. 0.3～20m

133. 变频调速所用的 VVVF 型变频器，具有（ C ）功能。

　　A. 调压　　　　　　B. 调频　　　　　　C. 调压与调频　　　D. 调功率

134. 在变频调速时，若保持 $U/f=$ 常数，可实现（ D ），并能保持过载能力不变。

　　A. 恒功率调速　　　B. 恒电流调速　　　C. 恒效率调速　　　D. 恒转矩调速

135. 世界上第一台微型计算机于（ C ）问世。

　　A. 1946 年　　　　B. 1971 年　　　　C. 1974 年　　　D. 1979 年

136. 微型计算机的通用性和灵活性的特点指的是当任务改变时，（ A ）。

　　A. 不需调整硬件，只需调整程序　　　　B. 不需调整硬件和程序
　　C. 只需调整硬件，不需调整程序　　　　D. 适当调整硬件和程序

137. 微型计算机系统是由（ B ）组成。

　　A. CPU、I/O 设备、显示器　　　　　　B. 硬系统和软件系统
　　C. CPU、I/O 设备、显示器、打印机　　D. 主机和外设

138. 下列不属于微机控制的是（ D ）。

　　A. PLC 过程控制　　B. Z80 温度控制　　C. Z80 顺序控制　　D. 数字触发器

139. PLC 主机和外部电路的通信方式采用（ D ）。

　　A. 输入采用软件，输出采用硬件　　　　B. 输出采用软件，输入采用硬件
　　C. 输入、输出都采用软件　　　　　　　D. 输入、输出都采用硬件

140. 计算机在电力传动的自动控制，一般分为（ A ）。

　　A. 生产管理级和过程控制级　　　　　　B. 单机控制和多机控制
　　C. 直控级和监控级　　　　　　　　　　D. 管理级和监控级

141. 世界上发明的第一台电子数字计算机是（ A ）。

　　A. ENIAC　　　　　B. EDVAC　　　　C. EDSAC　　　D. UNIVAC

142. 计算机之所以能实现自动连续运算，是由于采用了（ A ）。

A. 布尔逻辑　　　　　B. 存储程序　　　　　C. 数字电路　　　　　D. 集成电路

143. 关于计算机的特点，（ D ）是论述的错误。

A. 运算速度高　　　　　　　　　　　B. 具有记忆和逻辑判断功能

C. 运算精度高　　　　　　　　　　　D. 运行过程不能自动、连续，需人工干预

144. 变频器的输出不允许接（ C ）。

A. 纯电阻　　　　　B. 电感　　　　　C. 电容器　　　　　D. 电动机

145. 微机保护单元中电源插件（或电源板）一般输出 5V、±15V、24V 电压，其中 24V 用于（ C ）。

A. 计算机系统　　　　B. 数/模转换系统　　　　C. 驱动继电器　　　　D. 通信系统

146. 微机保护硬件系统中只读存储器一般用（ C ）表示。

A. CPU　　　　　B. RAM　　　　　C. EPROM　　　　　D. ALF

147. 微机保护的数据采集系统包括（ A ）。

A. 变换器、模拟滤波、采样保持、多路转换、数/模转换等

B. 变换器、只读存储器、随机存储器、多路转换、数据转换等

C. 变换器、只读存储器、随机存储器、模拟滤波、采样保持等

D. 变换器、多路转换、数/模转换

148. 变换器对被测（ C ）起隔离、屏蔽作用，同时将被测量变换到适应 A/D 转换输入要求电压的作用。

A. 开关量输入　　　　B. 开关量输出　　　　C. 模拟输入量　　　　D. 模拟输出量

149. CPU 插件中 EPROM 的作用是（ C ）。

A. 存储采样数据　　B. 存储计算用的数据　　C. 存储程序　　　　D. 存储定值

150. CPU 插件中 EEPROM 的作用是（ D ）。

A. 存储采样数据　　B. 存储计算用的数据　　C. 存储程序　　　　D. 存储定值

151. 开关量输入回路外接（ D ）直流电源。

A. 5V　　　　　B. 15V　　　　　C. −15V　　　　　D. 220V

152. 开关量输出回路一般采用（ B ）输出端口来控制有触点继电器。

A. 串行口　　　　B. 并行口　　　　C. IDE 接口　　　　D. 打印接口

153. 对于开关和刀闸的开合状态，计算机采用（ A ）方式进行数据传输，因为它们的动作速度相对于计算机系统来说是非常缓慢的。

A. 同步传输　　　　B. 中断控制　　　　C. 直接存储器　　　　D. 异步传输

154. 微机保护装置在运行中可以进行的操作是（ D ）。

A. 重新开机启动　　　　　　　　　　B. 随意改变定值区

C. 改变本装置在通信中的地址　　　　D. 查询保护历史动作信息

155. 在微机保护装置修改定值时，不能采用的方式是（ D ）。

A. 在装置上通过人机交互进行修改　　B. 通过后台机进行修改

C. 通过装置的通信功能远方修改　　　D. 修改程序

156. 在 PC 中，可以通过编程器修改或增删的是（ B ）。

A. 系统程序　　　　B. 用户程序　　　　C. 工作程序　　　　D. 任何程序

157. 在 PC 的梯形图中，线圈（ B ）。

A. 必须放在最左边　　B. 必须放在最右边　　C. 可放在任意位置　　D. 可放在所需处

158. 当要求几个条件同时具备时，电器线圈才能通电动作，可用（ B ）。

A. 几个动合触头与线圈并联　　　　　B. 几个动合触头与线圈串联

C. 几个动合触头并联再与线圈串联　　D. 几个动合触头串联再与线圈并联

159. 在控制线路中，常用许多中间继电器，它有许多作用，不属于它的作用的是（ B ）。

A. 作自锁用　　　　　　　　　　　　B. 作线路中的保护环节

C. 作前后程序的联系　　　　　　　　D. 多台设备控制

160. 莫尔条纹是指（B）的条纹。

    A. 平行光栅刻线方向　B. 垂直光栅刻线方向　C. 沿任意方向　　　D. 方向不能确定

161. 磁盘处于写保护状态，那么磁盘中的数据（B）。

    A. 不能读出，不能删改，也不能写入新的数据

    B. 可以读出，不能删改，也不能写入新的数据

    C. 可以读出，可以删改，但不能写入新的数据

    D. 可以读出，不能删改，但可以写入新的数据

162. 通常所说的主机主要包括（B）。

    A. CPU　　　　　　　B. CPU 和内存　　　C. CPU、内存与外存　D. CPU、内存与硬盘

163. RAM 的中文名称是（C）。

    A. 读写存储器　　　　B. 动态存储器　　　C. 随机存储器　　　D. 固定存储器

164. 内存储器是用来存储正在执行的程序所需的数据的，下列（A）属于内存储器。

    A. 半导体存储器　　　B. 磁盘存储器　　　C. 光盘存储器　　　D. 磁带存储器

165. 程序和数据在计算机内部是以（B）编码形式存在的。

    A. ASCⅡ码　　　　　B. 二进制码　　　　C. 十进制码　　　　D. 拼音码

166. Word 中，单击插入表格按钮后，用（C）确定所插入的行、列数。

    A. 光标　　　　　　　B. 键盘　　　　　　C. 鼠标　　　　　　D. 快捷键

167. Word 中，设置页眉和页脚，应打开（A）菜单。

    A. 视图　　　　　　　B. 插入　　　　　　C. 工具　　　　　　D. 编辑

168. Word 表格中能对（D）进行计算。

    A. 文字　　　　　　　B. 字符　　　　　　C. 大小　　　　　　D. 公式

169. 在 Word 中对文本操作前，必须选定需要进行操作的文本，按住鼠标左键，拖动鼠标，拉出一段反白显示的文本，表示这一（D）已被选中。

    A. 句子　　　　　　　B. 行　　　　　　　C. 段　　　　　　　D. 矩形文本

170. Excel 中如果需要在单元格中将 600 显示为 600.00，应将该单元格的数据格式设置为（B）。

    A. 常规　　　　　　　B. 数值　　　　　　C. 文本　　　　　　D. 日期

171. Excel 中对指定区域（C1：C5）求和的函数是（A）。

    A. SUM（C1：C5）　　　　　　　　　　　B. MIN（C1：C5）

    C. MAX（C1：C5）　　　　　　　　　　　D. AVERAGE（C1：C5）

172. Excel 中当单元格出现多个字符"＃"时，说明该单元格（C）。

    A. 数据输入错误　　　　　　　　　　　　B. 数值数据超过单元格宽度

    C. 文字数据长度超过单元格宽度　　　　　D. 上述三种可能都有

173. Powerpoint2000 有五种视图，分别是普通视图、幻灯片视图、幻灯片放映、大纲视图和（A）。

    A. 幻灯片浏览视图　　B. Web 版式视图　　C. 备注视图　　　　D. 打印预览

174. Powerpoint 演示文档的扩展名是（A）。

    A. ppt　　　　　　　B. pwt　　　　　　C. xsl　　　　　　　D. doc

175. 要设置幻灯片的动画效果，可在（C）中进行。

    A. "幻灯片放映"对话框　　　　　　　　　B. "自定义动画"对话框

    C. "配色方案"对话框　　　　　　　　　　D. "预设动画"对话框

176. Word 中，应用最多的进行段落格式设置的工具是（D）。

    A. 制表位对话框　　　B. 页面设置对话框　C. 水平标尺　　　　D. 段落对话框

177. 交-直-交变频器先把工频交流通过整流器变成直流，然后再把直流变换成（D）可控制的交流，又称间接式变频器。

    A. 频率　　　　　　　B. 电流　　　　　　C. 电压　　　　　　D. 频率、电压

178. 逆变器常见的结构形式是六个半导体主开关组成的三相桥式逆变电路，有规律地控制逆变器中主开关的通与断，可以得到任意（D）的三相交流输出。

A. 电流   B. 电压   C. 电阻   D. 频率

179. 变频器全部外部端子与接地端子间用 500V 的兆欧表测量时，其绝缘电阻值应在（ D ）以上。

     A. 0.5MΩ   B. 1MΩ   C. 5MΩ   D. 10MΩ

180. 变频器要单独接地，尽量不与电动机共接一点，以防（ C ）。

     A. 接地   B. 接零   C. 干扰   D. 带电

181. 微机调节机械运动位置属于微机应用中的（ B ）。

     A. 数值计算   B. 工业处理   C. 事务处理   D. CAD

182. 计算机发展的方向是巨型化、微型化、网络化、智能化，其中"巨型化"是指（ D ）。

     A. 体积大   B. 质量大

     C. 外部设备更多   D. 功能更强、运算速度更快、存储量更大

183. 微机中的中央处理器包括控制器和（ D ）。

     A. ROM   B. RAM   C. 存储器   D. 运算器

184. 计算机内采用二进制的主要原因是（ D ）。

     A. 运算速度快   B. 运算精度高   C. 算法简单   D. 电子元件特征

185. 1946 年世界上第一台计算机由（ D ）研制成功。

     A. 英国   B. 法国   C. 日本   D. 美国

186. 感应同步器主要参数有动态范围、精度及分辨率，其中精度应为（ C ）μm。

     A. 0.2   B. 0.4   C. 0.1   D. 0.3

187. 感应同步器在安装时，必须保持两尺平行，两平面间的间隙约为（ D ）mm。

     A. 1   B. 0.75   C. 0.5   D. 0.25

188. 感应同步器在安装时必须保持两尺平行，两平面间的间隙约为 0.25mm，倾斜度小于（ D ）。

     A. 20°   B. 30°   C. 40°   D. 10°

189. 光栅两线纹之间的距离称为（ C ）。

     A. 栅距 W B. 线纹密度 K C. 光栅分辨率

190. 静态磁头又称磁通响应式磁头，它有（ B ）磁头。

     A. 一组   B. 两组   C. 四组

191. 计算机中的计数器不具有（ C ）功能。

     A. 设定时间   B. 计算运算量   C. 逻辑运算   D. 时钟电路

192. PLC 改造设备控制是采用 PLC 可编程序控制器替换原设备控制中庞大而复杂的（ B ）控制装置。

     A. 模拟   B. 继电器   C. 时序逻辑电路

193. 高性能的高压变频器调速装置的主电路开关器件采用（ B ）。

     A. 功率场效应晶体管

     B. 绝缘栅双极晶体管

     C. 电力晶体管

194. （ B ）指令为结束指令。

     A. NOP   B. END   C. S   D. R

195. 在编程时，也可把所需要并联的回路连贯地写出，而在这些回路的末尾连续使用与支路个数相同的 ANB 指令，这时指令最多使用（ D ）。

     A. 没有限制   B. 有限制   C. 七次   D. 八次

196. 当程序需要（ D ）接通时，全部输出继电器的输出自动断开，而其他继电器仍继续工作。

     A. M70   B. M71   C. M72   D. M77

197. 定时器相当于继电控制系统中的延时继电器。F-40 系列可编程序控制器可设定（ C ）。

     A. 0.1～9.9s   B. 0.1～99s   C. 0.1～999s   D. 0.1～9999s

198. 定时器相当于继电控制系统中的延时继电器。F-20 系列可编程序控制器可设定（B）。
    A. 0.1～9.9s   B. 0.1～99s   C. 0.1～999s   D. 0.1～9999s

199. F-20MR 可编程序控制器具有停电保持功能的辅助继电器的点数是（D）。
    A. 5   B. 8   C. 12   D. 16

200. F-20MR 可编程序控制器输入的点数是（C）。
    A. 5   B. 8   C. 12   D. 16

201. 编程器的数字键由 0～9 共 10 个键组成，用以设置地址号、（C）、定时器的设定值等。
    A. 工作方式   B. 顺序控制   C. 计数器   D. 参数控制

202. 编程器的数字键由 0～9 共 10 个键组成，用以设置（B）、计数器、定时器的设定值等。
    A. 顺序控制   B. 地址号   C. 工作方式   D. 参数控制

203. 接通可编程序控制器的交流电源，以保证当电池断开以后，（A）不至于因断电而丢失程序。
    A. 存储器   B. 寄存器   C. RAM   D. ROM

204. 如需将多个回路并联，则需要在每一回路之后加 ORB 指令，而对并联回路的个数为（A）。
    A. 没有限制   B. 有限制   C. 七次   D. 八次

205. F 系列可编程序控制器中回路并联连接用（D）指令。
    A. AND   B. ANI   C. ANB   D. ORB

206. F 系列可编程序控制器常开点用（A）指令。
    A. LD   B. LDI   C. OR   D. ORI

207. 可编程序控制器的特点是（D）。
    A. 不需要大量的活动部件和电子元件，接线大大减少，维修简单，维修时间缩短，性能可靠
    B. 统计运算、计时、计数采用了一系列可靠性设计
    C. 数字运算、计时编程简单，操作方便，维修容易，不易发生操作失误
    D. 以上都是

208. 为确保安全生产，采用了多重的检出元件和联锁系统。这些元件和系统的（A）都由可编程序控制器来实现。
    A. 逻辑运算   B. 算术运算   C. 控制运算   D. A/D 转换

209. 先利用程序查找功能确定并读出要删除的某条指令，然后按下（C）键，随删除指令之后步序将自动加 1。
    A. INSTR   B. INS   C. DEL   D. END

210. 检查可编程序控制器电柜内的温度和湿度不能超出要求范围（C）和 35％～85％RH 不结露，否则需采取措施。
    A. −5～50℃   B. 0～50℃   C. 0～55℃   D. 5～55℃

211. 经济型数控系统中的（A）显示器功耗小、亮度高、控制简单可靠、价格低，广泛应用于经济型数控中。
    A. LED   B. CRT   C. CTR   D. ELD

212. MPU 与外设之间进行数据传输有（D）方式。
    A. 程序控制   B. 控制中断控制
    C. 选择直接存储器存取（DMA）   D. 以上都是

213. MPU 对外部设备的联系通过（B）来实现。
    A. 功能单元   B. 接口   C. 中央处理器   D. 存储器

214. （A）对外部设备的联系通过接口来实现。
    A. MPU   B. CPU   C. CNC   D. LED

215. 经济型数控系统常用的有后备电池法和采用非易失性存储器，如闪速存储器（C）。
    A. EEPROM   B. NVRAM   C. FLASHROM   D. EPROM

216. 经济型数控系统常用的有后备电池法和采用非易失性存储器，如电可改写只读存储器（A）。

A. EEPROM   B. NVRAM   C. FLASHROM   D. EPROM

217.（A）指令为空操作指令。

    A. NOP   B. END   C. S   D. R

218. F-20MR 可编程序控制器辅助继电器和其他继电器、定时器、计数器一样，每一个继电器有（A）供编程使用。

    A. 无限多的常开、常闭触点   B. 有限多的常开、常闭触点

    C. 无限多的常开触点   D. 有限多的常闭触点

219. 可编程序控制器采用可以编制程序的存储器，用来在其内部存储执行逻辑运算、顺序控制、计时、计数和算术运算等（C）指令。

    A. 控制   B. 基本   C. 操作   D. 特殊

220. 可编程序控制器采用可以编制程序的存储器，用来在其内部存储执行逻辑运算（D）和算术运算等操作指令。

    A. 控制运算、计数   B. 统计运算、计时、计数

    C. 数字运算、计时   D. 顺序控制、计时、计数

221. RS 触发电路中，当 R＝S＝1 时，触发器的状态（D）。

    A. 置1   B. 置0   C. 不变   D. 不定

222. 基轴制的代号为（B）。

    A. H   B. h   C. D   D. d

223. 使用自动循环，当程序结束后，又自动从程序（C）循环执行。

    A. 终止点   B. 断开点   C. 开头   D. 暂停

224. 使接口发出信号后自动撤除，信号持续时间可由程序设定；如果程序未设定，系统默认持续时间为（D）s。

    A. 1   B. 0.8   C. 0.6   D. 0.4

225. 先利用程序查找功能确定并读出要删除的某条指令，然后按下 Del 键，随删除指令之后步序将自动加（A）。

    A. 1   B. 2   C. 5   D. 10

226. 检查 PLC 供电电源时在电源端子处测量电压是否在标准范围内上限不超过供电电压的（A）。

    A. 110％   B. 85％   C. 75％   D. 60％

227. 检查 PLC 供电电源时在电源端子处测量电压是否在标准范围内下限不低于供电电压的（B）。

    A. 110％   B. 85％   C. 75％   D. 60％

228.（D）是硬件抗干扰措施。

    A. 屏蔽技术   B. 接地技术   C. 滤波技术   D. 以上都是

229. 在 CNC 中，数字地、模拟地、交流地、直流地、屏蔽地、小信号地和大信号地要合理分布。数字地和（A）应分别接地，然后仅在一点将两种地连起来。

    A. 模拟地   B. 屏蔽地   C. 直流地   D. 交流地

230. 微处理器一般由（C）、程序存储器、内部数据存储器、接口和功能单元（如定时器、计数器）以及相应的逻辑电路所组成。

    A. CNC   B. PLC   C. CPU   D. MPU

231. 经济型数控系统常用的有后备电池法和采用非易失性存储器，如片内带锂电池的随机存储器（B）。

    A. EEPROM   B. NVRAM

    C. FLASHROM   D. EPROM

232. 微处理器一般由（C）、程序存储器、内部数据存储器、接口和功能单元（如定时器、计数器）以及相应的逻辑电路所组成。

| A. CNC | B. PLC | C. CPU | D. MPU |

233. 非编码键盘接口一般通过（ D ）或 8255、8155 等并行 I/O 接口和 MPU 相连。
| A. 与门 | B. 与非门 | C. 或非门 | D. 三态缓冲器 |

234. I/O 接口芯片 8255A 有（ C ）个可编程（选择其工作方式的）通道。
| A. 一 | B. 二 | C. 三 | D. 四 |

235. 西门子 SIN840C 控制系统的分辨率可达（ B ）mm。
| A. 0.1 | B. 0.01 | C. 0.001 | D. 1 |

236. 测量轧钢机轧制力时通常选用（ B ）做传感器。
| A. 压力传感器 | B. 压磁传感器 |
| C. 霍尔传感器 | D. 压电传感器 |

237. 变频器改造设备调速系统提高了（ A ）的性能，降低了电能消耗。
| A. 调速 | B. 准确 | C. 抗扰动 | D. 稳定 |

238. 变频器改造设备调速系统采用交流变频器调速替代原设备中（ C ）或其他电动机调速的方案。
| A. 变极调速 | B. 变压调速 | C. 直流调速 | D. 闭环负反馈 |

239. PLC 改造设备控制是指采用 PLC 可编程序控制器替换原设备控制中庞大而复杂的（ B ）控制装置。
| A. 模拟 | B. 继电器 | C. 实时 | D. 时序逻辑电路 |

240. PLC 模块的安装尺寸、（ D ）等一般都已经标准化了。
| A. 电流等级 | B. 功率等级 | C. 绝缘等级 | D. 电压等级 |

241. 变频器输出侧抗干扰措施中，为了减少（ B ），可在输出侧安装输出电抗器。
| A. 电源 | B. 电磁噪声 | C. 高次谐波 | D. 信号 |

第 12 章　先进控制技术（多选题）

1. PLC 型号选择的两个重要原则（ A B ）。
| A. 经济性原则 | B. 安全性原则 | C. 随意性原则 | D. 地区性原则 |

2. PLC 输入点的类型有（ AB ）。
| A. NPN 类型 | B. PNP 类型 | C. APN 类型 | D. NAN 类型 |

3. 现代工业自动化的三大支柱（ ABC ）。
| A. PLC | B. 机器人 | C. CAD/CAM | D. 继电控制系统 |

4. PLC 输出点的类型有（ ABC ）。
| A. 继电器 | B. 可控硅 | C. 晶体管 | D. IC 驱动电路 |

5. PLC 支持（ ACD ）编程方式。
| A. 梯形图 | B. 继电接线图 |
| C. 步进流程图（SFC） | D. 指令表 |

6. 温度输入传感器有（ AB ）两种类型。
| A. 热电阻 | B. 热敏传感器 | C. 热电偶 | D. 热电丝 |

7. PLC 内部定时器定时的时间单位有（ ABD ）3 种。
| A. 0.1s | B. 0.01s | C. 0.0001s | D. 0.001s |

8. FX 系列 PLC 内部计数器有（ AC ）两种位数的。
| A. 16 位 | B. 8 位 | C. 32 位 | D. 64 位 |

9. 步进电动机控制程序设计三要素（ ABD ）。
| A. 速度 | B. 方向 | C. 时间 | D. 加速度 |

10. PLC 温控模块在选取时要考虑（ AB ）。
| A. 温度范围 | B. 精度 | C. 广度 | D. 使用时间 |

11. 工厂自动化控制的种典型实现方式有（ ABCD ）。

A. 单片机   B. 继电控制系统   C. PLC   D. 工控机

12. 通常的工业现场的模拟量信号有（ABCD）。

    A. 温度   B. 压力   C. 湿度   D. 亮度

13. 通常的 PLC 特殊扩展功能模块有（BC）类型。

    A. I/O 量扩展输出   B. 模拟量模块   C. 高速计数模块   D. 扩展单元模块

14. PLC 用户数据结构主要有（ABD）。

    A. 位数据   B. 字数据   C. 浮点数   D. 位与字的混合格式

15. SFC 步进顺控图中按流程类型分主要有（ABCD）。

    A. 简单流程   B. 选择性分支   C. 并行性分支   D. 混合式分支

16. PLC 与 PLC 之间可以通过（ABC）方式进行通信。

    A. RS-232 通信模块   B. RS-485 通信模块   C. 现场总线   D. 不能通信

17. 目前 PLC 编程主要采用（AC）工具进行编程。

    A. 电脑   B. 磁带   C. 手持编程器   D. 纸条

18. 步进电动机程序控制主要控制参数是（ABCD）。

    A. 方向   B. 角度   C. 速度   D. 加速度

19. 触摸屏与 PLC 通信速度一般有（ABC）。

    A. 9600bps   B. 19200bps   C. 38400bps   D. 9000bps

20. 串行通信根据要求可分为（ABD）。

    A. 单工   B. 半双工   C. 3/4 双工   D. 全双工

21. 异步串行通信接口有（ABC）。

    A. RS-232   B. RS-485   C. RS-422   D. RS-486

22. PLC 机的主要特点是（ABCDE）。

    A. 可靠性高   B. 编程方便   C. 运算速度快

    D. 环境要求低   E. 与其他装置连接方便

23. 基本逻辑门电路有（ABCDE），利用此几种基本逻辑门电路的不同组合，可以构成各种复杂的逻辑门电路。

    A. "与"门   B. "与非"门   C. "或"门

    D. "或非"门   E. "非门"

24. 触摸屏的主要尺寸有（ABCD）。

    A. 4.7 寸   B. 5.7 寸   C. 10.4 寸   D. 12.1 寸

25. PLC 除了用逻辑控制功能外现代的 PLC 还增加了（ABCD）。

    A. 运算功能   B. 数据传送功能   C. 数据处理功能   D. 通信功能

第 13 章　西门子 S200PLC 知识

1. 如图 2-16，问当 I0.0 接通时执行填表指令，则指令的执行结果中 VW202 中的值是（ C ）。

    A. 0004   B. 0002

    C. 0001   D. 0003

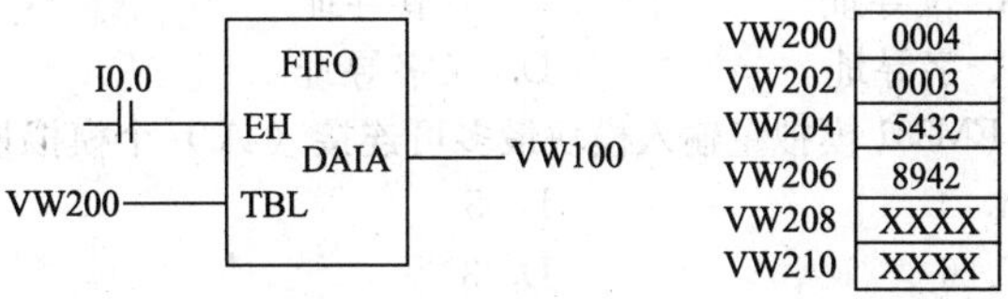

I0.0	FIFO			VW200	0004
	EH			VW202	0003
		DAIA	— VW100	VW204	5432
VW200 —	TBL			VW206	8942
				VW208	XXXX
				VW210	XXXX

图 2-16

2. HSC0 的当前值设定寄存器是（A）。

    A. SMD38   B. SMD48

    C. SMD58   D. SMD138

3. 在顺序控制继电器指令中的操作数 n，它所能寻址的寄存器只能是（ A ）。

    A. S   B. M

    C. SM   D. T

4. 无条件子程序返回指令是（ C ）。

A. CALL   B. CRET   C. RET   D. SBR

5. 把一个 BCD 码转换为一个整数值的梯形图指令的操作码是（ C ）。

     A. B-I   B. I-BCD   C. BCD-I   D. I-R

6. 段译码指令的梯形图指令的操作码是（ C ）。

     A. D、ECO   B. ENCO   C. SEG   D. TRUNC

7. 如图 2-17 所示，设 AC1 中的低 16 位存有十六进制数 16#8200，现执行以下指令，则指令的执行结果 VB40 中的内容是（ B ）。

     A. 0009H   B. 09H   C. 08H   D. 04H

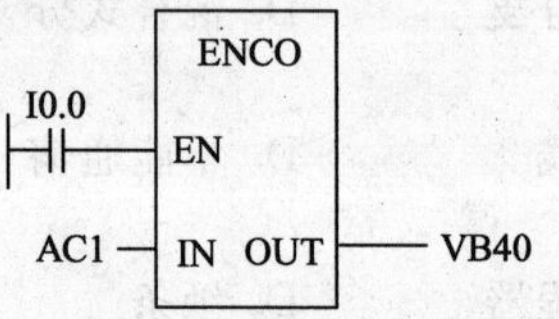

图 2-17

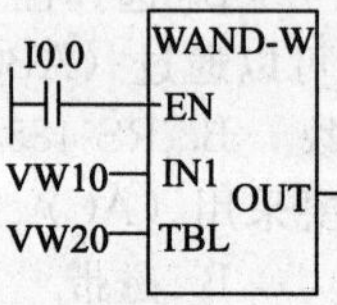

图 2-18

8. 填表指令的功能是向表中增加一个数值，表中第一个数是（ B ）数。

     A. 要填进表中的数   B. 最大填表数   C. 实际填表数   D. 表中已有的数值

9. 如图 2-18 所示，在查表指令中，若被查数据与参考数据之间的关系是不等于，则查表指令的语句表的操作码是（ D ）。

     A. FIFO   B. FILO   C. FIND=   D. FIND〈〉

10. 设 VW10 中的数据是 6543H，VW20 中的数据是 0897H，则执行下列程序，VW20 的内容是（ C ）。

     A. 4DD7H   B. 5489H   C. 0003H   D. 9ABCH

11. 中断程序标号指令的操作码是（ C ）。

     A. ENI   B. RET   C. INT   D. DSI

12. 下列不属于 PLC 硬件系统组成的是（ A ）。

     A. 用户程序   B. 输入输出接口   C. 中央处理单元   D. 通信接口

13. CPU214 型 PLC 本机 I/O 点数为（ A ）。

     A. 14/10   B. 8/16   C. 24/16   D. 14/16

14. CPU214 型 PLC 共有（ C ）个定时器。

     A. 64   B. 255   C. 128   D. 56

15. 可使用位寻址方式来存取信息的寄存器不包括（ C ）。

     A. I   B. Q   C. AC   D. SM

16. 图 2-19 所示程序中的累加器用的是哪种寻址方式（ B ）。

     A. 位寻址   B. 字节寻址

     C. 字寻址   D. 双字寻址

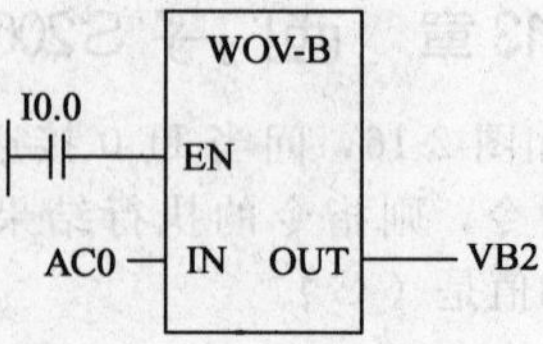

17. EM231 模拟量输入模块最多可连接（ A ）个模拟量输入信号。

     A. 4   B. 5

     C. 6   D. 3

图 2-19

18. RS-232 串行通信接口适合于数据传输速率在（ A ）范围内的串行通信。

     A. 0～20000bps   B. 0～2000bps   C. 0～30000bps   D. 0～3000bps

19. 对通信所使用的数据位数进行设定的是（ A ）。

     A. SMB30.5   B. SMB30.7、6   C. SMB30.5、4   D. SMB30.5、6

20. PLC 的工作方式是（ D ）。

     A. 等待工作方式   B. 中断工作方式   C. 扫描工作方式   D. 循环扫描工作方式

180

21. AC 是（ A ）存储器的标识符。

    A. 高速计数器　　　　B. 累加器　　　　　　C. 内部辅助寄存器　　D. 特殊辅助寄存器

22. 在 PLC 运行时，总为 ON 的特殊存储器位是（ C ）。

    A. SM1.0　　　　　　B. SM0.1　　　　　　C. SM0.0　　　　　　D. SM1.1

23. CPU214 型 PLC 数据存储器容量为（ A ）。

    A. 2K　　　　　　　B. 2.5K　　　　　　C. 1K　　　　　　　D. 5K

24. 定时器预设值 PT 采用的寻址方式为（ B ）。

    A. 位寻址　　　　　　B. 字寻址　　　　　　C. 字节寻址　　　　　D. 双字寻址

25. 世界上第一台 PLC 生产于（ C ）。

    A. 1968 年德国　　　B. 1967 年日本　　　C. 1969 年美国　　　D. 1970 年法国

26. CPU214 型 PLC 有（ A ）个通信端口。

    A. 2 个　　　　　　B. 1 个　　　　　　C. 3 个　　　　　　D. 4 个

27. S7-200 系列 PLC 有 6 个高速计数器，其中有 12 种工作模式的是（ B ）。

    A. HSC0、HSC1　　B. HSC1、HSC2　　C. HSC0、HSC4　　D. HSC2、HSC4

28. 下列哪项属于字节寻址（ A ）。

    A. VB10　　　　　　B. VW10　　　　　　C. ID0　　　　　　D. I0.2

29. 字节传送指令的操作数 IN 和 OUT 可寻址的寄存器不包括下列哪项（ D ）。

    A. V　　　　　　　B. I　　　　　　　C. Q　　　　　　　D. AI

30. 如图 2-20 所示指令的脉宽值设定寄存器是（ D ）。

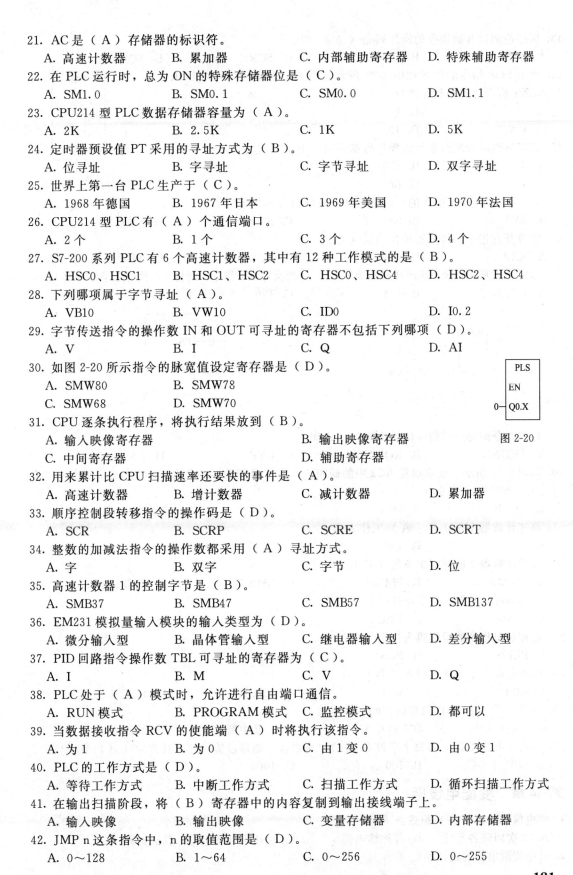

    A. SMW80　　　　　B. SMW78

    C. SMW68　　　　　D. SMW70

图 2-20

31. CPU 逐条执行程序，将执行结果放到（ B ）。

    A. 输入映像寄存器　　　　　　　B. 输出映像寄存器

    C. 中间寄存器　　　　　　　　　D. 辅助寄存器

32. 用来累计比 CPU 扫描速率还要快的事件是（ A ）。

    A. 高速计数器　　　B. 增计数器　　　　C. 减计数器　　　　D. 累加器

33. 顺序控制段转移指令的操作码是（ D ）。

    A. SCR　　　　　　B. SCRP　　　　　　C. SCRE　　　　　　D. SCRT

34. 整数的加减法指令的操作数都采用（ A ）寻址方式。

    A. 字　　　　　　　B. 双字　　　　　　C. 字节　　　　　　D. 位

35. 高速计数器 1 的控制字节是（ B ）。

    A. SMB37　　　　　B. SMB47　　　　　C. SMB57　　　　　D. SMB137

36. EM231 模拟量输入模块的输入类型为（ D ）。

    A. 微分输入型　　　B. 晶体管输入型　　C. 继电器输入型　　D. 差分输入型

37. PID 回路指令操作数 TBL 可寻址的寄存器为（ C ）。

    A. I　　　　　　　B. M　　　　　　　C. V　　　　　　　D. Q

38. PLC 处于（ A ）模式时，允许进行自由端口通信。

    A. RUN 模式　　　B. PROGRAM 模式　　C. 监控模式　　　D. 都可以

39. 当数据接收指令 RCV 的使能端（ A ）时将执行该指令。

    A. 为 1　　　　　　B. 为 0　　　　　　C. 由 1 变 0　　　　D. 由 0 变 1

40. PLC 的工作方式是（ D ）。

    A. 等待工作方式　　B. 中断工作方式　　C. 扫描工作方式　　D. 循环扫描工作方式

41. 在输出扫描阶段，将（ B ）寄存器中的内容复制到输出接线端子上。

    A. 输入映像　　　　B. 输出映像　　　　C. 变量存储器　　　D. 内部存储器

42. JMP n 这条指令中，n 的取值范围是（ D ）。

    A. 0～128　　　　　B. 1～64　　　　　C. 0～256　　　　　D. 0～255

43. 顺序控制段开始指令的操作码是（A）。

    A. SCR   B. SCRP   C. SCRE   D. SCRT

44. 给出 FOR 指令的格式如图 2-21 所示。当 EN 条件允许时将 FOR 与 NEXT 指令之间的程序执行（A）次。

    A. 20   B. 1

    C. VW10   D. 19

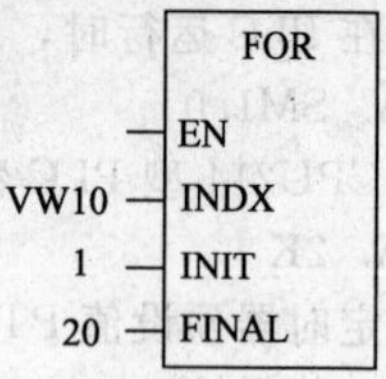

```
        ┌─────────┐
        │   FOR   │
      ──┤EN       │
        │         │
  VW10 ─┤INDX     │
     1 ─┤INIT     │
    20 ─┤FINAL    │
        └─────────┘
```

图 2-21

45. 双字整数的加减法指令的操作数都采用（B）寻址方式。

    A. 字   B. 双字

    C. 字节   D. 位

46. 若整数的乘/除法指令的执行结果是零则影响（A）位。

    A. SM1.0   B. SM1.1   C. SM1.2   D. SM1.3

47. 实数开方指令的梯形图操作码是（C）。

    A. EXP   B. LN   C. SQRT   D. TIN

48. 如图 2-22 所示，设 VW10 中存有数据 123.9，现执行以下指令，则指令的执行结果是（B）。

    A. 123.5   B. 124   C. 120   D. 123

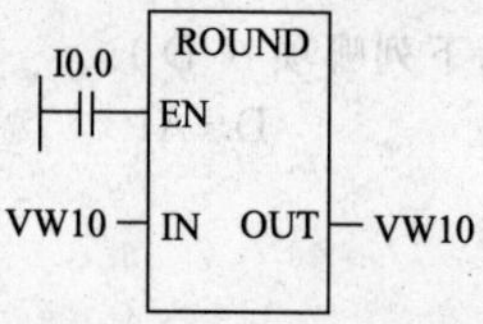

```
  I0.0    ┌──────────┐              I0.0    ┌──────────┐
  ─┤ ├──┤EN  ROUND │              ─┤ ├──┤EN  DECO  │
          │          │                      │          │
  VW10 ───┤IN   OUT  ├─ VW10       AC2 ─────┤IN   OUT  ├─ VW40
          └──────────┘                      └──────────┘
        图 2-22                                   图 2-23
```

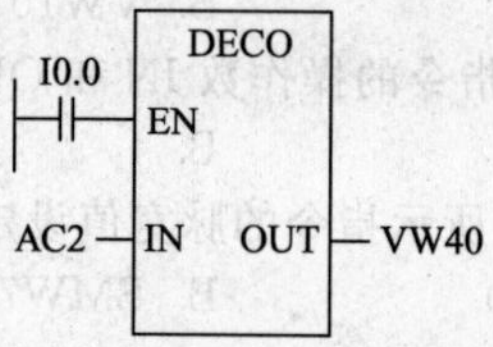

49. 取整指令的梯形图指令的操作码是（A）。

    A. TRUNC   B. ROUND   C. EXP   D. LN

50. 如图 2-23 所示，设累加器 AC2 中的低四位存有十进制数 3，现执行以下指令，则指令的执行结果 VW40 的内容是（A）。

    A. 0008H   B. 08H   C. 03H   D. 0003H

51. 高速计数器 HSC0 有（A）工作方式。

    A. 8 种   B. 1 种   C. 12 种   D. 9 种

52. 高速计数器 2 的控制字节是（C）。

    A. SMB37   B. SMB47   C. SMB57   D. SMB137

53. 定义高速计数器指令的操作码是（A）。

    A. HDEF   B. HSC   C. HSC0   D. MODE

54. 脉冲输出指令的操作码为（B）。

    A. PLUS   B. PLS   C. ATCH   D. DTCH

55. 中断分离指令的操作码是（D）。

    A. DISI   B. ENI   C. ATCH   D. DTCH

56. 以下（D）不属于 PLC 的中断事件类型。

    A. 通信口中断   B. I/O 中断   C. 时基中断   D. 编程中断

57. 若波特率为 1200，若每个字符有 12 位二进制数，则每秒传送的字符数为（B）个。

    A. 120   B. 100   C. 1000   D. 1200

第 14 章 变配电设施

1. 继电保护是由（B）组成。

    A. 二次回路各元件   B. 各种继电器   C. 包括各种继电器、仪表回路

2. 过电流继电器的返回系数（A）。

A. 小于 1　　　　　　　B. 大于 1　　　　　　　C. 等于 1

3. 真空断路器灭弧室的玻璃外壳起（ C ）作用。

A. 真空密封　　　　　　B. 绝缘　　　　　　　　C. 真空密封和绝缘双重

4. 低压断路器中的电磁脱扣器承担（ A ）保护作用。

A. 过流　　　　　　　　B. 过载　　　　　C. 失电压　　　　　D. 欠电压

5. 信号继电器动作后（ C ）。

A. 继电器本身掉牌或灯光指示　　　　　　B. 应立即接通灯光音响回路

C. 应是一边本身掉牌，一边触点闭合接通其他信号

6. 线路继电保护装置在该线路发生故障时，能迅速将故障部分切除并（ B ）。

A. 自动重合闸一次　　　B. 发出信号　　　　　C. 将完好部分继续运行

7. 在我国大部分地区，（ D ）为用电高峰，应做好迎接负荷高峰前设备检查工作。

A. 春季　　　　　　　　B. 夏季　　　　　C. 秋季　　　　　D. 冬季

8. 供电设备评级是供电设备技术管理的一项基础工作，按参评设备状况，共分为（ C ）个级别。

A. 1　　　　　　　　　B. 2　　　　　　　C. 3　　　　　　　D. 4

9. 国家规定的电压标准中，发电机的额定电压比电力网的额定电压（ D ）。

A. 低 2%　　　　　　　B. 高 2%　　　　　C. 低 5%　　　　　D. 高 5%

10. 用电信息化管理工作中，能够为管理人员提供电气设备运行情况、经济效益、输配电情况和参数变化的信息是（ B ）。

A. 战略计划信息　　　B. 管理控制信息　　　C. 业务信息　　　D. 电气设备技术档案

11. 在值班期间需要移开或越过遮栏时（ C ）。

A. 必须有领导在场　　　B. 必须先停电　　　　C. 必须有监护人在场

12. 值班人员巡视高压设备（ A ）。

A. 一般由两人进行　　　B. 值班员可以干其他工作

C. 若发现问题可以随时处理

13. 倒闸操作票执行后，必须（ B ）。

A. 保存至交接班　　　　B. 保存三个月　　　　C. 长时间保存

14. 接受倒闸操作命令时（ A ）。

A. 要有监护人和操作人在场，由监护人接受

B. 只要监护人在场，操作人也可以接受

C. 可由变电站（所）长接受

15. 直流母线的正极相色漆规定为（ C ）。

A. 蓝　　　　　　　　　B. 白　　　　　　　C. 赭

16. 接地中线相色漆规定涂为（ A ）。

A. 黑　　　　　　　　　B. 紫　　　　　　　C. 白

17. 变电站（所）设备接头和线夹的最高允许温度为（ A ）。

A. 85℃　　　　　　　　B. 90℃　　　　　　C. 95℃

18. 在检修或更换主电路电流表时将电流互感器二次回路（ B ）拆下电流表。

A. 断开　　　　　　　　B. 短路　　　　　C. 不用处理　　　　D. 切掉熔断器

19. SW6-220 型少油断路器三相底座中心线误差不大于（ A ）。

A. 5mm　　　　　　　　B. 8mm　　　　　C. 10mm　　　　　D. 15mm

20. 真空断路器大修后必须检验合闸接触器是否动作灵活，其最低动作电压应是额定电压的（ C ）。

A. 50%　　　B. 80%（或 65)%　　C. 85%　　　　　D. 90%

21. GN 型隔离开关可动刀片进入插口的度不应小于（ A ）。

A. 80%　　　　　　　　B. 90%　　　　　C. 97%　　　　　D. 98%

22. 电容器安装时，三相电容量的差值应调配到最小，其最大与最小的差值不应超过平均值的

（A）。
    A. 5%   B. 8%   C. 10%   D. 15%

23. 在二次接线回路上工作，无需将高压设备停电时，应用（C）。
    A. 倒闸操作票   B. 第一种工作票   C. 第二种工作票

24. 隔离开关的主要作用是（B）。
    A. 断开负荷电路   B. 断开无负荷电路   C. 断开短路电流

25. 新装和大修后的低压线路和设备对地绝缘电阻不应小于（C）。
    A. 1MΩ   B. 0.1MΩ   C. 0.5MΩ

26. 发现断路器严重漏油时，应（C）。
    A. 立即将重合闸停用   B. 立即断开断路器
    C. 采取禁止跳闸的措施   D. 不用采取措施

27. 线路停电时，必须按照（A）的顺序操作，送电时相反。
    A. 断路器，负荷侧隔离开关，母线侧隔离开关
    B. 断路器，母线侧隔离开关，负荷侧隔离开关
    C. 负荷侧隔离开关，母线侧隔离开关，断路器
    D. 母线侧隔离开关，负荷侧隔离开关，断路器

28. 不许用（C）拉合负荷电流和接地故障电流。
    A. 变压器   B. 断路器   C. 隔离开关   D. 电抗器

29. 一份操作票规定由一组人员操作，（A）手中只能持有一份操作票。
    A. 监护人   B. 值长   C. 操作人   D. 专工

30. 装拆接地线的导线端时，要对（C）保持足够的安全距离，防止触电。
    A. 构架   B. 瓷质部分   C. 带电部分   D. 导线之间

31. 线路送电时，必须按照（D）的顺序操作，送电时相反
    A. 断路器，负荷侧隔离开关，母线侧隔离开关
    B. 断路器，母线侧隔离开关，负荷侧隔离开关
    C. 负荷侧隔离开关，母线侧隔离开关，断路器
    D. 母线侧隔离开关，负荷

32. 为了保障人身安全，将电气设备正常情况下不带电的金属外壳接地称为（B）。
    A. 工作接地   B. 保护接地   C. 工作接零   D. 保护接零

33. 带负荷的线路合闸时，断路器和隔离开关操作顺序是先合隔离开关，后合（B）。
    A. 隔离开关   B. 断路器   C. 断开导线   D. 隔离刀闸

34. 带负荷的线路拉闸时，先拉断路器后拉（A）。
    A. 隔离开关   B. 断路器   C. 电源导线   D. 负荷开关

35. 电气工作人员在 10kV 配电装置附近工作时，其正常活动范围与带电设备的最小安全距离是（D）。
    A. 0.2m   B. 0.35m   C. 0.4m   D. 0.5m

36. 隔离开关的主要作用是（C）。
    A. 断开电流   B. 拉合线路   C. 隔断电源   D. 拉合空母线

37. 电气设备外壳接地属于（C）。
    A. 工作接地   B. 防雷接地   C. 保护接地   D. 大接地

38. 若电气设备的绝缘等级是 B 级，那么它的极限工作温度是（D）℃。
    A. 100   B. 110   C. 120   D. 130

39. 为了人身和设备安全，互感器的二次侧必须实行（C）。
    A. 多点接地   B. 重复接地   C. 一点接地

40. 负荷开关用来切合的电路为（B）。
    A. 空载电路   B. 负载电路   C. 短路故障电路

41. 中性点不接地系统发生单相接地时应（C）。

    A. 立即跳闸　　　　　　B. 带时限跳闸　　　　　C. 动作于发出信号

42. 安装配电盘控制盘上的电气仪表外壳（B）。

    A. 必须接地　　　　　　B. 不必接地　　　　　　C. 视情况定

43. 电力变压器的油起（C）作用。

    A. 线圈润滑　　　　　　B. 绝缘和防锈　　　　　C. 绝缘和散热

44. 小电流接地系统发生单相接地时中性点对地电压上升为相电压，非接地两相对地电压为（C）。

    A. 相电压　　　　　　　B. 电压下降　　　　　　C. 线电压

45. 电压互感器的二次回路（D）。

    A. 根据容量大小确定是否接地　　　　　　B. 不一定全接地

    C. 根据现场确定是否接地　　　　　　　　D. 必须接地

46. 为避免电晕发生，规范要求 110kV 线路的导线截面积最小是（B）mm²。

    A. 50　　　　　　　　　B. 70　　　　　　　　　C. 95　　　　　　　　　D. 120

47. 当不接地系统的电力线路发生单相接地故障时，在接地点会（D）。

    A. 产生一个高电压　　　　　　　　　　　　B. 通过很大的短路电流

    C. 通过正常负荷电流　　　　　　　　　　　D. 通过电容电流

48. LGJ-95～150 型导线应选配的倒装式螺栓耐张线夹型号为（C）。

    A. NLD-1　　　　　　　B. NLD-2　　　　　　　C. NLD-3　　　　　　　D. NLD-4

49. 高压油断路器的油起（A）作用。

    A. 灭弧和绝缘　　　　　　　　　　　　　　B. 绝缘和防锈

    C. 绝缘和散热　　　　　　　　　　　　　　D. 灭弧和散热

50. 带电水冲洗 220kV 变电设备时，水电阻率不应小于（C）Ω·mm²/m。

    A. 1500　　　　　　　　B. 2000　　　　　　　　C. 3000　　　　　　　　D. 5000

51. 直流高压送电和交流高压送电的线路走廊相比（A）。

    A. 直流走廊较窄　　　　　　　　　　　　　B. 交流走廊较窄

    C. 两种走廊同样　　　　　　　　　　　　　D. 直流走廊要求高

52. 如果送电线路发生永久性故障，继电保护和断路器同时出现失灵，未能重合，造成线路断电，这种事故考核的单位是（D）。

    A. 继电保护或断路器（开关）管理单位

    B. 线路管理单位　　　　C. 运行管理单位

    D. 线路管理单位和继电保护及断路器管理单位。

53. 真空断路器大修后必须检验合闸接触器是否动作灵活，其最低动作电压应是额定电压的（C）。

    A. 50%　　　　　　　　B. 80%（或 65%）　　C. 85%　　　　　　　　D. 90%

54. 电容器安装时，三相电容量的差值应调配到最小，其最大与最小的差值不应超过平均值的（A）。

    A. 5%　　　　　　　　　B. 8%　　　　　　　　C. 10%　　　　　　　　D. 15%

55. 当配电系统的电感与补偿电容器发生串联谐振时，呈现（B）阻抗。

    A. 零　　　　　　　　　B. 最小　　　　　　　　C. 最大　　　　　　　　D. 短路

56. 电容器替代时，电容器的（B）首先要满足要求。

    A. 电容量　　　　　　　B. 耐压　　　　　　　　C. 电流　　　　　　　　D. 功率

57. 当配电变压器三相输出电压不平衡率大于（D）时会对系统产生不良影响。

    A. ±5%　　　　　　　　B. ±3%　　　　　　　　C. 5%　　　　　　　　　D. 3%

58. 重复接地的作用是降低漏电设备外壳的对地电压，减轻（A）断线时的危险。

    A. 零线　　　　　　　　B. 保护接地线　　　　　C. 相线　　　　　　　　D. 相线和中线

59. 漏电保护装置在人体触及带电体时，能在（D）内切断电源。

A. 10s B. 5s C. 1s D. 0.1s

60. 三绕组电压互感器的辅助二次绕组是接成（A）。
    A. 开口三角形 B. 三角形 C. 星形 D. 曲折接线

61. 测量电流互感器极性的目的是为了（B）。
    A. 满足负载的要求 B. 保证外部接线正确 C. 提高保护装置动作的灵敏度

62. 对于二相差式保护接线方式，当一次电路发生三相短路时，流入继电器线圈的电流是电流互感器二次电流的（A）。
    A. $\sqrt{3}$ 倍 B. 2 倍 C. 11 倍 D. 22 倍

63. 10kW 线路首端发生金属性短路故障时，作用于断路器跳闸的继电保护是（B）。
    A. 过电流 B. 速断 C. 按频率降低，自动减负荷

64. 定时限过流保护的动作值是按躲过线路（A）电流整定的。
    A. 最大负荷 B. 平均负荷 C. 末端短路

65. 定时限过流保护动作时限的级差一般为（A）。
    A. 0.5s B. 0.7s C. 1.5s D. 3s

66. 定时限过流保护的保护范围是（B）。
    A. 本线路的一部分 B. 本线路的全长 C. 本线路及相邻线路的全长

67. 用手触摸变压器的外壳时，如有麻电感，可能是变压器（C）。
    A. 内部发生故障 B. 过负荷引起 C. 外壳接地不良

68. 若发现变压器的油温较平时相同负载和相同冷却条件下高出（B）时，应考虑变压器内部已发生故障。
    A. 5℃ B. 15℃ C. 10℃ D. 20℃

69. 户外安装且容量在（B）kV·A 及以上的电力变压器应装设瓦斯继电器。
    A. 400 B. 800 C. 1000 D. 7500

70. 并列运行的变压器，其容量为（B）kV·A 及以上时，应装设差动保护，以代替电流速断保护。
    A. 2000 B. 5600 C. 6300 D. 7500

71. 高压电动机当容量超过 2000kW 时，应装设（B）。
    A. 过负荷保护 B. 差动保护 C. 速断保护

72. 当高压电动机过负荷保护作用于跳闸时，其继电保护接线方式应采用（C）。
    A. 三角形接线 B. 星形接线 C. 两相差或两相 V 形接线

73. 计算高压电动机无时限接地保护的动作电流时其可靠系数 K_{rel} 的取值为（A）。
    A. 1.5～2 B. 4～5 C. 1.8～2.0

74. 故障出现时，保护装置动作将故障部分切除，然后重合闸，若是稳定性故障，则立即加速保护装置动作将断路器断开，叫（B）。
    A. 重合闸前加速保护 B. 重合闸后加速保护
    C. 二次重合闸保护

75. 自动重合闸中电容器的充电时间一般为（A）。
    A. 1.5～2.5s B. 0.5～0.7s C. 5～10s

76. 电力系统发生短路时，短路电流的非周期分量和周期分量之比为（A）。
    A. 大于1 B. 等于1 C. 小于1

77. 电力系统发生短路会引起（B）。
    A. 电流增大，电压不变 B. 电流增加，电压降低
    C. 电压升高，电流增大 D. 电压升高，电流减少

78. 发生三相对称短路时，短路电流中包含有（A）分量。
    A. 正序 B. 负序 C. 零序

79. 高压电路发生三相短路时，其短路冲击电流有效值 I_{sh} 的经验计算公式为（B）。

A. $I_{sh}=2.55I_k$ B. $I_{sh}=1.51I_k$ C. $I_{sh}=1.94I_k$ D. $I_{sh}=1.09I_k$

80. 零序电压的特性是（ A ）。
    A. 接地故障点最高   B. 变压器中性点零序电压最高
    C. 接地电阻大的地方零序电压高

81. 35kV 电压互感器大修后，在 20℃时的介电损耗不应大于（ C ）。
    A. 2.5%   B. 3.0%   C. 3.5%   D. 4.0%

82. 对电磁式电压互感器做三倍工频感应耐压试验的目的是（ A ）。
    A. 发现匝间绝缘的缺陷   B. 发现绕组对铁芯间绝缘的缺陷
    C. 发现绕组对地间绝缘的缺陷

83. 用工频耐压试验可以考核变压器的（ C ）。
    A. 层间绝缘   B. 纵绝缘   C. 主绝缘

84. 下列缺陷中能够由工频耐压试验考核的是（ D ）。
    A. 线圈匝数间绝缘损伤   B. 外线圈相间绝缘距离过小
    C. 高压线圈与高压分接引线之间绝缘薄弱   D. 高压线圈与低压线圈引线之间绝缘薄弱

85. 断路器连接瓷套法兰所用的橡皮垫压缩量不宜超过其厚度的（ B ）。
    A. 1/5   B. 1/3   C. 1/2   D. 1/4

86. 油浸式互感器应直立运输，倾角不得超过（ A ）。
    A. 15°   B. 25°   C. 35°   D. 45°

87. 互感器的呼吸孔的塞子有垫片时，带电前（ A ）。
    A. 应将其取下   B. 不取下   C. 取不取都可以   D. 以上都不对

88. 对正常运行虽有影响，但尚能坚持不需要马上停电处理者为（ A ）。
    A. 一般缺陷   B. 三类缺陷   C. 异常现象   D. 二类缺陷

89. 电缆敷设图纸中不包括（ C ）。
    A. 电缆芯数   B. 电缆截面   C. 电缆长度   D. 电缆走径

90. 户外配电装置，35kV 的以上软母线采用（ C ）。
    A. 多股铜线   B. 多股铝线   C. 钢芯铝绞线   D. 钢芯铜线

91. 操作中不许更改的关键字不包括（ C ）。
    A. 拉   B. 退   C. 取   D. 拆

92. 一般电气设备的标示牌为（ A ）。
    A. 白底红字红边   B. 白底红字绿边   C. 白底黑字黑边   D. 白底红字黑边

93. 工作票的字迹要填写工整、清楚、符合（ B ）的要求。
    A. 仿宋体   B. 规程   C. 楷书   D. 印刷体

94. 运行人员可根据设备运行情况，预计的工作，天气变化情况组织进行（ A ）。
    A. 反事故预想   B. 反事故演习   C. 运行分析   D. 安全活动

95. 综合运行分析（ B ）一次，要有记录，年终归档备查。
    A. 每周   B. 每月   C. 每季度   D. 不定期

96. 变电站运行专工（ A ）编制、修订变电站现场运行规程。
    A. 负责   B. 主持   C. 参与   D. 组织

97. 变电站的综合分析（ C ）。
    A. 每周一次   B. 两周一次   C. 每月进行一次   D. 半年一次

98. 装取高压可熔熔断器时，应采取（ D ）的安全措施。
    A. 穿绝缘靴、戴绝缘手套   B. 穿绝缘靴、戴护目眼镜
    C. 戴护目眼镜、线手套   D. 戴护目眼镜和绝缘手套

99. 进行倒母线操作时，应将（ C ）操作直流熔断器拉开。
    A. 旁路断路器   B. 所用变压断路器   C. 母联断路器   D. 线路断路器

100. 操作人、监护人必须明确操作目的、任务、作业性质、停电范围和（ C ），做好倒闸操作

准备。

  A. 操作顺序   B. 操作项目   C. 时间   D. 带电部位

101. 并解列检查负荷分配，并在该项的末尾记上实际（B）数值。

  A. 电压   B. 电流   C. 有功   D. 无功

102. 操作票上的操作项目包括检查项目，必须填写双重名称，即设备的（D）。

  A. 位置和编号 B. 名称和位置 C. 名称和表计 D. 名称和编号

103. 倒闸操作时，如隔离开关没合到位，允许用（A）进行调整，但要加强监护。

  A. 绝缘杆   B. 绝缘手套   C. 验电器   D. 干燥木棒

104. 断开熔断器时先拉（C）后拉负极，合熔断器时与此相反。

  A. 保护   B. 信号   C. 正极   D. 负极

105. 操作断路器时，操作中操作人要检查（C）是否正确。

  A. 位置表计   B. 灯光信号   C. 灯光、表计   D. 光字牌表计

106. 操作票填写完后，在空余部分（D）栏内第一空格左侧盖"以下空白"章。

  A. 指令项   B. 顺序项   C. 操作   D. 操作项目

107. 需要得到调度命令才能执行的操作项目，要在（B）栏内盖"联系调度"章。

  A. 模拟   B. 指令项   C. 顺序项   D. 操作

108. 距离保护第一段动作时间是（B）。

  A. 绝对零秒   B. 保护装置与短路器固有的动作时间

  C. 可以按需要而调整   D. 0.1s

109. 接入距离保护的阻抗继电器的测量阻抗与（C）。

  A. 电网运行方式无关   B. 短路形式无关

  C. 保护安装处至故障点的距离成正比 D. 系统故障、振荡有关

110. 母差保护的毫安表中出现的微小电流是电流互感器（B）。

  A. 开路电流   B. 误差电流

  C. 接错线而产生的电流   D. 短接电流

111. 接入重合闸不灵敏一段的保护定值是按躲开（C）整定的。

  A. 线路出口短路电流值   B. 末端接地电流值

  C. 非全相运行时的不平衡电流值 D. 线路末端短路电容

112. 绝缘靴的实验周期为（B）。

  A. 每年1次   B. 6个月   C. 3个月   D. 1个月

113. 电容器的电容允许值最大变动范围为（A）。

  A. 10%   B. 5%   C. 7.5%   D. 2.5%

114. 电容不允许在（D）额定电压下长期运行。

  A. 100%   B. 110%   C. 120%   D. 130%

115. 当电容器额定电压等于线路额定向电压时，则应接成（C）并入电网。

  A. 串联方式   B. 并联方式   C. 星形   D. 三角形

116. 对于同一电容器，两次连续投切中间应断开（A）时间以上。

  A. 5min   B. 10min   C. 30min   D. 60min

117. 三相电容器之间的差值，不应超过单向总容量的（B）。

  A. 1%   B. 5%   C. 10%   D. 15%

118. 发生哪些情况可以联系调度处理（D）。

  A. 电容器爆炸   B. 环境温度超过40℃

  C. 接头过热融化形成非全相 D. 套管油漏油

119. 系统向用户提供的无功功率越小，用户电压就（C）。

  A. 无变化   B. 越合乎标准   C. 越低   D. 越高

120. 当电力系统无功容量严重不足时，会使系统（B）。

A. 稳定　　　　　　　B. 瓦解　　　　　　　C. 电压质量下降　　　　D. 电压质量上升

121. 电容器的无功输出功率与电容器的电容（B）。

　　A. 成反比　　　　　　B. 成正比　　　　　　C. 成比例　　　　　　　D. 不成比例

122. 变电站的母线电量不平衡率，一般要求不超过（A）。

　　A. ±（1%～2%）　　B. ±（1%～5%）　　C. ±（2%～5%）　　　D. ±（5%～8%）

123. 测量1000kV·A以上变压器绕组的直流电阻标准是：各相绕组电阻相互间的差别应不大于三相平均值的（C）。

　　A. 4%　　　　　　　B. 5%　　　　　　　C. 2%　　　　　　　　D. 6%

124. 零序电压的特性是（A）。

　　A. 接地故障点最高　　　　　　　　　　B. 变压器中性点零序电压最高

　　C. 接地电阻大的地方零序电压高　　　　D. 接地故障点最低

125. 零序电流的分布，主要取决于（B）。

　　A. 发电机是否接地　　　　　　　　　　B. 变压器中性点接地的数目

　　C. 用电设备的外壳是否接地　　　　　　D. 故障电流

126. 在发生非全相运行时，应闭锁（B）保护。

　　A. 零序二段　　　　　B. 距离一段　　　　　C. 高频　　　　　　　　D. 失灵

127. 过流保护加装负荷电压闭锁可以（D）。

　　A. 加快保护动作时间　　　　　　　　　B. 增加保护的可靠性

　　C. 提高保护的选择性　　　　　　　　　D. 提高保护的灵敏度

128. 500kV变压器过励磁保护反映的是（B）。

　　A. 励磁电流　　　　　B. 励磁电压　　　　　C. 励磁电抗　　　　　　D. 励磁电容

129. 在正常运行情况下，中性点不接地系统中性点位移电压不得超过（A）。

　　A. 15%　　　　　　　B. 10%　　　　　　　C. 5%　　　　　　　　D. 20%

130. 在电力系统中，使用ZnO避雷器的主要原因是（C）。

　　A. 造价低　　　　　　B. 便于安装　　　　　C. 保护性能好　　　　　D. 不用维护

131. 中性点经消弧绕组接地系统，发生单相接地，非故障相对地电压（D）。

　　A. 不变　　　　　　　B. 升高3倍　　　　　C. 降低　　　　　　　　D. 略升高

132. 对电力系统的稳定性干扰最严重的是（B）。

　　A. 投切大型空载变压器　　　　　　　　B. 发生三相短路故障

　　C. 与系统内发生大型二相接地短路　　　D. 发生单相接地

133. 用有载调压变压器的调压装置进行调整电压时，对系统来说（C）。

　　A. 起不了多大作用　　　　　　　　　　B. 能提高功率因数

　　C. 补偿不了无功不足的情况　　　　　　D. 降低功率因数

134. 铁磁谐振过电压一般为（C）。

　　A. 1～1.5倍相电压　　B. 5倍相电压　　　　C. 2～3倍相电压　　　D. 1～1.2倍相电压

135. 国产220kV少油断路器，为了防止慢分，一般都在断路器（B）加防慢分措施。

　　A. 传动机构　　　　　　　　　　　　　B. 传动机构和液压回路

　　C. 传动液压回路合油泵控制回路　　　　D. 灭弧回路

136. 硅胶的吸附能力在油温（B）时最大。

　　A. 75℃　　　　　　　B. 20℃　　　　　　　C. 0℃　　　　　　　　D. 50℃

137. 在直接接地系统中，当接地电流大于1000A时，变电站中的接地网的接地电阻不应大于（C）。

　　A. 5Ω　　　　　　　　B. 2Ω　　　　　　　C. 0.5Ω　　　　　　　D. 4Ω

138. 安装在变电站内的表用互感器的准确级为（A）。

　　A. 0.5～1.0级　　　　B. 1.0～2.0级　　　　C. 2.0～3.0级　　　　D. 1.0～3.0级

139. 电容器中性母线应刷（B）色。

A. 黑   B. 赭   C. 灰   D. 紫

140. 各种保护连接片、切换把手、按钮均应标明（A）。

    A. 名称   B. 编号   C. 用途   D. 切换方向

141. 高压断路器的极限通过电流，是指（A）。

    A. 断路器在合闸状态下能承载的峰值电流   B. 断路器正常通过的最大电流

    C. 在系统发生故障时断路器通过的最大的故障电流   D. 单相接地电流

142. 电流互感器的零序接线方式，在运行中（A）。

    A. 只能反映零序电流，用于零序保护   B. 能测量零序电压和零序方向

    C. 只能测零序电压   D. 能测量零序功率

143. 电力系统在很小的干扰下，能独立地恢复到它初始运行状况的能力，称为（B）。

    A. 初态稳定   B. 静态稳定   C. 系统的抗干扰能力   D. 动态稳定

144. 采取无功补偿装置调整系统电压时，对系统来说（B）。

    A. 调整电压的作用不明显

    B. 即补偿了系统的无功容量，又提高了系统的电压

    C. 不起无功补偿的作用

    D. 调整电容电流

145. 在接地故障线路上，零序功率方向（B）。

    A. 与正序功率同方向   B. 与正序功率反向   C. 与负序功率同方向   D. 与负荷功率同相

146. 在大电流系统中，发生单相接地故障时，零序电流和通过故障点的电流在相位上是（A）。

    A. 同相位   B. 相差90°   C. 相差45°   D. 相差120°

147. 标志断路器开合短路故障能力的数据是（A）。

    A. 额定短路开合电流的峰值   B. 最大单相短路电流

    C. 断路电压   D. 断路线电压

148. 一般自动重合闸的动作时间取（B）。

    A. 2～0.3s   B. 3～0.5s   C. 9～1.2s   D. 1～2.0s

149. 电源频率增加一倍，变压器绕组的感应电动势（A）。

    A. 增加一倍   B. 不变   C. 是原来的   D. 略有增加

150. 在小电流接地系统中发生单相接地时（C）。

    A. 过流保护动作   B. 速断保护动作   C. 接地保护动作   D. 低频保护动作

151. 电容器的容抗与（D）成反比。

    A. 电压   B. 电流   C. 电抗   D. 频率

152. 功率因数用 $\cos\varphi$ 表示，其大小为（B）。

    A. $\cos\varphi = P/Q$ B. $\cos\varphi = R/Z$ C. $\cos\varphi = R/S$ D. $\cos\varphi = X/R$

153. 不需要振荡闭锁的继电器有（B、C）。

    A. 极化量带记忆的阻抗继电器   B. 工频变化量距离继电器

    C. 多相补偿距离继电器

154. 变压器比率制动差动保护设置制动线圈的主要原因是（C）。

    A. 为了躲励磁涌流   B. 为了在内部故障时提高保护的可靠性

    C. 为了在区外故障时提高保护的安全性

155. 谐波制动的变压器纵差保护中设置差动电流速断的主要原因是：（B）。

    A. 为了提高差动保护的动作速度   B. 为了防止区内故障时差动元件可能拒动

    C. 保护设置双重化，互为备用

156. 母线差动保护采用电压闭锁元件的主要目的是（C）。

    A. 系统发生振荡时，母线差动保护不会误动   B. 区外发生故障时，母线差动保护不会误动

    C. 由于误碰出口继电器而不至造成母线差动保护误动

157. 自耦变压器的接地保护应装设（A、B）。

190

A. 零序过电流　　　　B. 零序方向过电流　　C. 零序过电压　　　　D. 零序间隙过流

158. 开关非全相运行时，负序电流的大小与负荷电流的大小关系为（ A ）。

A. 成正比　　　　　　B. 成反比　　　　　　C. 不确定

159. 某一线路与两条平行线相邻，其距离保护正方向在相邻平行线中点故障时不会动作，在相邻平行线末端故障时（ A ）。

A. 可能动可能不动　　B. 能动　　　　　　　C. 不动

160. 电气控制电路设计应最大限度地满足（ D ）的需要。

A. 电压　　　　　　　B. 电流　　　　　　　C. 功率　　　　　　　D. 机械设备加工工艺

161. 热继电器的热元件整定电流 I_{FRN} ＝（ A ）I_{MN}。

A. 0.95～1.05　　　　B. 1～2　　　　　　　C. 0.8～1　　　　　　D. 1～1.5

162. 等电位作业人员沿绝缘子串进入强电场的作业，只能在（ D ）及以上电压等级的绝缘子串上进行。

A. 10kV　　　　　　　B. 35kV　　　　　　　C. 110kV　　　　　　D. 220kV

163. 带电水冲洗所用水的电阻率一般不低于（ A ）。

A. 1500Ω·cm　　　　B. 1200Ω·cm　　　　C. 1000Ω·cm　　　　D. 500Ω·cm

164. 工作票的填写由（ B ）负责。

A. 工作票签发人　　　B. 工作负责人　　　　C. 工作许可人　　　　D. 工作班成员

165. 低压线路全部检修，应执行（ A ）制度。

A. 工作票　　　　　　B. 安全措施票　　　　C. 工作许可　　　　　D. 现场看守

166. 对绝缘杆进行工频交流耐压试验，开始时加电压不得超过规定值的（ D ）。

A. 20%　　　　　　　B. 30%　　　　　　　C. 40%　　　　　　　D. 50%

167. 对绝缘杆进行工频交流耐压试验，当升压达到规定值后，应保持（ C ）。

A. 1min　　　　　　　B. 3min　　　　　　　C. 5min　　　　　　　D. 8min

168. 电力系统发生振荡时，振荡中心电压的波动情况是（ A ）。

A. 幅度最大　　　　　B. 幅度最小　　　　　C. 幅度不变　　　　　D. 幅度不定

169. 高压输电线路发生故障，绝大部分是（ A ）。

A. 单相接地短路　　　B. 两相接地短路　　　C. 三相短路　　　　　D. 两相相间短路

170. 衡量供电可靠性的指标一般以（ D ）表示。

A. 全部用户年供电平均时间　　　　　　　　B. 全部用户供电间断平均时间
C. 年停电平均时间占全年总时间的百分数　　D. 年供电平均时间占全年总时间的百分数

171. 当电力系统发生 A 相金属性接地短路时，故障点的零序电压（ B ）。

A. 与 A 相电压同相位　　　　　　　　　　　B. 与 A 相电压相位差 180°
C. 超前于 A 相电压 90°　　　　　　　　　　D. 滞后于 A 相电压 90°

172. 在小电流接地系统中，某处发生单相接地时，母线电压互感器开口三角的电压为（ C ）。

A. 故障点距母线越近，电压越高　　　　　　B. 故障点距母线越近，电压越低
C. 不管距离远近，基本上电压一样高　　　　D. 不一定

173. 高频阻波器的作用是（ D ）。

A. 限制短路电流　　　　　　　　　　　　　B. 补偿接地电流
C. 超前 A 相电压 70°　　　　　　　　　　　D. 阻止高频电流向变电站母线分流

174. 根据电力网的电压等级，一般将电力网分为（ B ）。

A. 地方网、外部网　　B. 地方网、区域网　　C. 内部网、外部网　　D. 地方网、局域网

175. 规定的线路额定电压为 35kV，其相对应的额定平均电压为（ D ）。

A. 34kV　　　　　　　B. 35kV　　　　　　　C. 36kV　　　　　　　D. 37kV

176. （ D ）及以上电网的中性点均采用中性点直接接地方式。

A. 3kV　　　　　　　B. 10kV　　　　　　　C. 35kV　　　　　　　D. 110kV

177. 大接地电流系统为（ A ）。

A. 中性点直接接地   B. 中性点经消弧线圈接地

C. 中性点不接地   D. 中性点经大阻抗接地

178. 大接地电流系统振荡时，当两侧电势角角差 δ 摆开到（D）时，接地故障点的零序电流 I_0 最小。

    A. 45°   B. 60°   C. 120°   D. 180°

179. 小接地电流系统出现一相接地运行时，非故障相对地电压将升高（A）。

    A. $\sqrt{3}$ 倍   B. $\sqrt{2}$ 倍   C. $1\sqrt{3}$ 倍   D. $1\sqrt{2}$ 倍

180. 小接地电流系统出现一相接地后，系统允许继续运行的时间应不超过（B）。

    A. 1h   B. 1～2h   C. 1～3h   D. 2～3h

181. 在单相接地短路时，零序功率与短路功率的关系是（B）。

    A. 大小相等、符号相同   B. 大小相等、符号相反

C. 大小不等、符号相同   D. 大小不等、符号相反

182. 在大接地电力系统中，在故障线路的零序功率 S 的方向是（C）。

    A. 不定   B. 由母线流向线路   C. 由线路流向母线   D. 不流动

183. 计算过电流保护动作电流时，可靠系数 K_k 一般采用（D）。

    A. 0.5～0.7   B. 0.85～1.00   C. 1.05～1.15   D. 1.15～1.25

184. 过电流保护计算时，角形接线系数 K_{JX} 取（B）。

    A. 1.5   B. 2   C. 1   D. 1.25

185. 进行电流速断保护启动电流的计算时，星形接法时接线系数为（A）。

    A. 1   B. 2   C. 1.25   D. 1.5

186. 进行电流速断保护启动电流时的计算时，感应型继电器的可靠系数取（D）。

    A. 1.25～1.5   B. 1.2～1.3   C. 1.4   D. 1.5

187. 时限电流速断保护的动作时间比下一级相邻线路瞬时电流速断保护的动作时间大（A）。

    A. 0.5s   B. 1s   C. 3s   D. 5s

188. 进行常时限的电流速断保护计算时的可靠系数取（C）。

    A. 0.95～1.0   B. 1.0～1.15   C. 1.1～1.15   D. 1.2～1.5

189. 计算低电压继电器的动作电压时，其返回系数取（C）。

    A. 0.85   B. 1.0   C. 1.25   D. 1.5

190. 低电压继电器的动作电压一般取电压互感器副边额定电压的（B）。

    A. 0.5 倍   B. 0.6～0.7 倍   C. 0.8 倍   D. 0.8～0.9 倍

191. 密集型电网的线路三相重合闸，无电压检定侧的动作时间一般整定为（A）。

    A. 10s   B. 5s   C. 3s   D. 1s

192. 单侧电源线路的三相一次重合闸的动作时间不宜小于（D）。

    A. 5s   B. 3s   C. 2s   D. 1s

193. 母线差动保护低电压的整定，一般可整定为母线正常运行电压的（D）。

    A. 20%～30%   B. 30%～40%   C. 50%～60%   D. 60%～70%

194. 220kV 及以上母线负序电压可整定为（A）。

    A. 2～4V   B. 4～6V   C. 4～8V   D. 4～12V

195. 系统振荡与短路同时发生，高频保护装置会（C）。

    A. 误动   B. 拒动   C. 正确动作   D. 不定

196. 如高频保护载波频率过低（如低于 50Hz）时，其缺点是（A）。

    A. 受工频干扰大，加工设备制造困难   B. 受高频干扰大

C. 通道衰耗大   D. 受低频干扰大

197. 距离保护中阻抗继电器需采用记忆回路和引入第三相电压的是（C）。

    A. 全阻抗继电器   B. 偏移特性的阻抗继电器

C. 方向阻抗继电器   D. 偏移特性和方向阻抗继电器

198. 高频闭锁距离保护的优点是（C）。
    A. 对串补电容无影响　　　　　　　　　B. 在电压二次断线时不会误动
    C. 能快速地反映各种对称和不对称故障　D. 系统振荡无影响，不需采取任何措施

199. 单侧电源送电时短路点的过渡电阻对距离保护的影响，一般情况下是（B）。
    A. 使保护范围伸长　　B. 使保护范围缩短　　C. 保护范围不变　　D. 保护范围不定

200. 如果跳开工作电源时需连切部分负荷，则备用电源投入时间可整定为（B）。
    A. 0s　　　　　　　B. 0.1～0.5s　　　　C. 0.5～0.7s　　　　D. 0.7～0.8s

201. 安装在变压器负荷侧的自动投入装置，如投入在故障设备上，为提高投入成功率，后加速保护宜带（B）延时。
    A. 0.1～0.2s　　　　B. 0.2～0.3s　　　　C. 0.3～0.5s　　　　D. 0.5～0.7s

202. 继电保护在整定时对电流互感器的（A）误差曲线是必须考虑的条件。
    A. 10%　　　　　　B. 15%　　　　　　C. 20%　　　　　　D. 30%

203. 高压试验变压器的特点为（D）。
    A. 电压高、容量大、绝缘层厚　　　　　B. 电压高、容量小、绝缘层薄
    C. 电压低、容量大、绝缘层厚　　　　　D. 电压高、容量小、绝缘层厚

204. 采用电压互感器做试验变压器时，容许在3min内超负荷（A）。
    A. 3.5～5倍　　　　B. 5～8倍　　　　　C. 7～10倍　　　　D. 6～9倍

205. 一般高压试验变压器高压绕组的电流容量为（C）。
    A. 0.1～1μA　　　　B. 0.1～10mA　　　C. 0.1～1A　　　　D. 0.1～15A

206. 用铜球间隙测量交流耐压试验电压时，所得数值是试验电压的（D）。
    A. 瞬时值　　　　　B. 有效值　　　　　C. 平均值　　　　　D. 最大值

207. 高压试验中用（A）测量试验电压，负荷容量较大时误差较大。
    A. 在低压侧测量换算至高压侧电压　　　B. 电压互感器
    C. 高压静电电压表　　　　　　　　　　D. 电容分压器

208. 测量绝缘电阻前应对兆欧表做（B）试验。
    A. 绝缘　　　　　　B. 短路　　　　　　C. 调零　　　　　　D. 加电

209. 直流泄漏试验完毕，切断电源后，对大容量试品需放电（D）以上。
    A. 2min　　　　　　B. 3min　　　　　　C. 4min　　　　　　D. 5min

210. 泄漏电流的数值大小和（C）无关。
    A. 绝缘的性质　　　B. 绝缘状态　　　　C. 设备用途　　　　D. 绝缘的结构

211. 在直流耐压试验中，读取泄漏电流应在0.25倍、0.5倍、0.75倍试验电压下各停留（A）。
    A. 1min　　　　　　B. 2min　　　　　　C. 5min　　　　　　D. 10min

212. 工频交流耐压试验调压设备的输出电压频率应在（B）范围内。
    A. 40～45Hz　　　　B. 45～55Hz　　　　C. 55～60Hz　　　　D. 60～70Hz

213. 如果工频交流耐压试验需将试验变压器串联组合使用时，应考虑处于高电位的试验变压器的（D）。
    A. 绕组匝数　　　　B. 绕组线径　　　　C. 接地方式　　　　D. 绝缘水平

214. 交流耐压试验周围环境温度不宜低于（A）。
    A. 5℃　　　　　　 B. 10℃　　　　　　C. 15℃　　　　　　D. 20℃

215. 伏安法测电阻，电压表内接法适用于测量阻值（C）的情况。
    A. <10Ω　　　　　 B. >10Ω　　　　　 C. <1Ω　　　　　　D. >1Ω

216. 用电压降法测量变压器的直流电阻，应采用（B）电源。
    A. 交流　　　　　　B. 直流　　　　　　C. 高压　　　　　　D. 低压

217. 变压器连接组别是指变压器原、副绕组按一定方式连接时，原、副边电压或电流的（D）关系。

A. 大小   B. 方向   C. 相序   D. 相位

218. 常用的检查三相变压器连接组别的试验方法中，错误的是（ C ）。

     A. 直流法   B. 双电压表法   C. 电桥法   D. 相位法

219. 用双电压表法试验变压器的连接组别时，试验电压不平衡度应小于（ A ）。

     A. 2%   B. 3%   C. 5%   D. 10%

220. 鉴别单相电流互感器的极性一般有差接法、比较法和（ C ）。

     A. 相位法   B. 电压表法   C. 直流法   D. 电桥法

221. 绝缘油电气强度试验应连续试验（ B ），并取其平均值作为平均击穿电压。

     A. 2 次   B. 3 次   C. 4 次   D. 5 次

222. 35kV 电压等级运行中绝缘油的电气强度试验电压标准为不小于（ B ）。

     A. 25kV   B. 30kV   C. 35kV   D. 40kV

223. 在 35℃测得绝缘油的 $\tan\sigma$ 为（ A ）时应对试油进行温升测量。

     A. 1.0%   B. 0.8%   C. 0.6%   D. 0.3%

224. 测试油介损的 $\tan\sigma$ 值时的工作电压按电极间隙每毫米施加（ B ）计算。

     A. 0.5kV   B. 1kV   C. 1.5kV   D. 2kV

225. 测量油介损在注油前应对空杯进行（ B ）工作电压的耐压试验。

     A. 1.5 倍   B. 2 倍   C. 3 倍   D. 3.5 倍

226. 当需对被试油样升温测量 $\tan\sigma$ 时，试样的测试温度与规定值偏差不得超过（ D ）。

     A. ±0.5℃   B. ±1℃   C. ±1.5℃   D. ±2℃

227. 关于 $\tan\sigma$ 的叙述正确的是（ D ）。

     A. $\tan\sigma$ 就是介质损耗的有功功率   B. $\tan\sigma$ 就是介质损耗的无功功率

     C. $\tan\sigma$ 就是介质损耗的视在功率   D. $\tan\sigma$ 就是介质中电流的有功分量与无功分量的比值

228. 介质损失角的正切值 $\tan\sigma$ 的测量通常应用（ D ）。

     A. 直流双臂电桥   B. 直流单臂电桥   C. 晶体管兆欧表   D. 高压交流平衡电桥

229. 可不进行介质损失角的正切值 $\tan\sigma$ 测量的断路器为（ A ）断路器。

     A. 10kV 少油   B. 35kV 少油   C. 35kV 多油   D. 110kV

230. 对真空灭弧室进行交流耐压试验时，两触头间施加试验电压的持续时间为（ B ）。

     A. 30s   B. 1min   C. 3min   D. 5min

231. 对绝缘杆进行工频交流耐压试验，当升压到规定值后，应保持（ C ）。

     A. 1min   B. 3min   C. 5min   D. 8min

232. 做绝缘杆工频耐电试验时，若没有足够高的高压试验设备，需分段试验但试验电压要较规定值提高（ A ）。

     A. 10%～20%   B. 20%～30%   C. 30%～40%   D. 50%

233. 绝缘杆是常用的带电作业工具，其试验周期规定为（ A ）一次。

     A. 1 年   B. 9 个月   C. 6 个月   D. 3 个月

234. 断路器的交流耐压试验以耐压前后绝缘电阻不下降（ A ）为合格。

     A. 30%   B. 50%   C. 60%   D. 90%

235. 35kV 断路器出厂时，交流耐压试验标准为 80kV，其安装交接时的交流耐压试验标准为（ B ）。

     A. 65kV   B. 72kV   C. 95kV   D. 105kV

236. 绝缘手套在进行交流耐压试验时，手套内装入自来水作电极，其水平面距套口边缘（ C ）左右。

     A. 1mm   B. 2mm   C. 5mm   D. 7mm

237. 绝缘手套的工频交流耐压时间标准为（ A ）。

     A. 1min   B. 2min   C. 3min   D. 5min

238. 高压橡胶绝缘靴的交流耐压标准为（ D ）。

     A. 6kV   B. 8kV   C. 10kV   D. 15kV

239. 高压橡胶绝缘靴的交流耐压时间标准为（B）。
　　A. 1min　　　　　　B. 2min　　　　　　C. 3min　　　　　　D. 8min

240. 35kV验电器的工频交流耐压标准为（C）。
　　A. 35kV　　　　　　B. 40kV　　　　　　C. 105kV　　　　　D. 220kV

241. 35kV绝缘棒的交流耐压标准为（B）。
　　A. 35kV　　　　　　B. 44kV　　　　　　C. 70kV　　　　　　D. 80kV

242. 测量断路器导电回路直流电阻应在（A）电压下进行试验。
　　A. 直流低　　　　　B. 直流高　　　　　C. 交流低　　　　　D. 交流高

243. 没受潮的无分路电路避雷器的电导电流一般为（A）。
　　A. 1～2μA　　　　　B. 10～15μA　　　　C. 50～70μA　　　　D. 300～400μA

244. 测量有分路电阻避雷器电导电流时，在整流回路中所加滤波电容的容量一般为（C）。
　　A. 0.01～0.1pF　　　B. 10～1000pF　　　C. 0.01～0.1μF　　　D. 1～10μF

245. FS避雷器工频放电电压测量需三次，每次试验的时间间隔不少于（D）。
　　A. 15s　　　　　　　B. 30s　　　　　　C. 45s　　　　　　D. 60s

246. 大修后6kV FS型避雷器的工频放电电压范围为（D）。
　　A. 9～11kV　　　　　B. 11～16kV　　　　C. 16～19kV　　　　D. 26～31kV

247. 变电站操作电源的基本要求是有足够的可靠性，即使在事故情况下，仍应保证有足够的电压和足够的（B）。
　　A. 电流　　　　　　B. 容量　　　　　　C. 电能　　　　　　D. 电量

248. 只有在发生短路事故时，或者在负荷电流（D）时，变流器的二次电流才足够作为继电保护跳闸之用。
　　A. 变化　　　　　　B. 不变　　　　　　C. 较小　　　　　　D. 较大

249. 变流器供电操作电源在设备运行正常时，跳闸线圈与过流继电器的常闭和常开触点形成（A）电路。
　　A. 并联　　　　　　B. 串联　　　　　　C. 断开　　　　　　D. 一个并联、一个串联

250. 当变电所的运行状态比较复杂时，复式整流的接线比较（C）。
　　A. 可靠　　　　　　B. 简单　　　　　　C. 复杂　　　　　　D. 经济

251. 复式整流的运行状态与变电所的主接线方式（A）。
　　A. 有关　　　　　　B. 可能有关　　　　C. 关系不大　　　　D. 无关

252. 采用复式整流操作电源，在目前应用（B）。
　　A. 较多　　　　　　B. 较少　　　　　　C. 适于推广　　　　D. 已停止

253. 电容器的电容电流与速饱和变流器铁芯的励磁电流相抵消，从而使输出电压（D）。
　　A. 平稳　　　　　　B. 升高　　　　　　C. 下降　　　　　　D. 稍平稳

254. 采用硅整流装置的直流系统，当整流装置受电源发生短路故障时，会引起交流电源电压下降，严重时可造成继电保护不能动作，这时采用（B）来补偿直流电压是一个比较简单可行的解决方法。
　　A. 升压变压器　　　B. 电容器蓄能　　　C. 蓄电池　　　　　D. 稳压器

255. 硅整流电容储能直流电源的直流额定电压宜选用（D）。
　　A. 110V　　　　　　B. 220V　　　　　　C. 380V　　　　　　D. 110V和220V

256. 硅整流电容储能直流电源中，两台硅整流器的容量选择有（C）。
　　A. 4种　　　　　　B. 3种　　　　　　C. 2种　　　　　　D. 1种

257. 为了使电容器的储能仅供继电保护装置动作及断路器跳闸，防止对与继电保护装置无关的元件进行不必要的放电，应采用（C）元件。
　　A. 限流电阻　　　　B. 开关　　　　　　C. 逆止二极管　　　D. 晶闸管

258. 在硅整流电容储能直流电源中，选用的电容器所蓄（D）应满足继电保护装置和断路器跳闸线圈动作时的需要。

A. 电荷　　　　　　　B. 容量　　　　　　　C. 电流　　　　　　　D. 能量

259. 补偿供直流操作电源电压用电容器的额定电压以不低于（C）为宜。

　　A. 400V　　　　　　B. 410V　　　　　　C. 450V　　　　　　D. 500V

260. 在硅整流电容储能直流电源中，为便于检查损坏的电容器，每组电容器应分成几个小组，每小组电容器容量宜在（A）左右。

　　A. 2000μF　　　　B. 1000μF　　　　C. 3000μF　　　　D. 2500μF

261. 在硅整流电容储能直流电源中，每组电容器应分成几个小组，每小组电容器前加装一只熔断器，且宜安放（B）熔丝。

　　A. 2A　　　　　　　B. 4A　　　　　　　C. 3A　　　　　　　D. 5A

262. 酸性蓄电池的电解液是质量分数为（D）的硫酸水溶液。

　　A. 30%　　　　　　B. 50%　　　　　　C. 30%～45%　　　D. 27%～37%

263. 碱性蓄电池的电解液是质量分数为（A）的氢氧化钾水溶液。

　　A. 20%　　　　　　B. 30%　　　　　　C. 25%～30%　　　D. 27%～37%

264. 蓄电池组在浮充电或充电过程中，为了防止对浮充电机组或充电机组放电，应在浮充电机组或充电机组回路中设有（D）构成的逆流保护。

　　A. 逆流继电器　　　B. 空气开关　　　　C. 逆止二极管　　D. 逆流继电器及空气开关

265. 蓄电池组上应装设两只电流表，一只用来测量（B），另一只小量程的电流表用来测量浮充小电流。

　　A. 放电电流和充电电流　　B. 放电电流　　　C. 蓄电池电流　　　D. 充电电流

266. 在正常使用情况下，按照恒定浮充电法工作的蓄电池组应（C）进行一次放电，随即完全充电。

　　A. 每周　　　　　　B. 每年　　　　　　C. 每月　　　　　　D. 每季

267. 蓄电池组母线上正常电压应比直流电网额定电压大（B）。

　　A. 2.5%　　　　　　B. 5%　　　　　　　C. 7.5%　　　　　　D. 10%

268. 酸性蓄电池母线电压若为115V，则充电发电机电压应是（D）。

　　A. 145V　　　　　　B. 130V　　　　　　C. 156V　　　　　　D. 177V

269. 浮充电发电机在为蓄电池组充电时，若直流母线电压为230V时，则浮充电发电机电压应为（D）。

　　A. 250V　　　　　　B. 275V　　　　　　C. 300V　　　　　　D. 320V

270. 镉-镍蓄电池在充电时，电解液面（B）。

　　A. 保持不变　　　　B. 升高　　　　　　C. 下降　　　　　　D. 无明显差异

271. 镉-镍蓄电池注入相对密度为（A）的氢氧化钾（KOH）水溶液作为电解液。

　　A. 1.24～1.26　　B. 1.26～1.28　　C. 1.30～1.34　　D. 1.32～1.36

272. 镉-镍蓄电池在放电时电解液面（C）。

　　A. 保持不变　　　　B. 升高　　　　　　C. 降低　　　　　　D. 无明显差异

273. 镉-镍蓄电池不适合在低温下充电，当环境温度在（C）以下也会降低蓄电池的充电效率。

　　A. 0℃　　　　　　　B. 3℃　　　　　　　C. 5℃　　　　　　　D. 6℃

274. 镉-镍蓄电池在充电后，由于自放电的缘故，即使不带任何直流负荷（B）也会下降。

　　A. 电量　　　　　　B. 电压　　　　　　C. 电流　　　　　　D. 容量

275. 镉-镍蓄电池可在（B）环境中工作，在高温和低温下工作容量要降低。

　　A. -10～+40℃　　B. -20～+40℃　　C. -25～+45℃　　D. -15～+35℃

276. 正常处于浮充电状态的蓄电池，应定期进行（B）核对。

　　A. 电压降　　　　　B. 容量　　　　　　C. 电流　　　　　　D. 效率

277. 镉-镍蓄电池"定期活化"一般应（C）进行一次。

　　A. 每月　　　　　　B. 每周　　　　　　C. 每年　　　　　　D. 半年

278. DW10系列自动开关的大修周期为（B）一次，必要时可根据实际情况提前或推后。

A. 每年　　　　　B. 每 2 年　　　　　C. 每 3 年　　　　　D. 每 5 年

279. 不属于 DW10 型自动开关小修项目的是（ A ）。

A. 触头系统的检修　　　　　　　　B. 灭弧室的吹灰、检查

C. 操作机构的清扫　　　　　　　　D. 临时性修理

280. DW10 型自动开关传动部件中的脱扣钩长臂应伸到底板外面，并与跳闸杠杆有 5mm 以上的距离，但不得超过（ B ）。

A. 10mm　　　　　B. 15mm　　　　　C. 20mm　　　　　D. 25mm

281. 自动空气开关触头超行程为（ C ）。

A. 1～2mm　　　　　B. 2～3mm　　　　　C. 3～4mm　　　　　D. 4～5mm

282. 用 0.05mm×10mm 的塞尺检查自动开关合闸时，动静触头接触面积不应小于触头面积的（ D ）。

A. 90%　　　　　B. 80%　　　　　C. 85%　　　　　D. 70%

283. DW10 型自动空气开关的失压脱扣器，用以当电压下降到额定电压的（ A ）以下时断开自动开关。

A. 40%　　　　　B. 50%　　　　　C. 60%　　　　　D. 65%

284. 隔离开关合闸后，用 0.05mm 厚的塞尺检查触头接触情况，对于面接触的，塞尺塞入深度不应超过（ D ），否则应进行锉修或整形。

A. 1～3mm　　　　　B. 2～4mm　　　　　C. 3～5mm　　　　　D. 4～6mm

285. 隔离开关触头弹簧各圈之间的距离在合闸时应不小于（ B ）。

A. 0.25mm　　　　　B. 0.5mm　　　　　C. 0.75mm　　　　　D. 1.0mm

286. 额定电压为 110kV 的三相隔离开关不同期误差不应超过（ C ）。

A. 3mm　　　　　B. 5mm　　　　　C. 10mm　　　　　D. 15mm

287. SN4 型少油断路器的合闸铁芯行程应保持在（ A ）。

A. 110mm　　　　　B. 100mm　　　　　C. 80mm　　　　　D. 70mm

288. SN4 型少油断路器分闸杠杆至分闸冲击杆间的距离不应超过（ B ）。

A. 2～3mm　　　　　B. 3～4mm　　　　　C. 4～5mm　　　　　D. 5～6mm

289. SN4 型少油断路器三相触头不同期不得大于（ A ）。

A. 5mm　　　　　B. 2mm　　　　　C. 4mm　　　　　D. 3mm

290. SN1 型少油断路器，合闸时动触头插入固定接触子的深度应为（ C ）。

A. 30mm±5mm　　　　　B. 35mm±5mm　　　　　C. 40mm±5mm　　　　　D. 45mm±5mm

291. 某车间变电所的变压器室布置在车间外面，而配电室与值班室在车间内，这种变电所属于（ B ）。

A. 车间内变电所　　　　　　　　B. 车间外附式变电所

C. 车间内附式变电所　　　　　　D. 独立变电所

292. 变配电所的主接线采用桥式接线时，若（ D ）仅装隔离开关，不装断路器，跨接桥靠近变压器侧，则属于内桥式。

A. 电源进线　　　　　B. 进线开关　　　　　C. 负载　　　　　D. 变压器回路

293. 近年来由于大容量晶闸管整流装置的大量应用，（ B ）成为电网的一大"公害"。

A. 低频谐波　　　　　B. 高次谐波　　　　　C. 电压波形畸变　　　　　D. 电网附加损耗增大

294. 频率对电力系统运行的稳定性有很大影响，一般要求频率的变化不得超过（ C ）。

A. ±1%　　　　　B. ±2%　　　　　C. ±5%　　　　　D. ±10%

295. 为满足变压器经济运行的目的，电力变压器正常使用时负荷率不应低于（ A ）。

A. 30%　　　　　B. 40%　　　　　C. 50%　　　　　D. 60%

296. 在进行负荷计算时，若除考虑用电设备的平均功率外，还同时考虑数台大型设备对负荷造成的影响，那么这种计算方法称之为（ A ）。

A. 二项式法　　　　　　　　B. 产品单位耗电量法

C. 需要系数法   D. 车间生产面积负荷密度法

297. 计算尖峰电流的目的是（ B ）。

A. 作为按发热条件选择变压器、线路及配电装置的依据

B. 作为计算电压波动和选择保护设备的依据

C. 作为计算电能消耗的依据   D. 作为选择补偿装置的依据

298. 在三相系统中，三相短路是各种形式短路中最严重的，因此校验电器和母线时，都采用三相短路的情况，其中电动稳定性校验采用（ C ）。

A. 三相短路稳态电流   B. 三相短路平均电流   C. 三相短路冲击电流   D. 三相短路暂态电流

299. 在三相电网中，发生两相接地短路的表示符号为（ C ）。

A. d（2）   B. d（1）   C. d（11）   D. d（3）

300. 对于只是用来反映供电系统不正常工作状态的保护装置，一般不要求保护动作的（ B ）。

A. 选择性   B. 快速性   C. 灵敏性   D. 可靠性

301. "为防止故障扩大，减轻其危害程度，系统发生故障时，保护装置应尽快动作，切除故障"反映的是保护装置（ B ）方面的要求。

A. 选择性   B. 速动性   C. 灵敏性   D. 可靠性

302. 瓦斯保护一般用在（ B ）及以上容量的油浸变压器，作为变压器内部故障的高灵敏度的保护装置。

A. 560kV·A   B. 800kV·A   C. 1000kV·A   D. 1500kV·A

303. 浮筒式气体（瓦斯）继电器，当上浮筒上的接点闭合时，其作用是（ D ）。

A. 使断路器跳闸   B. 接通控制回路

C. 接通中间继电器   D. 报警

304. 高压电动机常采用（ C ）保护装置作过负荷的保护。

A. 电流速断   B. 定时限过电流   C. 反时限过电流   D. 热过载

305. 10kV 及以下供电的电力用户，其主进线开关及各分路开关多采用（ A ）。

A. 过流速断保护   B. 定时限过流保护   C. 熔断器保护   D. 热过载保护

306. 真空断路器的触头常采用（ A ）触头。

A. 桥式   B. 指形   C. 对接式   D. 插入式

307. 纯净的六氟化硫气体是（ A ）的。

A. 无毒   B. 有毒   C. 中性   D. 有益

308. 隔离开关可以（ A ）。

A. 恢复所用变压器   B. 代替断路器切故障电流   C. 进行任何操作   D. 切断接地电流

309. 隔离开关拉不开时应（ A ）。

A. 进行检查，禁止强拉   B. 用力拉   C. 用加力杆   D. 两人拉

310. 母线隔离开关操作可以不通过接地点进行（ B ）切换。

A. 信号回路   B. 电压回路   C. 电流回路   D. 保护电源回路

311. 更换高压熔断器应由（ A ）进行。

A. 2 人   B. 1 人   C. 3 人   D. 4 人

312. 熔断器熔丝熔断时，应更换（ B ）。

A. 熔丝   B. 相同熔丝   C. 大容量熔丝   D. 小容量熔丝

313. 避雷针的作用是（ B ）。

A. 排斥雷电   B. 吸引雷电   C. 避免雷电   D. 削弱雷电

314. 避雷设备的接地体的连接应采用（ A ）。

A. 搭接焊   B. 螺栓连接   C. 对接焊   D. 绑扎

315. 电容器不允许在（ D ）额定电压下长期运行。

A. 100%   B. 110%   C. 120%   D. 130%

316. 当电容器额定电压等于线路额定电压时，应接成（ C ）并入电网。

A. 串联方式   B. 并联方式   C. 星形   D. 三角形

317. 热脱扣器的整定电流应（B）所控制负载的额定电流。

     A. 不小于   B. 等于   C. 小于   D. 大于

318. 我国 220kV 及以上系统的中性点均采用（A）。

     A. 直接接地方式   B. 经消弧线圈接地方式

     C. 经大电抗器接地方式   D. 不接地方式

319. 重复接地的作用是降低漏电设备外部对地电压，减轻（A）断线时的危险。

     A. 零线   B. 保护接地线   C. 相线   D. 相线和中线

第 15 章   变压器与互感器

1. 电力变压器铁芯多采用硅钢片叠装而成，硅钢片的厚度为（C）。

     A. 0.25mm   B. 0.3mm   C. 0.35mm   D. 0.5mm

2. 电力变压器绝缘等级为（B）。

     A. B级   B. A级   C. F级   D. H级。

3. 变压器的铁芯采用绝缘硅钢片叠压而成，其主要目的是（D）。

     A. 减小磁阻和杂散损耗   B. 减小磁阻及铜耗

     C. 减小磁阻和电阻   D. 减小磁阻和铁耗

4. 变压器的铁芯由（A）大部分组成。

     A. 2   B. 3   C. 4   D. 5

5. 变压器主绝缘击穿的修理步骤为：更换绝缘、烘干器身和（B）。

     A. 绑扎   B. 灌入合格的变压器轴

     C. 焊接引线   D. 修好接地片

6. 变压器故障检查方法一般分为（B）种。

     A. 2   B. 3   C. 4   D. 5

7. 0.4kV 以下的变压器检修后，一般要求绝缘电阻不低于（A）。

     A. 0.5MΩ   B. 90MΩ   C. 200MΩ   D. 220MΩ

8. 为降低变压器铁芯中的（C）叠片间要互相绝缘。

     A. 无功损耗   B. 空载损耗   C. 涡流损耗   D. 短路损耗

9. 对于中小型电力变压器，投入运行后每隔（C）要大修一次。

     A. 1年   B. 2～4年   C. 5～10年   D. 15年

10. 变压器的基本工作原理是（C）。

     A. 电磁感应   B. 电流的磁效应   C. 能量平衡   D. 电流的热效应

11. 频敏变阻器主要用于（D）控制。

     A. 笼形转子异步电动机的启动   B. 绕线转子异步电动机的调整

     C. 直流电动机的启动   D. 绕线转子异步电动机的启动

12. 小型变压器的绕制时，对铁芯绝缘及绕组间的绝缘，按对地电压的（C）倍选用。

     A. 1.5   B. 2   C. 3   D. 4

13. 大型变压器为充分利用空间，常采用（C）截面。

     A. 方形   B. 长方形   C. 阶梯形   D. 圆形

14. 大型变压器的铁芯轭截面通常比铁芯柱截面要大（A）%。

     A. 5～10   B. 10～15   C. 15～20   D. 5

15. 变压器内油泥清洗时，油箱及铁芯等处的油泥，可用铲刀刮除，再用布擦干净，然后用变压器油冲洗。决不能用（D）刷洗。

     A. 机油   B. 强流油   C. 煤油   D. 碱水

16. 变压器铁芯结构的基本形式有（C）种。

     A. 1   B. 2   C. 3   D. 4

17. 若发现变压器油温度比平时相同负载及散热条件下高（B）℃以上时，应考虑变压器内部已发生了故障。

    A. 5   B. 10   C. 15   D. 20

18. 旋转变压器设计为两极隐极式结构，其定子、转子绕组均为两个在空间相隔（A）电角度的高精度正弦绕组。

    A. 90°   B. 60°   C. 45°   D. 30°

19. 变压器做空载试验，要求空载电流一般在额定电流的（A）左右。

    A. 5%   B. 10%   C. 12%   D. 15%

20. 修理变压器分接开关时，空气相对湿度不大于75%，开关在空气中暴露时间不得超过（C）h。

    A. 8   B. 16   C. 24   D. 48

21. 变频器输出侧不允许接（A），也不允许接电容式电动机。

    A. 电容器   B. 电阻   C. 电抗器   D. 三相异步电动机

22. 利用试验法测得变压器高低压侧的相电阻之差与三相电阻平均值之比超过4%，则可能的故障是（A）。

    A. 匝间短路   B. 高压绕组断路

    C. 分接开关损坏   D. 引线铜皮与瓷瓶导管断开

23. 变压器空载运行时，空载电流是指（B）。

    A. 交流有功电流   B. 交流无功电流   C. 直流电流

24. 互感器是根据（C）原理制造。

    A. 能量守恒   B. 能量变换   C. 电磁感应   D. 阻抗变换

25. 电流互感器的外皮最高允许温度为（B）。

    A. 60℃   B. 75℃   C. 80℃   D. 85℃

26. 在过滤变压器油时，应先检查滤油机完好，并（C），滤油现场严禁烟火。

    A. 接好电源   B. 接好地线   C. 做好绝缘防护   D. 断电操作

27. 电压互感器一次绕组的匝数（A）二次绕组的匝数。

    A. 大于   B. 略大于   C. 小于   D. 等于

28. 修复后的小型变压器的各绕组之间和它们对铁芯（地）的绝缘电阻，其值不应低于（B）。

    A. 0.5MΩ   B. 1MΩ   C. 10MΩ

29. 变压器的额定容量是指变压器额定运行时（B）。

    A. 输入的视在功率   B. 输出的视在功率

    C. 输入的有功功率   D. 输出的有功功率

30. 电力变压器的油起（A）作用。

    A. 绝缘和灭弧   B. 绝缘和防锈   C. 绝缘和散热   D. 减震

31. 互感器是根据（C）原理制造的。

    A. 能量守恒   B. 能量变换   C. 电磁感应   D. 阻抗变换

32. 变压器运行时，温度最高的部位是（A）。

    A. 铁芯   B. 绕组   C. 上层绝缘油   D. 下层绝缘

33. 对变压器绝缘强度影响最大的是（B）。

    A. 温度   B. 水分   C. 杂质   D. 纯度

34. 变压器油的闪点一般为（A）。

    A. 135~140℃   B. -45~-10℃   C. 250~300℃   D. 300℃以上

35. 利用试验法判断变压器故障，当测得低压侧三相绕组电阻误差很大，可能产生的故障是（A）。

    A. 引线铜皮与瓷瓶导管断开   B. 分接开关损坏

    C. 匝间短路   D. 分接开关接触不良

36. 露天安装变压器与火灾危险场所的距离不应小于（D）。

    A. 10m   B. 15m   C. 20m   D. 25m

37. 当变压器充油或重新灌油后，空气可能进入变压器壳内，为防止变压器重瓦斯动作可（ C ）。

    A. 解除重瓦斯保护
    B. 解除轻瓦斯保护

    C. 将重瓦斯保护切换至信号
    D. 将重、轻瓦斯保护全都切除

38. 三相电动机额定电流计算公式中的电压 U_e 是指（ B ）。

    A. 相电压
    B. 线电压
    C. 相电压或线电压

39. 变压器停电退出运行，首先应（ A ）。

    A. 断开各负荷
    B. 断开高压侧开关
    C. 断开低压侧开关

40. 测量变压器绕组对地绝缘电阻值接近零值，说明该绕组（ C ）。

    A. 受潮
    B. 正常
    C. 绝缘击穿或接地短路

41. 当变压器处在下列状态下运行时，其工作效率最高（ B ）。

    A. 近于满载
    B. 半载左右
    C. 轻载

42. 电压互感器二次短路会使一次（ C ）。

    A. 电压升高
    B. 电压降低
    C. 熔断器熔断
    D. 不变

43. 电压互感器低压侧两相电压降为零，一相正常，一个线电压为零则说明（ A ）。

    A. 低压侧两相熔断器断
    B. 低压侧一相铅丝断

    C. 高压侧一相铅丝断
    D. 高压侧两相铅丝断

44. 电流互感器的二次额定电流一般为（ C ）。

    A. 10A
    B. 100A
    C. 5A
    D. 0.5A

45. 电流互感器的二次侧应（ B ）。

    A. 没有接地点
    B. 有一个接地点

    C. 有两个接地点
    D. 按现场情况不同，不确定

46. 电流互感器二次侧接地是为了（ C ）。

    A. 测量用
    B. 工作接地
    C. 保护接地
    D. 节省导线

47. 电流互感器二次侧不允许（ A ）。

    A. 开路
    B. 短路
    C. 接仪表
    D. 接保护

48. 变压器中性点接地属于（ A ）。

    A. 工作接地
    B. 保护接地
    C. 防雷接地
    D. 安全接地

49. 变压器中性线电流不应超过电压绕组额定电流的（ B ）。

    A. 15%
    B. 25%
    C. 35%
    D. 45%

50. 变压器中性点接地叫（ A ）。

    A. 工作接地
    B. 保护接地
    C. 工作接零
    D. 保护接零

51. 变压器铭牌上的额定容量是指（ C ）。

    A. 有功功率
    B. 无功功率
    C. 视在功率
    D. 平均功率

52. 互感器的二次绕组必须一端接地，其目的是（ B ）。

    A. 防雷
    B. 保护人身及设备的安全
    C. 防鼠
    D. 起牢固作用

53. 运行中电压互感器二次侧不允许短路，电流互感器二次侧不允许（ B ）。

    A. 短路
    B. 开路
    C. 短接
    D. 串联

54. 电力系统电压互感器的二次侧额定电压均（ D ）V。

    A. 220
    B. 380
    C. 36
    D. 100

55. 电力系统电流互感器的二次侧额定电流均（ C ）A。

    A. 220
    B. 380
    C. 5
    D. 100

56. 互感器的二次绕组必须一端接地，其目的是（ D ）。

    A. 提高测量精度
    B. 确定测量范围
    C. 防止二次过负荷
    D. 保证人身安全

57. 运行中的电压互感器，为避免产生很大的短路电流而烧坏互感器，要求互感器（ D ）。

    A. 必须一点接地
    B. 严禁过负荷
    C. 要两点接地
    D. 严禁二次短路

58. 测量额定电压为 1kV 以上的变压器线圈的绝缘电阻时，必须使用（ D ）V 的兆欧表。

A. 500　　　　　　　B. 1000　　　　　　C. 1500　　　　　　D. 2500

59. 测量 10kV 以上变压器绕组绝缘电阻，采用（ A ）V 兆欧表。
A. 2500　　　　　　B. 500　　　　　　　C. 1000　　　　　　D. 1500

60. 电流互感器正常工作时二次侧回路可以（ B ）。
A. 开路　　　　　　B. 短路　　　　　　C. 装熔断器　　　　D. 接无穷大电阻

61. 变压器主绝缘击穿的修理步骤为：更换绝缘、烘干器身和（ B ）。
A. 绑扎
B. 灌入合格的变压器油
C. 焊接引线
D. 修好接地片

62. 只能作为变压器的后备保护的是（ B ）保护。
A. 瓦斯　　　　　　B. 过电流　　　　　C. 差动　　　　　　D. 过负荷

63 若在变压器的高压套管侧发生相间短路，则应动作的是（ C ）保护。
A. 瓦斯　　　　　　B. 重瓦斯　　　　　C. 电流速断　　　　D. 轻瓦斯

64. 为了保证叠片质量和提高工作效率，可采用定位棒，以圆孔定位。定位棒的直径比孔小（ B ），而比绝缘管直径大 1～2mm。
A. 0.5～1mm　　　B. 1～2mm　　　　C. 2～3mm　　　　D. 3～5mm

65. 铁芯压紧的工序必须（ C ）进行。
A. 由左边向右边
B. 由右边向左边
C. 由中部向两边
D. 由两边向中部

66. 为了调压，常在（ B ）上抽若干分接头。
A. 低压绕组　　　　B. 高压绕组　　　　C. 高低压绕组

67. 变压器器身测试应在器身温度为（ B ）以上时进行。
A. 0℃　　　　　　B. 10℃　　　　　　C. 25℃

68. 若变压器带感性负载，从轻载到重载，其输出电压将会（ B ）。
A. 升高　　　　　　B. 降低　　　　　　C. 不变

69. 当必须从使用着的电流互感器上拆除电流表时，应首先将互感器为二次侧可靠（ B ），然后才能把仪表连接线拆开。
A. 断路　　　　　　B. 短路　　　　　　C. 接地

70. 设变压器二次电压有效值为 U_2，则单相全控桥式整流电路中的晶闸管可能承受的最大反向电压为（ B ）。
A. $\sqrt{2}U_2/2$　　　B. $\sqrt{2}U_2$　　　　C. $2\sqrt{2}U_2$

71. 互感电动势的大小正比于（ D ）。
A. 本线圈电流的变化量
B. 另一线圈电流的变化量
C. 本线圈电流的变化率
D. 另一线圈电流的变化率

72. 互感器线圈的极性一般根据（ D ）来判定。
A. 右手定则　　　　B. 左手定则　　　　C. 楞次定律　　　　D. 同名端

73. 大型变压器为充分利用空间，常采用（ C ）截面。
A. 方形　　　　　　B. 长方形　　　　　C. 阶梯形　　　　　D. 圆形

74. 变压器内清洗时，油箱及铁芯等处的油泥可用铲刀刮除，再用布擦干净，然后用变压器油冲洗。不能用（ D ）刷洗。
A. 机油　　　　　　B. 强流油　　　　　C. 煤油　　　　　　D. 碱水

75. 变压器耐压试验时，电压持续时间为（ A ）min。
A. 1　　　　　　　B. 2　　　　　　　　C. 3　　　　　　　　D. 5

76. 对于密封圈等橡胶制品，可用（ C ）清洗。
A. 汽油　　　　　　B. 水　　　　　　　C. 酒精　　　　　　D. 润滑油

77. 一台 800kV·A 的配电变压器一般应配备（ C ）保护。
A. 差动、过流　　　B. 过负荷　　　　　C. 过电流、瓦斯　　D. 差动

78. 若发现变压器油温度比平时相同负载及散热条件下高（B）℃以上时，应考虑变压器内部已发生了故障。

    A. 5　　　　　　　B. 10　　　　　　　C. 15　　　　　　　D. 20

79. 变压器油中水分增加可使油的介质损耗（B）。

    A. 降低　　　　　　B. 增加　　　　　　C. 不变　　　　　　D. 恒定

80. 利用试验法测得变压器高、低压侧的相电阻之差与三相电阻平均值之比超过4%，则可能的故障是（A）。

    A. 匝间短路　　　　B. 高压绕组断路　　C. 分接开关损坏　D. 引线铜皮与瓷瓶导管断开

81. 大型变压器为充分利用空间，常采用（C）截面。

    A. 方形　　　　　　B. 长方形　　　　　C. 阶梯形　　　　　D. 圆形

82. 为防止电力变压器油劣化过速，一般规定上层油温不超过（C）。

    A. 75℃　　　　　　B. 80℃　　　　　　C. 85℃　　　　　　D. 105℃

83. 电力变压器油中含有0.004%水分时，其绝缘强度降低（A）。

    A. 50%　　　　　　B. 60%　　　　　　C. 65%　　　　　　D. 70%

84. 变压器温度上升，绝缘电阻会（B）。

    A. 增大　　　　　　B. 降低　　　　　　C. 不变　　　　　　D. 成比例增大

85. 额定电压为1kV·A以上的变压器绕组，在测量绝缘电阻时，必须用（B）。

    A. 1000V兆欧表　　B. 2500V兆欧表　　C. 500V兆欧表　　　D. 200V兆欧表

86. 变压器装设的差动保护，对变压器来说一般要求是（C）。

    A. 所有变压器均装　　　　　　　　　B. 视变压器的使用性质而定
    C. 1500kV·A以上的变压器要装设　　D. 8000kV·A以上的变压器要装设

87. 油浸式变压器装有气体继电器时，顶盖应沿气体继电器方向的升高坡度为（B）。

    A. 1%以下　　　　B. 1%～1.5%　　　C. 2%～4%　　　　D. 4%～6%

88. 变压器油中含微量汽泡会使油的绝缘强度（D）。

    A. 增大　　　　　　B. 升高　　　　　　C. 不变　　　　　　D. 下降

89. 一台降压变压器，如果一次绕组和二次绕组同用一样材料和同样截面积的导线绕制，在加压使用时，将出现（B）。

    A. 两绕组发热量一样　　　　　　　　B. 二次绕组发热量较大
    C. 一次绕组发热量较大　　　　　　　D. 二次绕组发热量较小

90. 220kV及以上变压器新油电气绝缘强度为（C）kV以上。

    A. 30　　　　　　　B. 35　　　　　　　C. 40　　　　　　　D. 45

91. 变压器大盖坡度标准为（A）。

    A. 1%～1.5%　　　B. 1.5%～2%　　　C. 2%～4%　　　　D. 2%～3%

92. 变压器负载增加时，将出现（C）。

    A. 一次侧电流保持不变　　　　　　　B. 一次侧电流减小
    C. 一次侧电流随之相应增加　　　　　D. 二次侧电流不变

93. 采用一台三相三柱式电压互感器，接成Y-Y0形接线，该方式能进行（B）。

    A. 相对地电压的测量　　　　　　　　B. 相间电压的测量
    C. 电网运行中的负荷电流监视　　　　D. 负序电流监视

94. 变压器气体继电器内有气体，信号回路动作，取油样化验，油的闪点降低，且油色变黑并有一种特殊的气味，这表明变压器（B）。

    A. 铁芯接片断裂　　　　　　　　　　B. 铁芯片局部短路与铁芯局部熔毁
    C. 铁芯之间绝缘损坏　　　　　　　　D. 绝缘损坏

95. 变压器并联运行的理想状况：空载时，并联运行的各台变压器绕组之间（D）。

    A. 无位差　　　　　B. 同相位　　　　　C. 连接组别相同　　D. 无环流

96. 在一台Y/△-11接线的变压器低压侧发生AB相两相短路，星形侧某相电流为其他两相短路电流的两倍，该相为（A）。

    A. A相   B. B相   C. C相

97. 变压器中性点消弧线圈的目的是（C）。

    A. 提高电网的电压水平   B. 限制变压器故障电流

    C. 补偿网络接地时的电容电流   D. 消除潜供电流

98. 变压器二次侧向负荷供电，如用短路电压小于7.5%的变压器以及直接与用户连接的变压器，其二次侧额定电压高出用电设备电压（A）。

    A. 5%   B. 10%   C. −5%   D. −7.5%

99. 自耦变压器中性点必须接地，这是为了避免高压侧电网内发生单相接地故障时（A）。

    A. 中压侧出现过电压   B. 高压侧出现过电压

    C. 高、中压侧都出现过电压   D. 低压侧出现过电压

100. 配电变压器低压侧中性点接地电阻值应（B）。

    A. 不小于10Ω   B. 不大于10Ω

    C. 不小于4Ω   D. 不大于4Ω

101. 对于35kV以上的电力变压器，为提高过电流保护的灵敏度，要求过电流保护接成（D）。

    A. 两相不完全星接   B. 单相接法加中性线电流继电器

    C. 两相差接   D. 三相星接或两相星接加中性线电流继电器

102. 变压器过电流保护的灵敏系数不小于（D）。

    A. 1.0   B. 1.2   C. 1.3   D. 1.5

103. 一般变压器过电流保护的动作值是额定电流的（B）。

    A. 1.0～1.4倍   B. 1.5～2.5倍   C. 2.5～3倍   D. 3～3.5倍

104. 电流互感器二次回路中，若电流回路表计指示负荷时有时无，可能是回路处于（A）状态。

    A. 开路   B. 半开路   C. 短路   D. 断路

105. 二次回路铜芯控制电缆连接强电端子的芯线最小截面积不应（D）。

    A. >0.5mm²   B. <0.5mm²   C. >1.5mm²   D. <1.5mm²

106. 测量6kV配电变压器的绝缘电阻应选用（D）的兆欧表。

    A. 250V   B. 500V   C. 1000V   D. 2500V

107. 测量电气设备的吸收比，能正确反映设备的（C）。

    A. 匝间短路   B. 线圈断线故障   C. 受潮情况   D. 质量

108. 对新装电力变压器，当绝缘温度在10～30℃时，3kV等级变压器的吸收比应不低于（B）。

    A. 1.1   B. 1.2   C. 1.3   D. 1.0

109. 主变压器交接时，在同一组抽头测得的直流电阻值相互间差值与出厂原始数据相比不宜超过（D）。

    A. 0.2%   B. 0.5%   C. 1.5%   D. 2%

110. 在10～30℃时，主变大修后的绕组的吸收比应在（B）之间。

    A. 1～1.3   B. 1.3～2   C. 1.1～1.5   D. 1.2～1.5

111. 配电变压器大修，额定电压500V以下绕组的绝缘电阻标准为（C）。

    A. 0.5MΩ   B. 3MΩ   C. 10MΩ   D. 30MΩ

112. 主变压器交接时绕组连同套管的交流耐压标准为出厂时的（C）。

    A. 50%   B. 75%   C. 85%   D. 100%

113. 采用电压互感器或站用变压器供给操作电源时，只适用于正常运行或接近正常运行的情况，不适用于发生短路事故情况，和电流互感器（C）。

    A. 相同   B. 接近   C. 相反   D. 有相同点又有不同点

114. 采用电压互感器和站用变压器供给操作电源适用于（A）的情况。

    A. 正常运行或接近正常运行   B. 发生短路

C. 紧急　　　　　　　　　　　　　　　　D. 过电流

115. 电流互感器经速饱和变流器输出（C）电压。

A. 直流　　　　　　　　　　　　　　　　B. 直流中带有少量交流成分

C. 交流　　　　　　　　　　　　　　　　D. 脉冲

116. 变压器的不解体小修时，容量在（D）以下，电压在10kV以下者每年进行一次。

A. 800kV·A　　　B. 1000kV·A　　　C. 1500kV·A　　　D. 1800kV·A

117. 变压器解体后，如没有异常，应进行的试验不包括（D）。

A. 绝缘电阻测定　　B. 电压比试验　　C. 无负荷试验　　D. 直流泄漏测定

118. 变压器的吊芯一般应在良好天气，相对湿度不大于（B），并且在清洁场所进行。

A. 70%　　　　　B. 75%　　　　　C. 60%　　　　　D. 65%

119. 变压器组装完毕后，应做油压试验（C），各部位接合面密封衬垫及焊缝应无渗漏。

A. 5min　　　　　B. 10min　　　　C. 15min　　　　D. 20min

120. 变压器内部发出放电的"噼啪"声可能是（A）。

A. 内部绝缘击穿　　B. 个别零件松动　　C. 过负荷　　　　D. 铁磁谐振

121. 变压器线圈干燥后，浸漆前在空气中的停留时间不应超过（D）。

A. 16h　　　　　B. 8h　　　　　　C. 24h　　　　　D. 12h

122. 变压器干燥处理时，必须对线圈和油箱的温度进行监视，线圈的温度不得超过（C）。

A. 70～80℃　　　B. 85～100℃　　C. 95～105℃　　D. 90～110℃

123. 变压器具有（C）的功能。

A. 变频　　　　　　　　　　　　　　　　B. 变换阻抗

C. 变压、变流、变换阻抗　　　　　　　　D. 变换功率

124. 变压器的主要结构包括（D）。

A. 铁芯　　　　　　　　　　　　　　　　B. 绕组

C. 辅助部件　　　　　　　　　　　　　　D. 铁芯绕组和辅助部件

125. 变压器铁芯必须（A）。

A. 一点接地　　　B. 两点接地　　　C. 多点接地　　　D. 不接地

126. 变压器运行时的声音是（B）。

A. 断断续续的"嗡嗡"声　　　　　　　　B. 连续均匀的"嗡嗡"声

C. 时大时小的"嗡嗡"声　　　　　　　　D. 无规律的"嗡嗡"声

127. 通过变压器的（D）数据可求得变压器的阻抗电压。

A. 空载试验　　　B. 交流耐压试验　　C. 直流耐压试验　　D. 短路试验

128. 配电变压器在运行中油的击穿电压应（D）kV。

A. 小于5　　　　　B. 小于10　　　　C. 小于15　　　　D. 大于20

129. 有一变压器铭牌为SL-1000/10，它表示（A）变压器。

A. 高压侧为10kV的三相　　　　　　　　B. 高压侧为10kV的两相

C. 容量1000kV·A的铜绕组　　　　　　　D. 变比为100的三相

130. 对于高、低压绕组均为Y形接线的三相变压器，根据原副绕组相序不同其接线组别可以有（C）。

A. 3种　　　　　B. 4种　　　　　　C. 6种　　　　　D. 12种

131. 运行中的电压互感器发出臭味并冒烟应（D）。

A. 注意通风　　　B. 监视运行　　　C. 放油　　　　　D. 停止运行

132. 三绕组电压互感器辅助二次绕组应接成（A）。

A. 开口三角形　　B. 三角形　　　　C. 星形　　　　　D. 三角形和星形

133. 电压互感器与电流互感器在运行中，其二次绕组（B）。

A. 前者不允许开路，后者不允许短路　　　B. 前者不允许短路，后者不允许开路

C. 均不许短路　　　　　　　　　　　　　D. 均不许开路

134. 变压器负载试验时，其二次绕组短路，一次绕组分接头应放在（B）位置。
   A. 最大　　　　　　　B. 额定　　　　　　　C. 最小　　　　　　　D. 任意

135. 变压器油应无气味，若感觉有酸味时，说明（D）。
   A. 油干燥时过热　　　　　　　　　　　B. 油内水分含量高
   C. 油内产生过电弧　　　　　　　　　　D. 油严重老化

136. 已知理想变压器的一次绕组匝数为160匝，二次绕组匝数为40匝，则接在二次绕组上的 1kΩ 电阻等效到一次侧后，其阻值为（B）。
   A. 4kΩ　　　　　　　B. 16kΩ　　　　　　C. 1kΩ

137. 若发现变压器油温比平时相同负载及散热条件下高（C）以上时，应考虑变压器内部已发生了故障。
   A. 5℃　　　　　　　B. 20℃　　　　　　C. 10℃

138. 将变压器的一次侧绕组接交流电源，二次侧绕组与线路（B）连接，这种运行方式称为变压器空载运行。
   A. 短路　　　　　　　B. 开路　　　　　　C. 断路　　　　　　D. 通路

139. 当配电变压器三相输入电压不平衡率大于（D）时会对系统产生不良影响。
   A. ±5%　　　　　　　B. ±3%　　　　　　C. 5%　　　　　　　D. 3%

第16章　线路

1. 电力电缆不得过负荷运行，在事故情况下，10kV以下电缆只允许连续（C）运行。
   A. 1h过负荷35%　　　B. 1.5h过负荷20%　　C. 2h过负荷15%

2. 低压电缆的屏蔽层要（D），外面要有层，以防与其他接地线接触相碰。
   A. 接零　　　　　　　B. 绝缘　　　　　　C. 接地　　　　　　D. 一端接地

3. 电缆中间接头的接地线，应使用截面积不小于（C）的裸铜软线。
   A. 10mm²　　　　　　B. 10～16mm²　　　　C. 25mm²　　　　　D. 16～15mm²

4. 制作35kV铅套管式中间接头时，由接头中心向两侧各量（A）距离作为剖铅记号。
   A. 200mm　　　　　　B. 250mm　　　　　　C. 325mm　　　　　　D. 450mm

5. 220kV架空线路，大多采用铁塔架设，每个支持点上用（D）个以上悬式瓷瓶串联来支持导线。
   A. 13　　　　　　　　B. 12　　　　　　　C. 11　　　　　　　D. 9

6. 工厂区低压架空线路的对地距离应不低于（B）。
   A. 4.5m　　　　　　　B. 6.0m　　　　　　C. 7.5m

7. 对36V电压线路的绝缘电阻，要求不小于（C）。
   A. 0.036MΩ　　　　　B. 0.22MΩ　　　　　C. 0.5MΩ

8. 如果线路上有人工作，停电作业时应在线路开关和刀闸操作手柄上悬挂（B）的标志牌。
   A. 止步，高压危险　　B. 禁止合闸，线路有人工作　　C. 在此工作

9. 1kV及以下架空线路通过居民区时，导线与地面的距离在导线最大弛度时，应不小于（B）。
   A. 5m　　　　　　　　B. 6m　　　　　　　C. 7m

10. 当某一电力线路发生接地，距接地点愈近，跨步电压（C）。
   A. 不变　　　　　　　B. 愈低　　　　　　C. 愈高

11. 直流小母线和控制盘的电压小母线，在断开其他连接支路时，绝缘电阻应不小于（A）Ω。
   A. 10M　　　　　　　B. 20M　　　　　　C. 30M　　　　　　D. 50M

12. 当线圈中的电流（A）时，线圈两端产生自感电动势。
   A. 变化时　　　　　　B. 不变时　　　　　C. 很大时　　　　　D. 很小时

13. 线路的过电流保护是保护（C）的。
   A. 开关　　　　　　　B. 变流器　　　　　C. 线路　　　　　　D. 母线

14. 电力电缆的终端头金属外壳（A）。

A. 必须接地　　　　　B. 在配电盘装置一端须接地　　　C. 在杆上须接地

15. 当距离保护的Ⅰ段动作时，说明故障点在（A）。
　　A. 本线路全长的85％范围以内　　　　B. 线路全长范围内
　　C. 本线路的相邻线路　　　　　　　　D. 本线路全长的50％以内

16. 四分裂导线子导线间的间距一般为（A）cm。
　　A. 40～45　　　　B. 50　　　　　　C. 60　　　　　　D. 80

17. 电力线路无论是空载、负载还是故障时，线路断路器（A）。
　　A. 均应可靠动作　　B. 空载时无要求　　C. 负载时无要求　　D. 故障时不一定动作

18. 铜线比铝线的机械性能（A）。
　　A. 好　　　　　　　B. 差　　　　　　C. 一样　　　　　　D. 稍差

19. 为避免电晕发生，规范要求110kV线路的导线截面积最小是（B）mm²。
　　A. 50　　　　　　　B. 70　　　　　　C. 95　　　　　　D. 120

20. 当不接地系统的电力线路发生单相接地故障时，在接地点会（D）。
　　A. 产生一个高电压　　　　　　　　　B. 通过很大的短路电流
　　C. 通过正常负荷电流　　　　　　　　D. 通过电容电流

21. LGJ-95～150型导线应选配的倒装式螺栓耐张线夹型号为（C）。
　　A. NLD-1　　　　　B. NLD-2　　　　C. NLD-3　　　　D. NLD-4

22. 油浸纸绝缘钢管充油电缆的使用电压范围是（A）。
　　A. 110～750kV　　B. 35kV以下　　　C. 110～220kV　　D. 220kV

23. 高压油断路器的油起（A）作用。
　　A. 灭弧和绝缘　　　B. 绝缘和防锈　　C. 绝缘和散热　　D. 灭弧和散热

24. 带电水冲洗220kV变电设备时，水电阻率不应小于（C）Ω·cm。
　　A. 1500　　　　　　B. 2000　　　　　C. 3000　　　　　D. 5000

25. 污秽等级的划分，根据（B）。
　　A. 运行经验决定　　B. 污秽特征，运行经验，并结合盐密值三个因素综合考虑决定
　　C. 盐密值的大小决定　　D. 大气情况决定

26. 直流高压送电和交流高压送电的线路走廊相比（A）。
　　A. 直流走廊较窄　　B. 交流走廊较窄　　C. 两种走廊同样　　D. 直流走廊要求高

27. 如果送电线路发生永久性故障，继电保护和断路器同时出现失灵，未能重合，造成线路断电，这种事故的检查，核验单位应是（D）。
　　A. 继电保护或断路器（开关）管理单位　　B. 线路管理单位
　　C. 运行管理单位　　D. 线路管理单位和继电保护及断路器管理单位

28. 人字抱杆的根开即人字抱杆两脚分开的距离，应根据对抱杆强度和有效高度的要求进行选取，一般情况下根据单根抱杆的全长 L 来选择，其取值范围为（C）。
　　A. (1/8～1/6) L　　B. (1/6～1/5) L　　C. (1/4～1/3) L　　D. (1/2～2/3) L

29. 横线路临时拉线地锚位置应设置在杆塔起立位置的两侧，其距离应大于杆塔高度的（D）倍。
　　A. 0.8　　　　　　　B. 1　　　　　　　C. 1.1　　　　　　D. 1.2

30. 220kV有架空地线的送电线路，其大跨越中央的耐雷水平不宜低于（D）。
　　A. 30～60kA　　　　B. 90kA　　　　　C. 80～110kA　　　D. 120kA

31. 耐张段内挡距愈小，过牵引应力（B）。
　　A. 增加愈少　　　　B. 增加愈多　　　C. 不变　　　　　D. 减少愈少

32. 钢芯铝绞线的塑性伸长对弧垂的影响，一般用降温法补偿，降低的温度为（B）。
　　A. 10～15℃　　　　B. 15～20℃　　　C. 20～25℃　　　D. 25～30℃

33. 单支避雷针的有效高度为20m时，被保护物的高度为10m，保护物的保护半径为（B）m。
　　A. 12.1　　　　　　B. 10.7　　　　　C. 9.4　　　　　　D. 9.3

34. 采用普通水泥混凝土其标号为150浇注的基础，养护时期的日平均气温为15℃。要进行整

体立塔或紧线时，混凝土基础最少养护天数不得少于（ B ）天。
    A. 28   B. 35   C. 45   D. 50

35. 引起输电线路微风振动的基本因素是（ D ）。
    A. 风速   B. 挡距   C. 应力   D. 均匀稳定的微风

36. 线路运行绝缘子发生闪路的原因是（ D ）。
    A. 表面光滑   B. 表面毛糙   C. 表面潮湿   D. 表面污湿

37. 架空线路导线最大使用应力不可能出现的气象条件是（ A ）。
    A. 最高气温   B. 最大风速   C. 最大覆冰   D. 最低气温

38. LJ-95 型导线使用钳接续管接续时，钳压坑数为（ A ）。
    A. 8   B. 10   C. 12   D. 14

39. 浇制铁塔基础的立柱倾斜误差应不超过（ D ）。
    A. 4%   B. 3%   C. 2%   D. 1%

40. 架空送电线路施工及验收规范规定，杆塔基础坑深的允许负误差是（ C ）。
    A. －100mm   B. －70mm   C. －50mm   D. －30mm

41. 当距离保护的Ⅰ段动作时，说明故障点在（ A ）。
    A. 本线路全长的 85% 范围以内   B. 线路全长范围内
    C. 本线路的相邻线路   D. 本线路全长的 50% 以内

42. 铜线比铝线的机械性能（ A ）。
    A. 好   B. 差   C. 一样   D. 稍差

43. 电力线路无论是空载、负载还是故障时，线路断路器（ A ）。
    A. 均应可靠动作   B. 空载时无要求   C. 负载时无要求   D. 故障时不一定动作

44. 相同长度的绝缘子串 50% 全波冲击闪络电压较高的是（ A ）。
    A. 防污型瓷绝缘子 B. 复合绝缘子   C. 钢化玻璃绝缘子 D. 普通型瓷绝缘子

45. 某一基耐张塔，共需安装绝缘子 450 片，如考虑材料损耗，备料数量应为（ B ）。
    A. 450 片   B. 455 片   C. 459 片   D. 500 片

46. 在输电线路基础现浇施工中，要求水泥的初凝时间不得早于（ A ）。
    A. 45min   B. 55min   C. 1h   D. 1.2h

47. 抱杆座落点的位置，即抱杆脚落地点至整立杆塔支点的距离可根据抱杆的有效高度 h 选择，其取值范围为（ A ）。
    A. 0.2～0.4h   B. 0.4～0.6h   C. 0.6～0.8h   D. 0.8～0.9h

48. 防污绝缘子之所以防污闪性能较好，主要是因为（ B ）。
    A. 污秽物不易附着 B. 泄漏距离较大   C. 憎水性能较好   D. 亲水性能较好

49. 杆塔承受的导线重量为（ B ）。
    A. 杆塔相邻两挡导线重量之和的一半
    B. 杆塔相邻两挡距弧垂最低点之间导线重量之和
    C. 杆塔两侧相邻杆塔间的导线重量之和   D. 杆塔两侧相邻杆塔间的大挡距导线重量

50. 用倒落式抱杆整立杆塔时，抱杆失效角指的是（ C ）。
    A. 抱杆脱帽时抱杆与地面的夹角   B. 抱杆脱帽时牵引绳与地面的夹角
    C. 抱杆脱帽时杆塔与地面的夹角   D. 抱杆脱帽时杆塔与抱杆的夹角

51. 架空避雷线对送电线路的外侧导线的保护角，一般要求（ B ）。
    A. 5°～15°   B. 20°～30°   C. 35°～40°   D. 40°～45°

52. 当电杆起立至（ D ）时，应放松制动钢丝绳，使杆根正确地进入底盘槽内。
    A. 30°～40°   B. 40°～45°   C. 50°～60°   D. 60°～65°

53. 大于 60° 转角杆塔的预倾值按杆塔高度的（ C ）调整为宜。
    A. 2‰   B. 3‰   C. 5‰   D. 7‰

54. 张力放线、紧线的施工区段只能在（ A ）范围内进行。

A. 5～8km　　　　　　B. 8～12km　　　　　C. 12～15km　　　　D. 15～19km

55. 埋设紧线地锚，地锚位置应设置稍远些，并使紧线牵引绳对地夹角小于（ B ）。
　　A. 30°　　　　　　　B. 45°　　　　　　　C. 60°　　　　　　　D. 65°

56. 中性点经消弧线圈接地系统在运行中多采用（ A ）方式。
　　A. 过补偿　　　　　B. 欠补偿　　　　　C. 全补偿　　　　　D. 中性点外加电容补偿

57. 钢模板板材一般采用（ D ）mm厚的钢板制作。
　　A. 0.5～1　　　　　B. 1～1.5　　　　　C. 1.5～2　　　　　D. 2～2.5

58. 带电水冲洗悬式绝缘子串、瓷横担、耐张绝缘子串时，应从（ B ）依次冲洗。
　　A. 横担侧向导线侧　B. 导线侧向横担侧　C. 中间向两侧　　　D. 两侧向中间

59. 同杆并架线路，在一条线路两侧三相断路器跳闸后，存在（ C ）电流。
　　A. 助增　　　　　　B. 汲入　　　　　　C. 潜供　　　　　　D. 零序

60. 中性点经消弧线圈接地系统发生单相完全接地时，接地相对地电压（ A ）。
　　A. 变为零　　　　　B. 不变　　　　　　C. 升高　　　　　　D. 无法确定

61. 中性点经消弧线圈接地，如果感性电流大于容性电流，则（ A ）。
　　A. 过补偿　　　　　B. 欠补偿　　　　　C. 完全补偿　　　　D. 不补偿

62. 计算短路电流时，必须知道电力系统中各元件的（ D ）值。
　　A. 电流　　　　　　B. 电压　　　　　　C. 电阻　　　　　　D. 电抗

63. 电力系统短路电流的计算多采用近似计算方法，一般误差为（ B ）。
　　A. 5％～10％　　　B. 10％～15％　　　C. 15％～20％　　　D. 20％～25％

64. （ B ）的电流和电压，广泛应用对称分量法计算。
　　A. 对称短路　　　　B. 不对称短路　　　C. 两相短路　　　　D. 单相短路

65. 当架空线路导线水平排列时，中间一相导线的电晕临界电压将减少（ C ）。
　　A. 2％　　　　　　　B. 3％　　　　　　　C. 4％　　　　　　　D. 5％

66. 水平排列导线时，两边相电晕临界电压比将增大（ C ）。
　　A. 2％　　　　　　　B. 4％　　　　　　　C. 6％　　　　　　　D. 8％

67. 导线在弧垂最低点的最大应力均应按不超过瞬时破坏应力的（ C ）验算。
　　A. 40％　　　　　　B. 50％　　　　　　C. 60％　　　　　　D. 80％

68. 电力电缆的闪络性故障应选用（ D ）测量。
　　A. 电桥法　　　　　B. 感应法　　　　　C. 脉冲反射示波器　D. 脉冲振荡示波器

69. 电力电缆芯线直流电阻测量无法判断电缆（ B ）。
　　A. 标称截面是否符合要求　　　　　　　B. 绝缘电阻是否符合要求
　　C. 单线有无断裂现象　　　　　　　　　D. 产品长度是否准确

70. 接地电阻测试仪使用时，电位探针 P′、电流探针 C′和接地极 E′的位置关系为（ D ）。
　　A. C′和 P′与 E′均距 40m　　　　　　B. C′和 P′与 E′均距 20m
　　C. C′与 E′距 20m，P′与 E′距 40m　　D. C′与 E′距 40m，P′与 E′距 20m

71. 采用分离法测量变电所接地网的接地电阻时，只要把电流极打在离地网中心（ D ）地网对
角线长度处，即可把测量误差控制在大约−10％范围内。
　　A. 2倍　　　　　　B. 3倍　　　　　　C. 4倍　　　　　　D. 5倍

72. 电力电缆的大修周期为（ D ）。
　　A. 1年　　　　　　B. 2年　　　　　　C. 1～2年　　　　　D. 1年半至2年

73. 电力电缆的小修项目不包括（ C ）。
　　A. 摇测绝缘电阻　　　　　　　　　　　B. 清擦电缆终端头及时处理渗油
　　C. 清除接线鼻子氧化层　　　　　　　　D. 检查接地线，检查外包绝缘

74. 电缆路径仪是闪测仪的配套设备，主要用于测量埋地电缆的（ D ）。
　　A. 具体位置　　　　B. 方向　　　　　　C. 距离波形　　　　D. 走向和深度

75. 用音频电流感应法精测电缆故障点的位置适用于探测故障电阻小于（ C ）的低阻故障。

A. 3Ω   B. 5Ω   C. 10Ω   D. 12Ω

76. DGC-711 型闪测仪寻测电缆故障时，采用的低压脉冲法适用于（B）测量。
     A. 闪络性故障和电阻值极高的故障   B. 低阻短路故障
     C. 高阻泄漏故障和一般高阻故障   D. 电感冲闪时波形不好的场所

77. 35kV 及以上的电力线路且故障概率较高的长线路和主变不需要经常操作的变电所，适用于（C）主接线。
     A. 单母线式   B. 外桥式   C. 内桥式   D. 桥式

78. 考虑到重要负荷供电连续性的高度要求，为适应带负荷操作，10kV、6kV 母线分段处应装设（C）。
     A. 隔离开关   B. 负荷开关   C. 断路器   D. 跌落式熔断器

79. 我国 3～10kV 系统，大多采用（A）的运行方式。
     A. 中性点不接地   B. 中性点经消弧线圈接地
     C. 中性点直接接地   D. 中性点经避雷器接地

80. 在中性点经消弧线圈接地系统中，当接地电容电流大于通过消弧线圈电感电流时，称为（C）。
     A. 全补偿   B. 过补偿   C. 欠补偿   D. 补偿

81. 1kV 以下中性点接地系统中的用户设备应采用（D）。
     A. 保护接地   B. 工作接地   C. 垂直接地   D. 保护接零

82. 电力变压器的中性点接地属于（A）接地。
     A. 工作   B. 保护   C. 过电压保护   D. 保护接零

83. 在三相四线制线路中，某设备若不带电的金属外壳同时与大地和零线作电气连接，则该种接法叫（D）。
     A. 保护接地   B. 工作接地   C. 保护接零   D. 保护接零和重复接地

84. 在三相四线制供电系统中，中性线是（B）装熔断器的。
     A. 可以   B. 不可以   C. 必要时可以   D. 必须

85. 接地线应采用多股软铜线，其截面应符合短路电流的要求，但不得小于（B）。
     A. 16mm²   B. 25mm²   C. 35mm²   D. 50mm²

86. 接地体的连接应采用搭接焊，其扁钢的搭接长度应为（A）。
     A. 扁钢宽度的 2 倍并三面焊接   B. 扁钢宽度的 3 倍
     C. 扁钢宽度的 2.5 倍   D. 扁钢宽度的 1.5 倍

87. 电气控制原理图分为（A）两部分。
     A. 主电路、辅助电路   B. 控制电路、保护电路
     C. 控制电路、信号电路   D. 信号电路、保护电路

88. 电气控制原理图中辅助电路的标号用（C）标号。
     A. 文字   B. 图形   C. 数字   D. 其他

89. 电气安装图中的外围框线用（C）表示。
     A. 粗实线   B. 细实线   C. 点划线
     D. A、B、C 三种形式均可

90. 绘制电气控制线路安装接线图时，图中电气元件的文字符号和数字标号应和（B）一致。
     A. 接线示意图   B. 电气原理图   C. 电气布置图   D. 实物

91. 提高输电电压可以减少输电线中的（D）。
     A. 功率损耗   B. 电压降   C. 无功损耗   D. 功率损耗和电压降

第 17 章 相关知识

1. 用于供人升降用的超重钢丝绳的安全系数为（B）。
     A. 10   B. 14   C. 5～6   D. 8～9

2. 对触电伤员进行单人抢救，采用胸外按压和口对口人工呼吸同时进行，其节奏为（D）。
   A. 每按压 5 次后吹气 1 次　　　　　　B. 每按压 10 次后吹气 1 次
   C. 每按压 15 次后吹气 1 次　　　　　　D. 每按压 15 次后吹气 2 次
3. 扑灭室内火灾最关键的阶段是（B）。
   A. 猛烈阶段　　　　B. 初起阶段　　　　C. 发展阶段　　　　D. 减弱阶段
4. 起重钢丝绳，安全系数是（B）。
   A. 4～5　　　　　　B. 5～6　　　　　　C. 8～10　　　　　D. 17
5. 戴绝缘手套进行操作时，应将外衣袖口（A）。
   A. 装入绝缘手套中　　B. 卷上去　　　　C. 套在手套外面
6. 某线路开关停电检修，线路侧旁路运行，这时应该在该开关操作手把上悬挂（C）的标示牌。
   A. 在此工作　　　　B. 禁止合闸　　　　C. 禁止攀登、高压危险
7. 设计电路控制原理图时，对于每一部分的设计总是按主电路→控制电路→（A）→总体检查的顺序进行的。
   A. 联锁与保护　　　B. 照明电路　　　　C. 指示电路　　　　D. 保护电路
8. 电气控制设计的一般程序包括：拟订设计任务书、选择拖动方案与控制方式、设计电气控制原理图、（C）、和编写设计任务书。
   A. 设计电气任务书　B. 设计电气略图　　C. 设计电气施工图　D. 设计电气布置图
9. 根据选定的控制方案及方式设计系统原理图，拟订出各部分的主要（A）和技术参数。
   A. 技术要求　　　　B. 技术图纸　　　　C. 实施方案　　　　D. 工时定额
10. 电气控制电路设计应最大限度地满足（D）的需要。
    A. 电压　　　　　　B. 电流　　　　　　C. 功率　　　　　　D. 机械设备加工工艺
11. 维修电工在操作中，特别要注意（B）问题。
    A. 戴好安全防护用品　　　　　　　　　B. 安全事故的防范
    C. 带电作业　　　　　　　　　　　　　D. 安全文明生产行为
12. 重复接地的作用是降低漏电设备外壳的对地电压，减轻（B）断线时的危险。
    A. 地线　　　　　　B. 相线　　　　　　C. 零线　　　　　　D. 设备
13. （A）是最危险的触电形式。
    A. 两相触电　　　　B. 电击　　　　　　C. 跨步电压触电　　D. 单相触电
14. 磁尺主要参数有动态范围、精度、分辨率、其中动态范围为（C）。
    A. 1～40m　　　　B. 1～10m　　　　　C. 1～20m　　　　　D. 1～50m
15. 在载荷大，定心精度要求高的场合，宜选用（D）连接。
    A. 平键　　　　　　B. 半圆键　　　　　C. 销　　　　　　　D. 花键
16. 链传动的传动比一般不大于（C）。
    A. 4　　　　　　　B. 5　　　　　　　　C. 6　　　　　　　　D. 7
17. 一对直齿圆锥齿轮的正确啮合条件是（D）。
    A. $m_1 = m_2$
    C. $m_1 = m_2$, $a_1 = a_2$
    B. $a_1 = a_2$
    D. $m_1 = m_2 = m$, $a_1 = a_2 = a$
18. 在蜗杆传动中，蜗杆的横向截面的模数和蜗轮的（D）模数应相等。
    A. 纵向截面　　　　B. 横向截面　　　　C. 端面　　　　　　D. 法向截面
19. 机械设备中，轴承的常用润滑剂有（C）种。
    A. 1　　　　　　　B. 2　　　　　　　　C. 3　　　　　　　　D. 4
20. 液压传动的调节回路中起主要调节作用的液压元件是（C）。
    A. 液压泵　　　　　B. 换向阀　　　　　C. 溢流阀　　　　　D. 节流阀
21. 在我国，标准规定分度圆上的压力角为（B）。
    A. 10°　　　　　　B. 20°　　　　　　　C. 30°　　　　　　　D. 45°

22. 定轴轮系首、末两轮转速之比，等于组成该轮系的（B）之比。
    A. 所有主动轮齿数乘积与所有从动齿轮齿数乘积
    B. 所有被动轮齿数乘积与所有主动齿轮齿数乘积
    C. 任意两个主动轮和从动轮
    D. 中间惰轮齿数

23. 锥形轴与轮毂的键连接宜用（C）连接。
    A. 楔键　　　　　　B. 平键　　　　　　C. 半圆键　　　　　　D. 花键

24. 可以产生急回运动的平面连杆机构是（C）机构。
    A. 导杆　　　　　　B. 双曲柄　　　　　C. 曲柄摇杆　　　　　D. 双摇杆

25. 中心距较大，温度不高又要求传动平稳应采用（B）传动。
    A. 链　　　　　　　B. 带　　　　　　　C. 齿轮　　　　　　　D. 蜗杆

26. 7000E 表示（B）轴承。
    A. 推力球　　　　　B. 圆锥滚子　　　　C. 圆柱滚子　　　　　D. 调心滚子

27. 机械工业中常用的润滑剂主要有（B）大类。
    A. 2　　　　　　　　B. 3　　　　　　　C. 4　　　　　　　　D. 5

28. 内燃机中的曲柄滑块机构，应该是以（A）为主动件。
    A. 滑块　　　　　　B. 曲柄　　　　　　C. 内燃机　　　　　　D. 连杆

29. 套筒联轴器属于（A）联轴器。
    A. 刚性固定式　　　B. 刚性可移式　　　C. 弹性固定式　　　　D. 弹性可移式

30. 相同条件下，V带和平带相比，承载能力（C）。
    A. 平带强　　　　　B. 一样强　　　　　C. V带强约三倍　　　D. V带稍强

31. V带轮的材料最常采用（A）。
    A. 灰铸铁　　　　　B. 球磨铸铁　　　　C. 45钢　　　　　　　D. 青铜

32. 标准直齿圆柱齿轮分度圆直径 d、基圆直径 d_b 和压力角 α 三者的关系为（A）。
    A. $d_b = d\cos\alpha$　　B. $d = d_b\cos\alpha$　　C. $d_b = d\tan\alpha$　　D. $d = d_b\tan\alpha$

33. 要求传动比的稳定性较高的场合，宜采用（A）传动方式。
    A. 齿轮　　　　　　B. 皮带　　　　　　C. 链　　　　　　　　D. 蜗轮蜗杆

34. 两个轴的中心距离较大时，一般采用（B）传动方式。
    A. 齿轮　　　　　　B. 皮带　　　　　　C. 定传动比　　　　　D. 蜗轮蜗杆

35. 在载荷大，定心精度高要求的场合，宜选用（D）连接。
    A. 平键　　　　　　B. 半圆键　　　　　C. 销　　　　　　　　D. 花键

36. 链传动属于（B）传动。
    A. 摩擦　　　　　　B. 啮合　　　　　　C. 齿轮　　　　　　　D. 液压

37. 直齿圆柱齿轮工作时冲击、振动较严重的原因是（B）。
    A. 材料的硬度高　　　　　　　　　　　B. 齿面间存在滑动
    C. 突然啮合，突然脱离　　　　　　　　D. 材质不匹配

38. 在涡轮齿数不变的情况下，蜗杆头数越多，则传动比（A）。
    A. 越小　　　　　　B. 越大　　　　　　C. 不变　　　　　　　D. 不定

39. 改变轮系中相互啮合的齿轮数目可以改变（B）的转动方向。
    A. 主动轮　　　　　B. 从动轮　　　　　C. 主动轴　　　　　　D. 电动机转轴

40. 轴与轴承配合部分称为（A）。
    A. 轴颈　　　　　　B. 轴肩　　　　　　C. 轴头　　　　　　　D. 轴伸

41. 利用机械能来完成有用功或转换机械能的只有（B）。
    A. 机构　　　　　　B. 机器　　　　　　C. 构件　　　　　　　D. 零件

42. 在蜗杆传动中，蜗杆的齿轮不变情况下，蜗杆传动比越大，则头数（A）。
    A. 少　　　　　　　B. 大　　　　　　　C. 不变　　　　　　　D. 更大

43. 当机床设备的轴承圆周运动速度较高时，应采用润滑油润滑。下列（ C ）不是润滑油的润滑方式。

 A. 浸油润滑   B. 滴油润滑   C. 喷雾润滑   D. 润滑脂

44. 液压传动中容易控制的是（ A ）。

 A. 压力、方向和流量   B. 泄漏、噪声

 C. 冲击、振动   D. 温度

45. 铰接四杆机构有曲柄的条件有（ B ）个。

 A. 1   B. 2   C. 3   D. 4

46. 链传动两轮的转数比与两轮的齿数成（ B ）。

 A. 正比   B. 反比   C. 平方比   D. 立方比

47. 利用轴交叉传动的联轴器可选用（ C ）联轴器。

 A. 固定式   B. 弹性   C. 十字滑块   D. 方向

48. 简单的自动生产流水线，一般采用（ C ）控制。

 A. 顺序   B. 反馈   C. 前部顺序控制，后部用反馈

 D. 前部反馈控制，后部顺序

49. 进口设备标牌上的英文词汇 "resolver" 的中文意思是（ D ）。

 A. 变压器   B. 电流互感器   C. 自整角机变压器 D. 旋转变压器

50. 进口电气设备标牌上的英文词汇 "milling machine" 的中文意思是（ A ）。

 A. 数控铣   B. 数控车   C. 控制板   D. 控制装置

51. 计算机控制系统是依靠（ B ）来满足不同类型机床的要求的，因此具有良好的柔性和可靠性。

 A. 硬件   B. 软件   C. 控制装置   D. 执行机构

52. 测绘数控机床电气图时，在测绘之前准备好相关的绘图工具和合适的纸张，首先绘出（ C ）。

 A. 安装接线图   B. 原理图   C. 布置图   D. 接线布置图

53. 进口设备标牌上的英文词汇 "alarmev" 的中文意思是（ C ）。

 A. 蓄电池   B. 电位器   C. 报警器   D. 变流器

54. 采用数控技术改造旧机床，以下不宜采用的措施为（ D ）。

 A. 采用新技术   B. 降低改造费用   C. 缩短改造周期 D. 突破性的改造

55. 在编写数控机床一般电气检修工艺前应先（ A ）机床实际存在的问题。

 A. 了解   B. 解决   C. 研究   D. 考虑

56. 根据基础和专业理论知识，运用准确的语言对学员讲解、叙述设备工作原理，说明任务和操作内容完成这些工作的程序、组织和操作方法称之为（ B ）教学法。

 A. 示范教学法   B. 现场讲授   C. 课堂讲授   D. 技能指导

57. 缩短基本时间的措施有（ A ）。

 A. 提高工艺编制水平   B. 缩短辅助时间

 C. 减少准备时间   D. 减少休息时间

58. 工时定额通常包括作业时间、布置工作地时间、（ A ）与生活需要的时间以及加工准备和结束时间等。

 A. 辅助   B. 休息

 C. 停工损失   D. 非生产性工作时所消耗

59. 工时定额通常包括作业时间、布置工作地时间、休息与（ B ）、时间，以及加工准备时间和结束时间。

 A. 辅助   B. 生活需要

 C. 停工损失   D. 非生产性工作时所消耗

60. 电梯轿厢额定载重量为800kg，一般情况下轿厢可乘（ C ）人应为满载。

A. 10　　　　　　B. 5　　　　　　C. 8　　　　　　D. 15

61. 电梯轿厢额定载重量为 1000kg，一般情况下轿厢可乘（A）人应为满载。

A. 10　　　　　　B. 5　　　　　　C. 20　　　　　　D. 15

62. 进行理论教学培训时，除依据教材外，应结合本职业介绍一些（A）方面的内容。

A. "四新"应用　　B. 案例　　　　C. 学员感兴趣　　D. 科技动态

63. 职业道德的内容包括：职业道德意识、职业道德行为规范和（A）。

A. 职业守则　　　B. 道德规范　　C. 思想行为　　　D. 意识规范

64. 劳动的双重含义决定了从业人员全新的（C）和职业道德观念。

A. 精神文明　　　B. 思想体系　　C. 劳动态度　　　D. 整体素质

65. 维修电工班组完成一个阶段的质量活动课题，成果报告包括课题活动的（D）全部内容。

A. 计划→实施→检查→总结　　　　　　B. 计划→检查→实施→总结
C. 计划→检查→总结→实施　　　　　　D. 检查→计划→实施→总结

66. 对电磁噪声污染的控制必须从（B）方面来采用措施。

A. 2　　　　　　B. 3　　　　　　C. 4　　　　　　D. 5

67. 职业道德的内容包括：职业道德意识、（B）和职业守则等。

A. 行为　　　　　B. 道德行为　　C. 思想行为　　　D. 规范

68. 职业道德是社会主义（D）的重要组成部分。

A. 思想体系　　　B. 社会体系　　C. 精神领域　　　D. 道德体系

69. 下列合同中（D）不属于技术合同。

A. 技术开发合同　B. 技术转让合同　C. 技术服务合同　D. 技术租赁合同

70. ISO9000 族标准包括质量术语标准、（D）和 ISO9000 系列标准。

A. 技术标准　　　B. 术语标准　　C. 质量标准　　　D. 质量技术标准

71. 维修电工班组主要是为生产服务的，活动课题一般都需要围绕提高（B）、保证设备正常运转而提出的。

A. 经济效益　　　B. 产品质量　　C. 产品数量　　　D. 技术水平

72. 精益生产是适用于制造企业的组织管理方法。以"人"为中心，以"简化"为手段，以（A）为最终目标。

A. 尽善尽美　　　B. 优质高产　　C. 技术水平　　　D. 经济效益

73. 计算机集成制造系统由管理信息、技术信息、制造自动化和（A）四个分系统组成。

A. 质量管理　　　B. 技术管理　　C. 制造信息　　　D. 电感效应

74. ISO 9000 族标准中，（D）系列是支持性标准，是保证质量要求的实施指南。

A. ISO 9003　　　B. ISO 9002　　C. ISO 9001　　　D. ISO 10000

75. 维修电工班组制订质量管理活动方案的内容包括制订该方案的主要原因、准备采取的措施、要达到的目的、（C）、主要负责人、配合单位和人员。

A. 工作量　　　　B. 技术要求　　C. 完成日期　　　D. 技术措施

76. 计算机集成制造系统的功能包括：经营管理、工程设计自动化、（B）和质量保证等功能。

A. 信息管理　　　B. 生产制造　　C. 生产管理　　　D. 物流保证

77. 职业道德的内容包括：职业道德意识、职业道德行为规范和（A）。

A. 职业守则　　　B. 道德规范　　C. 思想行为　　　D. 意识规范

78. 劳动的双重含义决定了从业人员全新的（C）和职业道德观念。

A. 精神文明　　　B. 思想体系　　C. 劳动态度　　　D. 整体素质

79. 修理工作中，要按照设备（A）进行修复，严格把握修理的质量关，不得降低设备原有的性能。

A. 原始数据和精度要求　　　　　　　B. 损坏程度
C. 运转情况　　　　　　　　　　　　D. 维修工艺要求

80. 电线接地时，人体距离接地点越近，跨步电压越高，距离越远，跨步电压越低，一般情况下距离接地体（B），跨步电压可看成是零。

    A. 10m 以内   B. 20m 以外   C. 30m 以外

81. 施工现场照明设施的接电应采取的防触电措施为（B）。

    A. 戴绝缘手套   B. 切断电源   C. 站在绝缘板上

82. 被电击的人能否获救，关键在于（D）。

    A. 触电的方式   B. 人体电阻的大小

    C. 触电电压的高低   D. 能否尽快脱离电源和施行紧急救护

83. 工作地点相对湿度大于 75％时，则此工作环境属于易触电的（A）环境。

    A. 危险   B. 特别危险   C. 一般

84. 为防止静电火花引起事故，凡是用来加工、储存、运输各种易燃气、液、粉体的设备金属管、非导电材料管都必须（C）。

    A. 有足够大的电阻   B. 有足够小的电阻   C. 接地

85. 电动工具的电源引线，其中黄绿双色线应作为（C）线使用。

    A. 相   B. 工作零线   C. 保护接地

86. 保证电气检修人员人身安全最有效的措施是（C）。

    A. 悬挂标示牌   B. 放置遮栏   C. 将检修设备接地并短路

87. 设备或线路的确认无电，应以（B）指示作为根据。

    A. 电压表   B. 验电器   C. 断开信号

88. 配电盘（箱）、开关、变压器等各种电气设备附近不得（C）。

    A. 设放灭火器   B. 设置围栏

    C. 堆放易燃、易爆、潮湿和其他影响操作的物件

89. 一般居民住宅、办公场所，若以防止触电为主要目的时，应选用漏电动作电流为（C）mA 的漏电保护开关。

    A. 6   B. 15   C. 30

90. 移动式电动工具及其开关板（箱）的电源线必须采用（C）。

    A. 双层塑料铜芯绝缘导线   B. 双股铜芯塑料软线

    C. 铜芯橡皮绝缘护套或铜芯聚氯乙烯绝缘护套软线

91. 移动式电动工具的电源线引线长度一般不应超过（B）m。

    A. 2   B. 3   C. 4

92. 长期搁置不用的手持电动工具，在使用前必须测量绝缘电阻，要求 I 类手持电动工具带电零件与外壳之间绝缘电阻不低于（B）MΩ。

    A. 2   B. 0.5   C. 1

93. 工时定额的组成是指（B）。

    A. 在任意生产条件下规定生产一件产品所需消耗的时间

    B. 在一定生产条件下规定生产一件产品所需消耗的时间

    C. 在一定生产条件下规定生产若干件产品所需消耗的时间

    D. 在任意生产条件下规定生产若干件产品所需消耗的时间

94. 采用多轴组合机床来替代普通机床可以缩短（A）。

    A. 基本时间   B. 辅助时间   C. 休息时间   D. 管理时间

95. 在工时定额计算中，采用先进夹具可以缩短（D）。

    A. 休息时间   B. 管理时间   C. 准备时间   D. 辅助时间

96. 在平行于螺纹轴线的剖视图内螺纹的牙顶和螺纹终止线用（B）绘制。

    A. 粗点划线   B. 粗实线   C. 细实线   D. 虚线

97. 普通平键连接属于（B）连接。

    A. 紧键   B. 松键   C. 花键   D. 圆柱销

98. 具有结构简单、富有弹性、缓冲、吸振、传动比准确度低特点的属于（A）传动。

A. 带   B. 链   C. 齿轮   D. 蜗杆螺旋

99. 链传动适用于（C）场合。

    A. 轻载、高温，中心距较大   B. 重载、高温，中心距较小

    C. 重载、高温，中心距较大   D. 轻载、高温，中心距较小

100. 具有结构紧凑、工作可靠、传动比比较大、传动效率高、使用寿命长特点的传动方式属于（A）。

    A. 齿轮传动   B. V带传动   C. 平带传动   D. 链传动

101. 蜗杆传动的主要特点是（B）。

    A. 承载能力较大、传动比大、传动效率高、发热量大

    B. 承载能力较大、传动比大、传动效率低、发热量大

    C. 承载能力较大、传动比大、传动效率低、发热量小

    D. 承载能力较大、传动比大、传动效率高、发热量小

102. 在定轴轮系传动比的计算中，有关齿轮传动比计算不正确的是（B）。

    A. $\omega_主/\omega_从$，正号表示两者转向相同   B. $n_主/n_从$，负号表示两者转向相同

    C. $\omega_主/\omega_从$，负号表示两者转向相反   D. $n_主/n_从$，正号表示两者转向相同

103. 滚动轴承的代号由数字和汉语拼音字母组成，表示一般用途的滚动轴承公差等级最高的字母是（D）。

    A. B   B. D   C. E   D. G

104. 下列属于固定式联轴器的是（C）。

    A. 齿轮联轴器   B. 链条联轴器   C. 套筒联轴器   D. 十字滑块联轴器

105. 外观呈黄色，防水性能好，但熔点低，耐热性差的润滑脂是（D）。

    A. 钠基润滑脂   B. 锂基润滑脂   C. 铝基润滑脂   D. 钙基润滑脂

106. 在液压传动系统中，溢流阀属于（A）的控制阀。

    A. 压力   B. 流量   C. 单向   D. 换向

107. 工时定额主要由（B）时间组成。

    A. 机动时间、辅助时间、准备时间、布置工作地时间和基本时间

    B. 机动时间、辅助时间、准备与终结时间、布置工作地时间和休息与生理需要时间

    C. 机动时间、辅助时间、准备与终结时间、基本时间和休息与生理需要时间

    D. 机动时间、辅助时间、准备与终结时间、熟悉图样和工艺时间、基本时间

108. 采取（A）措施，可以有效地缩短机动时间。

    A. 提高切削量，多刀多刃成形加工，多件加工

    B. 提高切削量，顺序加工，平行加工

    C. 顺序加工，平行加工，多件加工

    D. 顺序加工，平行加工，多刀多刃成形加工

109. 采取（D）措施，可以有效地缩短辅助时间。

    A. 加工前，充分做好准备工作   B. 提高工件转速

    C. 采用顺序平行加工工艺   D. 机动时间与辅助时间重合

110. 室外雨天使用高压绝缘棒，为隔阻水流和保持一定的干燥表面，需加适量的防雨罩，防雨罩安装在绝缘棒的中部，额定电压10kV及以下的，装设防雨罩不少于（A），额定电压35kV不少于（C）。

    A. 2只   B. 3只   C. 4只   D. 5只

111. 触电时通过人体的电流强度取决于（C）。

    A. 触电电压   B. 人体电阻   C. 触电电压和人体电阻   D. 都不对

112. 低压电气设备保护接地电阻不大于（C）。

    A. 0.5Ω B. 2Ω C. 4Ω D. 10Ω

113. 起重机具与1kV以下带电体的距离，应该为（B）。

    A. 1.0m   B. 1.5m   C. 2.0m

114. 机床上的低压照明灯，其电压不应超过（B）。

　　A. 110V　　　　　　B. 36V　　　　　　C. 12V

115. 在容器内工作时，照明电压应选用（A）V。

　　A. 12　　　　　　B. 24　　　　　　C. 36

116. 在带电设备周围进行测量工作时，工作人员应使用（A）尺。

　　A. 钢卷尺　　　　　B. 线　　　　　　C. 加强型皮尺

117. 当人体触电时间越长，人体的电阻值（B）。

　　A. 变大　　　　　　B. 变小　　　　　　C. 不变

118. 电气设备保护接地电阻越大，发生故障时漏电设备外壳对地电压（C）。

　　A. 越低　　　　　　B. 不变　　　　　　C. 越高

119. 电气设备未经验电，一律视为（A）。

　　A. 有电，不准用手触及　　　　　　B. 无电，可以用手触及

　　C. 无危险电压

120. 在 6～10kV 中性点不接地系统中，发生单相接地时，非故障相的相电压将（C）。

　　A. 升高一倍　　　B. 升高不明显　　　C. 升高 1.73 倍　　　D. 升高两倍

121. 力的可传性不适用于研究力对物体的（D）效应。

　　A. 刚体　　　　　　B. 平衡　　　　　　C. 运动　　　　　　D. 变形

122. 污秽等级的划分，根据（B）。

　　A. 运行经验决定

　　B. 污秽特征，运行经验，并结合盐密值三个因素综合考虑决定

　　C. 盐密值的大小决定　　　　　　D. 大气情况决定

123. 典型工业控制机系统的一次设备通常由（C）、变送器和执行机构组成。

　　A. 传感器　　　　　B. 探头　　　　　　C. 被控对象　　　　D. 一次线缆

124. 电子测量装置的静电屏蔽必须与屏蔽电路的（C）基准电位相接。

　　A. 正电位　　　　　B. 负电位　　　　　C. 零信号　　　　　D. 静电

125. 数显改造机床在普通机床上安装数显（B）检测装置。

　　A. 主轴旋转速度　　B. 位置　　　　　　C. 过载　　　　　　D. 进给速度

126. 经济型数控机床的改造主要采用于中、小型（A）和铣床的数控改造。

　　A. 车床　　　　　　B. 磨床　　　　　　C. 钻床　　　　　　D. 镗床

127. 主生产计划（MP3）、物料需求计划（MRP）、生产进度计划（DS）、能力需求计划（CRP）构成（B）。

　　A. 精益生产计划　　B. 制造资源计划 MRPⅡ　C. 看板管理计划　D. 全面生产管理计划

128. 下列机械传动中，传动比最不能保证的是（A）。

　　A. 带传动　　　　　B. 链传动　　　　　C. 齿轮传动　　　　D. 螺旋传动

129. 在蜗杆传动或螺旋传动中，要实现自锁性应使其导程角 γ（A）。

　　A. ≤6°　　　　　　B. ≤9°　　　　　　C. ≤12°　　　　　　D. ≤15°

130. 液压系统中油缸是属于（B）。

　　A. 动力元件　　　　B. 执行元件　　　　C. 控制元件　　　　D. 辅助元件

131. 液压系统中顺序阀是属于（B）。

　　A. 方向控制阀　　　B. 压力控制阀　　　C. 流量控制阀

132. 液压系统中使用流量阀必须使用（C）。

　　A. 单向阀　　　　　B. 顺序阀　　　　　C. 溢流阀　　　　　D. 减压阀

133. 液压系统运行时，油缸产生爬行现象是由于（D）。

　　A. 系统泄漏油压降低　　B. 溢流阀失散　　C. 滤油器堵塞　　　D. 空气渗入油缸

134. 工人自检产品尺寸所用的时间是（C）。

　　A. 作业时间　　　　B. 准备与结束时间　C. 作业宽放时间　　D. 个人需要与休息宽放时间

135. 中频炉运行时，其线圈中通入交流电的频率为（B）。

    A. 50Hz   B. 150～450Hz   C. 500Hz   D. 1500～4500Hz

136. 图2-24所示为液压传动原理图，A缸向左慢进时电磁阀YA1、YA2的工作状态是（A）。

    A. YA1(＋)；YA2(＋)

    B. YA1(－)；YA2(＋)

    C. YA1(＋)；YA2(－)

    D. YA1(－)；YA2(－)

137. 图2-24中顺序阀处于打开位置时，是在（D）工作状态。

    A. B缸向下快退   B. B缸向上慢进

    C. A缸向左快进   D. A缸向右退

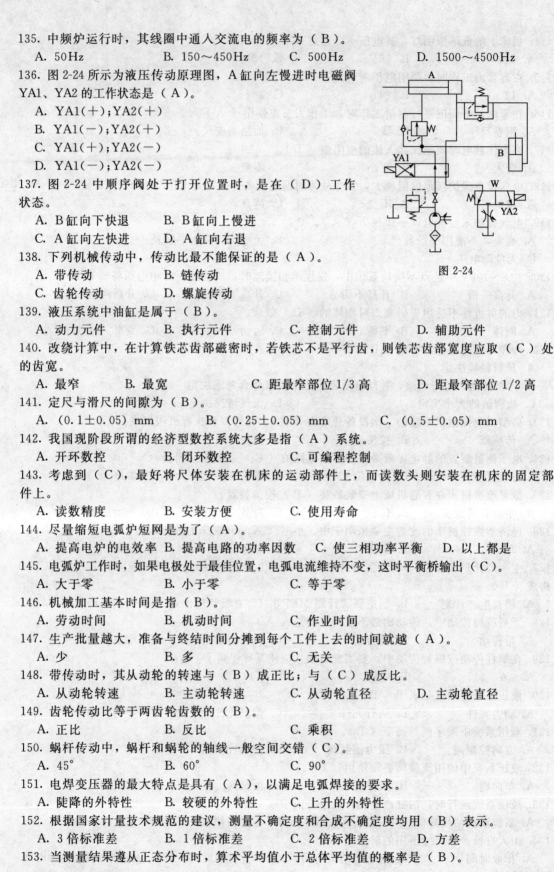

图2-24

138. 下列机械传动中，传动比最不能保证的是（A）。

    A. 带传动   B. 链传动

    C. 齿轮传动   D. 螺旋传动

139. 液压系统中油缸是属于（B）。

    A. 动力元件   B. 执行元件   C. 控制元件   D. 辅助元件

140. 改绕计算中，在计算铁芯齿部磁密时，若铁芯不是平行齿，则铁芯齿部宽度应取（C）处的齿宽。

    A. 最窄   B. 最宽   C. 距最窄部位1/3高   D. 距最窄部位1/2高

141. 定尺与滑尺的间隙为（B）。

    A. (0.1±0.05) mm   B. (0.25±0.05) mm   C. (0.5±0.05) mm

142. 我国现阶段所谓的经济型数控系统大多是指（A）系统。

    A. 开环数控   B. 闭环数控   C. 可编程控制

143. 考虑到（C），最好将尺体安装在机床的运动部件上，而读数头则安装在机床的固定部件上。

    A. 读数精度   B. 安装方便   C. 使用寿命

144. 尽量缩短电弧炉短网是为了（A）。

    A. 提高电炉的电效率   B. 提高电路的功率因数   C. 使三相功率平衡   D. 以上都是

145. 电弧炉工作时，如果电极处于最佳位置，电弧电流维持不变，这时平衡桥输出（C）。

    A. 大于零   B. 小于零   C. 等于零

146. 机械加工基本时间是指（B）。

    A. 劳动时间   B. 机动时间   C. 作业时间

147. 生产批量越大，准备与终结时间分摊到每个工件上去的时间就越（A）。

    A. 少   B. 多   C. 无关

148. 带传动时，其从动轮的转速与（B）成正比；与（C）成反比。

    A. 从动轮转速   B. 主动轮转速   C. 从动轮直径   D. 主动轮直径

149. 齿轮传动比等于两齿轮齿数的（B）。

    A. 正比   B. 反比   C. 乘积

150. 蜗杆传动中，蜗杆和蜗轮的轴线一般空间交错（C）。

    A. 45°   B. 60°   C. 90°

151. 电焊变压器的最大特点是具有（A），以满足电弧焊接的要求。

    A. 陡降的外特性   B. 较硬的外特性   C. 上升的外特性

152. 根据国家计量技术规范的建议，测量不确定度和合成不确定度均用（B）表示。

    A. 3倍标准差   B. 1倍标准差   C. 2倍标准差   D. 方差

153. 当测量结果遵从正态分布时，算术平均值小于总体平均值的概率是（B）。

A. 68.3％　　　　　　B. 50％　　　　　　C. 31.7％　　　　　　D. 99.7％

154. 当测量结果遵从正态分布时，测量结果中随机误差小于0的概率是（A）。

    A. 50％　　　　　　B. 68.3％　　　　　　C. 99.7％　　　　　　D. 95％

155. 基于计数器测量两个信号过零点的时间差来反映两个信号的相位差原理的相位仪，仅能用于（C）信号的相位差测量。

    A. 高频率　　　　　B. 中频率　　　　　C. 低频率　　　　　D. 高、中频率

156. 工时定额通常包括作业时间、布置工作地时间、休息与（B）时间，以及加工准备时间和结束时间。

    A. 辅助　　　　B. 生活需要　　　　C. 停工损失　　　　D. 非生产性工作时所消耗

157. 缩短辅助时间的措施有（D）。

    A. 缩短作业时间　　B. 缩短休息时间　　C. 缩短准备时间　　D. 总结经验推出先进的操作法

158. 修理工作中，要按照设备（A）进行修复，严格把握修理的质量关，不得降低设备原有的性能。

    A. 原始数据和精度要求　　　　　　　　B. 损坏程度

    C. 运转情况　　　　　　　　　　　　　D. 维修工艺要求

159. 机械工业中，润滑油的种类很多，可概略为（A）大类。

    A. 2　　　　　　　B. 3　　　　　　　C. 4　　　　　　　D. 5

160. 缩短基本时间的措施有（A）。

    A. 采用新设备　　B. 加大辅助时间　　C. 减少准备时间　　D. 减少布置工作地时间

161. 剖分式轴瓦两端凸缘的作用是（D）。

    A. 增强轴瓦的刚度　　B. 制造方便　　C. 检修方便　　D. 防止轴瓦的轴向移动。

162. 对两轴对中不好或偏斜有补偿能力的联轴器是（B）联轴器。

    A. 凸缘　　　　　　B. 滑块　　　　　　C. 套筒　　　　　　D. 齿轮

163. 开式油箱的吸油管和回油管间的距离应该（B）。

    A. 近一点　　　　B. 尽可能远一点　　C. 两个放在一起　　D. 越近越好

164. V形带带轮的材料最常采用（A）。

    A. 灰铸铁　　　　　B. 球磨铸铁　　　　C. 45钢　　　　　　D. 青铜

165. 直齿圆柱齿轮工作时冲击、振动较严重的原因是（C）。

    A. 材料的硬度高　　B. 齿面间存在滑动　　C. 突然啮合，突然脱离　　D. 材质不匹配

166. 要使主、从动轮的转向相反，则中间加（D）个惰轮。

    A. 2　　　　　　　B. 4　　　　　　　C. 偶数　　　　　　D. 奇数

167. 通过修磨麻花钻横刃可减小钻头处的负前角，修磨后横刃的长度为原长的（C）。

    A. 2/3～1/2　　　B. 1/2～1/3　　　C. 1/3～1/5　　　D. 1/5～1/7

168. 划针是用弹簧钢丝或高速制成的，直径一般为ϕ3～5mm，尖端磨成（A）的锥角，并经淬火使之硬化。

    A. 15°～20°　　　B. 25°～30°　　　C. 15°～35°　　　D. 25°～30°

169. 牵引机械（如电车、机械车、电瓶车）及大型轧钢机中，一般都采用直流电动机而不是异步电动机，原因是异步电动机的（B）。

    A. 功率因素低　　B. 调速性能很差　　C. 启动转矩较小　　D. 启动电流太大

170. （C）传动一般可做成开式、半开式及闭式。

    A. 链　　　　　　　B. 皮带　　　　　　C. 齿轮　　　　　　D. 变传动比

171. 加强协作是（D）职业道德规范的基本要求。

    A. 遵纪守法　　　　B. 办事公道　　　　C. 勤俭节约　　　　D. 团结互助

172. （B）是一种生产现场物流控制系统。

    A. 生产同步化　　　B. 看板管理　　　　C. 质量管理　　　　D. 生产均衡化

173. 准时化生产方式企业的经营目标是（C）。

A. 安全   B. 质量   C. 利润   D. 环保

174. 精益生产的要求做法是（ C ）。

A. 丰田生产方法   B. 福特生产方法   C. 准时化生产方法   D. 自动化生产方法

175. （ A ）是适用于现代制造企业的组织管理方法。

A. 精益生产   B. 规模化生产   C. 现代化生产   D. 自动化生产

176. ISO 90000 族标准中，（ A ）是指导性标准。

A. ISO 9000-1   B. ISO 9001～ISO 9003   C. ISO 9004-1   D. ISO 10000

177. ISO 90000 族标准中，（ A ）是基本性标准。

A. ISO 9004-1   B. ISO 9000-1   C. ISO 9001～ISO 9003   D. ISO 9002

178. ISO 9000 族标准与 TQC 的差别在于：ISO 9000 族标准是从（ B ）立场上所规定的质量保证。

A. 设计者   B. 采购者   C. 供应者   D. 操作者

179. 制定 ISO 14000 系列标准的直接原因是（ A ）。

A. 环境的日益恶化   B. 环境的污染

C. 产品的性能的下降   D. 国际贸易往来

180. 维修电工以电气原理图、（ B ）和平面布置图最为重要。

A. 配线方式图   B. 安装接线图   C. 接线方式图   D. 组件位置图

181. 理论培训一般采用（ D ）的方法进行。

A. 直观教学   B. 启发式教学   C. 形象教学   D. 课堂讲授

182. 通过（ D ），能使学员的动手能力不断增强和提高，从而熟练掌握操作技能。

A. 示范操作   B. 安全教育   C. 现场技术指导   D. 指导操作

183. ISO 14000 系列标准与 ISO 9000 系列标准有许多相似之处，但 ISO 14000 在质量管理和质量保证，特别是质量改进方面提出了（ C ）的要求。

A. 国际标准化   B. 更加明确   C. 更严、更高   D. 相对较宽松

184. 社会保险法的基本原则不包括（ B ）。

A. 保证劳动者最低生活的维持原则   B. 自愿性原则

C. 权利义务对等的原则   D. 实行社会化的原则

185. 被保险人享受社会保险权利，必须以（ C ）为前提。

A. 被录用并具有 3 年以上本企业工龄

B. 所在用人单位加入并已缴纳社会保险费 3 年以上

C. 被保险人依法缴纳社会保险费

D. 被保险人自愿缴纳社会保险费

186. 以下（ A ）是保险人。

A. 社会保险经办机构   B. 社会保险行政管理部门

C. 依法缴费的用人单位或雇主   D. 在受保用人单位就业的职工

187. 集体合同期限为（ A ）。

A. 1～3 年   B. 3～5 年   C. 5 年   D. 6 年

188. 我国劳动法规定劳动者的权利不包括（ D ）。

A. 取得劳动报酬   B. 接受职业技能培训   C. 参与民主管理   D. 选择工程和工作岗位

189. 我国规定，劳动者养老保险基金的缴费比例，最终达到本人工资的（ B ）。

A. 7%   B. 8%   C. 9%   D. 10%

190. 我国现行立法规定失业保险待遇的主要内容不包括（ C ）。

A. 失业保险金   B. 医疗补助金

C. 失业保险机构组织的公益活动   D. 丧葬补助金和抚恤金

191. 抢救伤员送医院途中时间较长时，可给伤员饮用（ D ）。

A. 温开水   B. 凉开水   C. 盐水   D. 糖盐水

192. 触电者脱离带电导线后，应被迅速带至（C）以外，并立即开始触电急救。

    A. 3～4m   B. 5～6m   C. 8～10m   D. 10～12m

193. 诚实是守信的心理品格基础，也是守信表现的（B）。

    A. 形式   B. 品质   C. 结果   D. 体现

194. 忠诚所属企业就应该（C）。

    A. 诚实劳动、热爱企业   B. 无私奉献、艰苦劳动

    C. 诚实劳动、关心企业发展、遵守合同和契约   D. 关心集体、诚实劳动

195. 企业信誉和形象的树立主要依赖三个要素，其中不包括（D）。

    A. 产品质量   B. 服务质量   C. 信守承诺   D. 售后服务

196. 办事公道就是指在办事情、处理问题时，要站在（B）的立场，对当事双方公平合理、不偏不倚、按照标准办事。

    A. 公道   B. 公正   C. 公平   D. 公开

197. 对当事双方公平合理、不偏不倚，按照标准办事就可以做到（C）的立场。

    A. 办事正义   B. 办事仗义   C. 办事公道   D. 办事正直

198. 办事公道就必须做到（D）。

    A. 坚持真理   B. 公私分明   C. 公平公正   D. 三者都有

199. 办事公道的前提条件是（C）。

    A. 敢打抱不平   B. 仗义执言   C. 遵守国家法律   D. 三者都有

200. 因供电设施计划检修需要停电时，供电企业应当提前（C）通知用户或者进行公告。

    A. 2d   B. 5d   C. 7d   D. 10d

201. 因供电设施临时检修需要停止供电时，供电企业应当提前（D）通知重要用户。

    A. 8h   B. 10h   C. 16h   D. 24h

202. 供电企业和用户应当在供电前根据（C）签订供电合同。

    A. 用户要求和效益大小   B. 供电范围

    C. 用户需求和供电能力   D. 用电规划

203. 企业计划用电工作的内容包括（D）。

    A. 编制用电发展规划   B. 筹措电力资金

    C. 做好电力供应工作   D. 用电分析和预测，编制用电计划

204. 属于辅助时间的是（D）。

    A. 机加工机床自动走刀时间   B. 电钻钻孔时间

    C. 锉削工作时间   D. 机加工车床退刀时间

205. 从劳动定额角度分类，不属于定额时间的是（C）的时间。

    A. 在金属切削加工中装卸工件   B. 上下班时取放和收拾工具

    C. 工作中待料   D. 加工产品前熟悉图纸

206. 可以缩短机动时间的措施为（A）。

    A. 提高设备的自动化程度   B. 合理布置场地

    C. 延长工人休息时间   D. 缩短设备修理时间

207. 可以缩短辅助时间的措施为（D）。

    A. 缩短设备维修时间   B. 缩短开会学习时间

    C. 缩短劳动时间   D. 缩短布置工作场地时间

208. 未按照规定取得《供电营业许可证》，从事电力供应业务的，电力管理部门责令其改正，没收违法所得，可以并处违法所得（B）以下的罚款。

    A. 10 倍   B. 5 倍   C. 3 倍   D. 2 倍

209. 逾期未交付电费的企业，自逾期之日起计算超过（A），经催交仍未交付电费的，供电企业可以按照国家规定的程序停止供电。

    A. 30 日   B. 25 日   C. 20 日   D. 15 日

210. 装配图的读图，首先要看（C）并了解部件的名称。

    A. 明细表   B. 零件图   C. 标题栏   D. 技术文件

211. 读装配图时，要分清接触面与非接触面，非接触面用（B）线表示。

    A. 1 条   B. 2 条   C. 3 条   D. 4 条

212. 国家标准中，（D）公差精度用于非配合尺寸。

    A. IT01～IT05 级   B. IT06～IT10 级   C. IT11～IT13 级   D. IT14～IT18 级

213. 在表面粗糙度的评定参数中，轮廓算术平均偏差的代号是（A）。

    A. R B. R_x C. R_y D. R_z

214. 在视图上积聚成一条直线（或一个点）的平面（或直线）与该视图成（B）关系。

    A. 平行   B. 垂直   C. 倾斜   D. 平行或垂直

215. 机件上与视图处于（B）关系的平面（或直线），在该视图上反映实形。

    A. 垂直   B. 平行   C. 倾斜   D. 平行或垂直

216. 根据三视图的投影规律，高平齐的是（B）两个视图。

    A. 主、俯   B. 主、左   C. 俯、左   D. 主、仰

217. 根据三视图的投影规律，长对正的是（C）两个视图。

    A. 主、左   B. 主、右   C. 主、俯   D. 俯、左

218. 在直齿圆柱齿轮的规定画法中，齿顶圆及齿顶线用（A）划。

    A. 粗实线   B. 细实线   C. 虚线   D. 点划线

219. 在直齿圆柱齿轮的规定画法中，分度圆及分度线用（B）划。

    A. 粗实线   B. 点划线   C. 虚线   D. 细实线

220. 电力系统的英文名称为（C）。

    A. Direct Current System   B. Interconnected Systems

    C. Electrical Power System   D. Alternating Current System

221. 交流系统的英文名称为（D）。

    A. Direct Current System   B. Interconnected Systems

    C. Electrical Power System   D. Alternating Current System

222. （B）是发电的英文名称。

    A. distribution of electricity   B. generation of electricity

    C. transformation of electricity   D. transmission of electricity

223. Transmission line 在电工术语中的中文意思是（C）。

    A. 电力线路   B. 架空线路   C. 输电线路   D. 配电线路

224. Span length 在电工术语中的中文意思是（A）。

    A. 挡距   B. 高差   C. 弧垂   D. 挡

225. Sag 在电工术语中的中文意思是（C）。

    A. 挡距   B. 高差   C. 弧垂   D. 挡

226. 下列金属及合金的熔点最低的是（A）。

    A. 铅   B. 钨   C. 铬   D. 黄铜

227. 有配合关系的尺寸，其配合的（D）等级，应根据分析查阅有关资料来确定。

    A. 性质   B. 公差   C. 性质或公差   D. 性质和公差

228. 下列控制声音传播的措施中（D）不属于吸声措施。

    A. 用薄板悬挂在室内   B. 用微穿孔板悬挂在室内

    C. 将多孔海绵板固定在室内   D. 在室内使用隔声罩

229. 钻夹头用来装夹直径（D）以下的钻头。

    A. 10mm   B. 11mm   C. 12mm   D. 13mm

230. 游标卡尺测量前应清理干净，并将两量爪合并，检查游标卡尺的（C）。

    A. 贴合情况   B. 松紧情况   C. 精度情况   D. 平行情况

231. 噪声可分为气体动力噪声，（D）和电磁噪声。

    A. 电力噪声　　　　　B. 水噪声　　　　　C. 电气噪声　　　　　D. 机械噪声

232. 下列电磁污染形式中不属于人为电磁污染的是（D）。

    A. 脉冲放电　　　　　B. 电磁场　　　　　C. 射频电磁污染　　　　　D. 磁暴

233. 普通螺纹的牙型角是 60 度，英制螺纹的牙型角是（B）度。

    A. 50　　　　　B. 55　　　　　C. 60　　　　　D. 65

234. 当锉刀拉回时，应（B），以免磨钝锉齿或划伤工件表面。

    A. 轻轻划过　　　　　B. 稍微抬起　　　　　C. 抬起　　　　　D. 拖回

235. （D）材质制成的螺栓、螺母或垫片，在中频电流通过时，会因涡流效应而发热，甚至局部熔化。

    A. 黄铜　　　　　B. 不锈钢　　　　　C. 塑料　　　　　D. 普通钢铁

第三部分　填　空　题

第1章　电工基础

1. 电路产生过渡过程的条件是电路有_____，产生过渡过程的内因是由于电路中含有_____元件。（答案：换路、储能）

2. 三相负载接于三相供电线路上的原则是：若负载的额定电压等于电源线电压时，负载应作_____连接；若负载的额定电压等于电源相电压时，负载应作_____连接。（答案：△、Y）

3. 工厂企业供电方式，一般有_____和_____两种。（答案：一次降压供电方式、二次降压供电方式）

4. 衡量电力系统电能质量的三个重要指标是_____、_____和_____。（答案：电压、频率、波形）

5. 电压过高或过低将影响用电设备的_____或者_____。（答案：正常运行、烧坏设备）

6. 电气照明平面布置图上须标示所有灯具的_____、_____、_____、_____和安装方法，以及灯泡容量。（答案：位置、灯数、型号、安装高度）

7. 安全工作规程中规定：设备对地电压高于_____为高电压；在_____以下为低电压；安全电压为_____以下；安全电流为_____以下。（答案：250V、250V、36V、10mA）

8. 值班运行工的常用工具有钢丝钳、_____、_____、_____、_____和低压试电笔等。（答案：螺钉旋具、电工刀、活扳手、尖嘴钳、电烙铁）

9. 电光源可分为_____光源和_____光源两大类。（答案：热辐射光源、气体发光）

10. _____和_____随时间作周期性变化的电流、电压和电势总称为交流电。（答案：大小、方向）

11. 大小和方向随时间按正弦规律变化的交流电，叫做_____。（答案：简谐正弦交流电）

12. 交流电的频率是由_____决定的。（答案：电源频率）

13. 若电流到电路最远处的距离为 L，在电磁波的传递时间 $t=\dfrac{L}{C}$ 远小于交流电的周期 $T=\dfrac{1}{f}$ 或 $f\ll\dfrac{C}{L}$ 的条件下，电路的恒定条件和环路定理近似成立，这样的电路叫_____；这个条件称_____。（答案：似恒定路、似恒条件）

14. 交流电路中，同一元件上电压 $u(t)$ 和电流 $i(t)$ 之间，除了量值（峰值或有效值）大小关系之外，还有相位关系，两者峰值（或有效值）之比叫做该元件的_____。字母用_____表示。（答案：阻抗、Z）

15. 在纯电阻电路中，电路的阻抗为_____，电压与电流的相位差为 $\varphi=$_____。（答案：R、0）

16. 在纯电容电路中，电路的阻抗为_____，相位差为_____。$\left(\text{答案：}Z=\dfrac{1}{\omega C}、\varphi=-\dfrac{\pi}{2}\right)$

17. 在纯电感电路中，电路的阻抗为_____，相位差为_____。$\left(\text{答案：}Z=\omega L，\varphi=\dfrac{\pi}{2}\right)$

18. 在 RC 串联电路中，电路的阻抗为_____，相位差为_____。$\left(\text{答案：}Z=\sqrt{R^2+\left(\dfrac{1}{\omega C}\right)^2}，\varphi=-\arctan\dfrac{1}{\omega CR}\right)$

19. 在 RL 串联电路中，电路的阻抗为_____，相位差为_____。$\left(\text{答案：}Z=\sqrt{R^2+(\omega L)^2}，\varphi=\arctan\dfrac{\omega L}{R}\right)$

20. 在 RLC 串联电路中，电路的阻抗为 _____，相位差为 _____。$\left(答案：Z=\sqrt{R^2+\left(\omega L-\dfrac{1}{\omega C}\right)^2}，\ \varphi=\arctan\dfrac{\omega^2 LC-1}{\omega CR}\right)$

21. 在 RLC 串联电路中，当 $\varphi<0$ 时，称为_____，当 $\varphi>0$ 称其为_____，当 $\varphi=0$ 时，该电路称为_____。（答案：电容性电路、电感性电路、电阻性电路）

22. 在 RC 并联电路中，电路的阻抗为 _____。相位差为 _____。$\left(答案：Z=\dfrac{1}{\sqrt{\left(\dfrac{1}{R}\right)^2+(\omega C)^2}}，\ \varphi=-\arctan(\omega CR)\right)$

23. 在 RL 并联电路中，电路的总阻抗为 _____。相位差为 _____。$\left(答案：Z=\dfrac{1}{\sqrt{\left(\dfrac{1}{R}\right)^2+\left(\dfrac{1}{\omega L}\right)^2}}，\ \varphi=\arctan\left(\dfrac{R}{\omega L}\right)\right)$

24. 交流电路的电压，电流的复数表示分别为_____，_____。（答案：$\dot U_m=U_m e^{j(\omega t+\varphi_u)}$，$\dot I_m=U_m e^{j(\omega t+\varphi_i)}$）

25. 纯电阻 R、电容 C、电感 L，它们的复抗分别为 _____，_____，_____。$\left(答案：Z_R=R，Z_C=\dfrac{1}{\omega C}e^{j\left(-\frac{\pi}{2}\right)}=\dfrac{1}{j\omega C}，Z_L=j\omega L\right)$

26. 串联电路复电流、电压、阻抗公式_____，_____，_____。（答案：$\dot I=\dot I_1=\dot I_2=\cdots\cdots=\dot I_n$，$\dot U=\dot U_1+\dot U_2+\cdots\cdots+\dot U_n$，$\dot Z=\dot Z_1+\dot Z_2+\cdots\cdots+\dot Z_n$）

27. 并联电路复电流、电压、阻抗公式 _____，_____，_____。$\left(答案：\dot I=\dot I_1+\dot I_2+\cdots\cdots+\dot I_n，\dot U=\dot U_1=\dot U_2=\cdots\cdots=\dot U_n，\dfrac{1}{\dot Z}=\dfrac{1}{\dot Z_1}+\dfrac{1}{\dot Z_2}+\cdots\cdots+\dfrac{1}{\dot Z_n}\right)$

28. 在交流电路中，$\overline{P}=UI\cos\varphi$，在式中 $\cos\varphi$ 称为_____。（答案：电路的功率因数）

29. 在纯电阻元件电路中 $\overline{P}=$_____，在纯电容元件电路中 $\overline{P}=$_____，在纯电感元件电路中 $\overline{P}=$_____。（答案：$UI=I^2R$，0，0）

30. 在 RLC 串联电路中，电源频率是可变的，当_____时，电路发生共振，共振频率_____。$\left(答案：\omega=\omega_0，f_0=\dfrac{1}{2\pi\sqrt{LC}}\right)$

31. 在 RLC 电路中，电路共振时，阻抗 $Z=$_____为极小值，电流达到极大值 $I=$_____，且与电压_____，称电流为共振电流。（答案：R、U/R、同相位）

32. 共振时，电感上的电压 U_L 与总电压 U 的比值称为共振电路的_____。用 Q 表示，则 $Q=$_____。$\left(答案：品质因数、\dfrac{1}{R}\sqrt{\dfrac{L}{C}}\right)$

33. 品质因数 Q 值是一个标志共振电路性能好坏的物理量，由于 RLC 串联的电阻 R 都很小，Q 值就很大，电感两端和电容两端的分压 U_L、U_C，等于总电压 U 的 Q 倍，故 RLC 串联共振又称_____，这种分压大于总压的现象称为_____。（答案：电压共振、过电压现象）

34. 在并联共振电路中，其共振频率为_____。$\left(答案：\omega_0=2\pi f_0=\sqrt{\dfrac{1}{LC}-\left(\dfrac{R}{L}\right)^2}\right)$

35. 如图 3-1 所示，若增大电容 C，等效电阻 r _____，阻抗角 _____。（答案：减小、增大）

36. 如图 3-1 所示，V_1 与 V_2 两表的读数都是 1V，则表 V 的读数为_____ V。（答案：$\sqrt{2}$）

37. 正弦交流电压 $u(t)=311\cos\left(314t-\dfrac{2}{3}\pi\right)$，它的峰值_____，有效值为_____，频率为_____，

初相位_____。$\left(\text{答案：}311\text{V、}220\text{V、}50\text{Hz、}-\dfrac{2}{3}\pi\right)$

38. 正弦交流电电压 $u(t)=311\sin\left(314t-\dfrac{5}{6}\pi\right)$，它的峰

值为_____，有效值为_____，频率为_____，初相位是

_____$\left(\text{答案：}311\text{V、}220\text{V、}50\text{Hz、}-\dfrac{5}{6}\pi\right)$

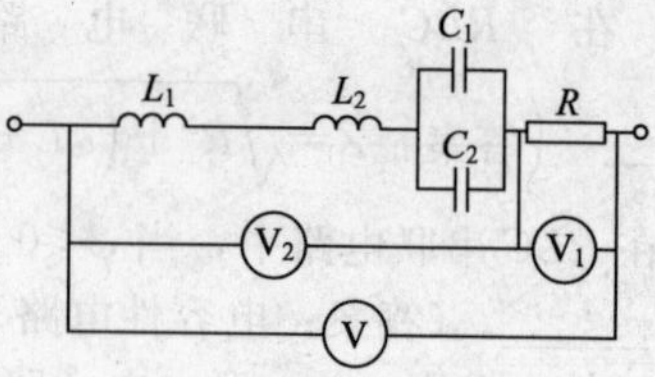

图 3-1

39. 三视图是指_____、_____和_____。（答案：主视

图、俯视图、左视图）

40. 识读和绘制三视图的规则是：主俯视图_____，主左视图_____，俯左视图_____。（答案：

长对正、高平齐、宽对齐）

41. 一张完整的零件图应包括_____、_____、_____和_____。（答案：图形、尺寸、技术要

求、标题栏）

42. 若星形连接的三个电阻 R_Y 的阻值相等，将其等效为三角形连接时，三个电阻 $R_\triangle$ 的阻值也

相等，二者之间的关系为_____。（答案：$R_\triangle=3R_Y$）

43. 用支路电流法解题时，电路图中若有三个节点，则应列出_____个电流方程；应列出的回路

电压方程在数量上应等于电路图中的_____数。（答案：2、网孔）

44. 对_____数较多的电路求解，用回路电流法较为方便。（答案：支路）

45. 对只有两个节点的电路求解，用_____法最为简便。（答案：节点电压）

46. 用叠加原理分析电路，假定某个电源单独作用时，应将其余的恒压源作_____处理，将恒流

源作_____处理。（答案：全部短路、全部开路）

47. 任何只包含电阻和电源的线性有源二端网络，对外都可以用一个_____来代替。（答案：等

效电源）

48. 端电压与_____无关的电源称为理想电压源。（答案：电流）

49. 实际电压源为一个_____与_____相_____联而成。（答案：理想电压源、内阻、串）

50. 电流值大小与_____无关的电源称为理想电流源。（答案：电压）

51. 实际电流源为一个_____与_____相_____联而成。（答案：理想电流源、内阻、并）

52. 采用以_____运算为基础的符号计算法简称为符号法。（答案：复数）

53. 用复数表示的正弦量称为_____。通常用复数的模表示正弦量的_____，用复数的幅角表示

正弦量的_____。（答案：相量、有效值、初相角）

54. 复阻抗的模代表_____，幅角代表_____，实部代表电路的_____，虚部代表电路的

_____。（答案：阻抗、阻抗角、电阻、电抗）

55. 复功率的模代表_____，幅角代表_____，实部代表_____，虚部代表_____。（答案：视

在功率、功率因数角、有功功率、无功功率）

56. 复数有三种表示形式：一种是_____，一种是_____，一种是_____。（答案：三角函数式、

代数式、极坐标式）

57. 正弦交流电流 $i=I_m\sin(\omega t+\phi_i)$，正弦交流电压 $u=U_m\sin(\omega t+\phi_u)$。它们用极坐标式复数表示，分

别为_____和_____，ϕ_i、ϕ_u 分别为 i 与 u 的_____。$\left(\text{答案：}I=\dfrac{I_m}{\sqrt{2}}\angle\varphi_i,\ U=\dfrac{U_m}{\sqrt{2}}\angle\varphi_u\text{、初相角}\right)$

58. 处在交流电路中的纯电阻，两端所加电压与流过电阻的电流在相位上是_____。（答案：同

相位）

59. 在正弦交流电路中，流过纯电感线圈中的电流比它两端的电压在相位上_____。（答案：滞

后 90°）

60. 在正弦交流电路中，流过纯电容的电流比加在它两端的电压在相位上_____。（答案：超

前 90°）

61. 电容器对交流电流的阻碍能力称为_____，用符号_____表示，单位是_____。（答案：容

226

抗、X_C、Ω）

62. 衡量电容器与交流电源之间_____能力的物理量称为无功功率。（答案：能量交换）

63. 在电路中，电感有抑制_____谐波电流的作用；电容有抑制_____谐波电流的作用。（答案：高频、低频）

64. 在 RC 电路的暂态过程中，不能突变的两个物理量是_____和_____；可以突变的物理量是_____。（答案：电阻、电压、电流）

65. 三相负载对称的条件是：各相负载的_____相等，_____也相等。（答案：阻抗、阻抗角）

66. 三相负载的连接方式有_____和_____两种。（答案：Y、△）

67. 三相四线制系统中，中性线的作用是使 Y 连接的不对称负载上的_____电压保持_____。（答案：相、对称）

68. 为了提高电源的利用率，感性负载电路中应并联适当的_____，以提高功率因素。（答案：电容）

69. 实践证明，低频电流对人体的伤害比高频电流_____。（答案：大）

第 2 章　磁电知识

1. 电感线圈对交流电流的阻碍能力称为_____，用符号_____表示，单位是_____。（答案：感抗、X_L、Ω）

2. 衡量电感线圈与交流电源之间_____能力的物理量称为无功功率。（答案：能量交换）

3. 涡流具有_____和_____作用，在应用中各有利弊。（答案：热效应、去磁）

4. 交变电流在导体内趋于导体表面流动的现象称为_____。（答案：趋肤效应）

5. 安培环路定律反映了_____与产生磁场的_____之间的关系。（答案：磁场强度、电流）

6. 安培环路定律的内容是：磁场强度矢量沿任何_____路径的_____，等于此路径所围成面的_____代数和。（答案：闭合、线积分、电流）

7. 基尔霍夫磁通定律是磁通_____原理的体现，即穿过闭合面磁通的_____必为_____。（答案：连续性、代数和、零）

8. 某段磁路的_____与其_____的乘积，称为该段磁路的磁压。（答案：长度、磁场强度）

9. 铁芯线圈的_____与其_____的乘积，可视为造成磁路中有磁通的根源，称之为_____。（答案：匝数、激磁电流、磁通势）

10. 磁通不随时间变化而为_____值的磁路称为_____磁路。（答案：恒定、恒定磁通）

11. 根据磁通的路径不同，一般可以把磁路分为_____磁路和_____磁路两大类。（答案：无分支、有分支）

12. 磁通势是造成磁路中有_____的根源，因此也是反映_____强弱的量，磁通势越大，产生的_____越多，说明_____越强。（答案：磁通、磁场、磁通、磁场）

13. 单根通电导体周围磁场的方向由产生磁场的_____决定，判断方法是以右手握住导体，使_____方向与导体的电流方向一致，其余 4 指_____的方向即为导体周围磁场方向，这种方法叫右手螺旋定则。（答案：电流方向、大拇指、弯曲）

14. 当导体在磁场中作_____运动，或者线圈中的磁通发生变化时，产生感生电动势的现象称之为电磁感应。（答案：切割磁力线）

15. 感生电流所产生的磁通总是要_____原磁通的变化。（答案：阻碍）

16. 感生电动势的方向可根据楞次定律来确定，大小根据_____定律来确定。（答案：法拉第电磁感应）

17. 由一个线圈中的电流发生变化而使其他线圈产生_____的现象叫互感现象，简称互感。（答案：感应电动势）

18. 电气装置内部各种线圈要屏蔽或距离要远些。注意漏磁方向，是为了减小_____。（答案：互感耦合）

19. 磁路屏蔽用_____使磁场闭合，屏蔽接地线接大地良好。（答案：导磁材料）

227

20. 安培环路定律反映了_____与产生磁场的电流之间的关系。（答案：磁场强度）

21. 安培环路定律的内容是：磁场强度矢量沿任何闭合路径的_____，等于此路径所围成面的电流代数和。（答案：一周的线积分）

22. 基尔霍夫磁通定律是_____原理的体现，即穿过闭合面磁通的代数和必为零。（答案：磁通连续性）

23. 某段磁路的长度与其_____的乘积，称为该段磁路的磁压。（答案：磁场强度）

24. 铁芯线圈的匝数与其_____的乘积，可视为造成磁路中有磁通的根源，称之为磁通势。（答案：线圈中电流）

25. 磁通不随时间变化而为恒定值的磁路称为_____磁路。（答案：恒定磁通）

26. 根据磁通的路径不同，一般可以把磁路分为无分支磁路和_____磁路两大类。（答案：有分支磁路）

第3章　仪器仪表

1. 电工仪表按读数方式分类，可分为直读仪表和比较仪表。如电桥、电位差计等属于_____仪表，万用表等属于_____仪表。（答案：比较、直读）

2. 在安装功率表时，必须保证电流线圈与负载相_____，而电压线圈与负载相_____。（答案：串联、并联）

3. 直流双臂电桥又称为_____电桥，是专门用来测量_____的比较仪表。（答案：凯尔文、小电阻）

4. 电动系测量机构的特性，决定了电动系电流表和电压表的刻度是_____的，而功率表的刻度是_____的。（答案：不均匀、均匀）

5. 用直流单臂电桥测量电阻时，如果按下电源和检流计按钮后，指针向"正"偏转，这时应_____比较臂的电阻值，反之应_____比较臂的电阻值。（答案：增加、减小）

6. 把被测的电量或磁量与_____相比较的过程称为电工测量。（答案：同类标准量）

7. 测量误差可以分为_____误差、_____误差和_____误差三大类。（答案：系统、偶然、疏失）

8. 直流双臂电桥能有效地消除_____和_____对测量的影响，因而可以用来测量阻值_____的电阻。（答案：接触电阻、接线电阻、1Ω 以下）

9. 测量中等阻值电阻，最方便的是用_____测量，若需要进行精密测量，则可选用_____的电阻。（答案：万用表、直流单臂电桥）

10. 用直流电桥测电阻，被测电阻的大小应等于_____数值乘以_____数值。（答案：比率臂、比较臂）

11. 通用示波器由示波管系统、_____系统、_____系统、_____系统及电源等部分组成。（答案：Y轴偏移、X轴偏移、扫描及整形）

12. 光电检流计是一种_____仪表，用来测量_____的电流或电压，通常是用来检测电路中_____。（答案：高灵敏度、极微小、有无电流）

13. 晶体管特性图示仪是一种能在_____上直接观察各种晶体管_____的专用仪器，通过仪器上的_____可直接读得被测晶体管的各项参数。（答案：示波管荧光屏、特性曲线、标尺度）

14. 调整图示仪聚焦和辅助聚焦旋钮，可使荧光屏上的_____或_____清晰。（答案：线条、辉点）

15. 对于交流三相仪表检定装置的输出电量稳定度测定，应_____和_____测定稳定度。（答案：分相、合相）

16. 交流仪表检定装置的电压回路_____应不超过装置基本误差限的_____，测定条件是装置的电压输出端应接该量程的最大负载。（答案：损耗、1/5）

17. 测定 0.05 级交流仪表检定装置的试验标准差，应用_____、_____的仪表，在装置常用量程的上限进行不少于_____次的重复测试。（答案：稳定性好、分辨率高、5）

228

18. 不确定度的定义是表征被测量的_____的评定。（答案：真值所处量值范围）

19. 交流仪表检定装置的测量误差由_____来确定。（答案：整体综合试验）

20. 一准确度为 0.01% 的 DC－DVM，其输入电阻为 600Ω，它所允许的信号源内阻不得大于_____kΩ。（答案：20）

21. 被测信号源内阻为 $10k\Omega$，如果达到 0.005% 准确度，对所用的 DVM 来说，要求它的输入电阻至少_____MΩ（答案：600）

22. DVM 中变压器绕组间寄生电容_____的工频干扰是_____干扰。（答案：串入、串模）

23. 当测定 SMMR 时，DVM 加上串模干扰后，应取与未加干扰时的读数的_____来计算。（答案：最大偏差值）

24. 数字相位仪的幅相误差不应超过基本误差的_____。（答案：1/3）

25. DVM 输入电阻与信号源内阻所引起的相对误差不应超过被检 DVM 准确度的_____倍。（答案：1/3～1/5）

26. 对 DVM 校准是在规定条件下，将标准电压加到_____上，使仪表的_____与标准电压进行比较，而对 DVM 的调整装置进行的全部调整工作。（答案：DVM、显示值）

27. 差值替代法中，过渡标准电池应选用_____、_____的标准电池。（答案：稳定性好、内阻小）

28. DVM 的零电流随着输入电压的_____而_____。（答案：增大、减小）

29. 正常工作中的智能化仪表对于非线性误差可以_____修正，但对于温度误差、零位漂移误差_____进行有效地修正。（答案：靠软件进行、不能）

30. 根据国家计量技术规范的建议，测量不确定度和合成不确定度均用_____表示。（答案：1倍标准差）

31. 当测量结果遵从正态分布时，算术平均值小于总体平均值的概率是_____。（答案：50%）

32. 基于计数器测量两个信号过零点的时间差来反映两个信号的相位差原理的_____，仅能用于_____信号的相位差测量。（答案：相位仪、低频率）

33. 下面列出了 4 个（绝对）测量误差的定义，其中国际通用定义是_____。（答案：某量仪的给出值与客观真值之差）

34. 逐次逼近式 A/D 变换器的精度决定于_____变换器的精度。（答案：基准源与 A/D）

35. 测量 1Ω 以下的电阻应选用直流_____。（答案：双臂电桥）

36. 操作晶体管特性图示仪时，应特别注意功耗电压的阶梯选择及_____选择开关。（答案：峰值范围）

37. 示波器中水平扫描信号发生器产生的是_____。（答案：锯齿波）

38. 现在数字式万用表一般都采用_____显示器。（答案：液晶数字式）

39. 电子测量装置的静电屏蔽罩必须与被屏蔽电路的零信号_____相接。（答案：电位公共线）

40. 西林电桥可测量设备绝缘的_____，设备的_____。（答案：介损、电容量）

第4章　交流电机

1. 一台三相四极异步电动机，如果电源的频率 $f_1 = 50Hz$，则定子旋转磁场每秒在空间转过_____转。（答案：25）

2. 三相交流电动机常用的单层绕组有_____、_____和_____三种。（答案：同心式、链式、交叉式）

3. 三相异步电动机的额定功率是满载时转子轴上输出的机械功率，额定电流是满载时定子绕组的_____电流，其转子的转速_____旋转磁场的速度。（答案：线、小于）

4. 测量电动机的对地绝缘电阻和相间绝缘电阻，常使用_____表，而不宜使用_____表。（答案：兆欧、万用）

5. 交流电动机定子绕组的短路主要是_____短路和_____短路。（答案：匝间、相间）

6. 电动机绕组常用的浸漆方法有_____、_____、_____、漆浸和浇浸。（答案：滴浸、沉浸、

真空压力浸)

7. 交流电动机铸铝转子常见的故障是断笼，包括_____和_____。（答案：断条、断环）

8. 一台三相交流异步电动机的型号是 YB-132 M 2-6，其符号意义是：Y 表示_____，132 表示_____，M 表示电动机座，2 表示 2 号铁芯长度，6 表示_____。（答案：异步电动机、中心高为 132mm、极数）

9. 交流电动机绕组单元嵌在槽内的部分叫做_____部分，槽外部分叫做_____部。（答案：有效、端）

10. 三相异步电动机旋转磁场的转向是由_____决定的，运行中若旋转磁场的转向改变了，转子的转向随之改变。（答案：电源的相序）

11. Y 系列交流电动机的绝缘等级为_____级。（答案：B）

12. 三相异步电动机的转速取决于_____、转差率_____和_____。（答案：磁场极对数 P、S、电源频率 f）

13. 绕组烘干常采用下列三种方法：烘房烘干法、_____、_____。（答案：灯泡烘干法、电流烘干法）

14. 对电动机进行绝缘处理方法很多，其中滴浸工艺适用于_____；_____质量很好，但设备较贵；_____设备较简单，是目前生产、修理时常用的一种浸漆方法。（答案：自动生产线、真空压力浸漆、沉浸）

15. 异步电动机修理后的试验项目包括，绕组对机壳及其相间绝缘电阻，绕组在冷却状态下直流电阻的测定、_____、绕组对机壳及其相互间绝缘的电动机强度试验。（答案：空载试验）

16. 笼型转子断笼的修理方法有如下几种：_____、_____、_____。（答案：焊接法、冷接法、换条法）

17. 异步电动机做空载试验时，时间不小于_____。试验时应测量_____是否过热或发热不均匀，并要检查轴承_____是否正常。（答案：1min、绕组、温升）

18. 绕线转子电动机的转子修复后一般应做_____试验，以免电动机运行时产生振动。（答案：机械平衡）

19. 三相笼型异步电动机降压启动常用的方法有_____降压启动、_____降压启动，_____降压启动和_____降压启动四种。（答案：自耦变压器、星-三角形、延边三角形、电抗）

20. 绕线型异步电动机常用的启动方法有_____启动和_____启动两种。（答案：转子串电阻、频敏变阻器）

21. 三相异步电动机的调速方法有_____调速、_____调速和_____调速等三种。（答案：变极、变频、改变转差率）

22. 三相异步电动机电气制动常用的方法有_____、_____和_____三种。（答案：反接制动、能耗制动、回馈制动）

23. 绕线型异步电动机的串级调速就是在电动机的_____中引入附加_____调速。（答案：转子电路、反电动势）

24. 笼型异步电动机的电气故障主要包括_____、_____、_____、_____及转子_____或端环_____。（答案：接地、断路、短路、接错、断条、断裂）

25. 若电动机低于额定转速运行，应采用_____调速。（答案：恒力矩方式）

26. 满足_____条件时三相异步电动机可以直接启动。$\left(答案：\dfrac{I_{st}}{I_N} \leqslant \dfrac{3}{4} + \dfrac{S_T}{4P_N}\right)$

第 5 章　直流电机

1. S-3 表示石墨电刷；D-213 表示_____电刷；J-205 表示_____电刷。（答案：电化石墨、金属石墨）

2. 直流电动机励磁方式可分为_____、_____、_____和_____。（答案：他励、并励、复励、

串励）

3. 直流电动机的转子是由_____、_____、转轴和风叶等部分组成，是进行_____的重要部分。（答案：电枢铁芯、绕组换向器、能量转换）

4. 直流电动机的励磁方式可分为_____、_____、_____和复励 。（答案：他励、并励、串励）

5. 对修理后的直流电动机进行空载试验，其目的在于检查各机械运转部分是否正常，有无_____、_____、_____现象。（答案：过热、声音、振动）

6. 整台电动机一次更换半数以上的电刷之后，最好先以_____的额定负载运行_____以上，使电刷有较好配合之后再满载运行。（答案：1/4～1/2、12h）

7. 直流电动机的电枢绕组可分为_____、_____和_____等三大类。（答案：叠绕组、波绕组、复合绕组）

8. 直流电机的电枢电动势，对于发电机而言是_____，对于电动机而言是_____。（答案：电源电动势、反电势）

9. 直流电机的电磁转矩，对于发电机而言是_____，对于电动机而言是_____。（答案：制动转矩、驱动转矩）

10. 直流电动机产生换向火花的原因可分为_____方面的原因和_____方面的原因两大类。（答案：电磁、机械）

11. 直流电动机改善换向的方法有_____和_____两方面。（答案：加装换向极、合理选用电刷）

12. 并励直流电动机的机械特性是_____，运行中切忌_____。（答案：硬特性、断开励磁回路）

13. 串励直流电动机的机械特性是_____，使用时不允许_____运行。（答案：软特性、空载或轻载）

14. 直流电动机常用的启动方法有_____自动和_____启动两种。（答案：降压、电枢回路串电阻）

15. 直流电动机的调速方法有_____、_____和_____三种。（答案：调压调速、电阻调速、弱磁调速）

16. 直流电动机电气制动的方法有_____、_____和_____三种。（答案：反接制动、能耗制动、回路制动）

17. 直流电动机的控制内容是对直流电动机的_____、_____、_____和_____进行控制。（答案：启动、制动、反转、调速）

18. 他励直流电动机在启动时，必须先给_____绕组加上额定电压，再给_____绕组上加电压。（答案：励磁、电枢）

19. 减小_____电压的启动控制线路是应用最广泛的直流电动机启动线路，它是在_____时，人为将加在电动机_____两端的电压降低。（答案：电枢、启动、电枢）

20. 直流电动机的旋转方向是由_____电流方向与_____电流的_____方向，根据_____定则来确定的。（答案：电枢、励磁、磁通、左手）

21. 改变励磁调速是改变加在_____绕组上的_____或改变串接在励磁绕组中的_____值，以改变励磁电流进行调速的。（答案：励磁、直流电压、电阻）

22. 在晶闸管直流电动机调速系统中，使用晶闸管整流电路获得可调的直流电压。而晶闸管整流电路的种类有_____、_____、_____和_____等。（答案：单相、三相、半控、全控）

23. 直流电动机的制动常采用能耗制动、反接制动和_____三种方式。（答案：回馈制动）

24. 直流电动机的调速方法有改变电枢回路电阻、改变励磁回路电阻和_____三种。（答案：改变电枢电压）

25. 在维修直流电机时，要对绕组间进行耐压试验，其试验电压采用的是_____电 。（答案：交流）

26. 直流驱动系统的优点是直流电动机具有良好的_____性能，易于调整。（答案：调速）

27. 直流电机在额定负载下运行时，其换向火花应不超过 _____。国家规定直流电机的五个火花等级中，_____ 级为无火花。（答案：$1\frac{1}{2}$ 级、1）

第6章　特殊电机

1. 同步电机按运行方式和功率转换方向可分为 _____、_____、_____ 三类。（答案：电动机、发电机、补偿机）

2. 同步电机的转子有 _____ 和 _____ 两种，一般工厂用的柴油发电机和同步电动机的转子为 _____。（答案：凸极、隐极、凸极式）

3. 直流测速发电机接励磁方式可分为 _____ 式与 _____ 式。（答案：他励、永励）

4. 同步电机的 _____ 与交流电 _____ 之间保持严格不变的关系，这是同步电机与异步电机的基本差别之一。（答案：转速、频率）

5. 凸极式同步电动机的转子由 _____、_____ 和 _____ 组成。（答案：转轴、磁轭、磁极）

6. 控制电机的特点是 _____、_____、重量轻和 _____。（答案：功率小、体积小、精度要求高）

7. 单绕组双速异步电动机常用的接线方法有 _____ 接线和 _____ 接线两种。（答案：YY/△、YY/Y）

8. 同步发电机并网的方法有 _____ 和 _____ 两种。（答案：准同步法、自同步法）

9. 电磁调速异步电动机是由一台 _____ 和一台 _____ 组成的。（答案：三相笼型异步电动机、电磁转差离合器）

10. 同步电动机 _____ 启动转矩，不能自行启动。为了解决它的启动问题，现代同步电动机广泛采用 _____ 启动法。（答案：没有、异步）

11. 同步电动机的启动过程中，对转子转速的监测可用 _____ 或 _____ 等参数来间接反映。（答案：转子回路的电流、转子回路的频率）

12. 在改变电枢电压的调速方法中，应用较广的一种方法是采用他励直流 _____ 作为直流电动机的可调 _____。这种调速称为 _____ 系统。（答案：发电机、电源、G-M）

13. 在交磁电机扩大机的调速系统中，调节输入量给定电压，可以改变交磁扩大机的 _____，从而改变交磁扩大机的 _____，使交磁扩大机的输入电流改变，从而改变直流发电机的 _____，改变直流电动机的 _____，达到调速的目的。（答案：励磁电流、输出电势、励磁电流、电枢电压）

14. 旋转变压器是一种 _____ 随 _____ 变化的信号元件。（答案：输出电压、转子转角）

15. 自整角机工作时，只要 _____ 的转子转过一个角度，_____ 的转子就跟着转过一个相同的角度。（答案：发送机、接收机）

16. 步进电动机工作时，每输入一个 _____，电动机就 _____ 或 _____。（答案：电脉冲、转过一个角度、步进一步）

17. 力矩电动机是一种高 _____、低 _____，并可长期处于 _____ 状态运行的电动机。（答案：转矩、转速、堵转）

18. 常用的中频发电机有 _____ 和 _____。（答案：爪极发电机、感应子发电机）

19. 三相交流换向器电动机转子上嵌有 _____ 绕组和 _____ 绕组，定子上嵌有 _____ 绕组。（答案：一次侧、调节、二次侧）

20. 无刷直流电动机一般由一台 _____、一组 _____ 和一套 _____ 构成。（答案：同步电动机、转子位置检测器、自控式逆变器）

21. 三相交流换向器异步电动机的调速是通过转动 _____，使 _____ 间的 _____ 变化而实现的。（答案：移刷机构、同相电刷、张角）

22. 无换向器电动机常用的调速方法有 _____、_____ 和 _____ 三种。（答案：调电压调速、调励磁电流调速、调 r_0 角调速）

23. 电动机转速变化，主要原因是由于电枢回路中电阻上压降所引起的，回路中有两部分电阻，即_____内阻及_____电阻，从而转速降落也可以分成两部分，用电压负反馈可以克服_____所引起的转速降，电流正反馈_____所引起的转速降。（答案：电源、电枢、电源内阻、可补偿电枢电阻）

24. 直流电机改善换向常用方法为选用适当的电刷、移动电刷的位置和_____。（答案：加装换向磁极）

25. 直流发电机的电磁转矩是制动转矩，其方向与电枢旋转方向相反；直流电动机的电磁转矩是_____，其方向与电枢旋转方向相同。（答案：驱动转矩）

26. 并励电动机适用于对启动转矩要求不高，且负载变化时要求转速稳定的场合；串励电动机适用于要求_____，负载变化时转速允许变化的场合。（答案：较大启动转矩）

27. 电动机从空载到额定负载时，转速下降不多，称为_____特性，转速下降较多，称为软特性。（答案：硬机械）

28. 晶闸管-直流电机调速系统的三个静态指标是调速范围、_____和平滑系数。（答案：静差率）

29. 同步电动机和异步电动机相比，区别是它的转速恒定不变和_____。（答案：负载大小没有关系）

30. 同步电动机的启动方法有两种：一种是同步启动法，另一种是_____。（答案：异步启动法）

31. 同步发电机的励磁方法有：同轴直流发电机励磁、_____、晶闸管整流励磁和三次谐波励磁四种方法。（答案：同轴交流发电机励磁）

32. 改变并励电动机旋转方向，一般采用_____；改变串励电动机旋转方向，一般采用_____。（答案：电枢反接法、磁场反接法）

第7章　电子电路

1. 晶体三极管的电流放大系数随温度升高而_____。（答案：增大）

2. 最基本的逻辑运算是指_____、_____、_____三种运算。（答案：与、或、非）

3. 晶体三极管的输出特性是指_____为常数时I_c与U_c之间的关系。（答案：基极电流）

4. 晶闸管触发电路的形式很多，但都由脉冲形成_____和_____几部分组成。（答案：同步移相、脉冲移相）

5. 在晶体管的输出特性中有三个区域分别是_____、_____和饱和区。（答案：截止区、放大区）

6. 在阻、容、感串联电路中，只有_____是消耗电能，而_____和_____只是进行能量变换。（答案：电阻、电感、电容）

7. 半导体的导电能力介于_____和_____之间。（答案：导体、绝缘体）

8. N型半导体又叫_____型半导体，它是由本征半导体材料掺入少量的某种化合价为_____价的元素制成的，其中多数载流子为_____，少数载流子为_____。（答案：电子、5、自由电子、空穴）

9. P型半导体又叫_____型半导体，它是由本征材料掺入少量的某种化合价为_____价的元素制成的，其中多数载流子为_____，少数载流子为_____。（答案：空穴、3空穴、自由电子）

10. 二极管的阳极是从_____型半导体引出，阴极是从_____型半导体引出。（答案：P、N）

11. 二极管的主要参数有_____、_____、_____、_____、最高工作频率等。（答案：最大正向电流、最高反向电压、最大反向电流、反向击穿电压）

12. 将交流电变为直流电的过程叫_____。（答案：整流）

13. 不可控整流电路是利用二极管的_____特性，将_____变为单向脉动的_____。（答案：单向导电、交流电、直流电）

14. 三极管有_____个PN结，按其排列方式的不同，分为_____型和_____型两种。（答案：两、PNP、NPN）

15. 三极管有三个极，分别叫做_____、_____、_____；有两个结，分别叫做_____和

_____。（答案：发射极、集电极、基极、发射结、集电结）

16. NPN 三极管具有_____作用，它导通的必要条件是发射结加_____向电压，集电结加_____向电压。（答案：电流放大、正、反）

17. 单相整流电路可分为单相_____电路、单相_____电路、单相_____电路。（答案：半波整流、全波整流、桥式整流）

18. 在单相全波整流电路中，每个二极管承受的最大反向电压是半波整流的_____。（答案：两倍）

19. 整流电路由_____、_____和_____这几部分组成。（答案：电源变压器、整流二极管、负载）

20. 三极管的电流放大作用应满足的条件是_____、_____。（答案：发射结正向偏置、集电结反向偏置）

21. 三极管有三个区，分别为_____、_____和_____。（答案：发射区、基区、集电区）

22. LC 自激振荡器是由_____电路，_____网络和_____三部分组成。（答案：放大、正反馈、电源）

23. 在整流电路的输出端并一个电容，利用电容的_____特性，可以使脉动电压变的较平稳，这个电容叫_____电容。（答案：充放电、滤波）

24. 硅稳压管在稳压电路中必须工作在_____区。（答案：反向击穿）

25. 硅稳压管的主要参数有：_____、_____、_____和_____等。（答案：稳定电压、工作电流、动态电阻、电压温度系数）

26. 晶闸管是具有_____个 PN 结、_____极_____极和_____极的硅半导体器件。（答案：3、阴、阳、控制）

27. 在晶闸管的控制极加上适当的_____触发电压，且_____足够大时，晶闸管导通（答案：正向、触发电流）

28. 三相半控桥整流电路，若为大电感负载 $\alpha = 90°$ 时，续流二极管每周期的导通电角度为_____。（答案：$3 \times 30°$）

29. 单相桥式或全波整流电路中，负载电阻 R_L 上平均电压等于_____。（答案：$0.9U_2$）

30. 目前较大功率晶闸管的触发电路有_____、同步信号为锯齿波触发器、KC 系列集成触发器。（答案：程控单结晶闸管触发器、同步信号为正弦波触发器）

31. 造成晶闸管误触发的主要原因有_____、_____、_____、_____。（答案：触发器信号不同步、控制极与阴极间存在磁场干扰、触发器含有干扰信号、阳极电压上升率过大）

32. 常见大功率可控整流电路接线形式有_____和十二相整流电路。（答案：带平衡电抗器的双反星形）

33. 单相全控桥整流电路，按电阻性负载要求已经设计安装调试完毕，今改接蓄电池负载，在输出电流不变的前提下，则_____。（答案：整流电路容量将增大）

34. 单相桥式全控整流电路，电阻性负载时 $\alpha = 30°$，$U_{LAV} = 100V$，若将负载换成直流电动机，控制角不变，则输出电压_____。（答案：将小于 100V）

35. 三相半控桥整流电路，当控制角 $\alpha = 0°$ 时，最大导通角为_____。（答案：$2\pi/3$）

36. 三相桥式全控整流电路，当控制角 $\alpha = 0°$ 时，空载整流输出电压平均值为_____。（答案：$2.34U_2$）

37. 全控桥电阻加大电感电路移相范围是_____。（答案：$0 \sim \pi/2$）

38. 半控桥整流电路 $\alpha = 0°$ 时的脉动电压最低脉动频率是_____。（答案：$6f$）

39. 各项整流指标好，大功率高电压的场合采用_____。（答案：三相全控桥）

40. 产生振荡频率高度稳定的矩形波，应采用_____。（答案：石英晶体多谐振荡器）

41. 电感足够大的负载三相桥式晶闸管可控硅整流电路，当控制角_____时，直流输出平均电压为_____。（答案：$\alpha = 90°$、零倍的 U_2）

42. 半控桥整流电路，电感性负载加续流二极管的目的是_____。（答案：使负载上平均电压提高）

43. 半波可控整流电路各相触发脉冲相位差是_____。（答案：120°）

44. 全控桥式整流电路接大电感负载时输出的波形是_____。（答案：连续近似直线）

45. 变流装置产生高次谐波的原因是_____正弦波。（答案：周期性的非）

46. 各项整流指标好，但不要逆变的小功率场合可采用_____整流电流。（答案：单相半控桥式）

47. 桥式或全控整流电路，同一相所接的两只晶闸管触发脉冲之间的相位差是_____。（答案：180°）

48. 三相半波可控整流电路组成的电源装置，已知 $U_2 = 200V$，$I_{LAH} = 150A$，应选_____晶闸管。（答案：$U_{RFM} = 600V$、$I_T = 100A$）

49. 集成运算放大器内部电路是由三个主要部分组成的，即_____级、_____级和_____级。（答案：差动式输入、中间放大、输出）

50. 放大器的失调电压值愈大，则其电路的_____愈差。（答案：对称程度）

51. 放大器的_____电压和_____电流随_____改变而发生的漂移叫温度漂移。（答案：输入失调、输入失调、温度）

52. 放大器的_____和_____所能承受的最高电压值称为最大差模输入电压。（答案：反相、同相输入端）

53. 串联反馈式稳压电路由_____电路、_____电压、_____电路、_____电路和_____器件等几部分组成。（答案：整流滤波、基准、取样、比较放大、调整）

54. 串联稳压电路中，比较放大电路的作用是将_____电路送来的电压和_____电压进行比较放大后，再送去控制_____，以稳定输出电压。（答案：取样、基准、调整管）

55. 串联稳压电路中，如果输入电压上升，调整管的管压降应_____，才能保证输出电压值_____。（答案：相应增加、不变）

56. 集成稳压器可分为三端_____输出电压稳压器和三端_____输出电压稳压器两类。（答案：固定、可调）

57. 半控桥式整流电路的移相范围为_____。当控制角超过_____时，电压波形将由连续变为断续。（答案：180°、60°）

58. 带平衡电抗器三相双反星形可控整流电路一般应用在需要直流电压_____、电流_____的电工设备中。（答案：较低、较大）

59. 晶体三极管的输出特性是指_____为常数时 I_c 与 U_c 之间的关系。（答案：基极电流）

60. 晶闸管触发电路的形式很多，但都由脉冲形成、_____和_____几部分组成。（答案：同步移相、脉冲移相）

61. 在晶体管的输出特性中有三个区域分别是_____、_____和_____。（答案：截止区、放大区、饱和区）

62. 在阻、容、感串联电路中，只有_____是消耗电能，而_____和_____只是进行能量变换。（答案：电阻、电感、电容）

63. 在电子技术中，工作信号若是随时间连续变化的称为_____信号；若是不连续变化的脉冲信号称为_____信号。（答案：模拟、数字）

64. 最基本的逻辑运算是指_____、_____、_____三种运算。（答案：与、或、非）

65. 最基本的逻辑门电路有_____门、_____门和_____门电路。（答案：与、或、非）

66. "与"门的逻辑功能可简记为：输入_____，输入_____。（答案：全1出1、有0出0）

67. "或"门的逻辑功能可简记为：输入_____，输入_____。（答案：全0出0、有1出1）

68. "非"门的逻辑功能可简记为：_____、_____。（答案：入1出0、入0出1）

69. "与非"门的逻辑功能可简记为：输入_____，输入_____。（答案：全1出0、有0出1）

70. "或非"门的逻辑功能可简记为：输入_____，输入_____。（答案：全0出1、有1出0）

71. 在数字电路中，用来完成先"与"后"非"的复合逻辑门电路叫_____门电路，其逻辑表达式是_____。（答案：与非、$P = \overline{A \cdot B \cdot C}$）

72. 对逻辑代数的化简，一般都以化简为_____表达式为目的。（答案："与或"）

73. 化简逻辑代数的方法有_____化简法和_____化简法。（答案：代数、卡诺图）

74. 代数法化简逻辑代数的实质是：消去_____乘积项和每个乘积项中_____，以求得最简式。（答案：多余的、多余的因子）

75. TTL 集成逻辑门电路的内部大多是由_____级、_____级和_____级组成。（答案：输入、倒相、输出）

76. TTL 集成逻辑门电路的输入端、输出端都是采用_____结构。（答案：三极管）

77. 由_____、_____半导体_____管构成的集成电路称为 MOS 电路。（答案：金属、氧化物、场效应）

78. 兼有_____和_____两种增强型 MOS 电路称为 CMOS 电路。（答案：N 沟道、P 沟道）

79. 最基本的 RS 触发器电路是由两个_____门作_____闭环连接而构成的。（答案：与非、正反馈）

80. RS 双稳态触发器中，R 称为置_____，S 称为置_____。（答案：0 端、1 端）

81. D 触发器具有_____数据的功能，即_____、_____的功能。（答案：锁存、置 0、置 1）

82. T 触发器广泛用于_____电路和_____电路，其特征方程是_____。（答案：计数、分频 $Q^{n+1}=Q^{n}T+\overline{Q^{n}}T$）

83. 寄存器的功能是存储_____。它由具有存储功能的_____组成。（答案：二进制代码、触发器）

84. 多谐振荡器又称_____电路。（答案：无稳）

85. 多谐振荡器主要是用来产生各种_____或_____信号。（答案：方波、时钟）

86. 数字显示器电路通常由_____器、_____器和_____器等部分组成。（答案：译码、驱动、显示）

87. 数码显示器按发光物质不同，可以分为_____显示器、_____显示器、_____显示器和_____显示器四类。（答案：气体放电、荧光数字、半导体液晶、数字）

88. 反馈按照作用可分为两大类：一类是正反馈，另一类是负反馈，放大器一般采用_____，振荡器一般采用_____。（答案：负反馈、正反馈）

89. 稳压管工作在_____的情况下，管子两端才能_____电压。（答案：反向击穿、保持稳定）

90. 串联稳压电路应包括这样五个环节：_____、取样、_____、放大和调整。（答案：整流滤波、基准）

91. 在串联稳压电路中，如果输入电压上升，调整管压降_____，才能保证输出电压不变。（答案：跟着上升）

92. 基本逻辑门电路有"与"门、"或"门和_____。利用此三种基本逻辑门电路的不同组合，可以构成各种复杂的逻辑门电路。（答案："非"门）

93. T 触发器广泛用于计数电路和分频电路，其特征方程是_____。（答案：$Q^{n+1}=\overline{Q^{n}}T+Q^{n}\overline{T}$）

94. 三相半波可控整流电路各相触发脉冲相位差是 120°，触发脉冲不能在_____之前加入。（答案：自然换相点）

95. 三相半控桥式整流电路的移相范围为_____。当控制角超过 60°时，电压波形将由连续变为断续。（答案：180°）

96. 常用的脉冲信号波形有矩形波、三角波和_____。（答案：锯齿波）

97. 触发电路必须具备同步电压形成、_____和脉冲形成和输出三个基本环节。（答案：移相）

98. 触发脉冲输出方式一般有直接输出和_____两种方式。（答案：脉冲变压器输出）

99. 晶闸管中频装置主要由整流器、逆变器和_____电路所组成。（答案：触发控制）

100. 分析放大电路的基本方法有图解法、_____和_____。（答案：估算法、微变等效电路法）

101. 当基极直流电流 I_b 确定后，直流负载线与输出曲线上的_____就是电路的_____，进而得出静态时的 I_{CQ} 和 U_{CEQ} 值。（答案：交点、静态工作点）

102. 在变压器耦合式放大器中，变压器对直流不起作用，前后级静态工作点互不影响，而变压

器可变换_____，所以该方式广泛应用于功率放大器。（答案：阻抗）

103. 为了使晶体管在放大器中正常工作，需要发射结外加_____电压，集电结外加_____电压。（答案：正向、反向）

104. 振荡器必须同时满足_____条件和_____条件。（答案：相位、振幅）

105. 积分电路的条件是 $\tau = RC$_____t_k，当输入为矩形脉冲时，输出为近似线性上升和下降的_____波。（答案：≫、三角）

106. 微处理器的 ROM 存储器和 RAM 存储器用来存放_____和_____。（答案：程序、数据）

107. 计算机中，8 位补码所表示的数的范围是_____，若运算结果超出这个范围，就发生_____。（答案：$-128 \sim +127$、溢出）

108. 微处理器的总线分为三种：数据总线、_____总线和_____总线。（答案：地址、控制）

109. 微处理器的堆栈是存储器中按_____原则组织存储区域，用_____来指明栈顶的位置。（答案：先进后出、堆栈指针）

110. 微处理器中用补码表示数时，若最高位为 1，说明该数是_____，最高位为 0，说明该数是_____。（答案：负数、正数）

111. ALU 是微处理器的_____，A 是_____。（答案：算术逻辑单元、累加器）

112. 肖特基二极管与普通整流二极管相比，反向恢复时间_____，工作频率高。（答案：短）

113. 不可控的两端器件，它具有_____的作用，但无可控功能。（答案：整流）

114. 肖特基二极管的_____短，故开关损耗远小于普通二极管。（答案：开关时间）

115. 国产集成电路中系列和品种的型号命名，由_____部分组成。（答案：五）

116. 肖特基二极管的耐压较低，反向漏电流较大，_____较差。（答案：温度特性）

117. 由运算放大器组成的积分器电路，在性能上像是_____。（答案：低通滤波器）

118. 多谐振荡器，又称为_____电路。（答案：无稳态）

119. 运算放大器基本上是由高输入阻抗_____放大器、高增益电压放大器和低阻抗输出放大器组成的。[答案：差分（差动）]

120. 采用"555 精密定时器"，能够构成一种使输出的波形有_____的单稳多谐振荡器。（答案：可变脉冲宽度）

121. 逻辑代数表达式中，_____是唯一的。（答案：最小项表达式）

122. 二进制数 1110 转换成十进制数是_____。（答案：14）

123. 实践证明，低频电流对人体的伤害比高频电流_____。（答案：大）

124. 单相整流变压器的容量可按_____来计算。（答案：$P_T = I_2 U_2$）

125. 逻辑运算中，A＋AB＝_____。（答案：A）

126. A/D 转换器是_____转换器。（答案：模／数）

127. IGBT 的开关特性表明，关断波形存在_____的现象。（答案：电流拖尾）

128. 功率场效应晶体管的最大功耗，随着管壳的温度增高而_____。（答案：下降）

129. 肖特基二极管适用于电压_____，而又要求快速、高效的电路中。（答案：不高）

130. 绝缘栅双极晶体管具有速度快，_____阻抗高，通态电压低，耐压高和承受电流大等优点。（答案：输入）

131. 绝缘栅双极晶体管的本质是一个_____。（答案：场效应晶体管）

132. 肖特基二极管正向压降小，开启电压_____，正向导通损耗小。（答案：低）

133. 绝缘栅双极晶体管具有速度快，输入阻抗高，_____低，耐压高，电流量大的特点。（答案：通态电压）

134. 功率场效应晶体管的特点是：_____的静态内阻高，驱动功率小，撤除栅极信号后能自动关断，同时不存在二次击穿，安全工作区范围宽。（答案：栅极）

135. 把直流电源中恒定的电压变换成可调直流电压的装置称为_____。（答案：直流斩波器）

136. IGBT 管具有以 GTR 为_____元件，以 MOSFET 为驱动元件的复合结构。（答案：主导）

137. 三相半波可控整流电路带电阻负载时，每只晶闸管的最大导通角为_____，其触发延迟角

α 的移相范围是_____。（答案：120°、0°～180°）

138. 反相比例放大器有两个输入端，一个反相输入端，表示输入与输出是_____的，另一个是_____端，表示输入信号与输出信号是同相的。（答案：反相、同相）

139. TTL 数字集成电路在使用中应注意到电源电压极性不得接反，其额定值为 5V。与非门不使用的输入端接"_____"。三态门的输出端可以_____，但三态门的控制端所加的控制信号电平只能使其中一个门处于工作状态，而其他所有相并联的三态门均处于高阻状态。或非门不使用的输入端接"_____"。（答案：1、并接、0）

140. 八输入端的 TTL 或非门，在逻辑电路中使用时，其中 5 个输入端是多余的，对多余的输入端应作如下处理：将多余端_____，将多余端接地。（答案：连接在一起）

141. 555 集成定时器由电压比较器，_____，三极管开关输出缓冲器，_____四部分组成。（答案：电压分压器、JK 触发器）

142. 集成电压跟随器的条件是_____。（答案：AF=1、RF=0）

143. 运算放大器目前应用很广泛的实例有_____、_____、_____。（答案：恒压源和恒流源，锯齿波发生器，自动检测电路）

144. 集成运放的保护有_____、_____、_____。（答案：电源接反、输入过压、输出短路）

145. 目前较大功率晶闸管的触发电路有单结晶闸管触发器，_____，同步信号为锯齿波触发器，_____。（答案：同步信号为正弦波触发器、KC 系列集成触发器）

146. 造成晶闸管误触发的主要原因有_____，控制极与阴极间存在_____，触发器_____，阳极电压上升率过大。（答案：触发信号不同步、磁场干扰、含干扰信号）

147. 常见大功率可控整流电路接线形式有带平衡电抗器的_____。（答案：双反星形和十二相整流电路）

148. 可以逆变的整流电路有_____、_____整流电路。（答案：三相全控桥，单相全控桥）

149. KC04 集成移相触发器是由_____、_____、_____、_____四部分组成。（答案：同步信号、锯齿波形成、脉冲形成、功率放大）

150. 全控桥可控整流工作状态处在_____区间为有源逆变工作状态。（答案：90°～180°）

151. 三相全控桥可控直流最大输出电压考虑 90% 电网电压其计算公式为_____。（答案：$2.34 \times 0.9 \times U_2 \cos\alpha$）

152. 三相全控桥在一个周期内，每个整流元件的导通时间是负载电流通过时间的_____。（答案：1/3）

153. 将一个正弦波信号转换成同一频率的矩形波，应采用_____振荡器。（答案：石英晶体多谐）

154. 用于把矩形脉冲变为尖脉冲的电路是_____。（答案：微分电路）

155. 若用与非门组成一个四位二进制译码器，则所需与门的个数为_____。（答案：8 个）

156. 要把不规则的脉冲信号变换为等宽等幅的脉冲信号，应采用_____触发器。（答案：单稳态）

157. 当输入端只要有一个高电平时，输出即为低电平。只有当输入端全部为低电平时，输出才为高电平，具有此逻辑功能的电路为_____。（答案：或非门）

158. 集成运放输入端并接两个正反向二极管其作用为输入_____。（答案：电压保护）

159. 集成运算反相器就是_____。（答案：AF=-1）

160. 集成运算电压跟随器就是_____。（答案：AF=1）

161. 集成运算积分器是 $U_0 = $_____。$\left(答案：-\dfrac{1}{RC}\displaystyle\int U_i \mathrm{d}t\right)$

162. 集成运算放大器为扩大输出电流可采用输出端_____电路。（答案：加功率放大）

163. 集成运算放大器实质是一个_____放大器。（答案：直接耦合的多级）

164. 若要稳定放大器的输出电压且增大输入电阻，则应采用_____负反馈。（答案：电压串联）

165. 三相半控桥整流电路当控制角 $\infty = 0$ 时，最大导通角为_____。（答案：$2\pi/3$）

166. 三相全控桥整流电路，当控制角 $\infty=0$ 时，空载整流输出电压平均值为_____。（答案：$2.34U_{2\phi}$）

167. 三相全控桥电阻电感电路移相范围是_____。（答案：$0\sim\pi/2$）

168. 三相半控桥整流电路 $\infty=0$ 时，输出的脉动电压最低脉动频率是_____。（答案：$6f$）

169. 三相半波可控整流电路各相触发脉冲相位差是_____。（答案：$150°$）

170. 组合电路通常由门电路组成，时序电路必须包含有存储电路，触发器属于_____电路。（答案：存储）

171. 三相全控桥接大电感负载时输出电流的波形是_____线。（答案：连续近似直）

172. 晶闸管变流装置高次谐波的原因是周期性的_____。（答案：非正弦波）

173. 对同一晶闸管，维持电流 I_H 与擎住电流 I_L 在数值大小上有 I_L _____ I_H。〔答案：大于〔或 $\approx (2\sim4)$〕〕

174. 功率集成电路 PIC 分为两大类，一类是高压集成电路，另一类是_____。（答案：智能功率集成电路）

175. 晶闸管断态不重复电压 U_{DSM} 与转折电压 U_{BO} 数值大小上应为，U_{DSM} _____ U_{BO}。〔答案：小于（或<）〕

176. 电阻性负载三相半波可控整流电路中，晶闸管所承受的最大正向电压 U_{Fm} 等于_____，设 U_2 为相电压有效值。（答案：$U_{Fm}=\sqrt{2}U_2$）

177. 三相半波可控整流电路中的三个晶闸管的触发脉冲相位按相序依次互差_____。（答案：$120°$）

178. 对于三相半波可控整流电路换相重叠角的影响，将使用输出电压平均值_____。（答案：下降）

179. 晶闸管串联时，给每只管子并联相同阻值的电阻 R 是_____措施。（答案：静态均压）

180. 三相全控桥式变流电路交流侧非线性压敏电阻过电压保护电路的连接方式有_____两种方式。（答案：Y 形和 △ 形）

181. 抑制过电压的方法之一是用_____吸收可能产生过电压的能量，并用电阻将其消耗。（答案：储能元件）

182. 180°导电型电压源式三相桥式逆变电路，其换相是在_____的上、下两个开关元件之间进行。（答案：同一相）

183. 改变 SPWM 逆变器中的调制比，可以改变_____的幅值。（答案：输出电压基波）

184. 为了利于功率晶体管的关断，驱动电流后沿应是_____。〔答案：（一个）较大的负电流〕

185. 恒流驱动电路中抗饱和电路的主要作用是_____。（答案：减小存储时间）

186. 功率晶体管缓冲保护电路中的二极管要求采用_____型二极管，以便与功率晶体管的开关时间相配合。（答案：快速恢复）

187. 双向晶闸管的触发方式如下。I＋触发：第一阳极 T1 接_____电压，第二阳极 T2 接_____电压；门极 G 接_____电压，T2 接_____电压。
I－触发：第一阳极 T1 接_____电压，第二阳极 T2 接_____电压；门极 G 接_____电压，T2 接_____电压。
Ⅲ＋触发：第一阳极 T1 接_____电压，第二阳极 T2 接_____电压；门极 G 接_____电压，T2 接_____电压。
Ⅲ－触发：第一阳极 T1 接_____电压，第二阳极 T2 接_____电压；门极 G 接_____电压，T2 接_____电压。（答案：I＋触发：正，负；正，负。I－触发：正，负；负，正。Ⅲ＋触发：负，正；正，负。Ⅲ－触发：负，正；负，正）

188. 由晶闸管构成的逆变器换流方式有_____换流和_____换流。〔答案：负载、强迫（脉冲）〕

189. 按逆变后能量馈送去向不同来分类，电力电子元件构成的逆变器可分为_____逆变器与_____逆变器两大类。（答案：有源、无源）

190. 有一晶闸管的型号为 KK200-9，KK 表示_____；200 表示_____，9 表示_____。（答案：

快速晶闸管、200A、900V）

191. 单结晶体管产生的触发脉冲是＿＿＿＿脉冲；主要用于驱动＿＿＿＿功率的晶闸管；锯齿波同步触发电路产生的脉冲为＿＿＿＿脉冲；可以触发＿＿＿＿功率的晶闸管。（答案：尖、小、强触发、大）

第8章 电机拖动与自动化控制

1. 一个自动控制系统，一般由输入环节、＿＿＿＿环节、＿＿＿＿环节、＿＿＿＿环节及比较环节等组成。（答案：放大、执行、反馈）

2. 半导体接近开关具有＿＿＿＿、＿＿＿＿、＿＿＿＿等优点。（答案：灵敏度高、频率响应快、重复定位精度高）

3. 位置的数显装置由＿＿＿＿、＿＿＿＿和＿＿＿＿等组成。（答案：检测元件、电路、显示元件）

4. 常用的逆变器根据换流方式不同，分为＿＿＿＿换流式逆变器和＿＿＿＿换流式逆变器两类。（答案：负载谐振、脉冲）

5. 所谓自动控制，是在＿＿＿＿的目标下，没有＿＿＿＿，系统自动地＿＿＿＿，而且能够克服各种干扰。（答案：人为规定、人的直接参与、完成规定的动作）

6. 扰动是一种系统输出量产生＿＿＿＿的信号。（答案：反作用）

7. 在自动调速系统中按有无反馈回路分为＿＿＿＿系统和＿＿＿＿系统。（答案：开环控制、闭环控制）

8. 在晶闸管调速系统中，按反馈回路的数量可分为＿＿＿＿系统和＿＿＿＿系统。按所取不同的反馈量，可分为＿＿＿＿、＿＿＿＿、＿＿＿＿、＿＿＿＿。（答案：单闭环、多闭环、转速负反馈、电压负反馈、电流负反馈、电流正反馈）

9. 闭环系统的静特性比开环系统的机械特性要硬，它们虽然都表示＿＿＿＿的关系，但又有根本区别。开环机械特性反映了系统的＿＿＿＿，而闭环静特性仅仅是用于闭环系统＿＿＿＿的结果，它只表示＿＿＿＿关系，不反应＿＿＿＿过程。（答案：转速与负载电流、内在规律、调节作用、静态、动态）

10. 转速负反馈系统中＿＿＿＿必须采用高精度元件。（答案：测速发电机）

11. 负反馈闭环控制系统的一个突出优点是：凡是被包围在反馈＿＿＿＿内的扰动量，都将受到＿＿＿＿。（答案：回路、抑制）

12. 反馈控制系统中偏差信号的变化，直接反映了被调量的＿＿＿＿。在有差调速系统中，就是靠＿＿＿＿信号的变化进行自动＿＿＿＿的。系统的开环放大倍数越大，则自动调节能力就越＿＿＿＿。（答案：变化、偏差调节补偿强）

13. 在转速负反馈调速系统中，调节转速实质上是落实在调节电压上，所以将转速作为＿＿＿＿调节量，将电压作为＿＿＿＿调节量，也可以达到调速的目的，只不过精度稍差。（答案：间接、直接）

14. 在转速负反馈系统中，闭环系统的转速降减为开环系统转速降的＿＿＿＿倍。（答案：$1/1+K$）

15. 采用比例积分调节器组成的无静差调速系统，当负载突然变化后，调节器要进行调节。在调节过程的初期、中期＿＿＿＿部分起主要作用；在调节过程的后期＿＿＿＿部分要起主作用，并依靠它消除＿＿＿＿。（答案：比例、积分、误差）

16. 电流截止负反馈的方法是：当电流未到达＿＿＿＿值时，该环节在系统中不起作用，一旦电流达到和超过＿＿＿＿值时，该环节立刻起作用。（答案：规定、规定）

17. 双闭环调速系统是由＿＿＿＿调节器和＿＿＿＿调节器串接后分成两级进行控制的。即由＿＿＿＿调节器去驱动＿＿＿＿调节器，再由＿＿＿＿调节器驱动＿＿＿＿；两个调节器起着＿＿＿＿作用。（答案：速度、电流、速度、电流、电流、触发器、不同）

18. 电流调节器在系统＿＿＿＿过程中，＿＿＿＿、＿＿＿＿或＿＿＿＿波动时起着调节作用。（答案：启动、过载、堵转、电源电压）

19. 速度调节器在系统＿＿＿＿变化及系统转速偏差＿＿＿＿时起调节作用。（答案：负载、较大）

20. 数控机床具有_____、_____及_____的特点。(答案：通用性、灵活性、高度自动化)

21. 数控机床通常由四个基本部分组成，即_____、_____、_____、_____。(答案：控制介质、数控装置、伺服装置、机床本体)

22. 在自动生产线中，每个部件与自动总线的关系是_____和_____的关系。(答案：局部、全部)

23. 自动生产线的控制方式有_____和_____两种。(答案：集中控制、分散控制)

24. 在整定 B2010 型刨床速度调节器的比例放大倍数时，必须以_____为前提。(答案：测速发电机电压稳定)

25. 用快速热电偶测温属于_____。(答案：动态测温)

26. 热电偶输出的_____，是从零逐渐上升的，达到相应的温度后，则不再上升而呈现一个平台值。(答案：热电势)

27. 系统输出量对本系统产生反作用的信号称为_____。(答案：扰动)

28. 在转速负反馈系统中，闭环系统由理想空载增至满载时的"转速降"，仅为开环系统转速降的_____。［答案：$1/(1+K)$ 倍］

29. SIMOREG-V5 系列调速装置是_____系统。(答案：可逆逻辑无环流双闭环)

30. 数控系统所控制的对象是_____。(答案：伺服驱动装置)

31. 分析数据系统操作单元可以更好地实现_____。(答案：人机对话)

32. 数控机床的伺服驱动系统，是通过控制并驱动机床的主轴和_____运动，来完成机床的机械动作的。(答案：进给)

33. 在数控机床中，机床直线运动的坐标轴 X、Y、Z 的正方向，规定为_____坐标系。(答案：右手笛卡尔)

34. 数控机床的伺服系统一般包括_____和_____。(答案：机械传动系统、检测装置)

35. SIN840C 数控单元包括显示部分、_____输入/输出设备及_____。(答案：主机框架、驱动装置)

36. CIMS 的功能主要包括_____功能，工程设计自动化，生产制造自动化和_____。(答案：经营管理、质量保证)

37. 在自动控制系统中，_____能够以一定准确度跟随_____的变化而变化的系统称为伺服系统。(答案：输出量、输入量)

38. 无静差调速系统的调节原理是_____。无静差调速系统中必须有_____调节器。(答案：依靠偏差对时间的积累、积分)

39. CNC 系统是_____的简称，CNC 系统是靠_____来满足不同类型机床的各种要求的。(答案：计算机数控系统、软件)

40. 差补原理是已知运动轨迹的起点坐标、终点坐标和_____由数据系统实时地计算出_____的坐标。(答案：曲线方程、各个中间点)

41. SINUMERJK820S 系统是_____控制系统，专为经济型数控机床设计的。(答案：步进电动机)

42. 控制系统大多数具备自动控制、_____、自动信息处理、自动修正、自动检测等功能。(答案：自动诊断)

43. 机电一体化产品控制系统大多数都具备自动控制、自动诊断、自动信息处理、自动修正、_____等功能。(答案：自动检测)

44. 机电一体化包含了机械技术、计算机与信息处理技术、系统技术、_____技术、传感与检测技术、伺服与传动技术。(答案：自动控制)

45. 经济型数控机床的改造主要用于中、小型_____和铣床的数控改造。(答案：车床)

46. SIN840C 可以实现_____差补。(答案：3D)

47. SIN840C 控制系统由数控单元主体、主轴和_____组成。(答案：伺服单元)

48. 机床操作面板上主要有 4 种加工操作方法，即 JOG 手动、TEACHIN 示教、MD_____和

AUTOMATIC 自动。（答案：手动输入数据自动运行）

49. 在自动控制系统中，_____能够以一定准确度跟随输入量的变化而变化的系统称为伺服系统。（答案：输出量）

50. 反相比例放大器有两个输入端，一个是_____端，表示输入与输出是反相的，另一个是同相端，表示输入信号与输出信号是同相的。（答案：反相输入）

51. 典型工业控制系统是由_____和工业控制机部分组成。（答案：一次设备）

52. 开关量输入节点 12 个，开关量输出节点 8 个，实际所用 I/O 点数 20 个，选用中小型控制器_____基本单元，就可以满足机床的控制要求。（答案：F-20MR）

53. 数显改造机床在普通机床上安装数显_____检测装置。（答案：位置）

54. SIN840C _____软件中含有车床、铣床两种类型的设置。（答案：标准系统）

55. 差补原理是已知运动轨迹的起点坐标、终点坐标和_____由数据系统实时地计算出各个中间点的坐标。（答案：曲线方程）

56. 数控机床的伺服系统一般包括机械传动系统和_____装置。（答案：驱动）

57. 机电一体化将电子设备的信息处理功能和控制功能融合到_____中使装置更具有系统性、完整性、科学性和先进性。（答案：机械装置）

58. 机电一体化产品控制系统大多数都具备自动控制、自动诊断、自动信息处理、_____、自动检测等功能。（答案：自动修正）

59. 机电一体化包含了机械技术、计算机与信息处理技术、系统技术、自动控制技术、传感与_____技术、_____传动技术。（答案：检测、伺服）

60. SIN840C 系统模块具有种类_____，结构清晰，便于维修的特点。（答案：少）

61. 数控机床的伺服系统的机械传动系统一般由伺服驱动系统、机械传动部件、_____组成。（答案：驱动元件）

62. 伺服系统是一种反馈控制系统，它由指令脉冲作为输入给定值，与输出被控量进行比较，利用比较后产生的_____对系统进行自动调节。（答案：偏差值）

63. 机床数据、PLC 程序及加工工序可在_____的硬盘上备份。（答案：MMC）

64. 数控机床的伺服系统中的机械传动系统一般由_____系统、机械传动部件、驱动元件组成。（答案：伺服驱动）

65. 伺服系统是一种反馈控制系统，它由_____作为输入给定值，与输出被控量进行比较，利用比较后产生的偏差值对系统进行自动调节。（答案：指令脉冲）

66. CIMS 主要包括经营管理功能，工程设计自动化，生产制造自动化和_____。（答案：质量保证）

67. 伺服驱动系统一般由_____和驱动元件组成。（答案：驱动控制）

68. SIN840C 数控单元包括显示部分、_____、输入/输出设备及驱动装置。（答案：主机框架）

69. 为了提高抗干扰能力，交流电源地线与_____不能共用。（答案：信号地线）

70. 电场屏蔽解决分布电容问题，_____地线接大地。（答案：屏蔽）

71. 电气控制原理图设计按主回路、控制回路、_____、总体检查的顺序进行。（答案：联锁与保护）

72. 浮地接法要求全机与地绝缘的电阻不能_____50MΩ。（答案：小于）

73. 零信号基准电位的相接点必须保证_____不流经信号线。（答案：干扰电流）

74. IFT5 无刷三相伺服电动机包括定子、转子，一个检测电动机转子位置及_____的无刷反馈系统。（答案：转速）

75. 由被控对象变送器和执行机构组成典型工业控制机系统的_____部分。（答案：一次设备）

76. 浮地接法容易产生_____干扰。（答案：静电）

77. 当电源有一个不接地的信号源与一个接地放大器相连时，输入端的屏蔽应接至_____的公共端。（答案：放大器）

78. 电子装置内部采用低噪声前置放大器，各级放大器间防止耦合和_____。（答案：自激振荡）

79. 为避免_____现象应在补偿电容前串联电抗器。（答案：谐振）

80. A/D 转换器在获取 0～50mV 的微弱信号时_____极为重要。（答案：模拟接地法）

81. 当接地的信号源与不接地的放大器连接时，放大器的输入端屏蔽应接到_____的公共端。（答案：信号源）

82. 随着电子技术的发展，可以使机械技术和电子技术有机地结合起来，以实现系统整体_____。（答案：最佳化）

83. 无静差调速系统中，积分环节的作用使输出量_____上升，直到输入信号消失。（答案：直线）

84. 简单的自动生产流水线，一般采用_____控制。（答案：顺序）

85. 自动生产线系统，输入信号一般采用_____信号。（答案：开关量）

86. 感应同步器主要参数有动态范围、精度及分辨率，其中精度应为_____。（答案：$0.1\mu m$）

87. 只有应用 PI 调节器在双闭环晶闸管调速系统中才可以达到的要求是：系统的快速性、_____、增加_____稳定性。（答案：无静差、转速）

88. 转速无静差闭环调速系统中，转速调节器一般采用_____调节器。（答案：比例积分）

89. 双闭环系统中，无论启动、堵转或稳定运行时，电流调节器始终处于_____状态。（答案：不饱和）

90. 转速负反馈调速系统在运行过程中，转速反馈线突然断开，电动机的转速会_____。（答案：升高）

91. 在可控硅整流电路中，当晶闸管的移相控制角增大时，整流器输出直流电压平均值 U_N _____。（答案：减小）

92. 在负反馈系统中，当开环放大倍数 K 增大时，转速降落 N 将_____。（答案：减小）

93. 双闭环调速系统比单闭环调速系统的启动时间_____。（答案：短）

94. 可编程序控制器的输出方式为继电器，它是适应于控制_____。（答案：交直流负载）

95. PI 调节器，假设原有输出电压为 U_0，在这个初始条件下，如果调节器输入信号电压为 0，则此时的调节器的输出电压为_____。（答案：U_0）

96. 当晶闸管直流电机转速无静差调速系统在稳定运行时，速度反馈电压_____速度给定电压。（答案：等于）

97. 在晶闸管直流电动机转速负反馈调速系统中，当负载电流增加后晶闸管整流器输出电压将_____。（答案：增加）

98. 在调试晶闸管直流电动机转速负反馈调速系统时，若把转速信号减小，机械特性硬度_____，这时直流电动机的转速将_____。（答案：硬、升高）

99. 速度负反馈调速系统机械特性硬度，比电压负反馈调速系统机机械特性硬度_____。（答案：硬）

100. 采用定频调宽控制的直流斩波器，保持触发频率不变，增加晶闸管导通时间，则斩波器输出直流平均电压值_____。（答案：增加）

101. 采用定宽调频法控制的直流斩波器，保持晶闸管导通时间变，提高对晶闸管的触发频率，则斩波器输出直流平均电压值_____。（答案：增加）

102. 采用晶闸管通断控制法的交流电路不存在_____。（答案：高次谐波）

103. 晶闸管调速系统中，PI 调节器中的电容元件发生短路就会出现_____下降。（答案：调速性能）

104. 异步电机串级调速采用的电路是_____。（答案：有源逆变）

105. 为了保护小容量调速系统晶闸管不受冲击电流的损坏，在系统中应采用_____。（答案：电流截止负反馈）

106. 斩波器是一种_____调压装置。（答案：直流）

107. 如果改变双闭环调速系统的速度，应该改变_____参数。（答案：给定电压）

第 9 章　先进控制技术知识

1. 微型计算机是以_____为核心，加上大规模集成电路制作的_____、_____电路外部设备及系统总线所组成。（答案：微处理器、存储器、输入/输出接口）

2. PC 的_____程序要永久保存在 PC 中，用户不能改变，_____程序是根据生产过程和工艺要求编制的，可通过_____修改或增删。（答案：系统、用户、编程器）

3. 常开触点与母线的连接指令是_____，LD—NOT 是_____指令；_____是线圈驱动指令。（答案：LD、常闭接点与母线连接、OUT）

4. 串联一个常开触点时采用_____指令，串联一个常闭触点时采用_____指令。（答案：AND、AND—NOT）

5. 并联一个常开触点时采用_____指令，并联一个常闭触点时采用_____指令。（答案：OR、OR—NOT）

6. ORB 是_____指令，ANB 是_____指令。（答案：电路块并联连接、电路块串联连接）

7. TIM 是实现_____指令，输入由_____变为_____时，定时器开始定时，当定时器的输入为_____或电源_____时，定时器复位。（答案：通电延时操作、OFF、ON、OFF、断电）

8. END 是表示_____的指令。（答案：程序结束）

9. IL 表示电路_____，而 ILC 则表示_____。（答案：有一个新的分支点、电路分支点结束）

10. 能直接编程的梯形图必须符合顺序执行，即从_____到_____，从_____到_____地执行。（答案：上、下、左、右）

11. 电压型逆变器限制电流_____，冲击负载下运行时_____。（答案：困难、快速性差）

12. 感应同步器是用来测量_____或_____位移的一种位置检测器件，它有_____和_____两种。（答案：直线位移、转角、直线感应同步器、圆盘感应同步器）

13. 直线感应同步器由_____和_____组成，圆盘形感应同步器由_____和_____组成。在定尺和转子上是_____绕组，而在滑尺和定子上则是_____绕组，又称为正弦和余弦绕组。（答案：定尺、滑尺、定子、转子、连续、分段）

14. 光栅也是位置检测元件之一，有_____和_____两种。其结构由_____和_____组成。（答案：长光栅、圆光栅、标尺光栅、指示光栅）

15. 数字式磁栅测量仪是由_____、_____和_____三部分组成。（答案：磁栅、读磁头、测量线路）

16. 型号为 FX2N-32MR 的 PLC，它表示的含义包括如下：它是_____单元，内部包括_____、_____、输入输出口及_____；其输入输出总点数为_____点，其中输入点数为_____点，输出点数为_____点；其输出类型为_____。（答案：基本、CPU、存储器、电源、32、16、16、继电器型）

17. 采用 FX2N 系列 PLC 实现定时 50s 的控制功能，如果选用定时器 T10，其定时时间常数值应该设定为 K_____；如果选用定时器 T210，其定时时间常数值应该设定为 K_____。（答案：50、500）

18. 采用 FX2N 系列 PLC 对多重输出电路编程时，要采用进栈、读栈和出栈指令，其指令助记符分别为_____、_____和_____，其中_____和_____指令必须成对出现，而且这些栈操作指令连续使用应少于_____次。（答案：MPS、MRD、MPP、MPS、MPP、11）

19. PLC 的输出指令_____是对继电器的_____进行驱动的指令，但它不能用于_____。（答案：OUT 线圈、输入继电器）

20. PLC 开关量输出接口按 PLC 机内使用的器件可以分为_____型、_____型和_____型。输出接口本身都不带电源，在考虑外驱动电源时，需要考虑输出器件的类型，_____型的输出接口可用于交流和直流两种电源，_____型的输出接口只适用于直流驱动的场合，而_____型的输出接口只适用于交流驱动的场合。（答案：继电器、晶体管、晶闸管、继电器、晶体管、晶闸管）

244

21. 三菱 FX2N 系列 PLC 的 STL 步进梯形的每个状态提供了三个功能：_____、_____、_____。（答案：驱动处理、转移条件、相继状态）

22. PLC 用户程序的完成分为_____、_____、_____三个阶段。这三个阶段是采用_____工作方式分时完成的。（答案：输入处理、程序执行、输出处理、循环扫描）

23. FX2N 系列 PLC 编程元件的编号分为两个部分，第一部分是代表功能的字母。输入继电器用_____表示，输出继电器用_____表示，辅助继电器用_____表示，定时器用_____表示，计数器用_____表示，状态器用_____表示。第二部分为表示该类器件的序号，输入继电器及输出继电器的序号为_____进制，其余器件的序号为_____进制。（答案：X、Y、M、T、C、S、八、十）

24. PLC 编程元件的使用主要体现在程序中。一般可以认为编程元件与继电接触器元件类似，具有线圈和常开常闭触点。而且触点的状态随着线圈的状态而变化，即当线圈被选中（得电）时，_____触点闭合，_____触点断开，当线圈失去选中条件（断电）时，_____触点闭合，_____触点断开。和继电接触器器件不同的是，作为计算机的存储单元，从实质上说，某个元件被选中，只是代表这个元件的存储单元置_____，失去选中条件只是代表这个元件的存储单元置_____。由于元件只不过是存储单元，可以无限次地访问，PLC 的编程元件可以有_____个触点。（答案：常开、常闭、常闭、常开、1、0、无数多）

25. 程序控制是指对生产过程按预先规定的_____进行工作的一种_____方式。（答案：逻辑顺序、控制）

26. KSJ-1 型顺序控制器由_____、_____和_____组成。（答案：输入部分、矩阵板、输出部分）

27. 根据变频器的不同，变频调速可以分为_____变频调速和_____变频调速两种。（答案：交-直-交、交-交）

28. 旋转变压器是一种输出电压随转子_____变化而变化的信号元件。（答案：转角）

29. CIMS 是_____的缩写。（答案：计算机集成制造系统）

30. 计算机由 CPU、内存和_____组成。（答案：输入 / 输出接口）

31. 可编程控制器输入指令时，可以使用编程器来写入程序，所依据的是_____。（答案：梯形图或指令表）

32. 在 F20 系统中，PLC 的常开触点与母线连接的指令助记符是_____。（答案：LD）

33. _____是可编程控制器的程序结束指令。（答案：END）

34. 变频器和外部信号的连接需要通过相应的_____。（答案：接口）

35. 变频器由_____和控制电路组成。（答案：主电路）

36. 变频器的输出端不允许接_____，也不允许接_____电动机。（答案：电容器、电容式单相）

37. 对变频器进行功能预置时，必须在_____下进行。（答案：编程模式 / PRG）

38. 为了在发生故障时能够迅速地切断电源，通常在电源与变频器之间要接入_____。（答案：低压断路器与接触器）

39. _____接口，可以使变频器根据数控设备或 PLC 输出的数字信号指令来进行工作。（答案：数字信号输入）

40. 数控装置是数控系统的核心，它的组成部分包括数控_____。（答案：软件和硬件）

41. 莫尔条纹的方向，几乎是_____的方向。（答案：垂直光栅刻线）

42. 变频器改造设备调速系统提高了_____的性能，降低了_____消耗。（答案：调速、电能）

43. PLC 输入输出接点的连接方式有_____方式和_____方式。（答案：汇点、独立）

44. S7-200PLC 中断优先级按从高到低的顺序是_____、_____、_____。（答案：I/O 中断、通信中断、定时中断）

45. 将编程器内编写好的程序写入 PLC 时，PLC 必须处在_____模式。（答案：STOP）

46. F1-40E 是 F1 系列 PLC 的_____。（答案：扩展单元）

47. 输出指令不能用于_____映像寄存器。（答案：输入）

48. PLC 需要通过_____电缆与微机连接。（答案：PC/PPI）

49. AIW0 是 S7-200 PLC 的_____，其长度是_____。（答案：模拟输入寄存器、16 位）

50. LDI、AI、ONI 等指令中的"I"表示_____功能，其执行时从实际输入点得到相关的状态值。（答案：直接）

51. 手持式编程器可以为 PLC 编写_____方式的程序。（答案：指令表）

52. STEP 7 Micro 是 S7-200 PLC 的编程软件，使用该软件的微机_____直接与 PLC 通信，_____进行 PLC 运行状态的在线监视。（答案：可以、能）

53. 定时器和计数器除了当前值以外，还有一位状态位，状态位在当前值_____预置值时为 ON。（答案：大于等于）

54. F1-40MR 是 F1 系列 PLC 的_____，40 表示其具有_____。（答案：基本单元、40 个输入输出点）

55. _____是初始化脉冲，仅在_____时接通一个扫描周期。［答案：M71（SM0.1）、PLC 由 STOP 变为 RUN］

56. 选择 PLC 型号时，需要估算_____，并据此估算出程序的存储容量，是系统设计的最重要环节。（答案：输入输出点数）

57. PLC 一般_____为外部传感器提供 24V 直流电源。（答案：能）

58. VD200 是 S7-200 PLC 的_____，其长度是_____。（答案：变量存储器、32 位）

59. 被置位的点一旦置位后，在执行_____指令前不会变为 OFF，具有锁存功能。（答案：复位）

60. JMP 跳转指令_____在主程序、子程序和中断程序之间相互跳转。（答案：不能）

61. COMPUTERIZED NUMERICAL CONTROL 是一种_____统，简称 CNC。（答案：计算机数控）

62. CSB_____是 CENTER SERVICE BOARD 的缩写。（答案：中央服务单元）

63. CNC 系统是靠_____来满足不同类型机床的各种要求的。（答案：软件）

64. CNC 系统具有良好的_____与灵活性，很好的通用性和可靠性。（答案：柔性）

65. PCL 改造设备控制是指采用 PCL 可编程序控制器替换原设备控制中庞大而复杂的_____控制装置。（答案：继电器）

66. CIMS 是_____英文的缩写。（答案：计算机集成制造系统）

67. 工业控制系统的硬件由计算机基本系统和_____组成。（答案：过程 I/O 系统）

68. 为便于系统的维修与使用 CNC 系统都有_____系统。（答案：故障自我诊断）

69. 在 FANUC 系统，F15 系列中主 CPU 为_____位的 CNC 装置，因此是人工智能 CNC 装置。（答案：32）

70. LJ-20 系列的内装式 PCL 通过计算机编程形成目标文件和_____文件。（答案：梯形图）

71. 采用三线采样双屏蔽浮地技术是将地线和_____采样。（答案：信号线）

72. 在变频器的输入侧接有电动机时不应接入_____而提高功率因数。（答案：电容器）

73. 在计算机数控系统_____中，插补工作一般由软件完成。（答案：CNC）

74. 配电网络三相电压不平衡会使变频器的输入电压和电流波形发生_____。（答案：畸变）

75. 变频器改造设备调速系统采用交流变频器调速替代原设备中_____或其他电动机调速的方案。（答案：直流调速）

76. 变频器改造设备调速系统提高了调速的性能，_____电能消耗。（答案：降低了）

77. 用于小容量变频器时可将每相导线按相同方向在_____上绕 4 圈以上，实际变频器的输出侧抗干扰。（答案：零序电抗器）

78. 逻辑运算中，A+AB=_____。（答案：A）

79. 系统输出量产生作用的信号称为_____。（答案：扰动）

80. 可编程控制器主要有_____、_____、_____。（答案：输入采样、程序执行、输出刷新）

81. 属于串联的指令有_____和 ANI。（答案：AND）

82. 属于并联的指令有 OR 和_____。（答案：ORI）

83. 异步电动机调速的三种形式是_____、_____、_____。（答案：调磁极对数、调频率、调转差率）

84. 属于 8 进制的元件有_____、_____。（答案：X、Y）

85. 具有设定值的元件有_____、_____。（答案：T、C）

86. 属于闭环变频调速控制运行方式有_____、_____、PLG 反馈控制。（答案：PI 压力控制、矢量控制）

87. 属于脉宽调制方式的变频器有 PWM 和_____。（答案：SPWM）

88. 所谓系统总线，指的是数据总线和_____、_____。（答案：地址总线、控制总线）

89. 下述条件中，能封锁主机对中断的响应的条件是一个同级或高一级中的，正在处理中_____，当前执行的指令是 RETI 指令或对 IE 或 IP 寄存器进行读/写指令。（答案：当前周期不是执行当前指令的最后一个周期）

90. 中断请求的撤除有_____、脉冲方式外部中断自动撤除、方式外部中断强制撤除、_____。（答案：定时/计数中断硬件自动撤除、串行中断软件撤除）

91. 一个应用课题的研制，大致可分为分析研究课题、明确解决问题的方法、_____，分模块调试系统，进行在线仿真和总调，固化程序，投入实际运行，反馈运行情况，_____，升级。（答案：分别进行系统硬件和软件设计、及时修正）

92. 8051 单片机 CPU 的主要功能有产生控制信号，_____，_____及位操作。（答案：存储数据、算术逻辑运算）

93. 程序计数器 PC 是用来存放即将要执行的下 条指令的地址，PC 内容的改变是由这些条件 CPU 取指令后自动修改，_____，_____引起。（答案：执行转移指令、执行调用指令、中断返回或子程序返回）

94. CPU 响应中断的条件包括，现行指令运行结束，_____，申请中断的_____，已开放 CPU 中断。（答案：有中断请求信号、中断源中断允许位为 1）

95. 8031 单片机的 P0 口其输入输出电路的特点是_____，驱动电流负载时需_____，有三态缓冲器，有锁存器。（答案：漏极开路、外接上拉电阻）

96. 8051 单片机的 TCON 寄存器的作用是有启动控制位，_____标志，_____标志，选择外部中断触发方式。（答案：外部中断请求、定时器溢出）

97. 8031 单片机中堆栈的作用有_____，_____，保护调用指令的下一条指令的地址。（答案：保护断点、保护现场）

98. 属于 8031 单片机串行通信时接收数据的过程：_____，从 RXD 串行输入数据，R1 置位，_____，从 SBUF 读数据。（答案：SCON 初始化、软件 RI 清零）

99. LED 数码管显示若用动态显示，须将各位数码管的位_____，将各位数码管的段选线_____，将位选取线用一个 8 位输出口控制，将段选线用一个 8 位输出控制的输出口。（答案：选线并联、并联、加驱动电流）

100. 下列哪些属于 8031 单片机串行通信时发送数据的过程：_____，_____，从 TXD 发送数据，置 TI 为 1，_____。（答案：SCON 初始化、数据送 SBUF、软件 TI 清零）

101. 一个 8031 单片机应用系统用 LED 数码管显示字符"8"的段码是 81H，可以断定该显示系统用的是_____，不加反相驱动的共阳极数码管。（答案：加反相驱动的共阴极数码管体制）

102. －3 的补码是_____。（答案：11111101）

103. CPU 主要的组成部分分为_____、_____。（答案：运算器、控制器）

104. 对于 INTEL8031 来说 EA 脚总是_____。（答案：接地）

105. 程序计数器 PC 用来_____。（答案：存放下一条的指令地址）

106. 单片机应用程序一般存放在_____。（答案：ROM）

107. 单片机 8051 的 XTAL1 和 XTAL2 引脚是_____的引脚。（答案：外接晶振）

108. 8031 复位后，PC 与 SP 的值为_____。（答案：0000H，07H）

109. 单片机的堆栈指针 SP 始终是_____。(答案：指示堆栈顶)

110. P0、P1 口作输入用途之前必须将相应端口_____。(答案：先置1)

111. 一个 EPROM 的地址有 A0～A11 引脚，它的容量为_____。(答案：4KB)

112. 当标志寄存器 PSW 的 RS0 和 RS1 分别为 1 和 0 时，系统选用的工作寄存器组为_____。(答案：组1)

113. LJMP 跳转空间最大可达到_____。(答案：64KB)

114. 8051 单片机共有_____个中断源。(答案：5)

115. 外部中断源 INT1_____的向量地址为_____。(答案：外部中断1、0013H)

116. 8051 的程序计数器 PC 为 16 位计数器，其寻址范围是_____。(答案：64KB)

117. 8051 单片机中，唯一一个用户可使用的 16 位寄存器是_____。(答案：DPTR)

118. 对定时器控制寄存器 TCON 中的 LT1 和 LT2 位清 0 后，则外部中断请求信号方式为_____。(答案：低电平有效)

119. 在 8051 汇编指令格式中，唯一不能缺省的部分是_____。(答案：操作码)

120. 跳转指令 SJMP 的转移范围为_____。(答案：256 字节)

121. DAC0832 是一种_____芯片。(答案：8 位 D/A 转换)

122. ADC0809 是一种_____芯片。(答案：8 位 A/D 转换)

123. 单片机在调试过程中，通过查表将源程序转换成目标程序的过程叫_____。(答案：手工汇编)

124. 指令包括操作码和操作数，其中操作数是指_____。(答案：操作数或操作数地址)

125. 指令 MOVR0，#20H 中 20H 是指，_____、_____、_____，以上三种均有可能，视该指令在程序中的作用而定。(答案：立即数、内部 RAM20H 单元、一个计数的初值)

126. 单片机中 PUSH 和 POP 指令通常用来_____。(答案：保护现场、恢复现场)

127. 指令 DA，A 应跟在 BCD 码的加法指令_____。(答案：后)

128. 指令 MUL AB 执行前_____ ＝18H，_____＝05H 执行后 AB 的内容是 78H，00H。(答案：A、B)

129. 8031 单片机的定时器 T1 用作定时方式是由内部_____定时，一个机器周期加 1。(答案：时钟频率)

130. 用定时器 T1 方式 2 计数，要求每计满_____次，向 CPU 发出中断请求，TH1，TL1 的初始值是 9CH。(答案：100)

131. 定时器 T1 的溢出标志 TF1，若计满数产生_____时，如不用中断方式而用查询方式，则应由软件清零。(答案：溢出)

132. MCS-51 单片机响应矢量地址是_____的入口地址。(答案：中断服务程序)

133. MCS-51 单片机响应中断的过程是断点_____，对应中断矢量地址装入 PC。程序转到该中断矢量地址，再转至_____。(答案：PC 自动压栈、中断服务程序首地址)

134. 当 TCON 的 IT0 为零，且 CPU 响应外部中断 0 INT0 的中断请求后，硬件_____。(答案：自动将 IE0 清 0)

135. MCS-51 单片机串行口接收数据的次序是下述的置 SCON 的 REN 为 1，外部数据由 RXD_____输入。接收完一帧数据后，硬件自动将 SC0N 的 R1 置 1。用软件将 R1 清 0。接收到数据由 SBUF 读出。[答案：(P3.0)]

136. 8051 单片机用串行口工作方式时数据从_____串行输入或输出，同步信号从_____输出。(答案：RXD、TXD)

137. 若 8155 命令口地址是 CF00H，则 A 口与 B 口的地址是_____、_____。(答案：CF01H、CF02H)

138. ADC0809 芯片是 M 路模拟输入的 N 位 A/D 转换器，M，N 是_____、_____。(答案：8、8)

139. 欲将 P.1 的高 4 位保留不变，低 4 位取反，可用指令_____。(答案：XRL：P1，#0FH)

140. 一程序中有一句 LP：SJMP．LP；功能为等待中断，当发生中断且中断返回后，_____。（答案：返回该句）

141. 一程序中有一句 LP：SJMP．LP；功能为等待中断，在主程序中没有安排堆栈指针 SP，且中断子程序的最后一句不是 RET1 而是 SJMP．LP，则执行完 2 次中断子程序后 SP 为_____。（答案：08H）

142. 8031 响应中断后，中断的一般处理过程是_____，保护现场，_____，中断服务；_____，恢复现场；_____，中断返回。（答案：关中断、开中断、关中断、开中断）

143. 交-交变频装置其输出频率为_____Hz。（答案：0～25）

144. 交-直-交变频装置其输出频率为_____。（答案：0～任意）

145. 交-直-交电压型变频器其无功功率交换的储能元件是_____。（答案：电容）

146. 交-直-交电流型变频器其无功功率交换的储能元件是_____。（答案：电感）

147. 交-交变频器至少需要_____个晶闸管组成。（答案：36）

148. 目前较小容量的变频器其电力开关元件多采用_____。（答案：功率晶闸管）

149. GTO 代表_____晶闸管。（答案：可关断）

150. GTR 代表_____。（答案：电力晶闸管）

151. IGBT 代表电力_____。（答案：场效应晶闸管）

152. 不具有关断能力的电力半导体开关是_____。（答案：快速晶闸管）

153. 关断时间最快的电力半导体元件是_____。（答案：电力场效应晶闸管）

154. PAM 表示脉幅_____。（答案：调制逆变器）

155. PWM 表示_____逆变器。（答案：方波脉宽调制）

156. VVVF 表示_____逆变器。（答案：调压调频）

157. 目前逆变器最好的调制控制电路是_____。（答案：SPWM）

158. SPWM 的正弦波控制信号频率决定_____。（答案：变频器的输出）

159. 在变频器调速系统中最理想的电力元件是_____。（答案：IGBT）

160. 交-交变频器仅适应于_____电动机。（答案：低速大容量）

161. 无源逆变器逆变的电压直接送给_____。（答案：负载）

162. 有源逆变器逆变的电压直接送给_____。（答案：交流电源）

第 10 章　西门子 PLC 知识

1. PLC 的输出接口类型有_____、_____与_____。（答案：继电器输出型、晶体管输出型、双向晶闸管输出型）

2. PLC 的软件系统可分为_____和_____两大部分。（答案：系统程序、用户程序）

3. S7-200 型 PLC 的指令系统有_____、_____、_____三种形式。（答案：梯形图、语句表、功能块）

4. 如图 3-2 所示，分析执行 FIFO 指令后，VW4 中的数据是_____。（答案：2435）

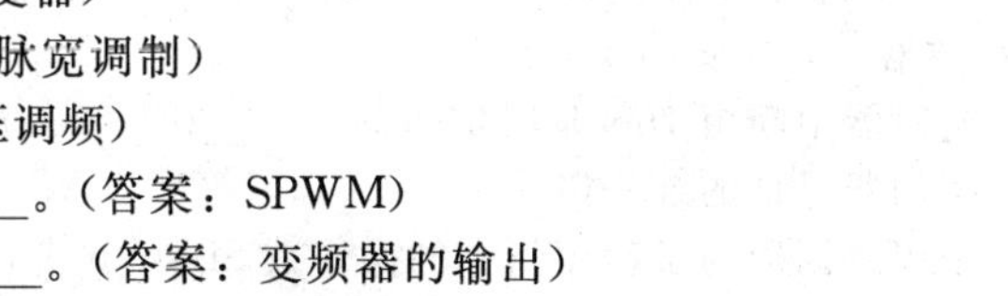

5. 高速计数器定义指令的操作码是_____。（答案：HDEF）

FIFO	
EH DAIA — VW4	
VW100 — TBL	

VW100	0004
VW102	0003
VW104	2435
VW106	BC78
VW108	AE34
VW110	

图 3-2

6. CPU214 型 PLC 的晶体管输出组数为_____。（答案：10 组）

7. 正跳变指令的梯形图格式为_____。（答案：—| P |—）

8. 字节寻址的格式由_____、_____、_____组成。（答案：存储器标识符、数据大小、起始字节地址）

9. CPU214 型 PLC 共有_____个计数器。（答案：256）

10. EM231 模拟量输入模块最多可连接_____个模拟量输入信号。（答案：4）

11. PLC 的运算和控制中心是_____。（答案：CPU）

12. S7-200 系列 PLC 的串行通信口可以由用户程序来控制，这种由用户程序控制的通信方式称为_____。（答案：自由端口通信模式）

13. 数据发送指令 XMT 的操作数 PORT 指定通信端口，取值为_____。（答案：0 或 1）

14. 位寻址的格式由_____、_____、分隔符及_____四部分组成。（答案：存储器标识符、字节地址、位号）

15. 定时器的三种类型分别是_____、_____和_____。（答案：TON、TOF、TONR）

16. 字移位指令的最大移位位数为_____。（答案：16）

17. 顺序控制继电器指令包括_____、_____和_____三个指令。（答案：SCR、SCRT、SCRE）

18. 子程序可以嵌套，嵌套深度最多为_____层。（答案：8）

19. 通常把内部存储器又称为_____。（答案：中间存储器）

20. PLC 运行时总是 ON 的特殊存储器位是_____。（答案：SM0.0）

21. 用来累计比 CPU 扫描速率还要快的事件的是_____。（答案：高速计数器）

22. 通过_____通信处理器，可以将 S7-200 系统连接到工业以太网_____中。（答案：CP-243-1IT、IE）

23. 在第一个扫描周期接通可用于初始化子程序的特殊存储器位是_____。（答案：SM0.1）

24. 中断程序标号指令的语句表指令的格式 INT，n，其中 n 指的是_____。（答案：中断服务程序的编号）

25. I/O 口中断事件包含_____中断、_____中断和_____中断三类。（答案：上升/下降沿、高速计数器、高速脉冲串输出）

26. 定时器中断由 1ms 延时定时器_____和_____产生。（答案：T32、T96）

27. 累加器寻址的统一格式为_____。（答案：AC＋累加器号）

28. 子程序调用与子程序指令的操作数 SBR－n 中，n 是_____，其取值范围是_____。（答案：子程序的标号、0～63）

29. _____和_____两条指令间的所有指令构成一个循环体。（答案：FOR、NEXT）

30. 把一个实数转换为一个双字整数值的 ROUND 指令，它的小数部分采用是_____原则处理。（答案：四舍五入）

31. 段译码指令的操作码是_____。它的源操作数的寻址方式是_____寻址，目的操作数的寻址方式是_____寻址。（答案：SEG、字节、字节）

32. 填表指令可以往表格里最多填充_____个数据。（答案：100）

第 11 章　变配电设施

1. 交流接触器常采用的灭弧方法是_____灭弧、_____灭弧；直流接触器常采用的灭弧方法是_____灭弧。（答案：直吹、栅片、电动力）

2. 灭弧罩一般用_____、_____和_____等材料制成。（答案：耐弧陶土、石棉水泥、耐弧塑料）

3. 交流接触器桥式双断口触点的灭弧作用，是将电弧分成两段以提高电弧的起弧电压；同时利用两段电弧相互间的_____将电弧向_____，以增大电弧与冷空气的接触面，迅速散热而灭弧。（答案：电动力、外侧拉长）

4. 交流接触器铜触点因表面氧化，积垢造成接触不良时，可用小刀或_____清除表面，但应保持触点原来的_____。（答案：细锉、形状）

5. 接触器触点开距的调整，主要考虑_____是否可靠，触点闭合与断开的时间，断开时运行部分的弹回_____及断开位置的_____间隙等因素。（答案：电弧熄灭、距离、绝缘）

6. 引起接触器线圈发热的原因有_____、_____不足，_____短路，电器动作超过额定。（答案：电源电压、铁芯吸力、线圈匝间）

7. 热继电器在使用过程中，双金属片应保持_____。若有锈迹可用布蘸_____轻轻擦除，不能

用_____磨光。(答案：光泽、汽油、砂纸)

8. RL1系列螺旋式熔断器，熔体内部充满_____。在切断电流时，_____能迅速将电弧熄灭。(答案：石英砂、石英砂)

9. 接触器触点开距、是接触点在_____分开时动静触点之间的最短距离。(答案：完全)

10. 变电站中由直流系统提供电源的回路有_____、_____、_____、信号回路等。(答案：主合闸回路、控制保护回路、事故照明回路)

11. 过流保护的动作电流按躲过_____来整定。(答案：最大负荷电流)

12. 瓦斯保护是根据变压器内部故障时会_____这一特点设置的。(答案：产生和分解出气体)

13. 变电运行设备的缺陷分三类，即一般缺陷、_____缺陷、_____缺陷。(答案：严重、危急)

14. 高压设备发生接地故障时，室内各类人员应距故障点大于_____以外，室外人员则应距故障点大于_____以外。(答案：4m、8m)

15. 电磁式断电器的释放电压(电流)值，取决于衔铁吸上后的最终_____和_____。若增加_____垫片的厚度或增加弹簧压力，可以提高_____，从而提高返回系数。(答案：间隙、弹簧压力、非磁性、释放值)

16. 灭弧罩的作用是：(1)引导电弧_____吹出，借此防止发生_____；(2)使电弧与灭弧室的绝缘壁接触，从而迅速冷却，增加_____作用，提高弧柱_____，迫使电弧熄灭。(答案：纵向、相间短路、去游离、电压降)

17. 车间配电线路的基本要求是布局合理、_____、安装牢固、_____和安全可靠。(答案：整齐美观、维修方便)

18. 高压断路器在电路中的作用是：在正常负荷下闭合和开断线路，在线路发生短路故障时，通过_____的作用将线路_____。故高压断路器承担着_____和_____双重任务。(答案：继电保护装置、自动断开、控制、保护)

19. 电力系统发生单相接地故障时，有_____电流和_____电压，故采用零序保护装置自动切除单相接地故障和进行绝缘监视。(答案：零序、零序)

20. 变电站(所)控制室内信号一般分为_____信号；_____信号；_____信号。(答案：电压、电流、电阻)

21. 带电设备着火时应使用_____、_____、_____灭火器，不得使用_____灭火器灭火。(答案：干粉、1211、二氧化碳、泡沫)

22. 变电站(所)常用直流电源有_____、_____、_____。(答案：蓄电池、硅整流、电容储能)

23. 变电站(所)事故照明必须是独立_____，与常用_____回路不能_____。(答案：电源、照明、混接)

24. 高压断路器或隔离开关的拉合操作术语应是_____、_____。(答案：拉开、合上)

25. 继电保护装置和自动装置的投解操作术语应是_____、_____。(答案：投入、解除)

26. 验电装拆接地线的操作术语是_____、_____。(答案：装设、拆除)

27. 变电站(所)倒闸操作必须_____执行，其中对设备_____监护人。(答案：由两人、熟悉者做)

28. 在倒闸操作中若发生_____时，不准擅自更改_____，待向值班调度员或_____报告，弄清楚后再进行操作。(答案：疑问、操作票、值班负责人)

29. 在带电设备周围严禁使用_____、_____、_____和进行测量工作。(答案：皮尺、线尺、金属尺)

30. 高压电器通过交流耐压试验，能发现_____，尤其是对_____更为有效。(答案：很多绝缘缺陷、局部缺陷)

31. 油断路器的交流耐压试验，对于刚过滤或新加油的油断路器，应在油处于_____的状态下进行，一般隔_____左右。(答案：充分静止、3h)

32. 热继电器常见的故障主要有_____、_____和_____三种。(答案：热元件烧断、热继电器

误动作、热继电器不动作）

33. 交流接触器在运行中，有时产生很大噪声，原因有以下几种可能。1）_____；2）_____；3）_____等。（答案：衔铁与铁芯面接触不良或衔铁歪斜、短路环损坏、机械方面的原因）

34. 低压电器触头的常见故障有_____、_____和_____三方面表现。（答案：触头过热、触头磨损、触头熔焊）

35. 接触器按其线圈的电源类型以及主触点所控制主电路电流的种类，分为_____接触器和_____接触器。（答案：交流、直流）

36. 时间继电器按延时的方式可分为_____、_____和带瞬动触点的通电（或断电）延时型继电器等，相应的时间继电器触点分为_____、_____、_____和_____四类。（答案：通电延时型、断电延时型、常开延时闭合触点、常闭延时断开触点、常开延时断开触点、常闭延时闭合触点）

37. J型晶体管时间继电器整个电路可分为_____、_____、_____及其_____等几部分。（答案：主电源、辅助电源、双稳态触发器、附属电路）

38. 功率继电器又称_____继电器，在继电保护装置中广泛用作_____。（答案：功率方向、短路的方向判断）

39. 继电器用电流和电压来判断短路功率的方向，其方法有两种；第一种是比较电流和电压_____，与它们的_____绝对值无关。另一种是将电压和电流化为_____ A_1 和 A_2，只比较 A_1 和 A_2 _____，而与它们的相位无关。（答案：相位、电气量、幅值、大小）

40. G-3型功率继电器是由_____、_____、_____和_____四部分组成。（答案：相灵敏回路、移相回路、整流比较回路、执行元件）

41. 继电器按动作原理分为四种类型：_____、_____、_____、_____。（答案：电磁型、感应型、电动型、磁电型）

42. 三相五柱式电压互感器二次侧辅助绕组接线为开口三角形，所反映的是_____电压。（答案：零序）

43. 绝缘监察装置的作用是判别_____系统中的单相接地故障。（答案：小接地电流）

44. 反时限过流保护一般采用_____电流继电器，操作电源由交流电源直接提供，而定时限过流保护均采用电磁式电流继电器，操作电源由直流电源专门提供。（答案：感应式）

45. 线路过流保护动作，电流的整定原则是：电流继电器的_____应大于线路中的最大负荷电流。（答案：返回电流）

46. 线路过流保护的动作时间是按_____时限特性来整定的。（答案：阶梯形）

47. 为了确保保护装置有选择地动作，必须同时满足_____和动作时间相互配合的要求。（答案：灵敏度）

48. 速断保护的灵敏度，应按其安装处（即线路首端）的两相短路电流为最小短路电流来校验，即灵敏度为_____。$\left(\text{答案：} SP = \dfrac{K_{\mathrm{w}} I_{\mathrm{k}}^{(2)}}{K_{\mathrm{j}} I_{\mathrm{qb}}}\right)$

49. 变压器的零序电流保护动作电流按躲过变压器低压侧最大_____来整定，动作时一般取_____ s。（答案：不平衡电流、0.5～0.7）

50. 变压器的零序过流保护接于变压器_____的电流互感器上。（答案：中性点）

51. 在大接地电流系统中，当线路发生单相接地时，零序保护动作于_____。（答案：跳闸）

52. 瓦斯保护是根据变压器内部故障时会产出气体这一特点设置的。轻瓦斯保护应动作于_____，重瓦斯保护应动作于_____。（答案：信号、跳闸）

53. 变压器绝缘油中的_____、乙炔、氢含量高，说明设备中有电弧放电缺陷。（答案：总烃）

54. 变压器差动保护比较的是各侧电流的_____。（答案：向量和）

55. 不得将运行中变压器的_____保护和_____同时停用。（答案：瓦斯、差动保护）

56. 当高压电动机发生单相接地其电容电流大于_____时，应装设接地保护，可作用于信号或_____。（答案：5A、跳闸）

252

57. 自动重合闸装置是将跳闸后的断路器_____的装置。（答案：自动投入）

58. 自动重合闸装置一般采用由_____位置与断路器位置_____时启动的方式。（答案：操作把手、不对应）

59. 自动重合闸装置动作后应能_____，准备下次动作。（答案：自动复位）

60. 按照重合闸和继电保护的配合方式可分为_____，_____和_____。（答案：重合闸前加速保护、重合闸后加速保护、不加速保护）

61. 通常三相一次自动重合闸装置由启动元件、_____、_____元件和执行元件四部分组成。（答案：延时元件、一次合闸脉冲）

62. 短路电流周期分量有效值，在短路全过程中是个始终不变的值，取决于短路线路的_____和_____。（答案：电压、电抗）

63. 短路电流周期分量，是由_____决定的。（答案：欧姆定律）

64. 热继电器的热元件整定电流 $I_{FRN} = $ _____ I_{MN}。（答案：0.95～1.05）

65. 在选用组合开关启动、停止 7kW 以下的电动机时，开关额定电流应等于_____倍的电动机额定电流。（答案：3）

66. _____适用于电源中性线不直接接地的电气设备。（答案：保护接地）

67. 为了提高电气设备运行的可靠性，将_____与接地极紧密地连接起来，这种接地方式叫做工作接地。（答案：变压器低压侧中性点）

68. 为提高电气设备运行的可靠性，将_____与_____紧密地连接起来叫工作接地。（答案：变压器中性点、接地极）

69. 电气控制原理图设计按主电路、_____、_____、总体检查的顺序进行。（答案：控制电路、联锁与保护）

70. 为了维护工作人员及设备安全，电流互感器在运行中，严禁二次侧_____，当必须从使用着的电流互感器上拆除电流表时，应首先将互感器的二次侧可靠地_____，然后才能把仪表连接线拆开。（答案：开路、短路）

71. 为提高电气设备运行的可靠性，将_____与接地极紧密地连接起来叫工作接地。（答案：变压器中性点）

72. 当配电系统的电感与补偿电容发生串联谐振时，呈现_____阻抗。（答案：最小）

73. _____使用于电源中性线不直接接地的电气设备。（答案：保护接地）

74. 当配电系统的电感与补偿电容发生串联谐振时，其补偿电容器和配电系统呈_____电流。（答案：最大）

75. 无限大容量电力系统两相短路电流是三相短路电流的_____倍。（答案：$\sqrt{3}/2$）

76. 10kV 线路首端发生金属性短路故障时，作用于短路跳闸的继电器保护是_____保护。（答案：速断）

77. 当线路故障出现时，保护装置动作将故障切除，然后自动重合，若永久性故障，则立即加速装置动作将短路器断开，这叫_____。（答案：重合闸后加速保护）

78. 电力系统供电质量的指标有电压、_____、_____。（答案：频率、波形）

79. 国标所称的供电设备是_____、_____。（答案：发电机、变压器二次绕组）

80. 高压系统中电力变压器二次电压要高于线路额定电压 10%，原因是考虑_____5%，_____5%。（答案：线路电压损失、变压器阻抗压降）

81. 无限大容量电力系统，工厂系统三相短路的暂态过程包括有_____、_____。（答案：周期分量、非周期分量）

82. 限制短路电流的方法有变压器单列运行，_____，装电抗器。（答案：线路分列运行）

83. 短路电流周期分量有效值，在短路全过程始终不变，取决于短路线路的_____、_____。（答案：电抗、电压）

84. 继电器保护由_____、_____、_____部分组成。（答案：测量部分、比较部分、执行）

85. 电力系统提高功率因数的意义是降低线路的_____，减小线路_____，提高电源的利用率。

（答案：有功损失、电压损失）

86. 工厂提高自然功率因数的措施有提高_____，_____，合理选择变压器与电动机容量，接近满载运行，停用_____，负荷率不高的绕线型电动机使用同步法控制。（答案：电动机维修质量、防定转子间隙过大、空载与轻载变压器）

87. 补偿电容器组在避免过补偿，避免电压过高，任何情况都改善电压偏移时宜采用_____。（答案：自动投切装置）

88. 电力系统内过电压按电磁振荡的起因、性质和形式不同有工频电压升高，_____，_____。（答案：操作过电压、谐振过电压）

89. 电力系统操作过电压有_____，切空载变压器，_____。（答案：切、合空载长线路，弧光接地）

90. 当过电压超过一定值时，避雷器动作后应能迅速截断工频续流产生的电弧，工频续流指的是_____电流。（答案：雷电下通过的）

91. 大电流接地系统，接地电阻 $R_{fd} \leqslant 0.5\Omega$，其目的是_____过高。（答案：限制接触电压）

92. $\tan\alpha$ 是一项仅反映电介质损耗率的参数，它与绝缘_____无关。（答案：几何尺寸和体积）

第 12 章　变压器与互感器

1. 变压器的铁芯既是变压器的_____，又是器身的骨架，它由_____和_____组成。（答案：磁路、铁柱、铁轭）

2. 变压器空载运行时，其_____较小，所以空载时的损耗近似等于_____。（答案：铜耗、铁耗）

3. 10/0.4kV、1000kV·A 变压器的保护有_____、_____、_____、_____。（答案：过流保护、速断保护、瓦斯保护、温升保护）

4. 三相变压器的额定容量，是给一次绕组加额定电压时，为保证温升不超过额定值所允许输出的_____。它等于二次绕组_____与_____乘积的_____倍。（答案：最大视在功率、额定电压、额定电流、$\sqrt{3}$）

5. 变压器在运行中，绕组中电流的热效应所引起的损耗通常称为_____；交变磁场在铁芯中所引起的损耗可分为_____损耗和_____损耗，合称为_____。（答案：铜耗、磁滞、涡流、铁耗）

6. 由于变压器短路试验时_____较大，而所加_____却很低，所以一般在_____侧加压，使_____侧短路。（答案：电流、电压、高压、低压）

7. 变压器的冷却方式有_____、_____、_____。（答案：油浸自冷、油浸风冷、强油风冷）

8. 投入空载变压器时会产生_____，其值可达到额定电流的 6～8 倍。（答案：励磁涌流）

9. 变压器并列运行应满足_____、_____、_____三个条件。（答案：变比相等、连接组别相同、短路电压相同）

10. 变压器的线圈绕好后，一、二次绕组的同名端点是_____的，而连接组别却是_____的。（答案：确定、不确定）

11. 对电焊变压器内电抗中的气隙进行调节，可以获得不同的焊接电流。当气隙增大时，电抗器的电抗_____，电焊工作电流_____，当气隙减小时，电器的电抗_____，电焊工作电流_____。（答案：减小、增大、增大、减小）

12. 在变压器的图形符号中 Y 表示 三相_____。（答案：线圈星形连接）

13. 变压器油枕的作用是_____油量、_____使用寿命。油枕的容积一般为变压器总量的十分之一。（答案：调节、延长油的）

14. 变压器内部故障时，_____继电器上接点接_____回路，下接点接开关_____回路。（答案：瓦斯、信号、跳闸）

15. 互感器的交流耐压试验是指_____与_____对外壳的交流耐压试验。互感器一次线圈的交流耐压试验可以_____，也可以和相连接的_____一起进行。（答案：线圈、套管、单独进行、高压设备）

16. 电流互感器一次电流，是由一次回路的_____所决定的，它不随二次回路_____变化，这是与变压器_____的主要区别。（答案：负荷电流、阻抗、工作原理）

17. 变压器空载试验的目的是为了测定其_____、_____、_____和_____。（答案：电压比、空载电流、空载损耗、励磁阻抗）

18. 变压器短路试验的目的是为了测定其_____、_____和_____。（答案：短路损耗、短路阻抗、阻抗电压）

19. 变压器的损耗主要包括_____和_____两大类。（答案：铜损耗、铁损耗）

20. 电流互感器一次电流，是由回路_____所决定的，它不随二次_____回路的变化。这是与变压器工作原理的重要区别。（答案：负荷电流、负载阻抗）

21. 电流互感器将接有仪表和继电器的低压系统与_____隔离。利用电流互感器可以获得保护装置和仪表所需的电流。（答案：高压系统）

22. 在电流互感器的接线方式中，_____式及三相Y式接线的接线系数 $K_w=1$，即流入继电器线圈的电流就是电流互感器的二次电流。（答案：两相V/V）

23. 电流互感器二次接地属于保护接地，防止一次绝缘击穿，二次串入_____威胁人身安全，损坏设备。（答案：高压）

24. 工厂配电变压器 $K=10/0.4$kV，二次电压利用分接头变换一次绕组匝数的三个位置+5%，0，-5%，使二次输出电压有_____、_____、_____。（答案：380V、400V、420V）

25. 变压器的功能有变换电压，_____，_____作用。（答案：换相变位、变换阻抗）

26. 变压器空载试验可测量变压器的空载损耗约为额定容量的_____。（答案：0.1%～1%）

27. 变压器短路试验可测出铜损，通常电力变压器在额定电流下的短路损耗约为额定容量的_____，其数值随变压器容量的增大而_____。（答案：0.4%～4%、下降）

28. 变压器进行空载试验的目的是，测量变压器的空载损耗和空载电流，验证变压器铁芯的设计计算、工艺制造是否满足技术条件和标准的要求，检查变压器_____。（答案：铁芯是否存在缺陷）

29. 变压器空载试验目的是测量_____、测量_____。（答案：励磁电流、空载损耗）

30. 变压器短路试验目的是测定_____，确定_____。（答案：阻抗电压、绕组损耗）

31. 切空载变压器，操作过电压最高可达额定电压的_____倍（答案：7～8）

32. 变压器绕组匝层间发生故障时主要保护是_____保护。（答案：差动）

33. 变压器空载损耗其大小与_____有关。（答案：涡流损耗）

34. 当变压器采用△／Y接线时，其三次谐波电流分量可以在_____流通。（答案：原绕组）

35. 变压器铜损是随_____而变化。（答案：电流平方）

36. 电流互感器的误差减少与二次负载阻抗关系是二次阻抗_____，电流_____。（答案：减少、增大）

第13章 线路

1. 电缆的敷设方式有直埋敷设、_____、_____和电缆排管敷，以及_____和_____等。（答案：电缆沟敷设、电缆隧道敷、建筑物明敷、水底敷设）

2. 直埋电缆的上、下须铺以不小于_____厚的软土或沙层，上面必须盖以_____，地面上必须在必要的地方装设_____。（答案：100mm、保护板、标志桩）

3. 雷雨天气需要巡视室外高压设备时，应_____，并不得_____、_____和接地装置。（答案：穿绝缘靴、接近避雷器、避雷针）

4. 遇有电气设备着火时，应立即将_____的电源_____，然后进行灭火。（答案：该设备、切断）

5. 正常工作线路杆塔属于起承力作用的杆塔有_____、_____、_____。（答案：转角杆、耐张杆、终端杆）

6. 厂区6～10kV架空线路常用的继电保护方式有过流保护，_____，电流速断保护。（答案：

255

低电压保护）

7. 工厂厂区高压线路的接线方式有_____、_____、_____。（答案：放射式、环形、树干式）

8. 塑料绝缘电缆包括_____、_____、_____。（答案：聚氯乙烯绝缘电缆，聚乙烯绝缘电缆，交联聚乙烯绝缘电缆）

9. 一般低压线路选择导线截面应该考虑的条件是_____、_____、_____。（答案：电流发热、电压损耗、机械强度）

10. 中性点不接地系统，一相接地事故时，接地相对地电压等于零，非接地相对地电压升高_____倍（答案：$\sqrt{3}$）

11. 中性点不接地系统单相接地时，规程规定允许运行 2h，尽快找出事故点，否则切断电源，这个规定是考虑供电_____要求。（答案：可靠性）

12. 中性点经消弧线圈接地运行方式，一般采用_____。（答案：过补偿）

13. 中性点经消弧线圈接地来补偿接地电容电流，采用全补偿会引起_____过电压。（答案：谐振）

14. 线路过流保护动作时间是按_____时限特性整定。（答案：阶梯形）

15. 输配电线路和变压器上的损耗称为_____。（答案：网络损耗）

16. 连接在电力系统上的一切用电设备所消耗功率称为电力系统的_____。（答案：用电负荷）

第 14 章 相关知识

1. 电弧的产生是由于触点间隙中的气体被_____，产生大量的电子和离子，使绝缘的气体变成了导体。电流通过这个游离区时所消耗的_____转变为_____能和_____能，因此发出光和热的效应。（答案：游离、电能、热、光）

2. 测量绝缘电阻时，影响准确性的因素有_____、湿度和_____。（答案：温度、绝缘表面的脏污程度）

3. 绝缘介质的吸收比是_____时的绝缘电阻与_____时的绝缘电阻之比。（答案：60s、15s）

4. 镉镍电池储存电量的多少是根据电池的_____来判断的，而不是根据_____来判断。（答案：端电压、比重）

5. 桥式起重机在下放轻载或空钩时，电动机电磁矩和负载矩方向_____，当电动机串入电阻越多时，负载下降速度越_____。（答案：相反、慢）

6. 手工电弧焊工具主要有_____、_____和_____。（答案：电焊机、焊钳、面罩）

7. 手工电弧焊焊件的接头形式有_____接头、_____接头、_____接头和_____接头四种。（答案：对接、T字、角接、搭接）

8. 手工电弧焊的焊接方式分为_____、_____、_____和_____四种。（答案：平焊、立焊、横焊、仰焊）

9. 回火包括_____和_____两种。（答案：逆火、回火）

10. 气焊火焰有_____、_____和_____三种。（答案：中性焰、炭化焰、氧化焰）

11. 节约用电的措施和途径，一是提高_____，二是依靠_____和_____。（答案：用电管理水平、技术进步、设备改造）

12. 提高企业供电的功率因数的方法，一是_____法，二是_____法。（答案：提高自然功率数、无功补偿）

13. 车间生产管理的基本内容，按其职能可分为_____、_____、_____和_____四个方面。（答案：组织、计划、准备、控制）

14. 电梯的结构主要由_____、_____、_____、_____及_____等部分组成。（答案：机房、井道、厅门、轿厢、操作箱）

15. 电气控制线路的设计方法有_____设计法和_____设计法。（答案：经验、逻辑）

16. 电弧炉主要用于特种钢、普通钢、_____等的冶炼和制取。（答案：活泼金属）

17. _____是指直接用于完成生产任务，实现工艺过程所消耗的时间。按其作用可分为基本时间

与辅助时间。（答案：作业时间）

18. 在电气设备上工作，保证安全的组织措施为：工作票（操作票）制度；工作许可制度；_____制度；工作间断转移和总结制度。（答案：工作监督）

19. 编制大修工艺前，技术准备工作包括：查阅资料，_____，制订方案。[答案：现场（调研）了解]

20. 维修电工班组主要是为_____服务的。（答案：生产）

21. 对照电气安装接线图和电气控制图进行电气测绘的过程中，在了解连线之间的关系后，要把所有电器的分布和_____画出来。（答案：位置）

22. 电气控制电路可设计，应最大限度地满足_____的要求。（答案：机械设备加工工艺）

23. 制动电磁铁的行程，主要根据机械制动装置_____的大小、动作时间及安装位置来确定。（答案：制动力矩）

24. 进行大修的设备，在管内重新穿线时，_____导线有接头。（答案：不允许）

25. 在开始测绘时，应首先把_____测绘出来。（答案：控制电源）

26. 大修结束，还要再次核对接线、检查无误，并对大修设备进行_____合格后，才能办理检修设备移交手续。（答案：试运行）

27. 按照工艺要求，在进行电气大修时，首先要切断总电源，做好_____性安全措施。（答案：预防）

28. 在电气线路的维护检修中，一定要遵循电力开关设备的_____操作程序。（答案：倒、合闸）

29. 对一般机械设备编制电气大修工艺时，应查阅有关的设备档案，包括：设备安装_____，故障修理记录等，以全面了解电气系统的历史技术状况。（答案：验收记录）

30. 制订大修工艺时，应利用现有条件，尽量采用机械化、自动化的操作方法，以便减轻操作者的_____。（答案：繁重的体力劳动）

31. 大修中必须注意检查_____，保证接地系统处于完好状态。（答案：接地电阻值）

32. 在制订检修工艺，应注意技术上的先进性，工艺上的可行性，_____上的合理性，以及良好的劳动条件等问题。（答案：经济）

33. 液压系统维修时，应本着"先外后内，_____，先洗后修"的原则。（答案：先调后拆）

34. 生产工人在生产班内完成生产任务所需的直接和间接的全部工时，为工时定额中的_____。（答案：定额时间）

35. _____标准，是质量管理和质量体系要素指南。（答案：ISO 9004-1）

36. 精益生产方式中，产品开发采用的是_____方法。（答案：并行工程）

37. 我国发布的 GB/T1900—ISO9000《质量管理和质量保证》双编号国家标准当中，"质量体系，质量管理和质量体系要素的第一部分，指南"。这个标准的查找代号为_____。（答案：GB/T 19004.1—1994）

38. CIMS 主要包括：经营管理功能、工程设计自动化、生产制造自动化和_____。（答案：质量保证）

39. 提高劳动生产率的目的是_____，积累资金，加速国民经济的发展和实现社会主义现代化。（答案：降低成本）

40. 精益生产具有在生产过程中将"上道工序推动下道工序"生产的模式，转变为"_____"生产模式的特点。（答案：下道工序要求拉动上道工序）

41. _____系列标准，是国际标准化组织发布的有关"环境管理"的系列标准。（答案：ISO 14000）

42. 为了更好地实施 ISO 9000 系列标准，我国于 1994 年成立了中国质量体系认证机构：_____委员会。（答案：国家认证）

43. 指导操作是通过具体示范操作和_____指导训练的过程，来培训指导学员的。（答案：现场技术）

44. 通过指导操作使学员的_____能力不断增强和提高，熟练掌握操作技能。（答案：动手操作）

45. 在指导学员操作中，必须经常对学员加强_____教育。(答案：安全)

46. 在指导操作和独立操作训练中，应注意让学员反复地进行_____操作训练。(答案：独立实际)

47. _____是培养和提高学员独立操作技能极为重要的方式和手段。(答案：指导操作训练)

48. _____的目的是通过课堂教学方式，使学员掌握维修电工的技术理论知识。(答案：理论培训)

49. 理论培训的一般方法是_____。(答案：课堂讲授)

50. 理论培训教学中应有条理性和系统性，注意理论联系实际，培养学员_____的能力。(答案：解决实际工作)

51. 进行理论培训时，应结合本企业、_____在生产技术、质量方面存在的问题进行分析，并提出解决的方法。(答案：本职业)

52. 理论培训时，结合本职业向学员介绍一些新技术、_____、新材料、新设备应用方面的内容，也是十分必要的。(答案：新工艺)

53. ISO 是_____的缩写。(答案：国际标准化组织)

54. stepping，代表_____。(答案：步进)

55. JIT 是生产方式，其核心是_____。(答案：准时化、适时适量生产)

56. _____系列标准是国标标准化组织发布的有关环境管理的系列标准。(答案：ISO 14000)

57. 提高劳动生产率的目的是_____、积累资金，加速国民经济的发展和实现社会主义现代化。(答案：降低成本)

58. 生产工人在生产班内完成生产任务所需的直接和间接的全部工时为工时定额中的_____。(答案：定额时间)

59. 实践证明，低频电流对人体的伤害比高频电流_____。(答案：大)

60. 对电气安装接线图和电气控制原理图测绘时，在了解连线之间的关系后，把所有电器分布和_____画出来。(答案：位置)

61. 齿轮传动的基本要求是传动平稳、_____。(答案：传动比保持不变)

62. 液压传动系统通常由动力元件、执行元件、_____元件和辅助元件组成。(答案：控制调节)

第四部分 计 算 题

第1章 电工基础

1. 在如图 4-1 所示电路中 $R_1=3\Omega$，$X_L=4\Omega$，$R_2=8\Omega$，$X_C=6\Omega$，$u=311\cos314t\text{V}$，用复数法计算总电流 i。

解：按题意

$$\dot{U}=220\text{e}^{\text{j}0}=220, \dot{I}=\frac{\dot{U}}{R_1+\text{j}X_L}+\frac{\dot{U}}{R_2-\text{j}X_C}=\frac{220}{3+4\text{j}}+\frac{220}{8-6\text{j}}=44-22\text{j}$$

$$I=\sqrt{44^2+22^2}=49.2$$

$$\alpha=\arctan\left(\frac{-22}{44}\right)=\arctan\left(-\frac{1}{2}\right)=-26°34'$$

$$i=49.2\sqrt{2}\cos\left(314t-26°34'\right)$$

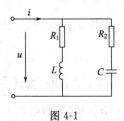

图 4-1

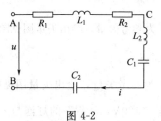

图 4-2

2. 在如图 4-2 所示电路中，已知 A、B 间电压为 100V，$R_1=1\Omega$，$R_2=3\Omega$，$X_{L_1}=8\Omega$，$X_{L_2}=1\Omega$，$X_{C_1}=4\Omega$，$X_{C_2}=2\Omega$，求总电路复阻抗、阻抗、阻抗角、总电流及 A、C 间电位差的有效值。

解：总电路复阻抗

$$Z=R_1+R_2+\text{j}X_{L_1}+\text{j}X_{L_2}-\text{j}X_{C_1}-\text{j}X_{C_2}=1+3+8\text{j}+\text{j}-4\text{j}-2\text{j}=4+3\text{j}\ (\Omega)$$

阻抗

$$z=\sqrt{4^2+3^2}=5\ (\Omega)$$

阻抗角

$$\varphi=\arctan\frac{3}{4}=36°52'$$

总电流

$$I=\frac{U}{z}=\frac{100}{5}=20(\text{A})$$

$$U_{AC}=Iz_{AC}=I\sqrt{(R_1+R_2)^2+X_{L_1}^2}=20\times\sqrt{(1+3)^2+8^2}=179\ (\text{V})$$

3. 已知 $i_1(t)=30\sqrt{2}\cos\left(314t+\frac{\pi}{3}\right)$，$i_2(t)=40\sqrt{2}\cos\left(314t-\frac{\pi}{6}\right)$，用矢量图解法求 $i_1(t)+i_2(t)$。

解：由 i_1 和 i_2 知它们的复有效值分别为

$$\dot{I}_1=30\text{e}^{\text{j}\frac{\pi}{3}}, \dot{I}_2=40\text{e}^{-\text{j}\frac{\pi}{6}}$$

取正实轴为参考方向，并绘出 $\dot{I}_1+\dot{I}_2$ 矢量图，由图得

$$I=\sqrt{I_1^2+I_2^2}=\sqrt{30^2+40^2}=50\ (\text{A})$$

259

初位相：$\theta = 60° - \arctan\dfrac{40}{30} = 6°52'$

$$i = 50\sqrt{2}\cos(\omega t + 6°52')$$

4. 一个 R、L、C 串联电路如图 4-3 所示，已知 $R : X_L : X_C = 1 : 2 : 1$，求下列各量间的位相差：(1) $\dot{I}$ 与 $\dot{U}_C$；(2) $\dot{I}$ 与 $\dot{U}_L$；(3) $\dot{I}$ 与 $\dot{U}$；(4) $\dot{I}$ 与 $\dot{U}_{ab}$。

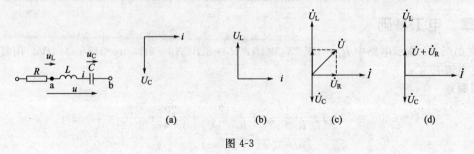

图 4-3

解：(1) 选 $\dot{I}$ 为参考矢量，绘出矢量图见图 (a)，由图知 $\dot{I}$ 比 $\dot{U}_C$ 超前 $\dfrac{\pi}{2}$；

(2) 选 $\dot{I}$ 为参考矢量，绘出矢量图见图 (b)，由图知 $\dot{I}$ 比 $\dot{U}_L$ 滞后 $\dfrac{\pi}{2}$；

(3) 选 $\dot{I}$ 为参考矢量，绘出矢量图见图(c)，由图知 $\alpha = \arctan\dfrac{U_L - U_C}{U_R} = \arctan\dfrac{2IR - IR}{IR} = 45°$，即 $\dot{I}$ 比 $\dot{U}$ 滞后 $45°$；

(4) 选 $\dot{I}$ 为参考矢量，绘出矢量图见图(d)，由图知 $\dot{U}_{ab} = \dot{U}_L + \dot{U}_C$，$\dot{I}$ 比 $\dot{U}_{ab}$ 落后 $\dfrac{\pi}{2}$。

5. 将一个 "120V、60W" 的灯泡与一个电感器串联后接在 50Hz、220V 的电源上，如果想使灯泡正常工作，电感器的电感应是多大？

解：电流 $\dot{I}$ 为参考矢量，并给出矢量图如图 4-4 所示，从矢量图中知

$$U_L = \sqrt{U^2 - U_R^2} = \sqrt{220^2 - 120^2} = 184(\text{V})$$

$$I = \frac{P_R}{U_R} = \frac{60}{120} = 0.5(\text{A}) \qquad L = \frac{U_L}{\omega I} = \frac{184}{0.5 \times 2 \times 3.14 \times 50} = 1.17(\text{H})$$

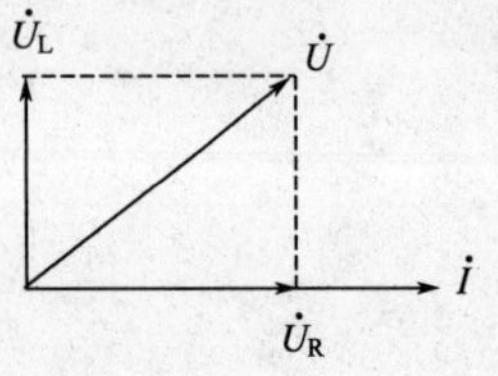

图 4-4

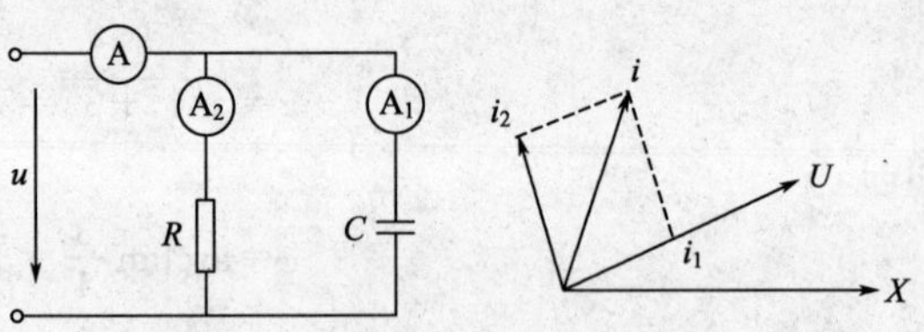

图 4-5

6. 有一交流电路如图 4-5 所示，$u(t) = 311\cos\left(314t + \dfrac{1}{6}\pi\right)$ (V)，$R = 10\Omega$，$X_C = 10\Omega$，求各安培计读数及总电流瞬时值表达式。

解：两条支路的电流分别为 $I_1 = \dfrac{220}{10} = 22(\text{A})$，$I_2 = \dfrac{220}{10} = 22(\text{A})$。

选取正实轴为参考方向，绘出总电路矢量图，由图可知，$\dot{I}$ 比 $\dot{U}$ 超前 $45°$，而 $\dot{U}$ 比正实轴超前 $30°$，因比 $\dot{I}$ 的初相：

$$\varphi = 45° + 30° = 75°; \qquad I = \sqrt{I_1^2 + I_2^2} = \sqrt{22^2 + 22^2} = 31(\text{A})$$

所以 $i = \sqrt{2}I\cos(\omega t + \varphi) = \sqrt{2} \times 31\cos(314t + 75°) = 44\cos(314t + 75°)$

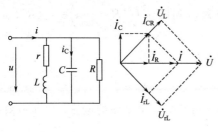

图 4-6

7. 在如图 4-6 所示电路中，电感线圈电阻 $r=25$（Ω），电抗 $X_L=25$（Ω）；电容器的容抗 $X_C=50$（Ω），$R=50$（Ω），如果电容支路的电流 I_C 为 2.5（A），求电源电压并用矢量图解法求总电流。

解： $U=I_C X_C=2.5\times50=125(V)$

先以 r、L 支路电流 $\dot I_{rL}$ 为参考矢量绘出该支路电流、电压矢量图。

因 $r=\omega L$，故 $\dot I_{rL}$ 落后于 $\dot U \dfrac{\pi}{4}$，再以 $\dot U$ 为参考矢量绘出全电路矢量图，由矢量图知

$$I_{rL}=\frac{U}{\sqrt{r^2+(\omega L)^2}}=\frac{125}{\sqrt{25^2+25^2}}=2.5\sqrt{2}\ （A）$$

$$I_R=I_C=\frac{U}{R}=\frac{125}{50}=2.5\ （A）$$

$$I_{CR}=\sqrt{I_C^2+I_R^2}=\sqrt{2.5^2+2.5^2}=2.5\sqrt{2}\ （A）$$

且 $\dot I_{CR}\perp\dot I_{rL}$，因此

$$I=\sqrt{I_{CR}^2+I_{rL}^2}=\sqrt{(2.5\sqrt{2})^2+(2.5\sqrt{2})^2}=5\ （A）$$

8. 如图 4-7 所示为测量线圈自感的电路，被测线圈自感为 L，电阻为 R，在图中画成两个串联纯元件，A 及 V 都是交直流两用安培计和伏特计，R_0 是用以调节电流的电阻，测量时先在 A、B 间接直流电源，调节 R_0 使表 A 的读数为 8A，表 V 的读数为 48V；再在 AB 间换接频率 50Hz 的交流电源，调节 R_0 后读得表 A 读数为 12A，表 V 的读数为 120V，求 L 的值。

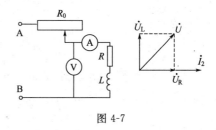

图 4-7

解： 加直流电源时，测出线圈电阻 $R=\dfrac{U_1}{I_1}=\dfrac{48}{8}=6$（Ω）

加交流电源后，选电流 $\dot I_2$ 作参考矢量，作出电流电压矢量图，由图知

$$U_L=\sqrt{U^2-U_R^2}=\sqrt{U^2-I_2^2 R^2}=\sqrt{120^2-(12\times6)^2}=96(V)$$

$$L=\frac{U_L}{I_2\omega}=\frac{96}{12\times2\times3.14\times50}=25\ （mH）$$

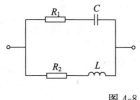

图 4-8

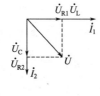

9. 如图 4-8 所示电路中，线圈 L 中的电流和电容 C 中的电流成 90°角，求证 R_1、R_2、L 和 C 间满足 $\dfrac{L}{C}=R_1 R_2$。

解： 证一：矢量图解法，因 $R_1 C$ 支路为容性负载，$R_2 L$ 支路为感性负载，

根据题意 i_1 比 i_2 超前 90°，而且 $\dot U_{R1}+\dot U_C=\dot U$，$\dot U_{R2}+\dot U_L=\dot U$

作出电流电压矢量图，由图知

$$U_{R2}=U_C,\ U_{R1}=U_L\ \text{即}\ I_2 R_2=I_1\frac{1}{\omega C},\ I_2\omega L=I_1 R_1$$

两式相除有 $\dfrac{R_2}{\omega L}=\dfrac{1}{\omega CR_1}$，所以 $\dfrac{L}{C}=R_1 R_2$

证二：按题意

$$\dot{I}_1\left(R_1+\frac{1}{\mathrm{j}\omega C}\right)=\dot{I}_2(R_2+\mathrm{j}\omega L)，因为\dot{I}_1=\mathrm{j}K\dot{I}_2（K为正实数），所以\mathrm{j}K\dot{I}_2\left(R_1+\frac{1}{\mathrm{j}\omega C}\right)=\dot{I}_2(R_2+\mathrm{j}\omega L)$$

即 $\mathrm{j}KR_1+\dfrac{K}{\omega C}=R_2+\mathrm{j}\omega L$，因而有 $\dfrac{K}{\omega C}=R_2$，$KR_1=\omega L$

两式相除得 $\dfrac{L}{C}=R_1R_2$，证毕。

10. 一电路两端电压 $\dot{U}=120+\mathrm{j}50$ （V），电流 $\dot{I}=8+6\mathrm{j}$ （A），求电路的电流、电压有效值、电路的电阻、电抗、阻抗及阻抗角。

解： 按题意 $U=\sqrt{120^2+50^2}=130（\mathrm{V}），I=\sqrt{8^2+6^2}=10（\mathrm{A}）$

电路的阻抗：

$$Z=\frac{\dot{U}}{\dot{I}}=\frac{120+50\mathrm{j}}{8+6\mathrm{j}}=12.6-3.2\mathrm{j}，所以\ r=12.6（\Omega），x=-3.2（\Omega）$$

$$z=\sqrt{r^2+x^2}=\sqrt{12.6^2+(-3.2)^2}$$

$$=13（\Omega），\varphi=\arctan\frac{-3.2}{12.6}=-14°15'$$

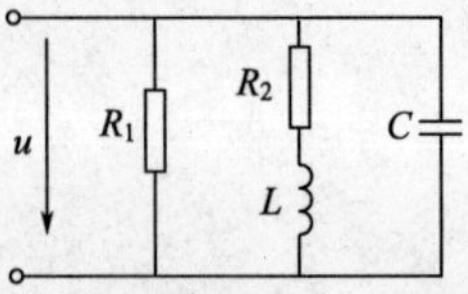

图 4-9

11. 如图 4-9 所示电路中，已知电路的电压为 100V，$R_1=25\Omega$，$R_2=10\Omega$，$L=50\mathrm{mH}$，$C=50\mu\mathrm{F}$，$\omega=400$ （rad/s），求电路的总阻抗及总电流。

解： 按题意 $\dfrac{1}{Z}=\dfrac{1}{R_1}+\dfrac{1}{R_2+\mathrm{j}\omega L}+\dfrac{1}{\dfrac{1}{\mathrm{j}\omega C}}$

$$=\frac{1}{25}+\frac{1}{10+\mathrm{j}400\times50\times10^{-3}}+\mathrm{j}400\times50\times10^{-6}=0.06-0.02\mathrm{j}$$

$$Z=\frac{1}{0.06-0.02\mathrm{j}}=15+5\mathrm{j}$$

$$Z=\sqrt{15^2+5^2}=15.8（\Omega）；I=\frac{U}{Z}=\frac{100}{15.8}=6.33（\mathrm{A}）$$

12. 如图 4-10 所示为惠斯登电桥，若已知电桥在角频率为 ω 时处于平衡状态，求电感 L 和电容 C。

解： 设各电流正方向如图所示，按题意在频率为 ω 下电桥平衡，因而有

$$\dot{I}_1(R_1+\mathrm{j}\omega L)=\dot{I}_3R_3，\dot{I}_2R_2=\dot{I}_4\left(R_4-\mathrm{j}\frac{1}{\omega C}\right)$$

且 $\dot{I}_1=\dot{I}_2，\dot{I}_3=\dot{I}_4$

两式相除：

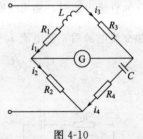

图 4-10

$$\frac{R_1+\mathrm{j}\omega L}{R_2}=\frac{R_3}{R_4-\mathrm{j}\dfrac{1}{\omega C}}即 R_1R_4+\mathrm{j}\omega LR_4-\mathrm{j}\frac{R_1}{\omega C}+\frac{L}{C}=R_2R_3$$

所以 $$R_2R_3-R_1R_4=\frac{L}{C}$$

$\omega LR_4=\dfrac{R_1}{\omega C}$，联立上两式解得

$$L=\frac{1}{\omega}\sqrt{\frac{R_1R_2R_3-R_1{}^2R_4}{R_4}}，C=\frac{1}{\omega}\sqrt{\frac{R_1}{R_2R_3R_4-R_1R_4{}^2}}$$

13. 如图 4-11 所示的电路可测正弦电流的频率，当电桥平衡时，试证被测频率为

$$f=\frac{1}{2\pi\sqrt{R_3R_4C_1C_2}}。$$

解：由电桥 $\dfrac{R_1}{R_2}=\dfrac{R_3-\mathrm{j}\dfrac{1}{\omega C_1}}{\dfrac{R_4\left(-\dfrac{\mathrm{j}}{\omega C_2}\right)}{R_4-\dfrac{\mathrm{j}}{\omega C_2}}}$ 整理得

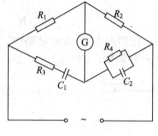

图 4-11

$$-\dfrac{\dfrac{R_1R_4}{(\omega C_2)^2}}{R_4{}^2+\left(\dfrac{1}{\omega C_2}\right)^2}+\mathrm{j}\dfrac{\dfrac{R_1R_4{}^2}{\omega C_2}}{R_4{}^2+\left(\dfrac{1}{\omega C_2}\right)^2}$$

$$=-R_2R_3+\mathrm{j}\dfrac{R_2}{\omega C_1}，因而有 \dfrac{\dfrac{R_1R_4}{(\omega C_2)^2}}{R_4{}^2+\left(\dfrac{1}{\omega C_2}\right)^2}=R_2R_3 (1) \quad \dfrac{\dfrac{R_1R_4{}^2}{\omega C_2}}{R_4{}^2+\left(\dfrac{1}{\omega C_2}\right)^2}=\dfrac{R_2}{\omega C_1} (2)$$

联立 (1) (2) 得 $\omega^2=\dfrac{1}{R_3R_4C_1C_2}$，所以 $f=\dfrac{1}{2\pi\sqrt{R_3R_4C_1C_2}}$

14. 有一个电容 C 为 $40\mu\mathrm{F}$，与阻值 R 为 60Ω 的电阻串联后接在电压为 $220\mathrm{V}$、频率为 $50\mathrm{Hz}$ 的交流电源上，求：(1) 阻抗 z；(2) 功率因数 $\cos\varphi$；(3) 有功功率；(4) 无功功率。

解：(1) 阻抗：

$$z=\sqrt{R^2+Z_{\mathrm{C}}^2}=\sqrt{R^2+\left(\dfrac{1}{2\pi fC}\right)^2}=\sqrt{60^2+\left(\dfrac{1}{2\times3.14\times50\times40\times10^{-6}}\right)^2}=100(\Omega)$$

(2) 功率因数：$\cos\varphi=\dfrac{R}{z}=\dfrac{60}{100}=0.6$

(3) 有功功率：$P=IU\cos\varphi=\dfrac{U^2}{z}\cos\varphi=\dfrac{220^2}{100}\times0.6=290(\mathrm{W})$

(4) 无功功率：$Q=IU\sin\varphi=\dfrac{U^2}{z}\sin\varphi=\dfrac{220^2}{100}\times\sqrt{1-0.6^2}=387 (\mathrm{var})$

15. 阻抗为 z 的元件与 $10\mu\mathrm{F}$ 的电容串联后接在频率为 $50\mathrm{Hz}$，有效值为 $100\mathrm{V}$ 的电源上，已知，阻抗 z 上与电容器上的电压均等于电源电压。求阻抗 z 消耗的功率。

解：设 $Z=r+\mathrm{j}x$，因串联电路电流相等，可得如下两个方程

$$\dfrac{U}{\sqrt{r^2+\left(x-\dfrac{1}{\omega C}\right)^2}}=\dfrac{U}{\sqrt{r^2+x^2}} (1)，\quad \dfrac{U}{\sqrt{r^2+x^2}}=\dfrac{U}{\dfrac{1}{\omega C}} (2)，联立方程 (1) (2) 解得$$

$$x=\dfrac{1}{2\omega C}，\quad r=\dfrac{\sqrt{3}}{2}\dfrac{1}{\omega C}$$

阻抗 z 的功率：

$$P_z=I^2r=\left(\dfrac{U}{\dfrac{1}{\omega C}}\right)^2\times\dfrac{\sqrt{3}}{2}\times\dfrac{1}{\omega C}=\dfrac{\sqrt{3}}{2}U^2\omega C=100^2\times2\times3.14\times50\times10\times10^{-6}\times\dfrac{\sqrt{3}}{2}=27.2(\mathrm{W})$$

16. 一个 $220\mathrm{V}$ $50\mathrm{Hz}$ 的交流电源供给一感性负载 $550\mathrm{W}$ 的有功功率，功率因数为 0.6，(1) 欲使功率因数提高到 1，需串多大的电容？(2) 串联电容后电源供给的功率是多少？

解：(1) 因负载为感性，设复阻抗 $Z=r+\mathrm{j}X_{\mathrm{L}}$

$$z=\dfrac{U^2\cos\varphi}{P}，\quad X_{\mathrm{L}}=z\sin\varphi=\dfrac{U^2\cos\varphi\sin\varphi}{P}$$

因串联电容后 $\cos\varphi=1$，所以 $X_{\mathrm{L}}=X_{\mathrm{C}}=\dfrac{1}{\omega C}$

$$C=\dfrac{1}{\omega X_{\mathrm{L}}}=\dfrac{P}{\omega U^2\cos\varphi\sin\varphi}=\dfrac{550}{2\times3.14\times50\times220^2\times0.6\times0.8}=75(\mu\mathrm{F})$$

(2) 这时加在电阻两端的电压即等于电源电压，故供给的功率：

$$P=\frac{U^2}{R}=\frac{U^2}{z\cos\varphi}=\frac{U^2P}{U^2\cos^2\varphi}=\frac{P}{\cos^2\varphi}=\frac{550}{0.6^2}=1528(\mathrm{W})$$

17. 在如图 4-12 所示电路中，已知电路两端电压为 U，电阻为 R，电感电抗为 x；（1）若 R 可变，x 为常数；（2）若 x 可变，R 为常数；求在怎样条件下，电路的有功功率为最大？

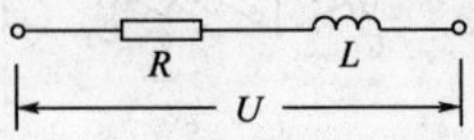

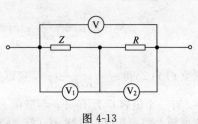

解：按题意：$P=IU\cos\varphi=\frac{U^2}{z}\cos\varphi=\frac{U^2R}{R^2+x^2}$

（1）由 $\frac{\partial P}{\partial R}=U^2\frac{x^2+R^2-2R\cdot R}{(x^2+R^2)^2}=U^2\frac{x^2-R^2}{(x^2+R^2)^2}=0$ 解得：$R=x$，

将 $R=x$ 代入 $\frac{\partial^2P}{\partial R^2}$ 中得 $\frac{\partial^2P}{\partial R^2}<0$，故在 $R=x$ 时电路有功功率最大。

（2）由 $\frac{\partial P}{\partial x}=U^2\frac{-2Rx}{(x^2+R^2)^2}=0$，解得 $x=0$，将 $x=0$ 代入 $\frac{\partial^2P}{\partial x^2}$ 中得 $\frac{\partial^2P}{\partial x^2}<0$，故在 $x=0$ 时，电路有功功率最大。

18. 如图 4-13 所示电路中已知电阻 R 为 100Ω，各伏特计读数为 $U=20\mathrm{V}$，$U_1=15\mathrm{V}$，$U_2=12\mathrm{V}$，求用电器 Z 所消耗的功率。

解：设 Z 为感性负载，作出电流电压矢量图，根据全余弦定理

图 4-13

$$U^2=U_1^2+U_2^2-2U_1U_2\cos\alpha,\quad-\cos\alpha=\frac{U^2-U_1^2-U_2^2}{2U_1U_2},\text{而 }\varphi=\pi-\alpha,$$

故

$$\cos\varphi=-\cos\alpha,\text{因 }I=\frac{U_2}{R},\text{所以 }P=IU_1\cos\varphi$$

$$=\frac{U_1U_2}{R}\times\frac{U^2-U_1^2-U_2^2}{2U_1U_2}=\frac{U^2-U_1^2-U_2^2}{2R}$$

$$=\frac{20^2-15^2-12^2}{2\times100}=0.155(\mathrm{W})$$

19. 设一标明"$220\mathrm{V}$，$15\mathrm{W}$"的日光灯，工作电流为 $0.35\mathrm{A}$，（1）求其功率因数；（2）欲将功率因数提高到 1 应并联多大的电容（电源的工作频率为 $50\mathrm{Hz}$）？（3）欲将功率因数提高到 0.9，应并联多大的电容？

解：（1）$\cos\varphi=\frac{P}{UI}=\frac{15}{220\times0.35}=0.2$

（2）$I_C=I_L\sin\varphi=U\omega C$，所以 $C=\frac{I_L\sin\varphi}{U\omega}=\frac{0.35\times\sqrt{1-0.2^2}}{220\times2\times3.14\times50}=5(\mu\mathrm{F})$

（3）由：$I_C=I_1\sin\varphi-I\sin\varphi'=U\omega C$，因并联电容后电路消耗的功率不变

$$I_1=\frac{R}{U\cos\varphi},\quad I=\frac{R}{U\cos\varphi'},\text{所以 }U\omega C=\frac{R}{U\cos\varphi}\sin\varphi-\frac{R}{U\cos\varphi'}\sin\varphi'$$

$$=\frac{P}{U}(\tan\varphi-\tan\varphi'),\quad C=\frac{P}{\omega U^2}(\tan\varphi-\tan\varphi')=4.3(\mu\mathrm{F})\text{ 或 }5.3(\mu\mathrm{F})$$

其中 $\tan\varphi'=\pm0.5$，$\tan\varphi=4.9$

20. 在如图 4-14 所示的电路中，已知 $U_2=108\mathrm{V}$，$\cos\varphi_2=0.8$，$I=18.5\mathrm{A}$，$R_1=1\Omega$，$x_1=2\Omega$，试求电压 U_1 和整个电压的功率因数 $\cos\varphi$。就 $\varphi_2>0$，$\varphi_2<0$ 两种情况求解。

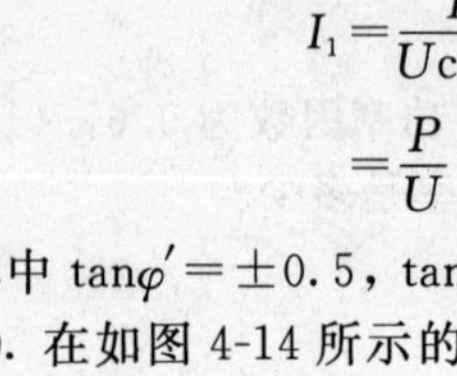

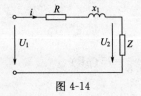

图 4-14

解：设 $Z=r+\mathrm{j}x$，依题意得如下两个方程：

$$\frac{r}{\sqrt{r^2+x^2}}=0.8(1),\quad\frac{U}{\sqrt{r^2+x^2}}=18.5(2)$$

联立（1）（2）代入数解得 $r = \dfrac{864}{185}$，$x = \pm\dfrac{648}{185}$

在 $\varphi_2 > 0$ 的情况下

$$\cos\varphi = \frac{R+r}{\sqrt{(R_1+r)^2+(x+x_1)^2}} = \frac{1+\dfrac{864}{185}}{\sqrt{\left(1+\dfrac{864}{185}\right)^2+\left(2+\dfrac{648}{185}\right)^2}} = 0.72$$

$$U_1 = I\sqrt{(R_1+r)^2+(x+x_1)^2} = 18.5\times\sqrt{\left(1+\dfrac{864}{185}\right)^2+\left(2+\dfrac{648}{185}\right)^2} = 146(\text{V})$$

在 $\varphi_2 < 0$ 的情况下

$$\cos\varphi = \frac{R+r}{\sqrt{(R_1+r)^2+(x+x_1)^2}} = \frac{1+\dfrac{864}{185}}{\sqrt{\left(1+\dfrac{864}{185}\right)^2+\left(2-\dfrac{648}{185}\right)^2}} = 0.97$$

$$U_1 = I\sqrt{(R_1+r)^2+(x+x_1)^2} = 18.5\times\sqrt{\left(1+\dfrac{864}{185}\right)^2+\left(2-\dfrac{648}{185}\right)^2} = 109(\text{V})$$

21. 如图 4-15 所示的电路中，若已知各表的读数为 $U_1=160\text{V}$，$U_2=110\text{V}$，$I=0.435\text{A}$，$P_1=55.8\text{W}$，$P_2=44.3\text{W}$，求电阻 R 和电抗 x。

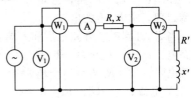

图 4-15

解：按题意：$R' = \dfrac{P_2}{I^2} = \dfrac{44.3}{0.435^2} = 234(\Omega)$

$$x' = \sqrt{\left(\frac{U_2}{I}\right)^2 - R'^2} = \sqrt{\left(\frac{110}{0.435}\right)^2 - 234^2} = 95.9(\Omega)$$

所以

$$R = \frac{P_1-P_2}{I^2} = \frac{55.8-44.3}{0.435^2} = 60.8(\Omega)$$

而 $x+x' = \sqrt{\left(\dfrac{U_1}{I}\right)^2+(R+R')^2} = \sqrt{\left(\dfrac{160}{0.435}\right)^2+(234+60.8)^2}$

$= 471.4$，所以 $x = 471.4 - x' = 471.4 - 95.9 = 375.5(\Omega)$

22. 一个由电感 $L=0.01\text{H}$，电容 $C=100\mu\text{F}$，及电阻 $R=2\Omega$ 所组成的串联电路，其两端接在 U 为 16V（内阻为零）的发电机上，求回路的谐振角频率、谐振时的电流、电感和电容上的电压。

解：由谐振条件知 $\omega_0 = \dfrac{1}{\sqrt{LC}} = \dfrac{1}{\sqrt{0.01\times100\times10^{-6}}} = 1000(\text{rad/s})$

谐振电流：$I = \dfrac{U}{R} = \dfrac{16}{2} = 8(\text{A})$，$U_L = U_C = I\omega L = 8\times1000\times0.01 = 80(\text{V})$

23. 串联谐振电路，$L=0.13\text{mH}$，$C=558\text{pF}$，$R=10\Omega$，$U=5\text{mV}$，求电路的谐振电流、品质因数、电容和电感上的电压。

解：串联谐振时电路总阻抗为 R，故谐振电流 $I = \dfrac{U}{R} = \dfrac{5}{10} = 0.5(\text{mA})$

品质因数 $Q = \dfrac{\omega_0 L}{R} = \dfrac{\dfrac{1}{\sqrt{LC}}\cdot L}{R} = \dfrac{\sqrt{\dfrac{L}{C}}}{R} = \dfrac{1}{10}\times\sqrt{\dfrac{0.13\times10^{-3}}{558\times10^{-12}}} = 48$

$$U_C = U_L = QU = 5\times48 = 240(\text{mV})$$

24. 如图 4-16 所示的电路中，$U=120\text{V}$，$R=100\Omega$，$L=30\text{mH}$，$\omega=1000\text{rad/s}$，C 为何值时发生并联谐振，求谐振时各支路电流。

图 4-16

解：依题意在 $\omega L = \dfrac{1}{\omega C}$ 时发生谐振

$$C = \frac{1}{\omega^2 L} = \frac{1}{1000^2\times30\times10^{-3}} = 33.3(\text{mF})$$

265

图 4-17

电阻支路电流

$$I_R = \frac{U}{R} = \frac{120}{100} = 1.2(\text{A})$$

电感支路和电容支路电流相等

$$I_C = I_L = \frac{U}{\omega L} = \frac{120}{1000^2 \times 30 \times 10^{-3}} = 4 \times 10^{-3}(\text{A})$$

25. 如图 4-17 所示电路为一并联谐振电路，已知谐振阻抗 $z = 10\text{k}\Omega$，$L = 0.02\text{mH}$，$C = 200\text{pF}$，试求回路电阻 R 和 Q 值。

解：由并联谐振时，$z = \dfrac{L}{RC}$，故回路电阻

$$R = \frac{L}{zC} = \frac{0.02 \times 10^{-3}}{10^4 \times 200 \times 10^{-12}} = 10(\Omega)$$

品质因数

$$Q = \frac{\omega_0 L}{R} = \frac{1}{R}\sqrt{\frac{L}{C}} = \frac{1}{10} \times \sqrt{\frac{0.02 \times 10^{-3}}{200 \times 10^{-12}}} = 31.6$$

26. 如图 4-18 所示电路，已知 $E_1 = 7\text{V}$，$R_1 = 0.2\Omega$，$E_2 = 6.2\text{V}$，$R_2 = 0.2\Omega$，$R_3 = 3.2\Omega$，试用戴维南定理，求 R_3 上的电流。

解：当 R_3 开路时，开路电压和入端电阻分别为

开路电压：$U_o = E_2 + IR = 6.2 + (7 - 6.2)/(0.2 + 0.2) \times 0.2 = 6.6(\text{V})$

入端电阻：$R_r = R_1 R_2/(R_1 + R_2) = 0.1(\Omega)$

R_3 上的电流：$I_3 = U_o/(R_r + R_3) = 6.6/(0.1 + 3.2) = 2(\text{A})$

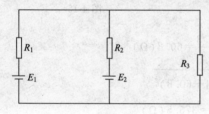

图 4-18

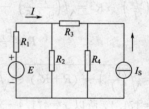

图 4-19

27. 在图 4-19 所示的电路中，已知 $E = 30\text{V}$，$I_S = 1\text{A}$，$R_1 = 5\Omega$，$R_2 = 20\Omega$，$R_3 = 8\Omega$，$R_4 = 12\Omega$，试用叠加原理计算流过电阻 R_3 的电流 I。

解：设 E、I_S 单独作用时流过电阻 R_3 的电流为 I' 和 I''，且 I' 和 I'' 的方向均与 I 相同。

E 单独作用时：

$$I' = \frac{R_2}{R_2 + R_3 + R_4} \times \frac{E}{R_1 + R_2 // (R_3 + R_4)} = [20/(20 + 8 + 12)] \times [30/(5 + 20 \times 20/(20 + 40))] = 1(\text{A})$$

I_S 单独作用时：

$$I'' = -\frac{R_4}{R_3 + R_4 + R_1 // R_2} I_S = -\frac{12}{12 + 8 + 5 // 12} \times 1 = -0.5(\text{A})$$

E 和 I_S 共同作用时：

$$I = I' + I'' = 1 - 0.5 = 0.5(\text{A})$$

答：流过电阻 R_3 的电流 $I = 0.5\text{A}$。

28. 线电压为 380V 的三相电源上接有两个三相对称负载：一个是星形连接的三相电阻炉，其功率为 10kW；另一个是三角形连接的电动机，其每相阻抗 $Z_\triangle = 36.3\angle 37°\Omega$，试求：（1）电路的线电流；（2）总的有功功率；（3）总功率因数。

解：

（1）三相负载对称，仅计算一相，其他两相可以推知。

电炉的电阻：$R_Y = \dfrac{3U_A^2}{P_Y} = \dfrac{3 \times 220^2}{10 \times 10^3} = 14.52(\Omega)$

线电流：$I_{YA} = \dfrac{U_A}{R_Y} = \dfrac{220}{14.52} = 15.15(A)$

电动机的相电流：$I_{\Delta AB} = \dfrac{380}{36.3} = 10.47(A)$

电动机的线电流：$I_{\Delta A} = \sqrt{3}\, I_{AB} = \sqrt{3} \times 10.47 = 18.13(A)$

总电流：$I_A = I_{YA} + I_{\Delta A} = 15.15 + 18.13 = 31.28(A)$

（2）总的有功功率：

$P = P_Y + P_\Delta = P_Y + \sqrt{3}\, U_l\, I_{\Delta A} \cos\varphi$

$\quad = 10 \times 10^3 + \sqrt{3} \times 380 \times 18.13 \times \cos 37° = 19.53(kW)$

无功功率：$Q = \sqrt{3}\, U_l\, I_{\Delta A} \sin\varphi_\Delta = \sqrt{3} \times 380 \times 18.13 \times \sin 37° = 7.18(kvar)$

视在功率：$S = \sqrt{P^2 + Q^2} = \sqrt{19.53^2 + 7.18^2} = 20.8(kV \cdot A)$

（3）总功率因数：$\cos\varphi = P/S = 19.53/20.8 \approx 0.94$

答：电路的线电流为 19.53kW；总的有功功率为 19.53kW；总功率因数为 0.94。

29. 使用一只 0.2 级、10V 量程的电压表，测得某电压值为 5.0V，问其可能最大绝对误差 ΔU 及可能最大相对误差各为多少？

解： 由于仪表的最大基准误差 $\gamma_{mm} = \Delta x_m / X_n = \pm 0.2\%$ 而电压表的量程 $X_n = 10V$，可得 $\Delta U = \Delta x_m = \pm 0.02V$。

所以 $\gamma = \Delta U / U \times \pm 100\% = \pm 0.02/5 \times 100\% = \pm 0.4\%$

答：电压表的最大绝对误差 $\Delta U = \pm 0.02V$，最大相对误差 γ 为 $\pm 0.4\%$。

30. 在 RLC 串联电路中，已知 $R = 8\Omega$，$X_L = 12\Omega$，$X_C = 6\Omega$，若接入频率为 50Hz，电压为 220V 的交流电源上，求：（1）电路的总阻抗 Z 和电流 I；（2）有功功率、无功功率、视在功率和功率因数；（3）绘电压电流矢量图。

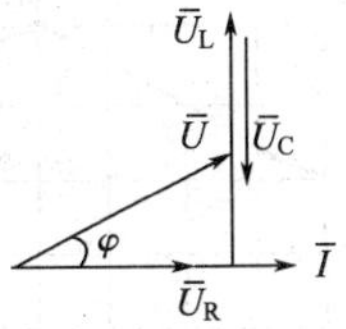

解：（1）$Z = \sqrt{R^2 + (X_L - X_C)^2} = \sqrt{8 + (12-6)^2} = 10(\Omega)$

$I = U/Z = 220/10 = 22$（A）

图 4-20

（2）$P = I^2 R = 22^2 \times 8 = 3872$（W）

$Q = I^2 (X_L - X_C) = 22^2 \times 6 = 2904$（var）

$S = UI = 220 \times 22 = 4840$（V·A）

$\cos\varphi = R/Z = 8/10 = 0.8$

（3）电压电流矢量图见图 4-20。

31. 已知 $R = 10\Omega$，$L = 150\mu H$，$C = 1000pF$，串联在电压为 50V 的交流电路中发生串联谐振。

试求：（1）谐振频率 f_0 和电路的品质因数 Q；（2）电路中的电流 I；（3）谐振时电感电压 U_L 和电容电压 U_C。

解：（1）$f_0 = \dfrac{1}{2\pi \sqrt{LC}} = \dfrac{1}{2\pi \sqrt{150 \times 10^{-6} \times 1000 \times 10^{12}}} = 411144(Hz)$

$Q = \dfrac{X_L}{R} = \dfrac{2\pi f_0 L}{R}$

$\quad = \dfrac{2 \times 3.14 \times 411144 \times 150 \times 10^{-6}}{10} = 38.7$

（2）$I = U/R = 50/10 = 5$（A）。

（3）$U_L = U_C = I_0 X_L = QU = 38.7 \times 50 = 1935$（V）

32. 图示 4-21 电路中，已知 $E_1 = 120V$，$E_2 = 130V$，$R_1 = 10$，$R_2 = 2$，$R_3 = 10$，求各支路的电流。

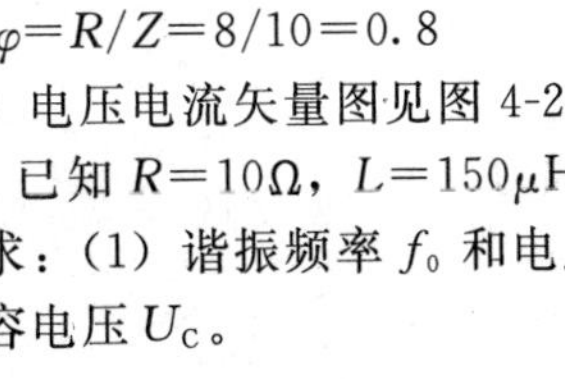

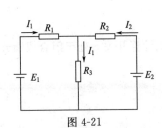

图 4-21

解：
$$\begin{cases} I_1 + I_2 - I_3 = 0 \\ R_1 I_1 + R_3 I_3 = E_1 \\ R_2 I_2 + R_3 I_3 = E_2 \end{cases} \Rightarrow \begin{cases} I_1 + I_2 - I_3 = 0 \\ 10 I_1 + 10 I_3 = 120 \\ 2 I_2 + 10 I_3 = 130 \end{cases} \Rightarrow \begin{cases} I_1 + I_2 - I_3 = 0 \\ I_1 + I_3 = 12 \\ I_2 + 5 I_3 = 65 \end{cases} \Rightarrow \begin{cases} I_1 = 1\text{A} \\ I_2 = 10\text{A} \\ I_3 = 11\text{A} \end{cases}$$

33. 图 4-22 示电路中，已知 $E_1 = 15\text{V}$，$E_2 = 10\text{V}$，$E_3 = 6\text{V}$，$R_1 = 3\Omega$，$R_2 = 2\Omega$，$R_3 = 18\Omega$，$R_4 = 12\Omega$。试用戴维南定理求电流 I。

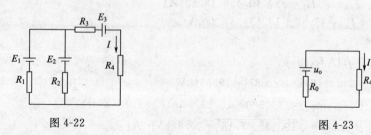

图 4-22   图 4-23

解：（1）有源二端网络开路电压：$I' = (E_1 - E_2)/(R_1 + R_2) = (15 - 10)/(3 + 2) = 1(\text{A})$

$$U_0 = -E_3 + E_2 + I' R_2 = -6 + 10 + 1 \times 2 = 6 \text{ (V)}$$

（2）无源二端网络等效电阻：

$$R_0 = (R_1 // R_2) + R_3 = [3 \times 2/(3 + 2)] + 1.8 = 3(\Omega)$$

（3）等效电路见图 4-23

（4）$I = U_0/(R_0 + R_4) = 6/(3 + 12) = 0.4(\text{A})$

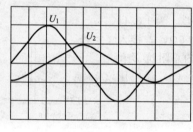

图 4-24

34. 用双踪示波器测得两个同频正弦交流电压的波形如图 4-24 所示，若面板上的"时间选择"开关在"0.5ms/格"，"Y轴坐标"在 10V/格，请写出 $U_1(t)$ 及 $U_2(t)$ 的瞬时值函数式，并求出这两个电压的相位差。

解：这两个电压一个周期各占 8 格，所以 $T = 8 \times 0.5 = 4\text{ms}$，$f = \dfrac{1}{T} = \dfrac{10^3}{4} = 250\text{Hz}$，$\omega = 2\pi f = 500\pi \text{rad/s}$

U_1 共占 2 格，U_2 共占 1 格，因此 $U_1 = 2 \times 10 = 20\text{V}$，$U_2 = 1 \times 10 = 10\text{V}$

U_1 超前 U_2，坐标上差 2 格，即 1/4 周期，所以 U_1 超前 U_2 的 φ 角为

$$\varphi = \frac{2\pi}{4} = \frac{\pi}{2}$$

这两个电压的相位差为 $\dfrac{\pi}{2}$，若以 U_1 为参考量，其瞬时值函数式为

$$\begin{cases} U_1 = 20\sin 500\pi t (\text{V}) \\ U_2 = 10\sin\left(500\pi t - \dfrac{\pi}{2}\right)(\text{V}) \end{cases}$$

若以 U_2 为参考量其瞬时值函数式为

$$\begin{cases} U_1 = 20\sin\left(500\pi t + \dfrac{\pi}{2}\right)(\text{V}) \\ U_2 = 10\sin 500\pi t (\text{V}) \end{cases}$$

35. 如图 4-25 所示，三相交流电源电压为 380V，负载对称，试计算开关 S 处于闭合或断开两种情况下，各电阻负载上的电压值是多少？

解：S 闭合时，为三相对称负载 Y 形连接，各电阻负载电压：

$$U_\text{V} = U_\text{W} = U_\text{U} = 380/\sqrt{3} = 220\text{V}$$

S 断开时，$U_\text{U} = 0$，$U_\text{V} = U_\text{W} = U_\text{VW}/2 = 380/2 = 190 \text{ (V)}$

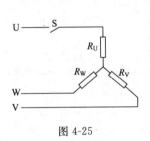

图 4-25

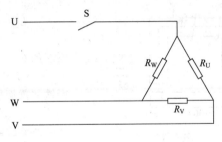

图 4-26

36. 如图 4-26 三相交流电线电压为 380V，负载对称，试计算开关 S 处于闭合或断开两种情况下，各电阻负载上的电压值是多少？

解：S 闭合时，为三相对称负载三角形连接，$U_V = U_W = U_U = U_线 = 380V$；

S 断开时，$U_V = U_线 = 380V$，$U_U = U_W = U_线/2 = 190V$。

37. 在线电压为 380V 的三相对称电源上，接有一个三角形连接的三相对称负载，测得其消耗的有功功率为 5kW，无功功率为 4kvar，试求：(1) 每相负载的电流；(2) 负载的功率因数。

解：

因为 $P = 3 \times U_相 \times I_相 \times \cos\varphi = 5 \times 10^3$，$Q = 3 \times U_相 \times I_相 \times \sin\varphi = 4 \times 10^3$，而 $U_相 = 380V$，

所以 $\tan\varphi = Q/P = 4/5 = 0.8$，$\varphi = 38.6°$，$\cos\varphi = 0.78$，$I_相 = P/(3 \times U_相 \times \cos\varphi) = 5 \times 10^3/(3 \times 380 \times 0.78) = 5.6(A)$

第2章 磁电知识

1. 如图 4-27 所示，铁芯磁路 $S = 100cm^2$，$L = 159cm$，气隙 $\delta = 1cm$，$W = 1000$ 匝，$\Phi = 0.0145Wb$，铁芯材料为 D41 硅钢片，考虑片间绝缘所占的空间尺寸计算激磁电流 I_b 的大小及磁路磁阻（$B = 1.45T$ 时，$H = 1500A/m$，$\mu = 4\pi \times 10^{-7}$ H/m）。

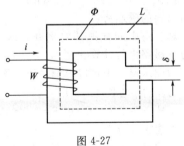

图 4-27

解：铁芯磁通密度：$B = \dfrac{\Phi}{S} = \dfrac{0.0145}{0.1} = 1.45(T)$

铁芯磁场强度由 D41 硅钢片的磁化曲线可查：$H = 1500$ (A/m)

气隙 δ 的磁场强度

$$H' = \frac{B}{\mu_0} = \frac{1.45}{4\pi \times 10^{-7}} = 115.39 \times 10^4 (A/m)$$

磁势：$IN = HL + H'\delta = 1500 \times 1.59 + 115.39 \times 10^4 \times 0.01 = 13924$（安匝）

激磁电流：

$$I_0 = \frac{IN}{W} = \frac{13924}{1000} = 13.9(A)$$

磁路磁阻

$$R_m = \frac{IN}{\Phi} = \frac{13924}{0.0145} = 960276(H^{-1})$$

答：激磁电流 I_0 的大小为 13.9A，磁路磁阻为 $960276H^{-1}$。

2. 一个直流电磁铁的磁路如图 4-28 所示，单位是 mm。铁芯由硅钢片叠成，填充系数取 0.92，下部衔铁的材料为铸钢。要使气隙中的磁通为 $3 \times 10^{-3}Wb$，试求所需的磁通势。如励磁绕组匝数 N 为 1000，试求所需的励磁电流。

解：

(1) 从磁路的尺寸可知磁路可分为铁芯 L_1、气隙 L_3、衔铁 L_2 三段。各段的长度为

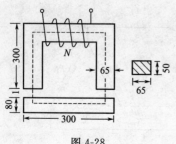

图 4-28

$$L_1 = (300-65) \times 10^{-3} + 2 \times (300-65/2) \times 10^{-3} = 0.77\text{m}$$

$$L_2 = 80 \times 10^{-3} + (300-65) \times 10^{-3} = 0.315\text{m}$$

$$L_3 = 2 \times 1 \times 10^{-3} = 2 \times 10^{-3}\text{m}$$

铁芯的有效面积为

$$S_1 = KS_1' = 0.92 \times 65 \times 50 \times 10^{-6} = 30 \times 10^{-4} \ (\text{m}^2)$$

衔铁的截面积为

$$S_2 = 80 \times 50 \times 10^{-6} = 40 \times 10^{-4} \ (\text{m}^2)$$

气隙忽略边缘效应，$S_0 = 65 \times 50 \times 10^{-6} = 32.5 \times 10^{-4} \ (\text{m}^2)$

（2）每段的磁感应强度为

$$B_1 = \varphi/S_1 = 3 \times 10^{-3}/(30 \times 10^{-4}) = 1 \ (\text{T})$$

$$B_2 = \varphi/S_2 = 3 \times 10^{-3}/(40 \times 10^{-4}) = 0.75 \ (\text{T})$$

$$B_0 = \varphi/S_0 = 3 \times 10^{-3}/(32.5 \times 10^{-4}) = 0.92 \ (\text{T})$$

查表可得磁场强度：　　　　　　　$H_1 = 340\text{A/m}$

$$H_2 = 360\text{A/m}$$

算得：　　　　　$H_0 = 0.8 \times 10^6 B_0 = 0.8 \times 10^6 \times 0.92 = 0.736 \times 10^6 \ (\text{A/m})$

（3）所需磁通势：

$$F = H_1 L_1 + H_2 L_2 + H_0 L_0 = 340 \times 0.77 + 360 \times 0.315 + 2 \times 10^{-3} \times 0.736 \times 10^6 = 1847 \ (\text{A} \cdot \text{N})$$

N 为 1000 时，所需电流：$I = F/N = 1847/1000 = 1.847 \ (\text{A})$。

3. 由铸钢制成的对称分支磁路如图 4-29 所示。具体磁路尺寸如图所示。当已知左边铁芯中的磁通 $\varPhi = 7.5 \times 10^{-4}$ Wb 时，求产生此磁通所需要的磁通势。

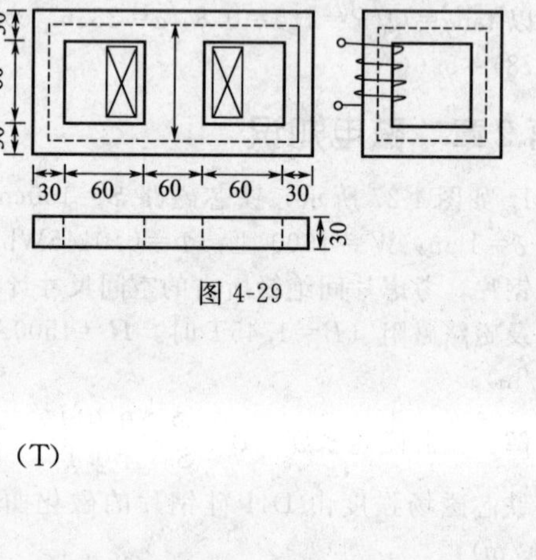

解： 由中间柱把其对剖开，取一半来作为无分支磁路进行计算。

由图示尺寸中可以得知：$S = 3 \times 3 = 9 \ (\text{cm}^2)$

磁路的中心长度为：$L = (6+3) \times 4 = 36 \ (\text{cm})$

磁感应强度为：$B = \varPhi/S = 7.5 \times 10^{-4}/(9 \times 10^{-4}) = 0.833 \ (\text{T})$

查表得：$H = 7.27 \ (\text{A/cm})$

所需磁通势为：$F = HL = 7.27 \times 36 = 262 \ (\text{A} \cdot \text{N})$

图 4-29

第 3 章　交流电机

1. 有一台型号为 Y112M-2 的异步电动机，其技术数据为：额定功率 $P_N = 4\text{kW}$，额定转速 $n_N = 2890\text{r/min}$，额定电压 $U_N = 380\text{V}$，额定电流 $I_N = 8.2\text{A}$，效率 $\eta = 85.5\%$，功率因数 $\cos\varphi = 0.87$。求：①该电动机的额定转矩 T_N 为多少？②该电动机的输入功率为多少？

解： ① 电动机的额定转矩 $T_N = 9550 \ (P_N/n_N) = 9550 \times (4/2890) = 13.2 \ (\text{N} \cdot \text{m})$

② 电动机的输入功率 $P_i = 4/\eta = 4/0.855 = 4.68 \ (\text{kW})$

2. 某三相异步电动机额定数据为：40kW，380V，950r/min，84%，0.79，求输入功率、线电流及额定转矩。

解： 输入功率 $P_1 = P_N/\eta = 40/0.84 = 47.6 \ (\text{kW})$

线电流 $I_N = P_1/(\sqrt{3}U_N\cos\varphi) = (47.6 \times 10^3)/(1.73 \times 380 \times 0.79) = 91.65 \ (\text{A})$

额定转矩 $T_N = 9.55 \times (40 \times 10^3)/950 = 402 \ (\text{N} \cdot \text{m})$

3. 有 Y-180L-8 型三相异步电动机 1 台，额定功率为 11kW，额定转速为 730r/min，求它的额定输出转矩，过载系数为 2.2，求额定转矩 T_N 和最大转矩 T_m。

解： ① $T_N = 9.55 \ (P_N/n_N) = 9.55 \times (11 \times 10^3/730) = 143.9 \ (\text{N} \cdot \text{m})$

② $T_m = \lambda T_N = 2.2 \times 143.9 = 316.58$ （N·m）

4. 三相笼型异步电动机，已知 $P_N = 5$kW，$U_N = 380$V，$n_N = 2910$r/min，$\eta_N = 0.8$，$\cos\varphi = 0.86$，$\lambda = 2$，求：S_N，I_N，T_N，T_m。

解：转差率 $S_N = (n_1 - n_N)/n_1 = (3000 - 2910)/3000 = 0.03$

额定电流：$I_N = \dfrac{P_N}{\sqrt{3}U_N\eta_N\cos\varphi} = \dfrac{5 \times 10^3}{\sqrt{3} \times 380 \times 0.8 \times 0.86} = 11$（A）

额定转矩：$T_N = 9.55\dfrac{P_N}{n_N} = 9.55 \times \dfrac{5 \times 10^3}{2910} = 16.4$（N·m）

最大转矩：$T_m = \lambda T_N = 2 \times 16.4 = 32.8$ （N·m）

5. 一台△连接三相异步电动机的额定数据如下：7.5kW，380V，15.4A，1440r/min，50Hz，$\cos\varphi = 0.85$，试求电动机极数 $2p$、额定转差率 S_N、额定负载时的效率 η_N 和额定转矩 T_N。

解：由 $n_N = 1440$r/min 可知，电动机是四极的，即 $2p = 4$，$n_1 = 1500$r/min

$S_N = (n_1 - n_N)/n_1 = (1500 - 1440)/1500 = 0.04$

$$\eta_N = \dfrac{P_N}{P_1} = \dfrac{P_N}{\sqrt{3}U_N I_N\cos\varphi} = \dfrac{7.5 \times 10^3}{\sqrt{3} \times 380 \times 15.4 \times 0.85} = 0.87$$

$$T_N = 9.55 \times P_N/n_N = 9.55 \times 7.5 \times 10^3/1440 \approx 49.74 \ （N·m）$$

答：该电动机的极数 $2p = 4$，$S_N = 0.04$，$\eta_N = 0.87$，$T_N \approx 49.74$N·m。

6. 一台三相四极笼型异步电动机，△连接，额定功率 10kW，额定电压 380V，额定转速 1460r/min，功率因数 0.88，额定效率 80%，$T_{st}/T_N = 1.5$，$I_{st}/I_N = 6.5$，试求：

(1) 电动机的额定电流；

(2) Y-△减压启动时的启动转矩和启动电流；

(3) 若负载转矩 $T_L = 0.5T_N$，问是否可采用 Y-△减压启动？

解：(1) $I_N = \dfrac{P_N}{\sqrt{3}U_N\eta_N\cos\varphi} = \dfrac{10 \times 10^3}{\sqrt{3} \times 380 \times 0.8 \times 0.88} = 21.6$（A）

(2) $T_{st} = 1.5T_N = 1.5 \times 9.55\dfrac{\frac{1}{3}P_N}{n_N} = 1.5 \times 9.55 \times \dfrac{\frac{1}{3} \times 10 \times 10^3}{1460} = 32.7$（N·m）

$I_{Yst} = \dfrac{1}{3}I_{st} = \dfrac{1}{3} \times 6.5 I_N = \dfrac{1}{3} \times 6.5 \times 21.6 = 46.8$（A）

(3) 当 $T_L = 0.5T_N$ 时

因 $T_{Yst} = 1/3 T_{st} = 1/3 \times 1.5 I_N = 0.5 T_N = T_L$，故不能采用 Y-△启动。

答：电动机的额定电流为 21.6A；Y-△减压启动时的启动转矩为 32.7N·m，启动电流为 46.8A；若负载转矩 $T_L = 0.5T_N$，不能采用 Y-△减压启动。

7. 一台四极三相异步电动机，额定功率 $P_N = 5.5$kW，额定转速 $n_N = 1440$r/min，堵转倍数 $T_{st}/T_N = 1.8$，求：(1) 在额定电压下启动时的堵转转矩 T_{st}；(2) 当电网电压降为额定电压的 80% 时，求该电动机的堵转转矩 T'_{st}。

解：(1) $T_N = 9.55 \times P_N/n_N = 9.55 \times 5.5 \times 10^3/1440 = 36.48$ （N·m）

$T_{st} = 1.8 \times T_N = 1.8 \times 36.48 = 65.66$ （N·m）

(2) $T'_{st}/T_{st} = (U'_1/U_1)^2 = (0.8U_1/U_1)^2$

$= 0.64T'_{st} = 0.64 \times T_{st} = 0.64 \times 65.66 = 42.02$ （N·m）

8. 笼型异步电动机的 $I_{MN} = 17.5$A，做"单台不频繁启动或停止、且长期工作"时，以及"单台频繁启停且长期工作"时，熔体电流分别应为多大？

解：不频繁工作时熔体电流 $I_{FUN} = (1.5 \sim 2.5)I_{MN} = (26.25 \sim 43.75)$ A

频繁启动时熔体电流 $I_{FUN} = (3 \sim 3.5)I_{MN} = (52.5 \sim 61.25)$ A

第4章 直流电机

1. 一台并励直流电动机，$P_N = 7.5\text{kW}$，$U_N = 200\text{V}$，$I_N = 40\text{A}$，$n_N = 2000\text{r/min}$，$R_a = 0.2\Omega$，$R_E = 50\Omega$，求：

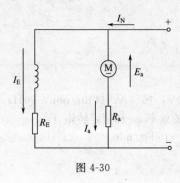

图 4-30

(1) 绘出示意图，求 η_N、I_a、M_N；

(2) 当 $I_a = 50\text{A}$ 时，电动机的稳态转速 n_1；

(3) 电动机的负载转矩 M_L 不变，主磁通减少 20％的电动机的稳态转速 n_2；

(4) 设电动机的负载转矩 M_L 不变，电枢回路串入 1Ω 的电阻时，电动机的稳态转速 n_3；

(5) M_L 依旧不变，电压降低 50％时，电动机的稳态转速 n_4。

解：(1) 依题意作示意图如图 4-30 所示。

$$\eta_N = P_2/P_1 = P_N/(U_N I_N) = 7.5 \times 10^3/(200 \times 40) = 0.938$$
$$I_E = U_N/R_E = 200/50 = 4 \ (\text{A})。$$
$$I_a = I_N - I_E = 40 - 4 = 36 \ (\text{A})$$
$$M_N = 9550 \times P_N/n_N = 9550 \times 7.5/2000 = 35.8 \ (\text{N} \cdot \text{m})$$

(2) $I_N = 40\text{A}$ 时，$E_a = U_N - I_a R_a = 200 - 36 \times 0.2 = 192.8 \ (\text{V})$

$n_N = 2000\text{r/min}$

当 $I_a = 50\text{A}$ 时，$E_{a1} = 200 - 50 \times 0.2 = 190 \ (\text{V})$

因为 $E_a = C_e \Phi_n$ 即 $E_a \propto n$，所以 $\dfrac{E_a}{n_N} = \dfrac{E_{a1}}{n_1}$ $n_1 = \dfrac{E_{a1} n_N}{E_a} = \dfrac{190 \times 2000}{192.8} = 1971(\text{r/min})$

(3) M_L 不变，Φ 减少 20％，即 $\Phi = 0.8\Phi_N$，

$$I_{a2} = \frac{1}{0.8} I_a = \frac{36}{0.8} = 45(\text{A})$$
$$E_{a2} = 200 - 45 \times 0.2 = 191(\text{V})$$
$$n_2 = \frac{E_{a2}}{E_{a1}} n_N = \frac{191}{192.8} \times 2000 = 1981(\text{r/min})$$
$$E_{a3} = 200 - 36 \ (1+0.2) = 156.8 \ (\text{A})$$

(4) $n_3 = \dfrac{E_{a3}}{E_a} n_N = \dfrac{156.8}{192.8} \times 2000 = 1626.6(\text{r/min})$

$$E_{a2} = 100 - 36 \times 0.2 = 92.8 \ (\text{A})$$

(5) $n_4 = \dfrac{E_{a4}}{E_a} n_N = \dfrac{92.8}{192.8} \times 2000 = 962.7(\text{r/min})$

2. 有一台并励电动机 $P_N = 7.5\text{kW}$，$U_N = 110\text{V}$，$\eta = 82.9\%$，$n_N = 1000\text{r/min}$，$R_E = 41.5\Omega$，电枢回路总电阻（包括电刷接触电阻）$R = 0.1504\Omega$，在额定负载时，在电枢回路内串入电阻 $R_r = 0.5246\Omega$，求：

(1) 电枢回路串入电阻前的电磁转矩；

(2) 电枢回路串入电阻后，若负载转矩不因转速变化而改变，则到达稳定状态后的转速为多少？

解：输入的电动机功率为：$P_1 = \dfrac{P_N}{\eta} = \dfrac{7.5}{0.829} = 9.05(\text{kW})$

输入电流：$I = \dfrac{P_1}{U_N} = \dfrac{9.05 \times 10^3}{110} = 82.3(\text{A})$

励磁电流：$I_E = \dfrac{U}{R_E} = \dfrac{110}{41.5} = 2.65(\text{A})$

电枢电流：$I_a = I - I_E = 82.3 - 2.65 = 79.65(\text{A})$

电枢回路铜损：$P_{cua} = I_a^2 R = 79.65^2 \times 0.1504 = 954(\text{W})$

励磁回路铜损：$P_{cuE} = I_E^2 R_E = 2.65^2 \times 41.5 = 291(\text{W})$

电磁功率：$P_M = P_1 - (P_{cua} + P_{cuE}) = 9.05 - (954 + 291) \times 10^{-3} = 7.8(\text{kW})$

电磁转矩：$M = 9550\dfrac{P_M}{n_N} = 9550 \times \dfrac{7.8}{1000} = 74.5(\text{N·m})$

串联电阻 R_r 前的转速：$n_N = \dfrac{U - I_a R}{C_e \Phi}$，所以，$C_e \Phi = \dfrac{U - I_a R}{n_N} = \dfrac{110 - 79.65 \times 0.1504}{1000} = 0.098$

则串入电阻 R_r 后的转速为：

$$n = \frac{U_N - I_a(R + R_r)}{C_e \Phi} = \frac{110 - 79.65 \times (0.1504 + 0.5246)}{0.098} = 573.8(\text{r/min})$$

3. 有一直流他励电动机，其数据如下：$P_N = 13\text{kW}$，$I_N = 137\text{A}$，$U_N = 110\text{V}$，$n_N = 680\text{r/min}$，$R_a = 0.08\Omega$，该电动机用在吊车装置上，以 $n = 800\text{r/min}$ 放落重物，试求该电动机处在再生发电状态下的转矩及电枢电流（略去摩擦转矩）。

解：由已知条件：

$$C_E \Phi = \frac{U_N - I_N R_a}{n_N} = \frac{110 - 137 \times 0.08}{680} = 0.146$$

$$C_M \Phi = \frac{C_E \Phi}{1.03} = \frac{0.146}{1.03} = 0.141$$

反电动势：$E = C_E \Phi n = 0.146 \times 800 = 116.8(\text{V})$

电枢电流：$I_a = I_j = \dfrac{E - U_N}{R_a} = \dfrac{116.8 - 110}{0.08} = 85(\text{A})$

电动机转矩：$M_D = 9.81 C_M \Phi I_a = 9.81 \times 0.141 \times 85 = 117.6(\text{N·m})$

4. 已知：某直流发电机 $2p = 2$，单叠绕组，电枢绕组总导体数 $N = 192$，电机的转速为 $n = 750\text{r/min}$，$I_0 = 40\text{A}$，$\Phi = 0.05\text{Wb}$，求：①发出的电动势；②电磁功率。

解：(1) $E_a = (Np/60a)\Phi n = [(192 \times 1)/(60 \times 1)] \times 0.05 \times 750 = 120(\text{V})$

(2) $P = E_a I_0 = 120 \times 40 = 4.8(\text{kW})$

5. 一台并励直流电动机，其额定数据如下：$P_N = 22\text{kW}$，$U_N = 110\text{V}$，$n_N = 1000\text{r/min}$，$\eta = 0.84$。已知电枢回路总电阻 $R = 0.04\Omega$，$R_f = 27.5\Omega$，试求：

(1) 额定电流，额定电枢电流，额定励磁电流；

(2) 额定电磁转矩；

(3) 额定负载下的电枢电动势。

解：(1) $P_1 = P_N/\eta = 22/0.84 = 26.19(\text{kW})$

额定电流：$I = P_1/U_N = 26.19 \times 10^3/110 = 238(\text{A})$

励磁电流：$I_f = U_N/R_f = 110/27.5 = 4(\text{A})$

电枢电流：$I_a = I - I_f = 238 - 4 = 234(\text{A})$

(2) 额定电磁转矩：$T_N = 9.55 \times P_N/n_N = 9.55 \times 22 \times 10^3/1000 \approx 210(\text{N·m})$

(3) 电枢电动势：$E_a = U_N - I_a R = 110 - 234 \times 0.04 \approx 100.6(\text{V})$

6. 一台他励直流电动机的额定电压 $U_N = 110\text{V}$，额定电流 $I_N = 234\text{A}$，电枢回路总电阻 $R = 0.04\Omega$，忽略电枢反应的影响，计算：

(1) 采用直接启动时，启动电流 I_{st} 是额定电流 I_N 的多少倍？

(2) 如限制启动电流位 $2I_N$，则电枢回路应串入多大的启动电阻 R_s？

解：(1) $I_{st} = U_N/R = 110/0.04 \approx 2750(\text{A})$

$I_{st}/I_N = 2750/234 \approx 12$

(2) 由 $I'_{st} = U_N/(R + R_s) = 2I_N$

可得 $R_s = U_N/2I_N - R = 110/(2 \times 234) - 0.04 = 0.195(\Omega)$

答：该电动机直接启动时的启动电流 I_{st} 约为额定电流 I_N 的 12 倍；当电枢回路串入的启动电阻 $R_S = 0.195\Omega$ 时，可以将限制启动电流为 $2I_N$。

7. 某电动机的额定转速为 $n_N = 1000\text{r/min}$，额定转速降 $\Delta n_N = 50\text{r/min}$，当要求静差率小于

0.3时，试求电动机的调速范围 D 和允许的最低转速。

解：当 $S<0.3$ 时，允许的调速范围是：

$$D=n_N S/\Delta n_N(1-S)=(1000\times0.3)/[50\times(1-0.3)]=8.57$$

电动机的最低转速：

$$n_{min}=n_{max}/D=1000/8.57=116.7\ (r/min)$$

当 $S<0.3$ 时，电动机的调速范围不大于8.57，电动机允许的最低转速为200r/min。

第5章　特殊电机

1. 已知某发电机的额定电压为1万伏，视在功率为30万千伏安，(1)用该发电机向额定电压为380V，有功功率为190kW，功率因数为0.5的工厂供电，能供给多少工厂用电？(2)若把用电厂的功率因数提高到1，又能供给多少工厂用电（设供电线路无损耗）？

解：(1) $\cos\varphi=0.5$：$S_1=P/\cos\varphi=190/0.5=380kV\cdot A$，

$N=S/S_1=300000/380=789$（个）；

(2) $\cos\varphi=1$：$S_2=P/\cos\varphi=190kV\cdot A$，$N=S/S_1=1578$（个）

2. 一台三相反应式步进电动机，转子齿数 $Z_R=40$，采用三相六拍运行方式，

求：(1) 该步进电动机的步距角为多大？

(2) 若向该电动机输入 $f=1000Hz$ 的脉冲信号，电动机转速为多少？

解：因为步进电动机的步距角

$$\theta_s=\theta_t/N=360°/(NZ_R)=360°/mKZ_R=360°/(3\times2\times40)=1.5°$$

因为 $NZ_R=360°/\theta_s$

所以转速 $n=60f/(NZ_R)=60f\theta_s/360°=60\times1000\times1.5°/360°=250r/min$

答：该步进电动机的步距角为1.5°；当 $f=1000Hz$ 时，电动机的转速是250r/min。

3. 一台三相反应式步进电动机，已知步距角为3°及采用三相三拍通电方式，求：

(1) 该步进电动机转子有多少齿？

(2) 若驱动电源频率为2000Hz，则该步进电动机的转速是多少？

解：(1) 因为 $\theta_s=360°/mKZ_R$

所以 $Z_R=360°/mK\theta_s=360°/(3\times1\times3°)=40$（齿）

(2) $n=60f/NZ_R=60f\theta_s/360°=(60\times2000\times3°)/360°=1000(r/min)$

答：该步进电动机转子有40个齿；当 $f=2000Hz$ 时，电动机的转速是1000r/min。

第6章　电子电路知识

1. 试近似计算如图4-31（a）、（b）所示放大电路的静态工作点及电压放大倍数。

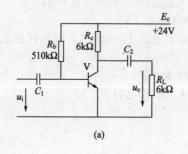 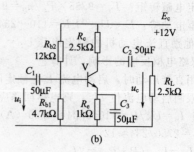

(a)　　　　　　　　　　(b)

图4-31

解：图4-31（a），先求静态工作点 U_{ce}：

$$I_b=\frac{E_c-U_{be}}{R_b}=\frac{24-0.7}{510}=0.046(mA)$$

274

$$I_c = \beta I_b = 50 \times 0.046 = 2.3(\text{mA})$$
$$U_{ce} = E_c - I_c R_c = 24 - 2.3 \times 6 = 10.2(\text{V})$$

再求电压放大倍数 A_v：

$$I_e = (1+\beta)I_b = 51 \times 0.046 = 2.35(\text{mA})$$
$$r_{be} = 300 + (1+\beta)\frac{26}{I_e} = 300 + 51 \times \frac{26}{2.35} = 0.864(\text{k}\Omega)$$
$$R_L = 6\text{k}\Omega$$
$$R'_L = R_c \text{ // } R_L = \frac{6 \times 6}{6+6} = 3(\text{k}\Omega)$$

故电压放大倍数 $A_v = -\dfrac{\beta R'_L}{r_{be}} = -\dfrac{50 \times 3}{0.864} = -173.6$

图 4-31（b），先求静态工作点 U_{ce}：

$$U_b = E_c \frac{R_{b1}}{(R_{b2}+R_{b1})} = 12 \times \frac{4.7}{(4.7+12)} = 3.38(\text{V})$$
$$U_e = U_b - U_{be} = 3.38 - 0.7 = 2.68(\text{V})$$
$$I_e = \frac{U_e}{R_e} = \frac{2.68}{1} = 2.68(\text{mA})$$
$$r_{be} = 300 + (1+\beta)\frac{26}{I_c} = 300 + 51 \times \frac{26}{2.68} = 0.795(\text{k}\Omega)$$
$$I_c \approx I_e = 2.68(\text{mA})$$
$$I_b = \frac{I_c}{\beta} = \frac{2.68}{50} = 0.054(\text{mA})$$
$$U_{ce} = E_c - I_c R_c - I_e R_e = 12 - 2.68 \times 2.5 - 2.68 \times 1 = 2.62(\text{V})$$

再求电压放大倍数 A_v

$$R_L = 2.5\text{k}\Omega$$
$$R'_L = R_c / R_L = \frac{6 \times 2.5}{6+2.5} = 1.76(\text{k}\Omega)$$

故电压放大倍数 $A_v = \dfrac{\beta R'_L}{r_{be}} = \dfrac{50 \times 1.76}{0.795} = -110.69$

2. 一个三极管放大器采用分压式电流负反馈偏置电路，已选定静态工作点 $I_c = 3.5\text{mA}$，$U_{ce} = 7\text{V}$，电源电压 $E_c = 24\text{V}$，并选用 $\beta = 50$ 的硅管，试选择电路中各电阻的大小。

解：（1）计算 R_e（对于 NPN 硅管，根据公式取 $U_b = 5\text{V}$）则：

$$R_e \approx \frac{U_b}{I_e} \approx \frac{U_b}{I_c} = \frac{5}{3.5} = 1.43(\text{k}\Omega)$$

（2）计算 R_c

因为 $I_c R_c = E_c - U_{ce} - U_e$ 而 $U_e \approx U_b$

所以
$$R_c \approx \frac{E_c - U_{ce} - U_e}{I_c} = \frac{24-7-5}{3.5} = 3.43(\text{k}\Omega)$$

（3）计算 R_{b1} 和 R_{b2}

$$R_{b1} = \frac{U_b}{I_1}，因为 I_1 = (5 \sim 10)I_b，取 I_1 = 7I_b，则 I_1 = 7I_b = 7 \times \frac{I_c}{\beta} = 7 \times \frac{3.5}{50} = 0.49(\text{mA})$$

所以
$$R_{b1} = \frac{5}{0.49} = 10.2(\text{k}\Omega) \quad R_{b2} = \frac{E_c - U_b}{I_3}$$
$$= \frac{E_c - U_b}{I_1} = \frac{24-5}{0.49} = 38.8(\text{k}\Omega)$$

在实用电路中应选用标称值电阻，因此选取：

$$R_e = 1.5\text{k}\Omega \quad R_c = 3.3\text{k}\Omega \quad R_{b1} = 10\text{k}\Omega \quad R_{b2} = 39\text{k}\Omega$$

3. 在图 4-32 中，若 $R_c = R_e = 2.5\text{k}\Omega$，晶体管的 $\beta = 50$，$r_{be} \approx 1\text{k}\Omega$。

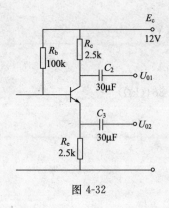

图 4-32

问：(1) $U_i = 1V$ 时，求 U_{01} 及 U_{02}，问 U_{01} 与 U_{02} 在相位上是否相同？

(2) 当 U_{01} 和 U_{02} 分别接入下一级典型电路时，问输出端点得到的输出电压是否相等？

(3) U_{01} 输出与 U_{02} 输出时，输出电阻是否相等？

解： (1) 当 $U_i = 1V$ 时

$$U_{01} = -\beta \frac{R_c}{r_{be} + R_e(1+\beta)}$$
$$= -50 \frac{2.5}{1 + 2.5(1+50)} = -0.97$$

$$U_{02} = \frac{(1+\beta)R_e}{r_{be} + (1+\beta)R_e} = \frac{(1+50)2.5}{1 + (1+50)2.5} = 0.992$$

所以在 $U_i = 1V$ 时，U_{01} 和 U_{02} 大小基本相同而在相位上是相反的。

(2) 当 U_{01} 和 U_{02} 分别接到下一级典型电路时，输出端点得到的输出电压不相等。

(3) U_{01} 输出与 U_{02} 输出时，其输出电阻不同，以 U_{01} 为输出时，其输出电阻 $r_o \approx R_c = 2.5k\Omega$；以 U_{02} 为输出端时，其输出电阻

$$r = \frac{r_{be}}{1+\beta} // R_e = \frac{1}{1+50} // 2.5 = 20(\Omega)$$

4. 求图 4-33 中所示的放大器的输入电阻和输出电阻。

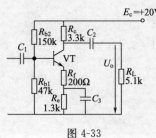

图 4-33

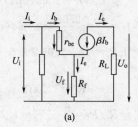

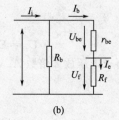

(a)　　　　(b)

图 4-34

解： 作图 4-34 所示的放大器电路得等效电路如图 4-34 (a) 所示，并简化绘出，求输入电阻的电路如图 4-34 (b) 所示。

图中 $R_b = R_{b1} // R_{b2} = 36$ (kΩ)　　$R_f = 200$ (Ω) $= 0.2$ (kΩ)

(1) 计算输入电阻暂不考虑 R_b 的影响，则闭环输入电阻为

$$r_{if} = \frac{U_i}{I_b}$$

因为 $U_i = U_{be} + U_f = I_b r_{be} + I_e R_f = I_b r_{be} + (1+\beta)I_e R_f$

所以 $r_{if} = \dfrac{I_b r_{be} + (1+\beta)I_e R_f}{I_b} = r_{be} + (1+\beta)R_f = 1 + (1+50) \times 0.2 = 11.2(k\Omega)$

当计入 R_b 时，放大器的实际输入电阻是和 R_b 的并联值，即：

$$r'_{if} = \frac{R_b r_{if}}{R_b + r_{if}} = \frac{36 \times 11.2}{36 + 11.2} = 8.5(k\Omega)$$

(2) 计算输出电阻 $r_{of} \approx R_c = 3.3(k\Omega)$

5. 如图 4-35 是应用集成运算放大器测量小电流的原理电路，试计算电阻 $R_{1-1} \sim R_{1-5}$ 的阻值（输出端接有满量程为 5V、$500\mu A$ 的电压表）。

解： 由于 $U_o = -I_F R_F$，$I_F = I_i$

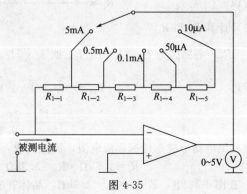

图 4-35

故：
$$R_{1-1}=\frac{U_o}{I_{i1}}=\frac{5}{5}=1(\text{k}\Omega)$$

$$R_{1-2}=\frac{U_o}{I_{i2}}-R_{1-1}=\frac{5}{0.5}-1=10-1=9(\text{k}\Omega)$$

$$R_{1-3}=\frac{U_o}{I_{i3}}-R_{1-2}-R_{1-1}=\frac{5}{0.1}-9-1=40(\text{k}\Omega)$$

$$R_{1-4}=\frac{U_o}{I_{i4}}-R_{1-3}-R_{1-2}-R_{1-1}=\frac{5}{50\times10^{-3}}-40-9-1=50(\text{k}\Omega)$$

$$R_{1-5}=\frac{U_o}{I_{i5}}-R_{1-4}-R_{1-3}-R_{1-2}-R_{1-1}=\frac{5}{10\times10^{-3}}-50-40-9-1=400(\text{k}\Omega)$$

6. 如图 4-36 中，求输出电压 U_o。

解： $U_o=-\left(\frac{R_f}{R_{11}}U_{11}+\frac{R_f}{R_{12}}U_{12}+\frac{R_f}{R_{13}}U_{13}\right)=-\left[\frac{100}{25}(-1)+\frac{100}{50}(-3)+\frac{100}{200}(-1)\right]=10.5(\text{V})$

答：输出电压 U_o 为 10.5V。

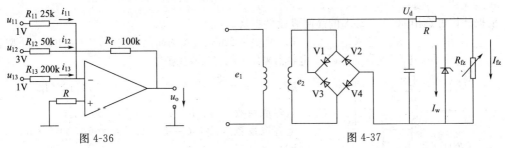

图 4-36   图 4-37

7. 在图 4-37 稳压电路中，当 $e_2=18$V（AC），U_w 的稳压值是 5V，I_L 在 $10\sim30$mA 变化，若电压不变，试估算使 I_w 不小于 5mA 时所需要的 R 值是多少？选定 R 后 I_w 最大值是多少？

解： 经电容滤波后的电压 $U_d=1.2e_2=1.2\times18=21.6(\text{V})$

流过 R 的最大电流值应为：$I_{wmin}+I_{Lmax}=5+30=35(\text{mA})=0.035(\text{A})$

因此，$R=\frac{U_d-U_w}{0.035}=\frac{21.6-5}{0.035}=474(\Omega)$

最后选定电阻值 $R=460\Omega$，则：

$$I_{wmin}=\frac{U_d-U_w}{R}-I_{Lmin}=\frac{21.6-5}{460}-10\times10^{-3}=26.1(\text{mA})$$

答：使 I_w 不小于 5mA 时所需要的 R 值为 474Ω，选定 $R=460\Omega$ 后 I_w 最大值为 26.1mA。

8. 如图 4-38 是一定值器中的稳压电路，已知：$E_{w1}=12$V，$E_{w2}=6$V，求 I_1、I_2、I_{w1}、I_{w2} 各为多少？

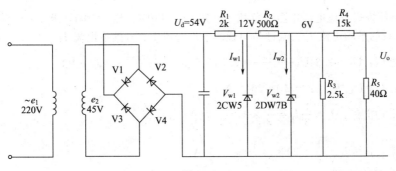

图 4-38

解：
$$I_1=\frac{U_d-E_{w1}}{R_1}=\frac{54-12}{2000}=21(\text{mA})$$

$$I_2 = \frac{E_{w1} - E_{w2}}{R_2} = \frac{12-6}{500} = 12(\text{mA})$$

$$I_{w1} = I_1 - I_2 = 21 - 12 = 9(\text{mA})$$

$$I_3 = \frac{E_{w2}}{R_3 // (R_4 + R_5)} \approx \frac{E_{w2}}{R_3 // R_4} = \frac{6}{2.5 \times 15/(2.5+15)} = 2.8(\text{mA})$$

$$I_{w2} = I_2 - I_3 = 12 - 2.8 = 9.2(\text{mA})$$

9. 有一三相半控整流电路，可控元件损坏，已知该电路每相交流电压为 220V，输出电流为 40A，应该选用何种规格的晶闸管器件更换？

解： 已知每相交流电压 $U = 220$V，输出电流 $I_L = 40$A，

则晶闸管承受的最大正向、反向电压为

$$U_{fm} = \sqrt{6}U = \sqrt{6} \times 220 = 538(\text{V})$$

平均电流为

$$I_D = \frac{1}{3}I_L = \frac{1}{3} \times 40 = 13.33(\text{A})$$

根据计算可选用 800V、20A 的晶闸管元件更换。

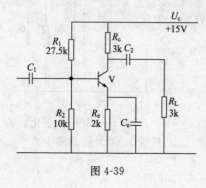

图 4-39

10. 规格为 220V、5A 的晶闸管器件，应采用多大电阻器和电容器来作为阻容吸收保护装置？

解： $\qquad R = \frac{(2 \sim 4)U_{fm}}{I_D} \qquad C = (2.5 \sim 5) \times 10^{-3} I_D$

电阻取系数 4 得：$R = 4 \times 200/5 = 160$（Ω）

电容取系数 5 得：$C = 5 \times 10^{-3} I_D = 5 \times 10^{-3} \times 5 = 0.025$（$\mu$F）

阻容吸收保护装置的电阻为 160Ω，电容为 0.025μF。

11. 图 4-39 中晶体管 V 的 $\beta = 50$。求：（1）静态工作点 I_{cQ}、U_{ceQ}；（2）输入及输出电阻 R_{in}、R_{out}；（3）电压放大倍数 A_v。

解： (1) $\quad I_{cQ} = \frac{U_c R_2}{(R_1 + R_2)R_e} = \frac{15 \times 10}{(27.5+10) \times 2} = 2(\text{mA})$

$$u_{ceQ} \approx U_c - I_{cQ}(R_c + R_e) = 15 - 2 \times (3+2) = 5(\text{V})$$

(2) $\quad R_{in} = R_1 // R_2 // r_{be} \approx r_{be} \approx 300 + (1+\beta)\frac{26}{I_{eQ}} = 300 + (1+50) \times \frac{26}{2} = 963(\Omega)$

$$R_{out} \approx R_c = 3\text{k}\Omega$$

(3) $A_v = \left| -\beta \frac{R_c // R_L}{r_{be}} \right| = 50 \times \frac{1.5}{0.963} \approx 78$

12. 三相半控桥式整流电路电阻性负载，已知 $U_2 = 100$V，$R_L = 10\Omega$，求 $\alpha = 45°$ 时输出的平均电压 U_L、负载的平均电流 I_L、流过晶闸管的平均电流 I_t、有效值电流 I_T。

解： 平均电压：$U_L = 2.34U_2 \frac{1+\cos\alpha}{2} = 2.34 \times 100 \times \frac{1+\cos45°}{2} = 200(\text{V})$

平均电流：$I_L = U_L/R_L = 200/10 = 20$（A）

晶闸管的平均电流：$I_t = \frac{1}{3}I_L = \frac{1}{3} \times 20 = 6.7(\text{A})$

有效值电流：$I_T = I_L\sqrt{\frac{1}{3}} = 20 \times \sqrt{\frac{1}{3}} \approx 11.5(\text{A})$

13. 对三相半控桥式整流电路大电感负载，为了防止失控，并接了续流二极管。已知：$U_2 = 100$V，$R_L = 10\Omega$，求 $\alpha = 120°$ 时输出的平均电压 U_L、负载的平均电流 I_L 及流过晶闸管与续流二极管的电流平均值与有效值。

解：平均电压：$U_L = 2.34U \dfrac{1+\cos\alpha}{2} = 2.34 \times 100 \times \dfrac{1+\cos120°}{2} = 58.5(\text{V})$

负载的平均电流：$I_L = \dfrac{U_L}{R_L} = \dfrac{58.5}{10} = 5.85(\text{A})$

晶闸管电流平均值和有效值：$I_t = \dfrac{\pi - \alpha}{2\pi} I_L = \dfrac{180-120}{2 \times 180} \times 5.85 = 0.975(\text{A})$

$$I_T = \sqrt{\dfrac{\pi - \alpha}{2\pi}} I_L = \sqrt{\dfrac{180-120}{2 \times 180}} \times 5.85 \approx 2.4(\text{A})$$

续流二极管的电流平均值与有效值：

$$I'_t = \dfrac{\alpha - 60}{120} I_L = \dfrac{120-60}{120} \times 5.85 = 2.93(\text{A})$$

$$I'_T = \sqrt{\dfrac{\alpha - 60}{120}} I_L = \sqrt{\dfrac{120-60}{120}} \times 5.85 = 4.1(\text{A})$$

14. 有一三相半控桥式整流电路，接在次级电压为 200V 的三相变压器上，求其输出电压平均值的调节范围（三相半控桥移相范围 $0 \sim \pi$，最大导通角 $2\pi/3$）。

解：$U_L = 2.34U_{2\phi}\cos\alpha$

当 $\alpha = 0°$时，$U_L = 2.34 \times 200 \times \cos0° = 468$（V）

$U_L = 2.34U \dfrac{1+\cos\alpha}{2} = 2.34 \times 200 \times \dfrac{1+\cos0°}{2} = 468(\text{V})$

当 $\alpha = 90°$时，$U'_L = 2.34 \times 200 \times \cos90° = 0$

$U_L = 2.34U \dfrac{1+\cos\alpha}{2} = 2.34 \times 200 \times \dfrac{1+\cos180°}{2} = 0$

输出电压平均值的调节范围在 $0 \sim 468\text{V}$ 之间。

15. 在图 4-40 所示的电路中，已知 G1、G2 均为 TTL 与非门，其输出高电平 $U_{OH} = 3.6\text{V}$，输出低电平 $U_{OL} = 0.3\text{V}$，最大拉电流负载 $I_{OH} = -400\mu\text{A}$，最大灌电流负载 $I_{OL} = 10\text{mA}$；三极管工作在开关状态，导通时 $U_{BE} = 0.7\text{V}$，饱和管压降 $U_{CES} = 0.3\text{V}$，$\beta = 40$；发光二极管导通压降 $U_D = 2\text{V}$，发光时正向电流 I_D 为 $5 \sim 10\text{mA}$。

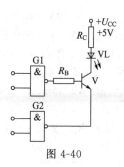

图 4-40

试回答：（1）G1、G2 工作在什么状态时发光二极管可能发光？

（2）三极管的集电极电阻 R_C 的取值范围；

（3）若 $R_C = 300\Omega$，基极电阻 R_B 的取值范围。

解：（1）当 G1 截止（输出高电平）且 G2 导通（输出低电平）时，发光二极管可能发光。

（2）当 G1 的输出 $U_{OG1} = U_{OH}$、G2 的输出 $U_{OG2} = U_{OL}$ 时，流过发光二极管的电流为

$$I_D = \dfrac{U_{CC} - U_D - U_{CES} - U_{OL}}{R_C}，故 R_C = \dfrac{U_{CC} - U_D - U_{CES} - U_{OL}}{I_D}$$

当发光二极管点亮时，为保证 TTL 与非门不被损坏，要求：$I_{Dmin} \leq I_D \leq I_{Dmax} = I_{OL}$，即 $5\text{mA} \leq I_D \leq 10\text{mA}$。因此 R_C 应满足下式：

$$\dfrac{U_{CC} - U_D - U_{CES} - U_{OL}}{I_{OL}} \leq R_C \leq \dfrac{U_{CC} - U_D - U_{CES} - U_{OL}}{I_{Dmin}}$$

求得：$R_{Cmin} = \dfrac{U_{CC} - U_D - U_{CES} - U_{OL}}{I_{OL}} = 240(\Omega)$

$R_{Cmax} = \dfrac{U_{CC} - U_D - U_{CES} - U_{OL}}{I_{Dmin}} = 480(\Omega)$

（3）先由 $I_{BS} = \dfrac{U_{CC} - U_D - U_{CES} - U_{OL}}{\beta R_C}$，求得三极管的基极临界饱和电流 $I_{BS} = 200\mu\text{A}$，三极管基极电流 I_B 应满足 $I_{BS} \leq I_B \leq I_{OH}$，而 $I_B = \dfrac{U_{OH} - U_{BE} - U_{OL}}{R_B}$ 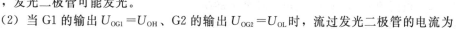，因此有

$$\frac{U_{OH}-U_{BE}-U_{OL}}{I_{OH}}\leqslant R_B\leqslant\frac{U_{OH}-U_{BE}-U_{OL}}{I_{BS}}$$

求得：$R_{Bmin}=\dfrac{U_{OH}-U_{BE}-U_{OL}}{I_{OH}}=6.5(\text{k}\Omega)$，$R_{Bmax}=\dfrac{U_{OH}-U_{BE}-U_{OL}}{I_{BS}}=13(\text{k}\Omega)$

答：当 G1 截止且 G2 导通时发光二极管可能发光；三极管的集电极电阻 R_C 的取值范围为：$240\Omega\leqslant R_C\leqslant480\Omega$；当 $R_C=300\Omega$ 时，基极电阻 R_B 的取值范围为：$6.5\text{k}\Omega\leqslant R_B\leqslant13\text{k}\Omega$。

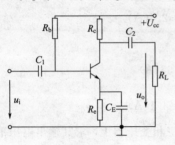

图 4-41

16. 在图 4-41 所示的电路中，设 $U_{cc}=12\text{V}$，晶体管的 $\beta=50$，$U_{be}=0.7\text{V}$，各电容均足够大（对交流信号可视为短路）。现要求静态电流 $I_c=2\text{mA}$，管压降 $U_{ce}=4\text{V}$，电容 C_2 两端电压 $U_{c2}=5\text{V}$。

(1) 试确定电路中 R_b、R_c 和 R_e 的值；

(2) 若 $R_L=R_c$，求该放大电路的 A_u、R_i 和 R_o。

解： (1) $I_b=I_c/\beta=40\mu\text{A}$；$U_e=U_{c2}-U_{ce}=1\ (\text{V})$

$R_b=(U_{cc}-U_{be}-U_e)/I_b\approx258(\text{k}\Omega)$

$R_c=(U_{cc}-U_c)/I_c=3.5(\text{k}\Omega)$

$R_e=U_e/I_e\approx U_e/I_c=0.5(\text{k}\Omega)$

(2) $r_{be}\approx300+(1+\beta)\times26/I_e\approx0.96(\text{k}\Omega)$

$A_u=-\beta(R_c//R_L)/r_{be}\approx-91$

$R_o\approx R_c=3.5\text{k}\Omega$

答：该放大电路中 R_b、R_c 和 R_e 的值分别为 $258\text{k}\Omega$、$3.5\text{k}\Omega$ 和 $0.5\text{k}\Omega$；当 $R_L=R_c$ 时，放大电路的 $A_u\approx-91$、$R_i\approx0.96\text{k}\Omega$ 和 $R_o\approx3.5\text{k}\Omega$。

17. 如图 4-42 所示为一个射极输出器的电路。

已知 $U_{cc}=12\text{V}$，$R_b=510\text{k}\Omega$，$R_e=10\text{k}\Omega$，$R_L=3\text{k}\Omega$，$R_s=0$，并已知晶体管的 $\beta=50$，$r_{be}=2\text{k}\Omega$，$U_{be}=0.7\text{V}$，各电容对交流信号可视为短路，试求：

(1) 静态工作点（I_b，I_c，U_{ce}）；(2) 电压放大倍数 A_u；(3) 输入电阻 R_i；(4) 输出电阻 R_o。

解： (1) $I_b=(U_{cc}-U_{be})/[R_b+(1+\beta)R_e]\approx11(\mu\text{A})$

$I_c=\beta I_n\approx0.55\text{mA}$；$U_{ce}\approx U_{cc}-I_cR_e=6.5(\text{V})$

(2) $A_u=(1+\beta)(R_e//R_L)/[r_{be}+(1+\beta)(R_e//R_L)]\approx0.98$

(3) $R_i=R_b//\beta[r_{be}+(1+\beta)(R_E//R_L)]\approx96.7(\text{k}\Omega)$

(4) $R_o=[(R_b//R_s+r_{be})/(1+\beta)]//R_E\approx39(\Omega)$

答：三极管的静态工作点为：$I_B\approx11\mu\text{A}$，$I_C\approx0.55\text{mA}$，$U_{CE}\approx6.5\text{V}$；放大电路的电压放大倍数 $A_u\approx0.98$，输入电阻 $R_i\approx96.7\text{k}\Omega$；输出电阻 $R_o\approx39\Omega$。

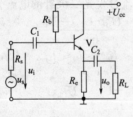

图 4-42

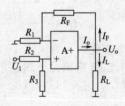

图 4-43

18. 在图 4-43 所示电路中，A 为理想运算放大器。已知 $R_1=R_2=R_L=10\text{k}\Omega$，$R_3=R_F=100\text{k}\Omega$，$U_1=0.55\text{V}$，求输出电压 U_o、负载电流 I_L 及运放输出电流 I_o。

解： 输出电压：

$$U_o=R_3/(R_2+R_3)\times(1+R_F/R_1)\times U_1$$
$$=100/(10+100)\times(1+100/10)\times0.55=5.5(\text{V})$$

负载电流：$I_L=U_o/R_L=5.5/10=0.55\ (\text{mA})$

输出电流：$I_o = I_L + I_F = I_L + U_o/(R_1 + R_F) = 0.55 +$
$5.5/(10+100) = 0.6$ (mA)

答：运放输出电压 U_o 为 5.5V，负载电流 I_L 为
0.55mA，运放输出电流 I_o 为 0.6mA。

19. 如图 4-44 所示为由 555 集成定时器组成的多谐振
荡器，已知 $R_1 = 3.9\text{k}\Omega$，$R_2 = 3\text{k}\Omega$，$C = 1\mu\text{F}$，试计算振
荡周期 T、频率 f、脉宽 t_{WH} 及占空比 q。

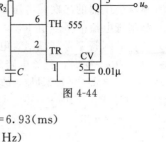

图 4-44

解：$T = t_{WH} + t_{WL} = 0.7(R_1 + R_2)C + 0.7R_2C$
$$= 0.7 \times (3.9 \times 10^3 + 2 \times 3 \times 10^3) \times 1 \times 10^{-6} = 6.93 \text{(ms)}$$
$$f = 1/T = 1/6.93 \times 10^{-3} = 144.3 \text{(Hz)}$$
$$t_{WH} = 0.7(R_1 + R_2)C = 0.7 \times (3.9 \times 10^3 + 3 \times 10^3) \times 1 \times 10^{-6} = 4.83 \text{(ms)}$$
$$q = t_{WH}/T \times 100\% = 4.83/6.95 \times 100\% = 69.5\%$$

答：该多谐振荡器的振荡周期为 6.93ms、振荡频率为 144.3ms、脉宽为 4.83ms 及占空比
为 69.7%。

20. 一个八位 D/A 转换器的最小输出电压增量为 0.02V，当输入代码为 01001101 时，输出电
压 U_o 为多少？

解：该八位 D/A 转换器的输出电压：
$$U_o = 0.02 \times (0 \times 2^7 + 1 \times 2^6 + 0 \times 2^5 + 0 \times 2^4 + 1 \times 2^3 + 1 \times 2^2 + 0 \times 2^1 + 1 \times 2^0) = 1.54 \text{(V)}$$

21. 单相半控桥式整流电路带电阻性负载，已知 $U_1 = 220\text{V}$，$R_d = 4\Omega$，要求整流电路的直流输
出电流 I_d 在 0~25A 之间变化，求：

(1) 变压器的电压比；

(2) 若导线允许电流密度 $J = 5\text{A/mm}^2$，求连接负载导线的截面积；

(3) 若考虑晶闸管电压、电流取 2 倍的裕量，选择晶闸管型号；

(4) 忽略变压器励磁功率，求变压器的容量；

(5) 计算负载电阻 R_d 的功率；

(6) 计算电路的功率因数。

解：(1) $U_{dmax} = I_{dmax}R_d = 25 \times 4 = 100$ (V)
$$U_2 = 1.11U_{dmax} = 111 \text{ (V)}, \quad K = U_1/U_2 = 220/111 \approx 2$$

(2) 当 $\alpha = 0°$ 时，整流电路的输出最大。
$$I = K_f I_d = 1.11 I_d = 1.11 \times 25\text{A} = 27.75\text{A}$$

(3) $I_T(AV) \geq 2 \times I_T/1.57 = 2 \times 25/2 = 25$；取 $I_T(AV) = 30\text{A}$；
$U_{RM} \geq 2U_{TM} = 2 \times \sqrt{2}U_2 = 2 \times \sqrt{2} \times 111\text{V} \approx 314\text{V}$，取 $U_{RM} = 400\text{V}$；
故可选型号为 KP30-4 的晶闸管。

(4) $S = U_2 I_2 = U_2 I = 111 \times 27.75 \approx 3.08$ (kV·A)，取 $S = 3\text{kV·A}$

(5) $P_{Rd} = I^2 R_d = 27.75^2 \times 4 = 3.08$ (kW)

(6) $\cos\varphi = \sqrt{\frac{1}{2\pi}\sin 2\alpha + \frac{\pi - \alpha}{\pi}} = 1$ (当 $\alpha = 0°$ 时)

答：变压器的电压比为 2；连接负载导线的截面积应选用不小于 6mm^2 的标准线径；选用的晶
闸管型号为 KP30-4；变压器的容量应大于 3kV·A；负载电阻 R_d 的功率为 3.08kW；当 $\alpha = 0°$
时，电路的功率因数为 1。

22. 三相半控桥式整流电路电阻性负载，已知 $U = 100\text{V}$，$R_d = 10\Omega$，求 $\alpha = 60°$ 时输出的平均电
压 U_d、流过负载的平均电流 I_d 和流过晶闸管电流的平均值 I_{TAV}。

解：输出平均电压：$U_d = 1.17U_2(1 + \cos\alpha) = 1.17 \times 100 \times (1 + \cos 60°) = 175.5 \text{(V)}$
负载平均电流：$I_d = U_d/R_d = 175.5/10 = 17.55$ (A)
晶闸管平均电流：$I_{TAV} = 1/3 \times I_d = 1/3 \times 17.55 = 5.85$ (A)

23. 三相全控桥式整流电路带大电感负载，已知三相整流变压器的二次绕组接成星形，整流电路输出 U_d 可从 0～220V 之间变化，负载的 $L_d=0.2H$，$R_d=4\Omega$，试计算：

(1) 整流变压器的二次线电压 U_{21}；

(2) 晶闸管电流的平均值 I_{TAV}、有效值 I_T 及晶闸管可能承受的最大电压 U_{Tm}；

(3) 选择晶闸管型号（晶闸管电压、电流裕量取 2 倍）。

解： (1) 当 $\alpha=0°$ 时，整流电路的输出最大，$U_d=220V$。

此时 $U_d=2.34U_{2p}=1.35U_{21}$，故 $U_{21}=U_d/1.35=220/1.35\approx163$（V）

(2) $I_d=U_d/R_d=220/4=55$（A）

$I_{TAV}=1/3I_d=1/3\times55\approx18.33$

$$I_T=\sqrt{\frac{1}{3}}I_d=\sqrt{\frac{1}{3}}\times55=31.75(A)；\quad U_{Tm}=\sqrt{2}U_{21}=\sqrt{2}\times163=230(V)$$

(3) 晶闸管额定值选择如下：

$$U_{RM}\geqslant2U_{TM}=2\times230=460（V），取 U_{RM}=500V；$$

$$I_{TAV}\geqslant2I_T/1.57=2\times31.75/1.57=40.45，取 I_{TAV}=50A；$$

故可选型号为 KP50-5 的晶闸管。

答： 整流变压器二次线电压 $U_{21}=163V$；晶闸管 $I_{TAV}\approx18.33A$、$I_T\approx31.75A$ 及 $U_{Tm}\approx230V$；晶闸管符号为 KP50-5。

24. 桥式整流电容滤波电路中，$U_2=30\sin100\pi t$（V），$R_L=100\Omega$，(1) 求输出电压 U_L、电流 I_L；(2) 选择整流二极管；(3) 选择滤波电容。

解： (1) $U_L=1.2U_2=1.2\times30/\sqrt{2}=25.46$（V）

$$I_L=U_L/R_L=25.46/100=0.25（A）$$

(2) $U_{RM}>\sqrt{2}U_2=30V$，$I_{DM}>$ (1/2) $I_L=$ (1/2) $\times0.25=0.125$（A）

(3) $C\geqslant(3\sim5)\times0.02/(2\times100)=300\sim500\mu F，U_c\geqslant(1.5\sim2)U_2=(1.5\sim2)\times30/\sqrt{2}=31.82\sim42.43$（V）

25. 单相桥式整流电路中，$U_L=18V$，$I_1=100mA$，(1) 求变压器次级绕组电压的最大值。(2) 选择整流二极管。

解： (1) $U_L=0.9U_2$，$U_2=U_L/0.9=18/0.9=20$（V）

$$U_{M2}=\sqrt{2}U_2=\sqrt{2}\times20=28.28（V）$$

(2) $I_{DM}>I_1/2=100/2=50mA$，$U_{RM}>U_{M2}=28.28V$。

26. 电路如图 4-45 所示：(1) 写出 U_{o1} 与 U_{i1} 之间的关系式。当 $R_1=R_2$ 时，前级由 A1 等构成的电路称为什么电路？(2) 当 $R_1=R_2$ 时，写出 U_{o1} 与 U_{i1}、U_{i2} 之间的关系式，且 $R_3=R_4=R_5$ 时，若 $U_{i1}=1V$、$U_{i2}=0.5$，$U_o=?$

解： (1) $U_{o1}=-U_{i1}R_{f1}/R_1=-U_{i1}R_2/R_1$，当 $R_1=R_2$ 时称反相器；

(2) 当 $R_1=R_2$ 时，$U_o=-$ $(U_{i2}-U_{i1})$ R_5/R_4，$U_o=U_{i1}-U_{i2}=1-0.5=0.5V$。

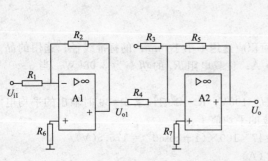

图 4-45

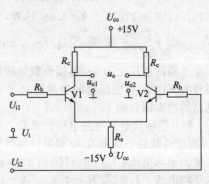

图 4-46

27. 典型差放如图 4-46 所示：已知：$R_c=20\text{k}\Omega$，$R_b=10\text{k}\Omega$，$R_e=14.3\text{k}\Omega$，$\beta_1=\beta_2=50$，$U_{be}=0.7\text{V}$，求 V1 管的静态工作点。

解：静态时将输入端短路，$U_i=0$

$$I_e=(U_{cc}-U_{be})/R_e=(15-0.7)/14.3=1\text{mA}$$
$$I_{cQ1}=I_e/2=0.5\text{mA},\ I_{bQ1}=I_{cQ1}/\beta=0.5/50=10\mu\text{A}$$
$$U_c=U_{cc}-I_cR_c=15-0.5\times20=5\text{V}$$
$$U_{ceQ}=U_c+U_{be}=15+0.7=15.7\text{V}$$

28. 指出如图 4-47 所示电路属于什么电路。写出 U_o 与 U_i 之间的关系式。若 $R=5.1\text{k}\Omega$，$C=20\mu\text{F}$，计算出电路时间常数 τ。

解：（1）属于微分电路；

（2）$\tau=RC=5.1\times10^3\times20\times10^{-6}=0.102$（s）

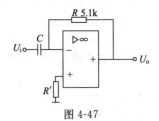

图 4-47

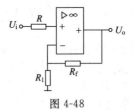

图 4-48

29. 指出如图 4-48 所示电路属于什么运算电路？并计算：

（1）当 $R_f=100\text{k}\Omega$、$R_1=20\text{k}\Omega$ 时，$A_{uf}=?$

（2）若 $U_i=-0.2\text{V}$、$R_1=10\text{k}\Omega$、$U_o=-1.8\text{V}$，则 $R_f=?$

（3）若 $A_{uf}=10$，$R_f=63\text{k}\Omega$，则 $R_1=?$

解：属于同相输入比例运算器。

（1）$A_{uf}=1+R_f/R_1=1+100/20=6$

（2）因为 $A_{uf}=U_o/U_i=1+(R_f/R_1)$

所以 $R_f=[(U_o/U_i)-1]R_1=[(-1.8/-0.2)-1]\times10=80(\text{k}\Omega)$

（3）$R_1=R_f/(A_{uf}-1)=63/(10-1)=7\text{k}\Omega$

30. 电路如图 4-49 所示，指出理想运放 A1 和 A2 中哪个含虚地？当 $U_{i1}=0.2\text{V}$、$U_{i2}=-0.5\text{V}$ 时，求 $U_{o1}=?$ $U_o=?$

解：A_2 含虚地。

$$U_{o1}=-U_{i2}(R_{f1}/R_1)=-(36/5.1)\times0.2=-1.41\text{（V）}$$
$$U_o=-(U_{i2}+U_{o1})R_{f2}/R_2=(-0.5-1.41)\times(-51/5.1)=19.1\text{（V）}$$

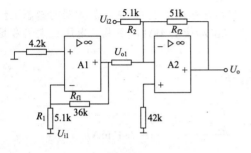

图 4-49

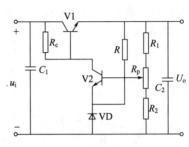

图 4-50

31. 串联型稳压电路如图 4-50 所示，$U_z=3\text{V}$，$U_{be2}=0.7\text{V}$，电位器 R_P 的阻值为 300Ω，取样电阻 $R_1=510\Omega$，$R_2=300\Omega$。

求（1）当电位器 R_P 的滑动触点在中点位置时，求输出电压 U_o。

（2）调节电位器时，求输出电压 U_o 的最大变化范围。

解： (1) $U_0=(R_1+R_p+R_2)[(U_z+U_{be2})/(R_p+R_2)]=(510+300+300)(3+0.7)/(150+300)$
$=9.1(\text{V})$

(2) R_p 的触点在最上端时，

$$U_0=(R_1+R_p+R_2)[(U_z+U_{be2})/(R_p{}'+R_2)]$$
$$=(510+300+300)(3+0.7)/(300+300)=6.845(\text{V})$$

R_P 的触点在最下端时，

$$U_0=(R_1+R_p+R_2)[(U_z+U_{be2})/R]$$
$$=(510+300+300)(3+0.7)/300=13.69(\text{V})$$

所以输出电压的最大变化范围是：$6.845\sim13.69\text{V}$。

32. 由 555 定时器组成的多谐振荡器中，若已知 $R_1=3.9\text{k}\Omega$，$R_2=3\text{k}\Omega$，$C=1\mu\text{F}$，计算脉宽 t_{WH}，周期 T 和频率 f。

解： $t_{\text{WH}}\approx0.69(R_1+R_2)C=0.69\times(3.9+3)\times10^3\times1\times10^{-6}=4.76(\text{ms})$

$$T\approx0.69(R_1+2R_2)C=0.69\times(3.9+2\times3)\times10^3\times10^{-6}=6.83(\text{ms})$$

$$f=1/T=145\text{Hz}$$

33. 电路如图 4-51 所示，它是两级深度负反馈放大器，(1) 判断它含哪几种反馈类型，并指出反馈元件；(2) 求闭环电路放大倍数。

解： (1) 是电压串联负反馈，有 3 个反馈元件：100Ω、430Ω、$6.8\text{k}\Omega$；

(2) 因为二级之间是深度反馈，$6.8\text{k}\Omega$ 与 430Ω 的电阻是分压反馈网络，

所以 $F=\dfrac{430}{6.8\times10^3+430}$，$\dfrac{A_{\text{uf}}}{F}=\dfrac{6.8\times10^3+430}{430}=16.8$

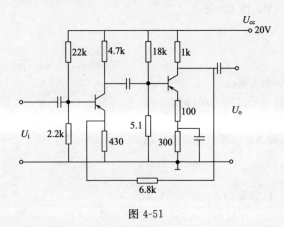

图 4-51

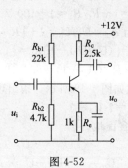

图 4-52

34. 某电压放大器如图 4-52 所示：已知三极管 $\beta=50$，$r_{\text{be}}\approx1\text{k}\Omega$，(1) 估算放大器的静态工作点；(2) 估算放大器的电压放大倍数；(3) 若放大器输出端接上 $4\text{k}\Omega$ 的负载，电压放大倍数是多少？

解：

$$U_b=\frac{R_{b2}}{R_{b1}+R_{b2}}E_c$$

$$I_e=\frac{U_b+U_{be}}{R_e}=\frac{\dfrac{R_{b2}}{R_{b1}+R_{b2}}E_c+0.3}{R_e}=\frac{\dfrac{4.7}{22+4.7}\times12+0.3}{1}=2.4(\text{mA})$$

$$I_{\text{CQ}}\approx I_e$$

$$I_{\text{BQ}}=\frac{I_{\text{CQ}}}{\beta}=2.4/50=48(\mu\text{A})$$

$$|U_{\text{CEQ}}|=U_{\text{cc}}-I_cR_c-I_eR_e=12-(2.5+1)\times2.4=3.6(\text{V})$$

$$A_u = -\beta \frac{R_c}{r_{be}} = -50 \times \frac{2.5}{1} = -125$$

若接上 4kΩ 负载，则

$$R_L' = R_c /\!/ R_L$$

$$A_u' = -\beta \frac{R_L'}{r_{be}} = -50 \times \frac{2.5 \times 4}{1 \times (2.5+4)} = -77$$

35. 指出如图 4-53 所示电路属于什么运算电路？并计算：若 $U_{i1} = -0.1V$，$U_{i2} = 0.4V$，$U_o = ?$

解：（1）属于反相输入加法器

（2）$U_o = -R_f(U_{i1}/R_1 + U_{i2}/R_2) = -51(-0.1/12 + 0.4/10) = -1.6(V)$

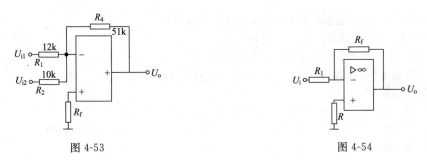

图 4-53   图 4-54

36. 电路如图 4-54 所示：写出 U_o 与 U_i 之间的关系式。当 $R_1 = 5.1k\Omega$，$R_f = 20k\Omega$，$R = 4k\Omega$ 时，$U_o = 2V$，求 $U_i = ?$

解：因为 $U_o = -R_f U_i/R_1$，所以 $U_i = -R_1 U_o/R_f = -5.1 \times 2/20 = -0.51$（V）

37. 用双臂电桥测小电阻，当电桥平衡时，比较臂电阻为 0.01Ω，比例臂电阻为 0.0335Ω，求被测电阻的大小。

解：$R_X = 0.0335 \times 0.01 = 3.35 \times 10^{-4}$（Ω）。

38. 选用额定电压 300V，额定电流 5A，具有 150 格的功率表去进行测量，现读得功率表的偏转数为 70 格，问该负载消耗的功率为多少？

解：$C = 300 \times 10$（W/格），$P = 10 \times 70 = 700$（W）。

39. 具有续流二极管的单相半控桥式整流电路，带大电感负载。已知 $U_2 = 220V$，负载 L_d 足够大，$R_d = 10\Omega$。当 $\alpha = 45°$时，试计算：

（1）输出电压、输出电流的平均值；

（2）流过晶闸管和续流二极管的电流平均值及有效值。

解：输出平均电压：$U_d = 0.9U_2 \frac{1+\cos\alpha}{2} = 0.9 \times 220 \times \frac{1+\cos45°}{2} = 169(V)$

输出平均电流：$I_d = U_d/R_d = 169/10 = 16.9(A)$

晶闸管平均电流：$I_{TAV} = \frac{180° - \alpha}{360°} I_d = \frac{180° - 45°}{360°} \times 16.9 = 6.34(A)$

晶闸管有效电流：$I_r = \sqrt{\frac{180° - \alpha}{360°}} I_d = \sqrt{\frac{180° - 45°}{360°}} \times 16.9 = 10.35(A)$

续流二极管平均值：$I_{DAV} = \frac{2\alpha}{360°} I_d = \frac{2 \times 45°}{360°} \times 16.9 = 4.23(A)$

续流二极管有效值：$I_D = \sqrt{\frac{2\alpha}{360°}} I_d = \sqrt{\frac{2 \times 45°}{360°}} \times 16.9 = 8.45(A)$

40. 电路如图 4-55 所示，写出 U_o 与 U_i 之间的关系式。当 $R_f = 50k\Omega$、$R_1 = 10k\Omega$、$U_i = 0.1V$ 时，$U_o = ?$

解：$U_o = [1 + (R_f/R_1)] \times U_i = [1 + (50/10)] \times 0.1 = 0.6$（V）

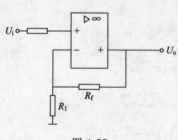

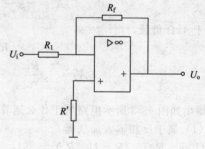

图 4-55   图 4-56

41. 指出如图 4-56 所示电路属于什么运算电路？并计算：

(1) 当 $U_o=3V$、$R_1=10k\Omega$、$R_f=51k\Omega$ 时，$U_i=?$

(2) 若 $U_i=0.1V$、$R_1=10k\Omega$、$U_o=-2V$，则 $R_f=?$

(3) 若该电路的电压放大倍数 $A_{uf}=-15$、$R_f=30k\Omega$，则 $R_1=?$

解： 属于比例运算器。

(1) $U_o=(-R_f/R_1)\times U_i$，$U_i=(-R_1/R_f)U_o=(-10/51)\times3=-0.59(V)$

(2) $U_o=(-R_f/R_1)\times U_i$，$R_f=-R_i\times(U_o/U_i)=-10\times10^3\times(-2/0.1)=20(k\Omega)$

(3) $A_{uf}=-R_f/R_1$，$R_1=-R_f/A_{uf}=30/15=2$ $(k\Omega)$

42. 电路如图 4-57 所示，指出它属于什么运算电路？写出它的输出与输入之间的关系式。

解：（1）属于反相输入加法器；

(2) $U_o=-R_f\left[(U_{i1}/R_1)+(U_{i2}/R_2)\right]$。

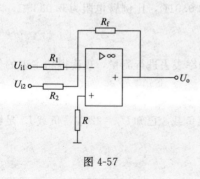

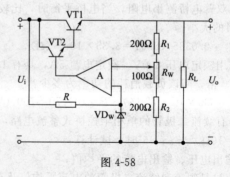

图 4-57   图 4-58

43. 一串联型稳压电路如图 4-58 所示。已知误差放大器的 $A_u\gg1$，稳压管的 $U_z=6V$，负载 $R_L=20\Omega$。

求：(1) 试标出误差放大器的同相、反相端；

(2) 说明电路由哪几部分组成？

(3) 求 U_o 的调整范围。

解：（1）误差放大器的同相端在下方、反相端在上方。

(2) 电路由四个部分构成：由 R_1、R_2 和 R_w 构成的取样电路；由运放构成负反馈误差放大器；由 R 和 VD_w 构成基准电压电路；由 VT1 和 VT2 复合管构成调整管。

(3) $$U_o=\frac{R_1+R_2+R_w}{R_w''+R_2}U_z=\frac{R_1+R_2+R_w}{R_2}U_z\sim\frac{R_1+R_2+R_w}{R_w+R_2}U_z=15\sim10V$$

44. 判断如图 4-59 所示电路中引入了何种反馈，并在深度负反馈条件下计算闭环放大倍数。

解： 反馈组态为：电压-串联负反馈；闭环放大倍数 $\dot{A}_{uf}=\frac{1}{\dot{F}}=1+\frac{R_2}{R_1}$

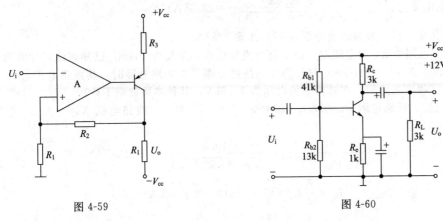

图 4-59   图 4-60

45. 如图 4-60 求电压放大倍数 A_u、输入电阻 R_i 和输出电阻 R_o（$\beta=50$）。

解：

$$U_b=\frac{R_{b2}}{R_{b1}+R_{b2}}E_c$$

$$I_{CQ}=I_e=\frac{U_b+U_{be}}{R_e}=\frac{\frac{R_{b2}}{R_{b1}+R_{b2}}E_c+0.7}{R_e}=\frac{\frac{13}{13+41}\times12+0.7}{1}=3.6(\text{mA})$$

$$r_{be}=300+(1+\beta)\frac{26}{I_e}=300+51\times\frac{26}{3.6}=0.7(\text{k}\Omega)$$

$$I_{BQ}=\frac{I_{CQ}}{\beta}=3.6/50=72(\mu\text{A})$$

$$|U_{CEQ}|=U_{cc}-I_cR_c-I_eR_e=12-(3+1)\times3.6=-2.4(\text{V})$$

$$A_u=-\beta\frac{R_c}{r_{be}}=-50\times\frac{3}{0.7}=-214$$

$$A_u'=-\beta\frac{R_1'}{r_{be}}=-50\times\frac{3\times3}{0.7(3+3)}=-107$$

$$R_i=R_{b1}//R_{b2}//r_{be}\approx r_{be}=0.7(\text{k}\Omega)$$

$$R_o=R_o'//R_c\approx R_c=3(\text{k}\Omega)$$

第 7 章　变配电设施与线路

1. 有一长度为 2km 的配电线路，如图 4-61(a) 所示，从 35kV/6.3kV，1000kV·A 三相变压器所引出，试计算在该线路出口处 A 点及末端 B 点的三相短路电流，设变压器每相电抗 $X_c=0.5\Omega$，配电线路电阻及电抗均为 0.4Ω/km，其他参数忽略不计，并假定短路前，在 A 点及 B 点各线电压为 6.3kV。

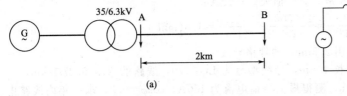

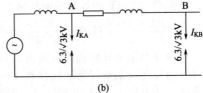

(a)   (b)

图 4-61

解：一相的等值电路如图 4-61(b) 所示。

按照题意：$X_c=0.5$（Ω），$R=0.4\times2=0.8$（Ω），$X_L=0.4\times2=0.8$（Ω）

根据戴维南定理，可得 A 点的短路电流为：$I_{KA}=\dfrac{6300/\sqrt{3}}{0.5}=7275(\text{A})$

B 点的短路电流为：$I_{KB} = \dfrac{6300/\sqrt{3}}{\sqrt{0.8^2 + (0.5 + 0.8)^2}} = 2383(A)$

答：从 A 点及 B 点的短路电流分别是 7275A 和 2383A。

2. 某车间配电用 10kV 架空线路，由变电所直接引入，全长为 20km。已知该线路导线参数为 $r_0 = 0.46\Omega/km$，$X_0 = 0.37\Omega/km$，试计算在该线路末端发生短路故障时，其短路电流值 I_{k3}、I_{k2} 和 I_{k1} 的大小（假定短路前，在故障点的电压为 10.5kV，其他参数忽略不计）。

解： 依题意得，线路电阻 $R_{WL} = r_0 L = 0.46 \times 20 = 9.2$（$\Omega$）　　线路电抗 $X_{WL} = X_0 L = 0.37 \times 20 = 7.4$（$\Omega$）

$$I_{k3} = \frac{U_c}{\sqrt{3}\sqrt{R_{WL}^2 + X_{WL}^2}} = \frac{10.5}{\sqrt{3} \times \sqrt{9.2^2 + 7.4^2}} = 0.513(kA)$$

所以：
$$I_{k2} = \frac{\sqrt{3}}{2} I_{k3} = \frac{\sqrt{3}}{2} \times 0.513 = 0.445(kA)$$

$$I_{k1} = \frac{1}{2} I_{k3} = \frac{1}{2} \times 0.513 = 0.257(kA)$$

答：在该线路末端发生短路时的短路电流值 I_{k3}、I_{k2}、I_{k1} 分别为 513A、445A、257A。

3. 某 10kV 架空电力线路，导线采用 LGJ-95 型，线路长度为 10km，当输送有功功率为 500kW，无功功率为 300kvar 时，求线路的电压损失、电压损失百分数、有功功率损失、无功功率损失、每月 30 天的电能损失和线损率（假设 LGJ-95 型导线的参数 $r_0 = 0.34\Omega/km$，$X_0 = 0.35\Omega/km$）。

解： 线路电阻 $R = r_0 L = 0.34 \times 10 = 3.4$（$\Omega$）

线路电抗：$X = X_0 L = 0.35 \times 10 = 3.5$（$\Omega$）

电压损失：$\Delta U = \dfrac{PR + QX}{U_N} = \dfrac{500 \times 3.4 + 300 \times 3.5}{10} = 275(V)$

电压损失百分值为：$\Delta U\% = \dfrac{\Delta U}{U_N} 100\% = \dfrac{275}{10 \times 10^3} 100\% = 2.75\%$

有功功率损失：$\Delta P = \dfrac{(P^2 + Q^2)R}{U_N^2} = \dfrac{(500^2 + 300^2) \times 3.4}{10^2} = 11560(W) = 11.56(kW)$

无功功率损失：$\Delta Q = \dfrac{(P^2 + Q^2)X}{U_N^2} = \dfrac{(500^2 + 300^2) \times 3.5}{10^2} = 11900(var) = 11.9(kvar)$

每月电能损失 $\Delta A = \Delta P t = 11.56 \times 30 \times 24 = 8323$（kW·h）

线损率：$\Delta P\% = \dfrac{\Delta P}{P} 100\% = \dfrac{11.56}{500} 100\% = 2.31\%$

答：线路电压损失为 275V，电压损失百分数为 2.75%，有功功率损失为 11.5kW，无功功率损失为 11.9kvar，每用电能损失为 8323kW·h，线损率为 2.31%。

4. 由交流 220V 单相电源供给一组功率为 500W 的白炽灯，线路总长 $L = 50m$，采用绝缘铜导线，其电导率 $r = 54m/\Omega \cdot mm^2$，求导线的最小截面积（设允许电压损失为 1.2%）。

解： 根据单相 220V 两线制照明线路的电压损失计算公式：

$\Delta U\% = \dfrac{2PL \times 100\%}{rSU^2}$ 得 $S = \dfrac{2PL}{rU^2 \Delta U\%} = \dfrac{2 \times 500 \times 50 \times 100}{54 \times 220^2 \times 1.2} = 1.6(mm^2)$

答：照明线路最小导线截面可选用 2.5mm² 的规格导线。

5. 某 10kV 高压架空线路，线路长 10km，导线型号为 LGJ-120，线路的 $R_0 = 0.27\Omega/km$，一年内输送有功电能 1200×10^4kW·h，测得最大负荷电流为 160A，$\cos\varphi = 0.8$，求一年内线路电能损耗。

解： 线路总电阻 $R = R_0 L = 0.27 \times 10 = 2.7$（$\Omega$）

负荷的最大功率：$P_{max} = \sqrt{3} U_N I_{max} \cos\varphi = \sqrt{3} \times 10 \times 160 \times 0.8 = 2217(kW)$

最大负荷利用小时数：$I_{max} = \dfrac{A}{P_{max}} = \dfrac{1200 \times 10^4}{2217} = 5413(h)$

由 t_{max} 和 $\cos\varphi$ 中查最大负荷利用小时数与最大功率损耗时间关系（请参阅有关手册），得最大功率损耗时间：$t=4000$（h）

全年线路的电能损耗

$$\Delta A = 3I_{max}^2 Rt \times 10^{-3} = 3 \times 160^2 \times 2.7 \times 4000 \times 10^{-3} = 829440 \text{ (kW·h)}$$

答：一年内线路电能损耗为 829440kW·h。

6. 有一条 10kV 三相架空电力线路，LGJ-95 型导线排列为三角形，几何均距为 1.5m，导线工作温度为 60℃，线路长度为 10km，负荷集中在末端，输送功率为 1000kW，负荷功率因数 $\cos\varphi=0.9$，试求电路中的电压损失。

解： 线路的计算电流为

$$I = \frac{P}{\sqrt{3}U_N \cos\varphi} = \frac{1000}{\sqrt{3} \times 10 \times 0.9} = 64.2 \text{(A)}$$

根据导线几何均距、导线工作温度查 LGJ 导线电阻和电抗值表（请参阅有关手册），得 $R_0 = 0.365\Omega/\text{km}$，$X_0 = 0.354\Omega/\text{km}$

由负荷功率因数 $\cos\varphi$ 可求出

$$\sin\varphi = \sqrt{1-\cos^2\varphi} = 0.4359$$

则线路电压损失为

$$\Delta U\% = \frac{\sqrt{3}}{10U_N}(R_0\cos\varphi + X_0\sin\varphi)IL$$

$$= \frac{\sqrt{3}}{10 \times 10}(0.365 \times 0.9 + 0.354 \times 0.4359) \times 64.2 \times 10 = 5.37\%$$

答：该线路中的电压损失为 5.37%。

7. 一台 10/0.4kV，$S_N=320$kV·A 的变压器，已知每月有功电能 15×10^4kW·h，无功电量 12×10^4kvar·h，变压器空载损耗 $\Delta P_{Fe} = 1.5$kW，短路损耗 $\Delta P_{cu} = 6.2$kW，空载电流 $I_k = 5.5\%$，短路电压 $U_d = 4.4\%$，求一个月（30 天）的有功和无功损失电量。

解： 一个月平均有功功率负荷为：$P = \dfrac{15 \times 10^4}{30 \times 24} = 208$(kA)

一个月平均无功功率负荷为：$Q = \dfrac{12 \times 10^4}{30 \times 24} = 167$(kvar)

则变压器的负载为：$S = \sqrt{P^2 + Q^2} = \sqrt{208^2 + 167^2} = 267$(kV·A)

月有功损失电量为：

$$\Delta A_p = \left[\Delta P_{Fe} + \Delta P_{cu} \times \left(\frac{S}{S_N}\right)^2\right]t = \left[1.5 + 6.2\left(\frac{267}{320}\right)^2\right] \times 30 \times 24 = 4188\text{(kW·h)}$$

月无功损失电量为：

$$\Delta A_q = \left[\Delta Q_k + \Delta Q_d\left(\frac{S}{S_N}\right)^2\right]t = \left[\frac{I_k S_N}{100} + \frac{U_d S_N}{100}\left(\frac{S}{S_N}\right)\right]t$$

$$= \left[\frac{5.5 \times 320}{100} + \frac{4.4 \times 320}{100} \times \left(\frac{267}{320}\right)^2\right] \times 30 \times 24 = 19730\text{(kvar·h)}$$

8. 一只交流接触器，其线圈电压为 380V，匝数为 8750 匝，导线直径为 0.09mm。现要在保持吸力不变的前提下，将它改制成线圈为 220V 的交流接触器（假定安置线圈的窗口尺寸是足够大的），试计算改绕后线圈的匝数和线径应为多少？

解： 改制前后吸力不变，即要求保持 Φ_m 不变。

因为 $U_1 \approx 4.44fN_1\Phi_m$，$U_2 \approx 4.44fN_2\Phi_m$

所以 $U_2/U_1 = N_1/N_2$ 求得 $N_2 = N_1U_2/U_1 = 8750 \times 220/380 = 5066$

由于 Φ_m 不变，因此改装前后所需磁通势不变，即 $I_2N_2 = I_1N_1$；又由于电流与导线截面积成正比，故有

$$I_2/I_1 = N_1/N_2 = d_{22}/d_{12}$$

因此，改制后的导线直径为：$d_2 = \sqrt{\dfrac{N_1}{N_2}} d_1 = \sqrt{\dfrac{8750}{5066}} \times 0.09 \approx 0.118 (\text{m})$

$$取\ d_2 = 0.12\text{mm}$$

答：改绕后线圈为 5066 匝，导线的线径为 0.12mm。

9. 三相星形接线的相间短路保护电流回路，其二次负载测量值 AB 相为 2Ω，BC 相为 1.8Ω，CA 相为 1.6Ω，试计算 A、B、C 各相的阻抗是多少？

解： $Z_A = (Z_{AB} + Z_{CA} - Z_{BC})/2 = (2 + 1.6 - 1.8)/2 = 0.9 (\Omega)$

$Z_B = (Z_{AB} + Z_{BC} - Z_{CA})/2 = (2 + 1.8 - 1.6)/2 = 1.1 (\Omega)$

$Z_C = (Z_{CA} + Z_{CB} - Z_{AB})/2 = (1.8 + 1.6 - 2)/2 = 0.7 (\Omega)$

答：各相阻抗分别为 0.9Ω、1.1Ω 和 0.7Ω。

10. 有两台 $100\text{kV} \cdot \text{A}$ 变压器并列运行，第一台变压器的短路电压为 4%，第二台变压器的短路电压为 5%，求两台变压器并列运行时，负载分配的情况。

解： 已知两台变压器额定容量 $S_{1e} = S_{2e} = 100\text{kV} \cdot \text{A}$

阻抗电压 $U_{1D}\% = 4\%$，$U_{2D}\% = 5\%$

第一台变压器分担负荷为

$$S_1 = (S_{1e} + S_{2e})/[S_{1e}/U_{1D}\% + S_{2e}/U_{2D}\%] \times (S_{1e}/U_{2D}\%)$$
$$= 200/(100/4 + 100/5) \times (100/4) = 111.11 (\text{kV} \cdot \text{A})$$

第二台变压器分担负荷为

$$S_2 = (S_{1e} + S_{2e})/(S_{1e}/U_{1D}\% + S_{2e}/U_{2D}\%) \times (S_{2e}/U_{2D}\%)$$
$$= 200/(100/4 + 100/5) \times (100/5) = 88.89 (\text{kV} \cdot \text{A})$$

答：第一台变压器负载为 $111.11\text{kV} \cdot \text{A}$，第二台变压器负载为 $88.89\text{kV} \cdot \text{A}$。

11. 一台三绕组变压器绕组间的短路电压分别为 $U_{dI-II} = 9.92\%$，$U_{dI-III} = 15.9\%$，$U_{dII-III} = 5.8\%$，试计算每个绕组的短路电压？

解： $U_{dI} = 1/2(U_{dI-II} + U_{dI-III} - U_{dII-III}) = [(9.92 + 15.9 - 5.8)/2]\% = 10\%$

$U_{dII} = 1/2(U_{dI-II} + U_{dII-III} - U_{dI-III}) = [(9.92 + 5.8 - 15.9)/2]\% \approx 0$

$U_{dIII} = 1/2(U_{dI-III} + U_{dII-III} - U_{dI-II}) = [(15.9 + 5.8 - 9.92)/2]\% = 5.89\%$

答：每个绕组的短路电压分别为 10%、0、5.89%。

12. 某变电站的直流合闸母线环路运行，因更换断路器，使合闸电流 I_e 由 240A 变为 3A，原来直流合闸母线装设 150A 的熔断器，现在更换成多大的熔断器才合适？

解： 断路器的合闸熔丝可按合闸电流的 $1/3 \sim 1/4$ 选择，即

$$I_{ce} = (0.25 \sim 0.30) I_e$$

取 $0.3 I_e$，所以

$$I_{ce} = 0.3 \times 3 = 0.9 \ (\text{A})$$

环路运行按两台断路器同时动作计算，故

$$I_e = 2 \times 0.9 = 1.8 \ (\text{A})$$

答：可选择 2A 熔断器。

13. 已知控制电缆型号 KVV29-500 型，回路最大负荷电流 $I_{L.max} = 2.5\text{A}$，额定电压 $U_e = 220\text{V}$，电缆长度 $L = 250\text{m}$，铜的电阻率 $\rho = 0.0184\Omega \cdot \text{mm}^2/\text{m}$，导线的允许压降不应超过额定电压的 5%，求控制信号馈线电缆的截面积。

解： 电缆最小截面积

$$S \geqslant 2\rho L I_{L.max}/\Delta U = (2 \times 0.0184 \times 250 \times 2.5)/(220 \times 5\%) = 2.09 (\text{mm}^2)$$

答：应选截面积为 2.5mm^2 的控制电缆。

14. 已知一台 220kV 强油风冷三相变压器高压侧的额定电流 I_e 是 315A，试求这台变压器的容量。在运行中，当高压侧流过 350A 电流时，变压器过负荷百分之多少？

解： $S_e = \sqrt{3} U_e I_e = \sqrt{3} \times 220 \times 315 = 120000 \ (\text{kV} \cdot \text{A})$

$$过负荷百分数＝(I_L-I_e)/I_e\times100\%＝(350-315)/315\times100\%＝11\%$$

答：变压器的容量为120000kV·A，变压器过负荷11%。

15. 某台调相机的额定容量 Q 是 30000kvar，额定电压 U_e 为 10.5kV，功率因数 $\cos\varphi＝0$，求额定电流 I_e。

解： $\cos\varphi＝0$

$$\sin\varphi＝1$$
$$Q＝U_eI_e\sin\varphi$$
$$I_e＝Q/(\sqrt{3}U_e\sin\varphi)＝30000/(\sqrt{3}\times1\times10.5)＝1650(A)$$

答：额定电流为1650A。

16. 某工厂设有一台容量为 320kV·A 的三相变压器，该厂原有负载为 210kW，平均功率因数为 0.69（感性），试问此变压器能否满足需要？现该厂生产发展，负载增加到 255kW，问变压器的容量应为多少？

答案：解：（1）该厂平均 $\cos\varphi＝0.69$，有功功率 $P＝210$kW 时，所需变压器的容量为

$$S＝P/\cos\varphi＝210/0.69＝305\ (kV\cdot A)$$

（2）若工厂的负载平均功率因数不变，而负载有功功率增加到255kW，则变压器容量应为

$$S＝P/\cos\varphi＝255/0.69＝370\ (kV\cdot A)$$

答：负载为210kW时，原有变压器可以满足需要，负载增加到255kW，变压器的容量应该为 370kV·A。

变压器与互感器

有一台三相降压变压器，额定容量为 2000kV·A，变压比为 35kV/10kV，若该变压器过电流保护采用两相不完全星形接线，试选用 35kV 侧电流互感器变压比，并根据所选变压比计算 35kV 侧过电流保护的二次动作电流（计算公式中：可靠系数 $K_k＝1.2$，继电器返回系数 $K_f＝0.85$）。

解： $I_{N1}＝\dfrac{S}{\sqrt{3}U_1}＝\dfrac{2000}{1.732\times35}＝33(A)$

可选用电流互感器变压比为 50/5

因为二次动作电流 $\quad I_{dzj}＝\dfrac{K_kK_{zk}}{K_f}\times\dfrac{I_{N1}}{n}$

式中，n 为互感器变压比；K_K 为可靠系数，取 1.2；K_{zk} 为接线系数，取 1；K_f 为返回系数，取 0.85。将各数值代入上式得：

$$I_{dzj}＝\dfrac{1.2\times1}{0.85}\times\dfrac{33}{50/5}＝4.66(A)$$

答：电流互感器变压比可选50/5，二次动作电流为4.66A。

线路

已知某电站以 22 万伏的高压向外输出 110 万千瓦的电力。若输电线路的总电阻为 10Ω，试计算当功率因数由 0.5 提高到 0.9 时，输电线上一年（一年按 365 天计，一天按 24h 计）中少损失多少电能？

解： 因为 $P＝UI\cos\varphi$，所以 $I＝P/U\cos\varphi$
$$I_1＝110\times10^7/(22\times10^4\times0.5)＝10^4(A)$$
$$I_2＝110\times10^7/(22\times10^4\times0.9)＝5.6\times10^3(A)$$

输电线上少损失电能：$\Delta W＝I_1^2R_t-I_2^2R_t$
$$＝(10000^2-5600^2)\times10\times10^{-3}\times365\times24＝6012864000(度)$$

第五部分 读、绘 图 题

1. 请设计三台电动机 M1、M2、M3，当 M1 启动时间过 t_1 以后 M2 启动，再经过时间 t_2 以后 M3 启动；停止时 M3 先停止，过时间 t_3 以后 M2 停止，再过时间 t_4 后 M1 停止的电气控制原理图。

答： 电气控制原理图如图 5-1 所示。

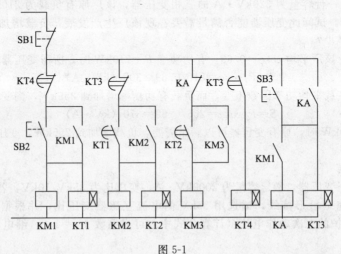

图 5-1

2. 要三台电动机按 M1、M2、M3 的顺序启动，按 M3、M2、M1 的顺序停止。设计用按钮控制的电气原理图。

答： 根据题目要求，可绘制按钮控制的原理图如图 5-2 所示。

3. 写出下图 5-3 各电路名称。

答：

图(a) 是反相输入比例运算电路；　　图(b) 是同相输入比例运算电路

图(c) 是同相输入求和运算电路；　　图(d) 是反相输入求和运算电路

4. 简化 $P = A\overline{B}C + A\overline{B}\overline{C}$ 逻辑函数，并画出简化后的逻辑图。

答： $P = A\overline{B}C + A\overline{B}\overline{C} = A\overline{B}(C+\overline{C}) = A\overline{B}$，简化后的逻辑图如图 5-4 所示。

5. 简化 $P = \overline{A}B + \overline{A}BCD(\overline{E}+\overline{F})$ 逻辑函数，并画出简化后的逻辑图。

答： $P = \overline{A}B + \overline{A}BCD(\overline{E}+F) = \overline{A}B[1+CD(\overline{E}+F)] = \overline{A}B$，简化后的逻辑图如图 5-5 所示。

6. 简化 $P = AB + \overline{A}C + \overline{B}C$ 逻辑函数，并画出简化后的逻辑图。

答： $P = AB + \overline{A}C + \overline{B}C = AB + (\overline{A}+\overline{B})C = AB + \overline{AB}C = AB + C$，简化后的逻辑图如图 5-6 所示。

7. 写出图 5-7 电路输入端和输出端间的最简单的逻辑关系式。

答： 下写出 C、D 端与 A、B 间的逻辑关系是 $C = \overline{A+B}$，$D = AB$；再写出输出端 P 和 A、B 间的逻辑关系式；$P = \overline{C+D} =$

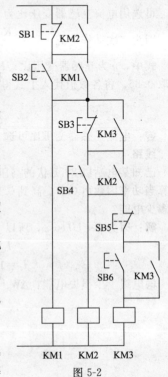

图 5-2

292

$\overline{A+B}+AB$将公式化简；

$$P=\overline{\overline{A+B}+AB}=(A+B)\overline{AB}=(A+B)(\overline{A}+\overline{B})=A\overline{A}+A\overline{B}+\overline{A}B+B\overline{B}=A\overline{B}+\overline{A}B$$

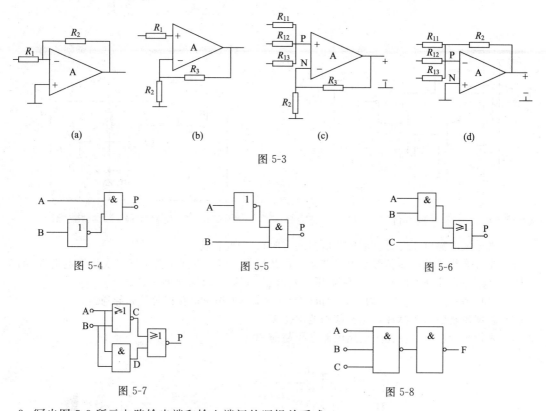

图 5-3

图 5-4   图 5-5   图 5-6

图 5-7   图 5-8

8. 写出图 5-8 所示电路输出端和输入端间的逻辑关系式。

答：图 5-8 的关系式 P＝ABC

9. 写出图 5-9 所示电路输出端和输入端间的逻辑关系式。

答：图 5-9 的关系式 P＝A＋B＋C

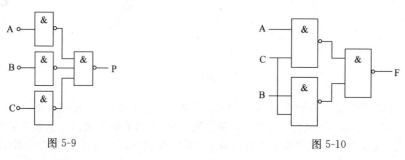

图 5-9   图 5-10

10. 写出图 5-10 所示逻辑电路中，输出 F 的逻辑关系式。

答：图 5-10 的关系式 $F=\overline{\overline{AC}\cdot\overline{BC}}=(A+B)C$

11. 写出图 5-11 所示逻辑电路中，输出 F 的逻辑关系式。

答：图 5-11 的关系式 $F=\overline{\overline{A\cdot B}\cdot\overline{\overline{B}\cdot\overline{A}}}=A\overline{B}+\overline{A}\overline{B}$

12. 图 5-12 是串联式晶体管稳压电源原理图，试分析其稳压原理。

答：若电源电压 U_i 升高（或负荷电流减小），使输出电压 U_o 增加。由于分压作用，R_4 的压降 U_{R4} 亦增加，而 V2 的发射极又是接在稳压管上，电压则保持恒定，U_{R4} 的增加提高了基极电位，于是 V2 的集电极电流 I_{c2} 加大，三极管 V1 的基极电位降低，因此 V1 的集电极电流减小，管压降增加，使输出电压 U_o 下降，从而使 U_o 保持稳定工作过程如下：

$$U_i \uparrow \rightarrow U_o \uparrow \rightarrow U_{R4} \uparrow \rightarrow I_{c2} \rightarrow U_{be} \downarrow \rightarrow I_{c1} \downarrow \rightarrow U_{ce1} \uparrow$$
$$U_o \downarrow$$

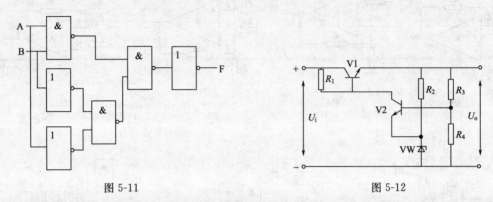

图 5-11   图 5-12

当输入电源电压降低（或负荷电流增大时），情况相反。

13. 图 5-13 为正弦同步信号触发电路图，正弦波同步信号自同步变压器二次侧的电阻 R_2 的两端取得（U_{R2}），控制电压 U_c 为直流电压，其值在 $-U_{R2} \sim +U_{R2}$ 之间可调。

问：（1）当 U_c 分别为零、为正、为负时，三极管 V1 相应地在何时开始导通？

（2）怎样控制输出的脉冲移相？移相范围是多少？

（3）为什么同步信号应比主电路电源电压超前 $90°$？

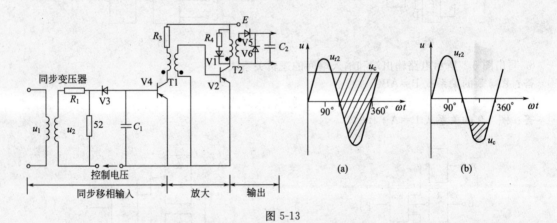

图 5-13

答：（1）当 U_c 为零时，在同步电压 U_{R2} 的正半周（上正下负），二极管 V3 和三极管 V1 的发射结受反向偏置，所以 V1 截止。在 U_{R2} 的负半周，V3 和 V1 的发射结正向偏置，V1 导通。因此 V1 是在 U_{R2} 由正半周变化到负半周时（$\omega t = 180°$）开始导通（忽略三极管发射结及二极管的死区电压）。

当 U_c 为正时（右正左负），只要在 U_{R2} 的正半周且 $U_c > U_{R2}$ 时，V1 的发射结就为正向偏置，V1 即开始导通当 U_c 在 $0 \sim \sqrt{2}U_{R2}$ 之间变化时 V1 开始导通的时刻在 $90° \sim 180°$ 之间变化。

当 U_c 为负时（右负左正），只有在 U_{R2} 的负半周且 $|U_{R2}| > U_c$ 时 V1 才能开始导通。当 U_c 在 $0 \sim -\sqrt{2}U_{R2}$ 之间变化时，V1 开始导通的时刻在 $\omega t = 180° \sim 270°$ 之间变化。

（2）当三极管 V1 导通时，在 V1 集电极电路出现一个变化的电压信号，经过变压器耦合到 V2 的基极，使 V2 导通，从而有脉冲自变压器 T2 二次侧输出。因此，三极管 V1、V2 导通的时刻，就是脉冲发生的时刻，当改变控制电压 U_c 的大小和方向时，就可改变 V1 导通和脉冲输出，从而实现了移相控制。当 U_c 在 $+\sqrt{2}U_{R2} \sim -\sqrt{2}U_{R2}$ 之间调节时，触发脉冲输出（即 V1 的导通时刻）在 $\omega t = 90° \sim 270°$ 之间变化，即移相范围接近 $180°$。

（3）晶闸管只有在承受正向电压时才能触发导通，也就是说，在电源电压的一个周期中，只有在 $0° \sim 180°$ 的范围内才能触发导通。但触发电路送出触发信号是在 $90° \sim 270°$ 的范围之内。因此，正弦波同步信号必须比主电路电压超前 $90°$ 才能得到正确的移相控制。

14. 图 5-14 为锯齿波同步信号的触发电路，试问：锯齿波是怎样形成的？此电路如何进行移相控制？

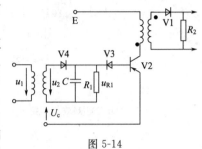

图 5-14

答：（1）当同步变压器二次侧电压处于正半周，且数值大于电容器电压时，二极管 V2 导通并对电容器 C 充电。由于充电的时间常数很小，电容器电压很快达到 U_2。当由正的最大值下降时，由于电容器电压下降很慢（电容经 R_1 放电，放电时间常数 R_1C_1 较大），二极管 V2 因承受反向电压而截止。之后电容经电阻 R_1 缓慢放电，直到下一周期超过后，二极管 V2 重新导通，电容器再次充电。如此周而复始，就在 C、R_1 两端形成锯齿形。

（2）锯齿波电压使三极管 V1 的发射极和二极管 V2 反向偏置，而控制电压 U_c 使它们正向偏置。因此当控制电压 U_c 大于锯齿波电压 u_{R1} 时，三极管 V1 导通，其集电极回路的脉冲变压器二次侧输出脉冲。当 U_c 小于 u_{R1} 时，V1 截止。只要改变控制电压 U_c 的大小，就能改变三极管导通的时刻，从而实现了脉冲移相控制（移相范围大于 $180°$）。

15. 画出一个二极管三变量"与门"电路，并写出其逻辑符号、真值表与逻辑函数。

解：二极管三变量"与"门电路见图 5-15(a)，其逻辑符号见图 5-15(b)，真值表见图 5-15(c)。

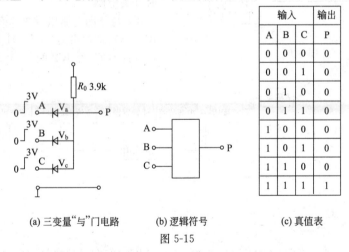

输入			输出
A	B	C	P
0	0	0	0
0	0	1	0
0	1	0	0
0	1	1	0
1	0	0	0
1	0	1	0
1	1	0	0
1	1	1	1

(a) 三变量"与"门电路　　(b) 逻辑符号　　(c) 真值表

图 5-15

逻辑表达式为 $P = A \cdot B \cdot C$

16. 画出一个二极管三变量"或门"电路，并写出其逻辑符号、真值表与逻辑函数。

解：二极管三变量"或"门电路见图 5-16(a)，其逻辑符号见图 5-16(b)、真值表见图 5-16(c)。

逻辑表达式为 $P = A + B + C$

17. 画出具有电压负反馈与转速负反馈的自动调整线路原理图，采用比例调节器综合给定信号和反馈信号。

答：具有电压负反馈与转速负反馈的自动调整线路原理图如图 5-17 所示。

18. 试画出电弧炉晶闸管-直流电动机式电极自动调节器的方框图。

解：电弧炉晶闸管-直流电动机式电极自动调节器的方框图如图 5-18 所示。

19. 如图 5-19 所示为一种什么电路，起到什么作用，是用来保护哪些器件的。

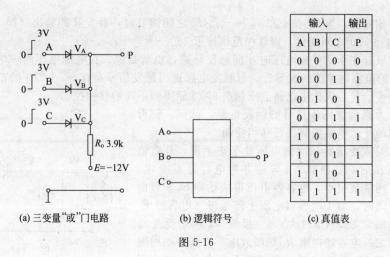

输入			输出
A	B	C	P
0	0	0	0
0	0	1	1
0	1	0	1
0	1	1	1
1	0	0	1
1	0	1	1
1	1	0	1
1	1	1	1

(a) 三变量"或"门电路　　　(b) 逻辑符号　　　(c) 真值表

图 5-16

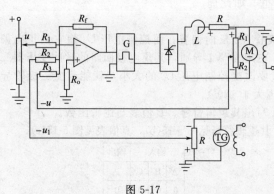

图 5-17

答：是缓冲电路，是为避免过电流和在器件上产生过高电压，以及为了避免电压、电流的峰值区同时出现而设置的电路，是保护 VT1 和 VT2 的。

20. 试说出图 5-20 是一个什么电路，电路工作过程。

解：这是一个利用 555 集成电路的触摸延时开关电路。

IC2 与外围电路组成单稳态电路，待机时，IC2（3）脚输出为"0"，J1 释放，负载不工作。此时 C_5 经 IC2 的（7）脚放电。当需要

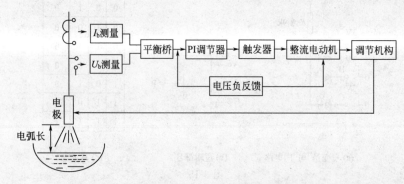

图 5-18　电弧炉晶闸管-直流电动机式电极自动调节器的方框图

开灯时，当人手触摸感应片时，人体的感应信号加至 IC2（2）脚，触发 IC2 翻转，（3）脚变为"1"使 J1 吸合，负载得电工作。此后 R_1 对 C_5 充电，当 C_5 上的电压上升至电源电压的 2/3 时，IC2 再次翻转，（3）脚输出恢复为"0"，J1 释放，负载停止工作。电路的定时时间 $T = 1.1R_1C_5$。本电路采用继电器作为开关器件，故 LOAD 可以是白炽灯或其他电器，如节能灯、排气扇等。

21. 如图 5-21 为三相全控桥同步相控触发系统框图，试回答：

（1）该触发系统采用哪种控制方式？

（2）图中的 1A、1B、1C、F、E 以及 1D～6D 的电路名称是什么？

答：（1）采用横向控制原理方式。

（2）1A 为同步变压器；

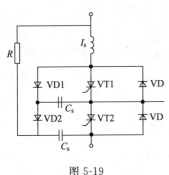

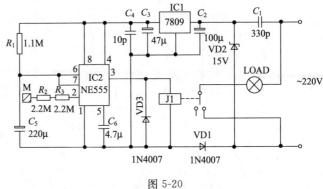

图 5-19　　　　　　　　　　　　　　　　图 5-20

1B 为同步信号发生器；

1C 为移相控制电路；

F 为 6 倍频脉冲信号发生器；

E 为环形分配器和译码器；

1D～6D 为脉冲整形与功放电路。

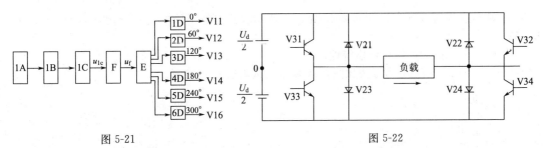

图 5-21　　　　　　　　　　　　　　　　图 5-22

22. 如图 5-22 为单相桥式 SPWM 逆变器的主电路。试说明单极性控制方式在调制波 u_r 的负半周的控制方法和工作过程。

答：设 u_r 为正弦调制波，u_c 为负向三角形载波。

在 u_r 的负半周，关断 V31、V34，使 V32 始终受控导通，只控制 V33。在 $u_r < u_c$ 时，控制 V33 导通，输出电压 u_0 为 $-U_d$，在 $u_r > u_c$ 时，使 V33 关断，输出电压为 0V。

23. 脉宽可调的斩波电路见图 5-23，说明电路中 V12 及 L_1、C、V22 各有什么作用？V11 承受反压的时间由哪些参数决定。

答：V12 为换相辅助晶闸管 L_1、C、V22 构成换相单方向半周期谐振电路，C 为换相电容，V22 为单方向振荡限制二极管。

V11 承受反压时间由 C、L 和 R 决定。

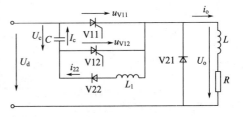

图 5-23

24. 单相桥式半控整流电路见图 5-24(a)，由 220V 经变压器供电，负载为大电感，并接有续流二极管，要求输出整流电压 20～80V 连续可调，最大负载电流为 20A，最小控制角 $\alpha_{min} = 30°$，试回答：

(1) 画出 u_d、i_{v11} 波形（$\alpha = 30°$ 时）；

(2) 电流有效值；

(3) 计算整流二极管的电流平均值。

答：(1) 波形 u_d，i_{V11} 见图 5-24(b)

(2) 电流有效值 $I_{V1} = \sqrt{\dfrac{\pi - \alpha_{min}}{2\pi}} I_d \approx 12.9$（A）

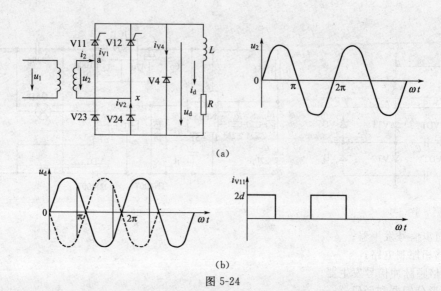

(a)

(b)

图 5-24

（3）整流二极管的电流平均值 $I_{V2AR} = \dfrac{\pi - \alpha_{min}}{2\pi} I_d \approx 8.3$（A）

25. 用理想运放组成的电压比较器如图 5-25 所示。已知稳压管的正向导通压降 $U_D = 0.7$V，$U_Z = 5$V。

求：（1）试求比较器的电压传输特性；

（2）若 $u_i = 6\sin\omega t$V，U_R 为方波如图 5-26 所示，试画出 u_o 的波形。

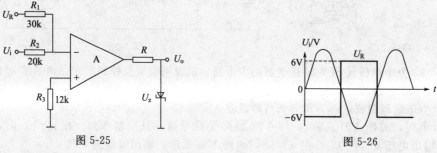

图 5-25   图 5-26

解： $U_{TH} = -\dfrac{R_1}{R_2} U_R = -\dfrac{3}{2} U_R$

当 $u_i > 0$ 时，$U_R = -6$V，$U_{TH} = 4$V，当 $u_i < 0$ 时，$U_R = 6$V，$U_{TH} = -4$V，

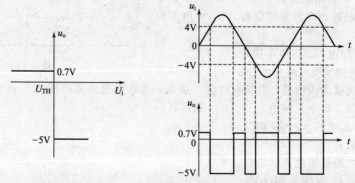

26. 试画出三个单相电压互感器的 Y，$y0$ 形接线图及两个单相电压互感器的 V 形连接的接线图。

答： 三个单相电压互感器为 Y，$y0$ 形接线如图 5-27 所示，两个单相电压互感器的 V 形连接的接线图 5-28 所示。

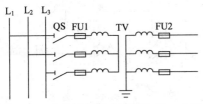
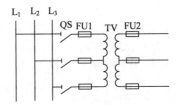

图 5-27　三个单相电压互感器为 Y，$y0$ 接线　　图 5-28　两个单相电压互感器的 V 形连接

27. 试画出电流互感器的两相 V 形接线、两相电流差接线及零序接线图。

解：电流互感器的两相电流 V 形接线见图 5-29、两相电流差接线见图 5-30，零序接线见图 5-31。

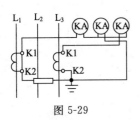
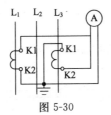
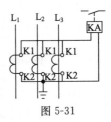

图 5-29　　　　　　　　　图 5-30　　　　　　　　　图 5-31

28. 试画出电流互感器三相星形接线及三相三角形接线图。

解：电流互感器的三相星形接线见图 5-32，三角形接线见图 5-33。

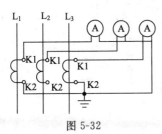
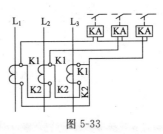

图 5-32　　　　　　　　　　　　　图 5-33

29. 试画出常用的反时限过电流保护的原理图和展开图。

解：反时限过电流保护的原理图 5-34 和展开图分别如图 5-35 所示。

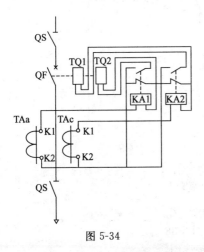
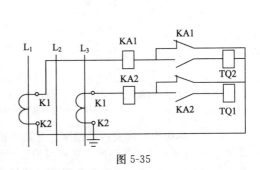

图 5-34　　　　　　　　　　　　图 5-35

30. 试画出常用的定时限过电流保护原理接线图和展开图。

解：常用的定时限过电流保护的原理接线图见图 5-36，展开图如图 5-37 所示。

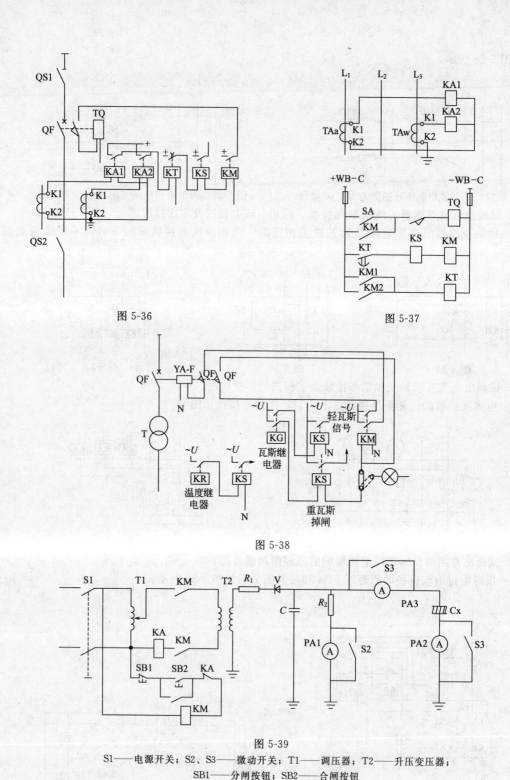

图 5-36

图 5-37

图 5-38

图 5-39

S1——电源开关；S2、S3——微动开关；T1——调压器；T2——升压变压器；
SB1——分闸按钮；SB2——合闸按钮

31. 试画出交流电压操作的变压器温度、瓦斯保护原理接线图。

解：交流电压操作的变压器温度、瓦斯保护原理接线如图 5-38 所示。

32. 试画出直流耐压试验，并测量泄漏电流的基本试验接线图。

解：直流耐压试验并测量泄漏电流的基本试验接线如图 5-39 所示。

第六部分 综合题

1. 写出图 6-1 所示梯形图对应的指令表。

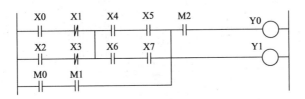

图 6-1

解：

1	LD	X0	11	ANB	
2	ANI	X1	12	LD	M0
3	LD	X2	13	AND	M1
4	AN	X3	14	ORB	
5	ORB		15	MPS	
6	LD	X4	16	AND	M2
7	AND	X5	17	OUT	Y0
8	LD	X6	18	MPP	
9	AND	X7	19	OUT	Y1
10	ORB				

2. 画出与下面表格中语句表对应的梯形图。

1	LD	X0	11	ANI	X3
2	AND	X1	12	ORB	
3	LD	X10	13	OUT	T0
4	ANI	X11	14		K100
5	LDI	M0	15	LD	M2
6	AND	M1	16	ORI	M3
7	ORB		17	ANB	
8	AND	X5	18	AND	T0
9	ORB		19	OUT	Y0
10	LDI	X2	20	END	

解： 如图 6-2 所示。

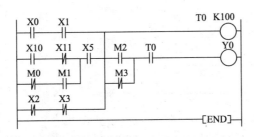

图 6-2

3. 采用梯形图 6-3 以及指令表的形式对以下状态转移图编程。

301

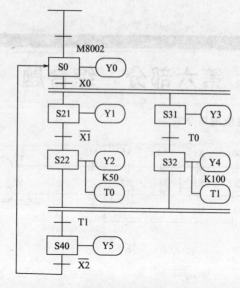

图 6-3

解：

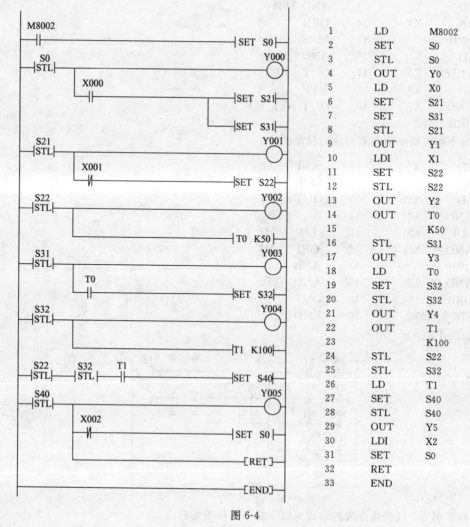

1	LD	M8002
2	SET	S0
3	STL	S0
4	OUT	Y0
5	LD	X0
6	SET	S21
7	SET	S31
8	STL	S21
9	OUT	Y1
10	LDI	X1
11	SET	S22
12	STL	S22
13	OUT	Y2
14	OUT	T0
15		K50
16	STL	S31
17	OUT	Y3
18	LD	T0
19	SET	S32
20	STL	S32
21	OUT	Y4
22	OUT	T1
23		K100
24	STL	S22
25	STL	S32
26	LD	T1
27	SET	S40
28	STL	S40
29	OUT	Y5
30	LDI	X2
31	SET	S0
32	RET	
33	END	

图 6-4

4. 根据下面的梯形图 6-5 程序，画出 PLC 运行时 M10、M11 和 Y0 的时序图

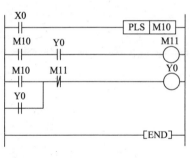

图 6-5

解:

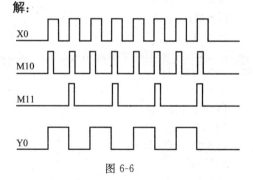

图 6-6

5. 计算执行下述程序的时间，设 $\varphi = 2MHz$。

ORG 2000H

LD HL，2100；10T

LD DE，2400H；10T

LD BC，(2050H)；20T，BC=100

LDIR；IFBC=0，16T，IF BC>0，21T

HALT；4T

解：$t = 40T + 4T + 99 \times 21T + 16T = 2139T = 1069.5\mu s$，所以 $t \approx 1ms$。

6. 如果 2300H～2400H 均为 BCH，程序执行后 A=？

LD HL，2300H

LD B，15

XOR A

LOOP1：BIT 7，(HL)

JR Z，LOOP2

INC A

LOOP2：INC HL

DJNZ LOOP1

HALT

解：A=OFH

7. 求 8 个数之和的平均值（无符号二进制数）。

解：LD B，8

LD HL，2100H

LP1：ADD A，(HL)

INC HL

DJNZ LP1

SRL A

SRL A

SRL A

8. 若 DATA 单元 D1、D4 位为 1，则将该单元清零，否则停机，试编写程序。

解：ORG 2000H

LD HL，DATA

LD A，(HL) AND 12H

CP 12H

JR Z，LOOP

```
          HALT
          LOOP：LD A
          LD （HL），A
          HALT
```

9. 将2100H开始的100个单元清零。

解：
```
          ORG 2300H
          XOR A
          LD B，100
          LD HL，2100H
          LOOP：LD （HL），A
          INC HL
          DJNZ LOOP
          HALT
```

10. 试求DADA单元开始的内存的无符号数之和，当大于等于240时，则不继续求和，并把结果放在2600H单元。

解：
```
          ORG 2000H
          LD 240
          JP P，NEXT
          INC HL
          JR LOOP
          NEXT：LD （2600H），A
          HALT
```

11. 试统计一个班30个学生中不及格的人数。

解：
```
          LD B，30
          LD HL，2100H
          LD C，0
          LOOP：LD A，（HL）
          CP 60
          JR NC，NEXT
          INC C
          NEXT：INC HL
          DJNZ LOOP
          HALT
```

12. 设CTC芯片通道0端口地址为84H，令其为：计数方式，时间常数0.5，不中断，触发方式任意。编写初始化程序。

解：
```
          LD A，55H；01×1×101B，×任意
          OUT （84H），A
          LD A，05H
          OUT （84H），A
          HALT
```

13. 编程使ZC/TO端产生4800Hz的脉冲。

解：
```
          ORG 2000H
          START：LD A，05H
          OUT （84H），A
          LD A，1AH
          OUT （84H），A
```

        HALT
        END START

14. 编程使 CTC 的 0 通道的 ZC/TO 端产生 2400Hz 脉冲，允许向 CPU 申请中断，上升沿触发，自启动。编写初始化程序。

   解：$TD=1/2400Hz=417\mu s$；

   $TD=T \cdot TC \cdot P=0.5\mu s \cdot TC \cdot 16$；

   $TC=417\mu s/8\mu s=52=34H$

   程序如下：

        LD A, 95H
        OUT (84H), A
        LD A, 34H
        OUT (84H), A
        HALT

15. 若 PIO A 口低 4 位输入，高 4 位输出，其控制端口位 AAH，不编中断。编写初始化程序。

   解：程序如下：

        LDA, OCFH；方式 3
        OUT (AAH), A
        LDA, 00001111B；I/O 选择字
        OUT (AAH), ALD A, 07H；中断控制字
        OUT (AAH), A…

16. PIO A 口低 4 位为输出，高 4 位为输入，且只有当 PA7、PA6 同时为低位时，引起中断，A 口的中断向量为 80H，编写初始化程序。设 A 控制口为 82H。

   解：程序如下

        LD A, OCFH；位控方式
        OUT (82H), A
        LD A, 11110000B；I/O 选择字
        OUT (82H), A
        LD A, 11010111B；中断控制字
        OUT (82H), A
        LD A, 00111111B；中断屏蔽字
        OUT (82H), A
        IM 2EILD A, 80H；送 V
        OUT (82H), A
        LD A, 24H；送 I
        LD I, A…

17. PIO B 口工作于位控方式，PB0、PB2、PB4、PB6 输出，其余输入。编写初始化程序，控制口 83H。

   解：程序如下

        LD A, OCFH；
        OUT (83H), A
        LD A, 10101010B
        OUT (83H), A
        LD A, 07H
        OUT (83H), A…

18. 写出图 6-7 中所示开关电路的逻辑关系式。

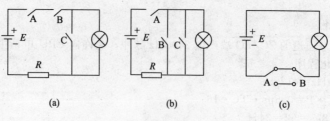

图 6-7

解：(a) $Y=AB\overline{C}$；(b) $Y=\overline{ABC}$；(c) $Y=\overline{AB}+AB$

19. 欲使此电路产生振荡，图 6-8 中四个点应如何连接？振荡频率又是多少？

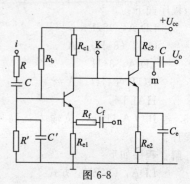

解：j 与 m 相连，m 与 n 相连，k 不连。$f_0=1/2\pi RC$。

20. 图 6-9 示电路均为 CMOS 电路。按照电路逻辑功能和图中所示输入状态，指出各电路的输出状态。

解：(a) $Y1=1$，(b) $Y2=0$，(c) $Y3=1$。

21. 分析图 6-10 示电路的逻辑功能，画出电路的状态转换图，检查电路能否自启动，说明这个电路具有何功能？

解：状态转换图如图 6-11 所示，该电路是同步五进制加法计数器，可自启动。

图 6-8

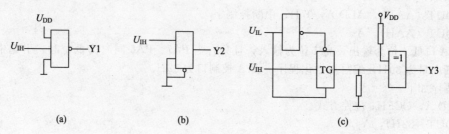

(a) (b) (c)

图 6-9

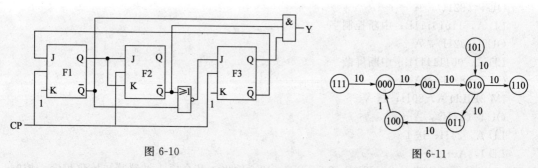

图 6-10

图 6-11

22. 利用触发器的特性方程，写出图 6-12 所示电路中触发器次态输出（Q_{n+1}）与现态（Q_n）和 A、B 之间的逻辑函数式。

解：(a) $(Q_1)^{n+1}=\overline{AQ_n}$；(b) $(Q_2)^{n+1}=A\oplus B\oplus(Q_2)^n$

23. 写出图 6-13 所示电路的逻辑关系式和门电路符号，并估算其输入和输出电平关系。

解：$Y=\overline{AB}$；当输入有一（或全部）为低电平时，$Y=10V$；当输入均为高电平时，$Y=0.3V$。图 6-13 的门电路符号

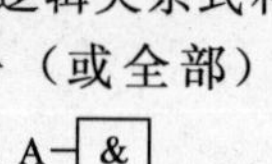

24. 写出图 6-14 示电路的输出函数式。

解：$Y1=\overline{A}\overline{B}C+\overline{A}B\overline{C}+A\overline{B}\overline{C}+ABC$；$Y2=BC+AC+AB$。

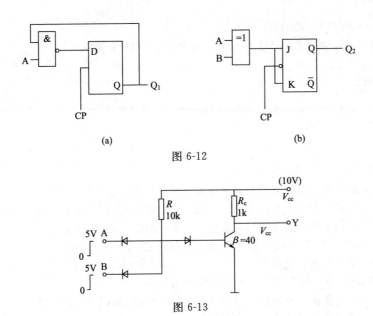

图 6-12

图 6-13

25. 图 6-15 中给出了 CC4007 的电路图和各引出端号。试用该电路组成以下电路，说明如何连线。（1）3 输入或非门；（2）大吸收电流（灌电流）驱动器；（3）单刀双相传输开关。

解：（1）10→2；1→11；12→5→8；7→4→9；

（2）6→3→10；8→5→12；11→14；7→4→9；

（3）1→5→12；2→9；11→4；8→13→10；6→3。

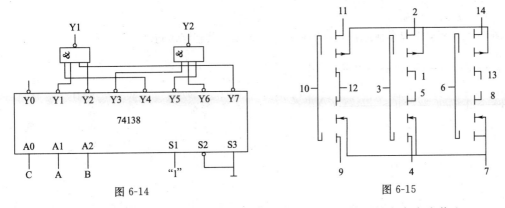

图 6-14   图 6-15

26. DJNZ-8 指令的操作码 10H 放在 2100H 单元，那么 2101H 单元的内容应为什么？

解： $e=-8$，$d=e-2=-8-2=-10$，补码 F6H，故应为 F6H。

27. 问执行以下指令后，Z＝？

XOR A

INC A

BIT O，A

HALT

解： Z＝0。

28. LD HL，5678H

ADD HL，HL

LD（2100H），HL

HALT

问（2100H）＝？（2101H）＝？

解：（2100H）＝FOH，（2101H）＝ACH。

29. 已知 HL＝2400H，而（2400H）＝56H，问 BIT 7，（HL）后 Z＝?

解：Z＝1。

30. 执行下述程序后，A＝?

LD B，79H

LD A，46H

AND ARR B

SUB B

解：A＝OAH

31. 用公式法将下列函数化简成最简与或表达式：$Y＝\overline{A}BC＋\overline{A}B\overline{C}＋ABC＋AB\overline{C}$

解：$Y＝\overline{A}BC＋\overline{A}B\overline{C}＋ABC＋AB\overline{C}＝\overline{A}C＋AB＝C＋\overline{A}BC＋AB\overline{C}＝C＋AB\overline{C}＝C＋AB$

32. 用公式法将下列函数化简成最简与或表达式：$Y＝\overline{ABC}＋AC＋B＋C$

解：$Y＝\overline{ABC}＋AC＋B＋C＝\overline{A}C＋B＋C＝\overline{A}＋\overline{B}＋\overline{C}＋C＋B＝\overline{A}＋1＝1$

33. 用公式法将下列函数化简成最简与或表达式：$Y＝A\overline{B}＋B\overline{C}＋A（\overline{BC}）↑（-）＋\overline{A}BC$

解：$Y＝A\overline{B}＋B\overline{C}＋A（\overline{BC}）↑（-）＋\overline{A}BC＝A＋B$

34. 用公式法将下列函数化简成最简与或表达式：$Y＝\overline{AB}＋（A\overline{B}＋\overline{A}B＋AB）D$

解：$Y＝\overline{AB}＋（A\overline{B}＋\overline{A}B＋AB）D＝\overline{AB}＋D$

35. 用个位数的展开式表示下列数：$（1528）10＝?$

解：$（1528）10＝1×10^3＋5×10^2＋2×10^1＋8×10^0$

36. 用个位数的展开式表示下列数：$（1011）2＝?$

解：$（1011）2＝1×2^3＋0×2^2＋1×2^1＋1×2^0$

37. 用个位数的展开式表示下列数：$（375）8＝?$

解：$（375）8＝3×8^2＋7×8^1＋5×8^0$

38. 如图 6-16 所示，为某装置顺序控制的梯形图，请编写其程序语句。

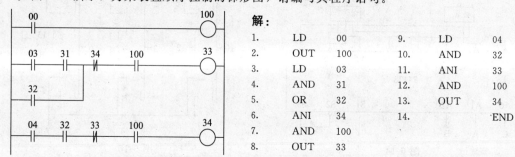

解：

1.	LD	00		9.	LD	04
2.	OUT	100		10.	AND	32
3.	LD	03		11.	ANI	33
4.	AND	31		12.	AND	100
5.	OR	32		13.	OUT	34
6.	ANI	34		14.		END
7.	AND	100				
8.	OUT	33				

图 6-16

39. 如图 6-17 所示，多段速度控制的梯形图，编写其程序语句。

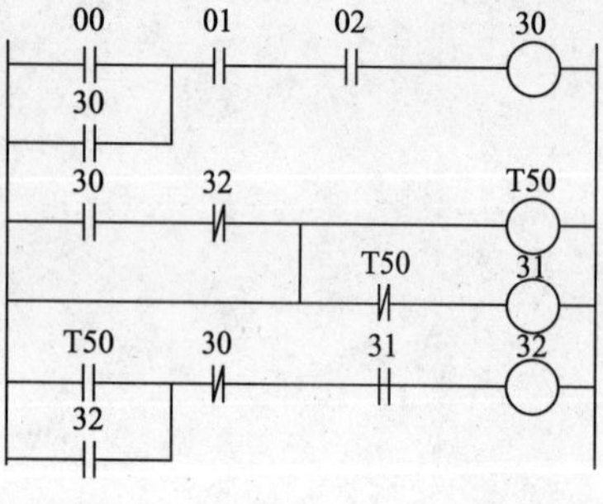

解：

1.	LD	00		9.	K	5
2.	OR	30		10.	ANI	T50
3.	AND	01		11.	OUT	31
4.	AND	02		12.	LD	T50
5.	OUT	30		13.	OR	32
6.	LD	30		14.	ANI	30
7.	ANI	32		15.	AND	31
8.	OUT	T50		16.	OUT	32

图 6-17

40. 将梯形图 6-18 简化，梯形图简化后，用指令语言编写程序。

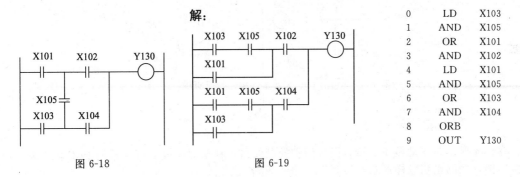

解：

0	LD	X103
1	AND	X105
2	OR	X101
3	AND	X102
4	LD	X101
5	AND	X105
6	OR	X103
7	AND	X104
8	ORB	
9	OUT	Y130

图 6-18　　　　　图 6-19

41. 根据梯形图 6-20 写出其对应的指令语句表。

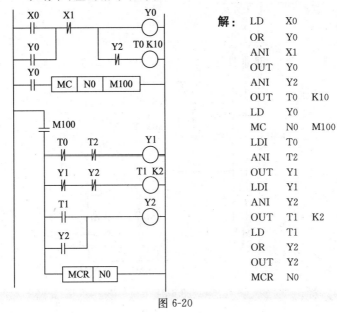

解：

LD	X0	
OR	Y0	
ANI	X1	
OUT	Y0	
ANI	Y2	
OUT	T0	K10
LD	Y0	
MC	N0	M100
LDI	T0	
ANI	T2	
OUT	Y1	
LDI	Y1	
ANI	Y2	
OUT	T1	K2
LD	T1	
OR	Y2	
OUT	Y2	
MCR	N0	

图 6-20

42. 根据下列助记符号画出梯形图 6-21。

LD	X0
OR	Y0
ANI	X1
OR	R0
LD	X2
ANI	R0
OR	X3
ANB	
OR	R10
OUT	Y1
END	

解：

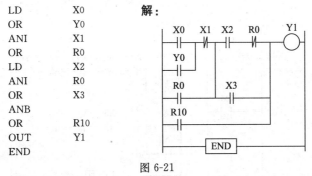

图 6-21

43. 根据图 6-22 时序图，画出相应梯形图并写出指令程序。

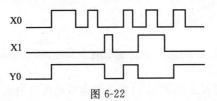

图 6-22

解：

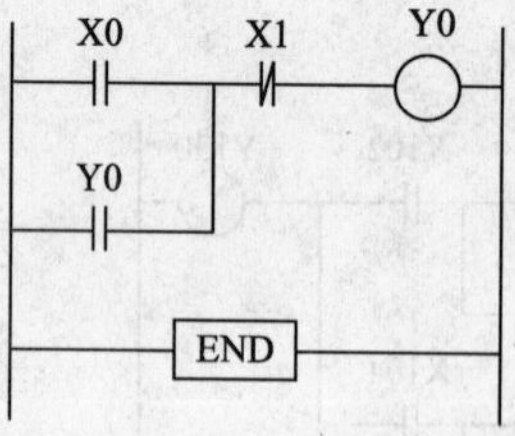

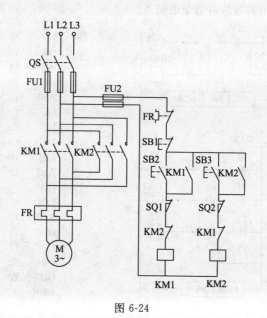

```
LD    X0
OR    Y0
ANI   X1
OUT   Y0
END
```

图 6-23

44. 图 6-24 所示是电动机正反转有限位保护控制线路，根据图完成 FX2N 系列 PLC 输入输出端子接线图，并画出相应梯形图和编写 PLC 指令程序。

图 6-24

解： 图 6-25 （a）端子接线图、（b）梯形图、（c）指令表。

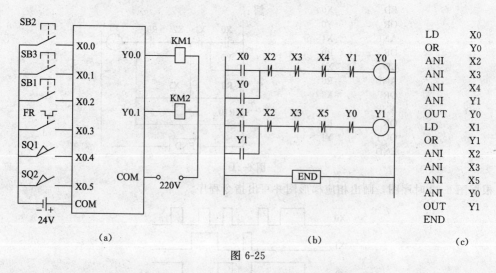

```
LD    X0
OR    Y0
ANI   X2
ANI   X3
ANI   X4
ANI   Y1
OUT   Y0
LD    X1
OR    Y1
ANI   X2
ANI   X3
ANI   X5
ANI   Y0
OUT   Y1
END
```

(a)   (b)   (c)

图 6-25

45. 请将下面梯形图 6-26 按 FX 系列 PLC 的指令系统转换为语句指令程序。

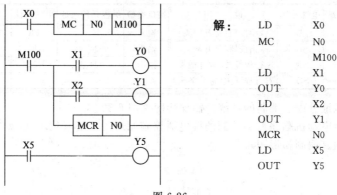

解：   LD   X0
       MC   N0
               M100
       LD   X1
       OUT   Y0
       LD   X2
       OUT   Y1
       MCR   N0
       LD   X5
       OUT   Y5

图 6-26

46. 按 FX 系列 PLC 的指令系统，将图 6-27 简化改进后画出新梯形。

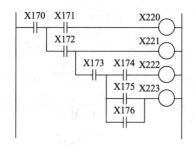

图 6-27

解：

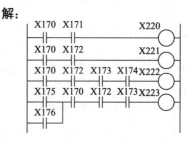

图 6-28

47. 请将下面图 6-29 梯形图按 FX 系列 PLC 的指令系统转换为语句指令程序。

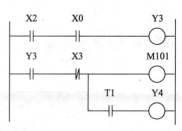

图 6-29

解：

1	LD	X2	5	ANI	X3
2	AND	X0	6	OUT	M101
3	OUT	Y3	7	AND	T1
4	LD	Y3	8	OUT	Y4

48. 请按以下的 FX 系列 PLC 的语句指令程序，绘出相应梯形图。

0	LD	X0	5	LDI	X4
1	AND	X1	6	AND	X5
2	LD	X2	7	ORB	
3	AND	X3	8	OUT	Y1
4	ORB				

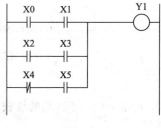

图 6-30

解：如图 6-30 所示。

49. 图 6-31 是机床工作台运动示意图，工作台由交流电动机驱动。按下 SB1，电动机驱动工作台运动；工作台运动至极限位置时，由行程开关 SQ1 或 SQ2 检测并发出停止前进指令，同时自动发出返回指令。只要不按停止按钮 SB2，工作台继续自动往复运动。要求电动机采用热继电器进行过载保护，请编制 S7-300 系列 PLC 控制的 PLC 梯形图验证。

图 6-31

解：机床工作台往复运动控制系统编程元件的地址分配见表：

311

接口类型	编程元件地址	电气元件	说　明	接口类型	编程元件地址	电气元件	说　明
输入	I0.0	SB1	启动按钮(常开触头)	输入	I0.4	FR	热继电器(常闭触头)
输入	I0.1	SB2	停止按钮(常开触头)	输出	Q4.0	KM1	左行接触器线圈
输入	I0.2	SQ1	左行程开关(常开触头)	输出	Q4.1	KM2	右行接触器线圈
输入	I0.3	SQ2	右行程开关(常开触头)				

按编程元件地址分配表编制的系统控制梯形图见图 6-32。

50. 图 6-33 是两台电动机顺序启动控制的继电器控制原理图，请采用 PLC 实现其控制原理（要求设计外围接线图、编制梯形图）。

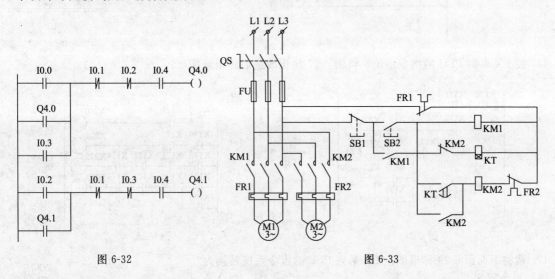

图 6-32　　　　　　　　　　　　　图 6-33

解：如图 6-34 所示。

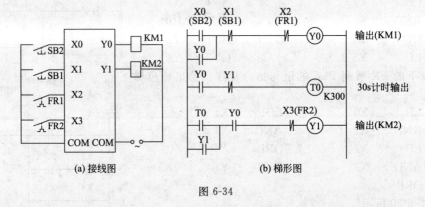

(a) 接线图　　　　　　　　　　　(b) 梯形图

图 6-34

51. 运用 FX 系列 PLC 的堆栈指令将题所示梯形图 6-35 转换为语句指令程序，并加以必要的注释。

解：

0	LD	X4		6	OUT	Y3	
1	MPS		//X4 进栈	7	MRD		//读出 X4
2	AND	X5		8	OUT	Y4	
3	OUT	Y2		9	MPP		//出栈
4	MRD		//读出 X4	10	AND	X7	
5	AND	X6		11	OUT	Y5	

312

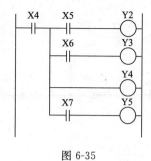

图 6-35

52. 写出梯形图 6-36 对应的语句表。

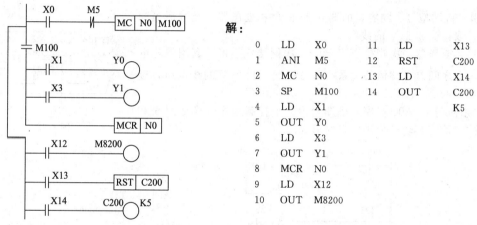

解：

0	LD	X0	11	LD	X13
1	ANI	M5	12	RST	C200
2	MC	N0	13	LD	X14
3	SP	M100	14	OUT	C200
4	LD	X1			K5
5	OUT	Y0			
6	LD	X3			
7	OUT	Y1			
8	MCR	N0			
9	LD	X12			
10	OUT	M8200			

图 6-36

53. 绘出异步电动机能耗制动电路的控制图，其控制要求如下。

(1) 启动：按下启动按钮 SB1→KM1 得电吸合并自锁→电动机 M 启动运行。

(2) 停止：按下停止按钮 SB2→KM1 断电释放→电动机 M 断开交流电，同时 KM2 通电吸合自锁，电动机 M 接通直流电进行能耗制动，2s 后使 KM2 断电→电动机 M 断电停止。

任务：

(1) 若改用 PLC 控制画出 I/O 接线图。

(2) 画出相应梯形图。

(3) 画出语句表。

解：

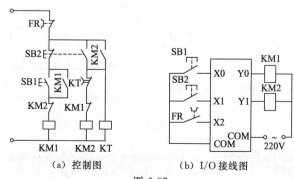

(a) 控制图 (b) I/O 接线图

图 6-37

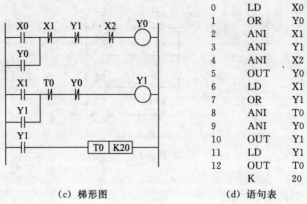

0	LD	X0
1	OR	Y0
2	ANI	X1
3	ANI	Y1
4	ANI	X2
5	OUT	Y0
6	LD	X1
7	OR	Y1
8	ANI	T0
9	ANI	Y0
10	OUT	Y1
11	LD	Y1
12	OUT	T0
	K	20

（c）梯形图　　　　　　　（d）语句表

图 6-37

54. 用三台同型号、同容量的 380/36 的单相变压器，经过适当的连接，取得三相 21V 的线电压。

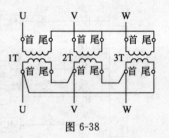

解：将变压器一次侧接成 Y 形，二次侧接成 △ 形，利用三相电源 Y、△ 之间差有 $\sqrt{3}$ 倍的关系，即可得到三相 21V 的线电压，接线图如 6-38 所示。

图 6-38

55. （用西门子 S200 程序）已知给出某个控制程序的梯形图 6-39 的形式，请将其转换为语句表的形式。

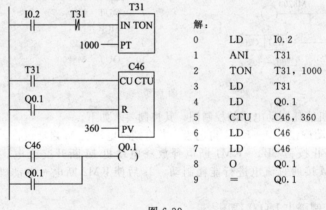

解：

0	LD	I0.2
1	ANI	T31
2	TON	T31, 1000
3	LD	T31
4	LD	Q0.1
5	CTU	C46, 360
6	LD	C46
7	LD	C46
8	O	Q0.1
9	=	Q0.1

图 6-39

56. （用西门子 S200 程序）已知输入触点时序图 6-40，结合程序画出 Q0.0 和 Q0.1 的时序图。

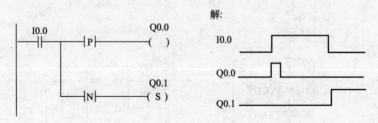

图 6-40

57. （用西门子 S200 程序）电动机星-三角降压启动，Q0.0 为电源接触器，Q0.1 为星接输出线圈，Q0.2 为角接输出线圈，I0.1 为启动按钮，I0.0 为停止按钮，星-角切换延时时间为 5s。试编写程序。

314

解：

```
0    LD     I0.1
1    O      Q0.0
2    LPS
3    AN     I0.0
4    =      Q0.0
5    LRD
6    AN     Q0.2
7    =      Q0.1
8    LD     Q0.1
9    TON    T37，50
10   LD     T37
11   O      Q0.2
12   AN     I0.0
13   =      Q0.2
```

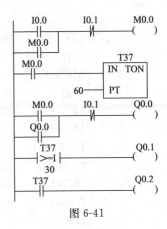

图 6-41

58．（用西门子 S200 程序）采用一只按钮每隔 3s 顺序启动三台电动机，试编写程序。

解：如图 6-41 所示。

59．（用西门子 S200 程序）组合机床的工作循环图及元件动作表如图 6-42 所示，试用置位复位指令编写程序。

解：如图 6-43 所示。

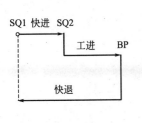

工作循环图

	TV1	TV2	TV3
原位	－	－	－
快进	＋		
工进	－	－	＋
快退	－	＋	－

元件动作表

图 6-42

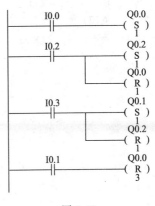

图 6-43

输入输出端子分配如下：

输入		输出		输入		输出	
元件名称	端子号	元件名称	端子号	元件名称	端子号	元件名称	端子号
启动按钮	I0.0	电动机高速运转	Q0.0	接近开关	I0.2	剪切机	Q0.2
停止按钮	I0.1	电动机低速运转	Q0.1	剪切结束	I0.3		

60．（用西门子 S200 程序）简单的位置控制。控制要求：①用多齿凸轮与电动机联动，并用接近开关来检测多齿凸轮，产生的脉冲输入至 PLC 的计数器。②电动机转至 4900 个脉冲时，使电动机减速，到 5000 个脉冲时，使电动机停止，同时剪切机动作将材料切断，并使脉冲计数复位。

解：如图 6-44 所示。

61．（用西门子 S200 程序）通过调用子程序 0 来对 HSC1 进行编程，设置 HSC1 以方式 11 工作，其控制字（SMB47）设为 16♯F8；预设值（SMD52）为 50。当计数值完成（中断事件编号 13）时通过中断服务程序 0 写入新的当前值（SMD50）16♯C8。

解：

0	LD	SM0.1	
1	CALL	0	
2	MEND		
3	SBR	0	
4	LD	SM0.0	
5	MOVB	16#F8，SMB47	
6	HDEF	1，11	
7	MOVED	0，SMD48	
8	MOVED	50，SMD52	
9	ATCH	0，13	
10	HSC	1	
11	RET		
12	INT	0	
13	LD	SM0.0	
14	MOVD	0，SMD48	
15	MOVB	16#C0，SMB47	
16	HSC	1	
17	RETI		
18	LD	I0.3	
19	O	Q0.2	
20	ALD		
21	=	Q0.2	

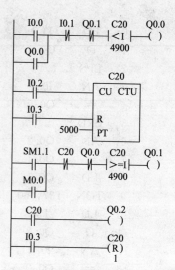

图 6-44

第七部分 简 答 题

第1章 电工基础

1. 什么是电阻率?

答: 电阻率又叫电阻系数或叫比电阻。是衡量物质导电性能好坏的一个物理量,以字母 ρ 表示,单位为欧姆·米 ($\Omega\cdot m$),常用单位是 $\Omega\cdot mm$ 和 $\Omega\cdot m$。在数值上等于用某种物质做的长 1 米截面积为 1 平方毫米的导线,在温度 20℃ 时的电阻值,电阻率越大,导电性能越低。

2. 什么是电阻的温度系数?

答: 表示物质的电阻率随温度而变化的物理量,其数值等于温度每升高 1℃ 时,电阻率的增加量与原来的电阻率的比值,通常以字母 α 表示,单位为 1/℃。

3. 什么是电导?

答: 物体传导电流的本领叫做电导。在直流电路里,电导的数值就是电阻值的倒数,以字母 g 表示,单位为西门子。

4. 什么是电导率?

答: 又叫电导系数,也是衡量物质导电性能好坏的一个物理量。大小在数值上是电阻率的倒数,以字母 σ 表示,单位为 s/cm,μs/cm。

5. 什么是电动势?

答: 电路中因其他形式的能量转换为电能所引起的电位差,叫做电动势或者简称电势。用字母 E 表示,单位为伏特。

6. 什么是自感?

答: 当闭合回路中的电流发生变化时,则由该电流所产生的穿过回路本身的磁通也发生变化,因此在回路中也将产生感应电动势,这个电动势总是阻碍导体中原来电流的变化,此电动势即自感电动势。这种现象就叫做自感现象。·

7. 什么是互感?

答: 如果有两只线圈互相靠近,则其中第一只线圈中电流所产生的磁通有一部分与第二只线圈相环链。当第一线圈中电流发生变化时,则其与第二只线圈环链的磁通也发生变化,在第二只线圈中产生感应电动势。这种现象叫做互感现象。

8. 什么是电感?

答: 自感与互感的统称。

9. 什么是感抗?

答: 交流电流过具有电感的电路时,电感有阻碍交流电流过的作用,这种作用叫做感抗,以 X_L 表示,$X_L=2\pi fL$。

10. 什么是容抗?

答: 交流电流过具有电容的电路时,电容有阻碍交流电流过的作用,这种作用叫做容抗,以 X_C 表示,$X_C=1/2\pi fC$。

11. 什么是脉动电流?

答: 大小随时间变化而方向不变的电流,叫做脉动电流。

12. 什么是振幅?

答: 交变电流在一个周期内出现的最大值叫振幅。

13. 什么是平均值?

答：交变电流的平均值是指在某段时间内流过电路的总电荷与该段时间的比值。正弦量的平均值通常指正半周内的平均值，它与振幅值的关系：平均值＝0.637振幅值。

14. 什么是有效值？

答：在两个相同的电阻器件中，分别通过直流电和交流电，如果经过同一时间，它们发出的热量相等，那么就把此直流电的大小作为此交流电的有效值。正弦电流的有效值等于其最大值的0.707倍。

15. 什么是有功功率？

答：又叫平均功率。交流电的瞬时功率不是一个恒定值，功率在一个周期内的平均值叫做有功功率，它是指在电路中电阻部分所消耗的功率，以字母P表示，单位瓦特。

16. 什么是视在功率？

答：在具有电阻和电抗的电路内，电压与电流的乘积叫做视在功率，用字母S来表示，单位为伏安（V·A）或千伏安（kV·A）。

17. 什么是无功功率？

答：在具有电感和电容的电路里，这些储能元件在半周期的时间里把电源能量变成磁场（或电场）的能量存起来，在另半周期的时间里对已存的磁场（或电场）能量送还给电源。它们只是与电源进行能量交换，并没有真正消耗能量。我们把与电源交换能量的速率的振幅值叫做无功功率。用字母Q表示，单位为乏。

18. 什么是功率因数？

答：在直流电路里，电压乘电流就是有功功率。但在交流电路里，电压乘电流是视在功率，而能起到做功的一部分功率（即有功功率）将小于视在功率。有功功率与视在功率之比叫做功率因数，以$\cos\varphi$表示。

19. 什么是相电压？

答：三相输电线（火线）与中性线间的电压叫相电压。

20. 什么是线电压？

答：三相输电线各线（火线）间的电压叫线电压，线电压的大小为相电压的1.73倍。

21. 什么是相量？

答：在电工学中，用以表示正弦量大小和相位的矢量叫相量，也叫做向量。

22. 什么是击穿？

答：绝缘物质在电场的作用下发生剧烈放电或导电的现象叫击穿。

23. 什么是介电常数？

答：也叫介质常数、介电系数或电容率，它是表示绝缘能力特性的一个系数，以字母ε表示，单位为法/米。

24. 什么是三相交流电？

答：三相交流电是由三个频率相同、电势振幅相等、相位差互差120°角的交流电路组成的电力系统，叫三相交流电。

25. 你对$\cos\varphi$的认识如何？$\cos\varphi$对电力系统有何影响？$\cos\varphi$低的原因是什么？怎样提高用户的$\cos\varphi$？

答：对$\cos\varphi$的认识：在直流电路中$P=UI$；而在交流电路中$P=UI\cos\varphi$，其中U、I为电压电流有效值，所以在交流电路中负载取用的有效功率不仅与电压、电流的有效值成正比，还与$\cos\varphi$成正比，$\cos\varphi$是决定功率的无单位因数，故称功率因数。$\cos\varphi$对电力系统有如下的影响：

① $\cos\varphi$低增加线路的电压损失和功率损失。

② $\cos\varphi$低使发电设备不能充分利用，即利用率低。由以上两方面的影响均可看出$\cos\varphi$低，对国家经济是不利的，故供电部门非常重视这个参数。容性负载是用得最少的负载，甚至没有使用容性负载，工业上大量使用的是感性负载，X_L很大，如电动机、电焊机、感应电炉、变压器等都是很大的感性负载，由于X_L很大，无功功率也很大，$\cos\varphi$就很低。所以$\cos\varphi$低的主要原因

是工业上大量使用感性负载造成的。提高用户功率因数的方法是：在用户进线处或用户负载处并联电容器。

26. 电气上的"地"是什么？

答： 电气设备在运行中，如果发生接地短路，则短路电流将通过接地体，并以半球面形向地中流散，由于半球面越小，流散电阻越大，接地短路电流经此地的电压降就越大。所以在靠近接地体的地方，半球面小，电阻大，此处的电流就高，反之在远距离接地体处，由于半球面大，电阻小，其电位就低。试验证明，在离开单根接地体或接地极 20m 以外的地方，球面已经相当大，其电阻为零，我们把电位等于零的地方，称作电气上的"地"。

27. 什么叫正弦交流电？为什么目前普遍应用正弦交流电？

答： 正弦交流电是指电路中电流、电压及电势的大小和方向都随时间按正弦函数规律变化，这种随时间做周期性变化的电流称为交变电流，简称交流。交流电可以通过变压器变换电压，在远距离输电时，通过升高电压以减少线路损耗，获得最佳经济效果。而当使用时，又可以通过降压变压器把高压变为低压，这既有利于安全，又能降低对设备的绝缘要求。此外交流电动机与直流电动机比较，则具有造价低廉、维护简便等优点，所以交流电获得了广泛地应用。

28. 哪些电气设备必须进行接地或接零保护？

答： ①发电机、变压器、电动机高低压电器和照明器具的底座和外壳；②互感器的二次线圈；③配电盘和控制盘的框架；④电动设备的传动装置；⑤屋内外配电装置的金属架构，混凝土架和金属围栏；⑥电缆头和电缆盒外壳，电缆外皮与穿线钢管；⑦电力线路的杆塔和装在配电线路电杆上的开关设备及电容器。

29. 什么叫提高自然功率因数？什么叫无功功率的人工补偿？最通用的无功功率人工补偿设备为哪一种？为什么？

答： 所谓提高自然功率因数，是指不添置任何无功补偿设备，只靠采用各种技术措施减少供电设备中无功功率的消耗量，使功率因数提高。由于提高自然功率因数不需额外投资，因此应优先考虑。所谓无功功率的人工补偿，是指利用无功补偿设备来补偿供电系统中的无功功率，提高功率因数。无功补偿设备主要有同步补偿机和并联电容器两种。并联电容器与同步补偿机相比，因并联电容器无旋转部分，具有安装简单，运行维护方便，有功损耗小以及组装灵活，扩容较易等优点，所以并联电容器在一般工厂供电系统中应用最为普遍。

30. 什么叫标么值和有名值？采用标么值进行电力系统计算有什么优点？采用标么值计算时基值体系如何选取？

答： 有名值是电力系统各物理量及参数的带量纲的数值。标么值是各物理量及参数的相对值，是不带量纲的数值。标么值是相对某一基值而言的，同一有名值，当基值选取不一样时，其标么值也不一样，它们的关系如下：标么值＝有名值/基值。电力系统由许多发电机、变压器、线路、负荷等元件组成，它们分别接入不同电压等级的网络中，当用有名值进行潮流及短路计算时，各元件接入点的物理量及参数必须折算成计算点的有名值进行计算，很不方便，也不便于对计算结果进行分析。采用标么值进行计算时，则不论各元件及计算点位于哪一电压等级的网络中，均可将它们的物理量与参数标么值直接用来计算。计算结果也可直接进行分析。当某些变压器的变比不是标么值时，只需对变压器等值电路参数进行修正，并不影响计算结果按基值体系的基值电压传递到各电压等级进行有名值的换算。基值体系中只有两个独立的基值量，一个为基值功率，一般取容易记忆及换算的数值，如取 100MW、1000MW 等，或取该计算网络中某一些发电元件的额定功率。另一个为基值电压，取各级电压的标称值。标称值可以是额定值的 1.0、1.05 或 1.10 倍。如取 500/330/220/110kV 或 525/346.5/231/115.5kV 或 550/363/242/121kV，其他基值量（电流、阻抗等）可由以上两个基值量算出。

第2章　磁电知识

1. 什么是磁通？

答： 又称磁通量，是通过某一截面积的磁力线总数，以字母 Φ 表示，单位为韦〔伯〕（Wb）。

2. 什么是磁通密度？

答：单位面积上所通过的磁通大小叫磁通密度，以字母 B 表示，磁通密度和磁场感应强度在数值上是相等的。

3. 什么是磁阻？

答：与电阻的含义相仿，磁阻是表示磁路对磁通所起的阻碍作用，以符号 R_m 表示，单位为 $1/H$。

4. 什么是磁导率？

答：又称导磁系数，是衡量物质的导磁性能的一个系数，以字母 μ 表示，单位是 H/m。

5. 什么是磁滞？

答：铁磁体在反复磁化的过程中，它的磁感应强度的变化总是滞后于它的磁场强度，这种现象叫磁滞。

6. 什么是磁滞回线？

答：在磁场中，铁磁体的磁感应强度与磁场强度的关系可用曲线来表示，当磁化磁场作周期性变化时，铁磁体中的磁感应强度与磁场强度的关系是一条闭合线，这条闭合线叫做磁滞回线。

7. 什么是基本磁化曲线？

答：铁磁体的磁滞回线的形状是与磁感应强度（或磁场强度）的最大值有关，在画磁滞回线时，如果对磁感应强度（或磁场强度）最大值取不同的数值，就得到一系列的磁滞回线，连接这些回线顶点的曲线叫基本磁化曲线。

8. 什么是磁滞损耗？

答：放在交变磁场中的铁磁体，因磁滞现象而产生一些功率损耗，从而使铁磁体发热，这种损耗叫磁滞损耗。

9. 什么是电磁感应？

答：当环链着某一导体的磁通发生变化时，导体内就出现电动势，这种现象叫电磁感应。

10. 什么是趋肤效应？

答：又叫集肤效应，当高频电流通过导体时，电流将集中在导体表面流通，这种现象叫趋肤效应。

11. 铁磁材料有哪些基本性质？

答：铁磁材料基本性质有高导磁性（$\mu_r \gg 1$，材料可以被磁化），磁饱和性（非线性磁化曲线）和磁滞性（剩磁、矫顽磁力），非线性磁阻（μ_r 不是常数），交变磁化时的铁芯损耗。

12. 什么叫集肤效应？

答：当交流电通过导线时，导线截面上各处电流分布不均匀，中心处电流密度小，而越靠近表面电流密度越大，这种电流分布不均匀的现象称为集肤效应（也称趋肤效应）。

13. 什么叫涡流？涡流的产生有哪些害处？

答：当交流电流通过导线时，在导线周围会产生交变的磁场。交变磁场中的整块导体的内部会产生感应电流，由于这种感应电流在整块导体内部自成闭合回路，很像水的旋涡，所以称作涡流。涡流不但会白白损耗电能，使用电设备效率降低，而且会造成用电器（如变压器铁芯）发热，严重时将影响设备正常运行。

14. 简述磁路欧姆定律的内容，并说明单相变压器铁芯磁路中磁阻的大小由什么决定？

答：① 在一个磁路中，磁通的大小与磁通势成正比，跟磁路的磁阻成反比。② 磁路中磁阻的大小与磁路中磁力线的平均长度成正比，和铁芯材料的磁导率与铁芯截面积的乘积成反比。

15. 什么是安培环路定律？它反映了电路中什么关系？

答：安培环路定律是磁场的一个基本性质，它具体反映了磁场强度与产生磁场强度的电流之间的关系，即：磁场强度矢量 H 沿任何闭合路径的线积分都等于贯穿由此路径所围成曲面的电流代数和。

16. 磁路基尔霍夫定律的含义是什么？

答：磁路基尔霍夫第一定律（又称基尔霍夫磁通定律）的含义是：磁路的任一节点所连各支路磁通的代数和等于零，磁路基尔霍夫第二定律（又称基尔霍夫磁压定律）的含义是：磁路的任一回路中，各段磁位差（磁压）的代数和等于各磁通势（磁动势）的代数和。

17. 磁路与电路之间可否进行对照理解？若可以，应怎样对照？

答：在分析磁路时，可用电路来进行对照理解。在对照理解时，磁路中磁通势（磁动势）与电路中电动势相对照；磁路中磁通与电路中电流相对照；磁路中的磁压（磁位差）与电路中电压（电位差）相对照；而磁路中的磁阻与电路中电阻相对照等。

18. 在无分支磁路中，若已知磁通势要求磁通的大小，应采用什么样的方式进行？为什么？

答：在无分支磁路中，若已知磁通势大小，要求磁通的多少，一般都采用试算法的方式进行，即先设定一磁通值，再按已知磁通求磁通势的步骤进行计算。把所算得的结果（磁通势大小）与已知磁通势进行比较后，再修订设定的磁通值，再计算、比较，直至基本差别不大为止。采用这样的计算方式，主要是考虑到磁路的非线性对"正面计算"会带来不可忽视的影响。

19. 试说明磁场强度与磁感应强度的区别？

答：磁场强度用 H 表示，磁感应强度用 B 表示，二者都可以描述磁场的强弱和方向，并且都与激励磁场的电流及其分布情况有关。但是 H 与磁场介质无关，而 B 与磁场介质有关。H 的单位是 A/m（安/米），而 B 的单位是 T（特斯拉）。在有关磁场的计算中多用 H，而在定性的描述磁场时多用 B。

20. 什么是涡流？在生产中有何利弊？

答：交变磁场中的导体内部将在垂直于磁力线的方向的截面上感应出闭合的环形电流，称涡流。利用涡流原理可制成感应炉来冶炼金属，利用涡流可制成磁电式、感应式电工仪表，电能表中的阻尼器也是利用涡流原理制成的；在电动机、变压器等设备中，由于涡流存在，将产生附加损耗，同时，磁场减弱，造成电气设备效率降低，使设备的容量不能充分利用。

21. 简述铁磁材料的分类、特点及用途？

答：按照铁磁材料在反复磁化过程中所得到的磁滞回线的不同，通常将其分为三大类。
① 软磁材料，其特点是易磁化也易去磁，磁滞回线较窄。常用来制作电机、变压器等的铁芯。
② 硬磁材料，其特点是不易磁化，也不易去磁，磁滞回线很宽。常用来做永久磁铁、扬声器的磁钢等。
③ 矩磁材料，其特点是在很小的外磁作用下就能磁化，一经磁化便达到饱和，去掉外磁后，磁性仍能保持在饱和值，常用来做记忆元件，如计算机中存储器的磁芯。

22. 铁磁物质在磁化过程中为什么会出现磁饱和现象？

答：铁磁物质的磁导率 μ 很大，且不是一个常量，当铁磁物质在完全去磁状态（无剩磁）下进行磁化，磁场强度 H 由零起逐渐增加时，开始有极短的一段磁感应强度 B 增加缓慢，当磁场强度 H 继续增加时，磁感应强度 B 迅速上升，以后 B 上升又变缓慢，最后几乎不再上升，这就是磁饱和现象。出现磁饱和现象的原因是铁磁物质内含有许多很小的自发磁化区，叫做磁畴。每个磁畴内由于原子壳层中不配对，电子自旋所形成的磁矩都平行地指向某一个方向，铁磁物质在未磁化前，每个磁畴的排列是杂乱无章的，宏观磁矩为零。开始磁化时由于外磁场强度 H 小，磁畴仅发生可逆的体积改变，增大了磁矩方向接近外磁场的磁畴体积，因此磁感应强度 B 增加不快。当外磁场强度 H 继续上升到足够强度时，磁畴发生不可逆体积改变，继而纷纷翻转到最接近于外磁场的一个易于磁化的方向，这一段磁感应强度 B 上升很快。最后当磁畴已绝大部分翻转，即使再大幅度增加外磁场强度 H，也只能使磁畴经过微小的转向直到全部与外磁场有一致的方向，这时磁感应强度增加很少，甚至不再增大，这就是磁饱和现象产生的原因。

23. 什么是安培环路定律？它反映了电路中什么关系？

答：安培环路定律是磁场的一个基本性质，它具体反映了磁场强度与产生磁场强度的电流之间的关系，即：磁场强度矢量沿任何闭合路径的线积分都等于贯穿由此路径所围成的面的电流代数和。

24. 磁路与电路之间可否进行对照理解？若可以，应怎样对照？

答： 在分析磁路时，可用电路来进行对照理解。在对照理解时，磁路中磁通势（磁动势）与电路中电动势相对照；磁路中磁通与电路中电流相对照；磁路中的磁压（磁位差）与电路中电压（电位差）相对照；而磁路中的磁阻与电路中电阻相对照等。

第3章　仪器仪表

1. 双踪示波器与双线示波器的主要区别是什么？

答： 双踪示波器采用单线示波管，示波管中只有一个电子枪，在电子开关的作用下，按时间分割原则，两个测量通道交替工作，实现两个信号波形的显示，但由于其两个探头共用一个接地端，因此它要求两个被测信号必须要有公共端。双线示波器又称为双束示波器，它采用双线示波管，示波管有两个电子枪，该示波管内部具有两个独立的 Y 轴测量通道，能同时分别测量两个不同的被测电压信号，因此它能较方便地对显示出的两个信号波形进行观察、比较和分析。

2. 为什么采用双臂电桥测量小电阻准确度较高？

答： 因为双臂电桥是将寄生电阻并入误差项，并使误差项等于零，因而对电桥的平衡不因这部分寄生电阻大小而受到影响，从而提高了电桥测量的准确性。

3. 对晶体管图示仪中集电极扫描电压的要求是什么？

答： 对集电极扫描电压的要求有以下三条。

① 能够从小到大，再从大到小的重复连续变化。

② 扫描的重复频率要足够快，以免显示出来的曲线闪烁不定。

③ 扫描电压的最大值要根据不同晶体管的要求在几百伏范围内进行调节。

4. 在普通示波器中，触发扫描与一般扫描有什么不同？

答： 一般扫描就是一个锯齿波发生器，它不需要外界信号控制就能自激产生直线性变化的锯齿波。

触发扫描不能自激产生直线性变化的锯齿波，它必须在外界信号的触发下才能产生锯齿波。

外界信号触发一次，它产生一个锯齿波扫描电压，外界信号不断触发，它能产生一系列的扫描电压。

利用触发扫描不但能观察周期性出现的脉冲，还能观察非周期性出现的脉冲，甚至能观察单次出现的脉冲。

5. 数字式仪表具有什么特点？

答： ①准确度和灵敏度高，测量速度快；②仪表的量程和被测量的极性自动转换；③可以和计算机配用；④测量结果以数字形式直接显示，消除了视差影响。

6. 为什么一些测量仪表的起始刻度附近有黑点？

答： 一般指示仪表的刻度盘上，都标有仪表的准确等级刻度，起始端附近的黑点，是指仪表的指针从该点到满刻度的测量范围，符合该表的标准等级。一般黑点的位置是以该表最大刻度值的20%标注。例如，一只满刻度为5A的电流表，则黑点标在1A上。由此可见，在选用仪表时，若测量时指针指示在黑点以下部分，说明测量误差很大，低于仪表的准确度，遇有这种情况应更换仪表或互感器，使指针在20%～100%。

7. 使用兆欧表测量绝缘电阻时，应该注意哪些事项？

答： ① 测量设备的绝缘电阻时，必须先切断电源。对具有较大电容的设备（如电容器、变压器、电机及电缆线路）必须先进行放电。②兆欧表应放在水平位置，在未接线之前，先摇动兆欧表看指针是否在"∞"处，再将 L 和 E 两个接线柱短路，慢慢地摇动兆欧表看指针是否指在"零"处，对于半导体型兆欧表不宜用短路校检。③兆欧表引线应用多股软线，而且应有良好的绝缘。④不能全部停电的双回架空线路和母线，在被测回路的感应电压超过12V时，或当雷雨发生时架空线路及与架空线路相连接的电气设备，禁止进行测量。⑤测量电容器，电缆、大容量变压器和电机时，要有一定的充电时间，电容量愈大，充电时间应愈长。一般以兆欧表转动 1min 后的读数为准。⑥在摇测绝缘时，应使兆欧表保持额定转速，一般为 120r/min；当测量物电容量较大时，为了避免指针摆动，可适当提高转速（如 130r/min）。⑦被测物表面应擦拭清洁，不得有污物，以免漏电影响测量的准确度。

8. 用兆欧表测量绝缘时，为什么规定摇测时间为 1min？

答：用兆欧表测量绝缘电阻时，一般规定以摇测 1min 后的读数为准。因为在绝缘体上加上直流电压后，流过绝缘体的电流（吸收电流）将随时间的增长而逐渐下降。而绝缘体的直流电阻率是根据稳态传导电流确定的，并且不同材料的绝缘体其绝缘吸收电流的衰减时间也不同。但是试验证明，绝大多数绝缘材料吸收电流经过 1min 已趋于稳定，所以规定以加压 1min 后的绝缘电阻值来确定绝缘性能的好坏。

9. 怎样选用兆欧表？

答：兆欧表的选用，主要是选择其电压及测量范围，高压电气设备需使用电压高的兆欧表。低压电气设备需使用电压低的兆欧表。一般选择原则是：500V 以下的电气设备选用 500～1000V 的兆欧表；瓷瓶、母线、刀闸应选用 2500V 以上的兆欧表。兆欧表测量范围的选择原则是：要使测量范围适应被测绝缘电阻的数值，以免读数时产生较大的误差。如有些兆欧表的读数不是从零开始，而是从 1MΩ 或 2MΩ 开始。这种表就不适宜用于测定处在潮湿环境中的低压电气设备的绝缘电阻。因为这种设备的绝缘电阻有可能小于 1MΩ，使仪表得不到读数，容易误认为绝缘电阻为零，而得出错误结论。

10. 仪表冒烟怎样处理？

答：仪表冒烟一般是过负荷、绝缘降低、电压过高、电阻变质、电流接头松动而造成虚接开路，当发现后，应迅速将表计和回路短路，电压回路断开，在操作中应注意勿使电压线圈短路和电流线路开路，避免出现保护误动作及误碰接等人为事故。

11. 保护和仪表共用一套电流互感器时，当表计回路有工作如何短接？注意什么？

答：保护和仪表共用一套电流互感器，表计有工作时，必须在表计本身端子上短接，注意别开路和别把保护短路，现在一般电流互感器二次线接到保护后接至表计，所以表计有工作，在表计本身端子上短接后，不影响保护。

12. 怎样正确使用接地兆欧表？

答：测量前，首先将两根探测针分别插入地中接地极 E，电位探测针 P 和电流探测针 C 成一直线并相距 20m，P 插于 E 和 C 之间，然后用专用导线分别将 E、P、C 接到仪表的相应接线柱上。测量时，先把仪表放到水平位置检查检流计的指针是否指在中心线上，否则可借助零位调整器，把指针调整到中心线，然后将仪表的"倍率标度"置于最大倍数，慢慢转动发电机的摇把，同时旋动"测量标度盘"使检流计指针平衡，当指针接近中心线时，加快发电机摇把的转速，达到 120r/min 以上，再调整"测量标度盘"使指针于中心线上，用"测量标度盘"的读数乘以"倍率标度"的倍数，即为所测量的电阻值。

13. 兆欧表摇测的快慢与被测电阻值有无关系？为什么？

答：兆欧表摇测的快慢一般来讲不影响对绝缘电阻的测量。因为兆欧表上的读数是反映发电机电压与电流的比值，在电压变化时，通过兆欧表电流线圈的电流，也同时按比例变化，所以电阻值数不变，但如果兆欧表发电机的转数太慢，由于此时电压过低，则也会引起较大的测量误差，因此使用兆欧表时应按规定的转数摇动。一般规定为 120r/min，可以 ±20% 变化，但最多不应超过 ±25%。

14. 为什么磁电系仪表只能测量直流电，但不能测量交流电？

答：因为磁电系仪表由于永久磁铁产生的磁场方向不能改变，所以只有通入直流电流才能产生稳定的偏转，如在磁电系测量机构中通入交流电流，产生的转动力矩也是交变的，可动部分由于惯性而来不及转动，所以这种测量机构不能测量交流（交流电每周的平均值为零，所以结果没有偏转，读数为零）。

15. 示波器属于什么类型的仪器？它的分类情况怎样？

答：示波器又称阴极射线示波器，是一种利用电子射线的偏转来复现电信号瞬时图像的仪器。示波器一般分为以下几大类：①通用示波器；②多束示波器；③取样示波器；④记忆、存储示波器；⑤专用示波器；⑥智能示波器等。

16. 什么是多束示波器？有什么用途？

答：多束示波器又称多线示波器。它是采用多束示波管的示波器。该示波器内部具有多个独立的 Y 轴信道，能同时接受并显示出两个以上被测信号的波形。能较方便地对显示出的多个信号波形进行观察、比较和分析。

17. 交流仪表检定装置的周期检定项目有哪些？

答：周期检定项目有：①一般检查；②绝缘电阻的测定；③输出电量稳定度的测定；④输出电量波形畸变系数的测定；⑤装置试验标准差估计值的测定；⑥监视仪表测量误差的测定；⑦电压回路电压损耗的测定；⑧装置综合测量误差的测定。

18. 数字电压表抗干扰能力的测试项目主要有哪些？

答：测试项目主要有：①串模干扰抑制比；②共模干扰抑制比；③电磁干扰性能的测试。

19. 简述智能化仪表的主要特点。

答：智能化仪表由于采用了微处理器，主要有以下特点：①功能增多，性能提高，一表多用；②具有数据处理功能；③具有程控的功能；④使用维护简单，性能/价格比高，可靠性强。

20. 简述数字兆欧表的工作原理及组成部分。

答：数字兆欧表由高压发生器、测量桥路和自动量程切换显示电路等三大部分组成。其工作原理为：经电子线路构成的高压发生器将低压转换成高压试验电源，供给测量桥路；测量桥路实现比例式测量，将测量结果送自动量程切换显示电路进行量程转换和数字显示。

21. 直流标准源的主要技术参数分为哪两类？

答：一类是运用参数，包括输出电压范围、输出电流范围、输出额定功率及调节细度等；另一类是质量性能参数，包括准确度、稳定度、负载调整率、电源调整率及交流纹波系数等。

22. 简述数字相位仪的测量误差产生的几个方面。

答：数字相位仪测量误差由以下几方面产生：①标准频率误差；②闸门触发误差；③脉冲计数误差；④不平衡误差；⑤外部电路引起的误差。

23. 常用于数字万用表中 A/D 转换器 ICL7106 主要由哪几个部分组成？

答：ICL7106 主要由模拟电路和数字电路两大部分组成。模拟电路包括基准源、缓冲器、比较器和模拟开关。数字电路包括时钟振荡器、分频器、计数器、锁存器、译码器、异或门相位驱动器、控制逻辑。

24. 简述串模干扰电压的来源和形式。

答：串模干扰电压的来源有：①空间的电磁辐射波；②测量仪器供电系统中瞬时扰动产生的脉冲干扰；③变压器绕组间寄生电容串入的工频干扰；④稳压电源的纹波干扰。

其形式可能是直流，也可能是正弦或非正弦的，脉冲的或高频、低频的，或是多种形式叠加的。

25. 数字电压表误差产生的原因主要有哪五项？

答：主要有：①输入电路稳定性引入的误差；②量子化误差；③非线性误差；④不稳定误差；⑤附加误差。

第4章　交流电机

1. 怎样正确地拆修异步电动机？

答：在拆修电动机前应做好各种准备工作，如所用工具，拆卸前的检查工作和记录工作。拆卸电动机步骤：①拆卸皮带轮或联轴器：在拆卸皮带轮和联轴器前应做好标记，在安装时应先除锈，清洁干净后方可复位；②拆卸端盖：先取下轴承盖，再取端盖，并做好前后盖的标记，安装时应按标记复位；③拆卸转子：在定转子之间应垫上耐磨的厚纸防止损伤定子绕组，若转子很重，可用起重设备安装转子时先检查定子内是否有杂物，然后先将轴伸端端盖装上，再将转子连同风扇及后盖一起装入。

2. 怎样从异步电动机的不正常振动和声音中判断故障原因？

答： 异步电动机产生不正常的振动和异常声响主要有机械和电磁两方面的原因。机械方面的原因：①电动机风叶损坏或紧固风叶的螺丝松动，造成风叶与风叶盖相碰，它所产生的声音随着碰击声的轻重，时大时小；②由于轴承磨损或轴不正，造成电动机转子偏心严重时将使定、转子相擦，使电动机产生剧烈的振动和不均匀的碰擦声；③电动机因长期使用致使地脚螺丝松动或基础不牢，因而电动机在电磁转矩作用下产生不正常的振动；④长期使用的电动机因轴承内缺乏润滑油形成干磨运行或轴承中钢珠损坏，因而使电动机轴承室内发出异常的嗞嗞声或咕噜声。电磁方面原因：①正常运行的电动机突然出现异常声响，在带负载运行时转速明显下降，发出低沉的吼声，可能是三相电流不平衡，负载过重或单相运行；②正常运行的电动机，如果定子、转子绕组发生短路故障或鼠笼转子断条则电动机会发出时高时低的嗡嗡声。机身也随之振动。

3. 异步电动机的轴承温度超过机壳温度是怎么回事？

答： ①电动机轴承因长期缺油运行，摩擦损耗加剧使轴承过热。另外，电动机正常运行时，加油过多或过稠也会引起轴承过热；②在更换润滑时，由于润滑油中混入了硬粒杂质或轴承清洗不干净，使轴承摩擦加剧而过热，甚至可能损坏轴承；③由于装配不当，固定端盖螺丝松紧程度不一，造成两轴承中心不在一条直线上或轴承外圈不平衡，使轴承转动不灵活，带上负载后使摩擦加剧而发热；④皮带过紧或电动机与被带机械轴中心不在同一直线上，因而会使电动机负载增加而发热；⑤轴承选用不当或质量差，例如轴承内外圈锈蚀，个别钢珠不圆等；⑥运行中电动机轴承已损坏，造成轴承过热。

4. 为什么笼型异步电动转子绕组对地不需绝缘而绕线式异步电动机转子绕组对地则必须绝缘？

答： 鼠笼转子可看成一个多相绕组，其相数等于一对磁极的导条数，每相匝数等于 1/2 匝，由于每相转子感应电势一般都很小，硅钢片电阻远大于铜或铝的电阻，所以绝大部分电流从导体流过，不需对地绝缘。绕线式转子绕组中，相数和定子绕组相同，每相的匝数也较多，根据公式 $E_2 = 4.44 K_2 f_2 W_2 \Psi$ 可知绕线式转子每相感应电势很大，这时若对地不绝缘就会产生对地短路甚至烧毁电表。

5. 怎样修理异步电动机转子轴的一般故障？

答： ①轴弯曲：电动机运行中如果发现轴伸出端子有跳动的现象，则说明轴弯曲，轴弯曲严重时，会发生定子、转子间互相摩擦的现象，发现轴弯曲后，应将转子取出并根据具体情况加以校正；②轴的铁芯档磨损：由于电动机长时间运行有时会使轴的铁档和铁芯松动，而且轴又未经过滚花。在这种情况下，应考虑在配合部分滚花。如果下芯在轴上有位移的可能，则应在两端的轴上开一个环形槽，再放入两个弧形键，并与轴焊在一起；③轴径磨损：轴承拆卸多次，会使轴径磨损，一般可在径处滚花处理。如果磨损严重，也可在轴径处电焊堆积一层，再用车床加工至要求尺寸；④轴裂纹：如果轴横向裂纹不超过直径的 10%～15%、纵向裂纹不超过轴长的 10%，可用电焊进行修补后继续使用。如果轴裂纹损坏严重或断裂就必须更换新轴。

6. 三相异步电动机是怎样转起来的？

答： 当三相交流电流通入三相定子绕组后，在定子腔内便产生一个旋转磁场。转动前静止不动的转子导体在旋转磁场作用下，相当于转子导体相对地切割磁场的磁力线，从而在转子导体中产生了感应电流（电磁感应原理）。这些带感应电流的转子导体在磁场中便会发生运动（电流的效应——电磁力）。由于转子内导体总是对称布置的，因而导体上产生的电磁力正好方向相反，从而形成电磁转矩，使转子转动起来。由于转子导体中的电流是定子旋转磁场感应产生的，因此也称感应电动机。又由于转子的转速始终低于定子旋转磁场的转速，所以又称为异步电动机。

7. 电动机与机械之间有哪些传动方式？

答： ①靠背轮式直接传动；②皮带传动；③齿轮传动；④蜗杆传动；⑤链传动；⑥摩擦轮

传动。

8. 运行中的变压器应做哪些巡视检查？

答：①声音是否正常；②检查变压器有无渗油、漏油现象、油的颜色及油位是否正常；③变压器的电流和温度是否超过允许值；④变压器套管是否清洁，有无破损裂纹和放电痕迹；⑤变压器接地是否良好。

9. 怎样做电动机空载试验？

答：试验前，对电动机进行检查，无问题后，通入三相电源，使电动机在不拖负载的情况下空转。而后要检查运转时的噪声，轴承运转情况和三相电流，一般大容量高转速电动机的空载电流为其额定电流的20%～35%。小容量低转速电动机的空载电流为其额定电流的35%～50%，空载电流不可过大和过小而且要三相平衡，空载试验的时间应不小于1h，同时还应测量电动机温升，其温升按绝缘等级不得超过允许限度。

10. 怎样做电动机短路试验？

答：短路试验是用制动设备，将其电动机转子固定不转，将三相调压器的输出电压由零值逐渐升高。当电流达到电动机的额定电流时即停止升压，这时的电压称为短路电压。额定电压为380V的电动机它的短路电压一般在75～90V之间。短路电压过高表示漏抗太大。短路电压过低表示漏抗太小。这两者对电动机正常运行都是不利的。

11. 中小容量异步电动机一般都有哪些保护？

答：①短路保护：一般熔断器就是短路保护装置；②失压保护：磁力启动器的电磁线圈在启动电动机控制回路中起失压保护作用，自动空气开关、自耦降压补偿器一般都装有失压脱扣装置，以便在上述两种情况下对电动机起过载保护作用；③过载保护：热继电器就是电动机的过载保护装置。

12. 在异步电动机运行维护工作中应注意些什么？

答：①电动机周围应保持清洁；②用仪表检查电源电压和电流的变化情况，一般电动机允许电压波动为额定电压的±5%，三相电压之差不得大于5%，各相电流不平衡值不得超过10%并要注意判断是否缺相运行；③定期检查电动机的温升，常用温度计测量温升，应注意温升不得超过最大允许值；④监听轴承有无异常杂音，密封要良好，并要定期更换润滑油，其换油周期，一般滑动轴承为1000h，滚动轴承500h；⑤注意电动机声响、气味、振动情况及传动装置情况。正常运行时，电动机应声响均匀，无杂音和特殊叫声。

13. 绕线型异步电动机和笼型异步电动机相比，它具有哪些优点？

答：绕线型异步电动机优点是可以通过集电环和电刷，在转子回路中串入外加电阻，以改善启动性能并可改变外加电阻在一定范围内调节转速。但绕线型比笼型异步电动机结构复杂，价格较贵，运行的可靠性也较差。

14. 电动机安装完毕后在试车时，若发现振动超过规定值的数值，应从哪些方面找原因？

答：①转子平衡未校好；②转子平衡块松动；③转轴弯曲变形；④联轴器中心未核正；⑤底装螺钉松动；⑥安装地基不平或不坚实。

15. 电动机运转时，轴承温度过高，应从哪些方面找原因？

答：①润滑脂牌号不合适；②润滑脂质量不好或变质；③轴承室中润滑脂过多或过少；④润滑脂中夹有杂物；⑤转动部分与静止部分相擦；⑥轴承走内圈或走外圈；⑦轴承型号不对或质量不好；⑧联轴器不对中；⑨皮带拉得太紧；⑩电动机振动过大。

16. 电动机转子为什么要校平衡？哪类电动机的转子可以只核静平衡？

答：电动机转子在生产过程中，由于各种因数的影响（如材料不均匀铸件的气孔或缩孔，零件重量的误差及加工误差等）会引起转子重量上的不平衡，因此转子在装配完成后要校平衡。六极以上的电动机或额定转速为1000r/min及以下的电动机其转子可以只校静平衡，其他的电动机转子需校动平衡。

17. 什么是反接制动？

答：当电动机带动生产机械运行时，为了迅速停止或反转，可将电源反接（任意两相对调），则电动机旋转磁场立即改变方向，从而也改变了转矩的方向。由于转矩方向与转子受惯性作用而旋转的方向相反，故起制动作用。这种制动方法制动迅速，但电能消耗大，另外制动转速降到零时，要迅速切断电源，否则会发生反向发电。

18. 异步电动机的空载电流占额定电流的多大为宜？

答：大中型电动机空载电流占额定电流的 $20\%\sim35\%$，小型电动机的空载电流占额定电流的 $35\%\sim50\%$。

19. 通常什么原因造成异步电动机空载电流过大？

答：原因是：①电源电压太高；②空气隙过大；③定子绕组匝数不够；④三角形、Y接线错误；⑤电动机绝缘老化。

20. 请写出异步电动机启动转矩的公式？并说明启动转矩和电压、电抗、转子电阻的关系？

答：启动转矩的公式为：$M=(1/\omega_1)\times(3U_1^2 r_2')/[(r_1+r_2')^2+(x\delta_1+x\delta_2)^2]$ 根据公式可知：启动转矩 M 与电网电压 U_1^2 成正比。在给定电压下，电抗越大启动转矩 M 越小。绕线式异步电动机，转子回路串入电阻，可增加启动转矩。

21. 在什么情况下必须选用绕线式三相异步电动机？转子电路中接入变阻器的作用是什么？

答：在要求启动转矩大或重载情况下启动的设备，如吊车等，应选用绕线式三相异步电动机。其接入变阻器的作用是：①减小启动电流；②增大启动转矩，使电动机能够带着负载比较平稳地启动。

22. 异步电动机的空气隙对电动机的运行有什么影响？

答：异步电动机的空气是决定电动机运行的一个重要因素，气隙过大将使磁阻（空气对磁通的阻力称为磁阻）增大，因而使激磁电流增大，功率因数降低，电动机的性能变坏。如果气隙过小，将会使铁芯损耗增加，运行时转子铁芯可能与定子铁芯相碰触，甚至难以启动鼠笼式转子。因此异步电动机的空气隙，不得过大和过小。一般中小型三相异步电动机的空气隙为 0.2～1.0mm，大型三相异步电动机的空气隙为 1.0～1.5mm。

23. 什么叫异步电动机定子的漏磁通？

答：根据三相异步电动机的工作原理可知，当定子绕组通以三相交流电时，便会产生旋转磁场。在此旋转磁场中绝大部分磁通通过空气隙穿过转子，同时与定子绕组和转子绕组相连，称为主磁通。但是还有极少一部分磁通只与定子绕组相连，它们经过空气隙穿入转子，这部分磁通称为定子绕组的漏磁通。另外，转子绕组切割旋转磁场也会产生感应电势和感应电流。同理，转子电流同样会产生只与转子绕组相连的磁通，称为转子漏磁通。定子漏磁通和转子漏磁通合成叫做异步电动机的漏磁通。

24. 异步电动机空载电流出现较大的不平衡，是由哪些原因造成？

答：空载电流出现较大的不平衡，一般是由以下原因造成的：

① 三相电源电压不平衡过大；

② 电动机每相绕组都有几条支路并联，其中因某条支路断路，造成三相阻抗不相等；

③ 电动机绕组中一相断路或相绕组内匝间短路、元件短路等故障；

④ 修复后的电动机，因不细心使一个线圈或线圈组接反；

⑤ 定子绕组一相接反，使接反的那一相电流特别大。

25. 在单相异步电动机中获得图形旋转磁场的三个条件是什么？

答：要在单相异步电动机中获得圆形旋转磁场，必须具备以下三个条件：

① 电动机具有在空间位置上的相差 90°电角度的两相绕组；

② 两相绕组中通入相位差为 90°的两相电流；

③ 两相绕组所产生的磁势幅值相等。

26. 绕线式三相异步电动机的启动通常用什么方法？各种方法有哪些优缺点？

答：绕线式异步电动机启动通常有两种方法。

① 转子回路串三相对称可变电阻启动。这种方法既可限制启动电流、又可增大启动转矩，串接电阻值取得适当，还可使启动转矩接近最大转矩启动，适当增大串接电阻的功率，使启动电阻

兼作调速电阻，一物两用，适用于要求启动转矩大，并有调速要求的负载。缺点：多级调节控制电路较复杂，电阻耗能大。

② 转子回路串接频敏变阻器启动。启动开始，转子电路频率高，频敏变阻器等效电阻及感抗都增大，限制启动电流，也增大启动转矩，随着转速升高，转子电路频率减小，等效阻抗也自动减小，启动完毕，切除频敏变阻器。优点：结构简单、经济便宜、启动中间无需人为调节，管理方便，可重载启动。缺点：变阻器内部有电感，启动转矩比串电阻小，不能作调速用。

27. 笼型三相异步电动机常用的降压启动方法有哪几种？

答：笼型三相异步电动机常用的降压启动方法有：

① Y-△换接启动。正常运行△接的笼型三相异步电动机启动时改接成星形，使电枢电压降至额定电压的 $1/\sqrt{3}$，待转速接近额定值、再改成△接、电动机全压正常运行。Y-△换接实际启动电流和启动转矩降至直接启动的 1/3，只能轻载启动。优点：启动设备结构简单，经济便宜，应优先采用；缺点：启动转矩较低，只适用于正常运行△接电动机。

② 自耦变压器降压启动（又称补偿启动）。启动时利用自耦变压器降低电源电压加到电动机定子绕组以减小启动电流，待转速接近额定值时，切除自耦变压器，加全压运行，自耦降压启动时，实际启动电流和启动转矩是全压启动时的 $(W_2/W_1)2$ 倍。W_2/W_1 为降压比，W_2、W_1 为自耦变压器原、副绕组匝数。优点：不受电动机绕组接法限制、可得到比 Y-△换接更大的启动转矩；自耦变压器副边有 2～3 组插头，可供用户选用，适用于容量较大，要求启动转矩较大的电动机。

28. 什么原因会造成异步电动机空载电流过大？

答：造成异步电动机空载电流过大的原因有如下几种：①电源电压太高：当电源电压太高时，电动机铁芯会产生磁饱和现象，导致空载电流过大。②电动机因修理后装配不当或空隙过大。③定子绕组匝数不够或 Y 形连接误接成△形接线。④对于一些旧电动机，由于硅钢片腐蚀或老化，使磁场强度减弱或片间绝缘损坏而造成空载电流太大。对于小型电动机，空载电流只要不超过额定电流的 50％就可以继续使用。

29. 怎样从异步电动机的不正常振动和声音判断故障原因？

答：机械方面原因：①电动机风叶损坏或紧固风叶的螺丝松动，造成风叶与风叶盖相碰，它所产生的声音随着碰击声的轻重时大时小。②由于轴承磨损或轴不正，造成电动机转子偏心，严重时将使定、转子相擦，使电动机产生剧烈的振动和不均匀的碰擦声。③电动机因长期使用致使地脚螺丝松动或基础不牢，因而电动机在电磁转矩的作用下产生不正常的振动。④长期使用的电动机因轴承内缺乏润滑油形成干磨运行或轴承中钢珠损坏，因而使电动机轴承室内发生异常的哗哗声或咕噜声。电磁方面原因：①正常运行的电动机突然出现异常音响，在带负载运行时，转速明显下降，并发出低沉的吼声，可能是三相电流不平衡，负载过重或单相运行。②正常运行的电动机，如果定子、转子绕组发生短路故障或鼠笼转子断条，则电动机会发出时高时低的嗡嗡声，机身也随之略为振动。

30. 电动机试机时，可不可以一启动马上就按停机按钮？为什么？

答：不可以。启动电流是额定电流的 6～7 倍，马上停机会烧坏开关。

31. 运行中的电动机停机后再启动，在热状态下允许热启动多少次？在冷状态下允许连续启动多少次？

答：1 次；2～3 次。

32. 当工艺负荷没有达到额定负荷时，电动机是不会过负荷的，对吗？为什么？

答：不对。介质变化、机泵故障，电动机故障均会导致过负荷。

33. 三相异步电动机的轴上负载加重时，定子电流为什么随着转子电流而变化？

答：当一台异步电动机的绕组结构一定时，磁动势的大小就是由定子电流来决定的。在正常情况下，电流的大小决定于负载，当电源电压一定而负载增大时，会使电动机转轴的反转矩增加，因此使转速下降。根据电动机基本工作原理中"相对运行"这一概念，转子导体与磁场（电源电压不变的情况下它的转速也是不变的）之间的相对运动就会增加，也就是说转子导体要

328

切割气隙磁场的速度增加了。因此，转子感应电动势 E_2、转子电流 I_2 和转子磁动势 F_2 也就增大。应该注意的是，转子磁动势 F_2 对于定子主磁场不是起去磁作用的，为了抵消 F_2 的去磁作用，定子电流 I_1 和定子磁电动势 F_1 就会相应的增大，因此电动机轴上的负载越重，转子电流 I_2 就越大（当然也不能无限增大负载）。定子电流 I_1 也相应地增大，所以定子电流 I_1 是随着转子电流 I_2 的变化而变化的。

34. 电机铁芯制造应注意哪些问题？如果质量不好会带来什么后果？

答：电机铁芯制造应注意材料的选择，尺寸的准确性，形状的规则性，绝缘的可靠性，装配的牢固性。如果质量不好，将使电机的励磁电流增大，铁损增大，铁芯发热严重，产生振动、噪声和扫膛等。

35. 电机绕组的绝缘有何重要性？质量不好会带来什么后果？

答：电机绕组绝缘的可靠性是保证电机使用寿命的关键。即使是制造过程中的一点疏忽，也会造成绝缘质量的下降，甚至引起绝缘击穿，致使电机损坏。

36. 电动机在运行中出现哪些现象时应立即停车检修？

答：当电动机在运行中发生人身触电事故、冒烟起火、剧烈振动、机械损坏、轴承剧烈发热、串轴冲击、扫膛、转速突降、温度迅速上升等现象时应立即停车，仔细检查，找出故障并予以排除。

37. 造成电动机定、转子相擦的主要原因有哪些？定转子相擦有何后果？

答：造成电动机定、转子相擦的原因主要有：轴承损坏，轴承磨损造成转子下沉、转轴弯曲、变形；机座和端盖裂纹；端盖沿口未合严，电动机内部过脏等。定、转子相擦将使电动机发生强烈的振动和响声，使相擦表面产生高温，甚至冒烟冒火，引起绝缘烧焦发脆以至烧毁绕组。

第5章 直流电机

1. 直流电动机稳定运行时，其电枢电流和转速取决于哪些因素？

答：直流电动机稳定运行时，其电枢电流取决于电动机气隙的合成磁通 Φ 和负载转矩 T_L 的大小，而其稳定转速 n 取决于电枢电压 U_a、电枢电路总电阻 R_a、气隙合成磁通 Φ 和电枢电流 I_a。

2. 他励直流电动机的调速有哪些方法？基速以下调速应采用哪些方法？基速以上调速应采用什么方法？各种调速方法有什么特点？

答：他励直流电动机有三种调速方法。

① 降低电枢电压调速——基速以下调速。

② 电枢电路串电阻调速。

③ 弱磁调速——基速以上调速。

各种调速方法特点：

① 降低电枢电压调速。电枢回路必须有可调压的直流电源，电枢回路及励磁回路电阻尽可能小，电压降低转速下降，人为特性硬度不变、运行转速稳定，可无级调速。

② 电枢回路串电阻调速。串电阻越大，机械特性越软、转速越不稳定，低速时串电阻大，损耗能量也越多，效率变低。调速范围受负载大小影响，大负载调速范围广，轻载调速范围窄。

③ 弱磁调速。一般直流电动机，为避免磁路过饱和只能弱磁不能强磁。电枢电压保持额定值，电枢回路串接电阻减至最小，增加励磁回路电阻 R_f，励磁电流和磁通减小，电动机转速随即升高，机械特性变软。转速升高时，如负载转矩仍为额定值，则电动机功率将超过额定功率，电动机过载运行是不允许的，所以弱磁调速时，随着电动机转速的升高，负载转矩相应减小，属恒功率调速。为避免电动机转子绕组受离心力过大而散开损坏，弱磁调速时应注意电动机转速不超过允许限度。

3. 并励直流电动机和串励直流电动机特性有什么不同？各适用于什么负载？

答：并励直流电动机有硬的机械特性、转速随负载变化小、磁通为一常值，转矩随电枢电流成正比变化，相同情况下，启动转矩比串励电动机小，适用于转速要求稳定，而对启动转矩无特别要求的负载。串励直流电动机有软的机械特性、转速随负载变化较大、负载轻转速快、负载重转速慢、转矩近似与电枢电流的平方成正比变化，启动转矩比并励电动机大，适用于要求启动转矩特别大，而对转速的稳定无要求的运输拖动机械。

4. 直流电动机换向器片间短路故障，应怎样进行修理？

答：片间沟槽中被金属屑、电刷粉或其他导电物质填满，而导致片间短路，因此，必须清除掉这些导电物质，用云母粉加胶合剂填入沟深应为 $0.5 \sim 1.5$mm。如果是片间绝缘被击穿造成的短路，就必须拆开换向器，更换绝缘。

5. 试述斩波器——直流电动机调速的原理。

答：由直流电动机的转速公式

$$n = (U - I_a R_a)/C_e \Phi$$

可以看出，改变电源电压 U 就能达到调速的目的。斩波器是利用晶闸管或自关断元件来实现通断控制，将直流电源断续加到直流电动机上，通过通、断时间的变化来改变负载电压的平均值，从而改变电动机的转速。

6. 直流电机的最基本的工作原理是什么？

答：直流发电机通常作为直流电源，向负载输出电能，直流电动机则作为原动机，向负载输出机械能。虽然它们用途各不相同，但它们的结构基本上相同，它们是根据两条最基本的原理制造的，一条是导线切割磁通产生感应电动势而发电成为发电机；另一条是载流导体在磁场中受到磁力的作用转换成电动力。

7. 直流电机有哪些主要部件？各有什么作用？

答：直流电动机在结构上分为固定部分和旋转部分，固定部分主要是主磁极，由它产生电机赖以工作的主磁场，旋转部分主要是电枢。在直流发电机中，当电枢旋转时，根据右手定则，在电枢中产生感应电动势，把机械能转换成电能。在直流电动机中，电枢绕组通过电流，在磁场作用下，根据左手定则，产生机械转矩使电枢旋转，把电能化为机械能。

8. 为什么直流电动机不允许直接启动？

答：根据电枢电流计算公式

$$I_a = \frac{U - E_a}{R_a} = \frac{U - C}{R_a}$$

可知。因启动瞬间 $n = 0$，启动电流 I_q 为

$$I_q = \frac{U}{R_a}$$

若直接在电枢中加上额定直流启动，则启动电流 I_q 大，可达额定电流的 $10 \sim 20$ 倍。这样大的启动电流，会使电刷产生强烈火花，对电刷与换向器有较大的损坏。另一方面，过大的启动电流会产生过大的启动转矩，给电动机及其轴上所带的工作机械带来很大的冲击，对齿轮等传动机构带来不利，因此不能直接启动。应把启动电流限制在额定电流的 2.5 倍。

9. 如何使直流电动机反转？

答：由直流电动机的工作原理可知，只要改变磁通方向和电枢电流方向中的任何一个，就可以改变电磁转矩的方向，也就能改变电动机的转向。因此方法有两种：①保持电枢两端电压极性不变，将励磁绕组反接，使励磁电流方向改变。②保持励磁绕组的电流方向不变，把电枢绕组反接，使通过电枢的电流方向反向。

10. 直流电机换向火花过大的主要原因有哪些？

答：直流电机换向火花过大的主要原因有：①电刷与换向器接触不良。②电刷松动或安置不正。③电刷与刷握配合太紧。④电刷压力大小不均，电刷压力应为 $0.015 \sim 0.025$MPa。⑤换向器表面不光洁或不圆。⑥换向片间云母凸出。⑦电刷位置不正确。⑧电刷磨损过度或所用牌号与技术要求不符。⑨过载或负载剧烈波动。⑩换向线圈短路。⑪电枢过热，致使绕组与整流子脱焊。⑫检修时将换向线圈接反。这时需用磁针试验换向极极性，若接错，应纠正。换向极与主磁极极性关系为：顺电机旋转方向，发电机为 n—N—s—S；电动机为 n—s—S—N（小写 n、s 表示换向极）。

第6章 特殊电机

1. 无刷直流伺服电动机具有哪些性能特点?

答: 无刷直流伺服电动机具有与有刷直流伺服电动机相似的机械特性、调节特性和工作特性,且无电气接触火花,安全、防爆性好,无线电干扰小,机械噪声小,寿命长,工作可靠性高。可工作于高空及有腐蚀性气体的环境。

2. 直流力矩电动机在使用维护中应特别注意什么问题?

答: 直流力矩电动机在运行中电枢电流不得超过峰值电流,以免造成磁钢去磁,转矩下降。当取出转子时,定子必须用磁短路环保磁,否则也会引起磁钢去磁。

3. 应用无换向器电动机有什么优越性?

答: 无换向器电动机的调速范围很宽,采用直接传动就可以适应各种转速要求的机械,由于不必采用变速装置,因而减少机械损耗,提高运行效率和可靠性。

4. 无换向器电动机中的位置检测器的作用是什么?

答: 无换向器电动机中的位置检测器的作用是检测转子位置,随转子旋转,周期性的发出使变频器晶闸管关断或导通的信号,使变频器的工作频率与电动机的转速使用保持同步,从而保证了电动机的稳定运行,并获得接近直流电动机的调速特性。

5. 为什么交流测速发电机有剩余电压,而直流测速发电机却没有剩余电压?

答: 交流测速发电机由于励磁磁通是交变的,其输出绕组与励磁绕组不是理想化的正交,故即使转子不转动,也会有一些交变的励磁磁通交链到输出绕组而感应出输出电压,这就是交流测速发电机的剩余电压。直流测速发电机则与此不同,因为励磁磁通是恒定的,因此它不能直接在电枢绕组内感应出电枢电动势,根据公式 $E_a = C_e \Phi_n$ 可知,发电机不转动时($n=0$)时,不会有电动势 E_a 的出现,因而也不会有输出电压,即不会有剩余电压。

6. 直流测速发电机的输出特性上为什么有不灵敏区 Δn?

答: 直流测速发电机只有当转速 $n > \Delta n = \Delta U / C_e \Phi$ 值以后,才会有输出电压出现,这是因为电刷和换向器之间的接触电阻是一个非线性电阻,需要有一个电刷接触电压降 ΔU 才能克服很大的接触电阻,不灵敏区 Δn 的值与电刷接触压降有关,只有当 $E_a = C_e \Phi_n \geqslant \Delta U$ 时,才有输出电压出现,故 $\Delta n = \Delta U / C_e$。

7. 旋转变压器有哪些主要用途?

答: 旋转变压器在自动控制系统中作为计算元件时,可以用于坐标转换和三角函数运算,也可以作为移相器用以及用于传输与转角相应的电信号等。

8. 自整角机的主要用途是什么?

答: 自整角机的作用是将转角变为电信号或将电信号变为转角,实现角度传输、变换和接收,可以用于测量远距离机械装置的角度位置,同时可以控制远距离机械装置的角度位移,还广泛应用于随动系统中机械设备之间角度联动装置,以实现自动整步控制。

9. 步进电动机的作用是什么?

答: 步进电动机是一种把电脉冲信号转换成直线位移或角位移的执行元件,数控设备中应用步进电动机可实现高精度的位移控制。

10. 同一台三相步进电动机在三种运行方式下,启动转矩是否相同?

答: 同一台三相步进电动机在三种运行方式下,启动转矩是不相同的。同一台三相步进电动机的启动转矩,在三相双三拍方式运行时最大,三相六拍方式运行其次,而在三相单三拍运行时则为最小。

11. 选择步进电动机时,通常考虑哪些指标?

答: 选择步进电动机时,通常考虑的指标有相数、步距角、精度(步距角误差)、启动频率、连续运行频率、最大静转矩和启动转矩等。

12. 交流伺服电动机在结构方面有何特点?

答: 交流伺服电动机,为了满足响应迅速的要求,其转子几何形状显得细长,以减少机械惯性，为了满足单相励磁时无自转的要求，其转子的电阻比较大，以使机械特性变软。

13. 无刷直流伺服电动机有哪些性能特点？

答： 无刷直流伺服电动机具有与有刷直流伺服电动机相同的机械特性、调节特性和工作特性，且无电气接触火花，安全、防爆性好，无线电干扰小，机械噪声小，寿命长，工作可靠性高，可工作于高空及有腐蚀性气体的环境。

14. 同步电动机为何不能自动启动？一般采用什么方法启动？

答： 同步电动机仅在同步运行时才产生电磁转矩。同步电动机定子绕组通入三相交流电后，将产生一个旋转磁场，吸引转子磁极随之旋转。而转子是静止的，它具有惯性，不能立即以同步转速随定子磁场旋转。当定子旋转磁场转过180°电角度后，定子磁场对转子磁极的牵引力变为排斥力。于是，每当定子电流按工频变化一个周期时，转子上的转矩即由正向变为反向一次。因此转子上受到的是一个交变力矩，其平均转矩为零。故同步电动机不能自行启动。同步电动机常用异步启动法启动。

15. 同步电动机异步启动的控制电路由哪两大部分组成？工作步骤如何？

答： 一部分是对定子绕组电源控制电路，可以是全压启动，其启动转矩较大；也可以是经电抗器的减压启动。两种启动控制电路与异步电动机的全压启动和减压启动控制电路相同。另一部分是对转子绕组投入励磁的控制电路。工作步骤是：①先接入定子电源；②开始启动，同时在转子电路加入放电电阻；③当转子转速达到同步转速的95％时，切除放电电阻，投入直流励磁，牵入同步。

16. 同步电动机启动时，其转子绕组为什么既不能立刻投入励磁电流？又不能开路？

答： 同步电动机不能自行启动。启动时，若在转子中加入励磁电流，将使转子在定子磁场作用下产生更大交变力矩，从而增加了启动的困难。故刚启动时不能立即向转子绕组投励。同时为了避免启动时由于定子磁场在转子绕组中感应过高的开路电动势击穿绝缘，损坏元件，所以启动过程中，用灭磁电阻将转子励磁绕组两端连接，待启动过程结束前（转子转速达95％同步转速），再将电阻切除，投入直流励磁电流。

17. 同步电动机自动投励的控制原则是什么？

答： 因同步电动机启动时，其转子回路的电流频率和定子回路的电流大小，均能反映转子转速。所以同步电动机自动投励的控制原则有二：一是按转子回路频率原则投入励磁，二是按定子回路电流原则投入励磁。

18. 同步电动机通电运转前，检查集电环与电刷时有哪些要求？

答： 应检查集电环上的碳刷装置是否正确，刷架固定是否牢固。碳刷在刷盒内应能上下自由移动，但不应有偏转。刷盒与集电环之间的距离应保持在 2～3mm。要注意碳刷与刷盒间的空隙，不能有凝结水。碳刷与集电环之间接触良好。如果接触不良，可用细纱布沿电动机的旋转方向磨光碳刷。接触面积不应小于单个电刷截面积的 75％。集电环上碳刷的压力为 1470～2370Pa，各碳刷彼此之间的压力相差不大于 10％。要注意碳刷上的铜编织导线不能与机壳或与不同极性的碳刷相碰。

19. 同步电机与异步电机主要区别是什么？

答： 同步电机与异步电机的主要区别是：同步电机在稳态和电网频率 f_1 为常数的条件下，其平均转速 n 恒为同步转速而与负载大小无关。同步电机按运行方式、频率和结构型式分类如下：按运行方式和功率转换方向分为发电机、电动机和补偿机三类。按结构分为旋转电枢式和旋转磁极式两种。在旋转磁极式中，按磁极的形状、又可分为凸极式和隐极式两种。

20. 什么叫同步电动机的失步现象？

答： 同步电动机的电磁转矩和功角之间的关系近似一正弦曲线。在低负载时，功角很小；随着负载的增大，功角也增大；当负载转矩超过最大转矩时，电动机就不能再保持同步转速运行。这种现象叫做失步。

21. 同步电动机的励磁系统的作用是什么？

答：同步电动机励磁系统的作用有两个：一为向同步电动机的励磁绕组提供直流电功率；另一为根据同步电动机的运行状况对励磁电流进行自动调节。前者称为励磁功率系统；后者称为励磁调节系统。

22. 通常对同步电动机的励磁系统有哪些主要要求？

答：通常对同步电动机励磁系统的主要要求如下：①对重载启动的同步电动机，在开始启动时，将励磁绕组通过一个电阻接成闭路，直至转速升到约为同步转速的95%时，切除电阻，投入励磁；②对功率较大的同步电动机，应按功率因数为恒定值进行励磁调节；③当电网电压过低或同步电动机过负载时，应能进行强励；④停机后应自动灭磁。

23. 启动同步电动机时为什么要等到转子接近同步转速时才投入励磁？

答：当同步电动机定子绕组接通三相电源后，即产生一个旋转磁场。转子上收到的是一个频率为 f_1 的交变牵引转矩，平均转矩为零，电动机无法启动。当用外力将转子沿定子旋转磁场的方向转动时，转子上交变牵引转矩的频率将降低为 $f_2 = sf_1$（s 为转差率）。当转子接近同步转速时，转子上交变牵引转矩的频率已很低，于是可以在一个转矩交变周期内，把转子加速到同步转速。因此启动同步电动机时要等转速接近同步转速时才投入励磁。

24. 怎样启动三相同步电动机？启动时其励磁绕组应作如何处置？

答：同步电动机转子直流励磁，不能自行启动，启动方法分同步启动和异步启动。同步启动由另一辅助电动机将同步电动机拖至同步转速，接上电源同时进行励磁，由定转子磁场牵入同步。同步电动机几乎全部采用异步启动方法，电动机转子磁极极靴处必须装有笼型启动绕组，根据异步电动机原理启动，待转速接近同步转速，再加入励磁，使转子牵入同步，牵入同步后，启动绕组与旋转磁场无相对切割运动、失去作用。同步电动机异步启动时，励磁绕组不能开路、因为励磁绕组匝数多，启动时如开路励磁绕组切割磁场产生高电压，容易击穿绕组绝缘和引起人身触电事故，但也不能短路、这样会使定子启动电流增加很多，启动时应将励磁绕组通过一个电阻 R 接通，电阻 R 的大小应为励磁绕组本身电阻的 5~10 倍，转速接近同步转速时，拆除电阻 R 同时加入励磁电源。

25. 发电机产生轴电压的原因是什么？它对发电机的运行有何危害？

答：产生轴电压的原因如下：①由于发电机的定子磁场不平衡，在发电机的转轴上产生了感应电势。磁场不平衡的原因一般是因为定子铁芯的局部磁组较大（例如定子铁芯锈蚀），以及定、转子之间的气隙不均匀所致。②由于汽轮发电机的轴封不好，沿轴有高速蒸汽泄漏或蒸气缸内的高速喷射等原因而使转轴本身带静电荷。

这种轴电压有时很高，可以使人感到麻电。但在运行时已通过炭刷接地，所以实际上已被消除。轴电压一般不高，通常不超过2~3V，为了消除轴电压经过轴承、机座与基础等处形成的电流回路，可以在励磁机侧轴承座下加垫绝缘板。使电路断开，但当绝缘垫因油污、损坏或老化等原因失去作用时，则轴电压足以击穿轴与轴承间的油膜而发生放电，久而久之，就会使润滑和冷却的油质逐渐劣化，严重者会使转轴和轴瓦烧坏，造成停机事故。

26. 什么是伺服电动机？有几种类型？工作特点是什么？

答：伺服电动机又称执行电动机，在自动控制系统中，用作执行元件，把所收到的电信号转换成电动机轴上的角位移或角速度输出。分为直流和交流伺服电动机两大类。其工作特点是：当信号电压为零时无自转现象，转速随着转矩的增加而匀速下降，能够接到信号就迅速启动，失去信号时自行制动，且转速的大小与控制信号成正比。

27. 旋转变压器的主要用途是什么？

答：旋转变压器主要用作坐标变换、三角运算和角度数据传输，也可以作为移相器和用在角度数字转换装置中。

28. 自整角机的主要用途是什么？

答：自整角机的主要用途是将转角变为电信号或将电信号变为转角，实现角度传输、变换和接收，广泛地应用于远距离的指示装置和伺服系统。

29. 自整角机的工作原理是什么？

答：当发送机转过一个角度而固定时，使两个整步绕组中感应电动势不等，因而在回路中出现环流并产生整步转矩，使接收机也跟着转过一个角，这就是自整角机的工作原理。

30. 三相力矩异步电动机在结构上有何特点？

答：三相力矩异步电动机定子磁极对数多，绕组匝数多，以利于降低转速和减小堵转电流。转子采用高电阻的黄铜制成笼型或用实体钢制成，以利于低转速和高转矩运行。

31. 爪极发电机的工作原理是什么？

答：励磁绕组通入直流电励磁，便在转子上形成N—S相间的爪极。转子高速旋转，便在定子电枢绕组中感应产生中频交变电动势。

32. 感应子发电机的工作原理是什么？

答：感应子发电机励磁绕组和电枢绕组都在定子上，而转子用硅钢片叠成，无励磁。其工作原理是基于转子（即感应子）表面齿槽的存在，当转子转动时，因气隙磁阻变化而引起电枢绕组中磁链发生周期性的变化而感应产生中频电动势。

33. 三相交流换向器异步电动机的调速原理是怎样的？

答：改变定子绕组同相所接两电刷之间的张角 θ，即可改变调节绕组中电动势的大小，从而改变次级回路中的电流，改变电磁转矩，电动机就可在新的转速下重新稳定运行。

34. 应用无换向器电动机有什么优越性？

答：由于无换向器电动机的调速范围很宽，其转速最高可达7000r/min以上，最低可达10r/min以下，因而可以适应各种转速要求的机械而不必采用变速装置。采用直接传动，减少机械损耗，提高运行效率和可靠性。

35. 选择步进电动机时，通常考虑哪些指标？

答：选择步进电动机时，通常应考虑的指标有：相数、步距角、精度（步距角误差）、启动频率、连续运行频率、最大静转矩和启动转矩等。

第7章 电子电路知识

1. 在单相桥式整流电路中，如果有一个二极管短路、断路或反接，会出现什么现象？

答：在单相桥式整流电路中，如果有一个二极管短路，将变成半波整流，另半波电源短路；如果有一个二极管断路，就会形成半波整流，如果有一个二极管反接，则电路不起整流作用，负载中无电流流过。

2. 开环的运算放大器为什么不能正常放大模拟信号？

答：由于运算放大器的开环放大倍数很大，因此其线性工作区很窄，当输入信号电压为数十或数百微伏时，运放就工作在非线性区。所以，只有在负反馈作用下，运放才能工作于线性区，进行正常的放大。

3. 什么是三端集成稳压器？它有哪些种类？

答：采用集成电路制造工艺，将稳压电路中的调整管、取样放大、基准电压、启动和保护电路全部集成在一个半导体芯片上，有三个连线端头的稳压器，成为三端集成稳压器。三端集成稳压器可以分为三端固定输出稳压器和三端可调输出稳压器两大类，每一类中又可分为正极输出、负极输出以及金属封装和塑料封装等。

4. 什么叫可控硅？

答：可控硅是一种新型的大功率整流元件，它与一般的硅整流元件的区别就在于整流电压可以控制，当供给整流电路的交流电压一定时，输出电压能够均匀调节。

5. 晶闸管在什么条件下才会导通？导通后怎样使它关断（只讲普通晶闸管）？

答：当晶闸管的阳极为正电压，阴极为负电压，同时控制极有高于阴极一定的电压（对中小型管子约1～4V）时晶闸管会导通。晶闸管导通后，控制极就不起作用，要让晶闸管截止，可以把阳极电压降低到等于阴极电压或比阴极电压更负；把流过晶闸管的电流减到小于该管的维持电流 I_n。以上任何一种方法都可以使晶闸管关断。

6. 当选购晶闸管元件时，应着重选择什么参数？

答：应着重选择：正向峰值电压 V_{DRM}（V），反向阻断峰值电压 V_{RRM}（V），一个合格的管子，此两项是相同的；额定正向平均电流 I_T（A）。上述三项（实质是两项）符合电路要求，且有一定的裕量，基本可以。对一些要求特殊的场合还要考虑下面几个参数：维持电流 I_H，同容量的管子，I_H 小些较好；管子的正向压降越小越好，在低电压、大电流的电路中尤其要小；控制极触发电压 V_{GT}；控制极触发电流 I_{GT}。后两项不宜过小，过小容易造成误触发。

7. 什么叫复杂电路？分析复杂电路的方法有哪些？

答：电路的作用是实现电能的传输和转换，信号的传递与处理。不同功能的电路复杂程度是不同的，我们这里所说的复杂电路，和负载不能用电阻的串、并联来简化，使电路变成简单的电路。另外，复杂电路中往往不止一个电源。

分析复杂电路的方法有：①支路电流法；②电源的等效变换；③叠加原理；④等效电源定理中的戴维南定理等。

8. 共发射极放大电路中各元器件的作用分别是什么？

答：共发射极放大电路中各元器件的作用为：三极管：是放大电路中的核心器件，具有电流放大作用。基极偏置电阻：将直流电源电压 U_{GB} 降压后加到三极管的基极，向三极管的基极提供合适的偏置电流，并向发射结提供必须的正向偏置电压。集电极负载电阻：将三极管的电流放大特性以电压的形式表现出来。集电极直流电源：一是通过基极偏置电阻供给三极管发射结以正偏电压和集电结反偏电压，使三极管处于放大工作状态；二是给放大电路提供电源。耦合电容：其作用是传送交流和隔离直流，使放大器的基极输入端与信号源之间、集电极输出端与负载之间的直流通路隔开，以免相互影响。

9. 负反馈放大电路有哪几种基本形式？

答：负反馈放大电路有电压并联负反馈、电压串联负反馈、电流串联负反馈和电流并联负反馈等四种基本形式。

10. 什么是集成运算放大器？它有哪些特点？

答：集成运算放大器实际上是一个加有深度负反馈的高放大倍数（$10^3 \sim 10^6$）直流放大器。它可以通过反馈电路来控制其各种性能。集成运算放大器虽属直接耦合多级放大器，但由于芯片上的各元器件是在同一条件下制作出来的，所以它们的均一性和重复性好，集成运算放大器输入级都是差动放大电路，而且差动对管特性十分一致，使得集成运算放大器的零点漂移很小。

11. 开环差模电压增益、输入失调电压和输入失调电流是集成运算放大器的几个主要参数，试说明其含义。

答：①开环差模电压增益：是指运放在无外加反馈情况下，其直流差模（差动）输入时的电压放大倍数。②输入失调电压为了使输出电压为零，在输入端所需要加补偿电压，它的数值在一定程度上反映了温漂（即零点漂移）大小。③输入失调电流：在输出电压为零时，运算放大器输入端静态基极电流之差叫输入失调电流。

12. 什么是带电流负反馈放大电路的稳压电路？它主要由哪些部分组成？

答：把稳压器输出电压中出现的微小变化取出后，经过放大，送去控制调整管的管压降，从而获得较高稳压精度的稳压电路称为带电流负反馈放大电路的稳压电路。

它主要是由整流滤波电路、基准电压电路、取样电路、比较放大电路和调整器件等组成。

13. 什么是串联型稳压电路中的比较放大电路？对它有什么要求？

答：在串联型稳压电路中，将取样电路送来的电压和基准电压进行比较放大，再返回控制调整管以稳定输出电压的电路称为比较放大电路。

对比较放大电路，要求它有较高的放大倍数来提高稳压灵敏度；同时，作为直流放大器，还要求它对零点漂移有较好的抑制。

14. 数码显示器的显示方式有哪几种？数码显示器按发光物质不同可以分为哪几类？

答：数码显示器的显示方式一般有字形重叠式、分段式和点阵式三种。按发光物质不同，数码显示器件可以分为四类：①气体放电显示器；②荧光数字显示器；③半导体显示器；④液晶显示器。

15. 应用图解法分析放大电路可以达到哪些目的？

答：①判断 Q 点设置是否合适；②分析波形失真情况；③确定放大器不失真最大输出范围；④估计电压放大器倍数。

16. 什么是直流放大器？什么叫直流放大器的零点漂移？零点漂移对放大器的工作有何影响？

答：能放大缓慢变化的直流信号的放大器称为直流放大器。当直流放大器输入信号为零时，输出信号不能保持为零，而要偏离零点上下移动，这种现象即为零点漂移。放大器在工作中如果产生了零点漂移，由于信号的变化是缓慢的，在放大器的输出端就无法分清漂移和有用信号，甚至使电路无法正常工作。

17. 简述调试单相可控整流电路的步骤。

答：一般调试步骤是先调好控制电路，然后再调试主电路。先用示波器观察触发电路中同步电压形成、移相、脉冲形成和输出三个基本环节的波形，并调节给定值电位器改变给定信号，查看触发脉冲的移相情况，如果各部分波形正常，脉冲能平滑移相，移相范围合乎要求，且脉冲幅值足够，则控制电路调试完毕。主电路的调试步骤为：先用调压器给主电路加一个低电压（10～20V）接上触发电路，用示波器观察晶闸管阳阴极之间电压的变化，如果波形上有一部分是一条平线就表示晶闸管已经导通。平线的长短可以变化，表示晶闸管的导通角可调。调试中要注意输出、输入回路的电流变化是否对应，有无局部断路及发热现象。

18. COMS 集成电路与 TTL 集成电路相比较，有哪些优缺点？

答：COMS 集成电路与 TTL 集成电路相比较，具有静态功耗低，电源电压范围宽，输入阻抗高，扇出能力强，逻辑摆幅大以及温度稳定性好的优点。但也存在着工作速度低，功耗随着频率的升高而显著增大等缺点。

19. 什么是逻辑组合电路？什么是时序逻辑电路？

答：在任何时刻，输出状态只决定于同一时刻各输入状态的组合，而与先前状态无关的逻辑电路称为组合逻辑电路。在任何时刻，输出状态不仅取决于当时的输入信号状态，而且还取决于电路原来的状态的逻辑电路叫时序逻辑电路。

20. 什么叫计数器？它有哪些种类？

答：计数器是一种用于累计并寄存输入脉冲个数的时序逻辑电路。按照计数过程的数字增减来分，又可分为加法计数器、减法计数器和可逆（可加、可减）计数器；按照计数器中的数字的进位制来分，计数器可分为二进制计数器、十进制计数器和 N 进制计数器；按照触发器状态转换方式来分，计数器可分为同步计数器和异步计数器。

21. 什么叫译码器？他有哪些种类？

答：把寄存器中所存储的二进制代码转换成输出通道相应状态的过程称为译码，完成这种功能的电路称为译码器。译码器是一种多输入、多输出的组合逻辑电路。按功能不同，译码器分为通用译码器和显示译码器两种。

22. 什么是二进制数？为什么在数字电路中采用二进制计数？

答：按逢二进一的规律计数即为二进制数。由于二进制数只有"0"、"1"两种状态，很容易用电子元件实现。二进制数运算简单，很容易转换成八进制、十六进制数，也能转换成十进制数，因此，数字电路一般采用二进制计数。

23. 最基本的逻辑门电路有几种？请写出名称，并写出逻辑表达式。

答：最基本的逻辑门有："与"门，"或"门和"非"门，还有"与非"门。逻辑表达式如下："与"门，$P=ABC$；"或"门，$P=A+B+C$；"非"门，$P=\overline{A}$；"与非"门，$P=\overline{ABC}$。

24. 什么是逻辑函数的最小项和最小项表达式？

答：在逻辑函数中，对于 n 个变量函数，如果其"与或"表达式的每个乘积项都包含 n 个因子，而这 n 个因子分别为 n 个变量的原变量或反变量，每个变量在乘积项中仅出现一次。这样的乘积项称为逻辑函数的最小项。这样的"与或"式称为最小项表达式。

25. 什么是组合逻辑电路？它有哪些特点？

答：在任何时刻，输出状态只决定于同一时刻各输入状态的组合，而与先前状态无关的逻辑电路称为组合逻辑电路。组合逻辑电路具有以下特点：输出、输入之间没有反馈延迟通路；电路中不含记忆单元。

26. 什么是时序逻辑电路？它具有哪些特点？

答：在任何时刻，输出状态不仅取决于当时的输入信号状态，而且还取决于电路原来的状态（即还与以前的输入有关）的逻辑电路叫时序逻辑电路。时序逻辑电路具有以下特点：时序逻辑电路中包含组合逻辑电路和存储电路两部分；存储电路输出状态必须反馈到输入端，与输入信号一起共同决定组合电路的输出。

27. 在双稳态电路中，要使其工作状态翻转的条件是什么？

答：双稳态电路要使其翻转的外部条件是：①触发脉冲的极性应使饱和管退出饱和区或者使截止管退出截止区；②触发脉冲的幅度要足够大；③触发脉冲的宽度要足够宽，以保证电路正反馈过程的完成。

28. 寄存器是由什么元件构成的？它具有哪些功能？

答：寄存器是由具有存储功能的触发器构成。主要功能就是存储二进制代码。因为一个触发器只有 0 和 1 两个状态，只能存储一位二进制代码，所以由 N 个触发器构成的寄存器只能存储 N 位二进制代码。寄存器还具有执行数据接收和清除数据的命令的控制电路（控制电路一般是由门电路构成的）。

29. 什么叫移位寄存器？它是怎样构成的？

答：为了处理数据的需要，寄存器中的各位数据要依次（由低位向高位或由高位向低位）移位。具有移位功能的寄存器称为移位寄存器。把若干个触发器串联起来，就构成一个移位寄存器。

30. 通过测量什么参数可以判别在电路中晶体管的工作状态（只说共射极阻容耦合电路）？

答：最简单的可以通过测量三极管的 V_{ce} 值来判别，即：如果 $V_{ce} \approx 0$ 时，管子工作在饱和导通状态。如果 $V_{be} < V_{ce} < E_c$ 时，可认为工作在放大状态。如果 $V_{ce} \approx E_c$ 时，三极管工作在截止区。这里 E_c 为电源电压。

31. 什么是串联谐振现象？研究串联谐振有什么意义？产生串联谐振的条件是什么？谐振频率与电路参数的关系如何？串联谐振有什么特征？举例说明串联谐振在生产中的应用。

答：在 R、L、C 的串联电路中，电压与电流的相位不同。一般情况下 $X_L X_C \neq 0$，即 U、I 不同相，但适当调节 L、C 或 f，可使 $X_L = X_C$，$X_L - X_C = 0$ 时，这时 U 与 I 同相，电路呈现电阻性，$\cos\varphi = 1$，电路的这种现象称串联谐振现象。研究串联谐振的意义是：认识它、掌握它、利用它、防止它。具体来说是：认识谐振现象；掌握串联谐振产生的条件和它的特征；利用它为生产服务；防止它对电路中产生的危害。产生串联谐振的条件是：$X_L = X_C$。串联谐振的特征：①阻抗最小，电流最大，UI 同相；②电压关系：$U_R = U$、$U_L = U_C$，当 R 很大时，会出现 $U_L - U_C \gg 1$，所以串联谐振又称电压谐振。串联谐振在生产中的应用：①在无线电系统中，常用串联谐振在 L、C 上获得较高的信号电压来进行选频；②由于串联谐振要在 L、C 中产生高压；可能造成击穿线圈或电容的危害，因此，在电力工程中应尽量避免串联谐振。

32. 为什么带平衡电抗器三相双反星形可控整流电路能输出较大的电流？

答：因为带平衡电抗器三相双反星形可控电路中，变压器有两个绕组，都接成星形，但同名端相反。每个绕组接一个三相半波可控整流，用平衡电抗器进行连接。这样一来，使两组整流输出以 180° 相位差并联。使整流电路中两组整流各有一只晶闸管导通并向负载供电，使得整个输出电流变大。

33. 电力场效应管（MOSFET）有哪些特点？

答：电力场效应管（MOSFET）由于其结构上的特点，当栅极加上电压时，可控制导电沟道的宽度，能控制关断和导通。属于电压控制型元件。栅极不消耗功率，工作频率高。但由于是一种载流子导电，故为单极性器件，使得其电流容量有限。

34. 什么是绝缘栅双极晶体管（IGBT）？它有什么特点？

答：绝缘栅双极晶体管（IGBT）是一种由单极性的 MOS（绝缘栅型场效应管）和 BJT（双极型三极管）复合而成的器件。它兼有 MOS 和晶体管二者的优点，属于电压型驱动器件。特点是：输入阻抗高，工作频率高，驱动功率小，具有大电流处理能力；饱和压降低、功耗低，是一种很有发展前途的新型功率电子器件。

35. 什么是电力晶体管（GTR）？它有何特点？

答：电力晶体管（GTR）是一种双极型大功率晶体管。在结构上多采用达林顿结构，属电流控制型元件，其特点是，电流放大系数较低，功率大，所需驱动电流大，且过载能力差，易生二次击穿，但工作频率高。

36. 电子设备中一般都采用什么方式来防止干扰？

答：电子设备的干扰有来自设备外部的，也有来自设备内部的，因此防干扰的方式应从两个方面进行考虑。对于来自内部的干扰，可在电路设计上采取措施，如避免闭合回路，发热元件安放在边缘处或较空处，增大输入和输出回路距离，避免平行走线以及采用差动放大电路等。对来自设备外部的干扰，可采用金属屏蔽，并一点接地，提高输入电路的输入电平，在输入和输出端加去耦电路等。

37. 什么是数码显示器？其显示方式有哪几种？

答：用来显示数字、文字或符号的器件称为数码显示器。数码显示器的显示方式一般有三种：①字形重叠式：将不同的字符电极重叠起来。要显示某字符，只需使相应的电极发光即可，如辉光放电管。②分段式：数码是由分布在同一平面上若干段发光的笔画组成，如荧光数码管。③点阵式：由一些按一定规律排列的可发光的光点组成，利用光点的不同组合，便可显示出不同的数码，如发光记分牌。

38. 数码显示器件按发光物质不同可以分为哪几类？数字万用表一般都用哪一类显示器？

答：数码显示器件按发光物质不同可以分为四类；①气体放电显示器；②荧光数字显示器；③半导体显示器（又称发光二极管显示器 LED）；④液晶数字显示器。常用的数字式万用表中采用的是液晶数字显示器。

39. 晶闸管串级调速系统有什么优点？

答：这种调速系统既有良好的调速性能，又能发挥异步电动机结构简单、运行可靠的优越性。调速时机械特性硬度基本不变，调速稳定性好；调速范围宽，可实现均匀、平滑的无级调速；电能通过整流、逆变而回馈电网，运行效率高，比较经济。

40. 调节斩波器输出直流电压平均值的方法有哪几种？

答：斩波器的输出电压是矩形脉冲波电压，调节输出电压平均值的方法有三种：保持脉冲周期 T 不变而改变脉冲宽度 τ；保持 τ 不变而改变 T；同时改变 τ 和 T。

41. 电力晶体管（GTR）有哪些特点？

答：电力晶体管 GTR 是一种双极型大功率晶体管，属于电流控制型元件。由于大电流时，GTR 出现大电流效应，导致放大倍数减小，因此在结构上常采用达林顿结构。其特点是：导通压降较低，但所需的驱动电流大，在感性负载、开关频率较高时必须设置缓冲电路，且过载能力差，易发生二次击穿。

42. 电力场效应晶体管（MOSFET）有哪些特点？

答：电力场效应晶体管 MOSFET 是一种单极型大功率晶体管，属于电压控制型元件。其主要优点是基本上无二次击穿现象，开关频率高，输入阻抗大，易于并联和保护，其缺点是导通压降较大，限制了其电流容量的提高。

43. 绝缘栅双极晶体管（IGBT）有哪些特点？

答：绝缘栅双极晶体管 IGBT 是一种由单极型的 MOS 和双极型晶体管复合而成的器件。它兼有 MOS 和晶体管二者的优点，属于电压型驱动器件。其特点是：输入阻抗高，驱动功率小；工作频率高；导通压降较低、功耗较小。IGBT 是一种很有发展前途的新型电力半导体器件。在中、小容量电力电子应用方面有取代其他全控型电力半导体器件的趋势。

44. 电子设备的外部干扰和内部干扰各有哪些特点?

答：外部干扰是指从外部侵入电子设备或系统的干扰，主要来源于空间电或磁的影响，例如输电线和其他电气设备产生的电磁场等。它的特点是干扰的产生与电子设备或系统本身的结构无关，它是由外界环境因素所决定的。内部干扰是指电子设备本身或系统内本身产生的干扰，它主要来源于电子设备或系统内、器件、导线间的分布电容、分布电感引起的耦合感应，电磁场辐射感应，长线传输时的波反射，多点接地造成的电位差引起的干扰等，它的特点是干扰的产生与电子设备或系统的结构、制造工艺有关。

45. 抗干扰有几种基本方法?

答：抗干扰的基本方法有三种，即消除干扰源，削弱电路对干扰信号的敏感性能；切断干扰的传递途径或提高传递途径对干扰的衰减作用。

46. 晶闸管两端并接阻容吸收电路可起哪些保护作用?

答：①吸收尖峰过电压；②限制加在晶闸管上的 du/dt 值；③晶闸管串联应用时起动态均压作用。

47. 为什么选用了较高电压、电流等级的晶闸管还要采用过电压、过电流保护?

答：因为电路发生短路故障时的短路电流一般很大，而且电路中各种过电压的峰值可达到电源电压幅值的好几倍，所以电路中一定要设置过电流、过电压保护环节。此外，大电流、高电压的晶闸管价格已比较昂贵。

48. 为什么晶闸管多用脉冲触发?

答：晶闸管的触发电压可以采用工频交流正半周，也可以用直流，还可以用具有一定宽度或幅值的脉冲电压。为了保证触发时刻的精确和稳定，并减少门极损耗与触发功率，通常采用前沿陡峭的脉冲电压来触发晶闸管。

49. 什么是移相触发? 主要缺点是什么?

答：移相触发就是改变晶闸管每周期导通的起始点即触发延迟角 α 的大小，达到改变输出电压、功率的目的。移相触发的主要缺点是使电路中出现包含高次谐波的缺角正弦波，在换流时刻会出现缺口"毛刺"，造成电源电压波形畸变和高频电磁波辐射干扰，大触发延迟角运行时，功率因数较低。

50. 什么是过零触发? 主要缺点是什么?

答：过零触发是在设定时间间隔内，改变晶闸管导通的周波数来实现电压或功率的控制。过零触发的主要缺点是当通断比太小时会出现低频干扰，当电网容量不够大时会出现照明闪烁、电表指针抖动等现象，通常只适用于热惯性较大的电热负载。

51. 额定电流为100A的双向晶闸管，可以用两支普通的晶闸管反并联来代替，若使其电流容量相等，普通晶闸管的额定电流应该多大?

答：双向晶闸管的额定电流与普通晶闸管不同，是以最大允许有效电流来定义的。额定电流100A的双向晶闸管，其峰值为141A，而普通晶闸管的额定电流是以正弦波平均值表示，峰值为141A的正弦半波，它的平均值为 $141/\pi \approx 45A$。所以一个100A的双向晶闸管与反并联的两个45A普通晶闸管，其电流容量相等。

52. 双向晶闸管有哪几种触发方式?

答：双向晶闸管有四种触发方式，即

① I+ 触发方式。阳极电压为第一阳极 T1 为正，第二阳极 T2 为负；门极电压 G 为正，T2 为负，特性曲线在第一象限，为正触发。

② I− 触发方式。阳极电压为第一阳极 T1 为正，第二阳极 T2 为负；门极电压 G 为负，T2 为正，特性曲线在第一象限，为负触发。

③ Ⅲ+ 触发方式。阳极电压为第一阳极 T1 为负，第二阳极 T2 为正；门极电压 G 为正，T2 为负，特性曲线在第三象限，为正触发。

④ Ⅲ—触发方式。阳极电压为第一阳极 T1 为负，第二阳极 T2 为正；门极电压 G 为负，T2 为正，特性曲线在第三象限，为负触发。

53. 使用双向晶闸管时要注意什么？

答：双向晶闸管使用时，必须保证其电压、电流定额应能满足电路的要求，还应考虑到晶闸管在交流电路中要承受的正、反相两个半波的电压和电流，当晶闸管允许的电压上升率 du/dt 太小时，可能出现换流失败，而发生短路事故。因此，除选用临界电压上升率高的晶闸管外，通常在交流开关主电路中串入空心电抗器，来抑制电路中换相电压上升率，易降低对元件换向能力的要求。

54. 在带平衡电抗器三相双反星可控整流电路中，平衡电抗器有何作用？

答：因为在三相双反星可控整流电路中，变压器有两组绕组，都是接成星形，但同名端相反，每组星形绕组接一个三相半波可控整流器，在没有平衡电抗器的情况下为六相半波可控整流。接入平衡电抗器后，由于其感应电动势的作用，使得变压器的两组星形绕组同时工作，两组整流输出以 180° 相位差并联，这使得两组整流各有一只晶闸管导通并向负载供电，使得整个输出电流变大，晶闸管导通角增大，与六相半波可控整流电路相比，在同样的输出电流下，流过变压器二次绕组和器件的电流有效值变小，故可选用额定值较小的器件，而且变压器的利用率也有所提高。

55. 什么是斩波器？斩波器有哪几种工作方式？

答：将直流电源的恒定电压变换成可调直流电压输出的装置，称为直流斩波器。斩波器的工作方式有：①定额调宽式，即保持斩波器通断周期 T 不变，改变周期 T 内的导通时间 τ（输出脉冲电压宽度），来实现直流调压；②定宽调频式，即保持输出脉冲宽度 τ 不变，改变通断周期 T，来进行直流调压；③调频调宽式，即同时改变斩波器通断周期 T 和输出脉冲的宽度 τ 来调节斩波器输出电压的平均值。

56. 什么叫逆阻型斩波器？什么叫逆导型斩波器？

答：普通晶闸管具有反向阻断的特性，故叫逆阻晶闸管。由逆阻晶闸管构成的斩波器叫做逆阻型斩波器。逆导型晶闸管可以看成是由一只普通的晶闸管反向并联一只二极管，故它也是具有正向可控导通特性，而且它还具有反向导通（逆导）特性。由逆导晶闸管构成的斩波器就叫做逆导型斩波器。

57. 在晶闸管交流调压调速电路中，采用相位控制和通断控制各有何优缺点？

答：在晶闸管交流调压调速电路中，采用相位控制时，输出电压较为精确、调速精度较高，快速性好，低速时转速脉动较小，但会产生谐波，对电网造成污染。采用通断控制时，不产生谐波污染，但电动机上电压变化剧烈，转速脉动较大。

58. 什么叫有源逆变？其能量传递过程是怎样的？

答：有源逆变是将直流电通过逆变器变换成与交流电网同频率同相位的交流电，并返送电网。其能量传递过程为：直流电—逆变器—交流电（频率与电网相同）—交流电网。

59. 实现有源逆变的条件是什么？

答：实现有源逆变的条件：①变流电路直流侧必须外接与直流电流 I_d 同方向的直流电源 E_d，其值要大于 U_d，才能提供逆变能量；②变流电路必须工作在 $\beta<90°$（即 $\alpha>90°$）区域，使 U_d <0，才能把直流功率逆变成为交流功率。上述两个条件，缺一不可，逆变电路需接平波电抗器。

60. 哪些晶闸管可实现有源逆变？

答：各种全控、直流端不接续流管的晶闸管电路，如单相全波、单相全控桥、三相半波、三相全控桥等晶闸管交流电路，在一定的条件下都可实现有源逆变。

61. 变流器在逆变运行时，若晶闸管触发脉冲丢失或电源缺相，将会导致什么后果？

答：变流器在逆变时，晶闸管触发脉冲丢失或电源缺相，会造成换流失败即逆变颠覆（失败），出现极大的短路电流，而烧毁元器件，因此必须采取有效的防范措施。

62. 通常采用什么措施来避免逆变颠覆？

答： 为了避免逆变颠覆，对触发电路的可靠性、电源供电可靠性、电路接线与熔断器选择都应有更高的要求，并且必须限制最小触发超前角 β_{max}（通常需整定为 $30°\sim35°$）。

63. 采用并联负载谐振式逆变器组成的中频电源装置，在逆变电路中为什么必须有足够长的引前触发时间 t_f？

答： 因为中频电源装置属于负载谐振换流，要保证导通的晶闸管可靠关断，必须使逆变器负载保持容性，即负载电流超前负载电压 t_1 时间，这个 t_1 称为引前触发时间，并要留一定的裕量。这样就保证了原导通的晶闸管换流结束后，其阳极电压仍然承受一段时间反压而可靠关断。

64. 电压型逆变器有何特点？

答： 电压型逆变器的直流电源经大电容滤波，故直流电源可近似看作恒压源，逆变器输出电压为矩形波，输出电流近似正弦波，抑制浪涌电压能力强，频率可向上、向下调节，效率高，适用于负载比较稳定的运行方式。

65. 电流型逆变器有何特点？

答： 电流型逆变器的直流电源经大电感滤波，直流电源可近似看作恒流源。逆变器输出电流为矩形波，输出电压近似看为正弦波，抑制过电流能力强，特别适合用于频繁加、减速的启动型负载。

66. 什么叫做反馈？依其作用如何分类？

答： 把输入电量（电压或电流）的一部分或全部送回其输入端和输入信号一起参与控制输出，这种作用称为反馈。

依据反馈的作用又分为负反馈和正反馈。

67. 晶闸管在什么条件下才会导通？导通后怎样使它关断？（只讲普通晶闸管）。

答： 当晶闸管的阳极为正电压，阴极为负电压，同时控制极有高于阴极一定的电压（对中小型管子约 $1\sim4V$）时晶闸管会导通。

晶闸管导通后，控制极就不起作用，要让晶闸管截止，可以把阳极电压降低到等于阴极电压或比阴极电压更负；把流过晶闸管的电流减到小于该管的维持电流 I_n。

以上任何一种方法都可以使晶闸管关断。

68. 555 精密定时器集成电路具有什么特点，应用于哪些方面？

答： 555 精密定时器是由端子分压器网络、两个电压比较器、双稳多谐振荡器、放电晶体管和推挽输出端组成。三个电阻是相等的，用于设置比较器的电平。

555 精密定时器可以应用于精密定时脉冲宽度调整、脉冲发生器、脉冲位置调整、定时序列、脉冲丢失检测、延时发生器。

69. 说明变频器的测量电路中输出电流表如何选择，为什么？

答： 变频器的输出电流与电动机铜损引起的温升有关，仪表的选择应该能精确测量出其畸变电流波形的有效值，可以使用热电式电流表，但必须小心操作。而使用动铁式仪表是最佳选择。

70. 造成有源逆变失败的原因是什么？

答： ①触发电路工作不可靠；②晶闸管发生故障；③在逆变工作时，交流电源发生缺相或突然消失；④换相的裕量角不足，引起换相失败。

71. 什么是有源逆变和无源逆变？

答： 把直流电逆变成与电网同频率的交流电并返送到电网，叫有源逆变。把直流电逆变成某一频率或可调频率的交流电供给负载，叫无源逆变。

72. 晶闸管的导通条件是什么？

答： 晶闸管的导通条件是：在晶闸管的阳极和阴极之间加上正向电压的同时，在门极和阴极之间加上适当的正向电压。

73. 什么是逆变颠覆？

答： 变压器逆变工作时，一旦发生换相失败，所接的直流电源就会通过晶闸管电路形成短路，或者使整流桥的输出平均电压和直流电源变成顺向串联，由于逆变电路的内阻很小，形成很大的短路电流，这种情况称为逆变颠覆。

74. 逆变颠覆的原因有哪些?

答: ① 触发电路不可靠。触发电路不能适时地、准确地给各晶闸管分配脉冲,如脉冲丢失、脉冲延迟等,致使晶闸管工作失常。

② 晶闸管发生故障。在应该阻断期间,元件失去阻断能力,或在应该导通时,元件不能导通。

③ 交流电源发生异常现象,指在逆变工作时,交变电源突然断电,缺相或电压过低等现象。

④ 换相的裕量角 Q 太小,逆变工作时,必须满足 $\beta > \beta_{\min}$ 的关系,并且留有裕量角 Q,以保证所有的脉冲都不会进入 $\beta_{\min}$ 范围内。

75. 防止逆变颠覆的措施有哪些?

答: ① 选用可靠的触发器。

② 正确选择晶闸管的参数。

③ 采取措施,限制晶闸管的电压上升率和电流上升率,以免发生误导通。

④ 逆变角 β 不能太小,限制在一个允许的范围内。

⑤ 装设快速熔断器、快速开关,进行过流保护。

76. 简述工业电视检测的特点。

答: ① 检测对象和工业摄像机之间没有机械联系,可采用多个摄像机,能够得到空间的信息。

② 短时间内可读出大量的信息。

③ 可以从视频信号中取出有用的特征信号,以一定的方式转换成电信号输出,作为运算、检测、控制使用。

77. 三相全控桥式整流电路带大电感负载,已知三相整流变压器的二次绕组接成星形,整流电路输出 U_d 可从 $0 \sim 220\text{V}$ 之间变化,负载的 $L_d = 0.2\text{H}$,$R_d = 4\Omega$,试计算①整流变压器的二次线电压 U_{21};②晶闸管电流的平均值 I_{TAV}、有效值 I_T 及晶闸管可能承受的最大电压 U_{Tm};③选择晶闸管型号(晶闸管电压、电流裕量取 2 倍)。

答(或解):

① 当 $\alpha = 0°$ 时,整流电路的输出最大,$U_d = 220\text{V}$。此时 $U_d = 2.34U_{2\phi} = 1.35U_{21}$

故 $U_{21} = U_d / 1.35 = 220\text{V} / 1.35 \approx 163\text{V}$

② $I_d = U_d / R_d = 220/4 = 55\text{A}$; $I_{TAV} = 1/3I_d = 1/3 \times 55 \approx 18.33$(A)

$I_T = I_d = \dfrac{1}{\sqrt{3}} \times 55\text{A} \approx 31.75\text{A}$; $U_{Tm} = U_{21} = \sqrt{2} \times 163(V)\approx 230$(V)

③ 晶闸管额定值选择如下:

$U_{RM} \geq 2U_{Tm} = 2 \times 230\text{V} = 460\text{V}$,取 $U_{RM} = 500\text{V}$;

$I_{TAV} \geq 2I_T / 1.57 = 40.45\text{A}$,取 $I_{TAV} = 50\text{A}$。

故可选型号为 KP50-5 的晶闸管。

78. 什么是晶闸管的额定电流?

答: 晶闸管的额定电流就是它的通态平均电流,国标规定是晶闸管在环境温度为 40℃和规定的冷却状态下,稳定结温不超过额定结温所允许的最大工频正弦半波电流的平均值。

79. 试说明 IGBT、GTR、GTO 和电力 MOSFET 各自的优缺点。

答: 对 IGBT、GTR、GTO 和电力 MOSFET 的优缺点的比较如下。

IGBT 开关速度高,开关损耗小,具有耐脉冲电流冲击的能力,通态压降较低,输入阻抗高,为电压驱动,驱动功率小,开关速度低于电力 MOSFET,电压、电流容量不及 GTO。

GTR 耐压高,电流大,开关特性好,通流能力强,饱和压降低,开关速度低,为电流驱动,所需驱动功率大,驱动电路复杂,存在二次击穿问题。

GTO 电压、电流容量大,适用于大功率场合,具有电导调制效应,其通流能力很强,电流关断增益很小,关断时门极负脉冲电流大,开关速度低,驱动功率大,驱动电路复杂,开关频率低。

电力 MOSFET 开关速度快,输入阻抗高,热稳定性好,所需驱动功率小,且驱动电路简单,工作频率高，不存在二次击穿问题，电流容量小，耐压低，一般只适用于功率不超过 10kW 的电力电子装置中。

80. 如何防止电力 MOSFET 因静电感应而引起的损坏？

答：电力 MOSFET 的栅极绝缘层很薄弱，容易被击穿而损坏。MOSFET 的输入电容是低泄漏电容，当栅极开路时极易受静电干扰而充上超过 ±20V 的击穿电压，所以为防止 MOSFET 因静电感应而引起的损坏，应注意以下几点：

① 一般在不用时将其三个电极短接；

② 装配时人体、工作台、电烙铁必须接地，测试时所有仪器外壳必须接地；

③ 电路中，栅、源极间常并联齐纳二极管以防止电压过高；

④ 漏、源极间也要采取缓冲电路等措施吸收过电压。

81. GTO 和普通晶闸管同为 PNPN 结构，为什么 GTO 能够自关断，而普通晶闸管不能？

答：GTO 和普通晶闸管同为 PNPN 结构，由 P1N1P2 和 N1P2N2 构成两个晶体管 VT1、VT2，分别具有共基极电流增益和，由普通晶闸管的分析可得，是器件临界导通的条件。两个等效晶体管过饱和而导通；不能维持饱和导通而关断。

GTO 之所以能够自行关断，而普通晶闸管不能，是因为 GTO 与普通晶闸管在设计和工艺方面有以下几点不同：

① GTO 在设计时较大，这样晶体管 VT2 控制灵敏，易于 GTO 关断；

② GTO 导通时更接近于临界饱和，而普通晶闸管处于深度饱和，GTO 的饱和程度不深，接近于临界饱和，这样为门极控制关断提供了有利条件；

③ 多元集成结构使每个 GTO 元阴极面积很小，门极和阴极间的距离大为缩短，使得 P2 极区所谓的横向电阻很小，从而使从门极输出较大的电流成为可能。

82. 使晶闸管导通的条件是什么？

答：使晶闸管导通的条件是：晶闸管承受正向阳极电压，并在门极施加正向触发电流（脉冲）。

83. 维持晶闸管导通的条件是什么？怎样才能使晶闸管由导通变为关断？

答：维持晶闸管导通的条件是使晶闸管的电流 I_A 大于能保持晶闸管导通的最小电流，即维持电流 I_H。

84. 晶闸管触发的触发脉冲要满足哪几项基本要求？

答：① 触发信号应有足够的功率。

② 触发脉冲应有一定的宽度，脉冲前沿尽可能陡，使元件在触发导通后，阳极电流能迅速上升超过掣住电流而维持导通。

③ 触发脉冲必须与晶闸管的阳极电压同步，脉冲移相范围必须满足电路要求。

85. 实现正确触发的同步定相的方法步骤有哪些？

答：① 根据不同触发电路与脉冲移相范围的要求，确定同步信号电压 u_s 与对应晶闸管阳极电压之间的相位关系。

② 根据整流变压器 TS 的接法与钟点数，以电网某线电压作参考矢量，画出整流变压器二次侧也就是晶闸管阳极电压的矢量。再确定同步信号电压 U_s 与晶闸管阳极电压的相位关系，画出对应的同步相电压矢量和同步线电压的矢量。

③ 根据同步变压器二次线电压矢量位置，定出同步变压器 TS 的钟点数和接法。只需把同步变压器二次电压 U_{su}、U_{sv}、U_{sw} 分别接到 VT1、VT3、VT5 管的触发电路；$U_{s(-U)}$、$U_{s(-V)}$、$U_{s(-W)}$ 分别接到 VT4、VT6、VT2 的触发电路，与主电路的各个符号完全对应，即能保证触发脉冲与主电路同步。

86. 直流电动机负载单相全控桥整流电路中，串接平波电抗器的意义是什么？平波电抗器电感量的选择原则是什么？

答：意义：利用电感的储能作用来平衡电流的脉动和延长晶闸管的导通时间。

原则：在最小的负载电流时，保证电流连续，即使晶闸管导通角 $\theta = 180°$。

87. 何谓斩波电路的直流调压和直流调功原理？分别写出降压和升压斩波电路直流输出电压 $U_\circ$、电源电压 U_d 的关系式。

答： 改变导通比 K_t 既可改变直流平均输出电压 $U_\circ$ 又可改变负载上消耗功率的大小，这就是斩波电路的直流调压和调功原理。

降压斩波电路 $U_\circ = K_t U_d$

升压斩波电路 $U_\circ = \dfrac{U_d}{1 - K_t}$

88. 电子装置中可采用哪些地线实现抗干扰？

答： 电子装置中的地线种类如下。保护接地线：保护接地线是出于安全防护的目的，将电子装置的外壳屏蔽层接地。信号地线：信号地线是指电子装置的输入和输出的零信号电位公共线，它可能与真正大地是隔绝的。交流电源地线：交流电源地线是传感器的零信号电位基准公共线。信号源地线：信号源地线是指电网中与大地连接的中性线。

第8章　电机拖动与自动化控制

1. 有静差调节和无静差调节有何不同？

答： 有静差调节的调速基础在于存在给定输入量 U_g 和实际转速反馈量 U_t 之间的偏差 ΔU，自动调速的目的是减少偏差 ΔU，因此在调节过程中，系统必须始终保持 ΔU 的存在。无静差调速是依靠偏差 ΔU 对时间的积累来进行自动调速，其目的是消除偏差 ΔU，因此在调节过程中，只要有偏差 ΔU 出现，系统就将进行调节，直到偏差 ΔU 为零。

2. 电气传动系统中，常用的反馈环节有哪些？

答： 电气传动系统中，常用的反馈环节有：转速负反馈、转速微分负反馈、电压负反馈、电压微分负反馈、电流负反馈、电流微分负反馈、电流正反馈、电流截止负反馈等。

3. 调速系统只用电流正反馈能否实现自动调速？

答： 电流正反馈是电压负反馈调速系统中的辅助措施，它用以补偿电枢电阻上的电压降。电动机的转速与电枢电压有直接关系，而与电流无直接关系，因而电流正反馈并不反映转速（电压）的变化，所以调速系统只用电流正反馈不能进行自动调速。

4. 转速、电流双闭环直流调速系统中的电流调节器、转速调节器，各有何作用？

答： 电流调节器的作用是：限制最大电流（过大的启动电流、过载电流），并使过载时（达到允许最大电流时）有着很陡的下垂机械特性；启动时，能保持电流在允许最大值，实现大恒流快速启动；能有效抑制电网电压波动对电流的不利影响。转速调节器的作用：能有效地消除转速偏差，保持转速恒定；当转速出现较大偏差时，它能迅速达到最大输出电压，输送给电流调节器，使电流迅速上升，实现快速响应。

5. 在脉冲宽度调制（PWM）技术中，脉冲宽度可以通过何种电路来实现调制？

答： 脉冲宽度可以通过一个比较器来实现调制，即用一个锯齿波（或三角波）与一个直流控制电压（即参考电压）进行比较，比较器输出电压的极性由这两个比较电压的差值的正负来决定。这样，改变控制电压的大小，即可改变两个电压的交点的位置，也就改变输出电压极性变更的位置，从而改变正、负脉冲的宽度。

6. 如何调节电磁调速异步电动机的转速？

答： 电磁调速异步电动机（滑差电动机）是通过调节电磁离合器中的直流励磁电流来调速的，当直流励磁电流增大时转速上升；当直流励磁电流减小时转速降低；当直流励磁电流为零时，转速为零。当直流励磁电流反向时转向不变。

7. 晶闸管串级调速系统有何优点？

答： 这种调速系统既有良好的调速性能，又能发挥异步电动机结构简单、运行可靠的优越性。调速时机械特性硬度基本不变，调速稳定性好；调速范围宽，可实现均匀、平滑的无级调速；异步电动机的转差功率可以通过整流、逆变而回馈电网，运行效率高，比较经济。

8. 选择用串级调速的异步电动机应考虑哪几个方面？

答：①电动机容量应稍大于生产机械要求的电动机容量；②电动机过载能力应符合系统的要求；③电动机的转速应比生产机械的最高转速大 10％左右。

9. 光栅的莫尔条纹有哪些重要特性？

答：莫尔条纹移过的条数与两光栅尺相对移过的栅距数相对应；莫尔条纹移动的方向与两光栅尺相对移动方向相垂直；莫尔条纹的间距是放大了的光栅栅距；莫尔条纹具有对光栅刻线的平均效应。

10. 什么叫电动机的力矩特性或机械特性？什么叫硬特性？什么叫软特性？

答：电动机外加电压不变，转速随负载改变而变化的相互关系叫力矩特性或机械特性，如果负载变化时，转速变化很小的叫做硬特性，转速变化大的叫软特性。

11. 如何提高电动机机械特性的硬度？

答：提高特性的硬度措施是采用反馈调节，特别是采用转速负反馈或电压负反馈与电流正反馈可以得到较硬的力矩特性，这样电动机负载从空载到满载转速可以变化得很小。

12. 有加速时间与减速时间可以分别给定的机种，和加减速时间共同给定的机种，这有什么意义？

答：加减速可以分别给定的机种，对于短时间加速、缓慢减速场合，或者对于小型机床需要严格给定生产节拍时间的场合是适宜的，但对于风机传动等场合，加减速时间都较长，加速时间和减速时间可以共同给定。

13. 什么是再生制动？

答：电动机在运转中如果降低指令频率，则电动机变为非同步发电机状态运行，作为制动器而工作，这就叫做再生（电气）制动。

14. 什么是机电一体化？

答：机电一体化是传统机械工业被微电子技术逐步渗透过程所形成的一个新概念，它是微电子技术、机械技术相互交融的产物，是集多种技术为一体的一门新兴的交叉学科。

15. 机电一体化包括哪些技术？

答：机电一体化是多学科领域综合交叉的技术密集型系统工程。它包含了机械技术、计算机与信息处理技术、系统技术、自动控制技术、传感与检测技术、伺服传动技术。

16. 什么是斩波器？斩波器内调整输出电压有哪几种方式？

答：将直流电源的恒定电压变换成可调直流电压的装置称为直流斩波器。在斩波器内通常采用：保持斩波器通断时间 T 不变，改变输出脉冲电压的宽度 τ 或保持输出脉冲宽度 τ 不变，而改变通断时间 T 或同时改变输出脉冲的宽度和通断时间来调节斩波器输出电压的平均值。

17. 什么是逆变器？逆变器分为哪几类？逆变器中常用哪两种换流方式？

答：将直流电变换为交流电后送入交流电网的过程称为有源逆变；将直流电变换为交流电后送到用电器的过程称为无源逆变。完成将直流电变换成交流电的装置叫逆变器。在逆变器中常用的换流方式有负载谐振式和脉冲换流式两种。

18. 电压负反馈可以自动调速，那么单独用电流正反馈能否自动调速？

答：电流正反馈是电压负反馈调速中的辅助措施，它用以补偿电枢电阻上的电压降。但电动机的转速和电压有直接关系，电流正反馈并不反映电压的变化，所以不能用电流正反馈来进行单独的调速。

19. 试述有差调节和无差调节有何不同。

答：有差调节的调节基础在于存在输入和反馈之间的偏差 ΔU，调节过程必须始终保持 ΔU 的存在。无差调节的调节基础在于消灭输入和反馈之间的偏差 ΔU，调节过程中，只要出现 ΔU 的值，系统将调节到该值消失。

20. 试述下图桥形稳定环节的工作原理。

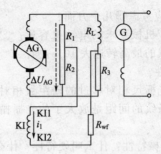

答：放大机输出电压变化，如 U_{AG} 增加了 ΔU_{AG} 时，通过励磁绕组和 R_3 中的电流因发电机励磁绕组的电感作用而不能突变，故电阻 R_3 上的电压不能突变，可是在 ΔU_{AG} 的作用下，流过 R_1、R_2 的电流突变增加，电阻 R_2 上的电压便突然增加，于是控制绕组 KI 两端便有了电位差，在 KI 绕组中流过电流，这个电流产生的磁势将缓和放大机输出电压的增加，进而加强了系统的稳定。

21. 带平衡电抗器的双反星形可控整流电路的主要特点有哪些？

答：①在双反星形电路中，两组三相半波电路同时并联工作，整流电压波形的脉动程度比三相半波小得多。

② 变压器的两组星形中各有一相同时导电，直流磁势互相抵消，不存在直流磁化问题。

③ 负载电流同时由两个晶闸管和两个绕组承担。因此可选用电流定额较小的元件，也可选用容量较小的变压器。

22. 电气控制系统采用继电-接触式控制系统的设计步骤有哪些？

答：电气控制系统采用继电-接触式控制系统，其通常的设计步骤如下。

① 设计各控制单元环节中拖动电动机的启动、正反转运转、制动、调速，停机的主电路和执行元件的电路。

② 设计满足各电动机运转功能和工作状态相对应的控制电路。

③ 连接各单元环节，构成满足整机生产工艺要求，实现加工过程自动/半自动和调整的控制电路。

④ 设计保护、联锁、检测、信号和照明等环节的控制电路。

⑤ 全面检查所设计的电路。特别要注意电气控制系统在工作过程中不会因误动作和突然失电等异常情况发生事故，力求完善整个控制系统的电路。

23. 是否能得到更大的制动力？

答：从电机再生出来的能量储积在变频器的滤波电容器中，由于电容器的容量和耐压的关系，通用变频器的再生制动力约为额定转矩的 $10\% \sim 20\%$。如采用制动单元，可以达到 $50\% \sim 100\%$。

24. 转矩提升问题

答：自控系统的设定信号可通过变频器灵活自如地指挥频率变化，控制工艺指标，如在烟草行业的糖料、香料工序，可由皮带称的流量信号来控制变频器频率，使泵的转速随流量信号自动变化，调节加料量，均匀地加入香精、糖料。也可利用生产线启停信号通过正、反端子控制变频器的启、停及正、反转，成为自动流水线的一部分。此外在流水生产线上，当前方设备有故障时后方设备应自动停机。变频器的紧急停止端可以实现这一功能。在 SANKEN、MF、FUT 和 FVT 系列变频器中可以预先设定三四个甚至多达七个频率，在有些设备上可据此设置自动生产流程。设定好工作频率及时间后，变频器可使电机按顺序在不同的时间以不同的转速运行，形成一个自动的生产流程。

25. 如何调节电磁调速异步电动机的转速？

答：电磁调速异步电动机（滑差电动机）是通过调节电磁离合器中的直流励磁电流来调速的，当直流励磁电流增大时转速上升；当直流励磁电流减小时转速降低；当直流励磁电流为零时，转速为零。当直流励磁电流反向时转向不变。

26. 晶闸管串级调速系统有何优点？

答：这种调速系统既有良好的调速性能，又能发挥异步电动机结构简单、运行可靠的优越性。

调速时机械特性硬度基本不变，调速稳定性好；调速范围宽，可实现均匀、平滑的无级调速；异步电动机的转差功率可以通过整流、逆变而回馈电网，运行效率高，比较经济。

27. 选择用串级调速的异步电动机应考虑哪几个方面？

答：①电动机容量应稍大于生产机械要求的电动机容量；②电动机过载能力应符合系统的要求；③电动机的转速应比生产机械的最高转速大 10%左右。

28. 应用无换向器电动机有什么优越性？

答：无换向器电动机的调速范围很宽，采用直接传动就可以适应各种转速要求的机械，由于不必采用变速装置，因而减少机械损耗，提高运行效率和可靠性。

29. 无换向器电动机中的位置检测器的作用是什么？

答：无换向器电动机中的位置检测器的作用是检测转子位置，随转子旋转，周期性的发出使变频器晶闸管关断或导通的信号，使变频器的工作频率与电动机的转速使用保持同步，从而保证了电动机的稳定运行，并获得接近直流电动机的调速特性。

30. 为什么交流测速发电机有剩余电压，而直流测速发电机却没有剩余电压？

答：交流测速发电机由于励磁磁通是交变的，其输出绕组与励磁绕组不是理想化的正交，故即使转子不转动，也会有一些交变的励磁磁通交链到输出绕组而感应出输出电压，这就是交流测速发电机的剩余电压。直流测速发电机则与此不同，因为励磁磁通是恒定的，因此它不能直接在电枢绕组内感应出电枢电动势，根据公式 $E_a = C_e \Phi_n$ 可知，发电机不转动时（$n=0$），不会有电动势 E_a 的出现，因而也不会有输出电压，即不会有剩余电压。

31. 产生有源逆变的条件是什么？

答：产生有源逆变的条件有两个：一个是外部条件，一定要有一个直流电源，它是产生能量倒流的源泉，并且要求它的极性和晶闸管导通方向一致，电动势应稍大于逆变器直流侧的平均电压，二是内部条件，即晶闸管变流器的直流侧应出现一个负的平均电压。

32. 交-直-交变频调速系统有何优缺点？应用前景如何？

答：交-直-交变频调速能实现平滑的无级调速，调速范围宽，效率高，而且能充分发挥三相笼型异步电动机的优点。缺点是变频系统复杂，成本较高。随着晶闸管变频技术的日趋完善，其应用前景看好，并有逐步取代直流电动机调速系统的趋势。

33. 什么是集中控制？什么是分散控制？

答：分散控制的主令信号的传递方式是直接传递，即主令信号是分散在各个运动部件的执行电路中。集中控制的主令信号不是直接传递，是集中的并通过主令控制器转换发出的信号。

34. 经验设计法的具体设计过程中常用的两种做法是什么？

答：第一种是根据生产机械工艺要求与工艺过程，将现已成型的典型环节组合起来，并加以补充修改，综合成所需要的控制电路。第二种是在没有典型环节的情况下，按照生产机械的工艺要求逐步进行设计，采取边分析边画图的办法。

35. 数控机床指令代码主要是什么？

答：准备功能 G 指令，进给功能 F 指令，主轴速度 S 指令，刀具功能 T 指令，辅助功能 M 指令。

36. 交流电动机继电器接触器电路设计的基本内容包括哪几方面。

答：

① 确定控制电路的电流种类和电压数量。

② 主电路设计主要是电动机的启动、正反转运转、制动、变速等工作方式及其保护环节设计。

③ 辅助电路设计主要有控制电路、执行电路、联锁保护环节、信号显示及安全照明等环节设计。

37. 在阅读数控机床技术说明书时，分析每一局部电路后，还要进行哪些总体检查识图，才能了解控制系统的总体内容。

答：经过逐步分析每一局部电路的工作原理和它们之间的控制关系后，还要检查整个控制线路，看是否有遗漏。特别要从整体的角度进一步检查和了解各控制环节之间的联系，达到充分理解原理图中每一部分的作用、工作过程及主要参数的目的。

38. 如图所示是哪种数据系统，从图中看具有哪些特点？

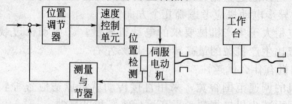

答：它是一个单轴半闭环数控系统。半闭环数控系统具有较高的稳定性，是目前数控机床普遍采用的一种系统，其特点是：在伺服电动机上加装编码器，通过检测伺服电动机的转角，间接检测移动部位的位移量，然后反馈到数控装置中。

39. 数控机床对位置检测装置的要求是什么？

答：数控机床对位置检测的要求是能满足运动速度和精度的要求，工作可靠，使用维护方便，经济耐用。

40. XSK5040 数据机床配电柜的元件是如何进行排列的？

答：配电柜由上往下的元件排列为：最上面是 X、Y、Z 三个坐标轴的步进驱动装置，下面是 802S 系统，在它下面一排是低压断路器、接触器及继电器，再下面是控制变压器和步进驱动的电源变压器，最左面和最下面分别是两排接线端子。

41. 数控系统的自诊断功能及报警处理方法

答：（1）开机自检　数控系统通电时，系统内部自诊断软件对系统中关键的硬件和控制软件逐一进行检测。一旦检测通不过，就在 CRT 上显示报警信息，指出故障部位。只有开机自检项目全部正常通过，系统才能进入正常运行准备状态。开机自检一般可将故障定位到电路或模块上，有些甚至可定位到芯片上。但在不少情况下只能将故障原因定位在某一范围内，需要通过进一步地检查、判断，才能找到故障原因并予以排除。

（2）实时自诊断　数控系统在正常运行时，随时对系统内部伺服系统、I/O 接口以及数控装置的其他外部装置进行自动测试检查，并显示有关状态信息。若检测到有问题，则立即显示报警号及报警内容，并根据故障性质自动决定是否停止动作或停机。检查时，维修人员可根据报警内容，结合适时显示的 NC 内部关键标志寄存器及 PLC 的操作单元状态，进一步对故障进行判断与排除。

故障排除以后，报警往往不会自动消除，根据不同的报警，需要按"RESET"或"STOP"软键来消除，或需要用电源复位或关机重新启动的方法消除，以恢复系统运行。

42. 数控系统硬件故障的检查分析方法。

答：数控系统硬件故障的检查分析方法有：

（1）常规检查法

① 系统发生故障后，首先调查了解：问询操作者故障发生前后的过程和现象；有针对性地观察开关设置、元器件外观、线路端子连接等可疑部分；聆听电机变压器、机电传动机构及其他运动部件的声响有无异常；触摸电子器件、管壳机壳等发热部件温升是否正常；嗅闻有无异常的焦糊气味。即所谓"问、看、听、摸、嗅"观察。

② 针对故障有关部分，检查连接电缆、连接线束、接线端子、插头插座等接触是否良好，有无"虚连、断线、松动、发热、锈蚀、氧化、绝缘破坏"等接触不良现象。还要针对工作环境恶劣以及应定期保养的部件、元器件，看是否按规定进行了检查和保养。

③ 检查电源环节，电源电压不正常会引起莫名其妙的故障现象。要查清是电源本身还是负载引起的，进而消除之。

（2）故障现象分析法

以现象为依据，功能为线索，找出故障的规律和产生的原因，在不扩大故障的前提下，或许要重复故障现象，求得足够的线索。

（3）显示监察法

通过面板显示与灯光显示，可把大部分被监视的故障识别结果以报警的方式给出。充分利用装置、面板的指示灯分析，常能较快地找到故障。

（4）系统分析法

① 应弄清楚整个系统的方框图，理解工作原理。根据故障现象，判断问题可能出在哪个功能单元。可以不必解析单元内部的工作原理，而根据系统方框图，将该单元的输入/输出信号以及它们之间的关系搞清楚。测试其输入输出，判断是否正常。

② 必要时可将该单元隔离，提供必要的输入信号，观察其输出结果。问题确实缩小到某一单元，则可针对该单元进一步采取措施。例如替代法、换件法、测绘排查法。

（5）信号追踪法

① 按照系统图或框图，从前往后或从后往前，追踪有关信号的有无、性质、大小，及不同运行方式下的状态表现，与正常的比较分析、辨证思考。

② 对于较长的通路，可采用分割法，从中间向两边查；甚至用"黄金分割法"——抓住一个关键点——将该通路分成泾渭分明的两边。

③ 多种方法变通使用：用电笔、万用表、示波器的硬接线系统信号追踪法；NC、PLC 系统状态显示法；信号线激励追踪法；NC、PLC 控制变量追踪法等。

（6）静态测量法：用万用表、测试仪对元件进行在线测量、离线测量，或借用"完好板"比较测量。

（7）动态测量：可制作一个加长板，将被测板接出来以后，开机通电测量。再用逻辑推理的方法判断出故障点。

43. 说明典型工业控制机系统的基本组成。

答：它是由一次设备部分和工业控制机系统组成。一次设备通常由被控对象、变送器和执行机构组成。工业控制系统包括硬件系统和软件系统。

44. 编写数控机床一般电器检修工艺前的注意事项中，检测维护直流伺服电动机的工艺要求是什么？

答：检查各电动机的连接插头是否松动，对直流伺服电动机的电刷、换向器进行检查、调整或更换，如果电刷已磨损一半，要更换新电刷，更换前应将电刷架及换向器表面的电刷粉清理干净，并将换向器表面的腐蚀痕迹处理好。

45. 组合机床有何特点？

答：①大量使用通用部件，设计制造周期短；②产品变化时，通用部件可以组装成新的机床；③采用多刃多刀多面多件加工，生产率高；④通用部件多，维修方便；⑤工作可靠，加工精度、质量稳定。

46. 什么是组合机床自动线？

答：组合机床自动线是将几台组合机床按工件的工艺顺序排列，各机床间用滚道等输送设备连接起来的一条生产流水线。加工时，工件从一端"流"到另一端，整个加工过程都是自动的，不需要人工操作。

47. 数控机床通常包括哪几个主要部分？简述其加工过程？

答：包括控制介质、数控装置、伺服机构和机床本体。加工过程如下：

① 根据零件图样用 ISO 代码编写加工程序；

② 根据加工程序单制作程序介质（如穿孔纸带等）来记录程序；

③ 用光电阅读机把程序介质的程序内容转换成电位表示的代码，送入数控装置；

④ 数控装置根据程序介质的"命令"进行逻辑运算和算术运算，并发出拖动伺服机构（如步进电动机）的信号；

⑤ 由伺服机构控制机床完成加工任务；

⑥ 为了提高加工精度，在开环系统的基础上利用位置检测装置发出反馈信号并与设定指令值进行比较，以校正加工误差，形成了闭环控制系统。

48. SINUMERIK820S 系统具有哪些特性？

答： SINUMERIK820S 系统是步进电动机控制系统，是专门为经济型的控制车床、铣床、磨床及特殊用途的其他机床设计的，820S 系统采用 32 位微处理器（AM486DE6），集成式 PLC，分离式小尺寸操作面板（OPO20）和机床控制面板（MCP），是一种先进的经济型 CNC 系统。它可以控制 2～3 个进给轴和一个开环主轴（如变频器）。

49. 什么是故障诊断流程图？

答： 复杂设备电气故障的诊断由高级技师利用专业知识和经验，详细分解一系列的步骤，并确定诊断顺序流程，这种以流程形式出现的诊断步骤称为故障诊断流程图。

50. 如何测绘安装接线图？

答： 具体的测绘的内容分别为：测绘安装接线图，首先将配电箱内外的各个电气部件的分布和物理位置画出来，其中数控系统和伺服装置分别用一方框单元代替，找出各方框单元的输入、输出信号、信号的流向及各方框的相互关系。

第9章 先进控制技术知识

1. PLC 与继电器控制的差异是什么？

答： ①组成器件不同：PLC 是采用软继电器，继电控制采用硬件继电器等元件。②触点数量不同：PLC 触点可无限使用，继电控制触点是有限的。③实施控制的方法不同：PLC 采用软件编程解决，继电控制是采用硬接线解决。

2. 可编序控制器是怎样分类的？

答： PLC 的品种繁多，型号和规格也各不相同，故难以详细进行分类，通常按 I/O 点数，或结构形式，或功能范围等三个方面来分类。

3. 可编程序控制器的定义是什么？

答： "PLC" 是一个数字式的电子装置，它使用了可编程程序的记忆体以储存指令，用来执行诸如逻辑、顺序、计时、计数与演算功能，并通过数字或模拟的输入和输出，以控制各种机械或生产过程。一部数字电子计算机若是用来执行 PLC 的功能，亦被视同为 PLC，但不包括鼓式或机械式顺序控制器。

4. 输入、输出部件的作用是什么？

答： 用户设备需要输入 PLC 各种控制信号，通过输入部件将这些信号转换成中央处理器能够接收和处理的数字信号。输出部件将中央处理器送出的弱电信号转换成现场需要的电平强电信号输出，以驱动电磁阀、接触器等被控设备的执行元件。

5. CPU 的作用是什么？

答： CPU 是 PLC 的 "大脑"，它可根据存入的用户程序进行判断，然后去控制输出模块去驱动控制对象，CPU 还可以进行自检查以确保可靠工作，如检查出错误，它将自动停止工作。

6. 编程器的作用是什么？

答： 它是用来输入用户程序的专用工具，它能显示出以前输入的程序，监视内部 I/O 状态，内部定时器或计数器的累计值，它是进行编辑程序（改变、插入或删去部分程序）、系统校验和故障检修的有力工具。

7. PWM 和 PAM 的不同点是什么？

答： PWM 是英文 Pulse Width Modulation（脉冲宽度调制）缩写，是按一定规律改变脉冲列的脉冲宽度，以调节输出量和波形的一种调制方式。PAM 是英文 Pulse Amplitude Modulation（脉冲幅度调制）缩写，是按一定规律改变脉冲列的脉冲幅度，以调节输出量值和波形的一种调制方式。

8. 电压型与电流型有什么不同？

答： 变频器的主电路大体上可分为两类：电压型是将电压源的直流变换为交流的变频器，直流回路的滤波是电容；电流型是将电流源的直流变换为交流的变频器，其直流回路滤波是电感。

9. 为什么变频器的电压与电流成比例的改变？

答：非同步电动机的转矩是电动机的磁通与转子内流过电流之间相互作用而产生的，在额定频率下，如果电压一定而只降低频率，那么磁通就过大，磁回路饱和，严重时将烧毁电动机。因此，频率与电压要成比例地改变，即改变频率的同时控制变频器输出电压，使电动机的磁通保持一定，避免弱磁和磁饱和现象的产生。这种控制方式多用于风机、泵类节能型变频器。

10. 电动机使用工频电源驱动时，电压下降则电流增加；对于变频器驱动，如果频率下降时电压也下降，那么电流是否增加？

答：频率下降（低速）时，如果输出相同的功率，则电流增加，但在转矩一定的条件下，电流几乎不变。

11. 采用变频器运转时，电动机的启动电流、启动转矩怎样？

答：采用变频器运转，随着电动机的加速相应提高频率和电压，启动电流被限制在150％额定电流以下（根据机种不同，为125％～200％）。用工频电源直接启动时，启动电流为6～7倍，因此，将产生机械电气上的冲击。采用变频器传动可以平滑地启动（启动时间变长）。启动电流为额定电流的1.2～1.5倍，启动转矩为70％～120％额定转矩；对于带有转矩自动增强功能的变频器，启动转矩为100％以上，可以带全负载启动。

12. V/f 模式是什么意思？

答：频率下降时电压 V 也成比例下降，V 与 f 的比例关系是考虑了电动机特性而预先决定的，通常在控制器的存储装置（ROM）中存有几种特性，可以用开关或标度盘进行选择。

13. 按比例地改 V 和 f 时，电动机的转矩如何变化？

答：频率下降时完全成比例地降低电压，那么由于交流阻抗变小而直流电阻不变，将造成在低速下产生地转矩有减小的倾向。因此，在低频时给定 V/f，要使输出电压提高一些，以便获得一定的启动转矩，这种补偿称增强启动。可以采用各种方法实现，有自动进行的方法、选择 V/f 模式或调整电位器等方法。

14. 在说明书上写着变速范围 60～6Hz，即 10:1，那么在 6Hz 以下就没有输出功率吗？

答：在 6Hz 以下仍可输出功率，但根据电动机温升和启动转矩的大小等条件，最低使用频率取 6Hz 左右，此时电动机可输出额定转矩而不会引起严重的发热问题。变频器实际输出频率（启动频率）根据机种为 0.5～3Hz。

15. 对于一般电动机的组合是在 60Hz 以上也要求转矩一定，是否可以？

答：通常情况下是不可以的。在 60Hz 以上（也有 50Hz 以上的模式）电压不变，大体为恒功率特性，在高速下要求相同转矩时，必须注意电动机与变频器容量的选择。

16. 所谓开环是什么意思？

答：给所使用的电动机装置设速度检出器（PG），将实际转速反馈给控制装置进行控制的，称为"闭环"，不用 PG 运转的就叫做"开环"。通用变频器多为开环方式，也有的机种利用选件可进行 PG 反馈。

17. 实际转速对于给定速度有偏差时如何处理？

答：开环时，变频器即使输出给定频率，电动机在带负载运行时，电动机的转速在额定转差率的范围内（1％～5％）变动。对于要求调速精度比较高，即使负载变动也要求在近于给定速度下运转的场合，可采用具有 PG 反馈功能的变频器（选用件）。

18. 如果用带有 PG 的电动机，进行反馈后速度精度能提高吗？

答：具有 PG 反馈功能的变频器，精度有提高。但速度精度的值取决于 PG 本身的精度和变频器输出频率的解析度。

19. 失速防止功能是什么意思？

答：如果给定的加速时间过短，变频器的输出频率变化远远超过转速（电角频率）的变化，变频器将因流过过电流而跳闸，运转停止，这就叫做失速。为了防止失速使电动机继续运转，就要检出电流的大小进行频率控制。当加速电流过大时适当放慢加速速率。减速时也是如此。两者结合起来就是失速功能。

20. 选择变频器驱动的电动机时，应考虑哪些问题？

答：选择异步电动机时，应根据电动机所驱动的机械负载的情况恰当地选择其容量，还要根据电动机的用途和使用环境选择适当的结构形式和防护等级等。对于通用的异步电动机，还应考虑到变频调速应用时产生的一些新问题，如由高次谐波电流引起的损耗和温升以及低速运行时造成的散热能力变差等。

21. 三相异步电动机变频调速系统有何优缺点？

答：三相异步电动机变频调速系统具有优良的调速性能，能充分发挥三相笼型异步电动机的优势，实现平滑的无级调速，调速范围宽，效率高，但变频系统较复杂，成本较高。

22. 输出为阶梯波的交-直-交变频装置有哪些主要缺点？

答：输出为阶梯波的交-直-交变频装置的主要缺点是：①由于变频装置大多要求输出电压与频率都能变化，因此必须有两个功率可控级（可控整流控制电压，逆变控制频率），在低频低压时，整流运行在大 α 角状态，装置功率因数低；②由于存在大电容滤波，装置的动态响应差，动态时无法保持电压和频率之比恒定；③由于输出是阶梯波，谐波成分大。

23. 脉宽调制型逆变器有哪些优点？

答：脉宽调制型（PWM）逆变器是随着全控、高开关频率的新型电力电子器件的产生，而逐步发展起来的，其主要优点是：主电路只有一个可控的功率环节，开关元件少，简化了结构；使用不可控整流器，使电网功率因数与逆变器输出电压的大小无关而接近于1；由于逆变器本身同时完成调频和调压的任务，因此与中间滤波环节的滤波元件无关，变频器动态响应加快；；可获得比常规阶梯波更好的输出电压波形，输出电压的谐波分量极大地减少，能抑制或消除低次谐波，实现近似正弦波的输出交流电压波形。

24. 变频调速时，为什么常采用恒压频比的控制方式？

答：交流电动机在变频调速时，若保持 U_1/f_1＝常数，可以使电动机的气隙磁通 Φ 维持不变，而使电动机的输出转矩 T 保持恒定，从而获得恒转矩的调速特性。

25. 三相异步电动机变频调速系统有何优缺点？

答：三相异步电动机变频调速系统具有优良的调速性能，能充分发挥三相笼型异步电动机的优势，实现平滑的无级调速，调速范围宽，效率高，但变频系统较复杂，成本较高。

26. 可编程序控制器具有很高的可靠性和抗干扰能力的原因是什么？

答：在工作原理方面，可编程序控制器采用周期循环扫描方式，在执行用户程序过程中与外界隔绝，从而大大减小外界干扰；在硬件方面，采用良好的屏蔽措施、对电源及 I/O 电路多种形式的滤波、CPU 电源自动调整与保护、CPU 与 I/O 电路之间采用光电隔离、输出联锁、采用模块式结构并增加故障显示电路等措施；在软件方面，设置自诊断与信息保护与恢复程序。

27. 可编程序控制器的顺序扫描可分为哪几个阶段执行？

答：①读入输入信号，将按钮、开关的触头及传感器的输入信号读入到存储器内，读入信号保持到下一次该信号再次读入为止；②跟读读入的输入信号的状态，解读用户程序逻辑，按用户逻辑得出正确的输入信号；③把逻辑解读的结果通过输出部件输出各现场受控元件，如电磁阀、电动机等的执行机构和信号装置。

28. 动态响应型磁头和静态响应型磁头有何区别？

答：动态响应型（即速度响应型）磁头仅有一个输出线圈，只有当磁头相对于磁栅做匀速直线运动时输出的电信号才有用，其输出信号频率与磁栅线号频率一致；而静态响应型（即磁通响应型）磁头有励磁线圈和输出线圈各一组，不管其是否运动，输出线圈均有输出电压信号，并且磁通响应型磁头输出信号频率是磁栅信号频率的两倍。

29. 在逐点比较法插补中，完成一步进给要经过哪四个工作节拍？

答：①偏差判断，即判别加工点相对于规定的零件图形轮廓的偏差位置，以决定进给方向；②坐标进给，即根据偏差判别的结果，控制相应的坐标进给一步，使加工点向规定的轮廓靠拢，以缩小偏差；③偏差计算，即进给一步后，计算新加工点与规定的轮廓的新偏差，为下一次偏差判别做准备；④终点判别，即判别加工点是否达到终点，若已到终点，则停止插补，否则再继续按此四个节拍继续进行插补。

30. 什么是半导体存储器？半导体存储器按存储信息的功能分为哪些类型？

答：半导体存储器是存放用二进制代码形式表示的数据和程序等信息的半导体器件。按存储信息的功能，半导体存储器可分为随机存取存储器（简称 RAM）和只读存储器（只读 ROM）。随机存取存储器又称读写存储器，它在计算机运行期间可随机的进行读写操作，但一旦断电，其所写入的信息就会消失。只读存储器在计算机运行期间只能读出它原来写入的信息，而不能随时写入信息。

31. 常用的半导体只读存储器有哪几种？

答：只读存储器按功能可分为掩模式 ROM、可编程序只读存储器 PROM、可改写的只读存储器 EPROM（紫外线擦除、电可改写）和 E^2PROM（电擦写）等几种。

32. 计算机的三组总线各有何作用？

答：地址总线是用来传送由 CPU 发出的用于选择要访问的器件或部件的地址；数据总线是用来传送计算机系统内的各种类型的数据；控制总线用来传递使计算机中各部件同步和协调的定时信号及控制信号。

33. 什么是微型计算机的外设？常用的外设有哪些？

答：微型计算机的输入/输出设备，也称为外围设备，简称 I/O 设备或外设。微型计算机与外界通信要通过外围设备进行。常用的外设有：键盘、电传打字机、盒式磁带机、软驱、硬盘、光驱、显示器等。

34. 计算机的输入/输出接口有哪些作用？

答：①输入/输出设备的选择；②信息的转换；③信息的输入/输出；④数据的缓冲及锁存。

35. 什么是集散型计算机工业控制系统？

答：集散型计算及工业控制系统又称为以微处理器为基础的分布式信息综合控制系统。集散控制系统是采用标准化、模块化、系列化的设计，具有分散控制和集中综合管理的分级计算机网络系统结构。它具有配置灵活、组态方便、便于实现生产过程的全局优化等特点。

36. 示波器探头的作用是什么？

答：使被测信号与示波器隔离，能测量较高电压信号；提高示波器的输入阻抗；减小测量引线分布电容对被测信号波形的影响；减小外界干扰的影响。

37. 微机保护系统的硬件一般包含哪几部分？

答：微机保护系统主要包括：微机系统、数据采集系统、开关量输入输出系统三部分。

38. 微机保护的数据采集系统一般包含哪几部分？

答：数据采集系统包括交流变换、电压形成、模拟滤波、采样保持、多路转换以及模数转换等。

39. 微机保护系统中模拟量的采集有哪几种方式？各有何特点？

答：微机保护系统中模拟量的采集一般有两种方式，即直流采样监测和交流采样监测。直流采样监测电量变送器将供电系统的交流电压、交流电流、有功功率、无功功率等转换为 $0\sim5V$（无功为±5V）的直流电压信号，供微机监测。该方法可以采用单极性 A/D 转换接口，对转换速度的要求不高，精度比较容易保证，程序设计也较简单，但这种方式的主要缺点是电量变送器投资较大，二次接线维护复杂，且变送器有一定的延时，因此，该方式一般适用于监测变化速度比较缓慢的过程和稳态量。交流采样监测是采用交流变换器将交流电压和交流电流转换成±5V 的交流电压信号，供微机监测。这种方法的特点是结构简单，速度快，投资省，工作可靠，缺点是程序设计较繁琐，要提高监测精度在技术上比较复杂。同时要求 A/D 转接口是双极性的，对转换速度要求较高。

40. 微机保护的数据采集中，模拟低通滤波器起什么作用？

答：如果数据采样频率过低，由于供电系统发生故障的初始瞬间，电压、电流中都含有相当高的谐波成分，会出现频率混叠而使数据处理失真。为防止频率混叠，采样频率 f_s 不得不选取得很高。采样频率越高，对 CPU 的速度要求越高。但由于目前大多数的微机保护原理都是反映工频量的，因此，在采样前设置一个模拟低通滤波器，将电压、电流信号中的高频分量滤掉，这样就可以降低采样频率 f_s，从而降低对微机系统硬件的要求。

41. 机电一体化产品主要特征是什么？

答：整体结构最佳化；系统控制智能化；操作性能柔性化。

42. 机电一体化系统的五大组成要素和五大内部功能是什么？

答：五大组成要素：机械系统（机构）、电子信息处理系统（计算机）、动力系统（动力源）、传感监测系统（传感器）、执行元件系统（如电动机）。五大内部功能：主功能、动力功能、检测功能、控制功能、构造功能。

43. 何谓 CIMS 和 FMS？

答："CIMS"是信息技术和生产技术的综合应用，旨在提高制造企业的生产率和响应能力，由此企业的所有功能、信息、组织管理方面都是一个集成起来的整体的各个部分。"FMS"是在计算机辅助设计（CAD）和计算机辅助制造（CAM）的基础上，打破设计和制造界限，取消图样、工艺卡片，使产品设计、生产相互结合而成的一种先进生产系统。

44. 举出几个机电一体化产品的实例，并说明它们与传统的机电产品的区别？

答：由学员结合自己的经验举例。说明机电一体化产品不仅代替人类的体力劳动，且具有"头脑"。

45. 机电一体化中，计算机与信息处理技术起什么作用？

答：计算机是实现信息处理的工具。在机电一体化系统中，计算机与信息处理部分控制着整个系统的运行，直接影响到系统工作的效率和质量。

46. 微机测温仪进行温度动态采样时，求平均值的具体方案是什么。

答：求平均值的具体方案是：首先求几个采样值的平均值，接着求出每个采样值平均值的偏差，从而求出最大偏差值。判断最大偏差值是否小于给定的误差范围，若超差则舍去最大偏差值所对应的采样值，将留下的值取平均，即为平均值。

47. 变频器配线安装的注意事项。

答：① 在电源和变频器之间，通常要接入低压断路器与接触器，以便在发生故障时能迅速切断电源，同时便于安装修理。

② 变频器与电动机之间一般不允许接入接触器。

③ 由于变频器具有电子热保护功能，一般情况下可以不用热继电器。

④ 变频器输出侧不允许接电容器，也不允许接电容式单相电动机。

48. 画出变频器的功能预置流程图。

答：

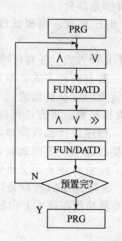

49. 变频器的基本结构和键盘配置。

答：变频器的基本结构：变频器由主电路（包括整流器、中间直流环节、逆变器）和控制电路组成。如下图所示。

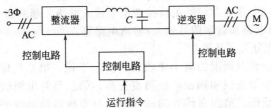

主电流部分，整流器把三相交流整流成直流电；逆变器是利用功率器件，有规律地控制其中主开关的通断，从而获得任意的三相输出，带动后面的交流电动机按可调转速运转；而中间的直流环节，则是利用其储能元件缓冲直流环节与电动机之间的无功功率交换。

控制电路部分，完成对整流器的电压控制，对逆变器的开关控制，并通过外部接口电路交换控制信息，同时完成保护功能。

变频器的键盘设置如下。

① 模式转换键：更改工作模式用。如显示、运行及程序设定模式等，常用 MOD、PRG 等符号。

② 增减键：用于增加、减小数据。常见符号有↑、↓，以及加速数据修改的横向键、＞、》等。

③ 读出、写入键：在程序设定模式下，用于"读出"和"写入"数据码。常见的符号有 SET、READ、WRT、DATA、ENTER 等。

④ 运行操作键：在键盘运行模式下，用于进行"运行"、"停止"等操作。如 RUN"运行"、FWD（正转）、REV（反转）、STOP（停止）、JOD（点动）等。

⑤ 复位键：用于故障跳闸后，使变频器恢复状态。如 RESET、RES。

⑥ 数字键：在设定数字码时，可直接输入所需的数据。例如"0～9"和小数点"."等。

50. 用简易编程器将程序写入可编程控制器时，进行存储器清零和写入加工程序的具体操作如何？

答：

（1）存储器清零

① 按 CLEAR 键。

② 按 STEP 键。

③ 按 0 键。

④ 按 STEP 键。

⑤ 按 4 键。

⑥ 按 4 键。

⑦ 按 7 键。

⑧ 按 DELETE 键。

（2）写入加工程序

① 按 CLEAR 键。

② 按 STEP 键。

③ 按 1 键。

④ 按 INSTR 键。

⑤ 按 LD 键。

⑥ 按 0 键。

⑦ 按 WRITE 键。

⑧ 以后重复指令-元素号码，写入。

⑨ 每一次按 WRITE 键，步序号自动进位，不需再按 STEP 键。

⑩ 直至程序结束，写入 END 指令。

51. 变频器的外部接口电路由哪几部分组成？

答：变频器的外部接口电路通常包括逻辑控制指令输入电路，频率指令输入/输出电路、过程参数检测信号输入/输出电路和数字信号输入/输出电路等。

52. 变频器产生谐波干扰分为哪几种？

答：第一是辐射干扰，它对周围的电子接收设备产生干扰。第二是传导干扰，使直接驱动的电动机产生电磁噪声，增加铁损和铜损，使温度升高；第三是对电源输入端所连接的电子敏感设备产生影响，造成误动作。第四在传导的过程中，与变频器输出线平行敷设的导线会产生电磁耦合，形成感应干扰。

53. 试述变频器安装的注意事项？

答：①在电源和变频器之间，通常要接入低压短路器与接触器，以便在发生故障时能迅速切断电源，同时便于安装修理。②变频器与电动机之间不允许接入接触器。

第 10 章　变配电设施

1. 什么是一次设备？

答：直接与生产电能和输配电有关的设备称为一次设备。包括各种高压断路器、隔离开关、母线、电力电缆、电压互感器、电流互感器、电抗器、避雷器、消弧线圈、并联电容器及高压熔断器等。

2. 什么是二次设备？

答：对一次设备进行监视、测量、操纵控制和保护作用的辅助设备。如各种继电器、信号装置、测量仪表、录波记录装置以及遥测、遥信装置和各种控制电缆、小母线等。

3. 什么是一次设备高压断路器？

答：又称高压开关，它不仅可以切断或闭合高压电路中的空载电流和负荷电流，而且当系统发生故障时，通过继电保护装置的作用，切断过负荷电流和短路电流。它具有相当完善的灭弧结构和足够的断流能力。

4. 什么是一次设备负荷开关？

答：负荷开关的构造与隔离开关相似，只是加装了简单的灭弧装置。它也是有一个明显的断开点，有一定的断流能力，可以带负荷操作，但不能直接断开短路电流，如果需要，要依靠与它串接的高压熔断器来实现。

5. 什么是一次设备空气断路器（自动开关）？

答：是用手动（或电动）合闸，用锁扣保持合闸位置，由脱扣机构作用于跳闸并具有灭弧装置的低压开关，目前被广泛用于 500V 以下的交、直流装置中，当电路内发生过负荷、短路、电压降低或消失时，能自动切断电路。

6. 什么是一次设备电缆？

答：由芯线（导电部分）、外加绝缘层和保护层三部分组成的电线称为电缆。

7. 什么是一次设备母线？

答：电气母线是汇集和分配电能的通路设备，它决定了配电装置设备的数量，并表明以什么方式来连接发电机、变压器和线路，以及怎样与系统连接来完成输配电任务。

8. 什么是一次设备电流互感器？

答：又称仪用变流器，是一种将大电流变成小电流的仪器。

9. 什么是一次设备变压器？

答：一种静止的电气设备，是用来将某一数值的交流电压变成频率相同的另一种或几种数值不同的交流电压的设备。

10. 什么是一次设备高压验电笔？

答：用来检查高压网络变配电设备、架空线、电缆是否带电的工具。

11. 什么是一次设备接地线？

答：是为了在已停电的设备和线路上意外地出现电压时保护工作人员的重要工具。按部颁规定，接地线必须是 25mm² 以上裸铜软线制成。

12. 什么是一次设备标示牌？

答：是用来警告人们不得接近设备和带电部分，指示为工作人员准备的工作地点，提醒采取安全措施，以及禁止某设备或某段线路合闸通电的通告示牌。可分为警告类、允许类、提示类和禁止等。

13. 什么是一次设备遮栏？

答：为防止工作人员无意碰到带电设备部分而装设的屏护，分临时遮栏和常设遮栏两种。

14. 什么是一次设备绝缘棒？

答：又称令克棒、绝缘拉杆、操作杆等。绝缘棒由工作头、绝缘杆和握柄三部分构成。它供在操作高压隔离开关，装拆携带式接地线，以及进行测量和试验时使用。

15. 什么是一次设备相序？

答：就是相位的顺序，是交流电的瞬时值从负值向正值变化经过零值的依次顺序。

16. 什么是一次设备电力系统？

答：电力系统是动力系统的一部分，它由发电厂的发电机及配电装置，升压及降压变电所、输配电线路及用户的用电设备所组成。

17. 什么是一次设备动力系统？

答：发电厂、变电所及用户的用电设备，其相间以电力网及热力网（或水力）系统连接起来的总体叫做动力系统。

18. 交流接触器频繁操作时为什么过热？

答：交流接触器启动时，由于铁芯和衔铁之间的空隙大，电抗小，可以通过线圈的激磁电流很大，往往大于工作电流的十几倍，如频繁启动，使激磁线圈通过很大的启动电流，因而引起线圈产生过热现象，严重时会将线圈烧毁。

19. 高压隔离开关的每一极用两个刀片有什么好处？

答：根据电磁学原理，两根平行导体流过同一方向电流时，会产生互相靠拢的电磁力，其力的大小与平行之间的距离和电流有关，由于开关所控制操作的电路，发生故障时，刀片会流过很大的电流，使两个刀片以很大的压力紧紧地夹住固定触头，这样刀片就不会因振动而脱离原位造成事故扩大的危险，另外，由于电磁力的作用，合闸刀片（动触头）与固定触头之间接触紧密，接触电阻减少，故不致因故障电流流过而造成触头熔焊现象。

20. 对 10kV 变（配）电所的接地有哪些要求？

答：变压器、开关设备和互感器（PT、CP）的金属外壳，配电柜、控制保护盘、金属构架、防雷设备、电缆头及金属遮栏等。对接地装置有下列要求：

① 室内角钢基础及支架要用截面不小于 25×4mm² 的扁钢相连接做接地干线，然后引出户外，与户外接地装置连接；

② 接地体应距离变（配）电所墙壁 3m 以外，接地体长度为 2.5m，两根接地体间距离以 5m 为宜；

③ 接地网形式以闭合环路式为好，如接地电阻不能满足要求时，可以附加外引式接地体；

④ 整个接地网的接地电阻不应大于 4Ω。

21. 防爆电气设备竣工验收时，应详细验收什么项目？

答：防爆电气设备竣工验收时，必须注重以下几点：

① 验明"防爆合格证号"；

② 防爆电气设备的类型、组别应符合设计；

③ 防爆电气设备在外壳应无裂纹、损伤、接线盒应紧固，且固定螺栓和防松装置应齐全；

④ 防爆充油电气设备，油箱等不应渗漏油，油面高度符合要求；

⑤ 电气设备多余的进线口，应按规定作好密封；

⑥ 电气线路的密封装置的安装应符合规定；

⑦ 安全火花型电气设备的配线工程，其线路走向标高应符合设计，线路应有天蓝色标志；

⑧ 电气装置的接地或接零，应符合规定，防静电接地，应符合设计要求。

22. 成套手车柜的安装应符合什么规定？

答：①手车推拉灵活轻便，无卡阻碰撞现象；②动静触头中心一致，接触紧密，手车推入工作位置，符合产品要求；③二次回路辅助开关的切换接点应动作准确，接触可靠；④机械闭锁装置应动作准确可靠；⑤柜内照明齐全；⑥安全隔板开关灵活，随手车柜的进出而相应动作；⑦柜内控制电缆的位置不应妨碍手车的进出，并牢牢固定；⑧手车与柜体间的接地触头，应接触紧密，手车推入柜内时，其接地触头应比主触头早接通，拉出时相反。

23. 配电盘（柜）安装前的准备工作？

答：①配电盘的安装应在室内粉刷完毕，基础达到要求强度，清扫干净后进行；②配电盘在安装前应进行检查验收，查核配电盘的型号，盘内的电气元件是否符合要求，有无机械损伤；③基础型钢应配合土建下好埋件，基础型钢顶面应高出地平面1020mm，同一场所同一水平面上的基础型钢的水平误差不应超过长度的1/1000，最大水平误差不应超过5mm，小车式配电柜的基础型钢应与屋内地面相平。

24. 电焊机在使用前应注意哪些事项？

答：新的或长久未用的电焊机，常由于受潮使绕组间、绕组与机壳间的绝缘电阻大幅度降低，在开始使用时容易发生短路和接地，造成设备和人身事故。因此在使用前应用兆欧表检查其绝缘电阻是否合格。启动新电焊机前，应检查电气系统接触器部分是否良好，认为正常后，可在空载下启动试运行。证明无电气隐患时，方可在负载情况下试运行，最后才能投入正常运行。直流电焊机应按规定方向旋转，对于带有通风机的要注意风机旋转方向是否正确，应由上方吹出，以达到冷却电焊机的目的。

25. 断路器分、合闸速度过高或过低对运行有什么危害？

答：分、合闸速度过高，将使运行机构或有关部件超过所能承受的机械应力，造成部件损坏或缩短使用寿命。分闸速度过低，特别是分闸初始速度过低时，不能快速切除故障，若合闸速度过低，在断路器合闸短路故障时，不能克服触头关合电动力的作用，引起触头振动或处于停滞，会使触头烧损。

26. 直流系统在变电所中起什么作用？

答：直流系统在变电所中为控制信号、继电保护、自动装置及事故照明等提供可靠的直流电源，还为操作提供可靠的操作电源。直流系统的可靠与否，对变电站的安全运行起着至关重要的作用，是变电站安全运行的保证。

27. 安装接触器的要求是什么？

答：①接触器安装前、后检查接触器线圈电压是否符合实际使用要求，然后将电磁芯极面的防锈油擦去。并用手分、合接触器的活动部分，检查各触头接触是否良好，压力是否一致，有无卡阻现象。②接触器安装时，其底面与地面的倾斜度应小于5°。③接触器的触头不允许涂油。

28. 工作接地起什么作用？

答：①降低人体的接触电压；②迅速切断故障设备；③降低电气设备和电力线路的设计绝缘水平。

29. 交流接触器短路环的作用是什么？

答：交流接触器短路环的作用是：在交变电流过零时，维持动静铁芯之间具有一定的吸力，以清除动、静铁芯之间的振动。

30. 什么叫做反馈？依其作用如何分类？

答：把输入电量（电压或电流）的一部分或全部送回其输入端和输入信号一起参与控制输出，这种作用称为反馈。依据反馈的作用又分为负反馈和正反馈。

31. 处理故障电力电容器，应注意哪些问题？

答：处理故障电容时，首先应拉开电容器组的电源控制开关，如采用熔断器保护，应取下熔断管，这时，电容器组虽然已经通过放电电阻自行放电，但仍有部分残余电荷，因此必须进行人工放电，直到无火花和放电声为止，以免发生触电事故。

32. 什么叫短路电流的热效应？

答：在电路发生短路时，极大的短路电流将使导体温度迅速升高，称之为短路电流的热效应。由于短路电流通过导体的时间是不长的，通常不过几秒。因此在短路过程中，可不考虑导体向周围介质的散热，短路电流在导体中产生的热量完全用来使导体温度升高。

33. 三段保护特性脱扣器指的是什么？各有什么不同？

答：指的是长延时、短延时及瞬时脱扣器的过电流保护。瞬时脱扣器一般用作短路保护。短延时脱扣器可作短路保护，也可作过载保护。长延时脱扣器只作过载保护。

34. 检查电气设备的基本方法有几种？

答：检查电气设备的基本方法有：①利用兆欧表测量绝缘电阻和吸收比；②利用高压硅整流装置进行直流耐压试验和泄漏电流的测量；③利用介质损失角测定器测量介质损失角的正切值；④利用交流升压设备进行交流耐压试验。

35. 为什么采用高压输电？

答：在输送一定功率及输送距离一定的前提下，电压越高，电流越小。这样可以带来如下的好处：①线路中流过的电流小，可以减小线路截面积，节约有色金属；②线路中流过的电流小，可减小线路中的功率损失和电压损失。

36. 电流继电器的三种接线方式的应用范围是什么？

答：①三相三继电器接线方式不仅能反应各种类型的相间短路，也能反应单相接地短路，所以这种接线方式用于中性点直接接地系统中作为相间短路保护和单相接地短路的保护。②二相双继电器接线方式能反应相间短路，但不能完全反应单相接地短路，所以不能作单相接地保护。这种接线方式用于中性点不接地系统或经消弧线圈接地系统作相间短路保护。③两相单继电器电流差接线方式具有接线简单，投资少的优点，能反应各种相间短路，但故障形式不同时，其灵敏度不同。这种接线方式常用于10kV及以下的配电网作相间短路保护。

37. 电力系统中性点三种运行方式的优缺点是什么？

答：①中性点不接地系统的优点：这种系统发生单相接地时，三相用电设备能正常工作，允许暂时继续运行2h之内，因此可靠性高。缺点：这种系统发生单相接地时，其他两条完好相对地电压升到线电压，是正常时的$\sqrt{3}$倍，因此绝缘要求高，增加绝缘费用。②中性点经消弧线圈接地系统的优点：除有中性点不接地系统的优点外，还可以减少接地电流；其缺点：类同中性点不接地系统。③中性点直接接地系统的优点：发生单相接地时，其他两完好相对地电压不升高，因此可降低绝缘费用；其缺点：发生单相接地短路时，短路电流大，要迅速切除故障部分，从而使供电可靠性差。

38. 母线常用的材料有哪些？各有什么优缺点？

答：母线常用材料有铝、钢和铜。铝母线的电阻率比铜稍大，导电性能次于铜，机械强度比铜小，易腐蚀氧化，但价格便宜，质轻。铜母线导电性能好，电阻率小，机械强度大，防腐性能好，但价格较贵。钢母线导电性能差，易腐蚀，但价格便宜，机械强度大。

39. 常用的灭弧法有哪些？

答：常用的灭弧法有：速拉灭弧法、冷却灭弧法、吹弧灭弧法、长弧切短灭弧法、狭沟或狭缝灭弧法、真空灭弧法和六氟化硫灭弧法。

40. 电路有哪几种工作状态？各种工作状态的电压、电流、功率关系如何？

答：电路有三种工作状态：负载状态、空载状态和短路状态。①负载状态：负载电阻和电源接通，$I=U/r$，$U=E=Ir$，$P=P_E-\Delta P$，式中 $P_E=EI$——电源产生的功率；$\Delta P=I^2r$——电源内阻上损耗的功率；$P=UI$——电源向外电路负载输出的功率。②空载状态：外电路电阻对电源来说是无穷大（$R\to\infty$），$I=0$，$U=EP=P_E=\Delta P=0$。③短路状态：外电路电阻 $R=0$ 时，电流不经过负载，$I=I_S$，$U=0$，$P=0$，$P_E=\Delta P=I^2r$。

41. 短路的原因是什么？有什么危害？生产中能否利用短路？

答：短路的原因：①接线错误；②绝缘损坏；③操作错误；④机械损伤。短路的危害：由于短路时电流不经过负载，只在电源内部流动，内部电阻很小，使电流很大，强大电流将产生很大的热效应和机械效应，可能使电源或电路受到损坏，或引起火灾。短路的利用：电焊机利用短路产生大电流在焊条与工件间引弧进行焊接；电动机启动时电流很大，可并联在电流表上的开关关上，将电表短路，电动机启动电流不通过电流表，对电表起保护作用，启动完毕将该开关断开。

42. 什么是电器？电器的分类方法有哪些？

答：凡是根据外界特定的信号和要求，自动或手动接通和断开电路，断续或连续地改变电路参数，实现对电路或非电现象的切换、控制、保护、检测和调节的电气设备均称为电器。电器的分类：按工作电压高低分：高压电器、低压电器。按动作方式分：自动切换电器、非自动切换电器。按执行功能分：有触点电器、无触点电器。

43. 低压电器的标准，通常包括哪些内容？按标准内容性质可分为哪几类？按批准标准的级别分为哪几级？

答：低压电器产品标准内容通常包括产品的用途、适用范围、环境条件、技术性能要求、试验项目和方法、包装运输的要求等，它是制造厂和用户验收的依据。按标准内容性质可分为基础标准、专业标准和产品标准三大类。按批准标准内容性质的级别可分为：国家标准（GB）、部标准（JB）和局批企业标准（JB/DQ）三级。

44. 自动空气开关的一般选用原则是什么？

答：自动空气开关的一般选用原则是：

① 自动空气开关的额定电压≥线路额定电压。

② 自动空气开关的额定电流≥线路计算负载电流。

③ 热脱扣器的整定电流＝所控制负载的额定电流。

④ 电磁脱扣器的瞬时脱扣整定电流≥负载电路正常工作时的峰值电流。

⑤ 自动空气开关欠电压脱扣器的额定电压＝线路额定电压。

45. 熔断器主要由哪几部分组成？安秒特性表示什么？主要作用是什么？

答：熔断器主要由熔体、安装熔体的熔管和熔座三部分组成。熔断器的安秒特性曲线亦是熔断特性曲线、保护特性曲线，是表征流过熔体的电流与熔体的熔断时间的关系。熔断器对过载反应是很不灵敏的，当系统电气设备发生轻度过载时，熔断器将持续很长时间才熔断，有时甚至不熔断。因此，熔断器一般不宜作过载保护，主要用作短路保护。

46. 在哪些情况下，操作前，必须进行核相？

答：①一切新安装、改装与系统有联络关系的设备和线路；②进线检修；③变压器检修、拆装电缆引线接头或调整分接开关；④系统电缆重做接线盒、电缆头、移动电缆及其他可能变换相别的作业时；⑤PT的二次回路接有同相回路，当检修PT或变动二次回路须做同相试验。

47. 什么是电流保护，动作原理如何？

答：当线路发生短路时，重要特征之一是线路中的电流急剧增大，当电流流过某一预定值时，反应于电流升高而动作的保护装置叫过电流保护，过电流保护的动作电流是按最大负荷电流来考虑的，其选择是靠阶梯形的时限来配合的。

48. 什么叫速断保护，它有何特点？

答：过电流保护启动电流是按照大于最大负荷电流的原则整定的，为了保证选择性，采取了逐级增加的阶梯形时限的特征，这样一来靠近电源端的保护装置动作时限将很长，这在许多情况下是不允许的。为了克服这一缺点也采用提高整定值，以限制动作范围的办法，这样就不必增加时限可以瞬时动作，其动作是按躲过最大运行方式下短路电流来考虑的，所以不能保护线路全长，它只能保护线路的一部分，系统运行方式的变化影响电流速断的保护范围。

49. 什么叫接地？什么叫接零？为何要接地和接零？

答：在电力系统中，将设备和用电装置的中性点、外壳或支架与接地装置用导体作良好的电气连接叫做接地。将电气设备和用电装置的金属外壳与系统零线相接叫做接零。接地和接零的目的，一是为了电气设备的正常工作，例如工作性接地；二是为了人身和设备安全，如保护性接地和接零。虽然就接地的性质来说，还有重复接地、防雷接地和静电屏蔽接地等，但其作用都不外是上述两种。

50. 什么叫定时限？什么叫反时限？

答：为了实现过电流保护的选择性，应将线路各段的保护动作时间按阶梯原则来整定，即离电源端越近时限越长。每段时限级差一般为 0.5s。继电器的动作时间和短路电流的大小无关。采用这种动作时限方式的称为定时限。定时限过流继电器为电磁式，配有时间继电器获得时限特性，其型号为 DL 型。反时限是使动作时间与短路电流的大小无关，当动作电流大时，动作时间就短，反之则动作时间长，利用这一特性做成的继电器称为反时限过流继电器。它是感应式，型号为 GL 型。它的动作电流和动作时间的关系可分为两部分：一部分为定时限，一部分为反时限。当短路电流超出一定倍数时，电流的增加不再使动作时间缩短，此时表现为定时限特性。

51. 交、直流回路能合用一条电缆吗？

答：简单地讲交、直流回路是不能合用一条电缆的，其主要原因是：交、直回路都是独立的系统，当交、直流合用一条电缆时，交、直流发生互相干扰，降低对直流的绝缘电阻；同时，直流是绝缘系统，而交流则是接地系统，两者之间容易造成短路，故交、直流不能合用一条电缆。

52. 中央信号装置有几种？各有何用途？

答：中央信号装置有事故信号和预告信号两种。事故信号的用途是当断路器动作于跳闸时，能立即通过蜂鸣器发出声响，并使断路器指示灯闪光。而预告信号的用途是：在运行设备发生异常现象时，能使电铃瞬时或延时发出声响，并以光字牌显示异常现象的内容。

53. 掉牌未复归的作用是什么？

答：掉牌未复归信号一般用光字牌和警铃来反映，其特点是在全部控制回路中，任何一路信号未恢复，均能发出灯光信号，以便提醒值班人员或操作人员根据信号查找故障，不至于发生遗漏或误判。

54. 直流母线电压过高或过低有何影响？

答：直流母线电压过高时，对长期带电运行的电气元件，如仪表继电器，指示灯等容易因过热而损坏。而电压过低时，容易使保护装置误动或拒动。一般规定电压的允许变化范围为 $\pm 10\%$。

55. 变压器过流保护动作，值班员如何处理？

答：①到现场检查若无明显故障时，可以送电；②确定是人为误动，保护引起变压器开关跳闸或联系主控调度确定系统故障，引起该过流保护动作，而后变压器油开关跳闸则可不经检查立即投入。

56. 继电保护在异常故障时，值班人员都有哪些责任？

答：(1) 当电站内部及系统发生异常和事故时（如电流冲击电压突然下降系统振荡、过负荷，周波摆动，接地及开关自动跳闸等），值班员须做下列工作：①检查信号掉牌落下的情况；②检查声响、灯光信号发出情况；③检查开关自动跳闸，自动装置的动作情况；④监视电流、电压周波及有功功率变化情况，将上述情况详细记入记录本内，然后按规定复归信号。(2) 对上述检查的结果应及时通知值班长、系统调度及车间领导。(3) 下列情况规定值班员可自行处理：①更换灯泡和保险；②选择直流接地。

57. 在三相四线制供电系统中，为什么不允许一部分设备接零，而另一部分设备采用保护接地？

答：当采用保护接地的用电设备一相碰壳时，由于大地的电阻比中线的电阻大的多，经过机壳接地极和地形成了短路电源、往往不足以使自动开关和保险动作，而接地电源，又使电源中性点电位升高，使所有接零线的电设备外壳或柜架出现了对地电压，会造成更多的触电机会。

58. 试电笔有哪些用途？

答：试电笔除能测量物体是否带电以外，还有以下几个用途：

① 可以测量线路中任何导线之间是否同相或异相。其方法是：站在一个与大地绝缘的物体上，两手各持一支试电笔，然后在待测的两根导线上进行测试，如果两支试电笔发光很亮，则这两根导线是异相，否则即同相。

② 可以辨别交流电和直流电。在测试时如果电笔氖管中的两个极（管的两端）都发光，则是交流电。如果两个极只有一个极发光，则是直流电。

③ 可判断直流电的正负极。接在直流电路上测试，氖管发亮的一极是负极，不发亮的一极是正极。

④ 能判断直流是否接地。在对地绝缘的直流系统中，可站在地上用试电笔接触直流系统中的正极或负极，如果试电笔氖管不亮，则没有接地现象。如果发亮，则说明接地存在。其发亮如在笔尖一端，这说明正极接地。如发亮在手指一端，则是负极接地。但带接地监察继电器者不在此限。

59. 什么叫防跳跃闭锁保护？

答：所谓"跳跃"是指当断路器合闸时，由于控制开关未复归或控制开关接点、自动装置接点卡住，致使跳闸控制回路仍然接通而动作跳闸，这样断路器将往复多次地"跳—合"，我们把这种现象称为"跳跃"。防跳跃闭锁保护就是利用操作机构本身的机械闭锁或另在操作回路采取其他措施（如加装防跳继电器等）来防止跳跃现象发生。使断路器因故障而跳闸后，不再合闸，即使操作人员仍将控制开关放在合闸位置，断路器也不会发生"跳跃"。

60. 铅蓄电池电解液的比重异常的原因是什么？怎样处理？

答：比重异常的现象是：①充电的时间比较长，但比重上升很少或不变；②浮充电时比重下降；③充足电后，3h 内比重下降幅度很大；④放电电流正常但电解液比重下降很快；⑤长时间浮充电，电解液上下层的比重不一致。造成电解液比重异常的主要原因和排除方法是：①电解液中可能有杂质并出现混浊，应根据情况处理，必要时更换电解液；②浮充电流过小，应加大浮充电源，进一步观察；③自放电严重或已漏电，应清洗极板，更换隔板，加强绝缘；④极板硫化严重，应采用有关方法处理；⑤长期充电不足，由此造成比重异常，应均衡充电后，改进其运行方式；⑥水分过多或添加硫酸后没有搅拌均匀，一般应在充电结束前 2h 进行比重调整；⑦电解液上下层比重不一致时，应用较大的电流进行充电。

61. 直流正、负极接地对运行有什么危害？

答：直流正极接地有造成保护误动作的可能，因为一般跳闸线圈（如出口中间线圈和跳闸线圈等）均接负极电源，若这些回路再发生接地或绝缘不良就会引起保护误动作，直流负极接地与正极接地同一道理，如回路中再有一点接地，就会造成保护拒绝动作（越级扩大事故），因为两点接地将跳闸或合闸回路短路，这时可能烧坏继电器接点。

62. 常见的操作过电压有哪几种？

答：操作过电压易在下列情况下发生：①开断空载变压器或电抗器（包括消弧线圈，变压器-电弧炉组，同步电动机，水银整流器等）。②开断电容器组或空载长线路。③在中性点不接地的电力网中，一相间歇性电弧接地。

63. 导线细小允许通过的电流就小，而某一条高压输电线比某一台电焊机的导线还细，那么是否能讲高压输出电线送的功率比电焊机的功率小，为什么？

答：不能这么说，在输送相等的功率时，$S=\sqrt{3}UI$，因高压的线电压较高，相对来讲电流就比较小，所以采用导线就细，同样电焊机的电压较低，在相等功率情况下，电流就显得较大。

64. 送电时投入隔离开关的顺序是什么？

答：先合母线侧、后合线路侧。

65. 动力配电箱的闸刀开关可不可以带负荷拉开。

答：不可以。

66. 继电保护的用途是什么？

答：①当电网发生足以损坏设备或危及电网安全运行的故障时，使被保护设备快速脱离电网；②对电网的非正常运行及某些设备的非正常状态能及时发出警报信号，以便迅速处理，使之恢复正常；③实现电力系统自动化和远程化，以及工业生产的自动控制。

67. 继电保护装置的基本原理是什么？

答：电力系统发生故障时，基本特点是电流突增，电压突降，以及电流与电压间的相位角发生变化，各种继电保护装置正是抓住了这些特点，在反应这些物理量变化的基础上，利用正常与故障，保护范围内部与外部故障等各种物理量的差别来实现保护的，有反应电流升高而动作的过电流保护，有反应电压降低的低电压保护，有既反应电流又反应相角改变的过电流方向保护，还有反应电压与电流比值的距离保护等。

68. 对继电器有哪些要求？

答：①动作值的误差要小；②接点要可靠；③返回时间要短；④消耗功率要小。

69. 常用继电器有哪几种类型？

答：按感受元件反应的物理量的不同，继电器可分为电量的和非电量的两种，属于非电量的有瓦斯继电器、速度继电器、温度继电器等。反应电量的种类较多，一般分为：①按动作原理分为：电磁型、感应型、整流型、晶体管型；②按反应电量的性质有：电流继电器和电压继电器；③按作用可分为：中间继电器、时间继电器、信号继电器等。

70. 感应型电流继电器的检验项目有哪些？

答：感应型电流继电器是反时限过流继电器，它包括感应元件和速断元件，其常用型号为GL-10和GL-20两种系列，在验收和定期检验时，其检验项目如下：①外部检查；②内部和机械部分检查；③绝缘检验；④始动电流检验；⑤动作及返回值检验；⑥速动元件检验；⑦动作时间特性检验；⑧接点工作可靠性检验。

71. 继电器应进行哪些外部检查？

答：继电器在验收或定期检验时应做以下外部检查：①继电器外壳应完好无损，盖与底座之间配合良好；②各元件不应有外伤及破损，且安装牢固、整齐；③导电部分的螺丝接线柱以及连接导线等部件不应有氧化开焊及接触不良等现象，螺丝及接线柱均应有垫片及弹簧垫；④非导电部分如弹簧，限位杆等，必须用螺丝加以固定并用耐久漆密封。

72. DX-11型信号继电器的动作值、返回值如何检验？

答：试验接线与中间继电器相同，对于电流型继电器，其动作值应为额定值的 $70\% \sim 90\%$，对于电压型信号继电器，其动作值应为额定值的 $50\% \sim 70\%$。返回值均不得低于额定值的 5%，若动作值、返回值不符合要求，可调整弹簧拉力或衔铁与铁芯间的距离。

73. 什么是继电保护装置的选择性？

答：保护装置的选择性由保护方案和整定计算所决定，当系统发生故障时，继电保护装置能迅速准确地将故障设备切除，使故障造成的危害及停电范围尽量减小，从而保证非故障设备继续正常运行，保护装置能满足上述要求，就叫有选择性。

74. 继电保护装置的快速动作有哪些好处？

答：①迅速动作，即迅速地切除故障，可以减小用户在低电压的工作时间，加速恢复正常运行的过程；②迅速切除故障，可以减轻电气设备受故障影响的损坏程度；③迅速切除故障，能防止故障的扩展。

75. 电流速断保护的特点是什么？

答：无时限电流速断不能保护线路全长，它只能保护线路的一部分，系统运行方式的变化，将影响电流速断的保护范围，为了保证动作的选择性，其启动电流必须按最大运行方式（即通过本线路的电流为最大的运行方式）来整定，但这样对其他运行方式的保护范围就缩短了，规程要求最小保护范围不应小于线路全长的 15%。另外，被保护线路的长短也影响速断保护的特性，当线路较长时，保护范围就较大，而且受系统运行方式的影响较小，反之，线路较短时，所受影响就较大，保护范围甚至会缩短为零。

76. DS-110/120型时间继电器的动作值与返回值如何测定？

答：调节可变电阻器升高电压，使衔铁吸入，断开刀闸加入冲击电压，衔铁应吸合，此电压即为继电器的动作电压，然后降低电压，则使衔铁返回原位的最高电压为返回电压。对于直流时间继电器，动作电压不应大于额定电压的 65%，返回电压不应小于额定电压的 5%，对于交流时间继电器，动作电压不应大于额定电压的 85%，若动作电压过高，则应调整弹簧弹力。

77. 对断路器控制回路有哪几项要求？

答：断路器的控制回路，根据断路器的型式，操作机构的类型以及运行上的不同要求，而有所差别，但其基本上接线是相似的，一般断路器的控制回路应满足以下几项要求：①合闸和跳闸线圈按短时通过电流设计，完成任务后，应使回路电流中断；②不仅能手动远方控制，还应能在保护或自动装置动作时进行自动跳闸和合闸；③要有反映断路器的合闸或跳闸的位置信号；④要有区别手动与自动跳、合闸的明显信号；⑤要有防止断路器多次合闸的"跳跃"闭锁装置；⑥要能监视电源及下一次操作回路的完整性。

78. 测量电容器时应注意哪些事项？

答：①用万用表测量时，应根据电容器和额定电压选择适当的挡位。例如：电力设备中常用的电容器，一般电压较低只有几伏到几千伏，若用万用表 $R \times 10k$ 挡测量，由于表内电池电压为 $15 \sim 22.5V$，很可能使电容击穿，故应选用 $R \times 1k$ 挡测量；②对于刚从线路上拆下来的电容器，一定要在测量前对电容器进行放电，以防电容器中的残存电压向仪表放电，使仪表损坏；③对于工作电压较高，容量较大的电容器，应对电容器进行足够的放电，放电时操作人员应做好防护措施，以防发生触电事故。

79. 在进行高压试验时必须遵守哪些规定？

答：①高压试验应填写第一种工作票。在一个电气连接部分同时有检修和试验时填一张工作票。但在试验前应得到检修工作负责人的许可，在同一电气连接部分工作，高压试验的工作票发出后，禁止再发第二张工作票。如加压部分和检修部分之间的断开点，按试验电压有足够的安全距离，并在另一侧有接短路时，可在断开点一侧进行试验，另一侧可继续工作，但此时在断开点应挂有"止步，高压危险！"标示牌，并设有专人监护。②高压试验工作不可少于两人，试验负责人应由有经验的人员担任，开始试验前试验负责人应对全体试验人员详细布置试验中的安全注意事项。③因试验需要断开设备接头时，拆前应做好标记，接后应进行检查。④试验装置的金属外壳应可靠接地，高压引线应尽量缩短，必要时用绝缘物支持牢固，试验装置的电源开关应使明显断开的双刀闸，为了防止误合刀闸，可在刀闸上加绝缘罩，试验装置的低压回路中应有两个串联电源开关，并加装过载自动掉闸装置。⑤试验现场应装设遮栏或围栏，向外悬挂"止步，高压危险！"标牌并派人看守，被试设备两端不在同一地点时，另外派人看守。⑥加压前，必须认真检查，试验接线表计倍率，调压器在零位及仪表的开始状态，均正确无误，通知有关人员离开被试设备，并取得负责人许可方可加压，加压中应有监护并呼唱，高压试验工作人员，在全部加压中，应精力集中不得与他人闲谈，随时警惕异常现象发生。操作人员应站在绝缘垫上。⑦变更接线或试验结束时，应首先断开试验电源，放电并将升压设备的高压部分短路落地。⑧未装地线的大容量电器被试设备，应先放电再做试验，高压直流试验时，每告一段落或结束，应将设备对地放电数次，并短路接地。⑨试验结束时，试验人员应拆除自装的接地短路线，并对被试设备进行检查和清理现场。⑩特殊的重要电气试验，应有详细的试验措施并经主管生产领导（总工）批准。

80. 变配电所电气工程图样主要包括哪些？

答：变配电所电气工程图样主要包括系统图、二次回路电路图及接线图、变配电所设备安装平面图与剖面图、变配电所照明系统图与平面布置图、变配电所接地系统平面图等。

81. 何谓变配电所主接线图？

答：变配电所主接线图（即供电系统图）主要是用来表示电能发生、输送和分配过程中一次设备相互连接关系的电路图。

82. 什么是变电所综合自动化系统？

答：变电所综合自动化系统是指在微机保护系统的基础上将变电所的控制装置、测量装置、信号装置综合为一体，以全微机化的新型二次设备替代机电式的二次设备，用不同的模块化软件实现机电式二次设备的各种功能，用计算机局部联络通信替代大量信号电缆的连接，通过人机接口设备，实现变电所的综合自动化管理、监视、测量、控制及打印记录等所有功能。

83. 变电所综合自动化系统具有哪些特点？

答：变电所综合自动化系统具有功能综合化、结构微机化、操作监视屏幕化、运行管理智能化等特点。

84. 变电所综合自动化系统具有哪些基本功能？

答：变电所综合自动化系统具有数据采集、数据处理与记录、控制与操作闭锁、微机保护、与远方操作控制中心通信、人机联系、自诊断、数据库等功能。

85. 变电所综合自动化系统的结构模式有哪几种类型？

答：变电所综合自动化系统的结构模式可分为集中式、分布式、集中组屏和分布散式三种类型。

第11章 变压器与互感器

1. 什么叫"等电位连接"？什么叫"总等电位连接"？什么叫"辅助等电位连接"？这样区分的意义何在？

答：等电位连接就是将人可能接触到的可导电的金属物品与PE线直接相连接。在国际上和我国都规定，电源进户线外应实施"总等电位连接"，即将电源进户线外附近所有的金属构件、管道均与PE线连接。在特别潮湿，触电危险大的场所还必须实行"辅助等电位连接"即将该场所内所有的金属构件、管道再与PE线相互连接。等电位连接的目的是使所有金属构件与PE线处于同一电位，以降低接触电压，提高安全用电水平。

2. 同步发电机投入电网并联运行的条件什么？有哪几种并联方法？

答：同步发电机投入电网并列运行时，要求不产生有害的冲击电流，合闸后转子能很快地拉入同步，并且转速平稳，不发生振荡，并列运行的条件是：①发电机电压的有效值和电网电压的有效值相等；②发电机电压的相位与电网电压相位相同；③发电机频率和电网频率相等；④发电机电压的相序和电网电压的相序一致。同步发电机的并列方法有准同步和自同步法两种，准同步法是调整发电机至完全符合并联条件时，迅速合闸使发电机与电网并联。自同步法是将未加励磁的发电机由原动机带到同步转速附近就进行合闸，然后加以励磁，利用同步发电机的自整步作用将发电机自动拉入同步。

3. 电力网是如何分类的？

答：按其功能可分为输电网和配电网；按其供电范围大小可分为区域电网和地方电网；按其结构形式可分为开式电网和闭式电网。

4. 电力负荷是如何分级的？

答：根据电力负荷对供电可靠性的要求及中断供电造成的损失和影响程度分为三级。一级负载为突然停电将造成人身死亡，或在政治、经济上造成重大损失者，如重要交通和通信枢纽用电负载、重点企业中的重大设备和连续生产线、政治和外事活动中心等。二级负载为突然停电将在经济上造成较大损失，或在政治上造成不良影响者，如突然停电将造成主要设备损坏、大量产品报废或大量减产的工厂用电负载，交通和通信枢纽用电负载，大量人员集中的公共场所等。三级负载为不属于一级和二级负载者。供电部门将依据用户的负载级别确定供电方式。

5. 小接地短路电流系统指的是哪一种电力系统？大接地短路电流系统又是指的是哪一种电力系统？

答：小接地断路电流系统指的是电源中性点不接地和经消弧线圈接地的电力系统（如IT系统）；大接地断路电流系统指电源中性点直接接地的电力系统（如TT、TN系统）。

6. 当电源中性点不接地的电力系统中发生单相接地故障时，对系统的运行有何影响？

答：在该系统中正常运行的三相用电设备并未受到影响，因为线路的线电压无论其相位和幅值均未发生变化。但是这种线路不允许在单相接地故障情况下长期运行，因为在单相接地的情况下，其他两相的对地电压将升高$\sqrt{3}$倍，容易引起相绝缘的损坏，从而形成两相和三相断路，造成电力系统的事故，影响安全用电。另外，发生单相接地故障时，系统接地电流（故障相接地电流）增大到原来的 3 倍，将会在接地点处引起电弧，这是很危险的。如果接地不良，接地处还可能出现所谓间歇电弧。间歇电弧常引起过电压（一般可达 2.5～3 倍的相电压）威胁电力系统的安全运行。为此，电力系统调度规定中规定：单相接地故障运行时间一般不应超过 2h。

7. 我国在 110kV 及 110kV 以上的超高压系统和 220/380V 低压配电系统中，电源中性点通常都采用直接接地的运行方式。两种性质不同的系统采用同一种运行方式，各是出于何种考虑？

答：超高压系统采用电源中性点直接接地的运行方式，当系统在发生单相接地故障时，由于单相短路电流值 I_k 很大，继电保护装置立即动作，断路器断开，将接地的线路切除，因此不会产生间歇电弧。同时，因中性点电位被接地体所固定，在发生单相接地故障时，非故障相对地的电压不断升高，因而各相对地绝缘水平取决于相电压，这就大大降低了电网的建设和维护成本。网络的电压等级愈高，其经济效益愈显著。低压配电系统采用中性点直接接地的运行方式，可以方便为单相用户提供电源。当系统在发生单相接地故障时，非故障相对地电压不升高，接于其上的单相用户工作不受影响。发生故障时，接地电流一般能使保护装置迅速动作，切除故障部分，比较安全。如加装漏电保护器，则人身安全更有保障。

8. 某车间变电所，装有一台变压器，其高压绕组有 $5\%U_N$、U_N、$-5\%U_N$ 三个电压分接头。现调在主分接头"U_N"的位置运行。该车间变电所有低压联络线与相邻车间变电所相连。现该车间变电所，白天工作时，低压母线电压只有 360V，而晚上不生产时，低压母线电压高达 410V。问此车间变电所低压母线电压昼夜偏差为多少？宜采用哪些改善措施？

答：①昼夜电压偏移范围：白天的电压偏移 $\Delta U=$（360−380）/380×100%$=-5.26\%$，晚上的电压偏移 $\Delta U=$（410−380）/380×100%$=+7.89\%$，因此低压母线昼夜电压偏移范围为 $-5.26\%～+7.89\%$；②宜采取的改进措施：主变压器分接头宜换接至"$-5\%U_N$"位置运行，以提高白天的电压水平，而晚上，经协商，可切除本车间主变压器，投入低压联络线，由邻近变电所供电。

9. 电力系统的电源中性点采取经消弧线圈接地，目的何在？

答：消除系统在一相接地时故障点出现的间歇电弧，以免系统出现过电压。

10. 什么是电压偏差？什么叫电压波动和电压闪变？各是如何产生的？

答：电压偏差（又称电压偏移）是指系统某处实际电压与系统额定电压之差，一般用此差值相对于系统额定电压的百分值来表示。电压偏差是由于系统运行方式改变及负载缓慢变化所引起的。电压波动是指电压的急剧变动，一般用电压最高值与最低值之差相对于系统额定电压的百分数来表示。电压波动是由于负载急剧变动所引起的。电压闪变是指电压波动引起照度急剧变化，使人眼对灯闪感到不适的一种现象。

11. 供电系统中出现高次谐波的主要原因是什么？有哪些危害？如何抑制？

答：供电系统中出现高次谐波的原因，主要在于系统中存在着各种非线性元件，特别是大型的晶闸管整流设备和大型电弧炉，它们产生的高次谐波最为突出。高次谐波的危害，可使电动机、变压器的铁损增加，甚至出现过热现象，缩短使用寿命。还会使电动机转子发生振动，严重影响机械加工质量。对电容器，可发生过负载现象以致损坏。此外，可使电力线路的能耗增加，使计费的感应式电能表计量不准确，使系统的继电保护和自动装置发生误动作，使系统发生电压谐振，并可对附近的通信设备和线路产生信号干扰。抑制高次谐波的措施有：①三相整流变压器采用 Y、d 或 D、y 的接线，以消除 3 的整流倍次高次谐波，这是最基本的措施之一；②增加整流变压器二次侧的相数；③装设分流滤波器；④装设静止型无功补偿装置（SVC）；⑤限制系统中接入的变流及交变调压装置的容量；⑥提高对大容量非线性设备的供电电压。

12. 工厂高压配电电压通常有 6kV 和 10kV，从技术经济指标来看，采用哪一种电压为好？为什么？

答：从技术经济指标来看，工厂高压配电电压最好采用 10kV，因为采用 10kV 较之采用 6kV，在电能损耗、电压损耗和有色金属消耗等方面都能得以降低，适宜输送的距离更远，而 10kV 和 6kV 采用的开关设备则基本上是相同的，投资不会增加很多。

13. 简述短路电流计算的程序？

答：在进行短路电流计算以前，应根据短路电流计算的目的，搜集有关资料，如电力系统的电气原理图、运行方式和各个元件的技术数据等。进行短路电流计算时，先做出计算电路图，再根据它对各短路点做出等效电路图，然后利用网络简化规则，将等效电路逐步简化，求短路的总阻抗ΣZ。最后根据总阻抗，即可求得短路电流值。

14. 高压电气设备的定级标准是什么？

答：高压电气设备的定级标准分三类：一二类为完好设备，三类为非完好设备，其具体分类如下。①一类设备，经过运行考验，技术状况良好，技术资料齐全，能保证安全、经济、满发满供的设备；②二类设备，设备技术状况基本良好，个别元件部件有一般性缺陷，但能保证安全运行；③三类设备，有重大缺陷不能保证安全运行，或出力降低、效率很差、或漏油、漏气、漏水严重，外观很不清洁者。

15. 在带电的电流互感器二次回路工作时，应采取哪些安全措施？

答：①严禁将电流互感器二次侧开路；②短路电流互感器二次绕组时，必须使用短接片或短接线，应短路可靠，严禁用导线缠绕的方法；③严禁在电流互感器与短路端子之间的回路上和导线上进行任何作业；④工作必须认真、谨慎，将回路的永久性接地点断开；⑤工作时必须由专人监护，使用绝缘工具，并站在绝缘垫上。

16. 在带电的电压互感器二次回路工作时，应注意的安全事项是什么？

答：①严格防止电压互感器二次侧短路接地，应使用绝缘工具，戴手套；②根据需要将有关保护停用，防止保护拒动和误动；③接临时负荷应装设专用刀闸和熔断器。

17. 怎样校验电器的热稳定度？

答：一般电器热稳定度的校验条件是设备电器短时允许的热量要大于短路所产生的热量，即满足$I_t^2 t \geqslant I_{\infty}^{(3)2} t_{ima}$（$I_t$为电器的允许热稳定电流）。校验时应按以下步骤校验：①计算线路最大短路电流$I_{\infty}^{(3)}$；②计算短路发热假想时间t_{ima}（$t_{ima} = t_k + 0.05s$）；③根据制造厂给出的短时允许热稳定电流I_t及允许热稳定时间t，按上式校验。

18. 高压油断路器发现什么情况应停电进行检查处理？

答：高压油断路器发现：①运行中油温不断升高；②因漏油使油面降低，看不见油面时；③油箱内有响声或放电声；④瓷瓶绝缘套管有严重裂纹和放电声；⑤断路器放油时，发现较多碳质或水分；⑥导线接头过热，并有继续上升的趋势等情况之一，即应停电检修处理。

19. 对断路器的控制回路有哪些要求？

答：对断路器的控制回路有下列要求：①应能监视控制回路保护装置及其跳、合闸回路的完好性，以保证断路器的正常工作；②应能指示断路器正常合闸和分闸的位置状态，并在自动合闸和自动跳闸时有明显的指示信号；③合闸和跳闸完成后，应能使命令脉冲解除，即能切断合闸或跳闸的电源；④在无机械防跳装置时，应加装电气防跳装置；⑤断路器的事故跳闸信号回路，应按"不对应原理"接线；⑥对有可能出现不正常工作状态或故障的设备，应装设预告信号；⑦弹簧操作机构、手动操作机构的电源可为直流或交流，电磁操作机构的电源要求用直流。

20. 主变压器差动保护动作后，如何判断、检查和处理？

答：主变压器的差动保护，除了做为变压器的主保护以外，它的保护范围还包括主变各侧差动电流互感器之间的一次电气部分。但是，主变压器的差动保护，还会因电流互感器及其二次回路的故障（包括电流互感器的开路和短路）以及直流系统的两点接地而发生误动作。因此，当差动保护动作后，需对动作原因进行判断。首先应观察主变压器套管、引线以及差动保护区内有无故障痕迹。经检查若未发现异常，则应检查直流回路是否两点接地，电流互感器二次侧有无开路或端子接触不良。在排除上述几种可能性之后，则可初步判断为变压器内部故障。此时，应对变压器本身进行各种试验及绝缘油化验等，以便判定变压器内部故障的原因。

如果变压器的差动保护动作，是由于引线的故障或电流互感器及其二次回路等原因造成，则经处理后，变压器可继续投入运行；如确实为变压器内部故障，则应停止运行。

21. 什么叫保护装置的"死区"？电流速断保护为什么会出现"死区"？如何弥补？

答：凡保护装置不能保护的区域，称为"死区"。由于电流动作保护的动作电流是按躲过末端的最大短路电流来整定的，因此靠近末端有一段线路在发生短路故障、特别是两相短路时就不可能动作，因而出现了"死区"。弥补"死区"的办法，是电流速断保护与过电流保护配合使用。在电流速断保护的保护区内，过电流保护作为后备保护，而在电流速断保护的"死区"内，则用过电流保护作为基本保护。

22. 什么叫备用电源自动投入装置（APD）？如工作电源断开时，备用电源是如何自动投入的？

答：备用电源自动投入装置（APD）是在工作电源断开时能使备用电源自动投入工作的装置。APD通常是利用原工作电源主断路器的常闭联锁触点来接通备用电源主断路器的合闸回路。

23. 装有纵联差动保护的电力变压器是否可取消瓦斯保护？

答：电力变压器纵联差动保护不能代替瓦斯保护，瓦斯保护灵敏快速，接线简单，可以有效地反映变压器内部故障。运行经验证明，变压器油箱内的故障大部分是由瓦斯保护动作切除的。瓦斯保护和差动保护共同构成电力变压器的主保护。

24. Y，d11 接线的变压器对差动保护用的电流互感器有什么要求？为什么两侧电流互感器只允许一侧接地？

答：Y，d11 接线的变压器，其两侧电流相位相差 330°，若两组电流互感器二次电流大小相等，但由于相位不同，会有一定的差动电流流入差动继电器。为了消除这种不平衡电流，应将变压器星形侧电流互感器的二次侧接成三角形，而将三角形侧电流互感器的二次侧接成星形，以补偿变压器低压侧电流的相位差。接成星形的差动用电流互感器，二次侧中性点应接地，而接成三角形的电流互感器二次侧不能接地，否则会使电流互感器二次侧短路，造成差动保护误动作。

25. 高压电力线路常采用哪几种继电保护？反时限过电流保护的动作电流整定是用什么进行计算的？

答：高压电力线路常采用带时限的过电流保护、单相接地保护、电流速断保护、低电压保护等。反时限过电流保护的动作电流 $I_{op.k}$ 的整定可按式 $I_{op.k} = (K_{rel} K_{kk} K_{st.m} / K_{re} K_i) I_{30}$ 计算。

26. 对工厂企业供电系统的继电保护装置有哪些要求？

答：对工厂供电系统的继电保护装置的要求主要表现在选择性、快速性、灵敏性、可靠性四个方面。

27. 怎样寻找变配电站直流系统接地故障？

答：直流系统接地时，应首先查清是否由于工作人员误碰或工作场所清理不善所引起，然后分析可能造成直流接地的原因。一般采取分路瞬时切断直流电源的方法，按以下原则查找。①先查找事故照明、信号回路、充电机回路，后查找其他回路；②先查找主合闸回路，后查找保护回路；③先查找室外设备，后查找室内设备；④按电压等级，从 10kV 到 35kV 回路依次进行查找；⑤先查找一般线路，后查找重要线路。此外，也可使用交流低频发信设备寻找直流接地点，不必逐段倒停直流回路，但必须采取措施，防止造成第二个直流接地点。要注意的是，采用晶体管保护的变电所，禁止使用此法。

28. 传统的机电式继电保护系统存在哪些缺陷？

答：传统的机电式继电器保护系统在以下几个方面存在着自身难以克服的缺陷：①动作速度慢，一般不超过 0.02s；②没有自诊断和自检功能，保护装置中的元件损坏不能及时发现，易造成严重后果；③保护的每一种方式都是靠相应的硬件和连线来实现的，所以保护装置的功能灵活性差；④对于供电系统中一些复杂的保护方式，参数整定繁琐，调试工作量大，且灵敏度差，容易发生保护误动和拒动的现象。

29. 变电所微机保护系统与传统机电式继电保护相比有哪些优点？

答：微机保护系统充分利用和发挥了计算机的储存记忆、逻辑判断和数值运算等信息处理功能，在应用软件的支持下，除了具备传统继电保护系统的优点外，其最大的特点就是快速性和灵敏性。此外，微机保护系统有很强的综合分析和逻辑判断能力，可以实现自动识别，抗干扰能力强，可靠性高；微机保护的动作特性和功能可以方便地通过改变软件程序来进行选择，调试方便，因而具有较大的灵活性；微机保护具有较完善的通信功能，便于构成综合自动化系统，最终实现无人值班，对提高系统运行的自动化水平意义重大。

30. 变电所综合自动化系统应按一次设备现场维修操作的需要，设置"五防操作及闭锁系统"。请说明"电脑五防操作及闭锁系统"的内容？

答：防止带负荷拉、合隔离开关；防止误入带电间隔；防止误分、合断路器；防止带电挂接地线；防止带地线合隔离开关。

31. 变配电所应具备哪些规章制度？

答：(1)变配电所运行规程；(2)变配电所现场运行规程；(3)变配电所至少应具备以下八种制度：①值班人员岗位责任制度；②值班人员交接班制度；③倒闸操作票制度；④检查工作票制度；⑤设备缺陷管理制度；⑥巡视检查制度；⑦工具器具管理制度；⑧安全保卫制度。

32. 电力变压器的电能节约应从哪两方面考虑？

答：电力变压器的电能节约，一是从选用节能性变压器和合理选择电力变压器的容量来考虑；另一方面从实行电力变压器的经济运行和避免变压器的轻负荷运行考虑。

33. 列出变压器负载运行时的基本方程？

答：变压器负载运行的基本方程：$K=N_1/N_2$，$N_1\dot{I}_1+N_2\dot{I}_2=\dot{I}_1I_1N_1$，$\dot{U}=-\dot{E}_1+\dot{I}_1(r+jx_1)$，$\dot{U}_2=\dot{E}_2-\dot{I}_2(r+jx_2)$。

34. 试述变压器并联运行的条件。若并联运行的变压器不满足上述条件，会造成什么后果？

答：变压器并列运行条件：①电压比相同，允差±0.5％；②阻抗电压值相差＜±10％；③接线组别相同；④两台变压器的容量比不超过3：1。若并联运行的变压器不满足上述条件，如：①电压比不同，则并联运行时将产生环流，影响变压器出力；②阻抗电压不等，则负载不能按容量比例分配，也就是阻抗电压小的变压器满载时，阻抗电压大的欠载；③接线组别不一致，将造成短路；④变压器容量相差较大，则阻抗电压亦将相差较大。

35. 什么叫变压器的经济负载？

答：使变压器运行在单位容量的有功损耗换算值为最小的负载叫经济负载。

36. 为什么变压器的低压绕组在里边，而高压绕组在外边？

答：变压器高低压绕组的排列方式，是由多种因素决定的。但就大多数变压器来讲，是把低压绕组布置在高压绕组的里边。这主要是从绝缘方面考虑的。理论上，不管高压绕组或低压绕组怎样布置，都能起变压作用。但因为变压器的铁芯是接地的，由于低压绕组靠近铁芯，从绝缘角度容易做到。如果将高压绕组靠近铁芯，则由于高压绕组电压很高，要达到绝缘要求，就需要很多的绝缘材料和较大的绝缘距离。这样不但增大了绕组的体积，而且浪费了绝缘材料。再者，由于变压器的电压调节是靠改变高压绕组的抽头，即改变其匝数来实现的，因此把高压绕组安置在低压绕组的外边，引线也较容易。

37. 变压器为什么不能使直流电变压？

答：变压器能够改变电压的条件是，原边施以交流电势产生交变磁通，交变磁通将在副边产生感应电势，感应电势的大小与磁通的变化率成正比。当变压器以直流电通入时，因电流大小和方向均不变，铁芯中无交变磁通，即磁通恒定，磁通变化率为零，故感应电势也为零。这时，全部直流电压加在具有很小电阻的绕组内，使电流非常大，造成近似短路的现象。而交流电是交替变化的，当初级绕组通入交流电时，铁芯内产生的磁通也随着变化，于是次级圈数大于初级时，就能升高电压；反之，次级圈数小于初级时就能降压。因直流电的大小和方向不随时间变化，所以恒定直流电通入初级绕组，其铁芯内产生的磁通也是恒定不变的，就不能在次级绕组内感应出电势，所以不起变压作用。

38. 变压器干燥处理的方法有哪些？

答：①感应加热法；②热风干燥法；③烘箱干燥法。

39. 变压器大修有哪些内容？

答：①吊出器身，检修器身（铁芯、线圈、分接开关及引线）；②检修顶盖、储油柜、安全气道、热管油门及套管；③检修冷却装置及滤油装置；④滤油或换油，必要时干燥处理；⑤检修控制和测量仪表、信号和保护装置；⑥清理外壳，必要时油漆；⑦装配并进行规定的测量和试验。

40. 变压器在电力系统中主要作用是什么？

答：主要作用是更换电压，以利于功率的传输。电压经升压变压器升压后，可以减少线路损耗，提高送电经济性，达到远距离送电的目的，而降压则能满足各级使用电压的用户需要。

41. 变压器各主要参数是什么？

答：①额定电压；②额定电流；③额定容量；④空载电流；⑤空载损耗；⑥短路损耗；⑦阻抗电压；⑧绕组连接图、相量图及连接组标号。

42. 电压互感器应注意什么？

答：有①Y/Y/△接线；②Y/Y接线；③V/V接线。

43. 停用电压互感器应注意什么？

答：应注意以下几点：①首先应考虑该电压互感器所带的保护及自动装置，为防止误动可将有关的保护及自动装置停用；②如果电压互感器装有自动切换器装置或手动切换装置，其所带的保护及自动装置可以不停用；③停用电压互感器，应将二次侧熔断器取下，防止反充电。

44. 如何调节变压器的二次电压值？

答：为了调节变压器的二次电压，通常的办法是在一次侧的线圈上抽出若干个分接头，更换分接头就可以改变一次侧的有效匝数，从而改变一次、二次线圈的匝数比，达到调节二次侧电压的目的。

45. 什么叫变压器的负载系数？其含义是什么？

答：变压器实际负载电流 I_2 与额定负载电流 I_{2N} 的比值叫做变压器的负载系数。它表示实际负载所占额定负载的比值。负载系数为 1 时，表示变压器满载，小于 1 时为欠载；大于 1 时则为过载。

46. 变压器并联运行有哪些优点？

答：变压器并联运行有以下优点：①提高供电的可靠性。如有某台变压器发生故障时，可把它从电网切除，进行维修，电网仍可继续供电；②可根据负载的大小，调整参与运行变压器的台数，以提高运行效率；③可随用电量的增加，分批安装新的变压器，减少储备容量。

47. PT 运行中为什么二次侧不允许短路？

答：PT 正常运行时，由于二次侧负载使一些仪表和继电器的电压线圈阻抗大，基本上相当于变压器的空载状态，互感器本身通过的电流很小，它的大小决定于二次侧负载阻抗的大小，由于 PT 本身阻抗小，容量又不大，当互感器二次侧发生短路，二次侧电流很大，二次侧保险熔断影响到仪表的正确指示和保护的正常工作，当保险容量选择不当，二次侧发生短路保险不能熔断时，则 PT 极易被烧坏。

48. CT 运行中二次侧为什么不允许开路？

答：CT 经常用于大电流条件下，同时由于 CT 二次侧回路所串联的仪表和继电装置等电流线圈阻抗很小，基本上呈短路状态，所以 CT 正常运行时，二次侧电压很低，如果 CT 二次侧回路断线，则 CT 铁芯严重饱和，磁通密度高达 1500Gs 以上，由于二次侧线圈的匝数比一次线圈的匝数多很多倍，于是在二次侧线圈的两端感应出比原来大很多倍的高电压，这种高电压对二次侧回路中所有的电气设备以及工作人员的安全将造成很大危险，同时由于 CT 二次侧线圈开路后将使铁芯磁通饱和，造成过热而有可能烧毁，再者铁芯中产生剩磁会增大互感器误差，所以CT 二次侧不准开路。

49. 什么规定变压器绕组温升为 65℃？

答：变压器在运行中要产生铁损和铜损，这两部分损耗将全部转换成热能，使绕组和铁芯发热，致使绝缘老化，缩短变压器的使用寿命。国家规定变压器绕组温升为65℃的依据是以 A 级绝缘为基础的。65℃＋40℃＝105℃ 是变压器绕组的极限温度，在油浸式变压器中一般都采用 A 级绝缘，A 级绝缘的耐热性为 105℃，由于环境温度一般都低于 40℃，故变压器绕组的温度一般达不到极限工作温度，即使在短时间内达到 105℃，由于时间很短，对绕组的绝缘并没有直接的危险。

50. 什么是变压器的绝缘吸收比？

答：在检修维护变压器时，需要测定变压器的绝缘吸收比，它等于 60s 所测量的绝缘电阻值与 15s 所测的绝缘电阻值之比，用吸收比可以进行一步判断绝缘是否潮湿、污秽或有局部缺陷，规程规定在 10～30℃时，35～60kV 不低于 1.2，110～330kV 不低于 1.3。

51. 什么叫变压器的短路电压？

答：短路电压是变压器的一个主要参数，它是通过短路试验测出的，其测量方法是：将变压器副边短路，原边加压使电流达到额定值，这时原边所加的电压 V_D 叫做短路电压，短路电压一般都用百分值表示，通常变压器铭牌表示的短路电压就是用短路电压 V_D 与试验时加压的那个绕组的额定电压 V_e 的百分比来表示的。

52. 为什么电气测量仪表、电度表与继电保护装置应尽量分别使用不同次级线圈的 CT？

答：国产高压 CT 的测量级和保护级是分开的，以适应电气测量和继电保护的不同要求。电气测量对 CT 的准确度级要求高，且应使仪表受短路电流冲击小，因而在短路电流增大到某值时，使测量级铁芯饱和以限制二次侧电流的增长倍数，保护级铁芯在短路时不应饱和，二次侧电流与一次侧电流成比例增长，以适应保护灵敏度要求。

53. CT 的容量有标伏安（V·A）有标欧姆（Ω）的？它们的关系是什么？

答：CT 的容量有标功率伏安的，就是二次侧额定电流通过二次侧额定负载所消耗的功率伏安数，有时 CT 的容量也用二次负载的欧姆值来表示，其欧姆值就是 CT 整个二次侧串联回路的阻抗值。CT 容量与阻抗成正比，CT 二次侧回路的阻抗大小影响 CT 的准确级数，所以 CT 在运行时其阻抗值不超过铭牌所规定容量伏安数和欧姆值时，才能保证它的准确级别。

54. 为什么变压器原边电流是由副边决定的？

答：变压器在带有负载运行时，当二次侧侧电流变化时，一次侧电流也相应变化。这是什么原因呢？根据磁动平衡式可知，变压器原、副边电流是反向的。副边电流产生的磁动势，对原边磁动势而言，是起去磁作用的。当副边电流增大时，变压器要维持铁芯中的主磁通不变，原边电流也必须相应增大来平衡副边电流的作用。这就是我们所看到的当副边二次侧电流变化时，一次侧电流也相应变化的原理，所以说原边电流是由副边决定的。

第 12 章　线路

1. 常见电缆附件中改善电场分布的措施什么？

答：目前中压电缆附件中改善电场分布的措施主要有两大类型。（1）几何型：是通过改变电缆附件中电压集中处的几何形状来改变电场分布，降低该处的电场强度，如包应力锥、预制应力锥、削铅笔头、胀喇叭口等。（2）参数型：是在电缆末端铜屏蔽切断处的绝缘上加一层一定参数材料制成的应力控制层，改变绝缘层表面的电位分布，达到改善该处电场分布的目的。如常见的应力控制管、应力带等。

2. 绕包型交联电缆中间接头的结构特点？

答：①每相线芯都有单独的绝缘和屏蔽，故安装时将三芯电缆变成三个单芯电缆来安装；②在接头的半导电层切断处要包一个应力锥，在绝缘的末端要削铅笔头；③在导线线芯裸露部位及连接管外要包一层半导电带，在接头绝缘的最外层也包一层半导电带，形成接头绝缘的内外屏蔽；④接头外部用一组热收缩管组成密封层和护套，也可用塑料保护盒、内灌绝缘树脂，加强密封并牢固接头。

3. 热收缩型终端头的结构特点是什么？

答：①在线芯绝缘屏蔽断口处，不是采用常规的应力锥来改善电场分布，而是采用具有特定电气参数的应力控制管来改善电场分布；②用绝缘管、手套、密封胶、热溶胶来保护缆头的密封；③用绝缘管来保证外绝缘；④用于户外时，为适应户外的恶劣气候条件，采用了无泄漏痕迹的耐气候老化的绝缘管，为加大爬距及提高抗污闪能力，还可根据电压等级加 2～5 个防雨罩。

4. 冷收缩型电缆附件的结构和安装特点是什么？

答： 冷收缩型电缆附件实为预制型电缆附件的另一种形式。其结构特点是集绝缘、应力锥、屏蔽和密封于一体，采用硅橡胶为基料，利用硅橡胶的弹性，在工厂内预先将终端头、手套、绝缘管等各部件扩展成一定尺寸。在安装时，只要将电缆按规定尺寸削切好，先后分别套入分支手套、密封绝缘管、终端头本体，在将各部件放置在预定位置后，将内部支撑物抽出，各部件即依赖硅橡胶的弹性，自行收缩于电缆芯上，完成电缆附件的安装，安装更方便快捷。

5. 供电系统中为降低线损，可采取的具体措施有哪些？

答： 降低线损的措施有：①减少变压次数，由于每经过一次变压，在变压器中就要损耗一部分电能，变压次数越多功率损耗就越大；②根据用电负载的情况，合理调整运行变压器的台数，负载轻时可停掉一台或几台变压器，或停掉大容量变压器而改投小容量变压器；③变压器尽量做到经济运行以及选用低损耗变压器；④线路合理布局以及采用合理的运行方式，如负载尽量靠近电源，利用已有的双回路供电线路，并列运行，环形供电网络采用闭环运行等；⑤提高负载的功率因数，尽量使无功功率就地平衡，以减少线路和变压器中损耗；⑥实行合理运行调度，及时掌握有功和无功负载高峰潮流，以做到经济运行；⑦合理提高供电电压，经过计算可知，线路电压提高 10%，线路损耗降低 17%；⑧均衡三相负载，减少中性线损耗；⑨定期维修保养变、配电装置，减少接触损耗与泄漏损耗。

6. 电力线路的经济指标有哪些？

答： 电力线路的经济指标一般以电压损失 $\Delta U\%$、有功功率损失 ΔP、无功功率损失 ΔQ、电能损失 ΔW 以及线损率 $\Delta P\%$ 的大小来表示。这些指标越低则电力线路运行越经济。

7. 什么叫"不对应原理"接线？

答： 当断路器采用手动时，利用手动操作机构的辅助触点与断路器的辅助触点构成"不对应"关系，即操作机构（手柄）在合闸位置而断路器已跳闸时，发出事故跳闸信号。当断路器采用电磁操作机构或弹簧操作机构时，则利用控制开关的触点与断路器的辅助触点构成"不对应"关系，即控制开关（手柄）在合闸位置而断路器已跳闸时，发出事故跳闸信号。

8. 为什么有的配电线路只装过流保护，不装速断保护？

答： 如果配电线路短路，线路首末端短路时，两者短路电流差值很小，或者随运行方式的改变保护装置安装处的综合阻抗变化范围大，安装速断保护后，保护的范围很小，甚至没有保护范围，同时该处短路电流较小，用过电流保护作为该配电线路的主保护足以满足系统稳定的要求，故不再装设速断保护。

9. 怎样连接不同截面、不同金属的电缆芯线？

答： 连接不同金属、不同截面的电缆时，应使连接点的电阻小而稳定。相同金属截面的电缆相接，应选用与缆芯导体相同的金属材料，按照相接的两极芯线截面加工专用连接管，然后采用压接方法连接。当不同金属的电缆需要连接时，如铜和铝相连接，由于两种金属标准电极电位相差较大（铜为 +0.345V，铝为 -1.67V）会产生接触电势差。当有电解质存在时，将形成以铝为负极，铜为正极的原电池，使铝产生电化腐蚀，从而增大接触电阻，所以连接两种不同金属电缆时，除应满足接触电阻要求外，还应采取一定的防腐措施。一般方法是在铜质压接管内壁上刷一层锡后再进行压接。

10. 引进盘柜的控制电缆有何规定？

答： ①引进盘柜电缆排列整齐，不交叉，并应固定，不使所有的端子板受应力；②装电缆不应进入盘柜内，钢带切断处应扎紧；③用于晶体管保护、控制等的控制电缆，使用屏蔽电缆时，其屏蔽应接地，如不采用屏蔽电缆时，则其备用芯线应有一根接地；④橡胶绝缘线应外套绝缘管保护；⑤盘柜的电缆芯线、横平竖直，不交叉，备用芯线留有适当余地。

11. 电缆穿入电缆管时有哪些规定？

答：敷设电缆时，若需将电缆穿入电缆管时应符合下列规定：①铠装电缆与铅包电缆不得穿入同一管内；②一极电缆管只允许穿入一根电力电缆；③电力电缆与控制电缆不得穿入同一管内；④裸铅包电缆穿管时，应将电缆穿入段用麻或其他柔软材料保护，穿送时不得用力过猛。

12. 硬母线怎样连接？

答：硬母线一般采用压接或焊接。压接是用螺丝将母线压接起来，便于改装和拆卸。焊接是用电焊或气焊连接，多用于不需拆卸的地方。不得采用锡焊绑接。

13. 在什么情况下，应将电缆加上穿管保护？管子直径怎样选择？

答：在下列地点要穿管：①电缆引入引出建筑物，隧道处，楼板及主要墙壁；②引出地面 2m 高，地下 250mm 深；③电缆与地下管道交叉或接近时距离不合规定者；④电缆与道路，电车轨道和铁路交叉时；⑤厂区可能受到机械损伤及行人易接近的地点。选择管径时，内径要比外径大 50%。

14. 母线的相序排列及涂漆颜色是怎样规定的？

答：母线的相序排列（观察者从设备正面所见）原则如下：从左到右排列时，左侧为 A 相，中间为 B 相，右侧为 C 相。从上到下排列时，上侧为 A 相，中间为 B 相，下侧为 C 相。从远至近排列时，远为 A 相，中间为 B 相，近为 C 相。涂色：A—黄色，B—绿色，C—红色，中性线不接地紫色，正极—赭色，负极—蓝色，接地线—黑色。

15. 户内电缆头引出线的绝缘包扎长度是多少？

答：应按需要留取长度，但不得低于：

电压（kV）	最小绝缘包扎长度（mm）
1 以下	160
3	210
6	270
10	315

16. 按爆炸危险场所，该安装何种电气设备？

答：电气线路中所用的接线盒、拉线盒，应符合：

① Q-1、G-1 级场所除本安电路外，均应用隔爆型；

② Q-2 级场所除本安电路外，应用任意一种防爆类型；

③ Q-3、G-2 级场所可用防尘型；

④ Q-1、Q-2 级场所除本安电路外，使用的接线盒、拉线盒的级别和组别，不得低于场所内爆炸性混合物的级别和组别；

⑤ 在各级爆炸危险场所的本安电路，均可使用防尘型。

17. 爆炸危险场所安装防爆挠性管有何规定？

答：防爆挠性连接管应无裂纹、孔洞、机械损伤、变形等缺陷，安装时应符合下列要求：①Q-1级、G-1 级场所使用隔爆型的；Q-2 级场所可使用防爆安全型的；其他各级爆炸场所使用防尘型的；

②Q-1、Q-2 级场所使用的防爆挠性连接管其级别和组别不应低于场所内爆炸性混合的组别和级别；

③环境温度不应超过±40℃；

④弯曲的半径不应小于管径的 5 倍。

18. 选用电力系统时应考虑哪几种情况？

答：①电缆的额定电压，应等于或大于电网的额定电压；②按长期允许载荷量选择电缆时，要考虑敷设方法、土壤温度、电缆并列条数及周围环境等因素；③电缆敷设方式：直埋应选用铠装电缆，电缆沟敷设可选用无铠装电缆；④考虑电缆的敷设环境。

19. 什么叫防雷接地？防雷接地装置包括哪些部分？

答：为把雷电流迅速导入大地，以防止雷电侵害为目的的接地叫防雷接地。防雷接地装置包括以下部分：①雷电接受装置；②接地引上下线；③接地装置。

20. 什么叫安全电压、对安全电压值有何规定？

答：人体接触的电压对人体的各部分组织和器官没有任何损害的电压叫安全电压。根据我国规定，安全电压值如下：在无高度触电危险的建筑物中多为 65V；在有高度触电危险的建筑物中多为 36V；在有特别触电危险的建筑物中多为 12V。

21. 交流接触器在运行中有时产生很大噪声的原因和处理方法？

答：产生噪声的主要原因是：衔铁吸合不好所致。吸合不好的原因和处理方法是：①铁芯端面有灰尘、油垢或生锈。处理方法是：擦拭，用细砂布除锈；②短路环损坏、断裂。处理方法：修复焊接短路环或将线圈更换成直流无声运行器；③电压太低，电磁吸力不足。处理方法：调整电压；④弹簧太硬，活动部分发生卡阻。处理方法：更换弹簧，修复卡阻部分。

22. 怎样选择照明电路保险丝？

答：①干线保险容量应等于或稍大于各分支线保险丝容量之和；②各分支保险丝容量应等于或稍大于各灯工作电流之和。

23. 如何选用电动机的热继电器？其两种接入方式是什么？

答：选择热继电器是根据电动机的额定电流，一般按 1.2 倍额定电流选择热元件的电流范围。然后选择热继电器的型号和元件电流等级。一般热继电器安装可分为直接接入和间接接入两种。直接接入：热继电器和交流接触器组装在一起，热元件直接通过负载电流。间接接入：热继电器和电流互感器配合使用，其热元件通过电流互感器的二次电流。这种热继电器电流范围是根据通过电流互感器折算到二次电流来选择的。

24. 导线穿管有什么要求？

答：①管内所穿导线（包括绝缘层）的总面积不应大于内径截面的 40%；②管内导线不准有接头和扭抗现象；③同一回路的各相导线，不论根数多少应穿入一根管内，而不同回路和不同电压的线路导线不允许穿一根管内，交流和直流线路导线不得穿一根管内，一根相线不准单独穿入钢管。

25. 二次回路的定义和分类是什么？

答：二次回路用于监视测量仪表，控制操作信号，继电器和自动装置的全部低压回路均称二次回路，二次回路依电源及用途可分为以下几种回路：①电流回路；②电压回路；③操作回路；④信号回路。

26. 电缆线路的接地有哪些要求？

答：①当电缆在地下敷设时，其两端均应接地；②低压电缆除在特别危险的场所（潮湿、腐蚀性气体导电尘埃）需要接地外其他环境均可不接地；③高压电缆在任何情况下都要接地；④金属外皮与支架可不接地，电缆外皮如果是非金属材料如塑料橡皮管以及电缆与支架间有绝缘层时其支架必须接地；⑤截面在 16mm² 及以下的单芯电缆为消除涡流外的一端应进行接地。

第 13 章　相关知识

1. 组合机床有何特点？

答：①大量使用通用部件，设计制造周期短；②产品变化时，通用部件可以组装成新的机床；③采用多刃多刀多面多件加工，生产率高；④通用部件多，维修方便；⑤工作可靠，加工精度、质量稳定。

2. 什么是组合机床自动线？

答：组合机床自动线是将几台组合机床按工件的工艺顺序排列，各机床间用滚道等输送设备连接起来的一条生产流水线。加工时，工件从一端"流"到另一端，整个加工过程都是自动的，不需要人工操作。

3. 数控机床对位置检测装置的要求是什么？

答：数控机床对位置检测装置的要求是能满足运动速度和精度的要求、工作可靠、使用维护方便和经济耐用。

4. 测绘数控机床安装接线图和电气控制原理图的步骤有哪些？

答：测绘数控机床安装接线图和电气控制原理图的步骤如下。

① 测绘电气安装接线图。根据测绘要求测绘出数控系统、步进驱动装置、可编程序控制器和控制回路之间的接线图。分析配电箱的接线情况后，先把机床所有电器分布和位置画出来，然后把各电器上的连接号或插头插座的标号依次标注在图中，经过整理绘出主线路电气安装接线图。

② 测绘主线路图。首先，应从电源引入端向下查，检查电路的情况，根据所测绘的主线路电气安装接线图，按照国家标准的电气绘图要求，绘制主线路原理图。

③ 测绘数控系统（ECU）与步进驱动装置和可编程序控制器之间的接线框图。首先要搞清楚（ECU）与步进驱动装置和可编程序控制器之间的连接关系，标出它们之间的电缆标号，画出方框图。在测绘之前，应先把控制电源测绘出来，并把数控装置所有的接口的标号记下来，然后再顺着接线或电缆向下查，最后测绘出数控系统接线图。

5. 一般机械设备电气大修工艺的编制步骤有哪些？

答：一般机械设备电气大修工艺的编制步骤如下。

① 阅读设备使用说明书，熟悉电气系统的原理及结构。

② 查阅设备档案，包括设备安装验收记录，故障修理记录，全面了解电气系统的技术状况。

③ 现场了解设备状况，存在的问题及生产、工艺对电气的要求。其中包括操作系统的可靠性；各仪器、仪表、安全联锁装置、限位保护是否齐全可靠；各器件的老化和破损程度以及线路的缺损情况。

④ 针对现场了解摸底及预检情况，提出大修修理方案，主要电器的修理工艺以及主要更换件的名称、型号、规格和数量，填写电气修理技术任务书，与机械修理技术任务书汇总一起报送主管部门审查、批准，以便做好生产技术准备工作。

6. 阅读分析数控机床电气原理图的步骤有哪些？

答：阅读分析数控机床电气原理图的步骤如下。

① 分析数控装置：根据数控装置的组成分析数控系统，包括数控装置的硬件和软件组成。

② 分析伺服驱动装置：数控系统的控制对象是伺服驱动装置，它通过驱动主轴和进给来实现机床运动。可根据已掌握的伺服驱动知识进行分析，目前常用的有直流伺服驱动和交流伺服驱动两种。

③ 分析测量反馈装置：对机床采用的测量元件和反馈信号的性质（速度、位移等）进行分析。

④ 分析输入/输出装置：对各种外围设备及相应的接口控制部件进行分析，包括键盘、显示器、可编程序控制器等。

⑤ 分析联锁与保护环节：生产机械对于安全性、可靠性要求很高，因此除了合理的控制方案以外，还可在控制线路中设置一系列的电气保护和必要的电气联锁。

⑥ 总体检查：经过逐步分析每一局部电路的工作原理，最后要从整体的角度进行检查。

7. 机电一体化产品主要特征是什么？

答：①整体结构最佳化；②系统控制智能化；③操作性能柔性化。

8. 机电一体化系统的五大组成要素和五大内部功能是什么？

答：五大组成要素：机械系统（机构）、电子信息处理系统（计算机）、动力系统（动力源）、传感检测系统（传感器）、执行元件系统（如电动机）。五大内部功能：主功能、动力功能、检测功能、控制功能、构造功能。

9. 液压传动有何优缺点？

答：液压传动的优点是：可实现无级变速，便于实现自动化；传动力大，运动比较平稳；反应快、冲击小，能高速启动、制动和换向；能自动防止过载；操作简便；使用寿命长；体积小、重量轻、结构紧凑。缺点是：容易泄漏，元件制造精度要求高；传动效率低。

10. 试述工厂进行电力设计的基本方法。

答：工厂进行电力设计的基本方法是，将工艺部门提供的用电设备安装容量换算成电力设计的假想负荷——计算负荷，从而根据计算负荷按允许发热条件选择供电系统的导线截面，确定变压器容量，制订提高功率因数的措施，选择及整定保护设备以及校验供电的电压质量等。

11. 提高企业功率因数的方法有哪些？

答：提高企业功率因数的方法有：①提高用电设备的自然功率因数。一般工业企业消耗的无功功率中，感应电动机约占 70%，变压器占 20%，线路等占 10%。所以，要合理选择电动机和变压器，使电动机平均负荷为其额定功率的 45% 以上；变压负荷率为 60% 以上，如能达到 75%～85% 则更为合适。②采用电力电容器补偿。③采用同步电动机补偿。

12. 绘制、识读电气控制线路原理图的原则是什么？

答：①原理图一般分电源电路、主电路、控制电路、信号电路及照明电路绘制。②原理图中，各电气触头位置都按电路未通电未受外力作用时的常态位置画出，分析原理时，应从触头的常态位置出发。③原理图中，各电气元件不画实际的外形图，而采用国家规定的统一国标符号画出。④原理图中，各电气元件不按它们的实际位置画在一起，而是按其线路中所起作用分画在不同电路中，但它们的动作却是相互关联的，必须标以相同的文字符号。⑤原理图中，对有直接电联系的交叉导线连接点，要用小黑点表示，无直接电联系的交叉导线连接点则不画小黑圆点。

13. 电气设备运行中发生哪些情况时，操作人员应采取紧急措施，开动备用机组，停用异常机组，并通知专业人员检查处理。

答：① 负载电流突然超过规定值或确认断相运行状态；
② 电机或开关突然出现高温或冒烟；
③ 电机或其他设备因部件松动发生摩擦，产生响声或冒火星；
④ 机械负载出现严重故障或危及电气安全。

14. 电气设备技术管理主要内容及常见的管理方式有哪些？

答：电气设备技术管理主要内容是：正确使用和维护，开展预防性维修，配备必要的设备管理人员，规定设备的维修内容、修理时间的定额及修理费用。管理方式有：集中管理、分散管理及混合管理。

15. 工时定额有哪几部分组成？

答：工时定额包括作业时间 T_z；准备与结束时间 T_{zj}；作业宽放时间 T_{zk}；个人需要与休息宽放时间 T_{jxk}。

16. 何谓 CIMS 和 FMS？

答："CIMS" 是信息技术和生产技术的综合应用，旨在提高制造企业的生产率和响应能力，由此企业的所有功能、信息、组织管理方面都是一个集成起来的整体的各个部分。"FMS" 是在计算机辅助设计 CAD 和计算机辅助制造 CAM 的基础上，打破设计和制造的界限，取消图样、工艺卡片，使产品设计、生产相互结合而成的一种先进生产系统。

17. CAD、CAPP、CAM 的含义是什么？

答：CAD 是计算机辅助设计的缩写；CAM 是计算机辅助加工的缩写；CAPP 是计算机辅助工艺规程设计的缩写。

18. 试述精益生产的基本特征？

答：①以市场需求为依据，最大限度的满足市场多元化的需要。②产品开发采用并行工程方法。③按销售合同组织多品种小批量生产。④生产过程变上道工序推动下道工序为按下道工序需求拉动上道工序。⑤以"人"为中心，充分调动人的积极性。⑥追求无废品、零库存，降低生产成本。

19. 闭环 MRPⅡ由哪些关键环节构成？

答：主生产计划 MPS，物质需求计划 MRP，生产进度计划 OS，能力需求计划 CRP。

20. 试述 JIT 生产方式采用的具体方法。

答：生产同步化，生产均衡化，采用"看板"。

21. 试述 CIMS 的组成

答：①管理信息系统 MIS；②技术信息分系统 CAD、CAPP、NCP；③制造自动化分系统 CAM；④质量管理分系统 CAQ。

22. 实数选择与应用 ISO 9000 族标准的步骤和方法

答：①研究 ISO 9000 族标准；②组建质量体系；③确定质量体系要素；④建立质量体系；⑤质量体系的正常运行；⑥质量体系的证实。

23. 什么叫负载调整？工厂内部的负载调整可有哪些措施？

答：负荷调整就是根据供电系统的电能供应情况及各类用户的不同用电规律，合理而有计划地安排和组织各类用户的用电时间，以降低负载高峰，填补负载低谷，充分发挥发电、变电设备的潜力，提高电力系统的供电能力，最大限度的满足电力负载日益增长的需要。工厂内部负载调整的措施主要有：①错开各车间的上下班时间、午休时间和进餐时间等，使各车间的高峰负载分散，从而降低工厂总的负载高峰；②调整厂内大容量设备的用电时间，使之避开高峰负载的时间用电；③调整各车间的生产班次和工作时间，实行高峰让电等。

24. 什么叫经济运行方式？试举例说明？

答：经济运行方式就是能使整个电力系统的电能损耗减少，经济效益最高的一种运行方式。例如长期轻负载运行的变压器，可以考虑换以较小容量的变压器。如果运行条件许可，两台并列运行的变压器，可以考虑在轻负载时切除一台。同样地，对负荷长期偏低等电动机，也可考虑换以较小容量的电动机。这样处理，都可以减少电能损耗，达到节电的目的。

25. 带传动有何优缺点？

答：优点是：传动平稳，无噪声；有过载保护作用；传动距离较大，结构简单，维护方便，成本低。缺点是：传动比不能保证；结构不够紧凑；使用寿命短，传动效率低；不适用于高温、易燃、易爆场合。

26. 齿轮传动有何优缺点？

答：优点是：传动比恒定，传递功率和速度范围较宽；结构紧凑，体积小，使用寿命长，效率高。缺点是：传动距离近；不具备过载保护特性；传递直线运动不够平稳；制造工艺复杂，配合要求高，成本较高。

27. 螺旋传动有哪些特点？

答：可把回转运动变为直线运动，且结构简单，传动平稳，噪声小；可获得很大的减速比；可产生较大的推力；可实现自锁。缺点是传动效率较低。

28. 液压传动有何优缺点？

答：优点是：可进行无级变速；运动比较平稳，反应快、冲击小，能高速启动、制动和换向；能自动防止过载；操作简便；使用寿命长；体积小、重量轻、结构紧凑。缺点是：容易泄漏，元件制造精度要求高；传动效率低。

29. 缩短基本时间的措施有哪些？

答：选用先进的生产设备和工艺装备；采用先进的生产工艺；寻求最佳工作程序；加强职业培训，提高劳动者的职业技能。

30. 缩短辅助时间的措施有哪些？

答：加强企业管理，制订科学的、合理的、必要的规章制度，加强生产活动的计划、调度、控制和协调，劳动动作设计要合理、快捷、自然，有节奏，不易疲劳；创造良好的后勤服务工作和良好的工作环境，加强思想政治工作，提高劳动者的思想素质，最大限度地调动全体劳动者的积极性。

31. 如下图所示的机械传动装置，具有哪些特点。

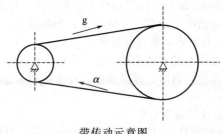

带传动示意图

答：与其他传动相比，带传动机构简单，成本低。又由于传动带有良好的柔性和弹性，能缓冲吸振，过载时产生打滑，因而可保护薄弱零件使之不被损坏。带传动多用于两轴中心距离较大的传动。但它的传动比不正确，机械效率低，传动带的寿命较短。

32. 齿轮传动具有哪些特点？

答：① 效率高。在常用的机械传动中，以齿轮转动的效率最高。

② 结构紧凑。在同样的使用条件下，齿轮传动所需的空间尺寸一般较小。

③ 工作可靠，寿命长。设计、制造正确合理，使用维护良好的齿轮转动，工作可靠，寿命可达一二十年，这也是其他机械传动所不能比拟的。

④ 传动比稳定。传动比稳定往往是对传动的一个基本要求。

33. 在生产信息自动推测与处理系统中，上位机主要完成哪些工作？

答：上位机主要负责以下工作：加工质量信息的收集和储存，管理文件的形成，下级计算机动作的监视，控制质量的监视等。以数据处理和监控作为中心任务。

34. 液压系统电气故障的分析方法。

答：液压系统电气故障的分析方法是多种多样的。这些故障可能是由某一个液压元件失灵引起的，也可能是系统中多个液压元件站综合因素造成的，还可能是因为液压油被污染了造成的。即使是同一个故障现象，产生故障的原因也不相同。

特别是现在的许多设备，往往是机械、液压、电气及微型计算机等部分经过一体化设计的共同组合体。产生故障的原因更为复杂。因此，在排除故障时，必须对引起的故障因素逐一分析，注意其内在联系，找出主要矛盾，才比较容易解决。

在许多情况下，可以尝试用分析电气系统的方法来分析液压系统。例如将液压回路比作电气回路，将液压泵比作电流，将单向阀比作双向开关，将压力阀比作可调电压源，将流量阀比作可调电流等。维修技术的许多基本分析方法是互通的。在分析液压系统故障时，充分运用电气系统的维修和检验知识，有利于液压系统的故障分析与排除。

不过液压系统又有其自身的特点：由于它的各种元件、辅助机构以及油液大都在封闭的壳体和管道内，而不像机械系统那样可以从外部直接观察，又不像电气系统那样便于测量。要想准确地判断故障原因、确定排除方法，还需掌握有关流体力学和液压方面的知识，积累油路修理的经验和技巧。

35. 液压系统排除电气故障的基本步骤。

答：① 全面了解故障状况　处理故障前应深入现场，向操作人员询问设备出现故障前后的工作状况和异常现象，产生故障的部位，了解过去是否发生过类似情况及处理经过。

② 现场试车观察　如果设备仍能动作，并且带病动作不会使故障范围扩大，应当启动设备，操纵有关控制机构，观察故障现象及各参数状态的变化，与操作人员提供的情况联系起来进行比较、分析。

③ 查阅技术资料　对照本次故障现象，查阅《液压系统工作原理图》以及《电气控制原理图》，弄清液压系统的构成，故障所在的部位及相关部分的工作原理，元件的结构性能，在系统中的作用以及安装位置。同时，查阅设备技术档案，看过去是否发生过同类或类似现象的故障，是否发生过与本次故障可能相关联的故障，以及处理的情况，以帮助故障判断。

④ 确诊故障　根据工作原理，结合调查了解和自己观察的现象，作出一个初步的故障判断。然后根据这个判断，进一步的检查、试验，肯定或修正这个判断，直至最后将故障确诊。

⑤ 修理实施阶段　应根据实际情况，本着"先外后内，先调后拆，先洗后修"的原则，制订出修理工作的具体措施和步骤，有条不紊地进行修理。

⑥ 总结经验　故障排除后，总结有益的经验和方法，找出防止故障发生的改进措施。

⑦ 记载归档　将本次故障的发生、判断、排除或修理的全过程，详细记载，然后归入设备技术档案备查。

36. 继电器-接触器控制系统设计的基本步骤。

答："继电器-接触器控制系统设计"，从广义和完整的角度讲，设计的基本步骤如下。

（1）明确任务

通过拟订和落实设计任务书等手段，明确该控制系统的设计任务：系统的用途、工艺过程、动作要求、传动参数、工作条件，还要明确以下主要技术经济指标：

① 电气传动基本要求及控制精度。

② 项目成本及经费限额。

③ 设备布局，控制箱（盒、板、箱、盘、柜、台、屏）的布置，操作照明、信号指示、报警方式等要求。

④ 工期进度、验收标准及验收方式。

（2）技术调研

① 技术准备：查阅、收集、比较、研究有关的资料：标准、规范、规程、规定、文献、书刊及其他材料。

② 开展调研：通过现场调研、生产调研、市场调研、用户调研等技术调研手段，与软件资料相互比较，构思和研讨系统结构和主要环节，综合而成可供选择的意向方案和规划。

（3）系统初步方案

① 选定初步设计方案，确定系统组成、电力拖动形式、控制方式，明确主要环节结构、功能及其关系。

② 选择电动机的容量、类型、结构形式以及数量等。方案中应尽可能采用新技术、新器件和新的控制方式。

（4）技术设计：设计并绘制电气控制系统图、原理图，接线图；选择设备、元件，编制元器件目录清单；编写技术说明书，这一阶段，是"继电器-接触器控制系统设计"的主要阶段。通常工作步骤如下。

① 首先设计各控制环节中拖动电动机的启动、正反转运转、制动、调速、停机的主电路和执行元件的电路。

② 接着设计满足各电动机运转功能和与工作状态相对应的控制电路。

③ 然后连接各单元环节，构成满足整机生产工艺要求，实现加工过程所需的自动/半自动和调整功能要求的控制电路。

④ 再来设计保护、联锁、检测、信号和照明等环节的控制电路。

⑤ 最后全面检查所设计的电路，力求完善整个控制系统。特别注意在工作过程中不应因误动作或突然失电等异常情况，致使电气控制系统产生事故。

总之，设计电气控制电路时，应反复全面地检查。在有条件的情况下，应进行模拟试验，进一步完善所设计的电气控制电路。

（5）施工设计："继电器-接触器控制系统"的设计者，进入到工程阶段，该面对并协同解决生产制造和施工安装反映出来的实际工程问题。这一设计阶段中，要按步骤完成以下任务：绘制安装布置图、互连接线图、外部接线图、安装大样图；提出各种材料定额单，编制技术说明、试验验收方法等施工工艺文件。

（6）该控制系统进入总装、调试阶段，要进行模拟负载实验、形式或系统实验，系统试车，竣工验收，全面总结。

37. 数控机床零件的加工精度差时，应从哪几方面分析和解决？

答：（1）零件的加工精度差，一般是由于安装调整时，各轴之间的进给动态根据误差没调好，或由于使用磨损后，机床各轴传动链有了变化（如丝杠间隙、螺距误差变化、轴向窜动等）。可经过重新调整及修改间隙补偿量来解决。当动态跟踪误差过大而报警时，可检查：伺服电动机转速是否过高；位置检测元件是否良好；位置反馈电缆接插件是否接触良好；相应的模拟量输出锁存器、增益电位器是否良好；相应的伺服驱动装置是否正常。

（2）机床运动时超调引起加工精度不好，可能是加、减速时间太短，可适当延长速度变化时间；也可能是伺服电动机与丝杠之间的连接松动或刚性太差，可适当减小位置环的增益。

（3）两轴联动时的圆度超差

① 圆的轴向变形。这种变形可能是机械未调整好造成的。轴的定位精度不好，或是丝杠间隙补偿不当，会导致过象限时产生圆度误差。

② 斜椭圆误差（45°方向上的椭圆）。这时应首先检查各轴的位置偏差值。如果偏差过大，可调整位置环增益来排除。然后检查旋转变压器或感应同步器的接口板是否调好，再检查机械传动副间隙是否太大，间隙补偿是否合适。

38. 复杂设备电气故障的诊断方法中常用的诊断方法有哪些？

答：

① 控制装置自诊断法。大型的 CNC、PLC 以及计算机装置都配有故障诊断系统，由开关、传感器把油位、油压、温度、电流等状态信息设置成数百个报警提示，用以诊断故障的部位和地点。

② 常规检查法。依靠人的感觉器官并借助一些简单的仪器来寻找故障的原因。

③ 机、电、液综合分析法。因为复杂设备往往是机、电、液一体化的产品，所以对其故障的分析也要从机、电、液不同的角度对同一故障进行分析，可避免片面性，少走弯路。

④ 备件替换法。将具有同样功能的两块板互相交换，观察故障现象是否转移还是依旧，来判断被怀疑板有无故障。

⑤ 电路板参数测试对比法。系统发生故障后，采用常规电工检测仪器、仪表，按系统电路图及设备电路图，甚至在没有电路图的情况下，对可疑部分的电压、电流、脉冲信号、电阻值等进行实际测量，并与正常值和正常波形进行比较。

⑥ 更新建立法，当控制系统由于电网干扰或其他偶然原因发生异常或死机时，可先关机然后重新启动，必要时，需要清除有关内存区的数据，待重新启动后对控制参数重新设置，可排除故障。

⑦ 升温试验法。因设备运行时间较长或环境温度较高出现的软故障，可用电热吹风或红外线灯直接对准可疑电路板或组件进行加温。通过人为升温加速温度性能差的元器件的性能恶化，使故障现象明显化，从而有利于检测出有问题的组件或元器件。

⑧ 拉偏电源法，有些软故障与外界电网电压波动有关。人为调高或调低电源电压，模拟恶劣的条件会让故障容易暴露。

⑨ 分段淘汰法，有时系统故障链很长。可以从故障链的中部开始分段查。查到故障在哪一半中，可以继续用分段淘汰法查，加快故障的排查速度。

⑩ 隔离法，将某部分控制电路断开或切断某些部件的电源，从而达到缩小故障范围的目的。但是许多复杂设备的电气控制系统反馈复杂，采用隔离法时应充分考虑其后果，并采取必要的防范措施。

⑪ 原理分析法。根据控制系统的组成原理，通过追踪故障与故障相关联的信号，进行分析判断，直至找出故障原因。

第八部分　技　能　题

第1章　继电-接触器控制线路的安装与调试题

继电-接触器控制线路的安装与调试题是初赛普遍使用的题型，继电控制电路安装是检验一名优良电工的基本操作技能的试题，它包含了对选手识图知识、电气元件的布置安装要求、配线的合理安排布局、导线的正确连接等基本功的考核。

一、竞赛要点

1. 检查元器件并正确安装（分值 10 分）

安装前要检查元件的额定电压、接点动作灵活可靠、元件外观无破损；根据盘面的形状和尺寸合理布置各种元件的安装位置。

评分标准：元件布置不整齐、不匀称、不合理，每个扣 2 分；元件安装不牢固、元件螺钉漏装的每个扣 2 分；损坏元件的每个扣 2 分。

2. 元件选择（分值 10 分）

根据题目要求，正确选择断路器、熔断器、接触器、热继电器、时间继电器、导线截面和线色。

评分标准：元件选择过大的每个扣 1 分；元件选择过小的每个扣 2 分；热继电器或时间继电器定值错误的每个扣 3 分。

3. 配线工艺（分值 30 分）

硬线配线工艺一般用于控制比较简单的电路，硬线配线要求是导线横平竖直、弯曲规整、盘面导线交叉要少、接点连接要规范、线号标注正确、字迹清晰。采用软线配线工艺一般用于控制比较复杂的电路，软线配线导线必须沿线槽敷设、导线松紧适当、线头不允许有露丝现象、线号标注正确、字迹清晰。

评分标准：硬线配线导线不平整美观的每根扣 0.5 分；软线不入线槽、导线过紧或余线过多的每根扣 0.5 分；接点松动、漏铜过长、压绝缘层、线号标记不清、遗漏或错标、引出线未压端子，每一处扣 0.5 分；损伤导线绝缘或线芯的每根扣 0.5 分。

4. 试运行（分值 40 分）

试运行前，操作者必须清理好现场。现场设备周围不允许放置工具、工件及其他杂物。上述物品必须放在指定的工位器具上，确认电气设备、金属外壳、一律应有保护接地，接地应符合规定，检查各部件是否齐全，系统是否完整，各按钮、开关是否在规定位置。一次通电运行成功为合格。

评分标准：一次试车不成功扣 10 分；二次试车不成功扣 20 分；三次试车不成功的无成绩。

5. 安全及其他（分值 10 分）

操作者必须戴好规定的防护用品，并检查工具和防护用具是否安全可靠。任何电气设备及元器件未经验电，一律视为有电，不准用手触及。竞赛台上的保险和安全防护装置，操作者不得任意拆卸和移动。操作者在接线及更换电气元器件时必须停机。比赛完毕后应清扫设备，保持清洁，并切断竞赛平台电源。

评分标准：工具放置杂乱扣 1 分；不按规定使用安全用具扣 2 分；拆改安全防护装置的扣 5分；造成短路、触电的无成绩。

二、继电-接触器控制线路的安装与调试试题实例

试题实例：安装 5kW 三相异步电动机正反转控制双重联锁的线路（120 分钟），原理图如图 8-

1所示，实物配线图如图 8-2 所示。

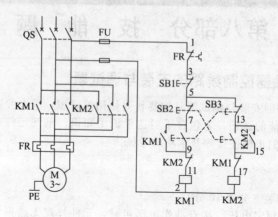

图 8-1　电动机正反转控制双重联锁电气原理图

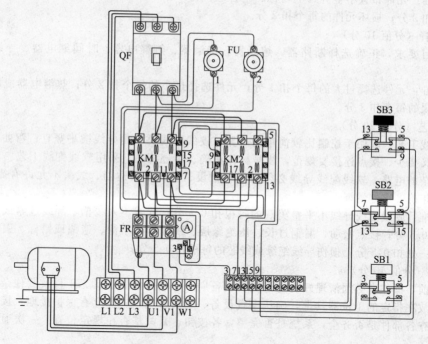

图 8-2　电动机正反转控制双重联锁电路实物配线图

元件选择：5kW 异步电动机额定电流 $I_n \approx 10A$。

　　断路器选择：断路器额定电流 = (1.3～1.5) I_n = 13～15A（取 15A）。

　　熔断器选择：保护熔丝可选 3A。

　　接触器选择：接触器额定电流 = (1.3～2) I_n = 13～20A（可取 CJ10-20A）。

　　热继电器选择：热元件额定电流 = (1.1～1.5) I_n = 11～15A（可选 13A，定值 10A）。

　　导线截面选择：主回路导线用 2.5mm² 单股铜线，控制回路导线用 1.5mm² 单股铜线。

第 2 章　仪器、仪表试题

仪器仪表试题一般为复赛试题多和电子电路安装题共同使用。

一、竞赛要点

（1）正确选择、使用、维护仪器仪表，使用前对仪器仪表的检查准备工作要充分。

（2）利用仪器仪表准确选测元件和观察信号波形，稳定清晰，符合要求。

（3）测量步骤要正确，测量结果准确无误。

（4）竞赛时间 20 分钟。

二、实例 1：用直流单臂电桥测量小电阻

1. 直流单臂电桥测量小电阻评分标准（分值 10 分）

测量准备：测量准备工作齐全到位，开机准备工作不到位扣 2 分。

测量过程：测量过程准确无误，测量过程中，操作步骤每错 1 次扣 1 分。

测量结果：测量结果在允许误差范围之内，测量结果有较大误差或错误扣 3 分。

维护保养：对使用的仪器、仪表进行简单的维护保养，维护保养有误扣 1 分。

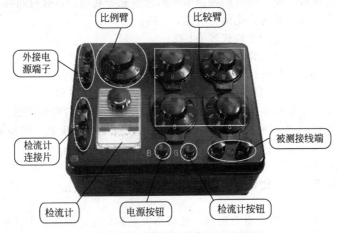

图 8-3　直流单臂电桥各个功能

2. 正确使用直流单臂电桥各个功能（如图 8-3 所示）

比较臂：4 挡，分别由面板上的四个读数盘控制，可得到从 0～9999Ω 范围内的任意电阻值，最小步进值为 1Ω。

比例臂：有 7 个挡，即　0.001、0.01、0.1、1、10、100、1000，由转换开关 SA 换接。

检流计 G：根据指针偏转，调节电桥平衡。

电源按钮 B：可以锁定。

检流计按钮 G：点接。

被测臂：标有"Rx"的两个端钮用来连接被测电阻。

3. 测量电阻的步骤

（1）电桥调试。

（2）估测被测电阻，选择比例臂。

（3）接入被测电阻。

（4）接通电路，调节电桥比例臂使之平衡。

（5）计算电阻值。

（6）关闭电桥。

（7）电桥保养。

4. 操作步骤

（1）打开检流计机械锁扣，调节调零器使指针指在零位。如图 8-4 所示。

图 8-4 检流计调零

图 8-5 先按 B 钮后按 G 钮

注意：

① 发现电桥电池电压不足应及时更换，否则将影响电桥的灵敏度。

② 当采用外接电源时，必须注意电源的极性。将电源的正、负极分别接到"＋"、"－"端钮，且不要使外接电源电压超过电桥说明书上的规定值。

（2）选择适当的比例臂，使比例臂的四挡电阻都能被充分利用，以获得四位有效数字的读数。

提示：估测电阻值为几千欧时，比例臂应选×1挡；

估测电阻值为几百欧时，比例臂应选×0.1挡；

估测电阻值为几十欧时，比例臂选×0.01挡；

估测电阻值为几欧时，比例臂选×0.001挡。

（3）接入被测电阻时，应采用较粗较短的导线连接，并将接头拧紧。

（4）测量时应先按下电源按B钮，再按下检流计按G钮，使电桥电路接通。如图8-5所示。

提示：若检流计指针向"＋"方向偏转，应增大比较臂电阻，反之，则应减小比较臂电阻。如此反复调节，直至检流计指针指零。

（5）计算电阻值：

被测电阻值＝比例臂读数×比较臂读数

（6）关闭电桥：

① 先断开检流计按钮，再断开电源按钮。然后拆除被测电阻，最后锁上检流计机械锁扣。

② 对于没有机械锁扣的检流计，应将按钮"G"按下并锁住。

（7）电桥保养：

① 每次测量结束，将盒盖盖好，存放于干燥、避光、无震动的场合。

② 发现电池电压不足应及时更换，否则将影响电桥的灵敏度。

③ 当采用外接电源时，必须注意电源极性。

④ 不要使外接电源电压超过电桥说明书上的规定值。

⑤ 搬动电桥时应小心，做到轻拿轻放，否则易使检流计损坏。

三、实例 2：用直流双臂电桥测量开关接触电阻

1. 直流双臂电桥测量小电阻评分标准（分值 10 分）

测量准备：测量准备工作齐全到位，开机准备工作不到位扣2分。

测量过程：测量过程准确无误，测量过程中，操作步骤每错1次扣1分，测量接线错误扣4分。

测量结果：测量结果在允许误差范围之内，测量结果有较大误差或错误扣3分。

维护保养：对使用的仪器、仪表进行简单的维护保养，维护保养有误扣1分。

2. 双臂电桥的使用方法

双臂电桥的各个功能钮如图8-6所示。

在电池盒内，装入1.5V、1号电池4～6节并联使用和2节6F22、9V并联使用，此时电桥就能正常工作。如用外接直流电源1.5～2V时，电池盒内的1.5V电池，应预先全部取出。

（1）接通电源开关B1，带放大器稳定后（约5min），调节调零旋钮使检流计指针指零。

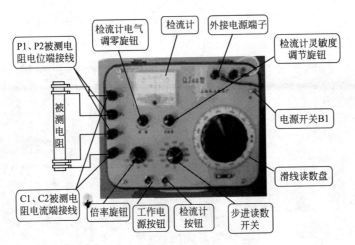

图 8-6　双臂电桥的各个功能钮

（2）将灵敏度旋钮放在最低位置。

（3）将待测电阻以四端接线形式接入电桥 C1、P1、C2、P2 的接线柱上。如图 8-7 所示。

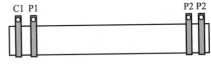

图 8-7　待接电阻的接线

（4）估计被测电阻值的大小，选择适当倍率位置，先按"G"按钮，再按"B"按钮，调节步进读数和滑线读数，使检流计指针在零位上。如发现检流计灵敏度不够，应增加其灵敏度，移动滑线盘 4 小格，检流计指针偏离零位约 1 格，就能满足测量要求。在改变灵敏度时，会引起检流计指针偏离零位，在测量之前，随时都可以调节检流计零位。

3. 被测电阻计算

被测电阻值＝倍率读数×（步进读数＋滑线读数）

4. 双臂电桥使用时注意事项

（1）测有电感线圈的直流电阻时，应先按下"B"按钮，后按下"G"按钮，断开时，应先断开"G"按钮，后断开"B"按钮。

（2）按"B"钮后若指针满偏，则要立即松开"B"，调步进值后再按"B"，以免烧坏检流计。

（3）被测电阻至电桥的接线电阻应小于 0.01Ω。

（4）测量完毕后，应将"B1"开关扳向断开位置，"B"和"G"按钮松开。

（5）仪器长期搁置不用，应取出电池。

四、实例 3：用电子示波器观察交流电压波形，并计算被测电压的有效值

1. 电子示波器评分标准（分值 20 分）

测量准备：测量准备工作齐全到位，开机准备工作不到位扣 2 分。

测量过程：测量过程准确无误，测量过程中，操作步骤每错 1 次扣 1 分。

测量结果：测量结果在允许误差范围之内，测量结果有较大误差或错误扣 3 分。

维护保养：对使用的仪器、仪表进行简单的维护保养，维护保养有误扣 1 分。

2. 电子示波器各旋钮功能

如图 8-8 所示。

前面板功能说明：

（1）CAL（2VP-P）：此端子提供幅为 $2V_{P-P}$，频率为 1kHz 的方波信号，用于校正 10：1 探极的补偿电容器和检测示波器垂直与水平偏转因数。

（2）INTEN：轨迹及光点亮度控制钮。

（3）FOCUS：轨迹聚焦调整钮。

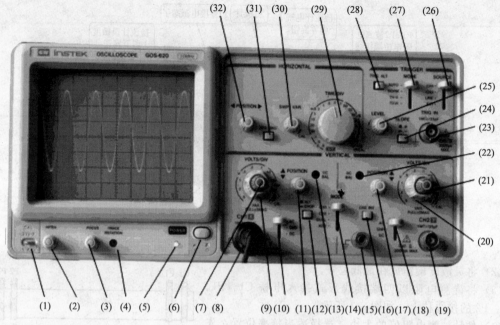

图 8-8　电子示波器各旋钮功能

（4）TRACE ROTATION：使水平轨迹与刻度线成平行的调整钮。

（5）电源指示灯。

（6）POWER：电源主开关，压下此钮可接通电源，电源指示灯（5）会发亮；再按一次，开关凸起时，则切断电源。

（7）（21）VOLTS/DIV：垂直衰减选择钮，以此钮选择 CH1 及 CH2 的输入信号衰减幅度，范围为 5mV/DIV～5V/DIV，共 10 挡。

（8）（X）输入：CH1 的垂直输入端，在 X-Y 模式下，为 X 轴的信号输入端。

（9）（20）VARIABLE：灵敏度微调控制，至少可调到显示值的 1/2.5。在 CAL 位置时，灵敏度即为挡位显示值。当此旋钮拉出时（×5MAG 状态），垂直放大器灵敏度增加 5 倍。

（10）（18）AC-GND-DC：输入信号耦合选择按键钮。

AC：垂直输入信号电容耦合，截止直流或极低频信号输入。

GND：按下此键则隔离信号输入，并将垂直衰减器输入端接地，使之产生一个零电压参考信号。

DC：垂直输入信号直流耦合，AC 与 DC 信号一起输入放大器。

（11）（17）POSITION：轨迹及光点的垂直位置调整钮。

（12）ALT/CHOP：当在双轨迹模式下，放开此键，则 CH1&CH2 以交替方式显示（一般使用于较快速的水平扫描文件位）。当在双轨迹模式下，按下此键，则 CH1&CH2 以切割方式显示（一般使用于较慢速的水平扫描文件位）。

（13）（22）CH1 CH2 DC BAL：调整垂直直流平衡点。

（14）MODE：CH1 及 CH2 选择垂直操作模式。

CH1 或 CH2：通道 1 或通道 2 单独显示。

DUAL：设定本示波器以 CH1 及 CH2 双频道方式工作，此时并可切换 ALT/CHOP 模式来显示两轨迹。

ADD：用以显示 CH1 及 CH2 的相加信号；当（16）CH2 INV 键为压下状态时，即可显示CH1 及 CH2 的相减信号。

（15）GND：示波器接地端子。

(16) CH2 INV：此键按下时，CH2 的信号将会被反向。CH2 输入信号于 ADD 模式时，CH2 触发截选信号（Trigger Signal Pickoff）亦会被反向。

(19) CH2（Y）输入：CH2 的垂直输入端，在 X-Y 模式下，为 Y 轴的信号输入端。

(23) EXT TRIG IN：外触发输入端子。

(24) SLOPE：触发斜率选择键。

"＋"：凸起时为正斜率触发，当信号正向通过触发准位时进行触发。

"－"：压下时为负斜率触发，当信号负向通过触发准位时进行触发。

(25) LEVEL：触发准位调整钮，旋转此钮以同步波形，并设定该波形的起始点。将旋钮向 "＋"方向旋转，触发准位会向上移；将旋钮向"－"方向旋转，则触发准位向下移。

(26) SOURCE：用于选择 CH1、CH2 或外部触发。

CH1：当 VERT MODE 选择器（14）在 DUAL 或 ADD 位置时，以 CH1 输入端的信号作为内部触发源。

CH2：当 VERT MODE 选择器（14）在 DUAL 或 ADD 位置时，以 CH2 输入端的信号作为内部触发源。

LINE：将 AC 电源线频率作为触发信号。

EXT：将 TRIG. IN 端子输入的信号作为外部触发信号源。

(27) TRIGGER MODE：触发模式选择开关。

自动（AUTO）：当没有触发信号或触发信号的频率小于 25Hz 时，扫描会自动产生。

常态（NORM）：当无触发信号时，扫描将处于预备状态，屏幕上不会显示任何轨迹。本功能主要用于观察≤25Hz 的信号。

电视场（TV）：用于显示电视场信号。

(28) TRIG. ALT：触发源交替设定键，当 VERT MODE 选择器（14）在 DUAL 或 ADD 位置，且 SOURCE 选择器（26）置于 CH1 或 CH2 位置时，按下此键，本仪器即会自动设定 CH1 与 CH2 的输入信号以交替方式轮流作为内部触发信号源。

(29) TIME/DIV：扫描时间选择钮。

(30) SWP. VAR：扫描时间的可变控制旋钮。

(31) ×10MAG：水平放大键，扫描速度可被扩展 10 倍。

(32) POSITION：轨迹及光点的水平位置调整钮。

3. 电子示波器试题题例

用电子示波器观察 50Hz 交流电压波形，并计算被测电压的有效值。

(1) 测试前的准备工作：

① 核准仪器所用电源电压；

② 面板控制钮的作用。

控制按钮	作　用
亮度	
聚焦、辅助聚焦	
Y 挡位	
Y"AC-DC"	
Y 位移	
Y 微调	
X 扩展	
X 位移	
X 同步	
X 微调	

（2）用标准信号对 Y 轴灵敏度进行校验（设标准信号为 $10\mu s$，1V，方波）。

（3）计算被测电压的有效值。

条件一：单信号 Y_A 输入。挡位为 10mV/div，如图 8-9 所示。

　　计算：U_A 的有效值。

条件二：同频双信号。Y_A 挡位为 1V/div，Y_B 挡位为 0.1V/div，如图 8-10 所示。

　　计算：U_A 有效值，U_B 有效值。

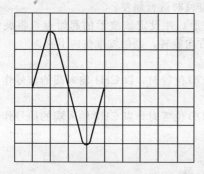
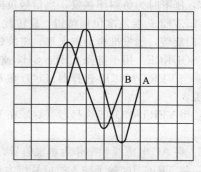

图 8-9　条件一的图形　　　　　　　　　　图 8-10　条件二的图形

（4）回答以下问题：

　　① Y 轴在 1V/div 挡，示波纵向 6 格，此波形电压峰-峰值为_____ V。

　　② X 轴在 1s/div 挡，完整的一个波形占横向 6 格，其周期为_____ s。

　　③ 用 1∶10 探头在 10V/div 测得波形占纵向 4 格，被测电压有效值为_____ V。

　　④ 示波器显示波形时，线条很粗应调整_____。

　　⑤ 双踪示波器可以同时测量一个正弦波，一个锯齿波，并判断其_____。

　　⑥ 双踪示波器可以比较两个同频正弦量的_____。

　　⑦ 示波器测量 2000Hz 的频率，X 轴应置_____挡。

　　⑧ 示波器测量直流电压时，板键应置于_____挡。

　　⑨ 在 X 轴的某一挡，测得两个完整波形，Y_A 占横向 8div，Y_B 横向占 4div，测 Y_A 的频率_____于 Y_B 的频率。

　　⑩ 显示的波形游动应调节_____旋钮。

五、实例4：用晶体管特性图示仪筛选三极管

1. 竞赛要求

　　（1）正确选择、使用、维护晶体管特性图示仪。

　　（2）利用晶体管特性图示仪观察三极管特性波形，并按要求选出合格的三极管。

　　（3）测量步骤正确，测量结果准确无误。

　　（4）利用万用表正确判断三极管的引脚。

　　（5）满分 20 分，考试时间 20 分钟。

2. 晶体管特性图示仪评分标准（分值20分）

　　测量准备：测量准备工作齐全到位，开机准备工作不到位扣 2 分。

　　测量过程：测量过程准确无误，测量过程中，操作步骤每错 1 次扣 1 分，管脚判断错误扣 4 分，造成晶体管击穿烧毁的扣 10 分。

　　测量结果：测量结果在允许误差范围之内，测量结果有较大误差或错误扣 3 分。

　　维护保养：对使用的仪器、仪表进行简单的维护保养，维护保养有误扣 1 分。

3. 晶体管特性图示仪的使用

　　图 8-11 为 GH4821 晶体管特性图示仪各旋钮功能。

4. 显示器控制部分

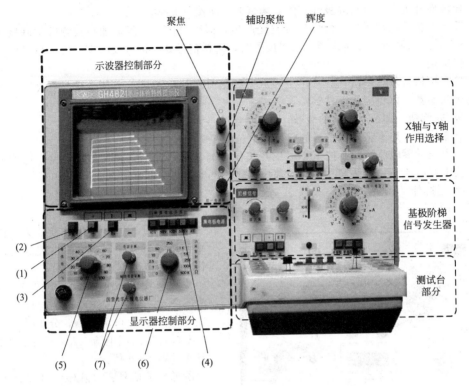

图 8-11 GH4821 晶体管特性图示仪各旋钮功能

（1）扫描极性按键：用来改变集电极扫描电压对地的极性，以适应测量不同类型（NPN 或 PNP），不同沟道（N 沟道或 P 沟道）晶体管的需要。

（2）异极性按键：当进行异极性管配对测试时，应按下此键。

（3）IC/IR 测试选择开关：测量晶体三极管和二极管正向特性时应置于 IC 位置，测量二极管反向电流时应按下此键。

（4）峰值电压范围按键：选择扫描电压峰值的范围，分为 10V、50V、100V、500V 四挡。

（5）峰值电压调节旋钮：在选定的电压范围内连续调节扫描峰值电压，旋钮顺时针方向旋转，扫描电压增加。

（6）功耗限制电阻旋钮：设置晶体管集电极功耗限制电阻。功耗限制电阻与集电极串联，扫描电压经功耗限制电阻加到晶体管的集电极，以保护被测管。功耗限制电阻从 0～500kΩ，共分十一挡可调。

（7）电容平衡与辅助平衡旋钮：调节补偿电容，以减少晶体管集电极对地电容产生的分流，改善测量精度。

5. 基极阶梯信号发生器

如图 8-12 所示。

（1）电压-电流/级旋钮：调节基极阶梯电流或基极阶梯电压的大小。

（2）串联电阻开关：当电压-电流/级旋钮置于电压/级位置时，串联电阻将串联在被测管的输入回路中。用此开关改变串联电阻的阻值。

（3）极性开关：用来改变阶梯波的正、负极性，以适应测量不同类型（NPN 或 PNP），不同沟道（N 沟道或 P 沟道）晶体管的需要。

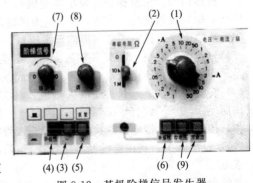

图 8-12 基极阶梯信号发生器

(4) 异极性开关：当进行异极性管配对测试时，应按下此键。

(5) 重复按钮：该钮弹出，阶梯信号重复产生，即阶梯信号重复地加在被测管的基极（共发射极接法），用以测量特性曲线族。该钮按下时，阶梯信号处于待触发状态，阶梯信号的产生由单次按钮决定。

(6) 单次按钮：每按一次该钮，产生一族阶梯信号，相应地显示一条曲线。主要用于测量晶体管的极限参数，以免损坏元件。

(7) 级/族旋钮：调节阶梯波的级数，0～10连续可调。

(8) 调零旋钮：用来将阶梯信号的起始级电位调至零电位。

(9) 零电压、零电流按钮：按下零电压开关使被测晶体管的基极和发射极短路，可测短路漏电流。按下零电流开关使被测晶体管的基极开路，可测开路漏电流。

6. Y轴作用选择

如图 8-13 所示。

图 8-13 X、Y轴钮

（1）Y轴"电流/度"转换开关旋钮：用来切换 Y 轴方向所表示的物理量及每度所代表的量值大小。

集电极电流（I_C）旋钮指向这个部位，表明 Y 轴方向的偏转代表集电极电流，灵敏度为 $10\mu A$～$0.5A/div$，分 15 挡。

二极管反向漏电流（I_R）范围：$0.1\mu A$～$5\mu A/div$，分 6 挡。

阶梯校准信号：由阶梯信号发生器提供 $0.1V/$级的阶梯信号。

外接：输入灵敏度为 $0.1V/div$，是为扩展测试范围而设置的。

（2）Y轴位移/倍率旋钮：该旋钮有两个功能：一是在垂直方向上调节图形的位置，二是作为"电流/度"转换开关的辅助开关，拉出时为垂直扩展状态，即垂直显示放大 10 倍。

（3）0.1 倍率指示灯：该灯亮表示处于垂直扩展状态。

（4）增益调节旋钮：调节 Y 轴放大器的增益。

7. X轴作用选择

如图 8-13 所示。

（5）X轴"电压/度"转换开关旋钮：用来切换 X 轴方向所表示的物理量及每度所代表的量值大小。

集电极电压（V_{CE}）：开关旋钮指向这个部位，表明 X 轴方向的偏转代表集电极电压，灵敏度为 $50mV$～$50V/div$，分 10 挡。

基极电压 V_{BE}：X 轴表示的物理量是基极电压，灵敏度为 $50mV$～$1V/div$，分 5 挡。

阶梯校准信号：由阶梯信号发生器提供 $0.05V/$级的阶梯信号。

外接：输入灵敏度为 $0.05V/div$，是为扩展测试范围而设置的。

（6）X轴位移旋钮：调节图形的水平位置。

（7）增益调节旋钮：调节 X 轴放大器的增益。

显示作用开关由三个独立的按键开关组成。

（8）转换开关：通过开关使放大器输入端二线相互对换，使交替测量 NPN 管和 PNP 管时的操作简便。

（9）接地：放大器输入端接地，表示输入为零的基准点。

（10）校准开关：将内部的基准电压送至 X、Y 放大器，以达到 10 度校准的目的。

8. 测试台

测试台位于仪器的下方，备有左、右两路晶体管插座和接线插孔，插座和接线插孔标有 E、

B、C极，可依据被测晶体管的引脚情况，将其引脚对应地插入插座或通过连线接入插孔。测试台的上部设置有测试选择按键开关，可以选择测量左路晶体管或右路晶体管（单管），也可以交替测量左、右两路晶体管（交替）。被交替测量的左、右两路晶体管可以是同类型（都是 NPN 或 PNP，称为同极性），也可以是异类型（一个是 NPN，一个是 PNP，称为异极性）。当置于交替异极性时，集电极电压和基极阶梯信号也应置于异极性，此时 PNP 管插入左插座，NPN 管插入右插座，即可自动交替显示左、右两管的特性曲线，左管特性为虚线，右管特性为实线。

第3章 电子电路安装和调试题

电子电路安装调试题为复赛试题，竞赛时与仪器仪表试题共同命题。

一、竞赛要点

1. 电子电路安装调试题竞赛要求

（1）印刷线路板安装：元件安装正确工整美观。

电子试验板安装：元件布局合理，板背连线不允许交叉，线段要短。

（2）用万用表正确的检查测量元件、并用示波器测量波形。

（3）焊接元器件，符合装备工艺要求，焊点大小适中牢固。

（4）调试：调试成功，性能符合要求。

（5）考核时间一般 120～150 分钟。

2. 电子电路安装调试题评分标准

（1）布局不合理，扣 1 分。

（2）焊点粗糙、拉尖、有焊接残渣，每处扣 1 分。

（3）元件虚焊、气孔、漏焊、松动、损坏元件，每处扣 1 分。

（4）引线过长、焊剂不擦干净，每处扣 1 分。

（5）元器件的标称值不直观、安装高度不合要求，扣 1 分。

（6）工具、仪表使用不正确，每次扣 1 分。

（7）焊接时损坏元件，每只扣 2 分。

（8）通电调试 1 次不成功扣 5 分；2 次不成功扣 10 分；3 次不成功扣 15 分。

（9）调试过程中损坏元件，每只扣 2 分。

（10）开机准备工作不熟练，扣 1 分。

（11）测量过程中，操作步骤每错 1 步扣 2 分。

（12）波形绘制错扣 3 分。

（13）写出的波形峰值错误，扣 3 分。

（14）不得有短路、触电、烫伤、扎伤等事故发生，否则扣 8 分。

（15）不得损坏仪器设备。否则扣 5～10 分。

3. 电子元器件的焊接和安装基本工艺要求

①电接触良好；②机械强度应足够；③清洁美观；④避免虚焊。

电子元件焊点标准如图 8-14 所示，元件管腿的插装如图 8-15 所示。

焊点合适　　　　焊点太大　　　　焊点太小

图 8-14 焊点的要求

二、电子电路安装调试题题例

安装和调试的集成运算放大电路组成的波形发生器原理图如图 8-16 所示。

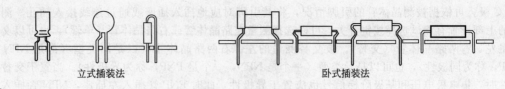

立式插装法　　　　　　　　　　卧式插装法

图 8-15　元件管腿的插装

条件：150×90 电子试验板一块、LM324 集成块（带座）一套、变压器一台、全部电阻、电容、晶体管。

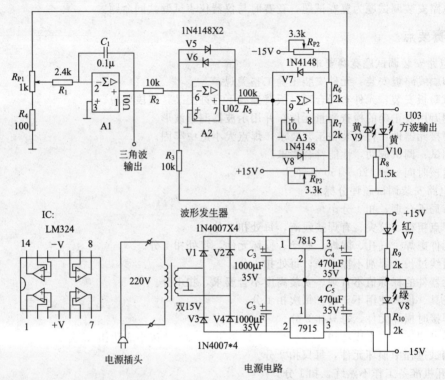

图 8-16　集成运算放大电路组成的波形发生器原理图

1．考核要求

（1）装接前先要检查器件的好坏，核对元件数量和规格，如在调试中发现元器件损坏，则按损坏元器件扣分。

（2）根据原理图，在万能实验板上合理设计布局，并用小线焊接连线，要求装接质量可靠，装接技术符合工艺要求。

（3）考试时间 120 分钟。

2．调试数据记录

测量电容器两端电压：C_2 ＿＿＿＿＿ V，C_3 ＿＿＿＿＿ V，C_4 ＿＿＿＿＿ V，C_5 ＿＿＿＿＿ V。

用示波器显示出电路中三角波及方波的波形，并写出方波的峰-峰值及其频率、周期调节范围。

（1）三角波波形

峰-峰值：＿＿＿＿＿＿＿＿＿＿＿＿＿＿＿＿＿＿＿＿＿＿＿　（配分：1 分）

周期调节范围：＿＿＿＿＿＿＿＿＿＿＿＿＿＿＿＿＿＿＿＿　（配分：2 分）

频率调节范围：＿＿＿＿＿＿＿＿＿＿＿＿＿＿＿＿＿＿＿＿　（配分：2 分）

（2）方波波形

峰-峰值：_____（配分：1分）

周期调节范围：_____（配分：2分）

频率调节范围：_____（配分：2分）

三、电子电路安装调试题类型

（1）安装和调试集成运算放大电路组成的波形发生器。

（2）安装和调试60W功率放大器电路。

（3）安装和调试集成电路运算放大器电路。

（4）安装和调试稳压电源，具有过压、欠压和延时控制器电路。

（5）安装和调试晶体管稳压电路。

（6）安装和调试三角波、方波、正弦波函数发生器实验电路。

（7）安装和调试多功能函数信号发生器电子电路。

（8）安装和调试红外线遥控开关发射器和接收器电子线路。

（9）安装和调试晶闸管直流电动机调速电路。

（10）制作延时熄灯的拉线开关。

（11）制作触摸式延时开关。

（12）直流电动机可控调速电路。

第4章　先进控制技术竞赛题

先进控制技术竞赛题是集合了电气绘图、电气元件安装、调整、电气接线等电工基本技能的检验，同时要求选手要良好掌握PLC编程、变频器调速、人机对话（触摸屏）、新型控制元件（传感器）等控制技术，是一项全面考核选手的决赛试题。

1. 先进控制技术题参考评分标准

（1）系统设计：考察系统的整体电路设计以及电气原理图绘制，配分10分。

（2）硬件接线工艺：考察系统的硬件接线正确性以及硬件接线工艺、部件安装的准确度，配分20分。

（3）设置变频器参数：考察变频器的参数设定正确性，配分5分。

（4）触摸屏画面设计：考察触摸屏的画面美观度，配分5分。

（5）PLC编程：整个系统的工作过程正确性以及准确性，配分50分。

（6）停止、报警及保护：考察整个系统的停止、报警以及保护功能的实现情况，配分10分。

2. 比赛中如出现下列情况时另行扣分

（1）调试过程中由于撞击造成抓取机械手或传感器不能正常工作扣15分。

（2）若选手认为器件有故障，可提出更换，经裁判测定器件完好时每次扣5分，器件确实损坏每更换一次补时5分钟。

（3）由于错误接线等原因引起设备重要部件（PLC、触摸屏、变频器、电磁阀、传感器、直流电源等）损坏，取消竞赛资格。

（4）由于违反安全操作规程造成安全事故，取消竞赛资格。

一、用 PLC 控制智力竞赛抢答装置（地区竞赛试题）

题目要求：

主持人用一个总停开关SB6控制三个抢答桌。布置如图8-17所示。

主持人说出题目并按动启动开关SB7后，谁先按按钮，谁的桌子上的灯即亮。当主持人按总停开关SB6后，灯才灭，否则一直亮着。

三个抢答桌的按钮是这样安排的：一是儿童组，抢答桌上有两只按钮SB1和SB2，是并联形式，无论按哪一只，桌上的灯LD1即亮；二是中学生组，抢答桌上只有一只按钮SB3，且只有

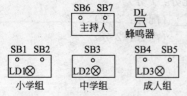

一个人，一按灯 LD2 即亮；三是大人组，抢答桌上也有两只按钮 SB4 和 SB5，是串联形式，只有两只按钮都按下，抢答桌上的灯 LD3 才亮。

当主持人将启动开关 SB7 处于开状态时，10s 之内有人抢答按按钮，蜂鸣器 DL 响。

图 8-17 智力竞赛抢答工位布置

考核要求：

(1) 用 PLC 按工艺流程写出梯形图、语句表。

(2) 用模拟设置控制智力竞赛抢答装置的控制过程。

(3) 按基本指令编制的程序，进行程序输入并完成系统、调试。

二、料车采用半自动管理系统（行业竞赛试题）

料车采用半自动管理，每个工位都有一名装配工，当装配点需料时按下"需料按钮"，料车将驶往该装配工位，料车在该装配工位停留一段时间供该点下料，下料时间到后料车即可响应其他装配工位的需料请求，一车料可供各装配工位使用若干次；当某装配工位发现料车无料时按下"上料按钮"，料车即驶往上料点上料。工位布置如图 8-18 所示。

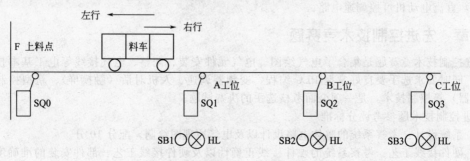

图 8-18 料车采用半自动管理系统工位

设备工作的过程是：

系统上电后料车自动驶往上料点 F，SQ0 受压，料车反接制动停止，15s 后上料完成。指示灯 HL 亮表示可以请求料车下料，装载满料的料车在 A、B、C 三点都可请求料车，按下对应点的需料请求按钮料车即驶往该点，以 B 点为例说明，当 HL 指示灯亮时，按下 SB2 按钮料车驶往 B 点，同时料车请求不可用，指示灯 HL 灭，SQ2 受压后料车反接制动停止在 B 点开始下料，10s 后下料完成，指示灯 HL 亮表示可以响应其他点需料请求。

料车响应了装配点的需料请求下完料后仍可响应其他点的需料请求，直到料车内的料用完，例如在 B 点下完料后，指示灯 HL 亮，此时如果 A 点的 SB1 按下发需料请求，料车将驶往 A 点；如果 C 点 SB3 按下发需料请求，料车将驶往 C 点。

当某一装配点发现料车无料时，在料车停在该点时，在料车下料的 10s 内按下上料请求按钮，则料车上料。以 B 点为例，当料车停在 B，操作员发现料车无料，在 10s 内按下 SB2，料车驶往 F 点上料．注意每个点的需料请求按钮和上料请求按钮是同一个按钮。

注意：料车停止采用反接制动，反接制动时间为 1s，工作过程如图 8-19 所示。

考核要求：

(1) 各元件在安装板上的位置自己确定。

(2) 所有连接导线一律走明线，不允许从安装板的背面走线，按照维修电工走线要求接线。

(3) 接好线后用标签写上对应元件的名称并贴在元件上或元件旁。

(4) 除电机外的所有元件都安装在控制板上。

(5) 画出 PLC 的输入/输出配线图和电机控制的主电路。

三、传送带控制（行业竞赛试题）

控制要求：传送带系统如图 8-20 所示。在初始状态按下启动按钮后，运行灯亮，若有货物送上传送带使行程开关 SQ1 动作，则电动机 M1 启动，当货物使行程开关 SQ2 动作时电动机 M2 立即启动，货物一通过 SQ2（SQ2 释放）且第一传动带上无货物则 M1 停止，SQ3 动作时 M3 立即启动，货物一通过 SQ3 且第二传送带上无货物则 M2 停止，货物一通过 SQ4 且第三传送带上无货物则 M3 停止，整个系统循环工作；按停止按钮后，系统把当前工作进行完（即所有传动带上没有货物）后停止，运行灯灭；SQ4 用于系统计数，经过的货物件数用 HL1 ～ HL4 以 8421BCD 码的形式（HL1 最高位，HL4 最低位）显示，当货物件数满 10 时 HL1 ～ HL4 同时以 5Hz 的频率闪烁 10 次，与此同时计数器清零并开始进行下一个 10 的计数（即闪烁停止时可显示闪烁期间通过的货物

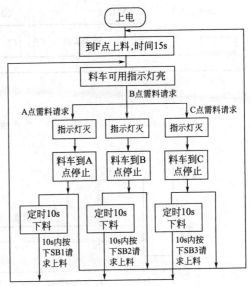

图 8-19　工作过程

的件数）；若运行期间断电或因故急停后，在系统恢复供电时会从被中断的运行状态继续运行（根据货物尺寸、货物正常间隔及传送带长度，单根传送带上同一时刻最多有 3 件货物）。

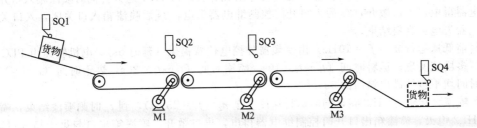

图 8-20　传送带控制示意图

SQ1：第一传动带货物入检测；SQ2：第一传动带货物出检测、第二传动带货物入检测；
SQ3：第二传动带货物出检测、第三传送带货物入检测；SQ4：第三传送带货物出检测。

考核要求：

(1) 用 PLC 按工艺流程写出梯形图、语句表。

(2) 用模拟设置控制传输带电动机的运行系统工作过程。

(3) 按基本指令编制的程序，进行程序输入并完成系统调试。

四、自动化喷漆生产线（地区竞赛试题）

图 8-21 为企业生产线成品喷漆装置示意图，传送成品的传送带由一台三相异步电动机 M 通过变频器实现变速拖动。

其中 n/f 表示电动机的转速/频率，t/s 表示顺序自动控制的时间/手动控制的按钮或传感器或行程开关位置，采用一件产品喷漆、烘干结束后才能进行下一个产品的加工的顺序进行控制。转速/频率关系如图 8-22 所示。

考核要求：

1. 电路设计

(1) 本装置具有手动、自动控制功能。手/自动控制用一个带自锁的按钮实现。继电器是否断

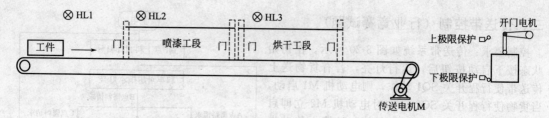

图 8-21　生产线成品喷漆装置示意图

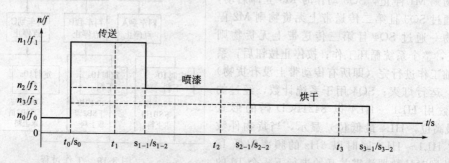

图 8-22　转速/频率要求关系图

电用指示灯亮灭表示。

（2）自动状态下，按下自动启动按钮输送电机以低速 n_0（$f_0=10\,\mathrm{Hz}$）启动，5s 后自动装料并加速至 n_1（$f_1=35\,\mathrm{Hz}$），指示灯 HL1 亮，到 t_1 时刻，指示灯 HL1 熄灭，同时喷漆箱入口开门控制继电器得电，入口敞开，2s 后入口开门控制继电器失电，3s 后喷漆箱入口关闭，入口关门控制继电器失电，进料结束。

上料前低速运行 n_0（$f_0=10\,\mathrm{Hz}$）由变频器外控电位器提供（延时 5s）；电机转速由 PLC 控制变频器多段速实现；运料时间（$t_0\sim t_1$）10s，喷漆时间（$t_1\sim t_2$）20s，烘干时间（$t_2\sim t_3$）30s，以上时间均不包括进出箱门的 5s。

开始喷漆，指示灯 HL2 亮，同时运行速度变至 n_2（$f_2=25\,\mathrm{Hz}$），到 t_2 时刻喷漆结束，喷漆指示灯 HL2 熄灭，喷漆箱出口开门控制继电器得电，出口敞开，喷漆箱出口与烘干箱入口联动，2s 后，喷漆箱出口开门控制继电器失电，3s 后喷漆箱出口和烘干箱入口均关闭，关门控制继电器失电，喷漆出料结束。

开始烘干，指示灯 HL3 亮，同时运行速度变至 n_3（$f_3=15\,\mathrm{Hz}$），到 t_3 时刻，烘干结束，烘干指示灯 HL3 灭，烘干箱出口开门控制继电器得电，出口敞开 2s 出料后，出料 3s 后关门控制继电器得电，烘干箱出口关闭，工件下线。电机回到转速 n_0（$f_0=10\,\mathrm{Hz}$）开始加工第二个产品，如此循环自动加工。自动状态停止按钮控制只能在工件下线后上料前起作用，其他时段均不起作用。当自动加工过程中出现故障（按钮模拟），报警指示灯亮，加工过程指示灯熄灭，传送带停止，自动控制失效，只能手动点动运行。

（3）手动状态下，按住手动启动按钮以低速 n_0（$f_0=10\,\mathrm{Hz}$）点动运行，s_0 由按钮点动控制上料，s_{1-1}、s_{2-1}、s_{3-1} 表示开门按钮，s_{1-2}、s_{2-2}、s_{3-2} 表示关门按钮，开关门过程中传送带处于低速 n_0（$f_0=10\,\mathrm{Hz}$）点动运行状态，均由按钮点动实现。

（4）箱门极限开关不参与 PLC 编程控制，只与箱体开关门继电器连接。

（5）设计电气控制原理图，列出 PLCI/O（输入/输出）元件地址分配表和接线图。根据加工工艺设计梯形图。

2. 安装与接线

将可编程控制器、变频器、电源板、按钮板、继电器接口板、指示灯显示板安装在考核台支撑架上，安装要正确、牢固。

3. 布线

配线导线要紧固、美观，无毛刺。电源和电动机配线、可编程控制器输出口控制变频器外接端子，需经过继电器接口板连接。

4. PLC 键盘操作

熟练操作键盘，能正确地将所编程序输入 PLC；按照被控设备的动作要求进行模拟调试，达到设计要求。

5. 通电试验

正确使用电工工具及万用表，进行仔细检查，通电试验，并注意人身和设备安全。

五、应用 PLC 控制五台电机的启、停（全国职校竞赛试题）

控制要求：设备布置如图 8-23 所示。

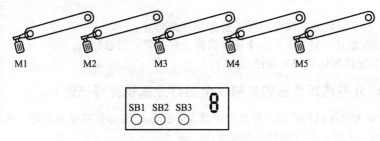

图 8-23　PLC 控制五台电机的启、停工位图

（1）当急停按钮 SB1：OFF 时，正常启动电机。第一次按启动按钮 SB2：ON（一次），第一台电机 M1 启动正常运行；第二次按启动按钮 SB2：ON（一次），第二台电机 M2 启动正常运行；第三次按启动按钮 SB2：ON（一次），第三台电机 M3 启动正常运行……第五次按启动按钮 SB2：ON（一次），第五台电机 M5 启动正常运行。至此五台电机全部启动正常运转。

（2）这时第一次按动停止按钮 SB3：ON（一次），先停止第五台电机 M5，其他电机照常运行；第二次按动停止按钮 SB3：ON（一次），再停止第四台电机 M4；第三次按动停止按钮 SB3：ON（一次），停止第三台电机 M3……第五次按动停止按钮 SB3：ON（一次），停止第一台电机 M1。至此五台电机全部停止运行。

（3）在任何正常情况下，若按动停止按钮 SB3 一次都是对所有正在运行电机的编号选最大的先停止运行，其他状态不变；若按启动按钮 SB2 一次都是对所有没有运行电机的编号选最小的先启动。

（4）当急停按钮 SB1：ON 时，所有电机都停止运行，启动无效。

（5）用七段码随时显示正在运行的电机个数。

设备：一个启动按钮 SB2，一个停止按钮 SB3，一个紧急停止按钮 SB1，一面七段码显示屏和五台电机 M1、M2、M3、M4、M5。

考核要求：

（1）写出 I/O 分配表。

（2）用 PLC 按工艺流程写出梯形图、语句表。

（3）用模拟设置控制传输带电机的运行系统工作过程。

（4）按基本指令编制的程序，进行程序输入并完成系统、调试。

六、运料小车的控制（全国行业系统竞赛试题）

图 8-24 为运料小车工位示意图和控制装置要求。

考核要求：

（1）如图中料车处于原点，下限位开关 SQ1 被压合，料斗门关上，原点指示灯亮。

（2）当选择开关 SA 闭合，按下启动按钮 SB1 料斗门打开，时间为 8s，给料车装料。

（3）装料结束，料斗门关上，延时 1s 后料车上升，直至压合上限位开关 SQ2 后停止，延时 1s

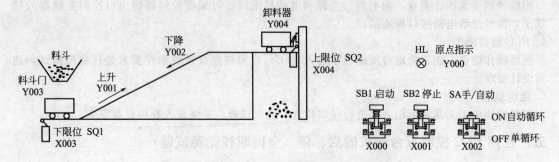

图 8-24　运料小车工位示意图和控制装置要求

之后卸料 10s，料车复位并下降至原点，压合 SQ1 后停止。

（4）当开关 SA 断开，料车工作一个循环后停止在原位，指示灯亮。

（5）按下停车按钮 SB2 后则立即停止运行。

七、大、小球分类选择传送的机械（全国行业系统竞赛试题）

如图 8-25 所示为分拣机构原点，原点指示灯亮，分拣机构动作顺序为下降、吸住、上升、右行、下降、释放、上升、左行到原点连续动作。

当电磁铁接近球时，接近开关 PS0 接通电磁铁得电，此时，下限位磁性开关 SQ2 不动作，则为大球，若 SQ2 动作导通，则为小球。

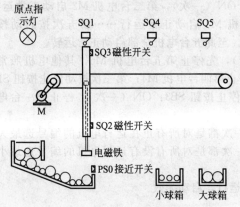

图 8-25　大、小球分类选择传送动作工位示意图

设备描述：

（1）按钮 3 个，启动、停止、紧急停止。

（2）三相永磁同步电机 1 个，电压：三相 380V/220V，频率：50Hz，转速：60r/min，电流：0.22/0.4A。

（3）接近开关 1 个、行程开关 3 个、磁性开关 2 个。

（4）单出杆气缸 1 个、磁性开关 2 个、单控电磁换向阀 1 个。

（5）行走导轨 1 套。

（6）铁质料球 $\phi 30mm$、$\phi 10mm$。

（7）可变直流电源一组，大球大电流，小球小电流。

若为小球（X002＝ON），SQ4 流程有效；若为大球（X002＝OFF），则 SQ5 侧的流程有效。

若为小球时，分拣机构右行至压住 SQ4，X004 动作，气缸下降磁铁释放放下小球；若为大球时，则右行至压住 SQ5，X005 动作，气缸下降磁铁释放放下大球。

设立特殊辅助继电器 M8040，若 M8040 动作则禁止所有的状态转移。右移输出，左移输出以及上升输出，下降输出中各自串联有相关的互锁触点。

八、立体仓库存取系统（全国行业系统竞赛试题）

如图 8-26 所示，仓库由四层 12 个仓位组成，用滚珠丝杠、直线导轨、普通丝杠作为传动装置，由 PLC 编程实现 X、Y、Z 轴位的控制，可完成仓库物品的自动或手动的存取。

立体仓库存取系统由可编程控制器、变频器、触摸屏、指示与主令单元、电源单元、机械手分拣机、仓储库、料块等组成。元件位置如图 8-27 所示。

竞赛设备系统各部分详细介绍如下。

（1）PLC 控制模块：西门子 S7-300 CPU314C-2DP PLC 主机 1 台。

（2）触摸屏模块：西门子 TP177B 触摸屏 1 个。

（3）指示与主令调试单元模块：配有三位钮子开关、点动按钮开关、数码管、蜂鸣器、2 位拨码器、1 个急停开关、2 个主令开关、指示灯等。

（4）立体仓库：12 个库位、传感器 12 个。

（5）机械手分拣机。

① 步进电动机 3 个：DC12V　20r/min。

② 旋转编码器 2 个：分辨率：500p/r，集电极开路输出，最高转速 5000r/min。

③ 双直线导轨 2 套：有效行程 440mm、宽度 130mm、导轨规格 20mm、传感器（限位用）2 个。

图 8-26　立体仓库存取系统竞赛试验台

九、工业控制网络系统

图 8-28 是该系统由自动化仓储群控系统和工业控制网络实训台组成，自动化仓储群控系统包含 2 台 S7-200PLC 及 PROFIBUS-DP 总线模块，工业控制网络实训台由西门子 S7-300（CPU313-2DP）主机模块、TP177A 触摸屏块、控制调试单元块等组成，该系统通过在工业控制网络实训台进行设置、操作、编程来完成货物的自动出库、入库、移库等功能。

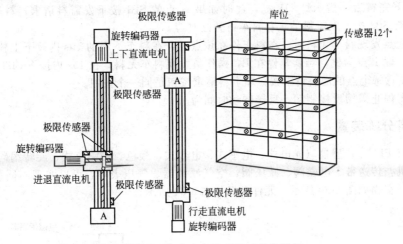

图 8-27　立体仓库存取系统元件位置图

图 8-28　自动化仓储群控系统和工业控制网络实训台

十、料车采用半自动管理系统（全国行业系统竞赛试题）

如图 8-29 所示，料车采用半自动管理，每个工位都有一名装配工，当装配点需料时按下"需料按钮"，料车将驶往该装配工位，料车在该装配工位停留一段时间供该点下料，下料时间到后料车即可响应其他装配工位的需料请求，一车料可供各装配工位使用若干次；当某装配工位发现料车无料时按下"上料按钮"，料车即驶往上料点上料。

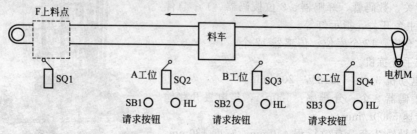

图 8-29　料车采用半自动管理工位图

设备工作的过程：

系统上电后料车自动驶往上料点 F，SQ1 受压，料车反接制动停止，15s 后上料完成。指示灯 HL 亮表示可以请求料车下料，装载满料的料车在 A、B、C 三点都可请求料车，按下对应点的需料请求按钮料车即驶往该点，以 B 点为例说明，当 HL 指示灯亮时，按下 SB3 按钮料车驶往 B 点，同时料车请求不可用，指示灯 HL 灭，SQ3 受压后料车反接制动停止在 B 点开始下料，10s 后下料完成，指示灯 HL 亮表示可以响应其他点需料请求。

料车响应了装配点的需料请求下完后仍可响应其他点的需料请求，直到料车内的料用完，例如在 B 点下完后，指示灯 HL 亮，此时如果 A 点的 SB1 按下发需料请求，料车将驶往 A 点；如果 C 点 SB3 按下发需料请求，料车将驶往 C 点。

当某一装配点发现料车无料时，在料车停在该点时，在料车下料的 10s 内按下上料请求按钮，则料车上料。以 B 点为例，当料车停在 B，操作员发现料车无料，在 10s 内按下 SB3，料车驶往 F 点上料。注意每个点的需料请求按钮和上料请求按钮是同一个按钮。

注意；料车停止采用反接制动，反接制动时间为 1s。

十一、材料分拣装置

该装置配有 PLC、传感器（光电式、电感式、电容式、颜色、磁感应式、旋转编码器等）、单相交流电动机，传送带、电磁阀、减压阀、空气滤清器、气压表等，可以实现不同材料的自动分拣和归类。实物如图 8-30 所示，元件布置如图 8-31 所示。

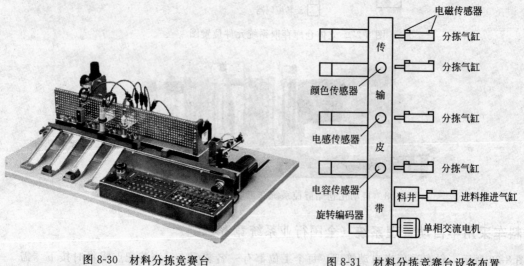

图 8-30　材料分拣竞赛台　　　　　　图 8-31　材料分拣竞赛台设备布置

设备描述：

TVT-METS5 竞赛平台由可编程控制器、变频器、触摸屏、指示与主令单元、电源单元、供料机、皮带输送机、机械手分拣机、仓储库、料块等组成。

竞赛设备系统各部分详细介绍如下。

(1) PLC 控制模块：PLC 主机 1 台。

(2) 变频器模块：变频器 1 台，控制单相电机。

(3) 触摸屏模块：触摸屏 1 个。

(4) 供料机：井式供料塔 1 个、单出杆气缸 1 个、磁性开关 2 个、单控电磁换向阀 1 个。

(5) 皮带传输机：

①传送带：宽度 40mm，长度 700mm。

②单相电机 1 个，电压：单相 220V，频率：50Hz，转速：60r/min，电流：0.22/0.4A。

③传感器：光电传感器 1 个、电感传感器 1 个、电容传感器、颜色传感器 1 个。

(6) 分拣气缸 4 套：单出杆气缸 1 个、磁性开关 2 个、单控电磁换向阀 1 个。

(7) 货料单元：

工程塑料材质，20mm×20mm×20mm 分黄色、蓝色两种；金属货料铝材质、铁材质两种，尺寸 20mm×20mm×20mm。

十二、机械手装配分拣装置

1. 设备描述

机械手装配分拣装置竞赛平台（见图 8-32）由可编程控制器、变频器、触摸屏、指示与主令单元、电源单元、供料机、皮带输送机、机械手分拣机、仓储库、料块等组成。

竞赛设备系统各部分详细介绍如下。

(1) PLC 控制模块：西门子 S7-300 CPU314C-2DP PLC 主机 1 台。

(2) 变频器模块：西门子 MM440 变频器 1 台，控制三相永磁低速同步电动机。

(3) 触摸屏模块：西门子 TP177B 触摸屏 1 个。

(4) 指示与主令调试单元模块：配有 4 组三位钮子开关、6 个点动按钮开关、2 位数码管、1 个蜂鸣器、2 位拨码器、1 个急停开关、2 个主令开关、6 组指示灯（红绿黄各 2 个）等。

(5) 供料机：

井式供料塔 1 个、单出杆气缸 1 个、磁性开关 2 个、单控电磁换向阀 1 个、光电传感器 1 个。

(6) 皮带传输机：

① 传送带：宽度 40mm，长度 700mm。

② 三相永磁同步电机 1 个，电压：三相 380V/220V，频率：50Hz，转速：60r/min，电流：0.22/0.4A。

③传感器：光电传感器 1 个、电感传感器 1 个、电容传感器、颜色传感器 1 个。

(7) 机械手分拣机：

① 直流电机 1 个：DC12V，20r/min。

② 旋转编码器 1 个：分辨率：100p/r，集电极开路输出，最高转速：5000r/min。

③ 双直线导轨 1 套：有效行程：440mm、宽度 130mm、导轨规格 20mm、传感器（限位用）2 个。

④ 货架 1 组：仓储库位 4 个。

⑤ 载货台（装配台）1 个。

⑥ 气动机械手 1 套：旋转气缸 1 个、升降气缸 1 个、气动抓手 1 个、双控电磁换向阀 1 个、单控电磁换阀 2 个、磁性开关 2 个。

(8) 货料单元：该装置货料单元包含料块和料柱，其中料块：工程塑料材质，直径：38mm，高：20mm，分黄色、蓝色两种；料柱：铝材质、铁材质两种，直径：18mm，高 19mm。

2. 工作任务

① 按气动系统图检查气路并调节气压。

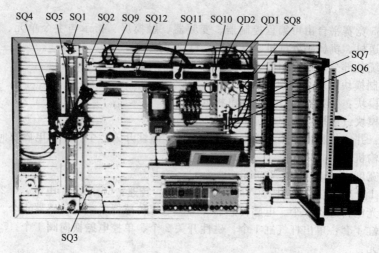

图 8-32　机械手装配分拣装置竞赛平台实物图

② 根据工作任务要求及工作过程，设计并绘制生产线（以下简称设备）的电气原理图。

③ 按照绘制出的电气原理图，连接设备的电路（由 PLC 和变频器端子排到生产线端子排，采用软线连接，导线必须沿线槽敷设）。

④ 正确理解设备的正常工作过程和故障状态的处理方法，编写设备的 PLC 控制程序、设置变频器的参数。

⑤ 根据任务要求编写触摸屏程序。

⑥ 调整传感器位置或灵敏度，调整机械部件的位置，完成设备的整体调试、运行，使设备能正常工作。

3. 工作目标

设备由供料机、机械手分拣机、皮带传输机、装配台、指示与主令调试单元模块组成。井式供料机中可提供两种不同密度的工件（蓝色代表高密度，黄色代表低密度）。装配台分别对两种工件进行两种装配件的装配，装配完的工件送到由传送带和传感器站组成的皮带传输机进行检测，检测后合格的工件送入仓储库位。

4. 设备主要部件及其名称

设备各部件、器件的名称和安装位置如图 8-33 所示。

5. 设备工作情况描述

（1）部件的初始位置：启动前，设备的运动部件必须在规定的位置，这些位置称作初始位置。有关部件的初始位置如下。

① 急停按钮复位。

② 机械手停在原点并处于传送带上方，机械手上升/下降气缸的活塞杆伸出，气动手指处于抓紧状态。

③ 传送带上没有工件，并处于停止状态。

④ 供料机推料气缸处于缩回状态。

⑤ 上述部件均在初始位置时，运行指示灯 HL1 点亮，然后，设备才能启动。若不满足初始状态，可用启动按钮进行复位（按钮 SB2 兼有复位和启动两个功能）。

（2）设备启动：在初始状态，按下按钮 SB2（启动），运行指示灯 HL1 以每秒 1 次的频率闪烁，提示设备处于工作状态。

（3）设备运行：设备应具有手动调试和自动运行两种工作模式，两种工作运行模式只有在设备停止状态时才能通过转换开关 SA1 进行转换。

工作模式一：手动调试模式

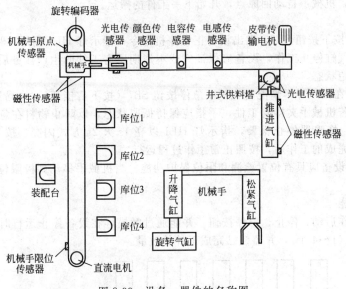

图 8-33 设备、器件的名称图

SA1 开关手柄在左位置。按下启动按钮 SB2 后，通过触摸屏显示的按钮可以分别实现：①供料机推料气缸的动作；②传送带向左运行；③传送带向右运行；④机械手逆时针旋转；⑤机械手顺时针旋转；⑥机械手上升/下降；⑦机械手夹紧/放松；⑧机械手正向行走；⑨机械手反向行走等动作。

工作模式二：自动运行模式

生产线每一个周期完成触摸屏设定数量工件的装配、检查、入库任务。井式供料机可提供两种不同密度的工件，装配台可提供铁和铝两种材质的装配件。

货架有 4 个库位，1~4 号库位放置检测合格后的工件。

要求实现以下功能：

SA1 开关手柄在右位置。按下启动按钮 SB2 后，传送带在变频器的控制下以 20Hz 向左运行，若此时井式供料机内有工件，指示灯 HL2 闪烁（1Hz）3 次后转为点亮［只要井式供料机内没有工件，指示灯 HL2 就闪烁（2Hz），提示井式供料机内无工件］，推料气缸开始伸出，将工件推到传送带位置 A，推料气缸复位后，传送带以中速（变频器输出 40Hz）向左运行，工件在传送带上传送时由传感器进行检测，当工件传送到传送带位置 B 时，传送带停止运动等待机械手搬运。

当机械手处于传送带上方时，机械手下降，手指夹紧抓取工件，然后将工件送到装配台。当机械手处于装配台正上方时，机械手下降，手指松开将工件放在装配台上，此后机械手上升，工件进入装配阶段。

工件进入装配阶段时，装配台可根据工件的密度进行不同材料的装配。若工件为高密度材质，装铁性材料装配件；若工件为低密度材质，装铝性材料装配件，装配时间为 10s，装配过程中指示灯 HL3 闪烁（2Hz）。装配结束后，指示灯熄灭，等待机械手进行搬运。

当机械手处于装配台正上方时，机械手下降，手指夹紧抓取工件，然后将工件送到传送带位置 B，机械手下降将工件放下，然后机械手上升，待上升到位后，传送带以高速（变频器输出 50Hz）向右运行 8s 由传感器进行检测。若工件装配不正确，传送带继续以高速（变频器输出 50Hz）向右运行 5s，将废品送入废品箱；若工件装配正确，传送带中速（变频器输出 40Hz）向左运行将工件送到传送带位置 B，等待机械手进行搬运，此时，井式供料机可推出下一工件。

当机械手处于传送带上方时，机械手抓取正确装配工件，然后将其放入货架中空的库位。工件被机械手取走后，传送带中速（变频器输出 40Hz）将下一传送到位置 B。

当工件入库后，机械手自动回原点，开始下一工件的搬运。

（4）设备停止

① 正常停止：按下按钮 SB1，发出设备正常停机指令，指示灯 HL1 闪烁（3Hz）提示停机指令已发出，推料气缸停止工作，设备应保证完成本周期所有工件的生产任务后，机械手返回原点，设备回到初始状态。

② 紧急停止：在出现异常情况时，压下急停按钮 SB7（按下后锁死），蜂鸣器发出声响报警，设备停止工作，若机械手夹持有工件，手指应保持抓取状态，以防止物料在急停时掉下发生事故。SB7 复位后，蜂鸣器停止报警，指示灯 HL1 以亮 1s 灭 2s 方式闪亮。按下启动按钮 SB2，设备继续完成未完成的工作后，按照正常工作过程运行。

③ 限位停止：设备应具有位置检测和限位保护功能。当机械手移动到极限位置时，机械手停止移动。

（5）触摸屏功能

在触摸屏上制作启动、停止、急停按钮，并能通过触摸屏在设备停止运行时修改一个周期内工件加工的数量（1～4 个），并监控已完成工件的数量。

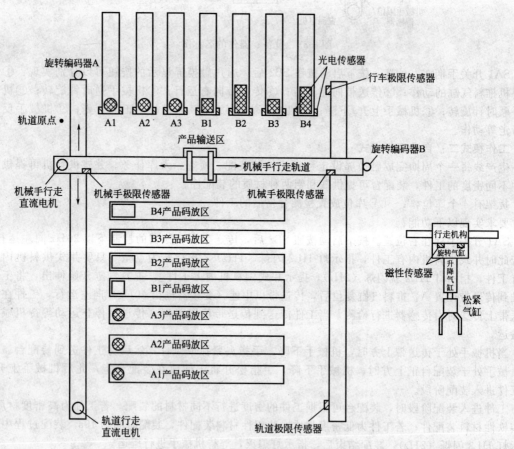

图 8-34　库区管理系统设备布置图

十三、库区管理系统

1. 设备描述

库区管理系统竞赛平台由可编程控制器、触摸屏、指示与主令单元、电源单元、供料机、皮带输送机、机械手分拣机、仓储库、料块等组成。如图 8-34 所示。

竞赛设备系统各部分详细介绍如下。

（1）PLC 控制模块：西门子 S7-300 CPU314C-2DP PLC 主机 1 台。

（2）触摸屏模块：西门子 TP177B 触摸屏 1 个。

（3）供料机：产品输送槽 7 个。

（4）机械手分拣机：

① 直流电机 2 个：DC12V，20r/min。

② 旋转编码器 2 个：分辨率：100p/r，集电极开路输出，最高转速 5000r/min。

③ 双直线导轨 2 套：传感器（限位用）4 个。

④ 产品输送工位 7 个、光电传感器 7 个。

⑤ 气动机械手 1 套：旋转气缸 1 个、升降气缸 1 个、气动抓手 1 个、双控电磁换向阀 1 个、单控电磁换阀 2 个、磁性开关 2 个。

（5）货料单元：该装置货料单元包含料块和料柱，其中料块：工程塑料材质，直径：38mm、30mm、45mm，高：20mm，三种；料柱：铝材质、铁材质两种，35×50×25 和 20×50×20。

2. 工作描述

（1）产品输送工位有料时光电传感器发出工作要求。

（2）当多个产品工位都有信号时，机械手按先后顺序工作。

（3）按不同的产品区域码放工件。

（4）特殊工件按要求方向码放（B2、B4 需要旋转码放）。

（5）紧急停止：在出现异常情况时，压下急停按钮（按下后锁死），蜂鸣器发出声响报警，设备停止工作，若机械手夹持有工件，手指应保持抓取状态，以防止物料在急停时掉下发生事故。急停按钮复位后，蜂鸣器停止报警。再按下启动按钮，设备继续完成未完成的工作后，按照正常工作过程运行。

（6）限位停止：设备应具有位置检测和限位保护功能。当机械手移动到极限位置时，机械手停止移动。

十四、产品调配系统

1. 设备描述

产品调配系统竞赛平台由可编程控制器、变频器、触摸屏、指示与主令单元、电源单元、供料机、皮带输送机、机械手分拣机、仓储库、料块等组成。设备元件及布置如图 8-35 所示。

竞赛设备系统各部分详细介绍如下。

（1）PLC 控制模块：西门子 S7-300 CPU314C-2DP PLC 主机 1 台。

（2）变频器模块：西门子 MM440 变频器 1 台，控制三相永磁低速同步电动机。

（3）触摸屏模块：西门子 TP177B 触摸屏 1 个。

（4）供料机：井式供料塔 1 个、单出杆气缸 1 个、磁性开关 2 个、单控电磁换向阀 1 个、光电传感器 1 个。

（5）进料皮带传输机：

① 传送带：宽度 40mm，长度 700mm。

② 三相永磁同步电机 1 个，电压：三相 380V/220V，频率：50Hz，转速：60r/min，电流：0.22/0.4A。

③ 传感器：光电传感器 1 个、光电编码器 1 个。

（6）出料皮带传输机：

① 传送带：宽度 40mm，长度 700mm。

② 三相永磁同步电机 1 个，电压：三相 380V/220V，频率：50Hz，转速：60r/min，电流：0.22/0.4A。

③ 传感器：光电传感器 1 个、光电编码器 1 个、电感传感器 1 个、电容传感器、颜色传感器 1 个。

（7）机械手分拣机：

① 直流电机 2 个：DC12V，20r/min。

② 旋转编码器2个：分辨率：600p/r。

③ 双直线导轨2套：有效行程：640mm、宽度330mm、导轨规格20mm、传感器（限位用）4个。

④ 货架1组：仓储库位6个。

⑤ 气动机械手1套：旋转气缸1个、升降气缸1个、气动抓手1个、双控电磁换向阀1个、单控电磁换阀2个、磁性开关2个。

（8）货料单元：

该装置货料单元包含料块和料柱，其中料块：工程塑料材质，直径38mm，高20mm，分黄色、蓝色两种；料柱：铝材质、铁材质两种，直径38mm，高20mm。

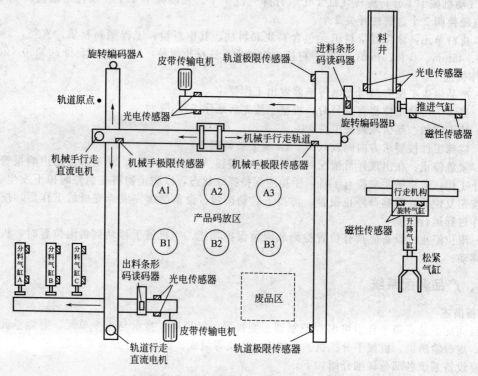

图 8-35 产品调配系统元件与布置

2. 入库工作描述

（1）料井工位有料时光电传感器发出工作要求，推进气缸工作，传送带工作。

（2）材料通过条形码读码器时，读出信号，指导材料码放。

（3）按条形码信号，将材料放置不同的区域。

（4）无条形码的材料视为废品，放置废品区。

3. 出库工作描述

（1）机械手从库区提取材料放置到出库传送带。

（2）出库传送带的光电传感器测到有物体时，发出传送带启动信号，电机工作。

（3）出库条形码读码器读取信号，指导三个分料气缸，按要求工作。

（4）紧急停止：在出现异常情况时，压下急停按钮（按下后锁死），蜂鸣器发出声响报警，设备停止工作，若机械手夹持有工件，手指应保持抓取状态，以防止物料在急停时掉下发生事故。急停按钮复位后，蜂鸣器停止报警。再按下启动按钮，设备继续完成未完成的工作后，按照正常工作过程运行。

（5）限位停止：设备应具有位置检测和限位保护功能。当机械手移动到极限位置时，机械手停止移动。

十五、装配工艺系统

1. 设备描述

产品调配系统竞赛平台由可编程控制器、变频器、触摸屏、指示与主令单元、电源单元、供料机、皮带输送机、机械手分拣机、仓储库、料块等组成。设备元件与布置如图 8-36 所示。

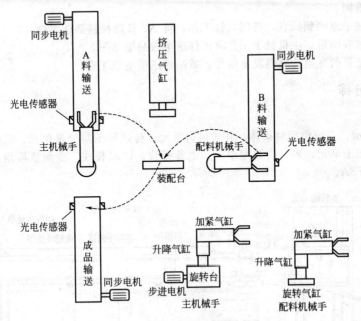

图 8-36　自动装配系统元件与布置图

竞赛设备系统各部分详细介绍如下。

(1) PLC 控制模块：西门子 S7-300 CPU314C-2DP PLC 主机 1 台。

(2) 变频器模块：西门子 MM440 变频器 1 台，控制三相永磁低速同步电动机。

(3) 触摸屏模块：西门子 TP177B 触摸屏 1 个。

(4) 皮带传输机：3 套。

① 传送带：宽度 40mm，长度 700mm。

② 三相永磁同步电机，电压：单相 380V/220V，频率：50Hz，转速：60r/min，电流：0.22/0.4A。

③ 传感器：光电传感器 1 个。

(5) 主机械手：

① 步进电机 1 个：DC12V，20r/min。

② 旋转编码器 1 个：分辨率 500p/r，最高转速 5000r/min。

③ 升降气缸 1 个、气动抓手 1 个、双控电磁换向阀 2 个。

(6) 配料机械手

气动机械手 1 套，旋转气缸 1 个、升降气缸 1 个、气动抓手 1 个、双控电磁换向阀 1 个、单控电磁换阀 2 个、磁性开关 2 个。

(7) 装配台

① 装配台（装配台）1 个。

② 气动挤压机 1 套：挤压气缸 1 个、双控电磁换向阀 1 个。

(8) 货料单元

该装置货料单元包含料块和料柱，料 A：工程塑料材质，直径 38mm，高 20mm，内孔 19mm；B 料柱：铝材质，直径 18mm，高 20mm。

2. 工作描述:

(1) 初始状态: 挤压气缸收回, 机械手张开并在输送带的上方。

(2) A料输送到光电传感器位置, 电机停止, 主机械手工作抓工件送至装配台, 放下工件后主机械手返回。

(3) 主机械手返回到原点, 配料机械手工作, 抓取配件送至装配台与A料对齐码放, 码放好后配料机械手返回。

(4) 配料机械手返回到原点, 挤压气缸工作, 将A、B两种料挤压组合。

(5) 挤压气缸收回后, 主机械手工作将工件送至成品输送带。

(6) 成品输送带的光电传感器发出信号, 成品输送带电机工作。

十六、物料分拣

1. 设备描述

如图8-37所示, 系统由型材桌体、井式供料单元、传送检测与分拣单元、机械手搬运与仓储单元、切削、加工单元、多工位装配单元、电源模块、PLC模块、变频器模块、触摸屏模块等组成 TCT-METSA。

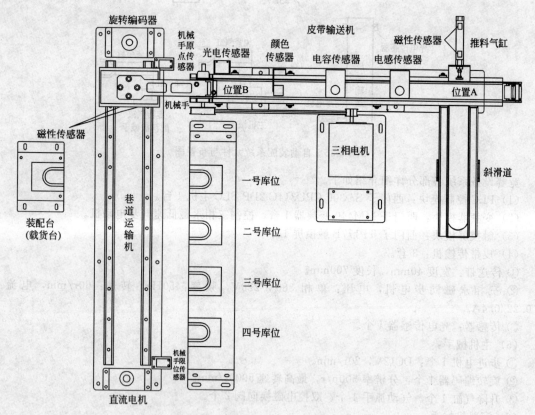

图8-37　物料分拣系统元件与布置图

竞赛设备系统各部分详细介绍如下。

① PLC模块: 西门子 S7-200CPU226CN　1台;

S7-200CPU224CN　2台;

S7-200CPU222CN　2台。

② 变频器模块: 西门子 MM440。

③ 触摸屏模块: 西门子 TP177B。

④ 电源模块: DC24V。

⑤ 指示与主令模块：按钮、指示灯、蜂鸣器、LED 数码管等。

⑥ 编程和设计用计算机：操作系统 Win2000 或 WinXP。

⑦ 供料机：气动元件等。

⑧ 皮带输送机：光电传感器若干，三相交流电动机等。

⑨ 机械手：直线行走机构、直流电动机、旋转编码器、气动爪等。

⑩ 货料单元：工件主要由料块和料柱组成，其中料块采用工程塑料材质，直径为 38mm，高为 20mm，分为黄色和蓝色两种，料芯由铝质和钢质两种材质组成，其直径为 18mm，高为 19mm。

2. 工作描述

(1) 设备在正常复位的情况下，按下启动按钮 SB2，运行指示灯 HL2 发光，允许出库指示灯 HL1 闪光（每秒闪光 1 次），缸体按库号 1～4 顺序从自动货物仓储设备中出库。皮带输送机以低速（10Hz）开始正转运行，皮带输送机在等待缸体到来期间均以低速（10Hz）正转运行。

(2) 仓库有 4 个库位，放有两种不同材质的缸体。请实现以下的工作状态。

① 缸体出库后，巷道运输机上的机械手把缸体搬运到装配台进行装配。若缸体为铸钢材料，内部需装入的是一个钢制塞柱。塞柱在 20s 内装好后，巷道运输机上的机械手把缸体从装配台送到皮带输送机上，皮带输送机以中速度（20Hz）向右运行，缸体通过传感器站检测。若装配无误，18s 后，皮带输送机把缸体送到皮带输送机右终端，缸体落入成品箱。

② 若出库的缸体为铸铝材料，内部需装入的是一个铝制塞柱。塞柱在 20s 内装好后，巷道运输机上的机械手把缸体从装配台送到皮带输送机上，皮带输送机以中速度（20Hz）向右运行，缸体通过传感器站检测。认为装配有误，15s 后，皮带输送机把缸体送到皮带输送机右端，由推料气缸将缸体推入废品箱。

③ 若仓库中 4 个仓位缸体出空后，运行指示灯 HL2 熄灭，系统停止运行。

④ 当仓库内缸体出库后，系统在运行过程中，允许出库指示灯 HL1 转为发光，禁止出库。当装配检测结束，皮带输送机把缸体送到皮带输送机终端落入成品箱或被推入废品箱后，允许出库指示灯 HL1 才恢复闪光，提示可以出库。

⑤ 按下停止按钮 SB1 后，设备应完成本次任务后停止运行。重新启动可按下启动按钮，设备应在停止时的工作状态上运行（原始状态）。

⑥ 紧急停止：按下急停按钮 SB3，设备应立刻停止运行，全部指示灯熄灭。在急停按钮 SB3 复位后，设备将在停止时的工作状态上继续运行。

(3) 系统应具有位置检测和限位保护功能。

3. 工作任务

(1) 根据工作要求，完成线路安装。

现场设备传感器与执行器端子接线图由现场提供。

(2) 按设备的工作要求画出电气原理图并连接电路。

① 绘图的图符应符合国标。

② 应按安全要求可靠接地。

(3) 按电动机规格与和运行要求设定变频器运行参数。并设置运行频率监视。

(4) 启动和停止控制由按钮实现。

(5) 请按设备气路图检查气路，并调节到满足工作要求。

(6) 按控制要求编写和调整 PLC 程序，调试程序使系统正常运行。

欢迎订阅电工类图书

类别	书号	书　名	定价
电工工具书	05447	电工手册	98
	01020	电工工作手册	35
	04616	维修电工工作手册	25
	05717	电机检修速查手册	48
	03795	常用低压电器手册	59
	09669	简明电工操作技能手册	48
电工实用技能	09748	新时代电工上岗技能速成-电工基础	35
	09951	新时代电工上岗技能速成-电工操作技能	48
	05446	图解低压电工上岗技能	28
	05664	图解高压电工上岗技能	18
	06847	图解电工上岗安全应知应会	15
	08947	图解电工入门操作100例	28
	01696	图解电工操作技能	21
	09551	零起点看图学-变压器的使用与维修	25
	08060	零起点看图学-低压电器的选用与维修	25
	08051	零起点看图学-电机使用与维护	26
	08644	零起点看图学-三相异步电动机维修	30
	08981	零起点看图学-电气安全	18
	08975	电工自学上岗万事通-常用低压电器	25
	08917	电工自学上岗万事通-电气安全	19
	08928	电工自学上岗万事通-常用电工仪表	22
	09248	电工自学上岗万事通-异步电动机与变压器	20
	08661	电工自学上岗万事通-电气照明与电气线路	22
	09127	电工自学上岗万事通-电工基础	25
	09673	电工自学上岗万事通-电气控制线路的识读与接线	24
	09385	零起点就业直通车-电工识图	12
	08092	零起点就业直通车-维修电工	16
	07126	零起点就业直通车-电动机维修	15
	01111	电工工具使用入门	19
	00139	电工技能训练	22
	09220	手持电工工具的使用与维修	27
	03787	电机使用与维修技术问答	38
	06194	电气设备的选择与计算	29
	06600	工厂供配电技术	39
	07050	电力电子技术及应用	36
	01755	变电所运行与管理	26
	01473	防雷与接地技术	30
	06528	继电保护装置故障诊断与维护	15
	08596	实用小型发电设备的使用与维修	29
	09682	发电厂及变电站的二次回路与故障分析	29
	03277	高压电器故障诊断与维修	18
	03479	电气线路安装及运行维护	30
	09682	电气二次回路及其故障分析	25
	04836	低压电器故障诊断与维修	20
	04776	电气识图及其新标准解读	28
	02597	电气检修技术	29
电工职业培训	6345	特种作业安全技术培训教材电工(低压运行维修)	25

类别	书号	书　名	定价
电工职业培训	7867	特种作业安全技术培训教材电工(高压运行维修)	18
	03346	电工考核应试指导	29
	06884	维修电工培训读本(初级、中级)	38
	00144	职业技能鉴定培训教程化工维修电工(初级)	29
	00128	职业技能鉴定培训教程化工维修电工(中级)	22
	00476	职业技能鉴定培训教程化工维修电工(高级)	29
	06750	内外线电工必读	36
	03467	农村电工读本	18
电气控制线路	09868	常用电气控制电路300例	38
	02672	电工电路快速识读200例	28
	04038	电气控制图识读快速入门	28
	05368	怎样识读电动机控制电路图	15
	06170	怎样识读机床控制电路图	16
	08046	怎样识读建筑电气图	19
	05919	学看汽车电路图	39
	00734	电动机及控制线路	16
	9334	工厂电气控制电路实例详解	25
	08271	低压电动机控制电路与实际接线详解	38
	07881	低压电气控制线路图册	29
	04759	工厂常见高压控制电路解析	42
	04212	低压电动机控制电路解析	38
	07436	电动机保护器及控制线路	18
电机修理	08597	中小型电机绕组修理技术数据	26
	09528	手把手教你修电机	25
	06573	交流电机控制基础	38
	05717	电机检修速查手册	48
	05678	电机绕组接线图册	59
	03742	三相交流电动机绕组布线接线图册	35
	05718	电机绕组布线接线彩色图册	49
	03787	电机使用与维修技术问答	38

化学工业出版社出版机械、电气、化学、化工、环境、安全、生物、医药、材料工程、腐蚀和表面技术等专业科技图书。如要出版新著，请与编辑联系。如要以上图书的内容简介和详细目录，或要更多的科技图书信息，请登录www.cip.com.cn。

地址：(100011) 北京市东城区青年湖南街13号　化学工业出版社

邮购电话：010-64518800　编辑：010-64519260　编辑互动邮箱：luxiaolin1209@sina.com